荣如德译文集

IV

上海译文出版社

- 王尔德《道连·葛雷的画像》《阿瑟·萨维尔勋爵的罪行》《坎特维尔的幽灵》《温德米尔夫人的扇子》
- 斯蒂文森《金银岛》《化身博士》
- 切斯特顿《“十二真渔夫”》
- 西格尔《爱情故事》

目录

道连·葛雷的画像

[英] 王尔德　著

译本序

> 既像玩杂耍，又像变戏法；刚刚让它滑过去，随即又把它抓回来；忽而用想象的虹彩把它点缀得五色缤纷，忽而又给它插上悖论的翅膀任其翱翔。
>
> 王尔德　《道连·葛雷的画像》第三章

“创作艺术作品依然是我的目的所在。你觉得我的处理精巧且具有艺术价值，我实在欣喜万分。我觉得报上的那些文章好像出自那些荒淫无耻的市侩之手。我实在无法理解，他们怎么可以将《道连·葛雷的画像》当作不道德作品呢。”①

以上摘自王尔德 1891 年 4 月写给柯南·道尔的一封信中的几句话，包含着中国读者会感兴趣的内容主要有二。收信人确实就是那位创造了大侦探歇洛克·福尔摩斯及其助手约翰·华生医生形象的小说家。阿瑟·柯南·道尔（1859—1930）比王尔德小五岁，他俩应美国出版商斯托达特的邀请与之共进晚餐。席间，两位作家接受斯托达特的约稿，为《利平科特月刊》（*Lippincott's Monthly Magazine*）各写一部小说。柯南·道尔在 1924 年出版的《回忆录及冒险史》一书中述及：“王尔德送去的是《道连·葛雷的画像》，那是本有很高道德水平的书；而我则写了《四签名》”②，此其一。其二是，最早评论《画像》的一些文章，却与柯南·道尔的看法大相径庭，认为此书公开侮辱了上流社会的价值观，因而直接斥之为“不道德”。事情的缘由还得从头说起。

十九世纪末叶，欧洲处于社会大变动的前夜，人心浮动，知识界分化的趋势加剧。在这个被称为“世纪末”的时期，欧洲文艺界一些富有才华的代表人物经历着深刻的思想危机。他们对于自己所属的阶层有相当透彻的了解和颇为强烈的憎恨。为了给自己的创作寻找出路，开辟施展才能的新天地，他们中有些人率先走向唯美主义的殿堂，在文学方面倡导“为艺术的艺术”（Art for Art's Sake），认为“不是艺术反映生活，而是生活模仿艺术”。王尔德曾经写下这样一段话：“在这动荡和纷乱的时代，在这纷争和绝望的可怕时刻，只有美的无忧的殿堂，可以使人忘却，使人欢乐。我们不去往美的殿堂还能去往何方呢？只能到一部古代意大利异教经典称作 citta divana（圣城）的地方去，在那里一个人至少可以暂时摆脱尘世的纷扰与恐怖，也可以暂时逃避世俗的选择。”③

奥斯卡·芬格尔·奥弗莱赫蒂·威利斯·王尔德 1854 年 10 月 16 日生于爱尔兰首府都柏林。他的家世虽不算显赫，但他父亲是眼科名医，曾给瑞典国王奥斯卡做过治疗白内障的手术，并在 1864 年被维多利亚女王册封为爵士（倒并非因为手术，而是在人口统计方面有突出贡献，不过对于次子的命名也许有影响），母亲是一位富有民族主义精神的诗人（笔名 Speranza——拉丁文“希望”），参加过号召爱尔兰人奋起冲击都柏林城堡的“青年爱尔兰”运动。奥斯卡自幼受到文学氛围很浓的家庭熏陶，深爱古典文化，曾因古希腊文成绩优异在都柏林圣三一学院被授予金质奖章，1874 年得到奖学金进入牛津大学马格德林学院。1805 年，以收藏文物著称的英国议员罗杰·纽迪给特爵士设立了一项以他姓氏命名的诗歌奖。王尔德尽管在大学时代就有诗名，1878 年还以《拉文纳》一诗获纽迪给特奖，却未能成为接受奖学金的研究生，遂于同年从牛津毕业。孰料生命给这位踌躇满志的才子留下的时间已不到一半了。

王尔德的文学活动领域十分宽广。他既是诗人（1881 年就有他的诗集问世），又写小说、童话（包括《快乐王子》《石榴之家》《阿瑟·萨维尔勋爵的罪行》三个集子以及他唯一的长篇小说《道连·葛雷的画

---

①② 均引自《王尔德全集》中国文学出版社中文版第 5 卷（书信卷上）第 495 页。
③ 引自《王尔德全集》中国文学出版社中文版第 4 卷（评论随笔卷）第 27 页。

像》，以上四种除《快乐王子及其他童话》一种成书于1888年外，其余三种均于1891年出版）。他还写过不少评论和随笔（较重要的有他自己选编的《意图集》以及《社会主义制度下人的灵魂》，均刊行于1891年）。但为他赢得最辉煌成功的要数1892—1895年间先后在伦敦西区舞台上首演的社会讽刺喜剧《温德米尔夫人的扇子》《一个无足轻重的女人》《一个理想的丈夫》和《认真的重要》。1891年王尔德根据圣经故事用法文写下了独幕剧《莎乐美》。这个见于《圣经·新约·马太福音》第十四章和《圣经·新约·马可福音》第六章的故事，经过十九世纪多位法国作家和画家的诠释，特别是以神话和宗教题材色情画闻名的象征派画家居斯塔夫·莫罗（1826—1898）所作油画《莎乐美之舞》，虽然已为后来者作了铺垫，但是到了王尔德笔下还是给人无比强烈的冲击，无怪乎英国内务大臣借口“任何以圣经人物为角色的剧目都不准在英国上演”拒绝给此剧颁发演出许可证。[1]德国作曲家理夏德·施特劳斯（即我们经常读到和听到的理查·施特劳斯）1905年把王尔德的原剧谱写成歌剧，只是由拉赫曼译成德文的唱词代替了法文台词。这位晚期浪漫主义作曲家在《莎乐美》和他的另一部歌剧《厄勒克特拉》（1909）中完成了向表现主义的过渡。理·施特劳斯的歌剧《莎乐美》被选为1998年2月香港艺术节的揭幕之作，其中的《七重纱之舞》更是二十世纪以来许多指挥家和交响乐队展示瑰奇多变的管弦乐色彩效果的热门曲目。

王尔德总共写过九部戏剧，但另外四部剧作已被遗忘。真正令他名利双收的那几部社会讽刺喜剧全都集中在九十年代前期，可以想见他在十九世纪末英国戏剧界的作用是何等举足轻重。本文起首处引用的一段文字，写的是对道连·葛雷的道德沦丧负有很大责任的亨利·沃顿勋爵在上流社会餐桌旁口若悬河、妙语迭出的精彩表演，从作者

① 参见王尔德之子维维安·霍兰为《王尔德全集》英文版所写的序，载《王尔德全集》中文版第1卷第39页。

津津乐道的口吻可以看出，王尔德无疑是在顾影自怜，因为他自己正是这样的作秀高手，而他在社交圈中越练越“酷”的口才，在他的社会喜剧中得到了淋漓尽致的发挥，令观众如醉如痴，以致当时的剧场顶替了教堂在社会中的地位(萧伯纳语)。然而正当王尔德作为剧作家的好运如日中天之际，一场丑闻官司却把他从九霄云端一下子直摔进了万丈深渊。

1895 年 2 月 14 日，王尔德最后一部、也是他才华机智达到巅峰状态的剧作《认真的重要》在圣詹姆斯剧院首演，观众如潮，盛况空前。两周后，王尔德在阿尔比马尔俱乐部收到昆斯伯里侯爵约翰·道格拉斯(John Sholto Douglas, Marquis of Queensberry, 1844—1900)留下的名片，上面写着：“致装模作样的好男色者奥斯卡·王尔德”。因为王尔德从 1891 年开始便与比他小十六岁的阿尔弗雷德·道格拉斯(侯爵之子，当时还在上牛津大学)有不正当关系，而且经常“俪影双双”地出现在伦敦的公共场所并一起旅游，侯爵十分反感，却对自己的儿子毫无办法，而阿尔弗雷德也不断向父亲的权威挑战。1894 年 4 月，儿子还曾打电报侮辱其父；6 月，侯爵亦曾到切尔西泰特街王尔德寓所羞辱后者遭逐，故而在大半年后又有这次留名片之举。王尔德与年轻男性的同性恋行为遭人物议不自此时始。前面提到过谴责《道连·葛雷的画像》的评论家中就有一位查尔斯·惠布里，他在《苏格兰观察家报》上撰文称：“奥斯卡·王尔德先生又开始写那等还是不写为妙的货色了，”其中的“又”字暗示王尔德于 1889 年发表的《W. H. 先生的画像》一文。要说这篇东西是小说、散文或学术考据都不像，又都像，内容是通过分析研究莎士比亚的十四行诗提出一种观点：莎翁这些诗篇奉献、赞美的对象 W. H. 先生乃是一个名叫威利·休斯的小男旦(莎士比亚时代戏剧中的少女角色往往由少男扮演)。惠布里显然认为王尔德有拉莎翁为自己“好男色”壮胆之嫌疑。评论接着指出：“……除了那些不法贵族和变态的电报投送员，没人要看他写的东西。”这里更是毫不含糊地重提发生在 1889 年的一桩同性恋丑闻，那件事曾使经常光顾克利夫兰街上一家娈童妓院的阿瑟·索默塞特勋爵和一批邮局雇员名誉扫地。[①]但是到了 1895 年，王尔德却以诽谤罪把昆斯伯里侯爵告上法庭，居然向他一贯通过自己的作品和生活方式加以百般嘲弄的维多利亚时代的英国法律和社会求助。两年后，王尔德沉痛地承认自己干了“一生中最可耻、最无法原谅、最可鄙的事”。1895 年 4 月 3 日法院开庭审理王尔德诉昆斯伯里侯爵诽谤案（王尔德自幼渴望的倒是能在“女王诉王尔德”的官司中出庭），被告轻而易举地反证原告确系“好男色者”，从而推翻关于诽谤的指控。4 月 5 日，侯爵无罪获释，王尔德反因涉嫌“同其他男子发生有伤风化的肉体关系”被捕后取保候审。又经过两次审讯，5 月 25 日，伦敦中央刑事法院根据 1885 年通过的针对男子同性恋的刑法修正案判处王尔德两年劳役刑罚，先后囚于纽盖特、彭顿韦尔和万兹沃斯监狱，11 月 20 日又移至雷丁监狱服满刑期，这位折翅的悖论大师从此一蹶不振。[②]

1897 年 5 月，王尔德刑满释放后立即流亡法国，化名塞巴斯蒂安·梅尔莫斯。三个月后，他完成了长诗《雷丁监狱之歌》，1898 年在伦敦出书，十六个月内就印至第七版。这是他的天鹅之歌，也是作为诗人的王尔德的最高成就。1897 年 9 月，他在法国鲁昂与道格拉斯重逢，两人还于 10 月同赴意大利的卡普里岛旅游，但终于在次年断交。1898 年 4 月，康斯坦丝去世。1900 年 11 月 30 日，王尔德因患脑膜炎病逝于巴黎阿尔萨斯旅馆，临终时由罗斯请来了神父为他施洗，实现了逝者皈依天主教的遗愿。

在王尔德去世之日与这个译本出版之时中间隔着整整一个二十世纪，还得挂上二十一世纪肇始那点儿零。一百多年来，这个“臭名昭著

① Peter Ackroyd, *Introduction to Oscar Wilde's The Picture of Dorian Gray* (Penguin Classics), p.vii.

② 参见《王尔德全集》中文版第 1 卷中文版序第 8—10 页及第 6 卷王尔德年表。

的牛津圣奥斯卡、诗人、殉道者”（他逝世前不久为自己想好的永久称号），一直是文坛最有争议的人物之一。不过，赞美也罢，唾骂也罢，若此公泉下有灵，应该不会感到寂寞和悲哀，因为他有一句名言：“世上唯一比被人议论更糟糕的，就是无人议论。”上世纪末了的那几年，英美两国掀起了一场王尔德热潮。1995 年 2 月，为纪念《认真的重要》上演一百周年，英国政府在威斯敏斯特诗人角设彩色橱窗展览王尔德的生平和创作，伦敦和都柏林分别举行王尔德纪念牌揭幕式；4 月，BBC 播放纪念王尔德的专题片；同年，新月书局印行了最新版的《王尔德全集》。1997 年是王尔德刑满出狱一百周年，伦敦和纽约各地纷纷重排上演《认真的重要》《温德米尔夫人的扇子》等名剧，巴黎出版了法文多卷本《王尔德文集》，英国小说家、电影名演员斯蒂芬 · 弗莱（Stephen Fry）在《星期日泰晤士报》上撰文指出，王尔德再度崛起，成为继莎士比亚之后，在欧洲被阅读最多、被译成语种最多的英国作家。在为数可观的传记中被认为最客观、公允的名作，理查 · 埃尔曼所著《奥斯卡 · 王尔德》一书，由弗莱改编、主演并由布莱恩 · 吉尔伯特执导搬上银幕。弗莱甚至认为：“对于那些近来方有合法同性恋地位且需要英雄和殉道者的人们，他是一个圣人；……称王尔德为救世主，听上去有些过分夸张……但与基督的一生比较，相似之处明显存在。”在 1998 年 3 月 5 日《纽约书评》上发表《预言家》一文的杰森 · 爱普斯坦写道：“……王尔德用他的花花公子面貌和极端的唯美主义来挑战的不单单是维多利亚时代的虚伪。他所挑战的是英国历史上最为顽固的礼法。”

当然，对于如此兴师动众、顶礼膜拜的纪念活动也有人持强烈反对态度。1998 年 5 月 18 日的《纽约客》周刊发表了亚当 · 戈普尼克的文章《发明奥斯卡 · 王尔德》。作者认为“批评家、电影家和剧作家在把维多利亚传统敌人的王尔德当成同性恋殉道者来纪念。他们全都弄错了”。戈普尼克援引王尔德生前所言“凡是企图证明什么的书都不值得阅读”，断言目前所有与之有关的书，王尔德肯定都不会去读。[1]

其实，不同观点的交锋应该是正常和有益的。一百多年前《道连·葛雷的画像》刚一问世便遭到强烈谴责，同样也不意味着当时只有一片讨伐声。除了本文开头提到的柯南·道尔外，爱尔兰诗人、剧作家叶芝(William Yeats, 1865—1939)称《画像》是“一本奇妙的书”，沃尔特·佩特用“真正有活力的”来概括它的特点。也许可以公平地说，只要不是把维多利亚时代的道德观奉为金科玉律的人，都能从中发现不少可供欣赏和值得赞叹的东西。意味深长的是，当初北美洲对此书的评论就比它的原产地好得多。王尔德本人刚从在英国遭到迎头痛击的震荡中缓过神来，便开始努力捍卫这部小说的生存权。他在大量书简、文章(尤其是《从深处》)中提到《画像》时所流露的深情，是他对自己的其他任何作品所不能比拟的。出狱后不久，他在给出版商伦纳德·史密瑟斯的信中写道：“我只知道《道连·葛雷的画像》是部经典作品，而且堪称经典作品。”[2]

同任何经典作品一样，《画像》也是在其他经典的基础上写出来的。探究其渊源，不难想到巴尔扎克的《驴皮记》、戈蒂埃的《莫班小姐》等等。当然，浮士德博士为穷究生命意义用自己的灵魂换取魔鬼靡菲斯特的帮助这笔交易，无疑为道连·葛雷表达那个致命的愿望——让画像变老变丑作为自己永葆青春的代价——提供了一份“合同样本”。作为《人间喜剧·哲学研究》系列中影响最大的一部作品，《驴皮记》显然比其他作品与《画像》有更近的亲缘关系。巴尔扎克笔下的瓦朗坦因欲望得不到满足而日夜受着煎熬，只想求得一天的快乐，哪怕用生命去换取也在所不惜。处在这种心态的瓦朗坦，遇

① 参见赵武平：《世纪末的王尔德——全集编后记》，载《王尔德全集》中文版第6卷第821—834页。

② 此信译文载《王尔德全集》中文版第6卷第465页。

到一个老古董商送给他一张上有东方文字符箓的驴皮，但须用他的生命作代价。驴皮象征着持有者的寿限，它将与所满足的欲望强度、次数成正比同步收缩。瓦朗坦毫不犹豫地接受下来。然而他每次实现自己的愿望后感受到的却不是快乐，而是恐怖，因为眼看着驴皮越缩越小，他清楚地意识到死亡离自己越来越近，最后在一次纵欲中结束了生命。

这里不能不提到《画像》第十章末尾亨利勋爵捎给道连的一本黄封面的书。这本没有直接点明的书乃是法国作家若里斯 · 于伊斯芒斯（1848—1907）所写的《逆反》（Joris Karl Huysmans：*A Rebours*）。它的主人公德艾萨特反抗社会的态度近乎德萨德侯爵（Marquis de Sade，1740—1814，“性施虐狂”或泛指任何虐待狂的 sadism 一词，即由其姓氏得名，此人也因而“不朽”）。王尔德并不掩饰自己对此书一定程度的欣赏，但也毫不含糊地指出“这是一本有毒的书”。上述那些作品的回声在《画像》中时有所闻，但王尔德不是一个一边公开抄袭他人、一边犹抱琵琶半遮面的人，只要有正当理由，他也不怕抄袭自己。他曾告诉一名记者，那本毒害了道连 · 葛雷的奇书应该是《逆反》的一个奇幻变种。但是，用过于肯定的方式断言王尔德与其他作家的相似性或与其他书籍的师承关系，难免会流于轻率。1895 年王尔德在接受一次采访时说过：“撇开希腊文和拉丁文作者的散文、诗歌不说，影响过我的只有济慈、福楼拜和沃尔特 · 佩特，而在我与之相会前，我已迎着他们走了一大半路程。”上述三位作家中有两个是英国人，所以阿瑟 · 兰瑟姆认定《道连 · 葛雷的画像》是“用英文写成的第一部法国小说”这一说法，稍稍有些热心过了头。①

王尔德是个非常迷信的人，《画像》从一开始便让人感到宿命和厄运的压力。请看第一章画家霍尔渥德对亨利勋爵说的话：“才貌出众的

---

① Peter Ackroyd，*Introduction*，pp.xi-xii.

人多半在劫难逃……你有身份和财产，亨利；我有头脑和才能，且不管它们值得几何；道连 · 葛雷有美丽的容貌。我们都将为上帝赐给我们的这些东西付出代价，付出可怕的代价。”当王尔德自己被关在雷丁监狱的囚室内付出他所说的可怕的代价时，曾在《从深处》中提到“厄运像一条紫线贯穿《画像》那件金衣”。小说第十二章一开始交代了道连杀死霍尔渥德那天是前者三十八岁生日的前夕，但在《利平科特月刊》上发表的最早版本却是三十二岁生日的前夕。这不是什么无关宏旨的细节。王尔德最初由于灵感文思如泉涌而写得太快，没有意识到这年龄（王尔德初涉同性恋泥淖时年三十有二）会泄露天机，但他把此事与道连谋杀画家的罪恶联系起来，恰恰说明王尔德并不是一个真正随心所欲、完全蔑视礼法的人。他的负罪感一直令他对自己身上堕落的一面觉得如芒刺在背。但在作者和他笔下的人物之间画等号不免过于简单化。王尔德自己 1894 年 2 月 12 日在致拉尔夫 · 佩恩的信中写道：“这本书会造成毒害，或者促成完美，道连 · 葛雷并不存在……贝泽尔 · 霍尔渥德是我认为的我个人的写照；亨利勋爵在外界看来就是我；道连是我愿意成为的那类人——可能在别的时代。”[①]在文情斐然的字里行间未必不能发现道德家尖刻审视的目光，甚至在他唯美派或花花公子的面具后面潜伏着一个天生的清教徒也难说。他喜欢他所创造的那个光辉灿烂的世界，但也可以让这个世界随着道连 · 葛雷临死前极度恐怖的一声惨叫訇然倒塌。说到底，通过《画像》呈现在读者面前的王尔德，首先是一个小说家，而不是哲学家，也不是文化史家，对小说本身也只能从这一角度来评判。即使不用现今比一百年前“开明”得多的尺度加以衡量，《道连 · 葛雷的画像》也不该被诋为一本不道德的书。

半个多世纪前，笔者还在上海格致中学念高中时，曾通过长度仅

---

① 引自《王尔德全集》中文版第 5 卷（书信卷上）第 606 页。

为三分钟左右的电影预告片最初接触《画像》。这部影片当时的译名叫《孽魂镜》。我从未读过原著小说的译本，直至1958年才买到一册苏联外国文书局版的英文本（有俄文注释）。十年浩劫前期，纯粹为了打发无事可做的时间，我利用旧稿反面的空白纸张把它译了出来，绝对未曾指望来日能够出版。“文革”结束后，人民文学出版社的孙绳武先生把它拿去付梓，并告诉我，活跃于上世纪二三十年代的作家凌叔华女士曾译过此书，但我始终无缘一见。从我1958年购书时算起，事隔二十二年之后（我的译后记写于1980年），不但当初偶然购得的一本英文书配上了版画插图出版在中国大陆已绝迹半个世纪的汉译本，人文社还要我开了一个三卷本的选目准备进而推出《王尔德文集》。后来形势变化很快，我在译了两个半剧本后转到别的工作中去了，这项计划未能实现。不过，《画像》却由好几家出版社印了多次，其中还有盗印的。上世纪临近尾声时，赵武平君主编《王尔德全集》中文版，要去了我译的《画像》《坎特维尔的幽灵》和《温德米尔夫人的扇子》（我译就的《莎乐美》和半部《一个无足轻重的女人》却怎么也找不到了）。现在上海译文出版社要印普及本，我除今年重译了《阿瑟 · 萨维尔勋爵的罪行》外，有机会对多年前的旧译《画像》和《坎特维尔的幽灵》作了一次修订，写这篇代前言距离原先那篇译后记又是二十二年。而这个本子出书时将恰逢翻译《快乐王子集》和《石榴之家集》的巴金先生百岁华诞，我借此机会衷心祝愿这位世纪老人健康长寿。

王尔德留给我印象最深的并不是他的唯美主义艺术观，也不是像燃放烟火那样从他笔下喷发出来的妙语悖论，而是他明白晓畅的文笔，连我这样的小半瓶醋居然也连猜带蒙与他打了几十万字的交道。王尔德过于张狂的个性，使我始终跟他保持着不小的距离，尤其在我接触他的爱尔兰同胞萧伯纳的戏剧以后，这种距离进一步扩大了。然而，我觉得还是应该录下王尔德的儿子维维安 · 霍兰在《王尔德全集》英文版序中的一小段话与这个译本的读者共享：

“有人曾问温斯顿·丘吉尔，来世愿同谁订交倾诉衷肠，他毫不犹豫地答道：‘奥斯卡·王尔德。’”①

荣如德

二〇〇二年十二月

①引自《王尔德全集》中文版第1卷第37页。

自　序

艺术家是美的作品的创造者。

艺术的宗旨是展示艺术本身，同时把艺术家隐藏起来。

批评家应能把他得自美的作品的印象用另一种样式或新的材料表达出来。

自传体是批评的最高形式，也是最低形式。

在美的作品中发现丑恶含义的人是堕落的，而且堕落得一无可爱之处。这是一种罪过。

在美的作品中发现美的含义的人是有教养的。这种人有希望。

认为美的作品仅仅意味着美的人，才是精英中的精英。

书无所谓道德的或不道德的。书有写得好的或写得糟的。仅此而已。

十九世纪对现实主义的憎恶，犹如从镜子里照见自己面孔的卡利班[①]的狂怒。

十九世纪对浪漫主义的憎恶，犹如从镜子里照不见自己面孔的卡利班的狂怒。

人的精神生活只是艺术家创作题材的一部分，艺术的道德则在于完美地运用并不完美的手段。

艺术家并不企求证明任何事情。即使那些天经地义的事情也是可以证明的。

艺术家没有伦理上的好恶。艺术家如在伦理上有所臧否，那是不可原谅的矫揉造作。

艺术家从来没有病态的。艺术家可以表现一切。

思想和语言是艺术家艺术创作的手段。

邪恶与美德是艺术家艺术创作的素材。

从形式着眼，音乐家的艺术是各种艺术的典型。从感觉着眼，演员的技艺是典型。

一切艺术同时既有外观，又有象征。

有人要钻到外观底下去，那由他自己负责。

有人要解读象征意义，那由他自己负责。

其实，艺术这面镜子反映的是照镜者，而不是生活。

对一件艺术品的看法不一，说明这作品新颖、复杂、重要。

批评家们尽可意见分歧，艺术家不会自相矛盾。

一个人做了有用的东西可以原谅，只要他不自鸣得意。一个人做了无用的东西，只要他视若至宝，也可宽宥。

一切艺术都是毫无用处的。

奥斯卡 · 王尔德

---

① 卡利班，莎士比亚戏剧《暴风雨》中凶残、丑陋的奴仆。

第一章

画室里弥漫着浓郁的玫瑰花香，每当夏天的微风在花园的树丛中流动，从开着的门外还会飘进来紫丁香的芬芳或嫩红色山楂花的幽香。

亨利·沃登勋爵躺在用波斯毡子作面的无靠背长沙发上，照例接连不断地抽着无数支的烟卷。他从放沙发的那个角落只能望见一丛芳甜如蜜、色也如蜜的金链花的疏影，它那颤巍巍的枝条看起来载不动这般绚丽灿烂的花朵；间或，飞鸟的奇异的影子掠过垂在大窗前的柞丝绸长帘，造成一刹那的日本情调，使他联想起一些面色苍白的东京画家，他们力求通过一种本身只能是静止的艺术手段，来表现迅捷和运动的感觉。蜜蜂，有的在尚未刈倒的长草中间为自己开路，有的绕着枝叶散漫、花粉零落的金色长筒状忍冬花固执地打转，它们沉闷的嗡嗡声似乎使凝滞的空气显得更加难以忍受。伦敦的市声，犹如远处传来的管风琴的低音，隐约可闻。

画室中央的竖式画架上放着一幅全身肖像，画的是一个俊美出奇的青年。保持一小段距离坐在它前面的就是画像的作者贝泽尔·霍尔渥德。若干年前他突然不知去向，一度闹得满城风雨，引起许多离奇的猜测。

画家看着他以如此精湛的技巧反映在作品中的这个风姿秀逸的形象，脸上浮起了满意的笑容，而且这笑容仿佛要再多滞留一会儿。可是他霍地站起身来，闭上眼睛，用手指按住眼睑，仿佛要把一个奇异的梦境羁留在脑际，生怕自己从中醒了过来。

“这是你最好的作品，贝泽尔，超过你过去所画的一切，”亨利勋爵懒洋洋地说，“明年你一定得把它送到格罗夫纳[1]去展出。皇家美术院太大，也太俗气。我每次去那儿，不是人多得叫你看不见画，就是画多得看不见人。前一种情况很讨厌，后一种情况更糟糕。格罗夫纳的确是唯一合适的地方。”

“我不想把它送到任何地方去，”他回答时脑袋朝后一仰的独特姿势，当年在牛津常常被同学们取笑，“不，我哪儿也不送。”

亨利勋爵扬起眉毛，透过一个个淡蓝色的烟圈诧异地望着画家，从他抽的那种掺有鸦片的烈性烟卷中冒出的烟，正盘成奇形怪状的螺环袅袅上升。“哪儿也不送去？我亲爱的朋友，这是为什么？究竟什么原因？你们这些画家真是怪人！你们为了成名什么都干。一旦出了名，又觉得是个负担。你这个傻瓜，世上比被人议论更糟糕的事情只有一桩，那就是根本没有人议论你。这幅画像可以使你凌驾于英国所有的年轻人之上，并且使老头儿们十分妒忌，如果老头们还能激动的话。”

“我知道你会笑我，”他答道，“可是我确实不能把它拿去展出。我在这里头倾注了太多自己的东西。”

亨利勋爵在沙发上伸了个懒腰，放声大笑。

“是的，我知道你会笑的；反正事情确确实实是这样。”

“倾注了太多自己的东西！说真的，贝泽尔，我过去不知道你是这样自命不凡。凭你这刚强的粗线条面孔和煤一样黑的头发，我实在看不出你跟这个仿佛用象牙和玫瑰花瓣做成的阿多尼斯②有什么相似的地方。是啊，我亲爱的贝泽尔，他是一个那喀索斯③；而你，诚然，你的表情是充满理智一类东西的。可是，理智的表情在哪里露头，美，真正的美就在那里告终。理智本身就是反常的，它会破坏任何一张容貌的和谐。一个人一坐下来动脑筋，我们看到的就只有他的鼻子、前额，或别的可怕的东西。请看那些从事需要高深学问的职业④且有成就的人，他们简直难看极了！当然，神学家是例外。不过他们是不动脑筋的。一个主教到了八十岁还在讲他十八岁时被灌输的那一套，看起来自然讨人喜

---

①格罗夫纳，指1877年由库茨·林赛在伦敦建立的一个画廊，专门陈列前卫画家(如当时的拉斐尔前派)的作品。

②阿多尼斯，希腊神话中的美少年，爱神阿芙罗狄蒂的情人。

③那喀索斯，希腊神话中顾影自怜的美少年，死后变成水仙花。

④指法学、神学和医学。

欢。虽然你始终没有告诉我，你这位神秘的年轻朋友叫什么名字，可是他这幅肖像确实叫我着迷。他从来不动脑筋，我对这一点深信不疑。他是一种没有头脑的、美丽的生物；冬天无花可赏的时候，夏天需要让脑子清爽一下的时候，最好有他在眼前。贝泽尔，不要自作多情了：你一丝一毫也不像他。”

“你不懂得我的意思，亨利，”画家说，“我当然不像他。这一点我非常清楚。其实我也不愿意像他。你不以为然吗？我对你说的是真话。才貌出众的人多半在劫难逃，这样的劫数好像总是尾随着古今帝王的踉跄的脚步。普普通通的人倒更安全些。在这个世界上总是丑人和笨伯最幸运。他们可以舒舒服服地坐在那里看别人表演。纵使他们不知道什么是胜利，至少不必领略失败的滋味。他们的日子本是我们大家应该过的那种日子：安稳太平，无所用心，没有烦恼。他们既不算计别人，也不会遭仇人暗害。你有身份和财产，亨利；我有头脑和才能，且不管它们值得几何；道连 · 葛雷有美丽的容貌。我们都将为上帝赐给我们的这些东西付出代价，付出可怕的代价。”

“道连 · 葛雷？这就是他的名字？”亨利勋爵问，同时从画室的一端向贝泽尔 · 霍尔渥德走过去。

“是的，这就是他的名字。我本来不打算告诉你的。”

“那又为什么呢？”

“哦，我说不上来。我如果非常非常地喜欢谁，我就从来不把他们的名字告诉任何人。这有点儿像把他们部分地出让。我现在变得喜欢秘密行事了。这大概是能够使现代生活在我们心目中变得神秘莫测的唯一办法。哪怕是最平常的事情，只要你把它隐瞒起来，就显得饶有趣味。现在我要是离开伦敦，我决不会告诉家里人上哪儿去。我要是告诉了，我就会觉得索然无味。这也许是一种愚蠢的习惯，但不知怎么的好像能使一个人的生活平添许多罗曼蒂克的气氛。你大概觉得我这种行为荒唐透顶吧？”

“一点儿也不，”亨利勋爵回答说，“一点儿也不，我亲爱的贝泽尔。你好像忘了我是个已经结婚的人，而结婚的唯一美妙之处，就是双方都绝对需要靠撒谎过日子。我从来不知道我的妻子在什么地方，我的妻子也从来不知道我在干什么。我们见面的时候，比如一起在别处吃饭，或者到某一公爵府去拜访，反正偶尔见面的时候，我们总是相互编造种种再荒谬不过的假话，而面部的表情却是再正经不过的。在这方面，我的妻子是很高明的，实在比我高明得多。她从来不会在日期上颠三倒四，而我却常常如此。不过她即使识破我的谎话，也从不吵闹。有时我巴不得她吵闹一场，可她只是把我取笑一番了事。”

“我讨厌你这样谈你的家庭生活，亨利，”贝泽尔·霍尔渥德一面说，一面往通向花园的门那边踱去，“我相信你实际上是个很好的丈夫，不过你硬是以自己的美德为耻辱。你是个怪人。你从来不说正经话，你也从来不做不正经的事。你的玩世不恭无非是装腔作势。”

“保持本色才是装腔作势，而且是我所知道的最令人讨厌的装腔作势。”亨利勋爵笑着高声说。这两个年轻人一同走到了花园里，在一丛高大的月桂树的遮荫下面一张长竹凳上坐定。阳光从光滑的树叶上溜过。一些白色的雏菊在草丛中摇曳。

在一阵沉默之后，亨利勋爵掏出他的表来。“我恐怕该走了，贝泽尔，”他喃喃地说，“在我走以前，我还是要你回答刚才我向你提的那个问题。”

“什么问题？”画家问，眼睛仍盯着地上。

“你明明知道。”

“我不知道，亨利。”

“好吧，我告诉你我指的是什么。我要你向我解释，你为什么不愿意展出道连·葛雷的肖像。我要知道真实的原因。”

“我已经把真实的原因对你说了。”

“不，你没有说。你说因为那里边有太多你自己的东西。这完全是孩子气的说法。”

“亨利，”贝泽尔凝视着他的脸说，“凡是怀着感情画的像，每一幅都是作者的肖像，而不是模特儿的肖像。模特儿仅仅是偶然因素。画家用油彩在画布上表现的并不是模特儿，应该说是画家自己。我不愿展出这幅像，是因为我担心它会泄露我自己灵魂的秘密。”

亨利勋爵笑了起来。“那是什么秘密？”他问。

“我来告诉你吧。”霍尔渥德说，但是他脸上现出了一种困惑的表情。

“我等着听呢，贝泽尔。”亨利勋爵向他看了一眼敦促道。

“哦，其实也没有什么可谈的，亨利，”画家说，“恐怕你未必能理解。很可能你不会相信。”

亨利勋爵微微一笑，他俯身从草丛中摘下一枝粉红花瓣的雏菊，拿来细心观看。“我确信我能理解，”他说，一面凝视着那个像是用白羽毛镶边的小金盘，“至于信与不信，我可以相信任何事情，只要那是完全不足信的。”

一阵风从树上吹落了几朵花，沉甸甸的紫丁香花的成簇的星状花序在重而静止的空气中晃去摇来。墙根旁有一只纺织娘开始歌唱，一只细长的蜻蜓张开棕色的透明翅膀一闪而过，好像划下一条蓝色的线。亨利勋爵几乎能听见贝泽尔·霍尔渥德的心跳，但不知下文究竟如何。

“事情的经过很简单，”画家略事沉吟后说，“两个月以前，我去参加布兰登夫人举办的一个晚会。你要知道，我们这些穷画家有时不得不在社交界露露面，至少是要让人们知道我们不是野蛮人。有一次你对我说过，只要穿上晚礼服，打着白领结，哪怕一个股票经纪人也可以博得文明人的名声。我在客厅里跟一些打扮得吓人的贵族遗孀和乏味透顶的皇家美术院院士聊了十来分钟，忽然觉得有人在瞧着我。我转过头去，就这样第一次看见了道连·葛雷。当我们的视线碰在一起的时候，我发觉自己的脸色在变白。一阵莫名其妙的恐惧向我袭来。我明白自己面对面遇上了这样一个人，单是他的容貌就有那么大的魅力，如果我任其摆布的话，我整个人，整个灵魂，连同我的艺术本身，统统都要被吞噬掉。我在自己的生活中素来不需要任何外来的影响。你也知道，亨利，我有着怎样的独立性格。我一直是自己的主人，至少在我遇见道连·葛雷之前一直如此。可现在……我不知道怎么对你说好。好像有一个声音告诉我，我正面临着平生最可怕的危机。我有一种奇怪的感觉，觉得命运为我准备着异乎寻常的快乐和异乎寻常的痛苦。当时我愈想愈害怕，就转身打算走出客厅。驱使我这样做的并不是良心，而是胆怯。我不想把打算逃跑说成是我的光荣。”

“良心和胆怯其实是一码事，贝泽尔。良心不过是胆怯的商号名称罢了。”

“我不信这种说法，亨利，我想你也不信。不管是什么驱使着我，可能是自尊心，因为我一向自尊心很强，反正竭力往门外挤。偏偏在门口撞见布兰登夫人，‘你这么早就想逃跑吗，霍尔渥德先生？’她发出了尖叫。你知道她的嗓子有多尖哪！”

“她在哪方面都像一只孔雀，可就是不如孔雀那么美。”亨利勋爵说着，用他细长的手指神经质地把雏菊扯成碎片。

“我没法把她甩掉。她把我引荐给皇亲国戚、达官贵人和那些头戴巨大冠冕、长着鹦鹉鼻子的老太婆。她对人说我是她最好的朋友。我以前明明只见过她一回，可她认定我就是她们名流圈子中的一员。诚然，我有一幅画当时曾获得很大的成功，至少几张小报对它鼓噪过一阵子——这是十九世纪名垂不朽的标准。突然，我跟那个使我奇怪地激动起来的年轻人打了个照面。我们靠得很近，几乎碰着了。我们的视线再次相遇。我竟冒冒失失地请布兰登夫人给我们介绍一下。也许这并不算太冒失，而且恐怕是无法避免的。即使没有人介绍，我们也会互相攀谈起来。我相信一定会这样。道连事后也对我这样说过。他也感觉到我们是命中注定要互相认识的。”

“布兰登夫人是怎样介绍这位奇妙的年轻人的？”亨利勋爵问。“我知道她喜欢对她的每一个客人作急口令式的鉴定。我记得，有一次她把我介绍给一个勋绶满胸、一脸凶相的红面孔老头。我们向他走过去的时候，她凑在我耳边讲有关那老头的种种骇人听闻的隐私，她像在悲剧里说悄悄话那样，使客厅里人人都听得一清二楚。我立刻逃之夭夭。我喜欢凭自己的眼光去看人。可是布兰登夫人介绍她的客人同拍卖行里介绍商品一模一样。她要么胡乱搪塞，要么说上好多废话，可就是没有你想知道的事。”

“可怜的布兰登夫人！你把她形容得太过分了，亨利！”霍尔渥德没精打采地说。

“我的老弟，她打算办一个沙龙，事实上只是开了一家饭馆。这叫我怎么能为她喝彩呢？你还是告诉我吧，关于道连·葛雷她是怎么说的？”

“哦，大概是这么几句：‘这孩子真可爱……当年我跟他那可怜的妈妈真是形影不离。他干什么我可全忘了……恐怕不干什么……噢，对了，会弹钢琴，也许是拉小提琴吧，亲爱的葛雷先生？’我和道连都忍不住笑了起来，我们立刻做了朋友。”

“笑对于交朋友倒是个不坏的开端，要是以笑告终那就更好。”年轻的勋爵说着又摘下一枝雏菊。

霍尔渥德摇了摇头。“你不懂什么是友谊，亨利，”他嘀咕着说，“你也不懂得什么是仇恨。你什么人都喜欢，那就是说你对什么人都无所谓。”

“你太不公平了！”亨利勋爵嚷着。他把帽子往后一推，抬头望着像一团团闪光的绢丝在夏天的碧空中飘浮的白云。“是的，太不公平了。我对人的态度大有区别。我同相貌美的人交朋友，同名声好的人做相识，同头脑灵的人做对头。在挑选敌人的时候怎么小心也不过分。我的敌人没有一个是笨蛋。他们的智力都很发达，所以他们都很赏识我。

我大概是自命不凡吧？我想是的。”

“我觉得是这样，亨利。按照你的标准，想必我只是一个相识。”

“我亲爱的贝泽尔，你是远远超过一个相识的。”

“但也远远算不上朋友。我猜想大概类似一个兄弟。”

“啊，兄弟！我才不管他们呢。我的哥哥偏偏不想死，我的弟弟们却成天在找死。”①

“亨利！”霍尔渥德皱眉喝住他。

“亲爱的，你不要太认真。不过我实在讨厌我的亲属。大概原因在于我们谁也忍受不了和我们有同样毛病的人。英国的民主派对于他们所谓的上层阶级的劣根性深恶痛绝，我也颇有同感。老百姓把酗酒、愚昧和道德败坏视为他们所专有，如果我们中间有谁出这种洋相，就被认为侵犯他们的权利。当可怜的索思沃克闹离婚的时候，老百姓的愤怒简直无与伦比。可是我不敢说有百分之十的无产者是循规蹈矩的。”

“你这番话我半句也不同意，不但如此，亨利，我肯定你自己也不相信。”

亨利勋爵捋捋他的棕色尖胡须，用带流苏的乌木手杖在漆皮鞋上敲敲。“你是个地道的英国人，贝泽尔！你这是第二次发表这样的评语了。向一个彻头彻尾的英国人谈出某种想法总是一件欠考虑的事情，因为他从来不去分析这个想法是对是错。他认为唯一重要的是对方自己相信不相信。实际上，一种想法是否有价值，同谈出这个想法的人是否出于真心毫无关系。事实多半是这样：说的人愈不是真的相信，那个想法就愈显得有道理，因为这样才不夹杂他个人的需要、个人的愿望或个人的成见。不过我不打算跟你讨论政治、社会学或形而上学。我喜欢人甚于喜欢原则，我喜欢无原则的人甚于喜欢其余的一切。你多给我讲讲道连·葛雷先生的事吧。你跟他常见面吗？”

---

① 根据英国法律，财产所有者死亡时如无遗嘱留下，遗产全部由长子或其后嗣继承。这项法律于 1925 年废除。

“天天见面。要是一天不见，我就很不高兴。我绝对少不了他。”

“稀奇事！我一直以为你除了自己的艺术外什么都不感兴趣。”

“现在对我说来，他就是我的全部艺术，”画家严肃地说，“我有时候认为，亨利，世界历史上只有两个时代值得一提。其一是出现了新的手段供艺术使用，其二是出现了新的人供艺术表现。油画的发明对威尼斯画派曾意味着什么，安梯诺斯[①]的面孔对后期希腊雕塑曾意味着什么，有朝一日道连·葛雷的容貌对我也会有这样的意义。我用油彩画他，给他勾线，作素描，这些我当然都做了，但不仅如此。对我说来，他远远超过了一个模特儿。倒不是说我对自己所画的他的肖像不满意，也不是说他的美是艺术所无法表现的，没有什么是艺术不能表现的。我也知道自从遇见道连·葛雷以后，我作的这幅肖像画是件好作品，是我生平最好的作品。可是说也奇怪，——不知道你能不能理解我的意思？——他的容貌向我启示了一种全新的技法，一种全新的风格。我看事物和过去不同了，我对它们的想法也不同了。现在我可以用过去不知道的方式来再现生活。‘在理念至上的日子里梦想着形式’，——这是什么人说的？我忘了；但道连·葛雷对我说来正是这样的梦想。尽管他已经二十出头，我还是把他当作一个少年。啊！不知你能不能想象：单是这个少年的出现就意味着什么？他自己也不知道他在为我们勾勒一个新学派的轮廓，这个学派将具备浪漫精神的全部热情和希腊精神的完美特征。灵魂与肉体的和谐——这是多么了不起啊！我们曾在疯狂状态中把这二者分离了，发明了庸俗的现实主义和空洞的理想主义。亨利！你要是懂得道连·葛雷对我意味着什么就好了！你还记得我的一幅风景画吗？就是阿格纽[②]肯出极高的价钱而我不愿卖掉的那幅。这是我最好的作品之一。原因何在？因为我作这幅画的时候，道连·葛雷坐

① 安梯诺斯（110？—130），得到罗马皇帝哈得良（Hadrian，76—138）宠幸的美少年，溺死于尼罗河。后人纷纷为他建庙塑像。

② 阿格纽（1825—1910），画商。

在我旁边。他有一种不可捉摸的感染力传给我，于是我有生以来第一次在极平常的树林子里发现了我一直在寻找、可始终没有找到的奇迹。”

“贝泽尔，这的确不平常！我要见一见道连·葛雷。”

霍尔渥德从长凳上站起来，在花园里踱了几个来回，又回到长凳前。“亨利，”他说，“道连·葛雷无非是我的创作主题。你在他身上看不出什么来。而我什么都看得出来。在我没有把他画进去的作品中可以更强烈地感到他的存在。我刚才说过，他启示了一种新的技法。我可以在某些线条的折曲、某些色彩的动人微妙处发现他。事情就是这样。”

“那你为什么不愿展出他的肖像呢？”亨利勋爵问。

“因为我不知不觉地在里边倾注了一个画家的全部崇拜之情；这是非常奇怪的感情，当然，我从来没有告诉过他。他一点儿也不知道。他永远也不会知道。但是世人可能猜得到，我不愿意暴露我的灵魂让那些好奇的凡夫俗子瞧个没完。我的心决不放到他们的显微镜下面去。这幅像里我自己的东西太多了，亨利，实在太多了。”

“诗人们可不像你这样躲躲闪闪。他们懂得描写激情的东西在出版方面是有利可图的。时下最畅销的书多半是碎了的心之类。”

“所以我讨厌诗人，”霍尔渥德紧接着说，“艺术家应当创造美的作品，但不应当把个人生活中的任何东西放进去。在我们这个时代，人们看待艺术就仿佛它应该是自传的一种形式。我们丧失了抽象的美感。有朝一日我要让世人知道什么是抽象的美感；为了这个缘故，世人将永远看不到我给道连·葛雷画的像。”

“我认为你说得不对，贝泽尔，不过我不想跟你辩论。只有完全丧失理智的人才喜欢辩论。告诉我，道连·葛雷是不是很喜欢你？”

画家思索了一会儿，然后回答：“他喜欢我，我知道他喜欢我。当然，我对他奉承得很厉害。有些话我明明知道讲了会后悔，可是我觉得向他讲这些话有一种奇妙的乐趣。他对我通常是很亲切的，我们俩坐在画室里海阔天空什么都谈。然而有时候，他麻木不仁得可怕，而且大有以我的痛苦为乐的样子。那时，亨利，我觉得我把自己的整个心灵都给了一个人，这个人却把它当作插在上衣钮孔上的一朵花，当作一件满足虚荣心的装饰品对待，只供夏天一日之用。”

“夏天日长，贝泽尔，”亨利勋爵咕哝着，“也许你将比他更早生厌。想起来未免悲哀，但天才无疑要比美耐久些。我们大家拼命想多长点学问，原因就在于此。在激烈的生存竞争中，我们需要有些耐久的东西，所以我们尽把各种垃圾和事实往脑袋里装，妄想保住自己的一席地位。现代的理想人物就是无所不晓的人。而无所不晓的人的头脑是很可怕的。它像一家古董铺子，里边全是古里古怪的玩意儿，到处是灰尘，每一件东西的标价都大大超过它本身的价值。不管怎样，我还是认为你将先感到厌倦。总有一天，你看着你的朋友，会觉得他好像不那么匀称，对他的肤色，或者别的什么觉得不中意。你会在心底里狠狠地责备他，并且当真地认为他非常对不起你。下次他再来，你就对他十分冷淡了。这将是件很大的憾事，然而势所必然。你刚才告诉我的故事的确很罗曼蒂克，可以说是一段艺术的罗曼司，而任何罗曼司最糟糕的后果是叫人变得没有丝毫罗曼蒂克的气息。”

“亨利，不要这样说。我活着一天，道连 · 葛雷就永远是我的主宰。我的感受你是体会不到的。你太多变了。”

“啊，我亲爱的贝泽尔，恰恰因为如此，我才能体会你的感受。不变心的人只能体会爱的庸俗的一面，唯有变心的人知道爱的酸辛。”亨利勋爵用精美的银质烟匣打火，点了一支烟抽起来，那神态似乎因为茫茫世事被自己一语道破而得意得有点不好意思。几只麻雀在常春藤碧油油的叶片中吱吱喳喳，蓝色的云影像一群燕子在草上掠过。花园里真可爱！人们的感情真有意思！他觉得，比他们的思想有意思多了。自身的灵魂和朋友的情爱，这是生活中最迷人的。他暗自高兴地想象着由于他在贝泽尔 · 霍尔渥德这里耽搁太久而错过的那顿无聊的午餐。如果他到了姑妈家去吃饭，准会在那里碰见古德博迪勋爵，话题反正跳不出给贫民施食以及设立模范寄宿所的必要性。每个阶级都要宣扬那些他们自己无须实行的美德是如何重要。有钱人大讲节约的好处，游手好闲的人口若悬河地谈论劳动之伟大。这一切今天都不必奉陪了，真开心！他想到姑妈的时候，一下子若有所悟。他转向霍尔渥德说道："老弟，我刚想起来了。"

"想起了什么，亨利？"

"我在哪儿听到过道连·葛雷的名字。"

"在哪儿？"霍尔渥德问，眉头略略皱了一下。

"不要这样绷着脸看人，贝泽尔。我记得是在我姑妈阿加莎夫人那里。她告诉我说，她发现了一个出色的年轻人，这个人愿意帮她在东区[1]做善事，他的名字叫道连·葛雷。我应当声明一下，她从来没向我谈起过这个人很漂亮。女人对于美貌没有鉴赏能力；至少正派女人是这样。她只说那青年踏实认真，心地善良。我立刻想象那是一个戴眼镜的家伙，头发柔软平直，满脸雀斑，一双大脚走起路来趿里趿拉。我要是早知道那是你的朋友就好了。"

"我很高兴你当时不知道，亨利。"

"为什么？"

"我不希望你跟他相识。"

"你不希望我跟他相识？"

"对。"

"先生，道连·葛雷先生来了，在画室里。"仆人到花园里来通报。

"这下你只好给我介绍了。"亨利勋爵高声笑道。

画家转向站在阳光下睁不开眼睛的仆人，说："帕克，请葛雷先生

① 东区，伦敦的贫民区，与豪华的西区形成强烈对照。

稍待，我一会儿就来。”仆人鞠了一躬，沿着小路走回去。

这时他对亨利勋爵看了一眼。“道连·葛雷是我最好的朋友，”他说，“他心地纯洁而善良。你姑母对他的评语一点也不错。不要毁了他。不要去影响他。你的影响好不了。世界大得很，出色的人物有的是。不要把他从我身边夺走，唯独他才能使我的艺术具有目前的那种魅力。我的艺术家的生命全在他手里。记住，亨利，我相信你。”他说得很慢，这些话几乎是违背他的意志硬挤出来的。

“你扯到哪儿去了！”亨利勋爵笑容可掬地说着，抓住霍尔渥德的胳膊，连扶带拽地和他一起回到屋里。

第二章

他们走进画室，看见道连·葛雷背对他们坐在钢琴前翻阅一本舒曼的《林中小景》[①]。“贝泽尔，你得把这本谱子借给我，”他嚷道，“我要练这些。太好了！”

“这完全取决于你今天的姿势摆得好不好，道连。”

“哦，我可摆腻了，我不要这种跟我一样大的等身图像！”那少年任性地闹着在琴凳上转过身来。他看到亨利勋爵，脸上刷地升起一阵淡淡的红晕，连忙站了起来。“请原谅，贝泽尔，我不知道你有客。”

“这位是亨利·沃登勋爵，我在牛津时的老朋友。我刚告诉他，你是个多么好的模特儿，可现在你把事情给弄糟了。”

“一点儿也没有弄糟，见到你我很高兴，葛雷先生，”亨利勋爵说着，走上前去并伸出手，“我姑妈常常跟我谈起你。你是她特别喜爱的人，而且我担心，你也是她的一个受害者。”

“眼下阿加莎夫人正在生我的气，”道连怪可笑地带着忏悔的表情说，“我答应上星期二陪她到白教堂[②]一个俱乐部去，可是我忘记得一干二净。原先排定我和她联合表演钢琴二重奏，弹三首乐曲。我简直想象不出她会怎样骂我。我真不敢上她家去。”

“放心，我会使你和我姑妈和解的。她非常疼你。我想，你没有参加演出也无所谓。听众很可能以为那是二重奏。因为阿加莎姑妈弹起钢琴来音量特别大，一个顶俩绰绰有余。”

“这样的评语对她太不恭敬，对我也不算赞扬。”道连笑着说。

亨利勋爵望着他。是啊，他确实美得出奇：鲜红的嘴唇轮廓雅致，湛蓝的眼睛目光坦然，还长着一头金色的鬈发。他的眉宇间有一股叫人一下子就信得过的吸引力。青春的率真、纯洁的热情一览无余。你会感觉到，他还没有被这浊世所玷污。怪不得贝泽尔·霍尔渥德对他如此崇拜。

“葛雷先生，你太可爱了，做慈善事业是不合适的，完全不合适。”亨利勋爵说着在沙发上躺下，打开他的烟匣。

画家忙着调色和准备画笔。他似乎显得心烦意乱，当听到亨利勋爵末了那句话，便抬头向他瞥了一眼，犹豫了一下，然后说：“亨利，我想今天把这幅像完工。我要是请你走，你不会觉得我太不礼貌吧？”

亨利勋爵粲然一笑，向道连·葛雷瞧了瞧，问道：“你说我该不该走，葛雷先生？”

“哦，请不要走，亨利勋爵。我看贝泽尔今天情绪不好，我最讨厌他这副样子。再说，我希望你告诉我，为什么我做慈善事业不合适。”

“我不知道这事会由我来告诉你，葛雷先生。这话题过于沉闷，非得一本正经来谈不可。不过既然你要我留下，我一定不走。贝泽尔，你不介意吧？你对我讲过好几次，说你喜欢有人同你的模特儿聊聊。”

霍尔渥德咬了咬嘴唇。“既然道连要这样，你当然得留下。道连的怪脾气任何人都得迁就，除了他自己。”

亨利勋爵拿起他的礼帽和手套。“贝泽尔，尽管你诚意相留，我看我还是得走。我跟一个人约好在奥尔良饭店见面。再见，葛雷先生。改天下午请到柯曾街舍间来玩。我五点钟几乎总是在家的。你来以前请写信告诉我。万一让你扑空，我将非常遗憾。”

“贝泽尔，”道连·葛雷嚷了起来，“如果亨利·沃登勋爵要走，我也走。你画画的时候始终不开口，让我站在垫脚上装出一副快乐的傻相，多无聊啊！请他留下吧。我一定要把他留下。”

“别走了，亨利，看在道连的分上，这也是帮我的忙，”霍尔渥德说时凝神端详他的作品，“一点不假，我工作的时候从来不开口，也从不听别人说话，想来我的不幸的模特儿一定闷得受不了。我请求你

---

① 指德国作曲家罗伯特·舒曼(1810—1856)所作的一部钢琴套曲的乐谱。

② 白教堂，音译“怀特恰佩尔”(Whitechapel)，伦敦东区贫民窟最集中的一个区。

留下。”

“那我在奥尔良约好的人怎么办？”

画家笑了起来。“我想不会有什么问题。重新坐下吧，亨利。道连，现在你站到垫脚上去，不要挪动得太厉害，也不要把亨利勋爵说的话当作一回事。他所有的朋友都受到他极坏的影响，只有我一个人例外。”

道连·葛雷带着一副年轻的希腊殉道者的表情站到垫脚上，他向亨利勋爵做了一个不满意的怪相，但心里却十分喜欢他。他跟贝泽尔大不一样，两人形成很有趣的对照。他的声音非常好听。少时，道连·葛雷对他说：“你真的给人极坏的影响吗，亨利勋爵？贝泽尔是不是言过其实？”

“好影响是根本没有的，葛雷先生。任何影响都是不道德的，从科学观点来看就是如此。”

“为什么？”

“因为影响他人就是把自己的灵魂强加于人。对方就不再用自己天赋的头脑来思想，不再受天赋的欲念所支配。他的美德并不真正是他自己的。他的罪恶也是剽窃来的——如果有罪恶的话。他变成了别人的乐曲的回声，像一个演员扮演并非为他写的角色。人生的目的是自我发展。充分表现一个人的本性，这就是我们每一个人活在世上的目的。如今的人们害怕自己。他们忘了高于一切的一种义务是对自己承担的义务。当然，他们都有好心肠。他们给饥者施食，给乞丐施衣。可是他们的灵魂却在挨饿，而且赤裸裸毫无遮蔽。勇气已经离开了人类。也许我们从未真正有过勇气。对社会的畏惧，对上帝的畏惧，就是这二者统治着我们。前者是道德的基础，后者是宗教的秘密。不过……”

“道连，好孩子，把你的头向右边稍微转过去一点。”画家说。他全神贯注在工作上，只感觉到这少年的脸上出现了一种前所未有的神采。

“不过，”亨利勋爵继续用低沉而动听的声音往下说，一边做着优美的手势，那是他在伊顿公学①的时候就为人所熟知的，“我相信，每个人要是能充分自在地生活，可以表达自己的任何感情，说出任何念头，实现任何梦想——要是这样，我相信世界将焕发出蓬勃的朝气，我们将忘记一切中世纪的弊病，回到古代希腊的理想境界，甚至可能到达比这更完美、更富足的境界。但是，我们中间最大胆的人也怕他自己。野蛮时期残害人体的遗风还可悲地反映在人们的自我克制上，这使我们的生活遭到损害。我们正在为这种自我限制受到惩罚。我们竭力压抑的每一种欲望都在我们心中作怪，毒化我们。而肉体一旦犯下罪恶，也就摆脱了作恶的欲念，因为行动是一种净罪的方式。事后留下的只是甜蜜的回忆或悔恨的快感。摆脱诱惑的唯一办法是向它屈服。如果进行抵抗，你的灵魂将堕入无边的苦海，因为它所渴慕的是它自己所禁止的，它所向往的是被它自己那一套荒谬的法律视为荒谬和非法的。有人说，世上了不起的大事是发生在头脑里的。我说，了不起的罪恶也发生在头脑里，而且仅仅发生在头脑里。就说你吧，葛雷先生，你在红玫瑰一样灿烂的青春时期，或在白玫瑰一样纯洁的少年时代，你也有使你害怕的欲望，叫你发抖的念头，你也会醒着胡思乱想，睡着梦魂颠倒，一想起这些，你就会羞得脸上热辣辣的……”

“等——等一下！”葛雷结结巴巴地说，“等一下！你把我搞糊涂了。我不知道说什么好。我应该有话回答你，可我找不出话来。不要说了。让我想一想。不，还是不要让我想的好。”

约莫有十来分钟，他站在那儿一动也不动，嘴唇微微张开，眼睛异样地发亮。他隐约意识到，一些全新的思绪开始在他身上萌动。不过他觉得那是从他自己心底涌出来的。贝泽尔的朋友对他说的几句话无疑是信口开河，故作惊人之论，却触动了某一根秘密的心弦。这根弦以前

---

① 伊顿公学，英国著名的贵族男子中学，1440 年创办于伦敦之西的伊顿镇，毕业生多升入牛津、剑桥等名牌大学。

从未被触及，可是现在已开始震荡和奇怪地搏动。

音乐也曾这样使他激动。音乐也曾多次搅乱他的心。但音乐不是那么明白清楚的。它在我们身上造成的不是一个新世界，而只是另外的一团糟。然而这是言语！光这么几句话就够可怕了！那是多么清楚、鲜明而又残酷的啊！叫你无处躲避。那里边又有着多么难以捉摸的魔力啊！言语似乎能使轮廓模糊的事物具备可塑的形态，言语有它自己的像诗琴和古提琴一般悦耳的音乐。光这么几句话！还有什么比得上言语那样实在的吗?

是啊，在他的少年时代有些事情他不明白。现在他明白了。生活一下子向他闪耀出火红的色彩。他觉得自己好像在烈焰中行走。他过去怎么不知道呢?

亨利勋爵带着一丝淡淡的笑意观察他。他把握得住，在什么样的心理时刻应该保持沉默。他产生了强烈的好奇心。他没料到自己的话竟会给人如此深刻的印象，回想起自己十六岁那年看过的一本书向他揭示了许多以前所不知道的事情，他思量着：道连 · 葛雷是否正在经历类似的阶段？他不经意地向空中射了一箭，难道竟中了靶心！这个少年真迷人!

霍尔渥德的笔在画布上汪洋恣肆地挥洒自如，这种真正洗练和恰到好处的笔触只可能来自惊人的才力，至少在艺术上是这样。画家没有觉察到对话出现了冷场。

“贝泽尔，我站腻了，”道连 · 葛雷忽然叫嚷起来，“我要到花园里去坐一会儿。这儿闷得要命！”

“亲爱的，我很抱歉。我画画的时候考虑不到旁的事情。不过你的姿势从来没有这样好。你简直一动也不动。我把握住了我所需要的效果：那微微张开的嘴唇，发亮的眼睛。我不知道亨利对你说了些什么，但他确实使你表现出了最奇妙的表情。他大概对你说了许多恭维话。他的话你半句也信不得。”

“他一点也没有恭维我。也许正因为这样，我完全不相信他所说的话。”

“你明明每一句都相信了，”亨利勋爵说着，有气无力地向他看了看，“我跟你一起到花园里去。画室里热得可怕。贝泽尔，给我们来一些冷饮，加上点草莓。”

“完全可以，亨利。请你按一下铃叫帕克进来，我会把你要的东西告诉他。我还得把衬景画好，过会儿我再来。你不要让道连耽搁太久。我从来也没有像今天画得这样顺手。这幅肖像将是我的杰作。它现在就已经是我的杰作了。”

亨利勋爵走到花园里，发现道连 · 葛雷把脸埋在一大簇阴凉的紫丁香中，一个劲儿地吸着花香，仿佛这就是美酒。他走到道连跟前，一只手搁在他肩上。“你做得完全正确，”他轻轻说道，“除了感官，什么也不能治疗灵魂的创痛，同样，感官的饥渴也只有灵魂解除得了。”

那少年吓了一跳，连忙退后一步。他没戴帽子，缀满叶片的枝条挑起了他那不听话的鬈发，把一绺绺金丝扯得凌乱不堪。他目光惊恐，好像一个人被猛然叫醒。他那秀气的鼻翼微微颤动，一阵内心的紧张使他鲜红的嘴唇抖个不停。

“是啊，”亨利勋爵继续说，“通过感官治疗灵魂的创痛，通过灵魂解除感官的饥渴，那是人生的一大秘密。你是上帝创造的一个奇迹。你知道的比你认为知道的多，但比你想要知道的少。”

道连 · 葛雷皱起眉头，转过脸去。他无法不喜欢站在他身旁的这个修长而潇洒的青年男子。亨利勋爵罗曼蒂克的茶青色面孔和曾经沧海的表情引起了他的兴趣。他那低沉、拖沓的音调有一种了不起的吸引力。甚至他那双冰凉、白净、花一般的手也出奇地动人。这双手的动作，正如他说话一样，节奏感很强，似乎有一种独特的语言。但是道连觉得有点怕他，并且为此感到羞惭。为什么要让一个陌生人来启发他认识自己？他认识贝泽尔 · 霍尔渥德有好几个月了，但他们之间的友谊没有使他发生任何变化。忽然有一个人出现在他的生活道路上，看来这人要向他揭示人生的奥秘。其实，有什么可怕的？他又不是小学生或者小姑娘。要是害怕才可笑呢。

“我们到背阴的地方去坐坐，”亨利勋爵说，“帕克已经把冷饮端出来了，你要是再在阳光下烤，会把自己毁坏的，贝泽尔就不再给你画像了。你千万不能晒黑。那样就不好看了。”

“那有什么要紧？”道连 · 葛雷笑着说道，同时在花园尽头的凳子上坐下。

“这对你极其重要，葛雷先生。”

“为什么？”

“因为你拥有无比美丽的青春，而青春是值得珍惜的。”

“我感觉不到，亨利勋爵。”

“对，你现在感觉不到。一旦你变得又老又丑，皮肤松垂，思想在你额上刻满了皱纹，欲望的毒焰烤焦了你的嘴唇，那时你会强烈地感觉到的。现在，不论你走到哪儿，大家都被你迷住。但是能永久这样吗？……你有一张惊人的漂亮面孔，葛雷先生。别皱眉头。你确实如此。美是天才的一种形式，实际上还高于天才，因为美不需要解释。美属于世界上伟大的现象，如同阳光，如同春天，如同我们称作冰轮的月亮在黑沉沉的水中的倒影一样。那是无可争议的。美有它神圣的统治权。谁有了它，谁就是王子。你在笑？啊！将来你失去了它的时候，你就不笑了……。人们往往说美只是表面性的。也许如此。但它至少不像思想那样表面。对我来说，美是奇迹的奇迹。只有浅薄之辈才不根据外貌作判断。世界的真正的奥秘是有形的，不是无形的……。是啊，葛雷先生，你得天独厚。但是神所赐予的神不久就要收回。你只有有限的岁月可以真正地、完全地、充分地享受生活。等你的青春逝去，你的美貌也将随之消失，那时你会突然发现，留待你去夺取的胜利已不复存在，或者你只得满足于一些微不足道的胜利，回首当年，这些胜利要比失败的滋味更苦。每过一个月，你就向这可怕的前景走近一步。时光妒忌你，向你脸上的百合花和玫瑰花不断进攻。你的面色会发黄，两颊会凹陷，眼神会变暗。你会痛苦不堪……啊！要及时享用你的青春。不要浪费宝贵的光阴去恭听沉闷的说教，去挽救那不可挽救的失败，去把自己的生命用在那些愚昧、平淡和庸俗的事情上。这些都是我们时代的病态的目的，虚妄的思想。生活吧！让你身上美妙的生命之花怒放吧！什么也不要放过。要不断探索新的感觉。什么也不要怕……。一种新的快乐论——这是我们时代的需要。你可以成为它有形的象征。凭你这么个人，你没有办不到的事情。有一小段时间世界是属于你的……在我遇见你的一刹那，我就看出你还完全不了解你自己，完全不知道你能成为怎样一个人。你身上有那么多吸引我的地方，我觉得我必须使你认识一下你自己。我想，你要是白白浪费掉自己，那太可悲了。要知道，你的青春所能维持的时间是很短很短的。普通的山花谢了还会再开。金链花到明年六月又将是黄灿灿的，和现在一样。一个月以后，铁线莲上将缀满紫色的花朵，年复一年，它的叶片总像绿色的夜空衬托着紫色的星星。可是我们的青春却有去无还。二十岁时在我们身上跳动的快乐的脉搏将缓慢下来。我们的肢体将失去弹性，我们的感觉将变得迟钝。我们将退化为面目可憎的玩偶，整日价回忆那些我们怕得要命的欲念和不敢屈从的异常的诱惑。青春！青春！除了青春，世上的一切毫无价值！”

道连 · 葛雷听着，眼睛睁大，惊讶不迭。一小枝丁香从他手里跌落在铺碎石的地上。一只毛茸茸的蜜蜂飞过来，绕着那枝丁香嗡嗡地转了一阵子。然后它开始爬遍放射形椭圆花球上的每一颗小星。道连异常专心致志地观察着蜜蜂的动静。我们有时也会这样把注意力集中在微不足道的事情上，因为不敢去想真正重要的事情，或者被无法表达的新奇感受搅得心烦，或者某种令人不寒而栗的念头向我们的脑子发动突然袭击，逼迫我们屈服。过了一会儿，蜜蜂飞走了。道连看见它钻进一朵旋花的斑驳的小喇叭。那花儿似乎先是颤动了一下，然后开始来回摇曳。

画家忽然出现在画室门口，使劲招呼他们回去。亨利勋爵与道连相顾而笑。

“我等着，”画家喊道，“快来。现在光线正合适，你们可以把冷饮带来。”

他们站起来，一起顺着小径慢悠悠地走去，两只绿白色的蝴蝶打他们旁边飞过，花园角上一棵梨树中有一只画眉开始歌唱。

“遇见我，你觉得高兴吗，葛雷先生？”亨利勋爵瞧着他问。

“是的，现在我是高兴的。但不知道我能不能永远高兴？”

“永远！这是个可怕的字眼。我听见这个词就会发抖。女人特别喜欢用这个词。她们竭力想把每一段罗曼司没完没了地延长下去，结果，总是大煞风景。其实，‘永远’这个词没有什么意义。反复无常和终生的爱之间的唯一差别就在于前者更持久一些。”

他们走进画室时，道连 · 葛雷一只手按住亨利勋爵的胳膊。“那我们就算是反复无常的朋友吧。”他低声说，同时为自己的大胆而脸红，然后站到垫脚上去摆他的姿势。

亨利勋爵在一张大柳条椅里舒舒坦坦地坐下来观看。画笔刷在画布上沙沙作响，这是划破沉寂的唯一声音。霍尔渥德时而退后几步，站远一点看看他的这件作品。阳光从开着的门外射进来，金色的灰尘在这一束斜线中飞舞。到处好像洋溢着醉人的玫瑰花香。

大约过了一刻钟，霍尔渥德不再画了。他向道连 · 葛雷看了好长时间，然后又向画像看了好长时间，咬着那支大画笔的笔杆，眉头皱紧，最后大声宣告：“完工了。”说罢俯下身去，在画布的左角用朱红色的瘦长字体签上自己的姓名。

亨利勋爵走过来，仔细看着那幅画像。这无疑是一件罕见的艺术品，那种惟妙惟肖的程度也是罕见的。

“亲爱的朋友，我最热烈地向你表示祝贺，”他说，“这是当代最杰出的肖像画。葛雷先生，请过来看看你自己。”

那少年像从梦里惊醒似的蓦地一震。“真的完工了吗？”他说着从垫脚上下来。

“真的完工了，”画家说，“你今天的姿势摆得极好。我万分感谢你。”

“这完全是我的功劳，”亨利勋爵插进来说，“可不是吗，葛雷先生？”

道连没有答话，只是漫不经心地从画像前走过。他回过头来一看，不禁倒退一步，两腮顷刻间泛起欣喜的红潮。他的眼睛里闪现出愉快的火花，仿佛破题儿第一遭认出了自己。他惊讶地一动不动站在那里出神，模模糊糊意识到霍尔渥德正在向他说话，但捉摸不住他的话的意思。对自己的美貌的认识在他是一大发现。这一点过去他从来没有感觉到。贝泽尔·霍尔渥德的夸奖，他固然觉得悦耳，但只当作出于友好的溢美之词。这些话他听了，也笑了，过后就忘了，对他本人没有产生影响。如今亨利·沃登勋爵来发表了一大篇赞美青春的怪论，就青春易逝提出了危言耸听的警告。这番话立刻打动了他的心，现在他站在画架前端详自己的丰姿的写照时，亨利勋爵所描绘的前景十分真切地掠过他的心头。是的，总有一天他的容颜会起皱、憔悴，他的眼睛会暗淡、褪色，他的体态会拱曲、变形。鲜红的色彩将从他的嘴唇上脱落，金黄的光泽将从他的发丝上消失。生命本当造就他的灵魂，结果把他的肉体破坏了。他将变为一个毫无风度可言的丑八怪。

想到这里，一阵剧痛像刀子捅穿他的胸膛，使他的每一根细微的神经都为之颤动。他的眼睛由淡转深，变成了紫晶色，并且蒙上了一层泪水。他觉得仿佛有一只冰冷的手压在他心上。

“你不喜欢它？”霍尔渥德终于问道。他不理解道连的沉默是什么意思，因而略微有些不悦。

“他当然喜欢的，”亨利勋爵说，“谁能不喜欢这幅画像？这是现代美术中最伟大的作品之一。不论你开价多少，我都愿意要它。我一定要把它买下来。”

“它不是属于我的，亨利。”

“属于谁？”

“当然属于道连。”画家回答。

“他真是天之骄子。”

“太可悲了！”道连·葛雷两眼盯着他本人的肖像喃喃自语，“太可悲了！我会变得又老又丑，可是这幅画像却能永葆青春。它永远不会比这六月的一天年龄稍大……要是倒过来该多好！如果我能够永葆青春，而让这幅画像去变老，要什么我都给！是的，任何代价我都愿付！我愿意拿我的灵魂换青春！”

“你大概不会同意这样的安排，贝泽尔，”亨利勋爵呵呵笑着说，“否则，你作品的命运岂不是太惨了？”

“我会强烈反对这样的安排，亨利。”霍尔渥德说。

道连·葛雷转过身来望着他。“我相信你会反对的，贝泽尔。你爱你的艺术甚于爱你的朋友。我在你心目中不会比一件青铜小雕像更有价值。也许还不如。”

画家目瞪口呆地看着他。这完全不像道连说的话。到底是怎么回事？看来他十分生气。他的脸涨得通红，两腮在发烧。

“是的，”道连继续说，“我在你心目中还比不上你的象牙信使神或你的银质牧羊神。你将永远喜欢它们。可是你能喜欢我多久呢？大概顶多到我脸上出现第一道皱纹时为止。现在我懂了，一个人不管原来有多美，只要一旦失去他的美貌，这个人也就失去了一切。这是你的画告诉我的。亨利·沃登勋爵说的完全对。青春是唯一可宝贵的。当我发现我年华渐逝而变老的时候，我将自杀。”

霍尔渥德顿时脸色煞白，急忙抓住他的手。“道连！道连！”他叫了起来，“不要这样说。我从来没有过像你这样的好朋友，我也将永远不会再有这样的朋友。你是不会妒忌没有生命的东西的，是吧？你比一切东西都美呢！”

“我妒忌一切永不消逝的美。我妒忌你给我画的像。为什么它可以保存我必定会失去的东西？每一寸光阴都从我这里拿走一点东西去给它。哦，要是倒个过儿多好哇！要是画像会起变化，而我永远跟现在一样，那该多好！贝泽尔，你干吗要画这幅像啊？将来它会嘲弄我的——狠狠嘲弄我的！”热泪如泉水一般涌上道连的眼眶，他挣脱了贝泽尔的手，扑倒在沙发上，脸埋在靠垫里，就像是在祈祷。

“这是你干的好事，亨利。”画家痛心地说。

亨利勋爵耸耸肩膀说：“这才是真正的道连·葛雷，如此而已。”

“这不是。”

“既然不是，跟我有什么相干？”

“刚才我要求你走的时候你应当走。”他埋怨道。

“我是应你的要求留下的。”亨利勋爵这样回答。

“亨利，我不能一下子跟我两个好朋友闹翻。可是你们俩使我痛恨我的最好的作品，我决心把它毁掉。这不过是一块抹了油彩的画布。我不愿让它在我们三人中间作梗，闹得大家日子不好过。”

道连·葛雷从靠垫上抬起长着金发的脑袋，仰起他那张苍白的面孔，以迷惘的泪眼望着画家走到垂着绸帘的窗边一张松木画桌跟前。他在那儿做什么？他的手在一堆乱七八糟的锡管和干画笔中间摸索，在寻找什么东西。对了，他在找一把刃面薄而柔软的长柄调色刀。终于给他找到了。他想要划破画布。

道连·葛雷抽噎着从沙发上跳起来，冲到霍尔渥德跟前，把刀子从他手里夺下来扔到画室的角落里。“不许这样，贝泽尔，不许这样！”

他嚷道，“这等于谋杀！”

“我很高兴你总算赏识我的作品，道连，”画家从惊愕中定下神来以后冷冷地说，“我本来已经不抱这样的希望了。”

“赏识它？我爱上了它，贝泽尔。它是我的一部分。我有这样的感觉。”

“好吧，等你干了以后，给你涂上清漆，配好框子，然后送你回家。那时你爱怎么就怎么处置你自己吧。”他走到画室的另一头去按铃，吩咐仆人送茶进来。“道连，你是一定愿意喝茶的，是不是？你喝不喝，亨利？你不反对这点简单的乐趣吧？”

“我最爱简单的乐趣，”亨利勋爵说。“对于复杂心理的人，这是最后的避风港。可是我不爱看又哭又闹的活剧，除非在舞台上。你们一对都是活宝！我不知道是谁下了人是理性动物的定义。这样的定义下得太早了。人身上什么都有，就是缺乏理性。其实，缺乏理性也好，不过我希望你们不要为这幅画像争吵。贝泽尔，你还是把它给了我吧。这个傻孩子并不真正想要，我是真的想要。”

“贝泽尔，除我以外，你如果把它给任何人，我永远不会原谅你！”道连·葛雷大声抗议，“我也不许别人管我叫傻孩子。”

“你知道这画像是属于你的，道连。在它诞生以前我就把它给了你。”

“你得承认你的表现是有点儿傻，葛雷先生。说你太年轻，你不会真的在意的。”

“今天早晨要是有人这样说，我还很讨厌，亨利勋爵。”

“啊，今天早晨！现在你跟那时候大不相同了。”

仆人敲门进来，把装得满满的茶盘放在一张日本式的小桌子上。杯子、碟子叮叮当当，陶制大茶壶咝咝作声。一名僮仆端进来两只球形的瓷缸。道连·葛雷走过去倒茶。贝泽尔和亨利勋爵慢腾腾地走到小桌前，揭开盖子看瓷缸里是什么东西。

“今天晚上我们去看戏吧，”亨利勋爵说，“一定有什么地方在上演好戏。我答应了人家在怀特俱乐部吃晚饭，不过反正是一个老朋友，我可以打电报告诉他我病了，或者说我另有约会不能来。我想这是一个挺好的理由，这样坦率一定能大大出人意外。”

“穿晚礼服实在是桩烦人的事情，”霍尔渥德嘟囔着，“而且，穿上了以后又难看得要命。”

“是啊，”亨利勋爵感慨地说，“十九世纪的服装可恶至极。色调是那么阴暗、沉闷。现代生活中剩下的唯一真正鲜明的色彩就是罪恶。”

“亨利，你不应当在道连面前这样说话。”

“你指的是哪一个？是那个在给我们倒茶的道连，还是画上的道连？”

“两个都包括在内。”

“我想跟你一起去看戏，亨利勋爵。”道连说。

“好极了。贝泽尔，你也去好不好？”

“不行，真的不行。我还是不去的好。我有许多工作要做。”

“那我就跟你两个人去，葛雷先生。”

“我真高兴。”

画家咬了咬嘴唇，手里拿着一杯茶走到肖像跟前。“我要留下来给真正的道连做伴。”他的声调凄怆。

“你说这是真正的道连？”肖像的原型激动地问，一边向画家走过去。“我真的像它吗？”

“是的，你跟它一模一样。”

“多好啊，贝泽尔！”

“至少你在外貌上像它。但它是永远不变的，”霍尔渥德发出一声喟叹，“这毕竟是差别。”

“什么不变啦、忠诚啦，都是小题大做！”亨利勋爵说，“老实说，即使在爱情上，这也纯粹是个生理学的问题，根本不依我们的意志为转移。年轻人想要忠诚，结果都变心；老年人想要变心，已无能为力。事情就是这样。”

“道连，今天晚上不要去看戏了，”霍尔渥德说，“还是留下来和我一起吃晚饭吧。”

“我不能，贝泽尔。”

“为什么？”

“因为我答应了亨利·沃登勋爵跟他一起去。”

“他不会因为你信守诺言而更喜欢你。他自己老是说话不算数的。我请求你别去了。”

道连·葛雷笑着摇摇头。

“我恳求你。”画家说。

道连左右为难，望了望笑眯眯的亨利·沃登。这时勋爵正从茶桌那边观察他们，觉得煞是有趣。

“我一定要去，贝泽尔。”道连最后答道。

“那好吧。”说完，霍尔渥德走过去把茶杯放在盘子里。“时间已经不早了，你们还得换装，不要耽搁了。再见，亨利。再见，道连。希望你很快来看我。明天就来。”

“一定。”

“你不会忘记吧？”

“当然不会。”道连说。

“那么……亨利，你？……”

“怎么样，贝泽尔？”

“请你记住今天早晨我们在花园里的时候我向你提出的要求。”

“我已经忘了。”

“我相信你。”

“但愿我能相信我自己，”亨利勋爵哈哈笑道，“走吧，葛雷先生，我的双人马车在门口，我可以送你到府上。再见，贝泽尔。今天我们度过了一个极有意思的下午。”

等他们走了出去，门关上以后，画家颓然倒在沙发上，脸上现出十分痛楚的表情。

第三章

第二天中午十二点半，亨利·沃登勋爵从柯曾街走到奥尔本尼公寓去看望他的舅舅费莫尔勋爵。这是一位态度生硬，但心地善良的单身老人。外界说他自私，因为从他那里捞不到多大好处。而在上流社会却认为他器量大，因为他乐于宴请那些能使他开心的人。他父亲任我国驻马德里大使的时候，伊莎贝拉[①]还年轻，普里姆[②]还默默无闻。后来，老费莫尔一气之下离开了外交界，原因是没有被任命为驻巴黎大使，而他自以为凭他的出身、懒散、写外交报告的流畅文笔和寻欢作乐的放荡本领，担任这个职务十分合适。彼时给父亲充当秘书的儿子也同父亲一起辞职，这在当时被认为有点儿傻；几个月后，他承袭了爵位，开始专心致志地研究贵族擅长的伟大艺术——无所事事。他在伦敦有两幢大房子，但他宁可住单身公寓，觉得这样省心，平时大都在俱乐部里吃饭。他多少还经营一下他在英格兰中部几个郡里拥有的煤矿，对于自己染上搞实业的不良时尚他是这样辩解的：有煤的唯一好处是供得起一位绅士在他自己的壁炉里烧木柴。政治上他是保守党，不过保守党执政时除外，那时他必定大骂他们是一伙激进派。他是他的贴身男仆眼里的英雄[③]，因为贴身男仆敢顶撞他，而他的大多数亲属却十分怕他，因为他对他们总是疾言厉色。他是地地道道的英国特产，然而他老是说这个国家早晚要完蛋。他的为人之道已经过时，但也可以提出不少理由为他的偏见辩解。

亨利勋爵走进房间时，他的舅舅身穿粗呢猎装，口衔方头雪茄在看《泰晤士报》，一边嘀嘀咕咕自言自语。“你好，亨利，”老绅士说，“有什么要事使你这么早从家里出来？我知道你们这些公子哥儿照例下午两点前起不了床，五点前见不到人。”

“乔治舅舅，请相信我，我上这儿来纯粹是出于亲属情谊。我想从你这儿搞到一些东西。”

“我想一定是钱，”费莫尔勋爵皱起眉头说，“坐下谈吧。如今的年轻人以为有了钱就有一切。”

“嗯，”亨利勋爵含糊地应道，整了整插在上衣钮孔里的花，“随着年龄的增长他们更有体会。不过我今天不要钱。只有要付账的人需要钱，乔治舅舅，我从来不付账。一个人如果不是长子，他就靠赊账过日子，而且可以过得挺舒服。何况，我只跟达特穆尔那边的零售商打交道，所以他们从不找我的麻烦。我今天是来搞情报的：当然不是有用的情报，而是无用的情报。”

“我可以告诉你英国蓝皮书④里有的任何一件事，亨利，不过现在那帮家伙往往在书中胡说八道。我当外交官的时候要好得多。可是听说现在当外交官先要经过考试。这能搞出什么名堂来？考试是彻头彻尾的骗人之举！如果是一个有身份的人，他知道的东西总是绰绰有余，如果不是一个有身份的人，他知道的东西对他自己只有害处。”

“道连·葛雷先生不会上蓝皮书的，乔治舅舅。”亨利勋爵懒洋洋地说。

“道连·葛雷先生？他是谁？”费莫尔勋爵问道，他的两道灰白的浓眉打起了结。

“我来就是打听这件事，乔治舅舅。应当说，我知道他是谁。他是最后一位克尔索勋爵的外孙。他的母亲是玛格丽特·德弗罗夫人。我要你告诉我有关他母亲的情况。她是个什么模样？她嫁给了一个什么样的人？你那个时代的人你差不多全认识，你可能也认识她。目前我对

---

① 伊莎贝拉(1830—1904)，伊莎贝拉二世，西班牙女王，1833—1868 年在位，1868 年西班牙爆发资产阶级革命时被废黜。

② 普里姆(1814—1870)，西班牙将军，主张实行君主立宪制的进步党领袖之一，伊莎贝拉被废后一度出任首相。

③ 法国有一句谚语：“任何人在他的贴身男仆眼里都不是英雄。”作者在这里虽然反说，但意思不变。

④ 英国议会或枢密院发布的报告书通用蓝色封皮，故称蓝皮书。此外，名人录亦称蓝皮书。

葛雷先生感到极大的兴趣。我刚认识他不久。”

“克尔索的外孙！”老绅士重复着，“克尔索的外孙！……当然……他母亲的事我很清楚。我记得还参加过她的洗礼。她——玛格丽特·德弗罗——是个绝色的美人，她干了一桩使所有的男人都发疯的事情：跟一个不名一文的年轻人私奔了。那男的什么地位也没有，大概只是在步兵团里当一名少尉。对了，对了。这件事我原原本本都记得，就像昨天发生的一样。婚后几个月，那个穷小子就在斯帕跟人决斗时被杀死了。这中间有一个很不体面的故事。据说克尔索买通了一个比利时流氓，叫他当众侮辱他的女婿，是雇他干的，那流氓用剑把他捅了个窟窿，就像叉一只鸽子一样。事情好歹算是遮盖过去了，可是此后有相当长一个时期，克尔索只得孤零零一个人在俱乐部里吃他的煎牛排了。我听说他把女儿领了回来，可是她再也没跟父亲说一句话。是啊，这是一件很不体面的事情。玛格丽特不到一年也死了。你说她留下一个儿子，是吗？我已经忘了。那孩子是个什么模样？如果他像他母亲的话，一定是个漂亮的小伙子。”

“他的确很漂亮。”亨利勋爵插了一句。

“我希望他不要落在歹人手里，”老人继续说，“如果克尔索在遗嘱中不亏待他的话，将来有一大笔钱等着他继承。他母亲也有钱。她外祖父的塞尔比庄园的全部财产都归了她。她的外祖父恨透了克尔索，骂他吝啬鬼。确实是这样。有一次他到马德里去，当时我在那里。天哪，我真为他害臊。女王几次问我，那个老是为了车钱跟马车夫吵架的英国贵族是谁。那里关于他的故事有一大堆。我足足一个月不敢在宫廷中露脸。我希望他对待自己的外孙不至于像对待出租马车的车夫那样刻薄。”

“这可不知道，”亨利勋爵说，“我想这小伙子会有钱的。眼下他还没有成年。我知道塞尔比已经归他。这是他自己告诉我的。你说……他母亲很漂亮？”

“亨利，玛格丽特·德弗罗是我见到过的最可爱的一个美人。我怎么也不明白，是什么促使她干出这样的事来。她可以嫁给她看中的任何人。卡林顿曾经为她神魂颠倒。不过，她的气质很浪漫。这一家的女人都是这样。这一家的男人全是庸才；可是女人，说真的，都呱呱叫。卡林顿向玛格丽特下过跪。这是他自己告诉我的。玛格丽特把他嗤笑了一通，而当时伦敦是没有一个女孩子不对卡林顿倾心的。哦，说起莫名其妙的婚姻，亨利，我要问你，你爸爸告诉我，达特穆尔要跟一个美国女子结婚，这不是莫名其妙吗？难道英国姑娘都配不上他？”

“乔治舅舅，如今娶美国女人非常时髦。”

“亨利，我看好英国女人，我可以跟全世界打赌！”费莫尔勋爵说着用拳头敲了一下桌子。

“现在赌注都下在美国女人那一边。”

“听人家说她们的后劲不行，”舅舅不以为然。

“打持久战她们耗不起，不过参加障碍赛非常出色。她们的爆发力特强。我认为达特穆尔没有希望。”

“那女的长辈是谁？”老绅士没好气地问，“她有没有长辈？”

亨利勋爵摇摇头。“美国姑娘在隐瞒父母的身份这方面同英国女人隐瞒自己的过去一样巧妙。”说罢，他起身准备告辞。

“她的上代恐怕是猪肉包装批发商吧？”

“乔治舅舅，为达特穆尔着想，但愿如此。听说，猪肉包装批发业在美国是仅次于政治的赚钱生意。”

“她长得怎么样？”

“她摆出一副美人的样子。美国女人大都如此。这是她们迷人的诀窍。”

“这些美国女人为什么不待在自己国内？我们整天听人家说那里是女人的乐园。”

“的确是这样。正因为如此，她们才像夏娃一样拼命要离开那儿，”亨利勋爵说，“再见，乔治舅舅。再不走我吃午饭要迟到了。谢谢你提供了我所需要的情报。我总是喜欢了解有关我的新朋友的各种情况，而不想知道旧相识的任何事情。”

“你上哪儿去吃午饭？”

“阿加莎姑妈家。我要她请我和葛雷先生吃饭。道连·葛雷是她最新的宠儿。”

“嗯！亨利，告诉你的阿加莎姑妈，再也不要为募捐的事来找我的麻烦。简直把我烦死了！这位女善士大概以为，我除了开支票赞助她的蠢主意就没事干了。”

“好吧，乔治舅舅，我去告诉她。不过这不起任何作用。慈善家就是缺乏为他人着想的博爱精神。这是他们的突出特征。”

老绅士嘟嘟囔囔表示同意，然后按铃叫他的仆人。亨利勋爵穿过低矮的拱廊走上柏林顿街，再折向巴克利广场。

想不到道连·葛雷还有这么一番身世。尽管亨利勋爵听到的只是粗略的事实，但已经很动人，颇有离奇曲折的现代言情小说的味道。一个美丽的女人为了狂热的爱情置一切于不顾。几星期的纵情欢乐被骇人听闻的罪恶阴谋拦腰截断。经过几个月无语的悲伤，于是一个孩子在痛苦中诞生。母亲被死神夺走了生命，遗孤被置于一个铁石心肠的老人的专制统治之下。是啊，这样精彩的背景把那个少年衬托得可以说更加完美了。凡是美好的事物，往往背后都有某种悲剧的成分。哪怕是一朵小小的花儿，也要熬过了阵痛才能开放……。昨天吃晚饭的时候，他多么迷人哪！他们面对面坐在俱乐部里，他的眼睛睁大，嘴唇微启，神情既惊异，又高兴。红色的烛罩把他令人神往的美貌映得分外红润。对他说话好比拉一把奇妙的提琴。你的弓在弦上每碰一下，哪怕只是微微的颤动，都会引起反响……。观察自己对别人的影响，这件事情太诱人了。任何别的事情都不能与之相比。把自己的灵魂注入一个精美的模型，并让它在里面逗留片刻；听听因自己发表高见而激起的配有热情和青春的音乐的回声；把自己的气质像输送稀薄的流体和清幽的异香一般输入别人的身躯；这确实是一种享受，在我们这个如此狭隘和庸俗的时代，在这个热中于赤裸裸的肉欲和赤裸裸的实利的时代，这也许是能够得到的最大的享受……。而且，他在贝泽尔的画室里碰巧结识的这个少年，确实是一个不同凡响的典型，至少有可能塑造成不同凡响的典型。他具有俊秀的脸庞、白璧无瑕的童贞和古希腊大理石雕为我们保存下来的那种美。你把他塑成什么都可以。可以将他做成大力巨人，也可以做成小玩意儿。这样的美竟注定要凋萎，多可惜啊！……可贝泽尔呢？从心理学的角度看，他这个人多有意思啊！仅仅由于看到一个完全处于不自觉状态的人在身旁，就一下子形成了新的创作手法、新的生活观点。过去在密林中悄然徘徊、在旷野里隐身漫步的幻影，突然向画家现了形，像一位山林女神，一点也不害怕，因为画家的心灵一直在寻访她；如今他心灵深处神奇的视觉被唤醒了，而奇迹是只向神奇的视觉显现的。事物的形状轮廓变得可以说十分优美，还具有一种象征的价值，仿佛它们本身就是别的更完美的形式的标本，并使这种形式的幻影成了现实。这一切是多么奇怪啊！他想起历史上有类似的情况。柏拉图——这位思想艺术家——不是最早对它作过剖析吗？米开朗琪罗[①]不是把它刻在录有一组十四行诗的彩色大理石上吗？但在我们的时代这是奇事……是的，他要尝试对道连·葛雷起到这少年自己在不知不觉中对创作了这幅卓越肖像的画家所起的作用。他要设法成为他的主宰——事实上已经取得一半成功。他要占有这颗珍奇的灵魂。这个爱与死的结晶有着某种惊人的魅力。

他突然停住脚步，看看附近的房屋。他发现已经过了他姑妈家好长一段了，自己也觉得好笑，便往回走。他走进半明不暗的门厅，管家告诉他，宾主已经入席了。他把帽子和手杖交给一名听差，然后步入

① 米开朗琪罗（1475—1564），文艺复兴时期的意大利大雕塑家、画家、建筑师、诗人。

餐厅。

“你又迟到了，亨利。”他姑妈大声埋怨道，一边对他直摇头。

他信口编造了一个理由，就在她旁边一个空位子上坐了下来，随后，他向四周扫了一眼，看看席上有哪些人。道连从桌子的一端向他腼腆地点点头，脸上徐徐泛起高兴的红潮。对面坐着哈里公爵夫人，凡是认识她的都喜欢这位心地好、脾气也好的夫人；她的体态丰满，这在当代的历史学家笔下会被描写为肥胖，如果其对象不是公爵夫人的话。她右边坐着托马斯·柏登爵士，一位激进党议员。他的公开言行紧跟本党的领袖，而在私生活中专去有高明厨师的地方，奉行的是众所周知的明智信条：吃饭和保守党在一起，思想同自由党相一致。坐在哈里公爵夫人左边的是屈莱德里的厄斯金先生，一位相当可爱、颇有教养的老绅士，不过已养成沉默寡言的坏习惯；有一次他向阿加莎夫人解释，他在三十岁以前已经把要说的话都说完了。亨利自己的邻座是范德勒太太，阿加莎姑妈多年的老朋友，一位十足的女圣人，可是她的打扮粗俗不堪，活像一本装订得非常蹩脚的赞美诗歌集。也算他运气好，范德勒太太的另一边坐着福德尔爵士，一个满腹经纶的中年庸才，他的秃顶可与内阁大臣在下议院所作报告的内容相媲美。范德勒太太与他交谈时那副一本正经的神态，据福德尔爵士自己说，是所有真正的好人都犯的一种不可原谅的毛病，而且没有一个人完全摆脱得了。

“亨利勋爵，我们正在议论可怜的达特穆尔，”公爵夫人高声说，同时隔着餐桌向他点头致意，“你说他是不是当真要娶那个小狐媚子？”

“公爵夫人，我相信她已拿定主意向达特穆尔求婚。”

“太可怕了！”阿加莎夫人发出惊叹，“应该有人出面干涉！”

“根据绝对可靠的消息，她父亲是开美国干货铺①的。”托马斯·柏登爵士带着不屑的表情说。

① 在美国，“干货铺”指经营布匹、衣料和现成服装的商店。

"我舅舅认为是做猪肉包装批发生意的，托马斯爵士。"

"干货？美国干货究竟是什么？"公爵夫人问道，她向上伸出两只多肉的手，表示不解。

"就是美国小说。"亨利勋爵说着自己取鹌鹑来吃。

公爵夫人给弄得莫名其妙。

"别理他，亲爱的，"阿加莎夫人向她低声说。"他从来不说正经话。"

"美洲刚发现时……"激进党议员开始讲一连串乏味的事实。他像一切努力把话匣子全部倒空的人一样，总是连听者的耐心也全部耗尽。公爵夫人叹一口气，决定行使她的特权打断话头。"我倒希望美洲还是压根儿没被发现为好！"她感慨地说。"如今搞得我们的姑娘的机会全被剥夺了。这太不公平。"

"也许美洲还根本没有发现呢，"厄斯金先生说。"我个人认为它只是被发觉罢了。"

"哦！不过我见过一些美国女人，"公爵夫人换上捉摸不定的口气说，"应当承认，她们大多是挺可爱的。而且穿着都很漂亮。她们的衣服都是向巴黎定购的。我也希望能这样阔绰。"

"据说，体面的美国人死后都到巴黎去。"托马斯爵士咯咯地笑着说，他有一肚子老掉了牙的俏皮话。

"真的吗？！那么不体面的美国人死后到哪里去呢？"公爵夫人问。

"到美国去呗。"亨利勋爵说。

托马斯爵士皱起眉头。"我看令侄对这个伟大的国家抱有成见，"他向阿加莎夫人说，"我曾经走遍那个国家，旅程中的车辆都有专人安排，他们在这方面非常周到。你可以相信我，到那里去游历可以长不少见识。"

"难道为了长见识就得上芝加哥？"厄斯金先生伤心地问，"我可受不了长途跋涉。”

托马斯摇摇手。“屈莱德里的厄斯金先生的世界都在他的书架上。我们讲究实干的人喜欢亲眼去看，不喜欢读书本上的介绍。美国人是个非常有意思的民族。他们的头脑绝对清醒。我认为这是他们的特色。是的，厄斯金先生，这是一个极其明智的民族。我敢说美国人从来不干蠢事。”

“多可怕！”亨利勋爵叫了起来，“赤裸裸的暴力我还受得了，可是赤裸裸的明智我完全不能忍受。这样运用头脑不够光明正大。这是对理性的暗算。”

“我不明白你的意思。”托马斯爵士满脸通红地说。

“我明白，亨利勋爵。”厄斯金先生微笑着说。

“奇谈怪论自然是很风趣的喽……”那位准男爵想要反驳。

“这是奇谈怪论？”厄斯金先生问。“我可没这样想过。也许是。不过事物的本来面目正像奇谈怪论那样。要检验事实真相必须把它放在绷紧的钢丝绳上。等真理变成了走钢丝的杂技艺人，我们才能作出判断。”

“我的天！”阿加莎夫人说，“你们男人尽爱抬杠！说实在的，我从来也闹不清你们在说什么。哦，亨利！我非常生你的气。你为什么要劝我们可爱的道连 · 葛雷先生撇下东区的工作不管？要知道，他在那边能发挥不可估量的作用。他们一定会喜欢听他的演奏。”

“我要他演奏给我听。”亨利勋爵面带笑容说。他向餐桌尽头扫了一眼，遇到了迎着他投过来的亮闪闪的目光。

“可是白教堂那里的人怪可怜的。”阿加莎夫人仍不死心。

“我同情一切，就是不同情疾苦，”亨利勋爵耸耸肩膀说，“我不能同情疾苦。那实在太丑恶、太可怕、太悲惨。那种赶时髦的同情疾苦有一种非常不健康的味道。人的感情应当倾注在生活的色彩、生活的美、生活的乐趣之中。生活的疮疤少碰为妙。”

“不过，东区的状况是个极为重要的问题。”托马斯爵士说，郑重其事地摇摇头。

“一点也不错，”年轻的勋爵答道，“这是个奴隶问题，而我们居然想用给奴隶一点娱乐的办法来解决这个问题。”

那位政治家盯着他问：“那你另有什么能改变局面的高见呢？”

亨利勋爵放声大笑。“除了天气，我不打算改变英国的任何事情，”他回答道，“我完全满足于哲理性的沉思默想。但是，既然十九世纪因为挥霍同情而破了产，看来我们要扭转颓势只得乞灵于科学。感情的好处是能把我们引入歧途，而科学的好处是不感情用事。”

“可是我们肩上的责任是那么重。”范德勒太太鼓足勇气插进来说。

“是啊，重极了。”阿加莎夫人附和着。

亨利勋爵向厄斯金先生瞧了瞧。“人类把自己看得太了不起了。这是世界的原罪①。穴居人如果会笑的话，历史本会是另一种样子的。”

“你很善于让人宽心，”公爵夫人发出鸟鸣似的颤音，“过去，我每次来看你的亲爱的姑妈，心里总是内疚得很，因为我一点也不关心东区的事。往后我正眼看她就不必脸红了。”

“脸红是挺好看的，公爵夫人，”亨利勋爵说。

“那只有在年轻的时候，”她笑道，“要是像我这样的老太婆脸红，可不是好兆头。啊，亨利勋爵！希望你告诉我有什么办法恢复青春。”

他想了想，然后隔着餐桌眼望着她问道：“公爵夫人，你能不能记起自己年轻时犯过什么大错误？”

“恐怕多得很。”

“那就重新再犯，”他郑重其事地说，“一个人想恢复青春，只消重演过去干的蠢事就够了。”

---

① 根据基督教义，人类是亚当与夏娃偷吃禁果的产物，因而具有犯罪的本性，称为“原罪”。

"多妙的理论！"她惊叹道，"我一定把它变成行动。"

"危险的理论！"这是从托马斯爵士牙缝里挤出来的评语。阿加莎夫人频频摇头，但也觉得有趣。厄斯金先生一直听着。

"是的，"亨利勋爵继续说，"这是人生的一大秘密。如今大多数人死于战战兢兢的思想方式，等到发现唯一不后悔的是自己所犯的错误时，已经太晚了。"

举座为之大笑。

他把这个观点作了任意的发挥：既像玩杂耍，又像变戏法；刚刚让它滑过去，随即又把它抓回来；忽而用想象的虹彩把它点缀得五色缤纷，忽而又给它插上悖论的翅膀任其翱翔。他说着，说着，这曲颂扬荒唐的赞歌已上升为一种哲学，而哲学又变得年轻起来，像给酒神作礼赞的女祭司，身穿酒痕斑斑的长袍，头戴常春藤的花冠，拼命跟上疯狂的享乐音乐的节奏，在生命的山丘上手舞足蹈，嘲笑行动迟缓的山神还不醉倒。现实像惊慌失措的林中小精灵，在她面前纷纷逃窜。她的一双雪白的脚在智者莪默[①]所坐榨酒的巨石上踏个不停，直至葡萄汁涌到她的光脚周围翻腾起紫色的浪花，或者泛起红色的泡沫顺着大桶黑沉沉、湿淋淋的斜壁往下淌。这是一次了不起的即兴表演。他感到道连·葛雷的眼睛一直盯着他，由于意识到听者之中有一个人的心是他所要蛊惑的，他的高论似乎益发显得词锋犀利，奇想联翩。他的表演实在精彩，极尽光怪陆离、不负责任之能事。听众给他迷得晕头转向，一边笑，一边跟着他的笛子跑[②]。道连·葛雷目不转睛地望着他，像着了魔似的坐在那里，一个又一个微笑在他的嘴角互相追逐，颜色转深的眼睛里惊异的神情渐次化为沉思。

最后，穿上时装的现实进入餐厅：一名仆人进来禀报公爵夫人，她

---

① 莪默（1048？—1123），波斯诗人。作品有四行诗集《鲁拜集》。

② 英国诗人罗伯特·勃朗宁（1812—1889）写过一首长诗《赫姆林的花衣吹笛人》，诗中魔笛的奇妙音乐把汉诺威所有的孩子都带走了。

的马车已在等候。“真扫兴！”她说，“我必须告辞了。我得上俱乐部去接我丈夫到威利斯会堂去参加一个无聊的集会，他要在会上当主席。我要是去晚了，他准会大发脾气，我戴着这顶帽子没法吵架。这帽子简直碰不起，说一句重话都能把它震掉。不行，我不奉陪了，亲爱的阿加莎。再见，亨利勋爵，你确实讨人喜欢，但你败坏道德的作用大得吓人。对你的宏论我简直不知道说什么好。改天请你一定来跟我们一起吃晚饭。星期二，怎么样？你有约会吗？”

“为了你，公爵夫人，我可以对任何人失约。”亨利勋爵说着鞠了一躬。

“啊，你真是太好了，也太坏了，”她说，“可不要忘记呀。”她大摇大摆地走出餐厅，阿加莎夫人和女客们也跟着出去。

亨利勋爵重新坐下后，厄斯金先生移动身躯，过来坐在紧挨着他的一把椅子上，一只手按住他的臂膀。

“听君一席话，胜读十年书，”厄斯金先生说，“你为什么不写一本书呢？”

“我太喜欢看书了，所以不愿写书，厄斯金先生。我当然乐于写一本小说，写得像波斯地毯一样美丽，一样不真实。可是英国读者除了报纸、入门书和百科全书，什么都不看。世上所有的民族就数英国人对文学的美感最差。”

“恐怕你的话有道理，”厄斯金先生应道，“我自己也曾有写作的雄心，不过很早就打了退堂鼓。现在，我亲爱的年轻朋友，如果你不反对我这样称呼你，我想请问，你在吃饭时对我们说的那些话是否真是你的想法？”

“我说了些什么全忘了，”亨利勋爵微微一笑，“我的话要不得吗？”

“完全要不得。总之，我认为你是个非常危险的人物，如果我们善良的公爵夫人发生什么事情，我们将一致认定你是罪魁祸首。不过我还是乐于跟你谈谈生活。我所属的一代人都很乏味。有朝一日你在伦敦待腻了，不妨请到屈莱德里来。你可以向我阐述你的享乐哲学，同时尝尝我有幸买到的上等勃艮第红葡萄酒。”

“一定领情。我能亲临屈莱德里是莫大的荣幸。那里有再好不过的主人，有再好不过的图书室。”

“你的光临将使蓬荜增辉，”老绅士说着彬彬有礼地鞠了一躬，“现在我要去向卓越的令姑母告辞。我得上文艺俱乐部去。这个时候我们照例要在那边打瞌睡。”

“全体都到吗，厄斯金先生？”

“四十个人，坐在四十把圈椅里。我们这是在准备当英国文学院的院士。”

亨利勋爵笑着站起身来，说：“我要到公园①去了。”

他正要走出门去的时候，道连·葛雷在他胳膊上碰了一下。“我想跟你一起去。”他轻轻地说。

“你不是答应贝泽尔·霍尔渥德今天去看他吗？”亨利勋爵问。

“我更喜欢和你在一起。是的，我觉得应该和你一起走。让我跟你去吧。你能不能答应一直不停地对我说话？没有人能讲得像你那样动听。”

“啊！今天我讲得够了，”亨利勋爵微笑着说道，“现在我只想做一个生活的旁观者。你可以和我一起旁观，如果你愿意的话。”

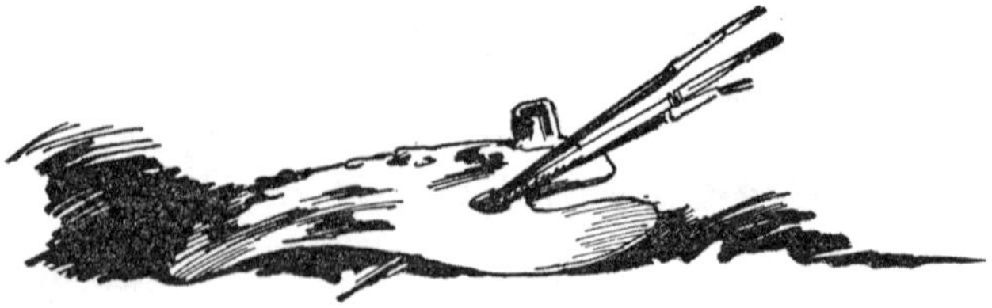

① 指伦敦最大的海德公园。

第四章

一个月以后的一天下午，在五月市[1]的亨利勋爵公馆的小书斋里，道连 · 葛雷靠在一张很舒适的圈椅里。那间书斋精美别致，墙上镶着很高的淡青色栎木嵌板和奶黄色的缘饰，天花板塑有灰泥细工的浮雕，砖红色的毡毯上铺着一块块饰有长穗的丝绸波斯小毯。椴木小几上一尊小型雕像是克罗迪翁[2]的作品，旁边摆着一册《故事一百篇》[3]，那是克洛维斯 · 埃夫[4]为瓦罗亚的玛格丽特[5]装帧的，封面上饰有王后选作纹章的金雏菊。壁炉架上几只青瓷大花瓶里插着五色斑斓的郁金香。伦敦之夏的杏黄色日光透过用铅条接合的小块窗玻璃倾泻进来。

亨利勋爵还没有回来。他老是姗姗来迟，因为他恪守这样的信条：准时是盗窃时间的贼。所以道连的面色颇为不悦，他心不在焉地随手翻阅在一口书橱里找到的一本附有精美插图的《曼侬 · 莱斯科》[6]。一座路易十四时代风格的时钟不紧不慢地走着，单调的滴答声惹得他心烦。他已不止一次打算走了。后来总算听见外面脚步声起，接着门开了。“你怎么这时候才来，亨利！”他埋怨道。

“可惜还不是亨利，葛雷先生，”回答的是一个尖厉的声音。

他急忙转过头去，站起身来。“对不起。我还以为……”

“你以为是我丈夫回来了，其实是他的妻子。请允许我自我介绍。我已经从照片上认识你好久了。我丈夫大约有十七张你的照片。”

“不是十七张吧，亨利夫人？”

“不是十七，就是十八张。前不久一个晚上我还看见你和他一起在歌剧院。”她发出带点神经质的笑声说，一边用勿忘我花似的蓝眼睛漫不经意地望着他。这是个奇怪的女人，她的服装永远给人这样的印象：仿佛是在狂怒中设计出来，在暴风雨中穿上身的。她照例热恋着什么人，由于这种爱情始终是单方面的，她的幻想一个也没有破灭。她力图显得新颖别致，然而所达到的只是杂乱无章。她名叫维多利亚，她有上教堂的癖好，甚至到了狂热的地步。

“大概是在演《罗恩格林》[7]的那一次吧，亨利夫人？”

“是的，正是在演可爱的《罗恩格林》。我喜爱瓦格纳的音乐超过任何别的作曲家。他的音乐特别响，你可以不停地说话而不必担心给旁人听见。这是一大好处，你说对不对，葛雷先生？”

又一阵急促而略带神经质的笑声从她的薄嘴唇里冒出来，她的手指开始摆弄一把长长的玳瑁柄裁纸刀。

道连微笑着摇摇头说：“我不敢苟同，亨利夫人。听音乐的时候我从来不说话，至少听优美音乐的时候如此。如果是蹩脚的音乐，那就应当把它淹没在谈话声中。”

“啊！这正是亨利的一种观点，可不是吗，葛雷先生？我总是从亨利的朋友那里听到亨利的观点。这是我了解他的观点的唯一途径。不过你不要以为我不喜欢好的音乐。我酷爱好的音乐，可是我又怕听。好的音乐使我变得过于罗曼蒂克。我对钢琴家简直拜倒在地，有时候一下子就爱上两个，这是亨利说的。我不知道他们身上有什么魔力。也许因为他们是外国人。他们都是外国人，对不对？即使在英国出生的，过一阵子也就成了外国人，可不是吗？他们这办法十分聪明，能使他们的艺术生色不少，成为十足世界性的艺术，是不是？你还从来没有参加过一次我的晚会吧，葛雷先生？你一定得来。我买不起兰花，可是在外国人

---

① 音译为“梅费尔”（Mayfair），得名于十八世纪以前每年五月在那里举行的集市，是伦敦最豪华的住宅区之一。

② 克罗迪翁，本名克罗德·米歇尔（1738—1814），法国雕塑家。

③ 指菲利普·德维尼埃写于1505—1515年的一本法国短篇小说集《新故事一百篇》。

④ 克洛维斯·埃夫，十六世纪法国宫廷图书装订师。

⑤ 瓦罗亚的玛格丽特（1553—1615），法国波旁王朝第一代君主亨利四世的王后，有《回忆录》传世。

⑥ 《曼侬·莱斯科》，法国作家普雷沃神父（1697—1763）所著的小说，描写年轻贵族格里厄对穷姑娘曼侬的爱情。

⑦ 《罗恩格林》，德国作曲家理查德·瓦格纳（1813—1883）于1848年创作的一部歌剧。

身上花钱我不心疼。有他们在座，真是满室生春。哦，亨利来了！亨利，我来找你想问你一件事，什么事我已经忘了。我发现葛雷先生在这儿。我们挺愉快地聊了一阵子音乐。我们的想法完全一致。不，我认为我们的想法大不一样。不过跟他聊聊非常愉快，我很高兴能认识他。”

“很好，我亲爱的，好极了，”亨利勋爵说着抬起他那月牙形的浓眉，笑容可掬地望着他们，“对不起，道连，让你久等了。我到沃多尔街去物色一块古老的锦缎，花了好几个小时讲价钱。眼下人们什么东西的价钱都知道，可是对它们的真价值却不知道。”

“很抱歉，我该走了。”亨利夫人以一阵莫名其妙的笑声打破了难堪的冷场。“我答应了陪公爵夫人去兜风。再见，葛雷先生。再见，亨利。你今天不在家吃晚饭吧？我也是。也许我们会在桑柏里夫人那儿见面。”

“很可能，我亲爱的。”亨利勋爵说。等到维多利亚夫人像一只淋了一夜雨的天堂鸟从屋里飞了出去，留下一缕赤素馨花的幽香，亨利勋爵把门关上，然后点上一支烟，在沙发上躺下。

“道连，千万不要跟一个麦秆色头发的女人结婚。”他抽了几口烟以后说。

“为什么，亨利？”

“因为她们感情太丰富。”

“我就是喜欢感情丰富的人。”

“最好是干脆别结婚，道连。男人结婚是由于厌倦，女人结婚是出于好奇。结果双方都大失所望。”

“我恐怕不大会结婚的，亨利。我在恋爱中陷得太深了。这是你的格言之一。我要把它贯彻到行动中去，就像我照你所说的去做每一件事那样。”

“你跟谁恋爱上啦？”亨利勋爵沉吟半晌后问。

“跟一个演员。”道连·葛雷涨红了脸说。

亨利勋爵耸耸肩膀。“如此初恋实在不怎么样。”

“你要是见过她，就不会这样说了，亨利。”

“她是谁？”

“她叫西碧儿·韦恩。”

“从来没听说过。”

“谁也没听说过。不过总有一天人们会听到她的名字。她是个天才。”

“我的老弟，女人没有一个是天才。女人是一种装饰用的性别。她们从来没有什么要讲的，可讲起来就是娓娓动听。女人代表着物质对精神的胜利，正像男人代表着精神对道德的胜利一样。”

“亨利，你怎么能这样说？”

“我亲爱的道连，这是千真万确的。目前我正在研究女人，所以我不可能不知道。这个题目并不像我原先想的那样深奥。我发现，说到底，女人总共只有两类：本色的和上了色的。本色的女人很有用处。如果你想博取一个正人君子的名声，你只消请她们吃晚饭。另一类女人非常可爱。不过她们通常犯一个错误：她们为了要显得年轻而涂脂抹粉。我们祖母一辈的女人涂脂抹粉是要显示犀利的谈锋。胭脂与机智当年是相辅相成的。如今全都变了样。一个女人只要能比自己的女儿看起来年轻十岁，她就心满意足。至于谈锋，全伦敦只有五个女人值得与之一谈，而且其中两个是不容于上流社会的。不管怎样，你把你那位天才的事儿讲给我听听。你认识她多久啦？”

“啊！亨利，你的论点使我害怕。”

“先不去管它。你认识她多久啦？”

“大约有三个星期。”

“你在哪里见到她的？”

“让我告诉你，亨利。不过你可不能泼冷水。事实上，我要是不跟你认识，这件事根本不会发生。你激起了我强烈的欲望去了解有关生活的一切。自从我认识你以后，有好多天总好像有什么东西在我的血管里搏动。不论在公园里散步，或是沿着毕卡狄利大街闲逛，我都要留神观察在我身边经过的每一个人，怀着狂热的好奇心猜测他们过着怎样的生活。有些人吸引着我。另一些人使我害怕。空气里像是有一种诱人的毒素。我渴望着新奇的感觉……。一天晚上，大约七点钟光景，我决定出去寻找某种奇遇。我觉得，我们这个灰色的庞然大物——伦敦——有的是数不清的居民，有的是极卑劣的罪人和了不起的罪恶（就像你有一次说的那样），它应当能为我提供些什么。千百桩稀奇古怪的事儿在我的想象中出现。光是可能遇到的危险就给我一种快感。我记着我们第一次在一起吃饭的那个奇妙的晚上你对我说的话：人生真正的秘密在于寻找美。我不知道自己期待着什么，反正我出了家门往东走，不久就掉进了肮脏的街巷和没有草木的阴暗空地的迷宫里。八点半左右，我走过一家可怜巴巴的小剧场，外面的煤气灯通明，照着俗不可耐的海报。一个面目可憎的犹太人，穿着我从未见过的可笑的背心，站在门口抽蹩脚雪茄。他的头发油腻腻的，拳曲成一个个圈圈，污迹斑斑的衬衫当胸缀着老大一颗钻石。'爵爷，要包厢吗？'他看到了我就问，同时巴结得怪肉麻地脱下他的帽子。亨利，那个人身上有某种东西使我很感兴趣。他是个丑八怪。我知道你会笑我，不过我确实进去了，足足花了一个畿尼租了台边的一个包厢。直到今天我仍旧不明白当时为什么这样做。但要是我不这样，亲爱的亨利，要是我不进去，我会错过我一生中最了不起的一段罗曼司。我看得出你在笑。你太可恶了！"

"我不是在笑，道连，至少不是在笑你。不过你不应当说这是你一生中最了不起的罗曼司。你应当说这是你一生中第一段罗曼司。你将永远被人所爱，你将永远在恋爱中。多情是无所事事者的特权。这是一个国家的有闲阶级的唯一本领。别害怕。等着你去体验的新奇事儿多着呢。这仅仅是开始。"

"你把我这个人看得这样浅薄？"道连·葛雷怒冲冲地嚷道。

“不，我认为你有深情。”

“这怎么讲？”

“我的老弟，一生中只恋爱一次的人才真正是浅薄的。他们称做忠诚、坚贞的品质，我认为是习惯的昏睡病或缺乏想象力。情感生活中的忠实就同理性生活中的一贯性一样，无非是承认失败。忠实！将来我要对它作一番研究。这种感情包藏着占有欲。我们本来可以扔掉许多东西，如果不怕别人捡去的话。不过我不想打断你的话。把你的故事讲下去。”

“就这样，我坐进了糟糕不堪的狭小包厢，一道俗气得要命的吊幕就在我面前。我从幕外察看这座剧场。它实在庸俗，到处都画着小爱神和丰饶角[①]，活像廉价的婚礼蛋糕。顶层楼座和后排坐得满满的，可是两排不干不净的前座却空得很，至于所谓的花楼上简直看不见一个人影。卖橘子和姜汁啤酒的女人走来走去，观众席上一片嗑核桃的响声。”

“跟英国戏剧的全盛时代[②]一模一样。”

“想必正是这样，那气氛委实叫人受不了。我坐在那里，不知怎样才好，这时我的视线落到了海报上。亨利，你猜那天演什么来着？”

“八成是《笨蛋或无辜的哑巴》。我相信我们的祖先爱看这类戏。道连，我活得愈久，就愈是强烈地感到：我们的父辈满意的东西已不能使我们满意。在文艺方面，和在政治方面一样，老祖宗总是不对的。”

“亨利，那出戏也能使我们满意的。演的是《罗密欧与朱丽叶》。我得承认，想到莎士比亚的作品在这样一个鬼地方演出，我非常生气。不过，我又有点儿感到好奇。不管怎样，我决定等看完第一幕再说。乐声响了，只见一个年轻的犹太人弹着一架走音的钢琴在指挥其糟无比的

---

① 装满果品、谷物的羊角状盛器，源于希腊神话，其象征意义和聚宝盆相近。

② 指十六至十七世纪英国文艺复兴时期，当时英国戏剧的代表人物为马洛、莎士比亚、本·琼森等。

TONIGHT
JULIET

乐队。我差点儿给吓跑，这时幕总算升了起来，戏开场了。演罗密欧的是个上了年纪的胖子，用软木炭涂着两道眉毛，一副悲怆的沙嗓子做作得厉害，身段像一只啤酒桶。他的朋友默丘西奥也好不了多少。演这角色的是个三路小丑，他随心所欲地插科打诨，深受顶层楼座观众的欢迎。这两个角色和简陋得像是从草台班子里搬来的布景一样奇形怪状。可是朱丽叶！亨利，请你想象一下：这姑娘恐怕还不到十七岁，小脸蛋像朵花儿，小巧的头部轮廓是希腊型的，深褐色的头发盘着辫髻，淡紫色的眼睛好比两口盛满热情的深井，嘴唇好比玫瑰花瓣。她是我有生以来见到过的最可爱的女孩子。有一次你对我说过，你对激情是无动于衷的，但是美，只有美能使你热泪盈眶。我告诉你，亨利，我几乎没法看清那姑娘，因为泪雾蒙住了我的眼睛。还有她的声音——我从来没有听到过这样的声音。起先她的声音很低，那深沉、柔和的声调仿佛单单注入你一个人的耳朵。后来稍微响了一点，就像一支长笛或远处的一支双簧管。在花园里的一场中，那声音充满了狂喜的颤动，你只有在黎明前夜莺的歌唱中能听到。再后来，有几次瞬息间出现了小提琴热情奔放的声音。你也知道，某种声音能打动人的心。你的声音和西碧儿·韦恩的声音是我永远忘不了的。我一闭上眼睛就能听到你们的声音。你们说的都不一样，我不知道听谁的好。我怎么能不爱她？亨利，我爱她。她是我的生命。我一个晚上接着一个晚上去看她的戏。她今天扮罗瑟琳，明天演伊摩琴。[①]我看过她从爱人嘴唇上吮吸毒药后死在阴暗的意大利坟茔中。[②]我看过她乔装改扮成一个美少年，穿着紧身上衣和长筒袜，头戴雅致的软帽，在阿登森林里漫游。[③]我看过她发了疯来到有罪的国王跟前，把芸香给他佩带，把苦草给他尝。[④]我看过她无辜被

① 她们分别是莎士比亚戏剧《皆大欢喜》《辛白林》中的女主人公。
② 莎士比亚戏剧《罗密欧与朱丽叶》第五幕第三场。
③ 阿登森林，亦作阿登高地，位于法、比、卢三国交界处，《皆大欢喜》后半部的戏都在那里展开。
④ 莎士比亚戏剧《哈姆雷特》第四幕第五场。

妒忌的黑手掐断芦苇般纤细的脖子。[1]我看过她扮演各个不同时代的人物，穿上各种不同的服装。寻常的女人触动不了我们的想象，她们超越不出时代的局限。任何法术也不能使她们变形。她们的心就像她们的帽子一样容易看清楚，随时可以了解。她们之中没有一个有什么神秘。她们上午到公园兜风，下午在茶会上聊天。她们的微笑千篇一律，举止得体有度。我们对她们了如指掌。可是一个女演员，一个女演员就大不相同了！亨利！你为什么不告诉我，世上唯一值得爱的是女演员？”

“因为我爱过许许多多女演员，道连。”

“哦，那都是些染头发、涂脂粉的怪物。”

“不要挖苦染头发、涂脂粉的女人。有时候她们也有一种异乎寻常的迷人之处。”亨利勋爵说。

“我真后悔把西碧儿·韦恩的事告诉你。”

“你迟早要告诉我的，道连。你这一辈子什么事情都会对我说。”

“是的，亨利，我相信会这样。我忍不住要告诉你种种事情。你对我有一种说不出的影响力。即使我犯了什么罪，我也会来向你供认。你会了解我的。”

“道连，你是生活中的任性而快活的人，像你这样的人不会去犯罪。不过你对我的恭维还是使我感到荣幸。现在你告诉我——请把火柴递给我，好孩子，谢谢！——你跟西碧儿·韦恩现在究竟是怎样的关系？”

道连·葛雷霍地跳了起来，两腮通红，双目怒睁。“亨利，西碧儿·韦恩是神圣的！”

“只有神圣的东西才值得去碰，道连，”亨利勋爵的声调出人意料地稍带几分激昂，“你何必发火呢？我料想她总有一天会属于你的。恋爱中的人总是先欺骗自己，最后欺骗别人。这就是大家所说的罗曼司。

① 莎士比亚戏剧《奥赛罗》第五幕第二场。

我想，你至少已经跟她认识了吧？”

“当然。我第一次进那个剧场的晚上，那个面目可憎的老犹太人在散戏时来到包厢里，他表示愿意领我到后台去，将我介绍给她。当时我对他大发雷霆，我说朱丽叶已经死了几百年，她的尸体躺在维罗纳的大理石墓穴里。我从他目瞪口呆的样子看出，他大概以为我喝了太多香槟酒或别的什么。”

“完全可能。”

“接着他问我是否给哪家报纸写稿。我告诉他，我从不看报。他听了好像大失所望，并向我透露，说所有的剧评家都跟他过不去，他们个个都是可以收买的。”

“我认为他这话说得极有道理。不过，话得说回来，从那些剧评家的外貌来看，其中绝大多数身价都不高。”

“他大概以为自己雇不起他们，”道连笑了起来，“当时剧场里已开始熄灯，我得走了。他要我试试某种他竭力推荐的雪茄，我谢绝了。第二天晚上，我自然又到那里去了。他看见我的时候，对我深深鞠了一躬，称颂我是慷慨的艺术保护者。他是个非常讨厌的家伙，不过对莎士比亚崇拜得五体投地。有一次他以自豪的口气告诉我，他先后五次破产完全是为了这位‘弹唱诗人’——他坚持这样称呼莎士比亚。看来他认为这是很光荣的。”

“这的确光荣，我亲爱的道连，极其光荣。大多数人破产是由于在平庸的生活中投资过猛。为富有诗意的事业破产是一种荣誉。那么，你第一次跟西碧儿·韦恩小姐交谈在什么时候？”

“第三天晚上。那天她扮演罗瑟琳。我终于忍不住，到后台去了。事先我向她抛了一些花，她看了我一眼，至少我以为她看了我一眼。老犹太人把我缠得很紧。他大概拿定主意要带我到后台去，我同意了。我不急于去跟她结交，你不觉得奇怪吗？”

“不，我不觉得奇怪。”

“为什么，我亲爱的亨利？”

“改天我再告诉你。现在我想知道关于那个姑娘的情况。”

“西碧儿？哦，她是那么怕羞，那么文静。她身上还有一些孩子气。当我向她谈出我对她的演技的看法时，她的眼睛睁得大大的，那惊讶的神情妙不可言。看来她对自己的才能一点也不自觉。我想当时我和她都很激动。老犹太人咧着嘴站在满是灰尘的化装室门口，对我们俩说了一大堆天花乱坠的恭维话，而我们站在那里，像小孩子那样你看着我，我瞧着你。老犹太人张口就称我‘爵爷’，使我不得不向西碧儿声明，我什么爵也不是。她很天真地对我说：‘你看起来挺像一位王子。我要把你叫做迷人王子。’”

“道连，我敢担保，西碧儿小姐很会说恭维话。”

“你不了解她，亨利。她仅仅把我看作一出戏里的人物。她对人生一无所知。她和她的母亲——一个芳华已逝的憔悴妇人——一起生活，那妇人在第一天晚上裹着一件品红色晨袍扮演朱丽叶的母亲凯普莱特夫人，看样子当年也出过风头。”

“我知道那种样子，看了叫人难受。”亨利勋爵嘀咕着反复察看自己手上的指环。

“那犹太人要向我讲她的故事，我说我不感兴趣。”

“你做得很对。听别人的悲惨故事照例是无聊透顶的。”

“我感兴趣的只是西碧儿本人。她的出身跟我有什么相干？从她娇小的头到娇小的脚，她是绝对神圣、十全十美的。我每天晚上去看她演出，觉得她一天比一天更令人惊异。”

“怪不得这一阵子你没跟我在一起吃晚饭。我猜想你多半有一段奇妙的罗曼司正在进行。果然如此，不过同我的预想不完全一样。”

“我亲爱的亨利，我每天和你在一起不是吃午饭就是吃夜宵，我还和你一起去过几次歌剧院呢。”道连睁大了一双碧眼说。

“你每次都很晚才到。”

“是啊，我不能不去看西碧儿演出，”他说着，“哪怕看一幕也好。我变得如饥似渴地想看见她；每当想起那藏在牙雕般娇小身躯里的神奇的灵魂，我心中就充满诚惶诚恐的感觉。”

“今天晚上你能和我一起吃饭吗，道连？”

他摇摇头说：“今晚她是伊摩琴，明晚她是朱丽叶。”

“那她什么时候是西碧儿·韦恩呢？”

“什么时候也不是。”

“我祝贺你。”

“你真可恶！要知道，所有戏里了不起的女主角都集于她一身。她不是一个人。尽管你认为可笑，我还是要说，她有天才。我爱她，而且我一定要使她也爱我。你深知人生的奥秘，应当告诉我怎样吸引西碧儿·韦恩爱上我！我要使罗密欧吃醋。我要让世上为爱牺牲的有情人听到我们的笑声自叹命薄。我要让我们爱情的热浪惊动他们的骸骨，唤醒他们的痛感。天哪，亨利，我是多么崇拜她啊！”他说这番话的时候在室内不停地走来走去，两颊泛起朵朵红晕，像病人的潮热。他处于极度亢奋之中。

亨利勋爵瞧着他，心中暗暗高兴。记得他们在贝泽尔·霍尔渥德画室里初次见面的时候，他还是一个腼腆、胆怯的孩子，现在同那时已判若两人！他的本性已像蓓蕾怒放，开出嫣红的花朵。他的灵魂刚从隐蔽的暗角探出身来，欲望立即迎上前去。

“下一步你打算怎么办？”亨利勋爵终于问。

“我希望哪天晚上你和贝泽尔跟我一起去看她演出。我对于可能产生的效果一百个放心。你们定能赏识她的天才。然后我们必须把她从犹太人手中弄出来。西碧儿和他订有三年合同，从现在算起，至少还有两年零八个月。当然我要付一笔钱给犹太人。这一切办妥以后，我要找一家西区的剧院让她一显身手。她一定能使全世界同我一样如醉如狂。”

“怕不可能吧，我的老弟？”

“没问题，她能行。她不仅具有完美的艺术直觉，她的个性也了不起，你时常对我说，左右时代的是人，而不是主义。”

“好吧。我们哪一天去呢？”

“让我想一想。今天是星期二。就定在明天吧。明天她演朱丽叶。”

“一言为定。八点钟在布里斯托尔饭店见面，贝泽尔由我去接。”

“八点钟太晚，亨利。六点半吧。我们必须在开场前到。你们必须看她怎样在第一幕中同罗密欧初次相会。”

“六点半！太早了！那是进茶点或看英国小说的时候。七点钟吧。没有一个体面人在七点钟前吃晚饭的。在这段时间里，你还要跟贝泽尔见面不？要不要我写信给他？”

“可怜的贝泽尔！我已经有一个星期没去看过他。我太不应该了，他把我的画像配上他亲自特地设计的最精美的框子派人给我送来。虽然我有点妒忌那幅像比我年轻整整一个月，我得承认我还是喜欢它的。也许你写信约他更好。我不想单独见他。他讲的话我听着心烦。他老是向我提出忠告。”

亨利勋爵微微一笑。“人们总喜欢把自己最需要的东西给别人。我认为这才叫做慷慨到了顶。”

“哦，贝泽尔是个再好不过的人，可我觉得他有那么一点儿迂腐。亨利，自从我和你认识以后，我有这样的感觉。”

“老弟，贝泽尔把他身上全部可爱的气质都放到创作中去了。结果他为生活留下的就只有他的偏见、准则和大道理。我所认识的艺术家中讨人喜欢的都是不成器的。有才气的艺术家只存在于他们的创作中，而他们本人都是索然无味的。一个伟大的诗人，一个真正伟大的诗人，是最没有诗意的人。但是等而下之的诗人却极其讨人喜欢。他们的诗写得愈糟糕，他们的外貌就愈是生动。如果一个诗人出版了一本二三流的十四行诗集，此人一定具有不可抗拒的魅力。他把写不出来的诗都在生活中实现了。而另一类诗人却把他们不敢身体力行的意境都写成了诗。”

“我不知道事实是否真是这样，亨利，”道连·葛雷说着从放在桌子上的一只金塞子大瓶里往手帕上洒了些香水，“既然你如此说，那一定是这样。现在我该走了。伊摩琴在等我呢。明天可别忘了。再见。”

等他离开了书斋，亨利勋爵合上沉重的眼皮，他开始思量起来。诚然，很少有人像道连·葛雷那样吸引他，但这少年疯狂地热恋着另外一个人，却丝毫没有引起他的不快或妒意。他反而感到高兴。这为他提供了一个更加饶有兴味的研究课题。亨利勋爵一向醉心于自然科学的方法，但是自然科学的一般研究对象在他看来却是乏味的，不足道的。于是他始而解剖自己，继而解剖别人。在他心目中唯一值得加以研究的就是人生。与此相比，任何别的东西都毫无价值。确实，你要观察人生在痛苦与欢乐的奇特熔炉中的冶炼过程，不能戴上玻璃面罩，也免不了被硫黄味熏昏头脑，弄得想象中尽是牛鬼蛇神、噩梦凶兆。有些毒物是很难捉摸的，你要了解它们的特性，非得先中毒不可。有些病症非常奇怪，你要弄清它们的根源，非得先害病不可。然而，你得到的回报将是不可估量的！整个世界在你心目中将变得无比奇妙！探明高度严谨的情欲逻辑和涂上感情色彩的理性生活，观察它们何处相遇，何处分离，在哪一点上协调，在哪一点上不谐——真是其乐无穷！至于要花多大的代价，又何必操心？为了得到新的感受，无论付出怎样的代价也划得来。

亨利勋爵意识到，是他的话，是那些用悠扬的语调说出来的动听的话使道连·葛雷的灵魂转向那个纯洁的姑娘，使道连拜倒在她的面前。想到这里，亨利勋爵棕玛瑙色的眼睛露出得意的目光。在很大程度上，现在的道连·葛雷是他的创作。是他催熟了这个少年。这是值得一提的。普通人总是等待生活自己向他们展示生活的奥秘。但是对于少数精英中的精英来说，生活的秘密在帷幕揭开之前即已透露。有时候这份功劳应归于艺术，主要是直接诉诸情感和理性的文学。不过艺术的职能间或由某个不简单的人物取而代之，而这个人本身也是一件地地道道的艺术品，因为生活如同诗歌、雕塑、绘画一样有它自己的杰作。

是的，那少年被催熟了。目前正当春天，他已经在收获了。青春的活力和热情正在他身上搏动，但他已开始自觉。观察他的变化是一种享受。凭他那美丽的容颜和灵魂，他称得上一个奇迹。这一切将以什么告终，或者被注定以什么告终，则无关紧要。他就像赛会或戏剧中那些色艺双绝的名角，他们的欢乐与我们不相干，但他们的悲哀能激起我们的美感，他们的创伤更像殷红的玫瑰。

灵魂与肉体，肉体与灵魂，实在神秘莫测！灵魂包藏着动物的本能，而肉体却有超凡脱俗的时刻。感官能趋于精炼，理性却会退化。谁能说出什么时候是生理冲动的终止，心理冲动的开始？一般心理学家的武断定论是多么轻率！而要在各家之说中作出抉择又是多么困难！灵魂真是寓于罪恶之躯壳的影子吗？抑或肉体包含在精神中，像乔尔达诺·布鲁诺[1]所设想的那样？精神和物质的分离是一个谜，精神和物质的结合同样是一个谜。

亨利勋爵开始思考，人们能否在将来把心理学建成一门绝对精密的科学，使生命的每一次微小的搏动都瞒不过我们？事实上，我们常常对自己发生误解，也难得了解别人。经验没有伦理上的价值。经验只不过是人们给他们的错误定的名称。道德家们照例认为经验是一种警告，声称它对性格的形成能起一定的伦理作用，颂扬经验能教我们遵循什么，避免什么。但是，经验没有动力。它和意识本身一样缺乏能动性。它在实质上仅仅表明我们的未来将同我们的过去一样，我们一度强抑着内心

---

① 布鲁诺（1548—1600），文艺复兴时期的意大利哲学家、天文学家，因反对经院哲学，宣传泛神论和人文主义思想，发展哥白尼的日心说，被宗教裁判所处死刑，烧死在罗马。

的反感犯过的罪恶，我们还要重复多次，而且将引以为乐。

他看得很清楚，只有通过实验才能对欲念作出科学分析，而道连·葛雷无疑是他手头现成的对象，并且看来会结出丰硕的成果。他对西碧儿·韦恩一下子就如火如荼的狂恋是一种不可小看的心理现象。可以肯定，从中起了相当作用的是好奇心和对新奇感受的渴望。然而这不是一种简单的情欲，它要复杂得多。内中纯系青少年时期感官本能的产物，在想象的作用下已变成道连心目中远远超出官能的东西，正因为如此就更危险，被我们误解了本原的那些欲念，恰恰最牢固地控制着我们。而我们能意识到其本质的，却是最脆弱的感情。我们以为是在别人身上做实验的时候，其实往往是在自己身上做实验。

亨利勋爵正坐在那里冥思遐想，他的侍从敲门进来提醒他，该换装准备吃晚饭了。亨利勋爵站起来向街上望了望。夕阳把金色中透出血红的余晖洒在对面一排房屋高处的窗上，玻璃像一片片烧红的金属闪闪发光。天空呈现着玫瑰凋谢的颜色。他思量着他的朋友正处在火红的青春期的生命，不知道这一切将如何了结。

他在午夜十二点半回到家里，看到门厅里桌上放着一份电报。拆开一看，原来是道连·葛雷打来的。电文通知说，他已经同西碧儿·韦恩订婚了。

第五章

“妈妈，我好开心哪！”姑娘悄悄地说着，她的脸偎在一个韶光不再、形容憔悴的妇人膝头上；母亲背向刺眼的光线坐在不甚洁净的客厅内唯一的圈椅里。“我好开心哪！”女儿还在说，“你也应当开心才是！”

韦恩太太的身子一缩，一双瘦瘦的、因久施铅华变得苍白的手抚摸着女儿的头。“开心！”她应声道，“西碧儿，我只有在看你演出的时候才开心。除了演戏，你不应该想旁的事情。艾萨克斯先生对我们很好，我们还欠他的钱呢。”

姑娘仰起头来，嘟着一张嘴。“你说什么，妈妈？钱？”她大声问道，“钱算得了什么？爱情比钱更重要。”

“艾萨克斯先生预支给我们五十镑，让我们还债，给詹姆士置备行装。你不能忘了这件事，西碧儿。五十镑是很大一笔款子。艾萨克斯先生对我们很照顾。”

“他不是个上等人，妈妈，我讨厌他跟我讲话的样子。”姑娘说着站起来走到窗前去。

“要不是他帮忙，我不知道我们有什么办法。”中年妇人像在埋怨女儿不懂事。

西碧儿把头一扬，放声大笑。“妈妈，我们再也不用他帮忙了。今后我们的生活有迷人王子安排。”她突然住了口，她的血液起了波动，两颊浮起玫瑰色的晕影。频促的呼吸使她的嘴唇如花瓣微微张开，轻轻颤动。热情像一阵南风向她袭来，拂动了她的衣裳上雅致的褶襞。“我爱他。”西碧儿天真地说。

“傻孩子！傻孩子！”母亲一个劲儿地重复着的话，佐以弯曲的手指戴着赝品首饰扭来摆去的动作，给人一种怪里怪气的印象。

姑娘又笑了，那是笼中鸟的欢乐。她的眼睛合着笑声的旋律，一闪一闪地应和着；接着闭上一会儿，似乎生怕泄露了秘密。当它们重新睁开的时候，已经罩了一层朦胧的幻想。

薄嘴唇的智慧化身坐在破旧的圈椅里开导女儿，提醒她谨慎为是，一再援引盗用明智之名的怯懦经典作为依据。西碧儿并没有听。她堕入了情网正在悠然自得。她的王子——迷人王子——和她在一起。她召唤自己的记忆再现他的形象。她派遣自己的灵魂去寻找他，果然把他找来了。她的嘴唇重又感觉到他热烈的亲吻，她的眼皮再次被他的呼吸所温暖。

于是，智慧化身改变策略，谈到要去调查打听。那个年轻人可能很有钱。若是如此，这门亲事应当考虑。但是，精谙世故的浪头打在姑娘的耳廓上溅成微沫，老谋深算的利箭嗖嗖地飞过，没有触动她一根毫毛。她看着那薄嘴唇的翕动，忍不住要笑出来。

忽然她觉得必须开口，母亲一个人自言自语的冷场使她闷得发慌。“妈妈，妈妈，”她大声说，“他那样爱我是为什么？我道我为什么爱他。我爱他是因为他恰恰就像爱情的化身。可是我有什么能被他看中呢？我配不上他。不过，我说不上是什么道理，尽管我远远不如他，我却不觉得丢脸。我感到骄傲，骄傲得厉害。妈妈，以前你也像我爱迷人王子那样爱父亲吗？”

透过抹在腮帮上的一层廉价香粉，看得出中年妇人的脸色在变青，干枯的嘴唇起了一阵痛苦的痉挛。西碧儿扑到她怀里，搂住她的脖子，连连吻她。“原谅我，妈妈。我知道提起父亲会使你伤心，但这正说明你爱他之深。不要这样悲伤。今天我像你在二十年以前一样开心。啊！但愿我永远开心！”

“我的孩子，你年纪太小，不应该考虑恋爱。再说，你对那个年轻人了解些什么呢？你连他的姓名也不知道。总之，这件事太不妥了。说真的，詹姆士就要去澳大利亚，有一大堆事情要我操心。在这样的时候你应当懂事些。不过，我刚才说了，要是他有钱的话……”

"啊，妈妈，妈妈，让我开心吧！"

韦恩太太看看女儿，把她搂在怀里——这一类不真实的舞台动作常常变成演员的第二本性。这时门开了，一个棕发蓬乱的少年走进客厅。他个儿矮壮，粗手大脚，举止笨拙。他不像他的姐姐那么文雅。你很难猜到他俩是同胞姐弟，韦恩太太注视着儿子，脸上的笑容更绽开了些。在她的想象中，她的儿子已取代全体观众的地位。她确实感到这个场面十分动人。

"西碧儿，我希望你的吻能留一些给我。"那少年佯作向姐姐发牢骚。

"啊！可你是不喜欢人家吻你的，詹姆士，"她说，"你是一只讨厌的老熊。"她跑过去和他拥抱。

詹姆士·韦恩亲切地看着姐姐的脸。"我要你和我一起出去走走，西碧儿。我大概再也不会回到这个可恶的伦敦来了。我确实不愿意再回来。"

"我的孩子，不要说这样丧气的话。"韦恩太太低声道。说着，她叹息一声，拿起一件俗气的戏衣开始缝补。她略感扫兴的是詹姆士没有参加合演，否则，这个场面的戏剧效果必定更佳。

"为什么不要说，妈妈？我说的是正经话。"

"你使我太伤心了，孩子。我指望你会发了财从澳大利亚回来，我相信在殖民地没有称得上体面的人物可以结交。所以，等你发了财，你应当回来，在伦敦成家立业。"

"体面人！"少年没好气地说，"我才不想去结交呢。我只想赚点儿钱，让你和西碧儿离开剧场。我恨这个行当。"

"哦，詹姆士！"西碧儿笑呵呵地说，"你就不会说些亲热的话！你真的要我陪你出去走走吗？那很好！我以为你要去跟你的朋友们告别呢，跟那个送一只怪难看的烟斗给你的汤姆·哈迪，或者跟那个笑你抽烟斗的样子的聂德·兰顿。你现在决定跟我在一起度过临走前的最后一个下午，这太好了。我们上哪儿去呢？上公园吧。”

“我的衣着太寒酸，”他皱着眉头回答，“上公园散步的都穿得漂漂亮亮。”

“别瞎扯，詹姆士。”她轻轻地说，一边抚摸着他的上衣袖口。

他犹豫片刻，最后说：“好吧，你换衣服可不要花太多工夫。”

西碧儿跳跳蹦蹦走出客厅。可以听到她唱着歌儿跑上楼去。接着楼板上响起了她的脚步声。

詹姆士在屋里踱了两三个来回，然后他转向静静地坐在圈椅里的中年妇人问道：“妈妈，我的东西都准备好了没有？”

“都准备好了，詹姆士。”她眼睛盯着缝补的活计回答说。最近几个月来，当她独自和这个说话粗声大气、神态冷冰冰的儿子在一起的时候，她总觉得很不自在。逢到他们四目相视，这个浅薄而又怀着鬼胎的妇人心里就发慌。她每每问自己，儿子是不是生了什么疑心。现在詹姆士没有再说旁的什么话，更使她闷得受不了。她开始抱怨起来。女人往往以攻为守，而她们如果突然莫名其妙地屈服下来，那一定是在进攻。“詹姆士，希望你过得惯航海生活，”她说，“你必须记住这是你自己选择的道路。你本来可以进一家初级法律事务所实习当办事员，初级律师是很受尊敬的一等人，在乡下他们经常到最体面的人家去吃饭。”

“我讨厌事务所，我也讨厌办事员，”他回答说，“不过你说得完全对：是我自己选择的生活道路。我只想说一句话：好好照看西碧儿。不要让她受任何伤害。妈妈，你一定得把她照看好。”

“詹姆士，你的话真叫人奇怪。我当然会照看西碧儿的。”

“我听说一个有身份的人每天晚上去看戏，还到后台去跟她说话。这是不是真的？这是怎么回事？”

“这些事你是一窍不通的，詹姆士。干我们这一行，有人捧场，受人抬举是常有的事。当年有一个时期，我也接受过不知多少鲜花。那是表演艺术真正得到赏识的时候。至于西碧儿，我不知道目前她的感情是不是一时的心血来潮。不过那个年轻人确实无疑是有身份的。他对我一直彬彬有礼。再说，看样子他很有钱，他送的花都是挺可爱的。”

“可是你们连他的姓名也不知道。”少年口气生硬地说。

“是的，”母亲回答时不动声色，“他还没有说出他的真名实姓。我认为这是他的一种极其罗曼蒂克的风格。他也许还是个贵族。”

詹姆士·韦恩咬了咬嘴唇。“好好照看西碧儿，妈妈，”他执着地说，“好好照看她。”

“詹姆士，你的话使我难受极了，西碧儿一直在我的悉心保护之下。当然，如果那位先生有钱的话，也没有理由不让西碧儿和他结婚。我相信他是个贵族子弟。他的一举一动无不说明这一点。这对西碧儿来说是一门最体面的亲事。他俩真是天造地设的一对。那位先生长得非常漂亮，见过的人都这么说。”

詹姆士自言自语地不知咕哝了些什么，用他粗壮的手指在窗玻璃上弹了几下，转过脸来正想说什么话，这时西碧儿开门跑了进来。

“你们这样一本正经地做什么？”她问道，“出了什么事？”

“没有什么，”詹姆士回答说，“一个人有的时候应当严肃些。再见，妈妈；我五点钟回来吃晚饭。除了衬衫，其他行李都已经打好，你不必操心了。”

“再见，我的孩子。”她说着，庄重得不大自然地点点头。

儿子跟她说话的口气使她很不痛快，儿子的眼神也叫她提心吊胆。

“亲我一下，妈妈。”西碧儿说。花儿般鲜艳的嘴唇触到了枯槁的面颊，使冰凉的皮肤感到一股暖意。

“我的孩子，我的孩子！”韦恩太太连声叫着，把眼睛翻向天花板，寻找想象中的顶层楼座观众。

“来，西碧儿。”她弟弟在一旁催促。他讨厌母亲装腔作势的表演。

姐弟俩出了家门，在时而被风云遮掩的阳光下顺着冷清的尤斯登路走去。这个面带怒容的粗线条少年，穿着不合身的廉价衣服，竟然同这样一个秀色可餐的姑娘在一起走，好比一个土里土气的花匠佩戴着一朵玫瑰，行人见了都感到诧异。

詹姆士每次发觉行人投来好奇的目光，他就皱紧眉头。他不喜欢人家向他注视，这种性格在天才身上要到晚年才形成，而凡人是永远摆脱不了的。至于西碧儿，她完全觉察不到自己所引起的赞赏。爱的欢乐在她的笑声中荡漾。她在想迷人王子，但为了可以更多地想他，西碧儿并不提起他，而尽是谈即将载着詹姆士去远航的船，谈他一定会找到的金矿，谈他将要从红衫土匪手中救出来的美丽的女财主。他当然不会永远当一名水手、一名货物管理员或者诸如此类的人。决不！水手生活是很苦的。试想被塞在闷得要命的船舱里，汹涌的浪涛嘶哑地吼叫着，拼命想冲进来，狂风折断桅杆，船帆被撕成长条哗喇喇地飘，那是什么滋味！但是到了墨尔本，他就要离船上岸，客客气气向船长道别，立即出发到产金地去。不出一个星期，他必定会找到一块老大的纯金生坯，这样大的天然金块还从来没有人找到过。然后把金块装上大车，在六名骑警保护下运到岸边。土匪发动三次袭击，但经过血战都被打退。不，不，他还是不要到产金地去为妙。那是很可怕的地方，那里的人们酗酒、吸毒，在酒吧间里进行枪战，用不堪入耳的话骂人。他还是去当一个牧场主繁殖羊群为好。将来有一天晚上，他骑马回家的时候，看见一个骑黑马的强盗正要劫走美丽的女财主。他立刻追上去，把女财主救下来。不用说，他们一定会互相爱慕，然后结成夫妇，一同回来，住在伦敦美轮美奂的豪宅内。是的，许多好事儿在等着他。不过他一定得好好干，不使性子，不乱花钱。西碧儿认为自己虽然只长他一岁，但比他懂事得多。她要弟弟每开一班邮船都写信给她，还要他每天夜里临睡前做祷告。上帝是很慈悲的，一定会保佑他。她也要为他祈祷，不消几年工夫，他必将发了财高高兴兴回来。

詹姆士紧绷着脸听她说，一声也不吭。离家在即，他心情沉重。

使他闷闷不乐的原因还不单单是这一层。尽管没有多少经验，他却强烈地感觉到西碧儿的处境危险。那个正在追求她的纨袴儿不会有益于她。他是个有身份的人，詹姆士因此恨他，怀着一种奇怪的族类本能恨他。关于这种本能，詹姆士还说不出其所以然；唯其如此，它在这少年内心深处更牢固地处于支配地位。同时他也知道他母亲浅薄、虚荣的性格，意识到这对西碧儿和西碧儿的幸福孕育着极大的危险。做子女的开始都爱自己的父母，长大后对父母就有所批评，有时也能加以原谅。

母亲啊！有一件事他憋在心里已好几个月，一直想问她。一天晚上，他等在剧场的后台门口偶然听到一句话。传到他耳际的窃窃私议在他头脑里激起一连串可怕的推想。他想起这件事，就好像脸上被抽了一鞭。他眉头紧锁，眉心上刻下一道楔形的槽。一阵痛苦的抽搐使他咬住下唇。

“詹姆士，你压根儿不在听我说话，”西碧儿生气地说，“我在为你的未来设计最美的蓝图。你说话呀！”

“你要我说什么呢？”

“你就说你要好好干，不忘记我们。”她笑盈盈地说。

詹姆士耸耸肩膀。“倒不是我会忘记你，而是你会忘记我，西碧儿。”

“你这是什么意思，詹姆士？”她涨红了脸问。

“我听说你新交上一位朋友。他是谁？你为什么在我面前不提这件事？他不会给你带来什么好处的。”

“住嘴，詹姆士！”她激动地大声说，“不许你说他的坏话。我爱他。”

“天哪，你连他的姓名都不知道呢，”詹姆士说，“他是谁？我有权利问你。”

“他叫迷人王子。你不喜欢这个名字吗？哦，你这个傻瓜！可不要忘了。你只要见过他，你就明白他是世上最出色的人。将来你会和他见面的，等你从澳大利亚回来以后。你一定会非常喜欢他。人人都喜欢他，而我……爱他。可惜今晚你不能到剧场来。他也要来，今晚我演朱丽叶。哦！我该怎么演呢？詹姆士，你想想，演朱丽叶的人自己正在恋爱，而心上人就坐在那里，戏是为他演的！我担心自己会把观众都吓跑。要么把他们吓跑，要么令他们倾倒。恋爱中的人会做出平时做不出的事来。可怜而又可厌的艾萨克斯先生将要在小卖部向他的戏迷哥们连声大叫'天才'。他一直把希望寄托在我身上，今晚他要宣布我是他发现的彗星。我有这样的预感。这一切都要归功于迷人王子，我的奇妙的心上人，我的英俊的神明。但是我在他身边显得太穷酸了。不，穷又怎么样？穷魔爬进门槛，爱神飞进窗来。①我们的谚语需要改编。这些谚语是在冬天编出来的，而现在是夏天。对我来说，应该是碧空万里、百花献舞的春天。"

"他是个有身份的人。"詹姆士面色阴沉地说。

"他是王子！"西碧儿几乎在唱歌，"你还要怎么样？"

"他要你做他的奴隶。"

"我一想到自由就会发抖。"

"我要你提防他。"

"看见他就会崇拜他，认识他就会信任他。"

"西碧儿，你被他迷昏了。"

她呵呵笑着勾住弟弟的胳膊。"我亲爱的詹姆士，你说话的口气像是活了一百岁。将来你也会恋爱的。什么叫恋爱，那时你就知道了。别这么愁眉苦脸的。你应当高兴才是，因为我从来没有像现在这样快乐，虽然你即将离家远行。生活对你我都是不容易的，可以说艰难得可怕。但今后不同了。你要到一个新世界去，我呢，已经找到了一个新世界。这儿有两个座位，过往的人穿得都很漂亮，我们坐下来看看吧。"

---

① 英谚原为"穷魔爬进门槛，爱神逃出窗外"。

他们坐在一群旁观者中间。路那边花坛上的郁金香像一团团火焰在颤动。白色的尘埃悬在热气腾腾的空中，好似鸢尾根粉末升起的浮云。色彩鲜艳的遮阳伞像大得出奇的蝴蝶在翩翩飞舞。

她要詹姆士谈谈他自己，谈谈他的希望、打算。他说得很慢，很勉强。他们这样的交谈简直像赌徒付出筹码一样无可奈何。西碧儿感到不自在。她没有能够以自己的欢乐影响弟弟。她得到的唯一反应只是詹姆士闷闷不乐的嘴角上浮起了一丝几乎觉察不出的微笑。过了一些时候，她也沉默下来。突然，她瞥见了金色的头发和欢笑的嘴唇。原来道连·葛雷和两位女士乘坐一辆折篷马车在此经过。

她猝然立起身来。“那就是他！”西碧儿激动地说。

“谁？”詹姆士·韦恩问。

“迷人王子。”她目送着那辆折篷马车回答。

詹姆士跳起来，一把抓住她的胳膊。“快指给我看。哪个是他？指给我看。我得认认他！”他嚷道。但在这个当儿，贝里克公爵的四驾马车夹进来挡住了他们的视线。等到能重新看清楚的时候，那辆折篷马车已经驶出了海德公园。

“他走了，”西碧儿忧伤地低声说，“可惜你没能看见他。”

“我也希望能看见他，因为他要是敢对不起你，我就要他的命。我对着上帝起誓。”

西碧儿骇然望着他。詹姆士把这番话重复了一遍，字字句句像匕首刺破空气。旁人开始向他们注目。站在近处的一位女士发出吃吃的笑声。

“我们走吧，詹姆士，走吧。”西碧儿轻轻地说。詹姆士倔头倔脑地跟着她穿过人群。他已达到了一吐为快的目的。

他们一直走到阿基里斯铜像前，西碧儿才转过脸来。她眼睛里怜悯的神情终于变为嘴唇上的轻笑。她摇摇头对弟弟说：“你真傻，詹姆士，傻得要命，而且是个脾气很坏的孩子，这就是我要说的。你怎么能这样胡言乱语？你自己也不知道在说些什么。你明明心里妒忌，所以才这样冷酷。啊！我希望你也爱上个什么人。恋爱能使人变得善良，可是你刚才说的话是很恶毒的。”

“我已经十六岁了，”詹姆士回答她说，“我知道我要干什么。妈妈对你毫无帮助。她根本不懂得怎么照看你。偏偏在这个时候我要到澳大利亚去。要不是已经办好手续，我真想把整个计划统统取消。”

“哦，不要这样认真，詹姆士。你活像妈妈最喜欢演的那种无聊情节剧里的一个英雄。我不想跟你吵架。我看见了他，这就是最大的幸福！我们别吵啦。我知道你决不会伤害我所爱的人，你说是吗？”

“不过只限于你爱他的时候。”这是他阴郁的回答。

“我将永远爱他！”西碧儿热烈地宣称。

“那么他呢？”

“他也将永远爱我！”

“那算是他的造化。”

西碧儿吓得从他身旁往后一缩。接着她笑了起来，把一只手搁在弟弟臂膀上。他还是个十足的孩子。

在大理石牌楼附近，他们招呼一辆公共马车，直乘到尤斯登路他们简陋的家门口。时间已过五点，西碧儿必须在演出前躺下休息两个小时。詹姆士坚持要她这样做。他说他宁愿趁母亲不在场的时候和西碧儿告别。要不然，母亲一定又要做戏，而这是詹姆士所深恶痛绝的。

他们在西碧儿房间里互相道别。詹姆士满怀着妒意，他恨那个陌生人到了势不两立的程度，因为那个人是他心目中横在他们姐弟之间的障碍。然而，当西碧儿的胳膊搂住他的脖子，手指抚弄他的头发的时候，詹姆士的心软下来了。他带着一片真挚的柔情吻了姐姐。他下楼时眼眶里噙满了泪水。

母亲在楼下等他。詹姆士走进客厅时，她埋怨儿子不守时间；詹姆士一声不吭，坐下来吃很清苦的饭食。苍蝇围着饭桌嗡嗡地叫，在污迹斑斑的桌布上爬。除了公共马车的隆隆声和出租街车的嘚嘚声，他只听到这个嘟嘟囔囔的声音一分钟一分钟地吞噬着他仅有的一点点时间。

不久，他推开盘子，两手支住脑袋。他觉得他有权利了解真相。倘若事情果真如他所怀疑的那样，那就早应当向他讲明。母亲心怀疑惧注视着儿子。唠唠叨叨的话几乎不自觉地从她嘴里倾泻出来。她的手指把一条破破烂烂的花边手绢揉个不停。等到钟敲六下，詹姆士站起来向门口走去。但他又转过身来看着母亲。他们四目对视。儿子从母亲眼睛里看到的是乞求哀怜。他顿时发作起来。

“妈妈，我有件事情要问你。”他说。母亲失魂落魄地东张西望。她一语不发。“把实情告诉我。我有权利知道。你和父亲究竟有没有结过婚？”

母亲发出一声深沉的叹息。这是如释重负的感叹。那个可怕的时刻，她日日夜夜、几星期、几个月为之胆战心惊的那个时刻终于来临，她反而不觉得害怕了。的确，她甚至有点儿失望。对于开门见山的诘问只得直截了当地回答。这样扣人心弦的场面竟然没有逐渐引入，一下子就摊牌，根本不讲究层次感。这像是非常草率的排练。

“没有。”她回答说，心里对于生活的粗鄙和简单不胜感慨。

“那么我父亲一定是个混蛋！”詹姆士握紧拳头喊道。

她摇摇头。“我知道他另有婚约，我们十分相爱。他要是活着，一定能养活我们。不要责骂他，我的孩子。他是你的父亲，一个有身份的人。是的，他的门第很高。”

詹姆士发出一声诅咒。“我自己不在乎，”他愤愤地说，“可是不要让西碧儿……那个正在和她恋爱或者嘴上说爱她的人，不也是个有身份的人吗？大概门第也是很高的吧？”

韦恩太太霎时间羞愧得无地自容。她耷拉着脑袋，用哆嗦的手揉揉眼睛。“西碧儿有母亲，”她喃喃地说，“我当时可没有母亲。”

詹姆士的心被打动了。他走到母亲跟前，俯身吻了她一下。“如果我问起父亲的事伤了你的心，请你原谅，”他说，“可是我不能不问。现在我该走了。再见。别忘了，如今只有一个孩子要你照看了。你可以相信，如果那个人敢对不起我的姐姐，我一定能打听到他是谁，说什么也要把他找到，像宰一条狗一样把他宰了，我起誓。”

一时冲动的夸张恫吓，佐以愤激的手势和疯疯癫癫的情节剧台词，反倒使她觉得日子不像此前那么难熬。她习惯于这样的气氛。她的呼吸也比较顺畅了，几个月以来她第一次真正赞赏自己的儿子。她颇有意在这样的情感基调上把这幕戏演下去，但是詹姆士骤然中断了谈话。箱子需要拿下来，围巾手套不知放到哪儿去了。公寓里的一个杂役走进走出忙碌不堪。跟马车夫还得讲价钱。时间在一连串琐事中溜了过去。当她在窗口挥动镶花边的破手绢，目送儿子的马车渐渐去远时，重又感到怅然若失。她意识到，一次极其难得的机会已失之交臂。收之桑榆的办法是对西碧儿说，她觉得生活一定会凄凉寂寞，因为如今只有一个孩子要她照看了。末了那句话她很欣赏，所以记住了。至于詹姆士的恫吓，她只字不提。这番话说得很动人，颇有戏剧效果。她觉得将来他们回忆起这件事来，大家都会哈哈大笑的。

第六章

“贝泽尔，我想你已经听到新闻了吧？”这天晚上，霍尔渥德刚由侍者引进布里斯托尔饭店一间摆着三份餐具的雅座，亨利勋爵立即问他。

“没有哇，亨利，”画家一边回答，一边把帽子和大衣交给殷勤周到的侍者。“什么新闻？但愿不是关于政治的。我对政治不感兴趣。下议院里几乎没有一个人值得一画；虽然其中许多人很需要刷新形象。”

“道连·葛雷订婚了。”亨利勋爵说时留神观察画家的反应。

霍尔渥德先是一惊，继而皱眉。“道连订婚了？”他惊讶地说，“不可能！”

“这是千真万确的。”

“跟谁？”

“一个小演员。”

“我不信。道连决不是没头脑的。”

“道连的确够聪明的，所以免不了偶尔做些蠢事，亲爱的贝泽尔。”

“婚姻不是可以偶一为之的儿戏，亨利。”

“除了在美国，”亨利勋爵懒洋洋地分辩说，“我又没说他结了婚。我是说他跟人订了婚约。这两者有很大区别。我清楚地记得自己结过婚，可是一点也记不起什么时候订过婚。我倾向于认为自己压根儿没有订过婚。”

“但是，请考虑一下道连的家世、地位和财产。跟一个比他低微得多的人结婚，对他来说简直是胡闹。”

“如果你要他娶那个姑娘，你就对他说这番话，贝泽尔。保险可以促使他这样做。一个男人做出荒谬绝伦的事来，总是出于最高尚的动机。”

“我希望那是个好姑娘，亨利。我不愿看到道连被一个会腐蚀他的品性、摧残他的理智的坏人缚住手脚。”

“哦，她长得很美；这是更重要的，”亨利勋爵呷着一杯酸橙汁苦艾酒含糊地说，“据道连说，她长得很美：他在这类问题上很有眼力。你给他画的像启发了他如何品评别人的容貌。那幅画像确实有这样了不起的作用，且不说别的意义。今晚我们就能看到她，只要道连没有忘记这次约会。”

“你不是开玩笑吧？”

“我没有半句不严肃的话，贝泽尔。信不信由你，我认为我再也不可能比现在这个时候更严肃了。”

“那么你是否赞成这件事呢，亨利？”画家问道，他在小室里来回踱步，牙齿咬住嘴唇。“你万万不能赞成。这是昏了头干的蠢事。”

“我现在什么事情都不表示赞成或不赞成。我不愿对生活采取这种荒唐的态度。我们不是被派到世上来宣扬我们的道德偏见的。我从来不理会庸俗的人们说些什么，我也从来不干预可爱的人们做些什么。假若某一个人能使我着迷，那么，无论他选择什么方式表现自己，在我看来都是绝顶可爱的。道连 · 葛雷爱上了一个扮演朱丽叶的美丽的姑娘，并且打算和她结婚。为什么不可以？哪怕他娶了梅萨莉娜[1]，也不会因此而减少他的吸引力。你知道我不是婚姻的捍卫者。结婚的真正弊端是使人变得无私。而不自私的人是平淡无奇和缺乏个性的。不过，有些人的气质在婚后会变得更加复杂。他们在保留自我中心的同时还添上许多别的‘我’。他们不得不过着双重或更多重的生活。他们会具有更高级的构造。而我认为这正是人生的目的所在。此外，任何体验都有价值。不管反对结婚的人提出多少理由，结婚毕竟也是一种体验。我希望道连 · 葛雷能娶那个姑娘为妻。热烈地爱她六个月左右，而后突然迷上

①梅萨莉娜（22—48），罗马皇帝克劳狄一世的第三个妻子，以阴险、淫乱闻名。

另一个女人。他一定能成为绝妙的研究对象。”

“你的话没有半句是认真的，亨利；你自己也知道。倘若道连·葛雷的生活搞得一团糟，你会比任何人更感到遗憾。你事实上比你努力造成的假象好得多。”

亨利勋爵笑了起来。“我们之所以把别人设想得那么善良，是因为我们害怕自己。乐观主义的基础是彻头彻尾的恐惧。我们把可能使自己增光的那些美德奉献给别人，从而自以为慷慨大度。我们赞美银行家，目的是要他同意我们透支；我们恭维拦路抢劫的强盗，无非希望他对我们的钱包手下留情。我说的每一个字都是正经话。我对乐观主义极为蔑视。说到生活被搞糟，那是不可能的，除非它的发展受到压制。如果你要破坏一个人的天性，你只消对他加以改造。至于正式结婚，那当然无聊得很，男女之间的纽带还有其他更有意思的形式。对此我一定要加以鼓励。这类形式自有妙处，取法者大有人在。哦，道连来了！他会告诉你比我所知道的更多的东西。”

“亲爱的亨利，亲爱的贝泽尔，你们都该向我道喜！”道连·葛雷说着脱去缎子衬里的晚装披风，同两个朋友一一握手。“我从来没有这样快乐过。不用说，事情比较突然，就像一切真正的喜事一样。不过，我觉得这正是我无时无刻不在寻找的奇遇。”他兴高采烈，喜上眉梢，显得益发俊美。

“我希望你永远快乐幸福，道连，”霍尔渥德说，“可是我不能完全原谅你把订婚的事瞒着我。你只告诉了亨利。”

“我也不能原谅你今天姗姗来迟，”亨利勋爵把一只手搁在道连肩膀上，面带笑容插进来说，“来，我们坐下来品尝这里新任厨师长的手艺，然后你再把这件事情原原本本告诉我们。”

“其实也没有什么可讲的，”三个人在一张小圆桌旁坐好后，道连说，“事情的经过很简单。亨利，昨天傍晚我跟你分手以后，回家换好装，在你带我去过的茹珀特街上那家意大利小饭馆里吃了顿晚饭，八点钟到剧场去。西碧儿昨天扮演罗瑟琳。不用说，布景非常糟糕，扮奥兰多的演员简直可笑。但是西碧儿！可惜你们没有看见！她穿着男孩子的服装出现时真是妙极了！她上身是青苔色的丝绒短褂，镶着肉桂色的袖子，下身是茶褐色的背带紧身裤。插在绿色小帽上的苍鹰羽毛用宝石扣住，一件带风兜的外套衬着暗红色的里子。在我看来，她比任何时候更优美动人。贝泽尔，她具备你画室里那件塔纳格拉陶俑①的全部韵致。她的头发衬着她的面庞，好似深色的绿叶烘托洁白的玫瑰。说到她的表演，反正你们今晚会看到的。她实在是个天生的演员。我坐在昏暗的包厢里，完全着了魔。我忘记了身在十九世纪的伦敦。我的心和我的爱人一起在没有人到过的森林里。演出结束后，我到后台去和她说话。我们一起坐在那里，忽然她眼睛里出现一种我以前从未见过的表情。我的嘴唇凑到她的嘴边。我们接了吻。我无法向你们描述我在那一瞬间的感受。我只觉得自己的一生整个儿凝聚在完美的一点上，那是绛红色的欢乐。西碧儿全身颤动，像一丛白色的水仙花抖个不停。接着她跪下来吻我的手。我知道不应当把这些事情都说出来，但我忍不住。当然，我们的婚约绝对保密。她甚至没有告诉自己的母亲。我不知道我的监护人会怎么说。瑞德利勋爵一定会大发雷霆。我不在乎。再过不到一年我就成年了，那时我喜欢怎么做就可以怎么做。我从诗歌中获得爱情，通过莎士比亚的戏剧找到我的妻子，这有什么不对，贝泽尔？在莎士比亚的熏陶下学会说话的嘴唇，向我附耳吐露了秘密。是啊，拥抱着我的是罗瑟琳，我吻着的是朱丽叶。”

“是啊，道连，依我看，你是对的。”霍尔渥德说得很慢。

“你今天见过她没有？”亨利勋爵问。

道连·葛雷摇摇头。“我是在阿登森林和她分的手，我将在维罗纳的花园里和她重逢。”

---

①塔纳格拉为古代希腊一市镇，遗址在雅典西北 24 英里。自 1874 年起，从该地古墓及希腊其他各地陆续发现大量陶俑，通称塔纳格拉陶俑。

亨利勋爵若有所思地呷一口香槟。“你究竟在什么情况下提到了结婚这两个字，道连？她又是怎样回答的？你是不是都忘了？”

“亲爱的亨利，我没有把这当作一笔买卖，也没有任何正式的求婚手续。我对她说我爱她，她说她不配做我的妻子。不配！天哪，在我看来，倒是整个世界都配不上她。”

“女人非常讲究实际，”亨利勋爵嘀咕着，“远远比我们务实。在这类场合，男人常常忘记说任何有关结婚的话，而女人总会提醒我们。”

霍尔渥德用手按住亨利勋爵的胳臂。“不要这样说，亨利。你惹得道连生气了。他不是你说的那种男人，决不会亏待任何人。他禀性善良，干不出那种事来。”

亨利勋爵隔着桌子看看他的朋友。“道连从来不生我的气，”他说，“我提这个问题的出发点是再好不过的，那就是出于单纯的好奇心；在好奇心驱使下提任何问题都可以原谅。根据我的理论，我认为总是女人向我们求婚，而不是我们向女人求婚。当然，中产阶级的一套不在此列。但中产阶级那一套已经不时兴了。”

道连·葛雷仰天大笑。“亨利，你这个人本性难移，但我并不介意。反正没法生你的气。你见了西碧儿·韦恩就知道，如果有谁忍心欺负她，那必定是畜生，没有心肝的畜生。我不明白一个人怎么能让他心爱的人蒙受耻辱。我爱西碧儿·韦恩。我要把她供在金坛上，让全世界崇拜这个属于我的女人。什么叫婚约？就是不可推翻的盟约。你为了这个缘故嘲笑结婚。啊！不要嘲笑。我正是要订立这样一个不可推翻的盟约。她的信任能促使我忠贞不渝，不负所望。当我在她身边的时候，我对你教给我的一切感到羞愧，我变成另一个人，跟你所知道的我不一样。只要西碧儿·韦恩的手一碰，我就会把你和你的那些诱人而荒谬的、动听而有毒的理论丢在脑后。”

“哪些理论？”亨利勋爵问道，同时自己取了一点色拉。

“就是关于人生、恋爱、享乐的理论。反正包括你的全部哲学，亨利。”

“享乐是值得建立一套理论的唯一主题，”勋爵用他悠扬而舒缓的音调回答说，“不过，恐怕这不能算我自己创造的理论。它的创造者是天性，不是我。享乐是天性测验我们的试金石，是天性认可的表征。我们快乐的时候总是好的。但我们好的时候并不总是快乐的。”

“那么你说的‘好’是指什么呢？”贝泽尔·霍尔渥德发问。

“是啊，”道连附和道，他靠在椅背上，目光越过餐桌中央的一大簇紫蝴蝶花投向亨利勋爵，“你说的‘好’是指什么，亨利？”

“好就是顺乎本性，”他回答时用白净而修得很光洁的手指捏住酒杯的细腿，“被迫迁就别人便是违反本性。自己的生活极为重要。至于别人的生活，如果你愿意做一个正人君子或清教徒，你可以宣扬自己这方面的道德观，但别人的生活毕竟不干你的事。此外，个人主义的目的实际上是比较高尚的。所谓现代道德就是接受当代的标准。我认为，任何有教养的人接受当代的标准都是最不道德的行为。”

“可是，亨利，人活着如果仅仅为了自己，不是要付出可怕的代价吗？”画家提醒他注意。

“不错，如今我们为任何事情都得付出高昂的代价。依我看，穷人真正的悲剧在于他们什么都嫌太贵，唯一付得起的代价就是自我克制。美丽的罪恶同美丽的东西一样是富人的特权。”

“我说的代价不是指钱，而是其他形式。”

“什么形式，贝泽尔？”

“比方说：内疚、苦恼……意识到自身的堕落。”

亨利勋爵耸耸肩膀。“亲爱的贝泽尔，中世纪的艺术是动人的，中世纪的感情却早已过时。当然，在小说中尽可以用上。其实，也只有生活中已经不用的东西才适合用在小说里。我敢说，文明人享乐从不后悔，而未开化的人从来也不知道什么叫享乐。”

“我知道，”道连·葛雷大声说。“崇拜某一个人就是享乐。”

“那当然比被人崇拜好些，”亨利勋爵应道，一面摆弄着桌上的水果。“被人崇拜很讨厌。女人对待我们好比人类对待神明。她们崇拜我们，可老是要我们为她们做这做那。”

“依我看，她们要求得到的已经先给了我们，”道连严肃地说。“她们使我们的天性焕发了爱情，自然有理由要求我们以爱相报。”

“完全正确，道连。”霍尔渥德表示赞赏。

“从来没有什么是完全正确的。”亨利勋爵说。

“有的，”道连毅然说，“你得承认，亨利，女人把她们一生的精华都给了男人。”

“也许如此，”亨利勋爵似乎感触很深，“但她们一概都要讨还，而且总是那么斤斤计较。麻烦就在这里。有一位俏皮的法国人说过：女人能激起我们大显身手的愿望，可又总是阻挠我们实现这样的愿望。”

“亨利，你真讨厌！可我不知道为什么这样喜欢你。”

“你将永远喜欢我，道连，”他答道，“你们二位要不要咖啡？喂，来咖啡，还要上等白兰地和烟卷。噢，烟卷不要了，我自己有。贝泽尔，我不许你抽雪茄。你来一支烟卷吧。抽烟卷是一种完美类型的完美享受：既给人刺激，又不让你满足。还有比这更理想的吗？是啊，道连，你将永远喜欢我。我在你眼里代表着你从来不敢做的一切坏事情。”

“你尽胡说八道，亨利！”道连说着从侍者放在桌上的一条喷火银龙口中点了支烟卷。“我们到剧场去吧。只要西碧儿一出台，你们就会有新的生活理想。她将向你们展示你们至今不知道的东西。”

“我什么都领教过了，”亨利勋爵说这话时的眼神大有往事不堪回首的意味，“不过我随时愿意尝试新鲜的感受，尽管这样的东西恐怕已经不存在，至少对我来说是这样。可是你那位仙女也许能使我有所触动。我喜欢看戏。舞台上比生活中真实得多。我们走吧。道连，你跟我坐在一起。很抱歉，贝泽尔，我的车只能坐两个人，你只好雇一辆街车跟在我们后面。”

他们离座起身，穿上外衣，还站着呷了几口咖啡。画家默默无言，心事重重。他有些怏怏然。道连这门亲事在他看来大大不妥。但是比起可能发生的其他许多事情来，他又觉得这还不算是最坏的。

几分钟以后，三个人走下楼去。按照事先的安排，霍尔渥德一个人坐一辆街车。眼望着他前面那辆双座小马车闪烁不定的灯光，一种若有所失的奇怪的感觉油然而生。他意识到，对他说来，道连 · 葛雷已不再是过去那个道连 · 葛雷。生活已把他们分开……霍尔渥德的眼睛渐趋黯然，车水马龙、灯火辉煌的街道同他如隔一层薄雾。马车来到剧场门口的时候，他觉得自己老了好几岁。

第七章

不知什么缘故，这天晚上剧场里观众很多。那个肥胖的犹太经理脸上堆着诚惶诚恐的谄笑，在门口迎接他们。他陪同他们进入包厢的时候，表情恭敬而夸张。一双多肉的手戴了好几枚戒指，不住地摆动着；说话的嗓门也特别大。道连·葛雷比以往更加讨厌他。道连的心情就像来看米兰达①时不料碰上了卡利班。相反，亨利勋爵却对那个犹太人颇有好感。至少他自己这样说，而且坚持要和他握手，并向他表示：认识一位既能发现真正的天才、又不惜为诗人而破产的剧场经理实是荣幸。霍尔渥德在好奇地观察后排观众的面孔。剧场里闷热得叫人受不了，煤气簇灯像一朵巨型的大丽花，它的花瓣吐着黄澄澄的火舌。顶层楼座的青年人脱去上装和背心，把衣服搭在栏杆上。他们同离得很远的熟人互相招呼，高声说话，同坐在他们身旁打扮得很俗气的姑娘一起吃橘子。后排有几个女人在纵声大笑。她们的嗓音尖锐刺耳。小卖部里不时响起开瓶塞的噗噗声。

“真是一个发现偶像的好地方！”亨利勋爵说。

“不错！”道连·葛雷接口说，“我正是在这里发现了她，她是高居于一切凡人之上的女神。在她表演的时候，你会把什么都忘了。等她出场以后，这些相貌鄙俗、野调无腔的粗人就会变样。他们会静静地坐着看她。她要他们哭就哭，要他们笑就笑。他们会像一把提琴一样发出反响。她能唤醒他们的灵魂，你会感到他们都是和你一样的血肉做成的。”

“一样的血肉！但愿不是这样！”亨利勋爵说着用望远镜细细观看顶层楼座的观众。

“道连，你别理他，”画家说，“我理解你的意思，我也相信那个姑娘。你爱的人一定不同寻常，你说那姑娘有这么大的吸引力，一定是又漂亮、又高尚。唤醒一代人的灵魂是件了不起的事情。如果她能给那些至今浑浑噩噩过日子的人注入精神的活力，如果她能在那些过着卑琐生活的人身上启发美感，如果她能促使他们撂下自私自利之心，为别人的悲哀一掬同情之泪，那么，她不仅值得你崇拜，也值得世人敬仰。你跟她结婚完全正确。最初我不这样想，但现在我明白了。是上帝为你创造了西碧儿·韦恩。没有她，你将感到残缺不全。”

“谢谢你，贝泽尔，”道连·葛雷紧紧握着他的手说，“我知道你会了解我的。亨利是那么玩世不恭，他使我害怕。哦，乐队开始演奏了。简直听不得，好在只有五分钟左右就要开幕，你将看到那个姑娘。我准备把整个生命都给她，虽则我身上所有美好的东西都已经给了她。”

一刻钟以后，西碧儿·韦恩在一阵异常嘈杂的喝彩声中出场了。是的，她长得确实可爱，亨利勋爵也认为这是他见到过的最惹人喜爱的一个姑娘。她那娇羞的情致和惊愕的眼神使人想起一只小鹿。她向满场热情的观众投了一瞥，双颊泛起淡淡的红晕，恰似玫瑰在银镜中的映像。她退后几步，嘴唇似乎颤动了一下。贝泽尔·霍尔渥德站起来开始鼓掌。道连·葛雷像在梦中坐着纹丝儿不动，直勾勾地望着她。亨利勋爵的眼睛贴着望远镜，连声赞叹：“真迷人！真迷人！”

舞台上是凯普莱特家的厅堂，罗密欧化装成朝圣的香客同默丘西奥等几个朋友一起进来。乐声起处——还是那支糟糕的乐队，——人们开始跳舞。西碧儿·韦恩飘然周旋于一群样子难看、服装又寒伧的演员中间，宛若来自琼宫玉阙的仙子。她跳舞的时候身姿摇曳，犹如一茎芦苇在水中荡漾。她颈脖的曲线酷似洁白的百合花，两条胳臂简直是用象牙雕成的。

但她的表情却异乎寻常地淡漠。当她的视线停留在罗密欧身上的时候，丝毫没有欣喜的迹象。她的几句台词——

---

① 米兰达，莎士比亚戏剧《暴风雨》中失去了爵位的米兰大公之女，与父亲一同被放逐到一荒岛上。

信徒，莫把你的手儿侮辱，
这样才是最虔诚的礼敬；
神明的手本许信徒接触，
掌心的密合远胜如亲吻。

以及接下来一段简短的对白，念得十分做作。她的音色优美，但是声调彻底走了味儿。定调既不准，致使诗句的神韵全失，激情变假。

道连·葛雷注视着她，脸色愈来愈难看。他窘得要命，坐立不安。他的两位朋友也不敢对他说一句话。西碧儿·韦恩给他们的印象是完全没有才能。他们感到大失所望。

然而他们知道，对于任何演朱丽叶的女伶来说，真正的考验在第二幕阳台上的一场，所以还在等待。如果她在那一场里也告失败，那就毫无希望了。

西碧儿出现在月光如水的阳台上时十分动人。这是不可否认的。但是她那装腔作势的演技令人难以忍受，而且愈往下愈糟糕。她的动作极不自然，几乎到了荒谬的程度。她把每一句台词的语气都加重过头。那段精彩的独白——

幸亏黑夜替我罩上了一重面幕，
否则为了我刚才被你听去的话，
你一定可以看见我脸上羞愧的红晕。

像是一个中学生在蹩脚的朗诵教师指导下咬紧牙关背出来的。当她上身探出阳台的栏杆，念到如下一些才气横溢的警句时——

我虽然喜欢你，
却不喜欢今天晚上的密约；

它太仓猝、太轻率、太出人意外了，
正像一闪电光，等不及人家开一声口，
已经消隐了下去。好人，再会吧！
这一朵爱的蓓蕾，靠着夏天的暖风的吹拂，
也许会在我们下次相见的时候，开出鲜艳的花来。

似乎根本不理会其中的涵义。这不是神经紧张所致。她非但不显得神经紧张，而且绝对不动声色。这纯粹是演技不行。这是一次彻底的失败。

甚至后排和楼座上趣味并不高雅的普通观众也对台上的戏失去了兴趣。他们变得焦躁不安，开始高声谈话，甚至有吹口哨的。犹太经理站在花楼后面直跺脚，同时破口大骂。唯一无动于衷的人是西碧儿自己。

第二幕结束时，场内嘘声大作。亨利勋爵离座起身，穿上外衣。“她长得很美，道连，”他说，“但是不会演戏。我们走吧。”

“我要把戏看完，”道连·葛雷以倔强、沉痛的音调回答，“亨利，我感到万分抱歉，浪费了你们一个晚上的时间。我请你们二位原谅。”

“亲爱的道连，我想韦恩小姐多半是身体不舒服，”霍尔渥德不让他说下去，“改天我们再来。”

“她身体不舒服倒也罢了，”道连不以为然，“可是我看她简直是麻木不仁。她完全变了。昨晚她明明是个伟大的艺术家，今晚她只是一个平庸的三流戏子。”

“不要这样谈论你所爱的人，道连。爱情比艺术更神圣。”

“这两者无非都是摹拟的形式，”亨利勋爵说，“好了，我们走吧。道连，你不应当再待在这里。看拙劣的演出于身心无益。何况将来你不见得要你的妻子继续演戏。既然如此，即使她把朱丽叶演得像个木偶，又有什么关系？她很可爱，要是她对生活也像对演戏一样不甚了了的话，那倒是一次饶有兴味的实验。真正讨人喜欢的人只有两种：一种是无所不知的人，一种是一无所知的人。老弟，不要这样哭丧着脸！永葆青春的秘诀在于力戒有损容颜的感情冲动。跟贝泽尔和我一起到俱乐部去吧。我们一边抽烟，一边为西碧儿的美貌干一杯。她是个美人儿。你还要什么呢？”

“你走吧，亨利，”道连烦躁地说，“让我一个人待一会儿。贝泽尔，你也走吧。啊！难道你们没看到我的心都快碎了？”道连说时热泪盈眶，嘴唇发抖。他退到包厢后部倚墙而立，两手捂住面孔。

“贝泽尔，我们走吧。”亨利勋爵的语气出人意料地柔和；这两位年轻人一起走了出去。

几分钟以后，脚灯亮了，台幕升起，第三幕开始了。道连·葛雷回到座位上。他面色苍白，神态傲慢而冷淡。戏拖拖拉拉地演下去，像是没完没了似的。有一半观众在踢踢橐橐的步履声和嘻嘻哈哈的谈笑声中离开了剧场。这是一次全军覆没的惨败。最后一幕几乎是演给空场子看的。幕落时有人吃吃地笑，有人唉声叹气。

戏刚一演完，道连就冲到后台去。西碧儿独自站在候场室里，脸上的神色颇为得意。她双目炯炯，几乎浑身光彩焕发。她略略张开的嘴唇在向着心底的秘密微笑。

道连走进去时，西碧儿面带无限欣喜的表情看着他。“道连，今天我演得很糟糕！”她说。

“糟透了！”道连·葛雷愕然望着她，进一步说，“简直可怕！你是不是病了？你根本不知道糟到什么程度，也不知道我忍受了多大的痛苦。”

西碧儿依然在笑。“道连，”她用唱歌似的声调徐缓地唤出他的名字，似乎她的两瓣樱唇觉得这名字比蜜更甜，“道连，你应该明白的。现在你明白了，是不是？”

“明白什么？”他气呼呼地问。

“我今天为什么演得这样糟。以后我还是好不了。我再也不能演得像过去那样。”

他耸耸肩膀。“我看，你准是病了。既然你有病，就不该演出，何苦招人耻笑？我的两个朋友再也坐不住了。我也看不下去。”

西碧儿好像不在听他。她高兴得变了样。幸福使她处在极度亢奋之中。

“道连，道连，”她兴奋地说，“在我认识你以前，演戏是我唯一真实的生活。我仅仅生活在舞台上。我觉得这一切都是真的。我今天是罗瑟琳，明天是鲍西娅。比雅特丽丝的欢乐就是我的欢乐，考狄利娅的悲哀也是我的悲哀。[①]我什么都信以为真。和我同台演出的俗物在我眼里一个个都是奇才。台上画出来的布景就是我的天地。我成天跟鬼魂打交道，却以为它们是活人。以后，你来了——哦，我的美丽的爱！——你把我被囚禁的灵魂解救了出来。你使我懂得了什么才是真正的现实。今天晚上，我有生以来第一次看透了，我一直在空幻、虚假、无聊的浮华世界里演戏。今天晚上，我第一次意识到，那个罗密欧无论怎样涂脂抹粉还是又老又丑，花园里的月光是假的，布景是庸俗的，我要念的台词是不真实的，那不是我的话，不是我想说的话。你带给了我某种更崇高的东西，而一切艺术只不过是它的映像。你使我懂得了到底什么叫做爱情。我的爱！我的爱人！迷人王子！生命的王子！我对鬼魂已觉得腻烦。在我的心目中，你比全部艺术更可贵。我跟戏里那些傀儡有什么共同之处？今天我出场的时候，我不明白这一切怎么都同我疏远了？我原先打算演得非常出色，但我发现自己完全无能为力。后来我才恍然大悟，原来是这么回事。我觉得怪有趣的。我听到台下在嘘，我只感到可笑。他们怎么能理解我们的爱情。把我带走吧，道连！

---

①鲍西娅、比雅特丽丝和考狄利娅分别是莎士比亚戏剧《威尼斯商人》《无事烦恼》《李尔王》中的女主人公。

让我跟你一起到没有第三个人的地方去。我恨舞台。在我不懂得爱情的时候，我可以演爱情戏。现在爱情像火一样在我心中燃烧，我没法表演。哦！道连，道连，现在你明白这个道理了吧？即使我能这样做，在戏里谈情说爱对我来讲也是亵渎神圣的行为。”

道连·葛雷颓丧地坐在沙发上，把脸侧向一边。“你扼杀了我的爱情。”他悲不自胜地说出这么一句话。

西碧儿用诧异的眼光看着他，笑了起来。道连不作声。西碧儿走到他跟前，用纤细的手指抚摩他的头发。她跪下来，把道连的双手按在她的嘴上。道连全身颤动起来，立刻把手抽回去。

然后他跳起来便向门口走去。“是的，”他喊道，“你扼杀了我的爱情。你曾经唤醒我的想象，现在你甚至引不起我的兴趣。你已经变得可有可无。过去我爱你是因为你不寻常，因为你聪明，有才华，因为你实现了伟大诗人的梦想，使艺术的幻影有了血和肉。现在你把这一切都毁了。你原来浅薄无聊、冥顽不灵。我的天！我会爱上你真是发了疯！我是多么愚蠢哪！现在你对我已经不存在。我再也不愿看见你，再也不愿想到你，再也不愿提起你的名字。你不知道你对我曾经意味着什么。天哪，那时……哦，想起来我就受不了！我真希望从来没有见过你！你破坏了我生活中罗曼蒂克的情调。你竟然说爱情损害了你的艺术，可见你对爱情是何等无知！你离开了自己的艺术，是毫无价值的。我本想使你成名，一步登天，让全世界都拜倒在你脚下，让你冠上我的姓氏。可现在你是个什么？一个长着一张漂亮脸蛋的三流女戏子。”

西碧儿面色煞白，全身哆嗦。她把两只手扭绞在一起，她的声音像在喉咙里卡住了。“你不是认真的吧，道连？”她说得很轻，“你一定在演戏。”

“演戏！这是你的行当。你演得妙极了。”他刻毒地回答。

她从地上站起来，脸上带着怪可怜的痛苦神情从屋子的尽里头走到他跟前。她谛视着道连的眼睛，一只手按住他的胳臂。道连把她推开。

"别碰我！"他叱喝道。

西碧儿发出一声低沉的悲泣，倒在他的脚下，像一朵花儿遭践踏，被抛弃。"道连，道连，别离开我！"她轻声哀告，"我非常后悔今天的戏没有演好。我的心老是系在你身上。不过我愿意重新试一试……一定再试一试。我对你的爱情发生得太突然了。要不是你吻了我，要不是我们接了吻，我想我决不会产生这样的感觉。再吻我一下吧，我的爱。不要把我撇下。我弟弟……不，这不要紧。他不是认真说的。他不过是开开玩笑……可是你，哦！你难道不能原谅我今晚的失常吗？我一定下苦功，努力演得好些。不要对我那样狠心，要知道，我爱你超过世上的一切。归根到底，我使你不高兴也只有这么一次。当然，你说得很对，道连。我应该表现出更多的艺术家气质。我太傻了，可我实在没法控制自己。哦，别离开我。"一阵猛烈的抽噎几乎使她感到窒息。她像一只受伤的动物在地上蜷作一团，而道连·葛雷纵然有一双美丽的眼睛，却鄙夷地俯视着她，还轻蔑地撇着一张清秀的嘴。往往有这样的事：一个不再为你所爱的人即使哀恸欲绝，你也只觉得可笑。道连·葛雷便是这样。他认为西碧儿·韦恩是在演一出拙劣的情节剧。这姑娘的眼泪和抽泣使他反感。

"我要走了，"最后他说，语调平静，口齿清楚，"我不愿做一个不讲情义的人，但我不能再看见你。你使我太失望了。"

西碧儿无声地哭着，一句话也不说，只是爬得更近了些。她伸出一双小手，像个盲人摸索着他。道连转身离开了候场室。不一会，他已经走出剧场。

他要到哪里去，自己也不清楚。事后回忆起来，他曾在几条灯光暗淡的街上徘徊，经过几座黑影憧憧的拱门和看起来像凶宅的房屋。一些嗓门嘶哑、笑声刺耳的女人在后面招呼他。几个三分像人、七分倒像古猿的醉汉踉踉跄跄地走过，一边连声詈骂，或者自言自语。他看到一些奇形怪状的孩子挤在台阶上，听到从黑洞洞的院子里传来尖声的叫喊和诅咒。

破晓时分，他发现自己来到了科文特加登广场[1]附近。黑夜已被驱散，天空映着微弱的灯火，像一颗中空的大珍珠。两轮大车满载着频频点头的百合花，在空荡荡、亮闪闪的街上缓缓而过。空气中有一股浓郁的花香。看到这些娇美的花朵，心头的创痛似乎稍有缓解。他跟在车后走进市场，看人们卸车。一个穿白罩衫的赶车人请他尝几枚樱桃。道连道了谢，心里直纳罕：为什么他不肯收钱？道连心不在焉地吃起来。樱桃是半夜里摘的，一颗颗沁透了月华的凉意。长长一行男孩子，拎着装有彩条郁金香、黄玫瑰和红玫瑰的篮子，穿过一大堆一大堆碧绿的蔬菜从他前面走过去。一群衣衫不整、不戴帽子的少女在柱子晒成灰白色的门廊下晃来荡去，等待着拍卖结束。[2]另外一些少女麇集在广场那边一家咖啡馆的转门旁。拉大车的马动作迟钝，在高低不平的石子路上跌跌撞撞，把铃铛和挽具摇得响个不停。有几个赶车的躺在一堆麻袋上睡觉。颈上泛着虹彩、两脚呈肉红色的鸽子跳来蹦去啄食地上的谷粒。

过不多久，道连雇了一辆街车回家。他在台阶上逗留片刻，环顾静悄悄的广场。周围房屋的窗户有的关得严严实实，有的垂着花哨的帘子。这时天空已是纯净的蛋白石颜色，屋顶在这样的天幕前闪着银光。一缕轻烟正从对面一支烟囱里升起，像一条紫色的缎带在呈螺钿色泽的空气中袅袅浮动。

宽敞的穿堂墙上镶着栎木嵌板，从天花板上垂下一座镀金的威尼斯大吊灯——大概是从当地某总督的游览船上猎获的战利品，——其中三个喷口还亮着，闪烁不定的火焰像镶着白边的浅蓝色花瓣。他拧熄了灯，把帽子和短披风往桌上一扔，穿过书斋向卧室——楼下一间八角形的大房间——走去。随着道连新近对奢华的生活讲究起来，他的卧

① 科文特加登广场，当时伦敦最大的蔬菜、水果和花卉市场，很久以前那里是一座修道院的花园。附近有皇家意大利歌剧院，又称科文特加登剧院。
② 市场上的货物由批发商通过拍卖形式转手给小贩零售。

室也刚刚装潢一新，挂上了几张珍奇的文艺复兴时期的壁毯，那是在塞尔比庄园顶楼贮藏室里发现的。他正要转动门把，视线落到了贝泽尔·霍尔渥德为他画的肖像上。道连像受了什么惊吓似的倒退一步。然后他走进卧室，神色显得迷惑不解。他取下插在上衣钮孔中的花，犹豫了一会儿。最后他还是回到书斋里，走到画像前细看了一番。光线受阻于淡黄色的绸帘子，不甚明亮。他觉得肖像的面部起了点儿变化，神态和原来不大一样：嘴角流露出些许冷酷。这可是件怪事。

他转身走到窗前，把帘子拉上去。灿烂的朝阳把整个房间都照亮了，一些莫名其妙的怪影遭此扫荡，只得瑟瑟发抖地躲在阴暗角落里。可是，他在画像面部发现的些微奇怪的表情非但没有消失，反而更明显了。强烈的阳光在画像上晃动，把嘴角冷酷的线条向他揭示得清清楚楚，仿佛他做了什么亏心事后又从镜子里照见了自己。

他打了个寒颤，从桌上拿起一面象牙框子上雕着爱神的鸭蛋镜——亨利勋爵送给他的许多礼物之一，——急忙向光洁的镜子深处照去。他鲜红的嘴唇并没有现出画像上那样冷酷的线条。这到底是怎么回事?

他揉揉眼睛，一直走到画像紧跟前，重新细细看了一番。他看不出色彩本身有任何异样，然而整个神态无疑起了变化。这不是他的幻觉。事情明明白白摆在那里，太可怕了。

他在一把椅子上颓然坐下，开始思考。突然，他脑际响起了肖像完工那天自己在贝泽尔·霍尔渥德画室里说过的话。是的，他记得十分清楚。当时他发了一个痴愿：希望自己能永葆青春，而让画像渐渐老去；希望自己的美貌如花开不败，而让画布上的容颜承受他的欲念和罪恶的重荷；画上的形象即使布满痛苦和忧虑的皱纹亦无妨，只要自己能保持住当时他还刚刚意识到的年少英俊的翩翩风采。莫非他的愿望竟然实现了？这种事情是不可能的。甚至想一想都叫人害怕。可是，画像明明在他面前，嘴角带着些许冷酷。

冷酷！他的行为算是冷酷吗？那要怪西碧儿，不能怪他。他把西碧儿幻想成一个伟大的艺术家，正因为如此而把自己的爱情献给了她。不料西碧儿使他大失所望。她原来是个俗物，一无足取。不过，他想到西碧儿躺在他脚下像个小孩子似的呜咽抽泣的情景，禁不住无限懊悔。当时他竟是那样狠心地看着她。他怎么成了这样一个人？他为何被赋予这样一颗灵魂？但是，他不也感到痛苦吗？演出持续的那三个小时比死更难熬，他有如承受了几世纪的酷刑和无穷尽的折磨。他和西碧儿一样有权利得到同情。如果说他使西碧儿终生受了伤害，那么，西碧儿也造成了他一段时间的创痛。何况，女人承受不幸的能力天生比男人强。她们是生活在情怀里的，想的也只是她们的感情。她们要情人无非是可以向他哭，向他闹。这是亨利勋爵告诉他的，而亨利勋爵对女人知之甚深。何苦为一个西碧儿 · 韦恩自寻烦恼呢？在道连的心目中，她已不复存在。

可是那幅肖像的变化又该如何解释呢？它掌握着他的生活的秘密，反映出他的所作所为。它使道连懂得了如何钟爱自己的美貌。难道它还将教他憎恨自己的灵魂不成？他怎么能再去看自己的像？

不，这纯粹是思绪纷乱造成的幻觉。他度过了可怕的一夜，无数怪影还在作祟。他蓦地想起一个红色小斑点可以使人发疯这样的事。不，画像没有起变化。这完全是疑心生暗鬼。

然而，被冷酷的狞笑破坏了美貌的画中人在注视着他。画上的金发在早晨的阳光照耀下熠熠生辉。碧蓝的眼睛和他本人的目光相遇。他感到无限惋惜，不是惋惜自己，而是惋惜画上的形象。它已经变了，而且将变得更厉害。它的金发将退成灰色。红于玫瑰、白似梨花的容颜将枯萎憔悴。他干的每一件坏事都将在画布上留下污点，毁坏它美丽的形象。但他不再作恶了。画像变也罢，不变也罢，对他终究是良心的一面镜子。他要抗拒诱惑。他再也不跟亨利勋爵往来，至少再也不听他那些精致奥妙的有毒谬论。正是这些话在贝泽尔 · 霍尔渥德的花园里第一次激起了自己的非分之想。他要回到西碧儿·韦恩身边去，向她赔不是，和她结婚，努力重新爱她。对，他有义务这样做。她忍受的痛苦远远超过他自己。可怜的姑娘！他对西碧儿太自私、太冷酷了。西碧儿对他一度拥有的那种魅力将恢复过来。他们在一起将快乐而幸福。他俩的共同生活将是美丽而纯洁的。

他从椅子上站起来，把一道很大的屏风拉到肖像的正前方，但在一瞥画中人的表情时自己还是打了个寒颤。“真可怕！”他喃喃自语，然后走到长窗前，把窗子打开。他跨到室外的草地上，深深吸了一口气。早晨清新的空气似乎驱散了他所有阴暗的思绪。现在，他脑子里想的只是西碧儿。他一遍又一遍地念着她的名字，心底重新激起爱情微弱的回响。鸟儿在露水浸润的花园里歌唱，像是在把她的故事向花儿细讲。

第八章

他醒来时早已过了中午。他的侍从几次悄悄地进来看他有没有动静，对于年轻主人今天这么晚还睡着很觉诧异。终于，铃声响了，维克多用法国塞佛尔产的古老小瓷盘托着一杯茶和一沓信轻轻地进来，把遮在三扇长窗前衬着翠蓝里子的绿缎窗帘拉开。

“先生今儿上午睡得好香啊。”他笑嘻嘻地说。

“现在几点了，维克多？”道连·葛雷看来还没睡够。

“一点一刻，先生。”

都这么晚了！他坐起来喝了几口茶，开始看信。其中一封是亨利勋爵今天上午差人送来的。道连犹豫了一下，把它搁在一边。另外几封他无精打采地拆开来读了，照例都是些名片、宴会请帖、非公开的预展入场券、慈善音乐会的节目单。诸如此类的邮件在社交季节[①]每天早上都会像雪片似的向一个时髦的年轻人飞来。内中有一份金额很大的账单，是买一套路易十五时代风格的银质刻花梳妆用具的，他不敢寄给他的监护人。这些极端老派的人不懂得，在我们所处的时代，只有毫无用处的东西才是少不了的。此外，还有几封信来自杰明街的放债人。他们以殷勤谦恭的措辞表示愿意提供任何数额的借款，而且利率极为公道，只要道连张口。

大约过了十分钟，他起身披上一件非常讲究的丝绣开司米晨袍，走进用缟玛瑙铺面的浴室。凉水使他从久睡之后清醒过来。他似乎把昨夜的事全忘了。只有一两次，他隐约感到自己参与了一桩奇怪而不愉快的事情，不过记不真切，像是一场梦。

他穿好衣服，走进书斋，在开轩临窗的小圆桌旁坐下来用一餐法国式的早点。天气极好，暖和的空气里充满了芳香。一只蜜蜂飞进来，绕着道连面前插满黄玫瑰的青龙瓷花盆嗡嗡地打转，道连的心情十分愉快。

忽然，他的视线落到他用以遮蔽画像的屏风上，不禁打了个寒颤。

“你冷吗，先生？”侍从问，同时端上一道蛋卷，“要不要关窗？”

道连摇摇头说：“我不冷。”

到底有没有这样的事？画像真的变了，还是纯属他的想象作怪，使他把愉悦看成了狞笑？一块涂上颜料的画布总不会这样变吧？事情实在不可思议。这件事可以当作奇谭改天讲给贝泽尔听。他一定会觉得好笑。

然而，他对整个这件事情的记忆还历历在目！先是在昏暗的微明中，嗣后又在灿烂的朝阳下，他从扭曲的嘴唇周围看到了些微的冷酷。他几乎怕他的侍从离开这间屋子。他知道，那时只剩下他一个人，他又要去察看那幅画像。他害怕得到证实。当维克多送上咖啡和烟卷转身要走的时候，道连真想叫他留下。眼看门就要关上，他又把侍从叫回来。维克多站在门口等候吩咐。道连对他看了半晌。“维克多，无论谁来，我一概不见，说我不在家。”他叹一口气说。侍从鞠了一躬后退下去了。

于是他从桌旁站起来，点了一支烟，在面对屏风的一张茵褥富丽的榻上躺下。屏风的年代已相当久远，是用染成金色的西班牙皮革制成的，上面刻有花纹，图案显示路易十四时代花哨的风格。他怀着好奇的心情凝视着这道屏风，不知它以前是否藏匿过某人的隐私。

要不要把它移去？让它放在那里不是挺好吗？为什么一定要知道呢？如果事情是真的，那太可怕了。如果不是真的，又何必自寻烦恼？然而，万一鬼使神差，有别人向屏风背后窥探，发现了可怕的变化，那怎么办？如果贝泽尔·霍尔渥德到这儿来，要看看他自己的作品，又怎么办？不，事情非彻底澄清不可，立刻就澄清。无论结果如何，总强似这种疑神疑鬼的状态。

---

① 每年初夏是伦敦社交活动最繁忙的季节。

他站起来，把两扇门都锁上。如果他看到的是一张记录着他的丑行的面具，至少没有旁人在场。于是他拉开屏风，面对面看到了自己。这是千真万确的，画像变了。

事后他一再回想起，而且每次都深感惊讶，他发现自己看这幅肖像时，最初几乎怀着一种研究学问的兴趣。他认为发生这样的变化是难以置信的，偏偏又是明摆着的事实。表现为画布上的轮廓与色彩的化学原子，同他的灵魂之间是否存在着某种难以捉摸的亲缘关系？难道灵魂所想的，那些原子办到了？灵魂梦寐以求的，它们实现了？这可能吗？抑或另有某种更可怕的原因？想到这里，他不寒而栗。他回到榻旁躺下来，强抑着恐惧和恶心，对画像仔细端详。

无论怎样，他知道在一点上画像对他起了作用。它使道连意识到自己对待西碧儿·韦恩是多么不应该，多么忍心。这件事还来得及补救。她仍然可以做他的妻子。他的虚伪而自私的爱将接受较崇高的影响，变为较纯正的感情，而贝泽尔·霍尔渥德为他画的肖像，将成为他终生的向导，正如一些人靠圣洁的灵魂，另一些人靠良心，所有的人都靠对上帝的敬畏作向导一样。有些鸦片能麻醉悔恨之心，有些药剂能把道德观念催眠。但这里却有着看得见的堕落的象征和罪恶的标记。它无时无刻不在记录人把自己的灵魂引向毁灭所留下的足迹。

钟敲三点，四点，四点半，可是道连·葛雷仍不动弹。他试图把生活的一根根红线收集起来织成图案，试图找到一条路走出他正彷徨其中的血红色的欲念之迷宫。他不知道该做什么或想什么。最后，他走到桌旁，坐下来写一封充满激情的信给他爱过的那个姑娘，祈求她宽恕，痛责自己的疯狂行为。他写了一页又一页，字字句句表达他深切的悔恨和更深的痛苦。自我谴责也是一种享受。当我们谴责自己的时候，就觉得别人没有权利再谴责我们。赦免我们的是忏悔本身，而不是教士。信写好后，道连觉得自己已经得到宽恕。

忽然有人叩门，接着他听到亨利勋爵的声音在门外说：“亲爱的道连，我一定要见你。快让我进去。你这样把自己关起来，我受不了。”

道连起先不作声，一动也不动。叩门声还在继续，而且愈来愈响。对，还是让他进来的好，道连要向他声明今后决定重新做人；如有必要，如果势在必行，甚至不惜跟他闹翻，大家分道扬镳。主意既定，道连霍地立起身来，匆匆忙忙用屏风把肖像遮起来，然后去开门上的锁。

“这件事非常令人遗憾，道连，”亨利勋爵进门就说，“不过你不要太想不开。”

“你是说西碧儿·韦恩吗？”道连问。

“是的。”亨利勋爵在一把椅子上坐下，慢慢地脱去他的黄手套。“从某种角度看来，事情确实很糟糕，但这不能怪你。告诉我，散戏后你是不是到后台去看她了？”

“是的。”

“我想你一定会去的。你有没有同她发生口角？”

“我当时心肠太狠，亨利，太狠心了。不过现在一切都好了。我并不为所发生的事感到后悔。它使我更清楚地认识了自己。”

“啊，道连，你能这样看待这件事，我很高兴！我本来担心会看到你沉浸在悔恨中，使劲扯你自己漂亮的鬈发。”

“所有这些我都经历过来了，”道连摇摇头微笑着说，“我现在心情十分愉快。首先，我懂得了什么叫做天良。这跟你对我说的不一样。天良是我们身上最神圣的东西。亨利，再也不要嘲笑它，至少在我面前不要这样。我要做个好人。我不能眼看自己的灵魂变得丑恶。”

“这倒是伦理学绝妙的艺术基础，妙极了，道连！我向你表示祝贺。但是你准备从何做起呢？”

“同西碧儿·韦恩结婚。”

“同西碧儿·韦恩结婚？”亨利勋爵惊呼着站起来，惶惑地看着他，“可是，我亲爱的道连……”

“是的，亨利，我知道你要说什么。又是发表一通关于婚姻的谬论。别说了，再也不要向我说这类话。两天前我向西碧儿求了婚。我不打算对她言而无信。她将成为我的妻子。”

“你的妻子！道连……你难道没有收到我的信？今天上午我写了一封信给你，是差专人送来的。”

“你的信？噢，是的，我想起来了。我还没有看，亨利。我担心里边又是一些我不爱听的话。你总是用你的惊人之语来肢解生活。”

“这么说，你还完全不知道？”

“你指的是什么？”

亨利勋爵从房间的另一头走过来，靠近道连·葛雷坐下，紧紧握住他的两只手，说：“道连，我的信——你不要惊慌——我的信告诉你，西碧儿·韦恩死了。”

一声痛苦的叫喊从道连喉咙里冲口而出，他跳起来，使劲抽出被亨利勋爵握住的手。“死了？！西碧儿死了？！这不是事实！这是骇人听闻的谣言！你怎么说这样的话？”

“这的确是事实，道连，”亨利勋爵郑重其事地说，“所有的早报都登了。我写信叫你在我来到以前不要见任何人。当局无疑要验尸，你不能被卷进去。这类事情在巴黎可以使人出名。可是伦敦人偏见太深。在这里，刚刚进入社交界就跟一件丑闻有牵连可要不得。这类事情不妨留待晚年点缀风景。我想剧场里的人也许不知道你的姓名。如果不知道，那就万事太平。有没有人看见你到她的化装室去？这一点很重要。”

道连半晌没有回答。他吓呆了。后来终于用喑哑的嗓音结结巴巴地说：“亨利，你说要验尸？这是什么意思？难道西碧儿——？哦，亨利，我受不了！……快说。快把一切都告诉我。”

“我确信这不是不幸的意外事故，道连。但是必须让外界得到这样的印象。从报道看来，午夜十二点半左右，她和她母亲一起离开剧场时，她说有什么东西忘记在楼上。她母亲等了她一段时间，可是她没有再下来。后来她被发现死在化装室的地上。她误吞了剧场里有毒的化装用品。我不记得究竟是什么，反正里边含有氰氢酸或铅白。想必是氰氢酸，因为她看来是当场毙命的。”

“亨利，亨利，这太可怕了！”道连号叫着。

“是的，的确够惨的，但你不能被牵连。我从《旗帜报》上看到，她今年十七岁。我甚至以为她还不到十七岁。她的模样还是个女孩子，看起来不大会演戏。道连，你不要为这件事过于悲痛。你一定要来同我一起吃晚饭，然后我们上歌剧院去。今晚帕蒂①演出，必定名流云集。你可以到我妹妹的包厢里去。她请了几位漂亮的女客。”

“是我杀死了西碧儿 · 韦恩，”道连 · 葛雷像是在自言自语，“等于用刀子割破她的喉咙。可是，尽管她死了，玫瑰却还是那么娇艳，鸟儿还是那么欢快地在我花园里歌唱。今天晚上我还将同你一起吃饭、上歌剧院，然后多半还要去哪儿吃夜宵。生活是多么富有戏剧性啊！假如我在书上读到这一切，亨利，我一定会伤感落泪。现在真的发生了这样的事，而且发生在我自己身上，简直令人无法相信，所以流不出眼泪。这里是我写的平生第一封热烈的情书。奇怪的是我的第一封热烈的情书竟会写给一个死去的姑娘。我不禁要问：被我们称为死人的那些苍白、沉默的躯体有没有知觉？西碧儿！她会不会感到，会不会知道，会不会听见？哦，亨利，我一度多么爱她啊！我觉得这像是好多年以前的事。她曾经是我的一切。不料到了那可怕的夜晚——这难道真的仅仅是昨夜的事？——她演得那么糟糕，简直使我的心都碎了。事后她向我说明了原因。那是感人至深的。可是我丝毫不为所动。我认为她浅薄无聊。后来，忽然发生了一件使我毛骨悚然的怪事。我不能告诉你那是怎么回事，总之是极可怕的。我决定回到西碧儿身边去。我意识到自己干了坏事。可现在她死了。天哪！我的上帝！我该怎么办哪，亨利？

① 阿德里娜 · 帕蒂（1843—1919），意大利著名歌剧演员（花腔女高音）。她的姐姐卡洛塔（1835—1889）是杰出的音乐会歌唱家。

你不知道我面临着怎样的危险，又没有任何人拉我一把。她本来应当挽救我的。她没有权利自杀。她这是自私的行为。”

“亲爱的道连，”亨利勋爵从烟盒里取出一支烟卷，用一只包着金箔的火柴匣点了火，一面说，“女人使男人改邪归正的唯一办法，就是把男人烦死，烦得我们对生活意兴索然。你要是娶了那个姑娘，可就倒了霉。当然，你会待她很好。谁都可以待他完全不感兴趣的人很好。但是她不久就会发现你对她毫无感情。女人一旦发现丈夫对她毫无感情，她要么在衣着上显得恶俗不堪，要么开始戴非常漂亮的帽子，不过掏钱的是别的女人的丈夫。且不说这样门第不相当的婚姻多么丢人，当然，我也不会让它成为事实，但我敢担保，它在任何情况下都将以彻底的失败告终。”

“大概是的，”道连低声说，他在屋子里来回走着，面色煞白，“但我觉得这是我的责任。这次不幸的事件阻碍了我尽到应尽的责任，这不能怪我。我记得你有一次说过：痛改前非的决心注定没有好的结果，因为下这样的决心总是太晚。我的决心便是这样。”

“痛改前非的决心是抗拒自然法则的无效尝试。其根源纯粹是虚荣。其结果绝对等于零。这种决心间或能促使我们的感情来一番华而不实的冲动，颇合意志薄弱者的脾胃。除此以外，便没有什么可谈的了。这种决心无非是空头支票。”

“亨利，”道连·葛雷叫了一声，走过来在他旁边坐下，“为什么这个悲剧对我的震动不如我希望的那么厉害？我难道如此薄情？你说呢？”

“最近两个星期你干了那么多傻事，肯定没有资格赢得薄情的美名，道连。”亨利勋爵面带亲切而忧郁的微笑回答。

道连蹙额说：“我不喜欢这样的解释，亨利，但我感到安慰，因为你不认为我薄情。我决不是那种人，我知道我不是。不过我得承认，所发生的这件事对我的震动并未达到应该有的程度。在我看来，它只是像一个精彩剧本的精彩结尾。它具有一出希腊悲剧的全部恐怖美，我在这出悲剧里扮演了一个要角，可是心灵却没有受到创伤。”

“这是一个颇有意思的问题，”亨利勋爵说，他逗弄着道连不自觉的自私心理，感到妙不可言，其乐无穷，“一个极有兴味的问题。正确的解释我认为是这样：生活中真正的悲剧往往以毫无美感可言的形式出现，这些悲剧一味凶猛狂暴，绝对不合逻辑，无谓到荒唐的程度，而且完全不讲章法，简直是对我们的侮辱。它们给我们的感受无异于一切鄙俗的事物。它们给我们的印象只是赤裸裸的暴力，于是我们起来反抗。不过，我们在生活中偶尔也会遇到具有美感因素的悲剧。如果这种美的因素货真价实，整个事情就会引起我们欣赏戏剧效果的兴趣。我们会突然发现自己不再是一出戏的演员，而是观众。或者既是演员又是观众。我们开始观察自己，单是这一奇观本身就能叫我们着迷。以目前这件事情来说，到底发生了什么呢？一个姑娘为了爱你而自杀了。我真希望自己曾有这样的经历。它可以使我从此一辈子爱上爱情。我的崇拜者不太多，但有那么几个。在我对她们生腻或者她们对我生腻以后很久，她们照例都坚持活下去。她们个个发了福，变得很不知趣，见了我立刻大谈其往事。女人回首前尘可不得了！管教你啼笑皆非！她们的记忆暴露出她们的智力完全处于停顿状态！人应该吸收生活的色彩，但千万不可记住它的细节。细节总是俗不可耐的。”

“我必须在我的花园里种上罂粟①。”道连叹道。

“这没有必要，”亨利勋爵说，“生活中随时随地都有罂粟。当然，有时某些事情挥之不去，总忘不了。我曾经在整个社交季节一直佩戴紫罗兰，为的是有一段罗曼司不肯咽气，我就用这个风雅的办法先行发丧。后来它总算呜呼哀哉了。是什么送了它的终，我已经忘了。我想大概因为她表示愿意为我牺牲一切。这一刹那照例是很可怕的。它使

---

①象征忘却。

人充满了对永恒的恐惧。说来你也许不信：一个星期以前，在汉普希尔夫人举行的宴会上，我的邻座正是那位女士。她一定要把旧事统统重温一遍，既翻掘往事，又搅扰未来。我早已把这段罗曼司埋在一畦常春花[1]下去了。她又把它挖出来，并且声称是我毁了她的一生。在此我必须说明，她在宴席上胃口奇佳，所以我毫不担忧。她也太不知趣了！过去的事情唯一可爱之处就在于它已经过去。可是女人从来不懂得幕已经落下，戏已经散场。她们总是还要第六幕，尽管人家对这出戏已毫无兴趣，她们仍要继续往下演。如果真的顺着她们的意思，任何喜剧都将落得个悲剧的结局，而任何悲剧都将以闹剧告终。她们会作动人的表演，但是缺乏美感。你比我幸运得多。老实告诉你，道连，我所认识的女人没有一个能为我作出西碧儿·韦恩为你作出的举动。一般女人都能自己安慰自己。其中有些女人采用的方式是爱好感伤的色彩。决不要相信穿紫色衣裳的女人，不论她的年龄大小；也不要相信过了三十五岁却对粉色缎带情有独钟的女人。这照例意味着她们有一段说来话长的往事。另外有些女人忽然发现她们的丈夫有种种优点，从中得到极大的安慰。她们逢人便夸自己伉俪情笃，好像这是一切罪孽中最迷人的。也有一些女人从宗教得到安慰。有一次某个女人对我说，宗教仪式具有与调情一样的迷人之处；这话我完全理解。此外，对一个女人的虚荣心最大的满足，莫过于被说成是堕入魔障的罪人。良心使我们大家都成为利己主义者。总之，女人在现代生活中可以找到的安慰真是数不胜数。其实，最重要的一招我还没有提到呢。”

“什么，亨利？”道连心不在焉地问。

“哦，最灵验的安慰就是：在失去自己所爱时，把别人的所爱夺过来。在上流社会中，这个办法总是可以洗刷女人的名声。道连，你想想，西碧儿·韦恩跟所有那些通常可以遇见的女人是多么不一样！她的

---

[1] 象征死亡。

死包含着一种我认为非常美的成分。我很高兴自己生活在一个居然可能出现这种奇迹的时代。这些奇迹使人相信，诸如恋爱、激情、罗曼司这些我们大家都视同儿戏的事情确实存在。”

“我对她实在太狠心。这一点你忘了。”

“很难说。女人最赏识的也许正是狠心，赤裸裸的狠心。她们具有幼稚得可怜的本能。我们解放了她们，可是她们仍然像奴隶一样在寻找主人。她们喜欢受人支配。我相信你当时一定壮美至极。我从来没有见过你真正大发雷霆，但我可以想象你的神态该是多么动人。还有，前天你对我说过一段话，当时我觉得纯粹是异想天开，但现在看来极有道理，而且正是解释一切的关键所在。”

“我说什么来着，亨利？”

“你对我说，西碧儿·韦恩在你眼里代表着所有罗曼蒂克的女主人公：她今晚是苔丝狄梦娜，明晚是奥菲莉娅[1]；如果她作为朱丽叶死去，又会作为伊摩琴复活。”

“如今她永远不会复活了。”道连双手掩面，悲切地说。

“是的，她永远不会复活了。她演完了她最后的一个角色。但你应当把她在小剧团化装室里凄凉孤寂的死设想成詹姆斯一世[2]时代某一出悲剧中阴风惨惨的一个片断，设想成韦伯斯特[3]、福德[4]、西里尔·图尔纳[5]剧中离奇的场景。那姑娘从来没有真正生活过，所以也没有真正死去。至少对你来说，她始终是一个梦，一个在莎剧中行踪飘忽、从而使之生色不少的幻影，一支使莎剧的音乐显得更加丰满、更加欢快的芦

---

① 苔斯狄梦娜和奥菲莉娅分别是莎士比亚戏剧《奥赛罗》和《哈姆雷特》中的女主人公。

② 詹姆斯一世（1566—1625），原为苏格兰王，后兼英王（1603—1625），建立斯图亚特王朝。

③ 约翰·韦伯斯特（1580？—1625？），英国剧作家，著有悲剧《马尔菲公爵夫人》等。

④ 约翰·福德（1586？—1639），英国剧作家，著有悲剧《破碎的心》等。

⑤ 西里尔·图尔纳（1575？—1626），英国剧作家，著有《复仇者的悲剧》等。

笛。她和现实生活刚一接触就搞得两败俱伤，于是她离开了人间。你愿意的话可以为奥菲莉娅哀伤，可以因考狄利娅被绞死而把灰撒在自己头上①，甚至为苔丝狄梦娜的无辜牺牲诅咒上帝也无妨。但西碧儿·韦恩比她们更不真实，所以大可不必为她浪费你的眼泪。”

接着是一阵沉默。屋子里的暮色渐浓。不知不觉间阴影悄没声儿地从花园里潜入室内。各种色彩从它们附丽的物体上疲惫地退去。

少顷，道连·葛雷抬起头来。“你帮助我认识了我自己，亨利，”他低声说，好像还松了一口气，“你所说的我也感觉到了，可是我害怕这一切，我又不能向自己讲清楚。你多么了解我啊！不过我们不要再提这件事了。这是一次惊心动魄的实验，而并非其他。我不知道生活是否还能为我提供这样惊心动魄的奇遇。”

“生活对你来说一应俱全，道连。凭你这样出类拔萃的美貌，还怕什么事情办不到？”

“可是，亨利，一旦我容颜憔悴，年华老去，脸上布满皱纹，那时会怎么样？”

“啊，到那时，”亨利勋爵起身准备告辞，“亲爱的道连，到那时你得为争取每一次胜利而苦战。目前，胜利会送上门来。不，你必须保持你的美貌。我们所处的时代读书太多，把脑子都读糊涂了，想得太多，把容貌都变丑了。所以我们少不了你。而现在你最好还是换了装跟我一起到俱乐部去吃晚饭。我们已经耽搁很久了。”

“我还是直接上歌剧院去找你，亨利。我累得很，什么也吃不下。令妹的包厢是几号？”

“大概是二十七号。在二楼。门上有她的姓名。不过你不跟我一起吃晚饭使我很扫兴。”

“我实在力不从心，”道连无精打采地说，“但我非常感谢你对我

---

①古代犹太人往自己头上撒炉灰或尘土以示悲哀或忏悔，见《旧约·约伯记》第二章第十二节。

说的那些话。你确实是我最好的朋友。没有人像你这样了解我。”

“我们的友谊刚刚开始呢，道连，”亨利勋爵握着他的手说，“再见，我希望在九点半以前又看到你。别忘了，今晚帕蒂演出。”

等他走出去把门带上后，道连·葛雷按了一下铃。不一会，维克多掌着灯进来，把帘子放下。道连不耐烦地等着他出去。那侍从磨磨蹭蹭的，好像做每一件事情都没有个完。

维克多一出去，道连急忙走到屏风前把它拉开。不，画像没有新的变化。它得悉西碧儿·韦恩的死是在他自己知道此事之前。在他的生活中发生什么事情，肖像立刻能感觉到。使轮廓优美的嘴变得狞恶的冷酷表情，无疑在西碧儿·韦恩仰药的一刹那就出现了。也许，肖像对于他所作所为的结果不感兴趣，而只管他灵魂深处的活动，是不是？不知道有朝一日他是否会眼看着肖像起变化？他希望能看到。但想到这里，他不由得毛骨悚然。

可怜的西碧儿！这一切是多么浪漫啊！她经常在舞台上模仿死亡。现在死神真的降临到她头上，把她带走了。那惨烈的最后一场她是怎么演的？她临终时诅咒了他没有？不，西碧儿是为他殉情的，爱情对他今后将永远保持神圣。西碧儿用自己的生命作牺牲，已把一切都抵偿了。他再也不必去想那可怕的一个晚上在剧场里西碧儿使他受到的痛苦。他如果想起西碧儿来，那应该是一个动人的悲剧形象，她是一位谪仙，来到人间舞台上是为了显示爱情的无上真实性。然而，她何尝是动人的悲剧形象？他回想起西碧儿稚气十足的脸蛋、憨态可掬的痴情和羞羞答答的韵致，禁不住鼻酸泪涌。他赶紧擦了擦眼睛，重新看着画像。

他觉得，现在确实到了必须作出抉择的时刻。也许，他的抉择已经作出了？是的，生活本身以及他自己对生活无限的好奇心已代他做了决定。永不憔悴的青春、无法满足的欲望、神秘奥妙的享受、如醉如狂的快乐和更加疯狂的堕落——一切都将为他所有。而他的耻辱的重荷将由肖像承担：就这么着了。

想到画中人俊美的面貌将被糟蹋得不成样子，一阵痛楚潜入他的心房。有一次，他出于一股孩子气效法顾影自怜的那喀索斯，吻了一下——其实只是假装吻了一下——画上那两片现在正冲他狞笑的嘴唇。他天天早晨坐在肖像前欣赏它的丰采，有时候甚至觉得自己恋上了它。难道今后这幅肖像就要随着他对每一次诱惑的屈服而变化？难道它必须变成一件可憎可厌的东西而被锁起来，避开常常照得它金色的鬈发熠熠生辉的阳光？多可惜呀！多可惜呀！

有那么一瞬间，他想祈求自己和肖像之间这种令人胆寒的交感作用从此停止。肖像正是回应以前的一次祈祷起了变化，那么它也可能回应另一次祈祷而保持不变。然而，只要尝到过一点生活的甜头的人，谁肯放弃永葆青春的机会？尽管这可能是一笔离奇的交易，或者可能孕育着不堪设想的后果。再说，难道他真的能如此从心所欲？难道真是那次祈祷造成了人与肖像的位置对调？这里头会不会有某种奇妙的科学道理在？既然思想能影响有生命的机体，难道就不能影响死去的或无机体？再者，即使撇开思想或有意识的愿望，难道我们身外的事物就不能同我们的情绪和感觉发生共振，像原子与原子在某种神秘的引力或亲和力的作用下相互趋附？但道理本身并不重要。反正他再也不想通过祈祷来试验任何可怖的力量。如果肖像要变，就由它去变。何必刨根问底呢？

观察这个过程倒是一种真正的享受。他将有可能跟随自己的思想进入神秘的灵魂深处。这幅肖像对于他将成为一面最神奇的镜子。如果说过去这面镜子映出了他的形体，那么今后将向他揭示他自己的灵魂。即使将来画中人面临隆冬，他本人依旧处在春夏之交。即使将来红润的血色从画中人的脸上消逝，留下一张死灰色的面具和两颗暗淡无神的眼珠，他本人仍将保持翩翩少年的风采。他那如花的容颜永远不会枯萎。他的生命的脉搏永远不会衰竭。他将同希腊的神祇一样强壮、快乐、来去一阵风。画上的形象发生变化又算得了什么？只要他本人青春常在，这是最要紧的。

道连把屏风拉回到肖像前它原来的位置，在这样做的时候面露笑意，然后走进卧室。侍从等候在那里准备给他换装。一小时后，他已坐在歌剧院里，听亨利勋爵凑近他的座椅同他说话。

第九章

第二天上午，道连·葛雷正在进早餐，贝泽尔·霍尔渥德在仆人引领下走了进来。

“总算把你找到了，道连，”画家说，“昨天晚上我来找你，他们说你上歌剧院去了。我当然不相信，可是又不知道你确实的行踪。我一宿没好好睡觉，生怕一桩不幸引起另一桩不幸。我认为，你一得到这个消息，就该打电报把我叫来。我是偶然在俱乐部里随手拿起一份刚出版的《环球报》才知道的。我立刻上你这儿来，遗憾的是没有找到你。我没法向你表达我为这件事难过到什么程度。我知道你一定很痛苦。可是你到底上哪儿去了？你是不是看那个姑娘的母亲去啦？有一刹那我想跟你到那里去。报上有死者的地址。在尤斯登路某一个地方，是不是？但我担心只会干扰而不能减轻别人的悲痛。可怜的韦恩太太！她该多么伤心啊！何况这是她唯一的孩子！她说了些什么？”

“亲爱的贝泽尔，我怎么知道？”道连·葛雷不悦地说着，从一只威尼斯玻璃杯中啜饮泛着金珠般气泡的淡黄色美酒，神情颇不耐烦，“我的确在歌剧院。你该上那儿去找我。我第一次见到了亨利的妹妹格温多林夫人。我们坐在她的包厢里。她可爱极了；帕蒂唱得也十分出色。不要谈那些可怕的话题。事情只要不去提它，就等于从来没有发生过。亨利说的，事物是否确实存在，取决于是否有人谈论。我可以告诉你，西碧儿不是那女人唯一的孩子。她还有一个儿子，大概也挺可爱。但他并不演戏。听说他在船上当水手。好啦，谈谈你自己吧。最近你在画什么？”

“你上歌剧院去了？”霍尔渥德说得很慢，语气紧张而沉痛，“西碧儿·韦恩的尸骨未寒，还放在一所脏乱不堪的公寓里，而你居然上歌剧院去了？曾经为你所爱的姑娘还没有入土长眠，你居然向我谈论别的女人如何可爱，帕蒂有多么了不起的歌唱天才？老弟啊，还有好多恐怖景象在等着她娇小苍白的躯体呢！”

“别说了，贝泽尔！我不要听！”道连大声说着，霍地立起身来。“你不必对我讲这些事情。过去的已经过去了。往事毕竟是陈迹。”

“难道昨天的事对你已经是‘陈迹’？”

“这同时间的长短远近没有关系。浅薄的俗物需要几年时间才能摆脱某种感情的束缚。有自持力的人结束哀伤就像找到快乐一样容易。我不想被自己的感情牵着鼻子走。相反，我要利用、享受、支配自己的感情。”

“道连，这太可怕了！显然有什么事情使你变成了另一个人。从外貌看，你还是那个天天到我画室里来给我当模特儿的好孩子。但当初你纯朴自然，现在却矫揉造作。你本来是整个世界上最清白的人。如今，我不知你被什么迷住了心窍。你说话好像全无心肝，没有半点同情。这都是受了亨利的影响。我看得出来。”

道连的脸一下子涨得通红，他走到窗前，看看花园在阳光下被暑气蒸得摇曳颤动的一派蓊郁气象。“贝泽尔，我得益于亨利的地方，”他终于说，“比得益于你的多得多。你仅仅启发了我的虚荣心。”

“我已经因此受到惩罚，道连，或者总有一天要受到惩罚。”

“我不明白你的意思，贝泽尔，”他转过身来说，“我不明白你要什么。你到底要什么？”

“我要我所画的那个道连·葛雷。”画家悲切地回答。

“贝泽尔，”道连走过来，把一只手放到他的肩膀上说，“你来迟了。昨天我得悉西碧儿·韦恩自杀的消息——”

“自杀？天哪！你确信她是自杀的？”霍尔渥德惊骇地抬头望着道连，失声叫了起来。

“亲爱的贝泽尔！难道你真以为这是一般的意外事故？她当然是自杀的。”

画家双手掩面。“多么可怕！”他说不出别的话来，浑身哆嗦不已。

“不，”道连·葛雷说，“这一点也不可怕。这是当代一大浪漫悲剧。通常，演戏的人都过着极其庸俗的生活。他们不是好丈夫，就是忠实的妻子，总之都俗不可耐。你当然知道我指的是中产阶级的一套道德观。西碧儿却完全不是那样！她演了一出完美的悲剧。她始终是戏里的人物。在她登台的最后一夜——就是你看到的那一次——她之所以演得那么糟糕，原因是她懂得了什么是真正的爱情。一旦希望幻灭，她就像朱丽叶那样死了。她又回到了艺术的境界。她的死完全是悲壮而无谓的牺牲，具有以身殉志的那种虚妄的美。不过，刚才我已说过，你不要以为我没有尝到痛苦的滋味。如果你昨天在五点半或五点三刻左右上这儿来，你会发现我哭得像个泪人儿似的。昨天亨利来过此地，是他告诉了我这个消息；但就连他也没法想象我经受着什么样的折磨。我痛苦得不得了。后来事情过去了。我不能把这种感受从头再咀嚼一遍。谁也不会这样做，除非是无病呻吟的多情种子。贝泽尔，你对我太不公平了。你是来安慰我的，这是你的一番好意。可是当你发现我已经平静下来，却反而勃然大怒。难道有这样表同情的吗？你使我想起亨利对我讲过的一个故事：有一位博爱主义者费了二十年的光阴昭雪一桩冤狱——或许是改变一条不公正的法律，究竟怎么回事我忘了。后来他终于成功了，可是他的失望感却从此无法克服。他再也没有什么事情可做了，几乎在百无聊赖中郁郁以殁，而且变成了一个不可救药的厌世者。所以，亲爱的贝泽尔，如果你真想安慰我，应当教我怎样忘掉所发生的事情，或者教我怎样从美学的观点来看这件事。戈蒂埃[1]不是一再讲到‘寓安慰于艺术之中’吗？我记得有一天在你的画室里偶然发现一本犊皮纸封面的小书，在里边看到了这句有意思的话。当然，我并不像那个年轻人——有一次我们一起到西郊去的时候你对我讲起过，那个

① 戈蒂埃（1811—1872），法国诗人、小说家、批评家，首倡“为艺术而艺术”。

年轻人老是说，黄颜色的缎子能排遣人生一切忧患烦恼。我喜欢摸得着、拿得到的好看的东西。古色古香的锦缎、青铜、漆器、牙雕、精美的陈设、豪华的气派——这一切可以提供许多乐趣。但我认为更重要的是它们能造就，至少能启示一种艺术家的气质。像亨利所说的，做自己的生活的旁观者可以躲避人生的苦恼。我知道我这样对你说话使你吃惊。你还没有认识到，我懂得的比以前多得多了。你跟我初会的时候，我还是个娃娃。现在我已经是个大人。我有了新的欲望、新的思想、新的见解。我已不是过去的我，但你必须同样喜欢我。我变了，但你得永远做我的朋友。当然，我很喜欢亨利。不过我知道你比他好。你不比他强，因为你过于害怕生活，但你比他好。当初我们在一起多快乐啊！不要把我撇下，贝泽尔，也不要跟我吵架。我已经成了现在的我。再没有什么更多的可说了。”

这番话奇怪地打动了画家的心。他无限钟爱道连，这个年轻人是他创作道路上一个重大的转折点。他没有勇气再责备他。归根到底，道连的忍心也许是一种暂时的情绪。他身上有那么多善良的成分，有那么多高尚的品质。

“好吧，道连，”霍尔渥德终于带着一丝苦笑说，“从今天起，我再也不向你提起这件可怕的事情。但愿你不要受到牵连。验尸定于今天下午举行。他们没有传你到案吗？”

道连摇摇头，听到“验尸”这两个字，他脸上显出一种厌烦的神情。这类事情照例鄙俗而且无聊。“他们不知道我的姓名。”他回答说。

“可是那姑娘总该知道吧？”

“她只知道我叫道连，不知道我姓什么，而且我确信她没有对任何人说过。有一次她告诉我，人家都想打听我是何许人，她一概回答说我叫迷人王子。真亏她想得出来。贝泽尔，你得为我画一张西碧儿的小像。在我的记忆中只有几次亲吻和一些热情的只言片语。除此以外，我还想保留一些对她的纪念。”

“那我就试试看，道连，只要你喜欢。不过你自己必须到画室里来再给我当模特儿。我少不了你。”

“我不能再给你当模特儿，贝泽尔。这办不到！”他说着猛然退后两步。

画家直勾勾地望着他。“我的老弟，你胡说些什么？！”他惊问，“你是不是不喜欢我给你画的像？它在哪儿？你为什么用屏风把它遮起来？让我看看它。这是我生平最好的作品。把屏风拉开，道连。这一定是你的用人干的混账事——居然把我的作品这样藏起来。怪不得我进来的时候觉得有些异样。”

“这跟我的用人没有关系，贝泽尔。你以为我能让用人做主布置我的房间？他顶多有时候为我搬动一下我的花。不，屏风是我放在那里的。因为射在画像上的光线太强。”

“太强？不见得吧，老弟？那地方非常合适。让我看看去。”说完，霍尔渥德向房间的那个角落走过去。

一声惊骇的急叫从道连·葛雷口中冲出来，他抢步上前，站在画家和屏风之间。“贝泽尔，”他吓得面如土色，“你看不得。我不要你看。”

“我自己的作品不让看？！你开什么玩笑？为什么我不能看？”霍尔渥德笑问。

“你要是敢看一眼，贝泽尔，我发誓这辈子再也不跟你说话。我不是开玩笑。我不打算作任何解释，你什么也不要问。但是你得记住：你要是碰一下这道屏风，你我之间就算完了。”

霍尔渥德像挨了当头一棒。他望着道连·葛雷，呆若木鸡。画家以前从来没有见过他这个模样。道连由于狂怒而脸色发青。他攥紧两个拳头，一对瞳孔射出青光，全身抖个不停。

“道连！”

“住口！”

“你这是怎么啦？既然你不要我看，我当然可以不看，”霍尔渥德相当冷淡地说，并转身向窗口走去，“不过，说真的，我自己的作品竟不让我看，这未免太不讲理。我还打算秋天把它送到巴黎去展出呢。在这以前，恐怕需要给它重新上一道清漆，所以我总有一天要看的。那么，为什么不在今天看呢？”

“把它送去展出？你要把它展出？”道连·葛雷连声问道，同时一种诡异的恐怖感潜入他的心房。难道要把他的秘密向世人公开？让人们饱看他的隐私？这可不行！必须立即采取对策，然而他不知道该怎么办。

“是的，对此你大概不会有异议。乔治·珀蒂打算搜集我最好的作品，十月初在巴黎塞兹街举办一次专题画展。这幅肖像拿去顶多一个月就送回来。希望你能慨然允诺暂借一段时间。反正那时你不在伦敦。其实，你既然老是用屏风把它遮起来，可见对它兴趣不大。”

道连·葛雷伸手抹了抹额上的冷汗，觉得自己正面临着不堪设想的危险。“一个月以前你对我说过，你决不展出这幅肖像，”他气急败坏地说，“你为什么改变了主意？你们这些人口口声声标榜首尾一贯，事实上跟别人一样反复无常。唯一的区别就是你们的情绪变化更加不合情理。你曾经极其郑重地向我保证，无论什么都不能诱使你把它送往任何展览会，你难道忘了？你对亨利也讲过同样的话。”他突然顿住，眼睛一下子变得明亮起来。他想起亨利勋爵有一次半认真、半玩笑地对他说过：“你如果愿意得到一刻钟奇妙的享受，不妨叫贝泽尔谈谈他为什么不肯展出你的肖像。他跟我谈过其中的原因，这对我来说是一大发现。”对，说不定贝泽尔也有自己的秘密。得试探一下。

“贝泽尔，”他走到画家紧跟前，两眼直盯着他的脸说，“你我都有自己的秘密。让我先了解你的秘密，然后我把我的秘密告诉你。你拒绝展出我的肖像，到底是什么原因？”

画家情不自禁地周身为之颤栗。“道连，我要是告诉了你，你会减少对我的好感，而且一定会取笑我。这两者我都受不了。如果你要我再也不对你的肖像看一眼，我同意。反正我随时有你本人可以看。如果你要把我生平最好的作品藏起来不让世人看到，我也乐意。你的友谊对我来说比任何名望声誉更宝贵。”

“不，贝泽尔，你必须告诉我，”道连·葛雷坚持要他讲，“我认为我有权了解。”他的恐惧已被好奇所取代。他拿定主意要把贝泽尔·霍尔渥德的谜底揭开。

“我们坐下谈，道连，”画家面有难色，“坐下。你先回答我一个问题：你是否发觉画像有什么奇怪的地方？是否有什么地方起初也许没有引起你的注意，可是后来忽然被你发觉了？”

“贝泽尔！”道连惊呼一声，一双发抖的手牢牢抓住椅子的扶手，眼睛睁得老大，瞪着霍尔渥德。

“我看得出你发觉了。你不要开口，先听我说。道连，从我遇见你的一刹那起，你这个人就对我产生最不寻常的影响。我的灵魂、头脑、才能都受你的支配。你成了我心目中无形理想的有形化身，这种理想像瑰丽的梦境无时不萦绕在我们画家的脑际。我崇拜你。我妒忌跟你说话的每一个人。我要你整个都属于我。我只有跟你在一起才感到幸福。即使你不在我身边，你仍然存在于我的创作之中……当然，这一点我从未向你说过，因为听起来有点不可思议。你一定无法理解，我自己也未必清楚。我只觉得面对面看到了完美的形象，只觉得世界在我眼里变得非常奇妙，也许太奇妙了，因为像这样狂热的崇拜包含着危险；保持这股劲头固然危险，但失去这股势头也许更危险……几个星期过去了，我愈来愈被你的魅力所吸引。这时到了一个新的发展阶段。我曾经把你画成披甲戴盔、雄姿英发的帕里斯①，画成身穿猎人装束、手持雪

① 帕里斯，希腊神话中的特洛伊王子。由于他拐走了美人海伦，引起了历时十年的特洛伊战争。

亮梭标的阿多尼斯。你或者头戴沉甸甸的莲花冠环，坐在哈得良皇帝的画舫船头上，凝睇着尼罗河绿色的浊浪。你或者在希腊丛林里俯临一汪平静的池水，从微波不兴的银镜中看到了你自己奇迹般的容颜。这些形象都是直觉的、理想的、缥缈的，如同艺术应该表现的那样。一天，我几次认为这是命中注定的一天，我决定按照你实际的模样给你画一幅奇妙的肖像：不是穿博物院里的古装，而是穿你自己的服装，放在你自己的时代背景前。究竟是由于采用了写实的手法，还是由于你本人的魅力毫无遮蔽地直接呈现在我面前，我说不上。反正在画这幅像的时候，我觉得每一片油彩、每一层颜色都在泄露我的秘密。我担心给别人识破我在搞偶像崇拜。我觉得自己在这幅肖像中诉说得太多了，倾注了太多我自己的东西。所以当初我决定不把它拿出去展览。你曾因此而不大高兴，但那时你不了解其中的缘故。我向亨利谈了这件事，他把我取笑一通。但我并不介意。肖像画好以后，我对像独坐，感到自己的决定还是对的……过了几天，它离开了我的画室。我刚一摆脱它的难以抗拒的魅力，就立即意识到：除了你的美貌令人叹为观止和我的画笔不算拙劣之外，如果我自以为从这幅像上还能看出什么秘密，那实在蠢得可以。直到现在我仍觉得：认为创作时的感情会在作品中反映出来是错误的。艺术永远比我们所想象的更抽象。形状和色彩就是形状和色彩，而非其他。我总觉得，艺术把艺术家隐蔽起来的程度远远超过把他展示出来的程度。因此，当我获悉来自巴黎的这个建议时，我决定把你的肖像定为我的画展的中心作品。我万万没有想到你会拒绝。现在看来，你是对的。肖像不应当展出。我对你说了这些话，你可不能生我的气，道连。有一次我向亨利说过：上帝创造了你，就是让人崇拜的。”

道连·葛雷深深地舒了一口气。他的两腮恢复了红润，嘴唇周围又泛起微笑。危险过去了。暂时他可以放心。但他禁不住无限怜悯刚才向他作了这番奇怪的自供的画家，心想：“我自己会不会这样拜倒在一个朋友脚下？亨利勋爵的吸引力在于他是个危险人物，但也就到此为止。他过于聪明，过于尖刻，所以不能真正赢得别人的心。有没有人能激起我崇拜偶像的感情？生活是否也能提供这样的机会呢？”

“道连，”霍尔渥德说，“你竟从画像中看出了这一点，我非常纳罕。你真的看到了吗？”

“我看到了一些迹象，”他答道，“一些我觉得很有趣的迹象。”

“那么，现在可不可以让我看看它。”

道连摇摇头。“贝泽尔，你不应该提出这个要求。我决不能让你站在画像前面。”

“将来总可以吧？”

“永远不可以。”

“好吧，也许你有道理。我该走了，道连。你是我一生中唯一真正影响了我的创作的人。我的作品如有可取之处，应当归功于你。啊！你无法想象，刚才我向你说出的那一番话是多么不容易呵！”

“亲爱的贝泽尔，”道连说，“你向我说了些什么呀？你只是说你觉得对我的叹赏过了头。这甚至算不上恭维。”

“我说这话可不是为了恭维你。这是一篇自供状。现在我觉得好像失去了什么。也许对人的崇拜不应当用言语来表达。”

“这是一篇令人失望的自供状。”

“为什么？你原先指望听到什么，道连？你是不是从画像上看到了别的东西？”

“没有，别的什么也没有。你不要再谈什么崇拜了。这简直愚蠢。你我是朋友，贝泽尔，我们应当永远做朋友。”

“现在你有亨利了。”画家说着黯然神伤。

“哦，你说亨利？”道连发出一阵清脆的笑声，“亨利白天尽说不足信的话，晚上尽做不可能的事。这正是我喜欢的那种生活。不过，万一我遇到什么患难，我大概不会去找亨利。我多半会找你，贝泽尔。”

“你再来给我当模特儿，行吗？”

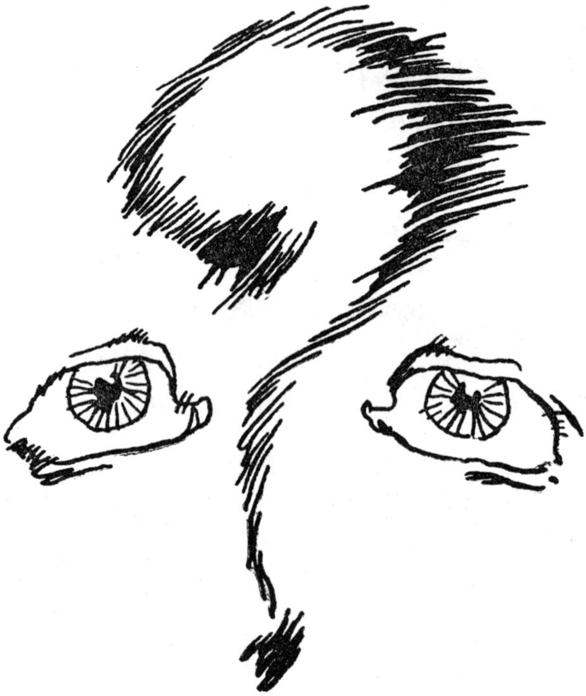

“不行！”

“你的拒绝将断送我的艺术生命，道连。任何人都不可能遇上两个理想的形象。一个已经是凤毛麟角了。”

“我没法向你解释，贝泽尔，反正我不能再给你当模特儿。每一幅肖像都连带着某种命定的因素，都有它自己的生命。我愿意到你那里去跟你一起喝茶。那同样是挺愉快的。”

“恐怕对你更愉快些，”霍尔渥德不胜惋惜地说，“再见吧，道连。遗憾的是你不让我再看一眼这幅画像。这也没有办法。你的心情我完全理解。”

他走后，道连·葛雷暗暗在笑。可怜的贝泽尔！他完全被蒙在鼓里！道连非但没有被迫吐露真情，反而在无意中套出朋友心底的秘密，你说怪不怪？！贝泽尔这番不寻常的自供使道连明白了许多事情。画家几次莫名其妙的妒意发作，他的一片痴情，他的无比慷慨的谀辞以及有时候欲言又止的奇怪态度——这一切道连现在全明白了，并为此感到内疚。在他看来，这种带有罗曼司色彩的友谊，包含着悲剧的成分。

他叹息着按了一下铃。画像无论如何得搬开去藏起来。他不能再冒被发现秘密的风险。除非是疯子，否则决不能让肖像继续放在随时可能有他的朋友闯进来的房间里，哪怕一小时也拖延不得。

第十章

侍从进来了，道连目不转睛地盯着他，心想他有没有想到向屏风后面偷看一眼。维克多毫无表情地等候吩咐。道连点着了一支烟卷，走到镜子前面，瞧着镜子，这样他可以把维克多的面孔看得一清二楚。那是一张不动声色的顺从的面孔。没有什么可担心的。不过道连认为还是要留神提防。

道连一字一句说得很慢，他吩咐维克多先把女管家叫来，然后到镜框店去，要那边立刻派两个人来。道连觉得，维克多走出房间的时候曾向屏风那边瞟了一眼。不过也许这仅仅是他自己多心？

过不多久，女管家黎甫太太身穿黑色绸服，布满皱纹的手上戴着老式露指手套，急匆匆地走进书斋。道连向她要课室的钥匙。

“你是说老课室吗，道连先生？”她惊讶地问，“哎呀，那儿全是灰尘。你要进去的话，我得先把它打扫一下，收拾收拾。现在你去不得。真的，去不得。”

“我不要你收拾，黎甫。你只要把钥匙给我。”

“不，先生，你走进去准蒙上一身蜘蛛网。自从勋爵故去以后，那间屋子差不多有五年没打开过。”

道连听到提起他的外祖父，脸上很不自在。外祖父留给他的回忆是可憎的。“不要紧，”道连对女管家说，“我只要看一下那个地方——没有其他事。你把钥匙给我。”

“钥匙在这里，先生，”老妇人说着，不听使唤的手颤巍巍地从一大串钥匙里挑拣，“是这把，我马上就把它从钥匙串上拿下来。你不是想搬到那里去住吧，先生？你在这里挺舒服的。”

“不，不，”道连不耐烦了，“谢谢你，黎甫，没你的事了。”

女管家还逗留了一会儿，刺刺不休地说了些家务琐事。道连叹了一口气，叫她瞧着办就是了。黎甫太太满面堆笑地走了出去。

门关上后，道连把钥匙放入口袋，向室内四周打量了一番。他的视线落在一张用金线绣得密密匝匝的紫缎大罩子上。这是他外祖父从波伦亚附近一座修道院里弄来的一件出色的十七世纪晚期威尼斯工艺品。对，就用它来罩那幅可怕的肖像。这罩儿可能多次盖过灵柩。现在就让它来遮盖一件腐化程度远较尸体为甚的东西，一件使人为之战栗而又永远不会死亡的东西。如同蛆虫蠹蚀尸体一样，他的罪恶将蠹蚀画中人的形象。他干的坏事将毁损肖像的丰采，蚕食它的韵致，把它糟蹋得不成样子，使它蒙受耻辱。然而肖像本身将继续存在，永远活下去。

道连打了个寒颤，有一刹那甚至后悔没有把为什么要藏匿肖像的真情告诉贝泽尔。贝泽尔一定会帮助他抵制亨利勋爵的影响，抵制来自道连本人气质的更加有害的影响。贝泽尔对他的爱出自一片真心，绝无不高尚或违反理性的因素。这不是由感官产生的对美的倾慕，一旦感官生腻，这种倾慕也就完了。这是米开朗琪罗、蒙田①、文克尔曼②乃至莎士比亚也了解的那种爱。是的，贝泽尔本来能够救他。但现在已经太晚了。往事总是可以抹去的，可以通过追悔、否认或忘却做到这一点，但是未来却无法避免。他心中的欲念总要以可怕的形式宣泄出来，他脑际的幻梦总要把罪恶的魅影变成现实。

他把罩在榻上的那一大块金绣紫缎织物取下来，拿着它走到屏风背后。画中人的面孔是不是更邪恶了？看来还是那样。然而道连对它的厌恶更强烈了。金色的头发、碧蓝的眼睛、玫瑰红的嘴唇都同原来一样，就是表情变了，冷酷得叫人害怕。与画中人无语的非难或申斥相比，刚才贝泽尔为西碧儿·韦恩的事对他的责备太不足道

---

① 蒙田(1533—1592)，文艺复兴时期的法国思想家、散文作家，《随笔集》是他的传世名作。

② 文克尔曼(1717—1768)，德国考古学家、艺术史家，以研究古代希腊文物著称，为十八世纪古典主义美学的代表人物。

了！简直算不上一回事！他自己的灵魂从画布上逼视着他，责令他接受审判。一片痛苦的阴影浮上道连的面庞，他急忙把富丽的缎罩覆盖在画像上。这时有人在敲门。他从屏风背后转出来时，他的侍从走了进来。

“你要的人已经来了，先生。”

道连思量着，必须立刻把维克多支开。画像要搬到哪里去不能让他知道。这家伙有点狡猾，那双眼睛说明他有头脑和不可信赖。道连在书桌旁坐下，草草写了封短简给亨利勋爵，请他捎几本书来，并提醒他晚上八点一刻见面。

“你送去给亨利勋爵，要等回音，”道连把信交给他，“你把那两个人带进来。”

过了两三分钟，敲门声又起，赫巴德先生——奥德丽南大街上有名的镜框店老板——亲自带了一个粗眉大眼的年轻伙计走进来。赫巴德先生个儿矮小，面色红润，蓄着棕红色的连鬓胡子。由于跟他打交道的画家大多穷愁潦倒已成痼疾，使他对艺术的热爱也大为降低。照例他从不离开他的铺子，总是等主顾上门，但是为道连·葛雷却随时乐意破例。道连有一种能使任何人产生好感的魔力。只要见到他，本身就是一桩乐事。

“葛雷先生，有什么能为你效劳的吗？”他搓着一双满是斑点的肥手问，“我想还是自己来一趟的好，这是我的荣幸。我刚到手一只绝妙的画框，先生。我是在一次拍卖中发现的，把它捡来了。是佛罗伦萨的古董。我相信是从芳特山庄①来的。配宗教题材的画再合适也没有了，葛雷先生。”

“我很抱歉让你枉驾亲临，赫巴德先生。我一定上宝号去看看那只

① 芳特山庄，位于英格兰南部威尔特郡的一座哥特式建筑，原为写过一部哥特派小说《瓦提克》的英国贵族威廉·贝克福德（1760—1844）营建的豪华宅第。1822 年山庄易主时，曾有大批艺术品出售。

框子，尽管目前我对宗教画兴趣不是很大。不过今天只要给我把一幅画搬到最高一层楼上去。东西重得很，所以我想请你派两个人来。”

“没有什么，葛雷先生。我很高兴能为你效劳。那幅画在什么地方，先生？”

“是这一幅，”道连把屏风拉开，“就这样连盖着的罩子一起搬，行不行？我怕在上楼的时候给擦坏了。”

“没问题，先生。”和气的镜框店老板说着，在他的伙计帮助下开始动手把那幅画从吊住它的铜质长链条上脱钩。“葛雷先生，往哪儿搬？”

“我给你们引路，赫巴德先生，请跟我来。或者你们走在前面。很抱歉，一直要搬到最顶上的一层。我们从正中的楼梯上去，那里比较宽。”

道连为他们扶着打开的门，他们从书斋进入穿堂，开始上楼。极其讲究的镜框使这幅画笨重非凡，道连也不时插手进去助一臂之力，尽管赫巴德先生一再客气地请他不要帮忙。作为一个地道的商人，他认为有身份的爷们亲自动手干活是万万使不得的。

“是有点儿分量，先生。”到了顶层的楼梯口，这位小个子老板气喘吁吁地说。他擦了擦额上亮晶晶的汗水。

“确实重得厉害。”道连附和着说，他用钥匙打开了房门，这间屋子将为他的奇特行径保守秘密，将把他的灵魂藏匿起来，不让世人看到。

他已有四年多没有到这里来了。当他是个小孩的时候，他在这里玩耍；稍长，他就在这里读书。这间宽敞的课室是已故的克尔索勋爵造给外孙专用的。由于道连酷肖他的母亲，再加上其他原因，老克尔索始终嫌弃他的外孙，总是希望他离得远些。道连觉得课室几乎没有什么变化。那只绘有古怪的图案、镀金缘饰已经黯然失色的意大利大箱柜还放在那儿，他小时候常常躲在里边。一架椴木书橱塞满了他的旧课本。橱背后墙上依旧挂着那张很旧的佛兰德斯挂毯，上面织着国王和王后——都已脱毛褪色——在花园里对弈，一群猎鹰侍从骑马经过，他们戴着臂铠的手腕子上蹲着头套罩子的猎鹰。这一切他都记得很清楚！当他四下环顾的时候，他孤独的幼年景象又历历如在目前。他回忆起白璧无瑕的童年时代，而现在却要把这幅不祥的画像偏偏藏在这个地方，不免使他感到骇然。在那些逝去的岁月里，他做梦也想不到命运竟会给他作出这样的安排！

可是宅内没有别的地方像此处这样稳当，外人是看不见的。钥匙由他掌管，谁也进不去。画中人的面孔任其在紫色柩罩下变得狰狞、丑恶、可憎。那有什么关系？反正没人看见。他自己也看不见。何必眼睁睁看着自己的灵魂令人作呕地堕落下去。只要能保住他的青春就够了。再说，难道他就不能变得好一些吗？凭什么理由断言未来必定不堪设想？爱情也许会降临到他的生活中来，使他洗心革面，摒除似乎已经在他的灵魂与肉体中萌动的邪念。这些尚未被描绘过的邪念，单凭其神秘新奇就具有难以捉摸的吸引力。也许某一天，冷酷的表情会从敏感的猩红色嘴唇周围消失，那时他可以让世人都来欣赏贝泽尔·霍尔渥德的这一杰作。

不，这是不可能的。画中人将一小时比一小时、一星期比一星期变得苍老。纵使它不让罪恶打上可怕的烙印，也无法不让年龄留下无情的标记。两颊将深陷或松垂，暗淡无神的眼睛周围将布满黄色的皱纹，使人望而生厌。头发将失去光泽，嘴巴将老是张开或耷拉下来，显得傻里傻气或令人恶心，跟好多老头的嘴巴没什么两样。皮肤皱缩的颈项、青筋暴突的手背、弯曲变形的体态——道连记忆中的外祖父就是这个样子；而在道连的少年时代，他对道连的态度始终冷漠而严峻。画像非藏起来不可，舍此别无他法。

“请把它搬进来吧，赫巴德先生，”他转过身来说道，显得有些倦意，“真对不起，我刚才在想别的事情出了神，劳你久等了。”

“歇一歇总是乐意的，葛雷先生，”镜框店老板回答，他的确还没有喘过气来，“把它放在哪儿，先生？”

“随便哪儿都行。就放在这儿吧，行了。我不需要把它挂起来，靠在墙壁上就可以了。谢谢。”

“可以看看这件艺术品吗，先生？”

道连吓了一跳。“你不会感兴趣的，赫巴德先生。”他盯着镜框店老板回答说。如果这个身材矮小的人胆敢揭开藏匿着他个人隐私的华丽缎罩，道连随时准备扑上去把他打倒在地。“我不想再麻烦你了。这次烦劳你亲自来，我非常感激。”

“哪儿的话，哪儿的话，葛雷先生。我随时愿意为你效劳，先生。”于是，赫巴德先生履声橐橐地走下楼去。跟在后面的伙计回头向道连瞅了一眼，粗陋的脸上带着不好意思的惊异神情。他从未见过这样漂亮的人物。

他们的脚步声去远后，道连锁上房门，把钥匙放在口袋里。现在他放心了。再也没有人会向这件可怕的东西看一眼。他的耻辱不会落在任何别人的眼睛里了。

回到书斋，他发现时间刚过五点，茶点已经摆好。在一张螺钿镶嵌的深色沉香木茶几上(茶几是他的监护人之妻瑞德利夫人送的礼物，她终年忙于给自己治病，去冬还在开罗疗养)，他看到了亨利勋爵的回信。旁边有一本书，黄色的封面纸稍许有些破损，页边也比较脏。茶盘里放着一份《圣詹姆士报》晚间版。显然，维克多已经回来。不知镜框店的两个人出去时有没有在穿堂里跟他碰上？他有没有向这两个人打听主人要他们干什么？维克多必将发觉画像不见了。不，在他摆上茶具的时候无疑已经发觉了。屏风没有放回原处，墙上的一块空白非常显眼。没准儿某一天夜里，他会撞见维克多蹑手蹑脚上楼去准备破门进入课室。家里有密探是件头痛的事情。他曾听说有些富人一辈子遭到某个仆人的讹诈，就因为被他看到一封信，或者偷听到一次对话，或者捡到一张有地址的名片，或者在枕头底下发现一朵枯萎的花或一绺揉皱的花边。

道连叹了口气，他给自己倒了一杯茶，把亨利勋爵的信拆开。信里边简单地写着，他捎给道连一份晚报和一本道连也许会感兴趣的书，并说八点一刻他准时到俱乐部。道连懒洋洋地把《圣詹姆士报》翻了一遍，第五版上用红铅笔标出的地方引起了他的注意。那里登着一则报道：

> **女优暴卒案调查听证**　有关不久前受聘于霍尔本皇家剧场的青年女伶西碧儿·韦恩暴卒一案，本日上午由区验尸官丹比先生主持在霍克斯登路钟声酒家举行听证会。结果确认致死原因系不幸误服毒药。死者之母于本人作证以及比雷尔法医作尸检报告时悲痛万状，到场者无不深表同情。

道连紧皱眉头，把报纸撕成两半，走到房间的另一端去扔掉。可恶至极！偏偏要这样刨根问底，太可恶了！他有点生亨利勋爵的气，不该把这份报捎来。尤其糊涂的是还用红铅笔作了记号。维克多可能已经先看到了。他认得的字足够看懂这篇报道。

也许他看了以后已开始生疑。不过，那又怎么样呢？西碧儿·韦恩的死跟道连·葛雷有什么相干？不用害怕。又不是道连·葛雷杀了她。

他的视线落到亨利勋爵给他捎来的那本黄封面的书上。他不知这是本什么书。他走到螺钿作面的八角形茶几前（道连总觉得它好像是由一种神秘的埃及蜜蜂用银子酿成的），拿起了那本书，在一张圈椅里坐下来，开始翻阅。几分钟后，他被吸引住了。他从来没有读过这样一本奇书。他觉得，仿佛全世界的罪恶都穿上了精美的衣服，在柔美的笛声伴奏下默默地从他面前一一走过。凡是以前他曾迷离恍惚地梦见的事物，一下子都变得十分真实，而他连做梦都没有想到过的事物，也逐渐显露出形象。

这本没有故事的小说，实在是一部心理学研究。其中仅有的人物——巴黎一青年——以毕生的精力试图在十九世纪再现过去各个时代的一切欲念和思潮，从而集世界精神所经历的种种情绪于一身。他既能玩味被人们荒唐地称作德行、实为矫情的自我克制，同样也能欣赏被贤哲们称作罪恶的天性反抗。这本书的文笔属于奇特的精雕细琢一路，既生动又晦涩，有许多隐语、古字、术语和别出心裁的异说。一些最纤巧的法国象征派画家的作品就是这种风格。其中有些比喻离奇而又细腻。感官生活是用神秘哲学的术语加以描写的。读者有时摸不透，他看到的是一位中世纪圣者精神上的极乐境界的缕述呢，还是一个当代罪人病态的自供状。这是一本有毒的书。似乎书页上附着浓郁的薰香，搅得人心神不安。道连一章又一章地读着，词句的抑扬顿挫、音韵的微妙变化，好像充满了复杂的叠句和乐章，巧妙地一再出现，在他的头脑里形成了一种幻想曲，一种梦幻病，使他昏昏然竟不知夜之将临。①

窗外铜绿色的苍穹万里无云，刺破天幕的唯见孤星一颗。道连在暮色苍茫中读着，读着，直到再也无法辨认书上的字句。侍从数次提醒他时间已经不早，道连这才起身走到隔壁房间里去，把书放在自己床边老地方的一张佛罗伦萨小桌子上，开始换上晚装。

他到俱乐部快九点了，发现亨利勋爵独坐在休息室里，神态很不耐烦。

“对不起，亨利，”道连说，“不过这完全是你的过错。你捎来的那本书把我迷住了，使我忘记了时间。”

“我知道你会喜欢它的。”亨利勋爵从椅子上站起来。

“我没有说我喜欢它，亨利。我是说它把我迷住了。这两者大有

---

① 亨利勋爵捎来的书是于伊斯芒斯所写的小说《逆反》，有关情况请参阅《折翅的悖论大师——代前言》。

区别。”

“啊，你已经发现了这种区别？”亨利勋爵含糊其辞地说。于是他们一同步入餐厅。

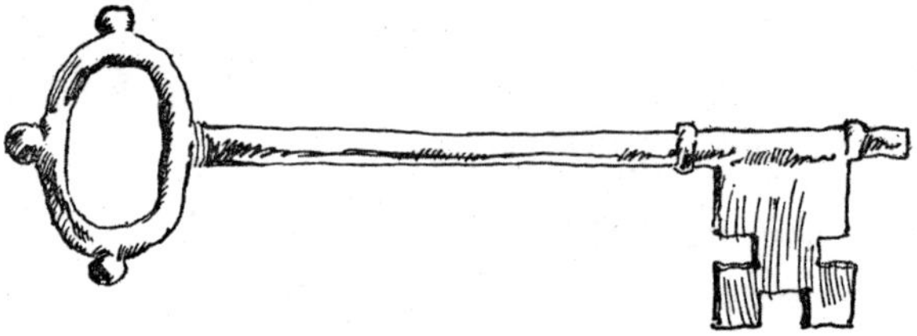

第十一章

道连·葛雷有好几年不能摆脱那本书的影响。也许，更确切一点的说法是他自己从未争取从中摆脱出来。他从巴黎弄到该书的初版大开本竟达九册之多，并用不同颜色的封面重新装订，以便适应他不同的情绪和变化多端的奇想怪癖，而他对这种脾性有时好像已完全失去控制。那个身上十分奇怪地糅合着幻想家和学者气质的主人公，那个独特的巴黎青年，在道连心目中成了他自己的原型，而整个这本书所讲的就好像是他自己一生的故事，只不过他还没有经历过便已经写下来了。

有一点他比小说中古怪的主人公更幸运。那个巴黎青年显然一度也是十分漂亮的，但突然像花儿似的蔫了，所以他从很早的时候起就对镜子、表面光滑的金属、平静的水面产生一种病态的恐惧。这种感觉在道连却是没有的，也永远不会产生。这本书的后面一部分，作者以真正的悲剧笔法——尽管稍带夸张地——刻画了一个人的悲哀和绝望，因为他认为别人身上以及普天之下最可宝贵的品质，他自己却失去了。道连对这一部分总是怀着幸灾乐祸的心情加以欣赏。其实，每一种乐趣和快感可能都含有幸灾乐祸的成分，几乎没有例外。

看来道连似乎永远不会失去贝泽尔·霍尔渥德以及其他许多人为之倾倒的稀世美貌。关于他的生活方式的种种离奇的流言蜚语，已传遍整个伦敦，成了俱乐部里议论不休的话题。但即使那些听到过极端不利于他的坏话的人，只要一看见他，就无法相信任何有损他名誉的事情。他始终像个身居浊世而纤尘不染的人。人们本来在谈论秽闻亵事，道连·葛雷一进来，立即鸦雀无声。他的纯洁无邪的面容有一种使人感到内疚的力量。只要他在场，人们就会慨叹他们也曾是无瑕的白璧，但被自己糟蹋了。在他们看来，像他这样的翩翩美男子，居然能不为人欲横流的时代所玷污，殊属罕见。

他经常会神秘地失踪很长一段时间，从而在他的朋友以及那些自命为他的朋友的人中间引起种种奇怪的臆测。每次回到家里，他总要偷偷地上楼走向那间锁着的课室，用始终不离身的钥匙把门打开，手执一面镜子，站在贝泽尔·霍尔渥德为他画的肖像前，看看画中人狰狞可恶、愈来愈老的面孔，再看看镜子里向他盈盈微笑的英俊脸庞。强烈的对比照例刺激着他的快感。他变得更加钟爱自己的美貌，也更加欣赏自己灵魂的堕落。他能够满不在乎地、甚至怀着病态的乐趣细细端详刻在皱纹累累的额上或簇聚在淫邪的厚嘴唇周围的丑恶线条，有时自己也说不上：罪恶的烙印和年龄的标记究竟哪个更可怕？他把自己白净的手放在画像上变得粗糙而浮肿的手旁边，脸上露出笑容。他嘲笑画中人形态发生畸变，肢体日益衰败。

夜晚，他躺在自己异香扑鼻的卧室里或码头附近一家声名狼藉的小酒店的陋室中（他现在时常乔装化名光顾这种地方），不能成眠时，偶尔也会想到自己灵魂的堕落，而且那种懊恼之情因其纯粹出于自私而特别强烈。不过，这样的时刻并不多。亨利勋爵和他一起坐在画家花园里时第一次在道连身上激起的对生活的好奇心，似乎因一再得到满足反而更加强烈了。他体验得愈多，就愈是希望得到更多的体验。他的疯狂的饥饿心理由于得到食物而益发不知餍足了。

然而他并没有置一切于不顾，至少在社交方面还是识大体的。冬天每月一两次，社交季节的每星期三晚上，他总要把自己华丽的公馆大门向外界敞开，并聘请时下最走红的乐师献艺以娱嘉宾。在亨利勋爵的经常指点下，他的小型宴会已出了名，因为所邀请的客人都经过仔细挑选，座位安排煞费苦心，席面布置也别具一格：奇花异草、刺绣的桌布、古老的金银器皿谱成了一阕优美的交响乐。有不少人，尤其是初出茅庐的青年，从道连·葛雷身上看到了——或者自以为看到了——他们在伊顿或牛津求学时代心向往之的典型的生动体现，这种典型把学者的真才实学同交际场中时髦人物的飘逸风度和完美举止结合起来。在他们心目中，道连属于被但丁称做“崇美以修身”[1]的那种人。像戈蒂埃一样，他也是“可见世界为之而存在”的人。

不言而喻，生活本身对他说来是首要的、最伟大的艺术，而其他各种艺术只不过是为它作准备的。当然，他也讲究时髦和派头。时髦能把奇思异想变成风靡一时的习尚，派头就是要以独特的方式证明美的绝对现代性。他的服装式样，他的不时变换的新奇作风，对于五月市一带舞会上和佩尔美尔路各俱乐部里的纨袴子弟有显著的影响。他们亦步亦趋，事事模仿道连。他举手投足间纵然并非刻意为之的那份潇洒，也被奉为楷模。

一方面，他欣然接受了他刚一成年立即为他提供的地位，想到自己对于当代的伦敦可能成为《萨蒂里孔》的作者[2]之于尼禄[3]皇帝时代的罗马那样的人物，暗暗觉得欢喜。但另一方面，他内心深处的希望却不光是做一个“时尚的主宰”，不光是在如何戴首饰、打领结或挥手杖等方面供人咨询。他幻想设计出一种基于合理的哲学和明确的原则的生活新模式，幻想通过感觉升华为精神发现这种生活的最高境界。

对感官的崇拜常常遭到颇有道理的责难，因为人们本能地害怕看来要比他们自身更强的嗜欲和知觉，而且他们知道那种嗜欲和知觉在较低级的动物身上也有。但在道连·葛雷看来，感觉的真谛之所以至今未被理解，感觉之所以停留在野蛮的兽性状态，仅仅因为世人力图用饥饿使之就范，用痛苦加以扼杀，而不是寄望于把感觉造成以爱美的天性为主要特征的新的精神生活的因素。每当他回首人类在历史上所走过的路

---

① “崇美以修身”一语是王尔德从英国文艺批评家、作家沃尔特·佩特(1839—1894)所著小说《伊壁鸠鲁信徒马利乌斯》中转引来的，据考证并非出自但丁。

② 《萨蒂里孔》相传为公元一世纪古罗马作家彼得罗尼乌斯(卒于公元66年)所著的一部小说。彼得罗尼乌斯以其高雅的审美观被罗马史家称为“时尚的主宰”。

③ 尼禄(37—68)，罗马皇帝，54—68年在位，是历史上出名的暴君，最后出奔自杀。

程，就会痛心地感到损失之大。为了一些微不足道的目的付出了多么大的代价啊！历史上不知有多少荒唐而顽固的抵制举动，有多少奇怪的自我折磨和自我克制，其根源无非是一个怕字，其后果则是比人们由于无知竭力想逃避的那种出于想象的堕落可怕千百倍的退化堕落。试看造物主迫使遁世者到荒野里去寻找禽兽充饥，让兽类作隐士的伴侣，岂非绝妙的讽刺？

是啊，诚如亨利勋爵所预言，要有一种新享乐主义来再造生活，使它挣脱不知怎的如今又出现的那种苛刻的、不合时宜的清教主义。当然，新享乐主义也有借助于理性的地方，但决不接受可能包含牺牲强烈感情的体验的任何理论或体系。因为新享乐主义的目的就是体验本身，而不是体验结出的果实，不管它是甜是苦。扼杀感觉的禁欲主义固然与之无缘，使感觉麻木的低下的纵欲同样与之格格不入。新享乐主义的使命是教人们把精力集中于生活的若干片刻，而生活本身也无非是一瞬间而已。

人们大都有过黎明前醒来的经验。在这以前，或者一宿睡得既香且酣，梦也不做，简直令人觉得死的可爱，或者度过了恐怖和畸形欢乐的一夜，黎明前醒来时脑海中一一浮现的幻影比现实更加可怕，它们的鲜明和生气隐蔽在种种奇观异象中，正是这种生气使哥特式艺术[①]具有持久的活力，并被看作是专为梦幻病患者创造的艺术。我们都有过这样的体验。曙色的白手徐徐伸进窗帘，似乎窗帘也在颤动。奇形怪状的黑影悄悄地躲进了房内的暗角，蜷缩在那里。窗外，是鸟儿在叶丛中啼鸣，是人们去上工的脚步声，是从山冈上吹来的风徘徊在沉寂的房屋周围发出的叹息和呜咽，仿佛不敢惊动睡梦中的人，但又不得不催促梦神离开紫色的洞府。溟濛的薄纱一重又一重冉冉升起，周围的一切渐渐恢复各

① 哥特式艺术，十二至十六世纪初基督教发展时期在欧洲流行一种以新型建筑为主的艺术，包括雕刻、绘画和工艺美术。哥特式建筑的主要特征有高耸入云的尖拱等。

自的轮廓和色彩，我们眼看着世界在晨曦中显现出它的本来面目。昏暗的镜子重又开始摹拟学态的生活。熄灭的蜡烛仍在我们昨夜离开它的地方，旁边放着昨夜读的一本尚未完全裁开的书，一朵在舞会上戴过后已经枯萎的花，一封怕读或读过无数遍的信。总之，在我们看来一切都没有变。我们所熟悉的现实生活又从黑夜的不现实的幽暗中归来。在什么地方暂时中断的生活，我们还得在什么地方把它续下去。由于必须继续在那个令人厌倦的、一成不变的习惯圈子里打转，一想到这点，你就会不寒而栗，或者会产生一种强烈的欲望：但愿在某一个早晨我们睁开眼睛看到的世界已在黑夜中焕然一新，使我们为之喜出望外；在那个世界里，万物的形状和色彩将是新颖的，而且起了变化，新装将裹着新的秘密；在那个世界里，旧事物几乎没有容身的地盘，幸存下来的至少也不再出于必要或悔恨，因为即使回想欢乐也有辛酸味，追忆快感也难免痛苦。

道连·葛雷认为，创造那样的世界才是生活的真正目的或真正目的之一。为了追求既新鲜又愉快、同时含有奇异这一浪漫情调要素的感觉，他常常迷恋明知同自己的禀性格格不入的各种思想，沉湎于它们潜移默化的影响，一旦领略了它们的精髓，满足了自己的求知欲，便毫不犹豫地放弃了。那种不在乎的态度同热情奔放的气质非但并行不悖，某些现代心理学家甚至还认为前者往往是后者的必要条件之一呢。

一度纷纷传说他要加入罗马天主教会。的确，罗马天主教的仪式对他一直有很大的吸引力。那每天的献祭比古代世界的任何祭典都更加庄严肃穆，使他为之激动，这种仪式傲然无视明明存在的感情，并且具有原始的质朴气息和它所要象征的人类悲剧的亘古壮美。他喜欢跪在冷冰冰的大理石板上，看身穿硬邦邦的绣花法衣的神甫用苍白的手慢腾腾地揭开圣龛的帷幔，端起像盏琉璃灯似的嵌有宝石的圣餐匣，这时里面盛着的一块颜色泛白的硬面饼能叫人心悦诚服地相信那真是“天使的面包”。他也喜欢看神甫穿上基督受难时的装束，把象征圣体的饼掰入圣餐杯，并捶胸痛责自己的罪孽。神态庄重的男孩们穿着镶花边的猩红色衣服，把冒烟的香炉像一朵朵大金花似的不断摇动，让氤氲的炉烟在空气中散开，这对他也有一种不可名状的吸引力。他每次走出教堂，总要向黑洞洞的告解室投去好奇的眼光，渴望能坐在其中某一间的幽暗处，偷听信男信女们隔着摇摇欲坠的窗栅低声缕述他们生活中真实的故事。

但是，如果正式皈依某种信仰或体系，或者错把只堪在星月无光之夜借宿一宵乃至度过几个小时的逆旅当作定居的家园，那就会阻碍他的智力发展；他永远不会陷入这样的错误。具有化平凡为神奇的力量的神秘主义以及同它形影相随的唯信仰论曾经使他热中于一时。而在另一个时期，他却对德国的达尔文主义运动的唯物主义学说发生好感，一心循着人们的思想和欲念跟踪探究灰质脑细胞或白色神经纤维的活动，兴致勃勃地设想精神绝对取决于一定的生理条件——病态的或健康的、正常的或有病的，——从中获得别有风味的乐趣。然而，诚如前面已说过的那样，他认为任何关于生活的理论同生活本身相比都微不足道。他深切地意识到，一切推理演绎如果脱离了行动和实验统统无效。他知道，就感觉而言，有待于揭开的精神奥秘，并不比灵魂少。

因此，他开始研究各种香精及其制作的秘密，把浓郁的香油加以蒸馏，把从东方弄来的芳烈的树脂点火燃烧。他认为任何一种精神状态都在感官生活中有它的对等物，便下决心探索两者的真正关系。他想弄清楚：为什么乳香使人产生神秘感，龙涎香撩人情欲，紫罗兰能令人回忆起逝去的罗曼司，麝香能叫人晕头转向，金香木使人变得糊涂？他经常考虑创立一门并非徒具空名的芳香心理学，对于各种香草、受粉期的香花、香油、有香气的深色树木、能使人致病的甘松香、能熏人致疯的枳椇以及据说能治忧郁症的迦南香，准备分别判定它们的影响。

另一个时期他全副精力放在音乐上，经常在装着花格窗子、用银红和泥金刷顶、墙壁漆成淡青色的长厅里举行别开生面的音乐会。在这种音乐会上，狂放不羁的吉卜赛人用小齐特拉琴奏出粗犷的曲调；裹着黄色披巾的突尼斯人表情严肃地弹拨弦索绷得紧紧的奇特的琵琶；咧嘴怪笑的黑人单调地敲着铜鼓；身材瘦长、缠着头巾的印度人盘腿坐在大红毡垫上吹奏很长的芦管或铜管，用催眠的音乐迷惑（也许只是做做样子）巨大的眼镜蛇和骇人的角鼻蝰蛇。当舒伯特的清丽、肖邦的凄婉，甚至贝多芬的雄伟都不能使他动心的时候，这种野蛮音乐大起大落的音程和刺耳的不协调音使道连精神亢奋。他从世界各地搜集各种最古怪的乐器，有些是在亡国灭种的民族的墓葬里发现的，有些是在同西方文明接触后幸存的少数未开化部落中找来的。他喜欢拨弄这些乐器。他的收藏包括里奥内格罗①印第安人的一种神秘的乐器“朱鲁帕里斯”，那在当地是不许妇女看的，甚至男青年也必须受过斋戒和笞刑后才能看；有秘鲁人的陶罐，声音像鸟儿的尖叫；有阿方索·德奥瓦列②曾在智利听见过的人骨笛子；有在库斯科③附近出土的碧玉，能发出一种异常悦耳的声音。他拥有画得花花绿绿的葫芦，里边盛着细石子，摇动时嚓喇喇地发响；有墨西哥人的长号“克拉林”，演奏时不是通过喇叭口吹气，而是吸气；有亚马孙河流域一些部落的刺耳的“屠累”，那是整天坐在高树上瞭望的岗哨吹的，据说十英里外也听得见；有“忒波纳兹特利”，那是一种有两条木簧的鼓，用黏着植物分泌的乳汁状树胶的鼓槌敲击；有阿兹特克人④的“约特尔”，那是像葡萄一般成一串串挂起来的铃铛；有巨蟒皮的圆筒形大鼓，当年贝尔纳尔·迪亚斯⑤随同科尔泰斯⑥进入一所墨西哥神庙时曾见过这样的鼓，关于它的悲凉的音色，迪亚斯为我们留下了十分生动的描写。这些乐器能够吸引他的原因就

---

① 里奥内格罗，阿根廷中南部一省份。

② 阿方索·德奥瓦列（1601—1651），西班牙历史学家，《教士戒律》一书的作者。

③ 库斯科，秘鲁南部一山城，十一世纪初为印第安人所建的印加帝国首都。

④ 阿兹特克人，墨西哥印第安人，有过相当发达的古文明。

⑤ 贝尔纳尔·迪亚斯（1492—1581），西班牙历史学家，曾参加对墨西哥的殖民战争（1519—1521）。

⑥ 科尔泰斯（1485—1547），西班牙殖民者。1519 年率领数百名暴徒侵入墨西哥城，建立殖民统治。

在于怪，原来艺术也同自然界一样有形状丑陋、声音可怕的怪物。想到这里，他会产生一种旁人难以理解的快感。然而，过不多久，他对这些玩意儿就感到厌倦了，还是去坐在歌剧院自己的包厢里，独自一人或同亨利勋爵一起欣赏《汤豪塞》，可以听得悠然神往，并且发现这部伟大作品的序曲表现的正是他自己灵魂的悲剧。①

不知从何时起，他对珠宝发生了兴趣，曾像法国的海军将领安·德儒瓦厄斯那样穿了一件缀有五百六十颗珍珠的衣服参加一次化装舞会。这种嗜好持续了若干年，甚至可以说始终没有被他抛弃。他常常整天玩弄收藏在首饰匣里的各种宝石，搬来倒去，理了又理。其中有金绿宝石，它的橄榄绿颜色在灯光下会转成红色；有嵌着银色纹理的乳光宝石、淡黄中微泛绿色的橄榄石、玫瑰红和醇酒色的黄玉；有鲜艳夺目的红玉，其中闪烁可见一颗颗四角的星星；有红得火辣辣的钙铝榴石、橘黄色和淡紫色的尖晶石；有红蓝闪色的紫晶。他喜欢日长石的金红、月长石的珠白、蛋白石的虹晕。他从阿姆斯特丹物色到三颗大得出奇而又晶莹可爱的绿柱玉，还有一颗采自古老岩层的绿松石，是行家无不啧啧称羡的极品。

他还到处发掘有关珠宝的各种奇闻传说。有阿方索的《教士戒律》，其中提到一条蟒蛇的眼睛是真正的红锆石；有关于亚历山大的传奇故事，其中谈到这位马其顿王曾在约旦河谷发现一些“背上会长出翡翠项圈”的蛇。菲洛斯特拉特斯②告诉我们，有条龙的脑子里有宝玉，“示之以金字和一件大红袍”，能使这怪物中魔昏睡，便可把它杀死。按照炼金术大师皮埃尔·德博尼法斯的说法：金刚钻能使人隐身；印度玛瑙能增进口才；光玉髓能平息怒气；红锆石能催人入眠；紫晶能驱散酒气；石榴石可以祛邪祓魔；水蛋白石敢教月亮失色；透石膏会随着月

①《汤豪塞》是德国作曲家瓦格纳创作的一部歌剧。它通过中世纪吟游骑士汤豪塞受维纳斯蛊惑以及如何摆脱她的魔法的故事，表现了灵与肉的斗争。

②菲洛斯特拉特斯（约170—245），居住罗马的希腊著作家。

亮的盈亏而盈亏；一种名为“梅洛瑟”的宝石能识别窃贼，只有用小山羊的血可破它的法术。列奥纳尔杜斯·卡米路斯见过从刚刚杀死的蛤蟆脑中取出的一块白石，这是非常灵验的解毒药。从阿拉伯鹿的心脏里发现的毛粪石是对付瘟疫的仙丹。在凤凰巢中有一种名为“阿斯比拉特”的玉石，据德谟克利特[①]说，身上带着这种东西就不怕火烧。

锡兰国王在加冕的那一天要手拿一颗很大的红宝石骑马穿过首都的大街。牧师约翰[②]的宫殿的大门是“由肉红玉髓制成，上嵌蝰蛇角鼻，使人不得携毒药入”；尖顶上有“金苹果两枚，内藏红玉两颗”，白昼金光灿烂，夜里红玉照耀。洛济[③]的一部传奇小说《美洲一珍珠》里讲到，在女王寝宫中可以看到“世上所有贞洁女子的银像，各自面对贵橄榄石、红玉、青玉及绿柱玉的宝镜顾影自怜”。马可·波罗尝见日本国百姓将粉红色珍珠置于死者口中。神话中说有一海怪爱上了一颗珍珠，采珠人潜入海中取出这颗珍珠献于波斯国王庇鲁士，海怪愤而杀死采珠人，并为失去所爱哀伤七个月之久。据普罗科匹厄斯[④]所述，匈奴后来将庇鲁士诱入陷阱时，国王扔弃了珍珠，虽然阿那斯塔修斯[⑤]皇帝出了相当于五百六十磅黄金的赏格，却始终未能觅获。马拉巴尔[⑥]王曾给一个威尼斯人看过一串念珠，那是由三百零四颗珍珠串成的，每一颗代表一位他所崇奉的神。

据勃兰托姆[⑦]所记，亚历山大六世[⑧]之子瓦伦提努阿公爵拜会法王路易十二时，他的马全身披着金叶，他的帽子上两排红宝石辉煌耀眼。

---

① 德谟克利特(约公元前 460—约公元前 370)，古希腊唯物主义哲学家。
② 牧师约翰，中世纪传奇中的基督教国王和牧师。
③ 洛济(1558—1625)，英国戏剧家、小说家、诗人。
④ 普罗科匹厄斯(约 499—565)，拜占庭帝国历史学家。
⑤ 阿那斯塔修斯(约 430—518)，拜占庭皇帝，491—518 年在位。
⑥ 印度次大陆西南沿海地区称马拉巴尔。
⑦ 勃兰托姆(约 1535—1614)，法国作家，著有描写宫廷和贵族生活的回忆录多卷。
⑧ 亚历山大六世(1431—1503)，罗马教皇，1492—1503 年在位。

英王查理[1]坐骑的马镫上有四百二十一颗钻石。理查二世[2]有一件缀满玫瑰红尖晶石的大氅，价值三万马克。霍尔[3]描写亨利八世[4]在加冕之前去伦敦塔[5]的途中身穿“凸花金线锦袄，胸铠上镶有钻石及其他珍宝，项下一条阔带嵌满玫瑰红尖晶石”。詹姆斯一世的宠姬都戴着金丝细工镶嵌的青玉耳环。爱德华二世[6]曾赐与他的宠臣皮尔斯·盖维斯顿一副镶红锆石的赤金铠甲、一条用绿松石烘托金玫瑰的颈饰和一顶缀满珍珠的头盔。亨利二世[7]戴的手套长到肘部，装饰得珠光宝气。他的一只猎装臂套缀有十二颗红宝石和五十二颗大珍珠。大胆查理——他那个家族中最后一位勃艮第大公[8]——的冠冕上装饰着许多蓝宝石和梨子形状的珍珠。

当初的生活多么讲究！那些排场、装饰多么富丽堂皇！单从书上看看古人的豪华气派已经是一种享受。

稍后，他的兴趣转移到绣品和挂毯上。在欧洲北方各国，挂毯在阴冷的房间里发挥了壁画的作用。在从事这项研究的过程中(道连有一种非凡的本领，能在一个时期全身心地投入着手做的事情)，他为美好和瑰丽的事物遭受时间的侵蚀而不胜感慨，几乎发为哀叹。至少他自己逃脱了那种命运。今年的夏天过去了，明年又重来。淡黄色的长寿花开了又谢，谢了又开。充满恐怖的夜晚一再重演那些丑恶的故事。但他还是

---

① 查理一世(1600—1649)，英国斯图亚特王朝君主，1625—1649 年在位，因对抗国会被处死。

② 理查二世(1367—1400)，英国金雀花朝末代君主，1377—1399 年在位。

③ 霍尔(1499—1547)，英国历史学家，著有《兰开斯特与约克两大显赫家族之联合》一书。

④ 亨利八世(1491—1547)，英国国王，1509—1547 年在位。

⑤ 伦敦塔建于 1078 年，原为泰晤士河北岸一古堡，中世纪时为幽禁政治犯的监狱，1820 年起改为兵器库。

⑥ 爱德华二世(1284—1327)，英国国王，1307—1327 年在位。

⑦ 亨利二世(1133—1189)，英国国王，1154—1189 年在位。

⑧ 勃艮第是西欧的一个历史地区，位置大致在今法国东南部和瑞士西部。曾先后数度建立王国，大胆查理(Charles the Rash，1433—1477)企图恢复勃艮第王国，与法王路易十一争雄，兵败身死。

没有变样。没有一个冬天曾在他脸上留下痕迹或损害他花一般的红润。可是物的命运却完全不是这样！它们都到哪里去了？皮肤浅黑的姑娘们为娱悦雅典娜织造了一件杏黄色的宽大长袍，上有诸神大战巨人的图案，如今哪里去了？尼禄下令在罗马圆形剧场上张起巨大的天幕，这顶广阔无边的大红帐篷绣的是满天星斗和阿波罗驾着金辔白马所拉的战车，如今哪里去了？据说，太阳祭司①的稀世餐巾绣着宴席上用的一切甘旨美味；希尔佩里克王②的灵衾上有三百只金蜜蜂；曾经大大激怒蓬蒂斯主教③的那些奇装异服绣满了“狮、豹、熊、狗、森林、山岩、猎人——凡是画家能从大自然临摹的应有尽有”。道连渴望看看所有这些东西，可是它们都到哪里去了？他还惋惜不能看到奥尔良的查理④穿过的外套，它的袖子上绣着一首歌，开头一句是“夫人，我欣喜已极”：据说曲谱线用的是金丝，每一个音符(当时还是方形的)由四颗珍珠组成。他从书上读到，兰斯⑤宫中为王后勃良第的若安准备的一间内室装饰着“鹦鹉一千三百二十一，蝴蝶五百六十一，全系金丝绣成；鹦鹉身上饰有国王纹章，蝴蝶翅膀上相应地饰有王后纹章”。美第奇的卡特琳⑥吩咐为她准备的灵床铺着撒满新月和太阳的黑丝绒，帐幔是花缎的，金银衬景上绣着绿叶冠环，沿边垂着珍珠流苏。放这张床的卧室装饰着一排排王后的纹章，用黑丝绒剪就缀在银线锦缎上。路易十四⑦宫室里镂金的女像柱高达十五英尺。波兰王索别斯基⑧有一张富丽堂皇

---

① 太阳祭司，即埃拉加巴路斯(Elagabalus，204—222)，罗马皇帝，218—222 年在位。十四岁前在叙利亚为太阳神的最高祭司。

② 希尔佩里克王，墨洛温王朝的法兰克国王，六世纪和八世纪时各有一个，名字相同。

③ 蓬蒂斯主教(1511—1605)，法国诗人、主教。

④ 奥尔良的查理(1391—1465)，法国公爵、诗人。

⑤ 兰斯，法国一城市，在巴黎东北。

⑥ 美第奇的卡特琳(1518—1589)，法国王后，其夫亨利二世死后曾摄政多年。

⑦ 路易十四(1638—1715)，法国国王，1643—1715 年在位。

⑧ 索别斯基(1624—1696)，波兰统帅，1647 年被选为国王。当时波兰站在奥地利一边。1638 年，索别斯基曾击败围攻维也纳的土耳其军队。

的大床，以士麦那[①]的金线锦缎为帐，上绣嵌有绿松石的古兰经文。床柱裹着银箔，刻工精美，挂满珐琅和嵌宝的浮雕圆饰。这张床是在维也纳城下从土耳其驻营地缴获的，在它微微晃动的金帐下曾经竖着穆罕默德的旗帜。

足足有一年工夫，道连到处物色各种最珍奇的织物和绣品。他的收藏包括德里的上等细纱，有用金棕榈叶和虹色的甲虫翅膀织成的奇妙的花纹；有达卡的薄绸，在东方因其透明飘逸被称为“软烟罗”“水云绡”“夕露纱”；有光怪陆离的爪哇花布；有中国精制的黄绸帘幔，还包括用茶色缎子或蓝色名绸装帧的书籍，上面有百合花、飞禽等图案；有匈牙利花边网绣的面纱；有西西里的花缎和西班牙的硬丝绒；有绣着小金钱的格鲁吉亚工艺品；有日本的金绿色帛纱，上面绣有羽毛鲜艳的鸟类。

他对法衣如同对与宗教仪式有关的一切一样，抱有一种特殊的癖好。排列在他公馆西廊里的好些杉木箱子藏着许多罕见而美丽的、真正无愧于基督的新娘[②]的衣服，其实她们应该穿紫袍，戴珠宝，应当用上等的麻纱作衬衣，以遮蔽被她们自找苦吃饿瘦了的苍白身躯。道连拥有一件华美的猩红色丝织金线锦缎袈裟，图案是六瓣形的花中结出金色的石榴，两侧各有珠绣的凤梨花纹。法衣上的饰带被分成许多方格，像连环画似的表现圣母马利亚的一生，最后加冕的一景用彩色丝绒绣在帽兜上。这是十五世纪的意大利工艺品。另一件袈裟是绿丝绒的，绣着组成心形图案的一簇簇老鼠簕叶，从中伸出长茎的白花，细部系用银丝和彩色水晶珠缀成。饰带用红色和金色丝绒织成菱形花纹，上有许多圣者和殉道者的小像，其中包括圣塞巴斯提安[③]的小像。道连还搜罗到好几件教士的十字褡，料子有琥珀色的绸子、蓝绸、金缎、黄缎、金丝锦；有的绣着基督受难被钉于十字架的情景，有的绣着狮子、孔雀等纹章。他

① 士麦那，土耳其一城市，即今之伊兹密尔。
② “基督的新娘”指修女。
③ 圣塞巴斯提安，三世纪时因不愿放弃基督教信仰而殉道的罗马教徒。

收藏的主教法衣有白缎子的，有红缎子的，分别以郁金香、海豚、百合花为图案。此外他也藏有大红丝绒和蓝色麻纱的祭坛桌围以及许多圣餐巾、圣餐杯罩和圣像巾。需要动用这些法器的神秘仪式颇能刺激他的想象力。

这些珍宝同他收藏在富丽的宅第里的每件东西一样，对他说来是忘怀的手段，可借以逃避往往简直无法忍受的恐惧于一时。那幅可怕的画像不断变化的面貌向他揭示着他的生活腐化堕落的真相，在那间他曾度过童年时代大部分光阴的上锁的空室中，他亲手把画像挂在墙上，前面再用紫红绣金的缎罩当帷幕遮起来。他可以一连几个星期不到那里去，把那可恶的画中人抛在脑后，于是又觉得轻松愉快、逍遥自在，又狂热地沉浸在对生活本身的享受之中。那时，他会突然在某一个夜晚溜出家门，来到蓝门郊野附近一些藏垢纳污的去处，在那里一天又一天地待下去，直到被撵走。回到家中，他就去坐在画像前面，有时对它、对自己都感到讨厌，有时又充满了个人主义的自豪（罪恶的吸引力大半寓于其中），看着代他本人受过的画中人的狞恶嘴脸，暗暗得意地露出微笑。

几年以后，他已不能在国外久居。原先，在特鲁维尔[①]他和亨利勋爵合占着一所别墅；另外，在阿尔及尔一座白墙围起来的房子里，他们也度过不止一个冬天。现在这些地方他都不去了。他委实离不开在他一生中占有如此重要地位的画像，而且害怕有人乘他不在时进入那间屋子，尽管他已吩咐给门装上特制的门闩。

他心里很清楚，即使外人看见了也不知就里。诚然，肖像的面部尽管打上了种种邪恶的烙印，仍然保留着与他本人明显的相似之处，而外人从中又能知道什么呢？任何人若想奚落他，他大可嗤之以鼻。又不是他自己画的，肖像无论怎样面目可憎，见不得人，跟他有什么相干？即使他把真相告诉世人，人家会相信吗？

---

①特鲁维尔，法国西北部靠近塞纳湾一城市。

然而他还是怕的。有几次他到诺丁汉郡自己的庄园去作短期盘桓，款待与他身份相当、志趣相投的时髦青年，那种奢侈的生活方式曾使全郡士绅大为吃惊，可是他竟突然撇下宾客，赶回伦敦去看那扇门有没有被撬坏，肖像还在不在室内。万一它被偷走了怎么办？想到这一层，他吓得手脚冰冷。要知道，那时他的秘密就会暴露在光天化日之下。也许人们已经有所怀疑了。

事实上，尽管他使许多人为之倾倒，但不相信他的人为数也不少。他险些遭到西区某俱乐部的抵制，而凭他的出身和社会地位完全有资格当那里的会员。据说，有一次，当他被一个朋友带进丘契尔俱乐部的吸烟室时，贝里克公爵和另一位绅士毫不掩饰地站起身来走了出去。自从他满了二十五岁，关于他的种种离奇的故事更是层出不穷。据传，有人看见他在白教堂偏僻地区的一个下流去处同几个外国水手对骂；又传说他结交盗贼和伪币铸造者，并知道他们那一类行当的某些内幕。他隔三岔五的神秘失踪久已遭物议，所以，每当他在社交界重新露脸的时候，人们就会在角落里窃窃私语，或者带着轻蔑的神情打他身旁走过，或者用冷冰冰的眼光审视着他，似乎下定了决心要探明他的阴私。

这类傲慢无礼的行为他当然不放在心上。在大多数人看来，他那诚恳热情的态度、天真可爱的笑容、无限美妙而且像是永不消逝的青春，本身便足以推翻那些造谣中伤——他们把关于道连的种种传闻一概名之曰造谣中伤。虽然如此，还是可以注意到，某些曾经同他过从甚密的人后来似乎一个个避开他了。以前发疯般爱过他的一些女人，为了他不惜置一切舆论责难于不顾，敢于向陈规旧习挑战，现在她们看到道连·葛雷，也会因羞惭或恐惧而面色顿变。

不过，这些悄悄议论的丑闻在许多人心目中只会增强道连·葛雷奇怪而危险的魅力。他的雄厚的财力在相当程度上提供了保障。在社会上，至少在上流社会，人们总是不大愿意相信任何有损那些既有钱又可爱的人名誉的话。人们本能地认为，气派比道德重要得多，再高尚、再可敬的品性也远不如家有一位好庖厨来得吃香。归根结蒂，如果某人请你吃饭的菜肴不佳，或者酒味不纯，事后你即使听说东道主的为人无可非议，也未必就能释然解颐。有一次在讨论到这个题目时，亨利勋爵说过，甚至最伟大的德行也补救不了半冷不热的汤菜；的确，可以举很多事实为他的观点佐证。因为上流社会的通则与艺术的通则是相同的，或者应该是相同的。在这里，形式绝对不可忽视。它应当兼有礼仪的庄重和不真实性，应当把浪漫主义戏剧的言不由衷同这一类戏剧中我们所喜欢的机智文采糅合在一起。言不由衷有什么大不了？我看没什么。这无非是丰富我们个性的一种手段。

至少道连·葛雷的见解便是如此。他往往对某些人的浅薄心理感到吃惊，他们把一个人的"自我"看作简单的、不变的、可靠的、一元的东西。在道连看来，人是集亿万种生活、亿万种感觉于一身的复杂的多样性生物，人身上承袭着思想和情感的奇怪遗产，甚至肉体也感染到前人的各种恶疾。道连喜欢在自己的乡间别墅的阴冷画廊里漫步，看看那些和他有血缘关系的先人的各种画像。瞧，这位是菲利普·赫伯特，据弗兰西斯·奥斯本在《伊丽莎白与詹姆斯两朝忆旧》中的描写，他"因貌美深得朝廷宠幸，但美貌未能持久"。道连自己某些时候过的莫非就是赫伯特青年时代的生活？会不会是某种有毒的病菌代代相传，一直传到他自己身上？也许他早已隐约意识到那位先人驻颜乏术，否则怎么会在贝泽尔·霍尔渥德的画室里如此突然地、几乎无缘无故地发了那个痴愿，从而使自己的生活陡起变化？瞧，这是安东尼·谢拉德爵士的像，他站在那里，身穿绣金的红袄和镶嵌珠宝的短袍，戴着金边绉领和套袖，脚边堆着他的乌银铠甲。这个人传给后代的是什么呢？那不勒斯女王乔万娜二世的这位情人是否把一份罪恶和耻辱的遗产传给了他？道连的所作所为莫非正是那位古人不敢实现的梦想？瞧，伊丽莎白·德弗罗夫人从褪色的画布上在向他微笑。她头戴罗纱帽兜，身穿珠绣的三角胸衣，粉红色的袖子开着衩。她右手拿一朵花，左手握一串涂釉的白玫瑰和妃色玫瑰颈饰。她旁边的桌上放着一把曼陀铃和一只苹果。她的尖头小鞋上缀有绿色的大花结。道连对她的一生和关于她的好些情人的奇闻轶事有所了解。他自己身上有没有这位夫人的某些气质呢？那一对眼睑厚厚的细长眼睛仿佛在好奇地看着他。这位假发上搽粉、脸上贴着奇怪的小绸片的乔治·威洛比又怎样呢？他的样子多凶恶！他轻蔑地撇着淫邪的嘴唇，面色阴沉微黑，精致的花边套袖下露出一双戴满指环的枯黄的手。这位十八世纪的时髦人物年轻时曾是费拉斯勋爵的朋友。第二代的比肯汉勋爵又怎样呢？他是摄政王太子[①]纵情声色时期的伙伴，也是摄政王太子与菲茨赫伯特太太秘密结婚的证人之一。这位有一头栗色鬈发的美男子的神态是多么傲慢！他传下来的是什么样的情欲？他当年的名声极坏，卡尔登大厦[②]里花天酒地的宴乐总是他领头。代表嘉德勋位的星章在他胸前灿灿发光。旁边挂着他的妻子的肖像，那是一位面色苍白、嘴唇很薄的黑衣妇人。道连身上也有她的血液。这一切多有趣啊！还有道连的母亲，她有着汉弥尔顿夫人[③]似的面庞和好像在酒里浸湿的嘴唇。他知道自己从她那里得到了什么，他继承了她的美以及她对别人的美的热爱。她穿着宽松的酒神女祭司服装在向他笑。她的头发里有好几片葡萄叶子，紫红色的酒从她拿着的一只杯子里溢出来。画像的肉色部分已经褪色，但一双明眸依然如此深邃幽远、奕奕有神，仿佛在密切注视着道连的行踪。

然而，人不仅有血统上的祖先，还有文学上的祖先，并且就类型和气质而言，许多文学祖先可能与后代更接近，影响当然也更大。道连·葛雷有时候觉得自古至今的一部历史无非是他自己一生的记录，不过记载的不是他实际度过的生活，而是他的想象所创造的、存在于他的脑海

---

① 摄政王太子，指英王乔治四世（1762—1830）。1811 年因父病，他以王储身份摄政，1820 年正式即位。

② 卡尔登大厦，当时的摄政王府邸。

③ 汉弥尔顿夫人（约 1761—1815），英国外交官威廉·汉弥尔顿之妻，海军名将纳尔逊的情妇，以貌美和幕后政治活动著称。

和欲念中的生活。那些离奇可怕的人物曾经先后登上世界舞台，他们犯罪也是壮美的，作恶也是细腻的；道连觉得自己同他们都似曾相识，他们的生活同他自己的生活有着某种神秘的联系。

对于道连的生活产生巨大影响的那本奇书的主人公也作过这样异想天开的试验。在该书的第七章里，作者叙述自己如何像提贝里乌斯①那样，戴着避雷电的桂冠，坐在卡普里岛的花园中读埃列芳提斯②的一本亵书，当时有好些侏儒和孔雀在他周围大摇大摆地走来走去，还有一个吹笛手在嘲弄摇香人；自己又如何像卡里古拉③那样，同穿绿色衬衫的骑师们在马棚里纵情宴乐，同额带上嵌珠宝的一匹马一起从象牙秣桶里吃饭；又如何像图密善④那样，在大理石镜廊里游荡，不时用失神的眼睛寻找那柄要送他命的匕首的映象，完全陷入那种从生活得到一切满足以后往往会陷入的厌世状态；又如何透过一颗莹澈的绿宝石欣赏竞技场上鲜血淋淋的景象，后来乘坐用珍珠和紫缎装饰起来的锦舆，由钉着银掌的骡子拉车，经过石榴大街往黄金宫殿驶去，一路上听到的尽是人们在高声咒骂尼禄皇帝；又如何像太阳祭司埃拉加巴路斯那样，用油彩涂了脸杂在妇女中间纺纱捻线，从迦太基赚来了月亮女神，使她同太阳神结成神秘的婚姻。

道连把这一章充满幻想的文字以及紧接下去的两章读了又读，其中像在某些出色的挂毯和巧夺天工的珐琅器皿上一样，鲜明地描绘着邪恶、嗜血和无聊使之变成怪物和疯子的那些人的可怖而又可爱的形象。如：米兰大公菲立波，他杀死了自己的妻子，还用猩红色的毒药涂在她的嘴唇上，好让她的情人吻别死者时吮吸致命。威尼斯人皮埃特罗·巴

---

①提贝里乌斯(公元前42—公元37)，罗马皇帝，公元14—37年在位，晚年在意大利西南部那不勒斯湾中的卡普里岛度过。

②埃列芳提斯，公元前一世纪的希腊女作家。她的散文和诗歌充满淫艳情调。

③卡里古拉(12—41)，罗马皇帝，37—41年在位，以暴虐著称。

④图密善(51—96)，罗马皇帝，81—96年在位，专横暴戾，导致众叛亲离。生前最后几年精神失常，结果被人用匕首刺死于寝室中。

尔比，世称保罗二世，一心妄想获得福尔莫苏斯的尊号①，他的价值二十万佛罗林②的皇冠是付出了滔天罪行的代价才到手的。吉安·马利亚·维斯康蒂③，曾嗾使猎狗追逐活人，后来他遇刺身死，一个对他相当多情的妓女在他的尸体上撒了几朵玫瑰花。博尔贾④骑着白马，在他旁边骑行的是杀害同胞罪的象征，他自己的大氅上沾着佩罗托的鲜血。佛罗伦萨的青年红衣主教皮埃特罗·里亚里奥，西克斯图斯四世⑤的儿子兼宠臣，他的美貌只有他的放荡可以匹敌；为了迎接阿拉冈的利昂诺拉，他特地用白色和深红色的丝绸搭起一座帐篷，里边布置着山林女神和马头人，还吩咐把一个男孩用金箔裹身，使他可以在宴会上充当神的侍酒俊童该尼墨得斯或许斯⑥。艾泽林⑦的忧郁症必须用死亡的景象才能医治，他对鲜血有着犹如别人对红酒一样的嗜好；据说他是魔鬼的儿子，曾经以自己的灵魂为赌注同他父亲掷骰子，居然叫魔鬼受骗上当。姜巴蒂斯塔·契博以恶作剧的姿态取名为英诺森⑧，犹太医生曾经用三个少年的血输入他那麻痹了的血管。伊淑塔的情人，里米尼领主西吉兹蒙多·马拉特斯塔，他的模拟像曾被当作人神共愤的仇敌在罗马焚烧，他曾用餐巾缢死波里塞娜，用绿玉杯鸩害日内甫拉·德斯

---

①保罗二世(1417—1471)，意大利籍教皇(1464—1471年在位)。“福尔莫苏斯”(Formosus)在拉丁文中是“秀美”的意思，曾为在他之前五六百年另一意大利籍教皇(891—896年在位)的尊号。

②佛罗林，十三世纪时在佛罗伦萨铸造的金币名。

③维斯康蒂(1389—1412)，意大利北部以米兰为中心的伦巴第世家子。

④博尔贾(1476—1507)，罗马教皇亚历山大六世的私生子，十七岁就任红衣主教。以阴险毒辣、权欲熏心著称。

⑤西克斯图斯四世(1414—1484)，罗马教皇，1471—1484年在位。

⑥许斯，希腊神话中的美少年，是大力神赫拉克勒斯的侍童，在密细亚的一个泉井汲水时被仙女掳去。

⑦艾泽林四世(1194—1259)，依附德意志皇帝、代表封建势力的意大利“皇帝派”领袖。但丁在《神曲·地狱篇》中描写他因犯有反对天主教会的血腥罪行遭到惩罚。

⑧英诺森八世(1432—1492)，罗马教皇，1484—1492年在位。“英诺森”(innocent)意为“纯洁无邪”。

特，为了满足一种可耻的癖好，居然建造一座异教堂举行基督教的礼拜。查理六世①痴恋着自己的弟妇，以致一个麻风病人警告他即将精神错乱，后来他的脑子出了毛病，变得乖谬不堪，唯独绘有爱情、死亡和疯狂图像的阿拉伯纸牌能给予慰藉。格里福奈托·巴略尼，身穿漂亮的短上衣，头戴用珠宝装饰的帽子，鬈发像老鼠簕叶，他曾杀死阿斯托雷和他的未婚妻，杀死西蒙内托和他的童仆；但他长得如此俊美，当他奄奄一息躺在佩鲁贾②的黄墙敞廊里时，甚至痛恨他的人也忍不住为之泣下，曾经诅咒他的亚塔兰塔也为他祝福。

所有这些人物都有一种可怕的魅力。夜里，道连梦见他们；白天，他们搅乱他的想象。文艺复兴时期有许多下毒的妙法：通过头盔和点亮的火炬下毒，通过绣花的手套或嵌有珠宝的扇子下毒，通过绣金的香袋和琥珀项链下毒。道连·葛雷中的毒则是一本书。有时候，他干脆把作恶看成实现他的美感理想的一种方式。

① 查理六世(1368—1422)，法国国王，1380—1422 年在位。
② 佩鲁贾，意大利中部一城市。

第十二章

事情发生在十一月九日，事后他才一再回忆起来：那天正好是他自己三十八岁生日的前夕。

他在亨利勋爵家里吃了晚饭，十一点左右从那里步行回家。夜里天寒雾浓，他裹着很厚的裘皮大衣。在格罗夫纳广场和奥德丽南大街的转角上，迷雾中有一个人打他身旁经过。那人走得非常快，灰色束腰呢大衣的领子竖了起来，手里拿着一只提包。道连认出那是贝泽尔·霍尔渥德。他感到一阵不可名状的惊恐，然而不动声色地加快脚步朝着自己家里那个方向走去。

但是霍尔渥德看到了他。道连听见他先是在便道上站住，接着急匆匆地跟了上来。很快，他的一只手已经搁到道连的胳臂上。

“道连！巧极了！我从九点钟起一直在你的书斋里等你。后来看到你的侍从实在太累了。我于心不忍，就叫他把我送走后自己去睡觉。我要赶午夜的一班火车动身去巴黎，很想在临走前跟你见一面。刚才你打我身旁走过，我认出了你，其实应该说认出了你的裘皮大衣。不过我没有十分把握。你没有认出我吗？”

“亲爱的贝泽尔，你不想想这雾有多浓！我连格罗夫纳广场都认不清呢。我相信我的家就在此地附近，但是也不敢担保。真遗憾，你马上就要远行，我已经很久没看见你了。你大概不久就要回来的吧？”

“我要离开英国半年左右。我打算在巴黎租一间画室把自己关在里面，直到完成我已构思成熟的一幅大型作品为止。不过，我不是想跟你谈我自己的事情。瞧，已经到你家门口了。让我进去坐一会。我有话要对你说。”

“那太好了。可是，会不会耽误了你上火车？”道连·葛雷无精打采地说着走上台阶，用自己的钥匙开门。

灯光勉强穿破大雾，霍尔渥德看了看表。“还早呢，”他回答说，

"火车十二点一刻开，现在才十一点。刚才碰见你的时候，我正想上俱乐部去找你。你瞧，我也没有多少行李，重的东西都先送走了。我随身只带这一只手提包，二十分钟就可以从从容容到达维多利亚车站。"

道连望着他，微微一笑。"瞧你这位名画家出门旅行的样子！一只手提包，一件夹大衣！快进来，否则雾要钻到屋里来了。请注意，不要谈任何严肃的问题。目前什么严肃的事情都没有。至少不应当让任何严肃的事情发生。"

霍尔渥德摇摇头进了门，然后跟随道连走进书斋。书斋的大壁炉里柴火烧得正旺，灯也亮着。嵌木细工的小桌子上放着一只打开的银质酒箱、几瓶苏打水和几只刻花玻璃大酒杯。

"瞧，你的侍从对我的招待多周到，道连。他给了我所需要的一切东西，包括你的最好的金头烟卷。他非常殷勤好客。我觉得他比以前你那个法国侍从好得多。说起那个法国人，他后来怎么样了？"

道连耸耸肩膀。"他大概娶了瑞德利夫人的侍女，在巴黎开了一家英国时装店。听说那边现在时兴一股英国热。法国人也真无聊，可不是吗？不过，说实在的，维克多倒是个不坏的用人。可是我从来就不喜欢他，尽管对他没有什么可抱怨的。一个人往往会凭空想象出毫无根据的事来。其实他对我忠心耿耿，我把他辞退的时候，他看来很难过。要不要再来一杯白兰地苏打？或者兑矿泉水的白葡萄酒？我自己常喝兑矿泉水的白葡萄酒。隔壁房间大概找得到。"

"谢谢，我什么也不要了，"画家说着把帽子和大衣脱下来，往他放在角落里的手提包上一扔，"老弟，现在我要跟你严肃地谈一谈。别把眉头皱得那么紧，这样我就很难开口了。"

"什么事值得这样郑重其事？"道连不耐烦地问，无奈只得在沙发上坐下，"但愿与我本人无关。今晚我对我自己已经感到腻烦。我很想变成另一个人。"

"这是有关你本人的，"霍尔渥德用他深沉严肃的声音说，"我必须把这件事告诉你。我只占用你半个小时。”

道连长叹一声，点了一支烟。“半个小时！”他咕哝了一句。

“这不能算是不情之请，道连，何况我要说的都是为你着想。我认为应当让你知道：伦敦流传着极其可怕的谣言，都是说你的坏话。”

“我一点也不想知道那些事情。我喜欢听有关别人的丑闻，可是有关我自己的流言蜚语引不起我的兴趣。都是些老调。”

“这必须引起你的注意，道连。每一个正派人都应当关心自己的名声。你总不愿意人家把你说成一个下流东西吧？当然，你有地位、财产等等。但地位和财产并不等于一切。告诉你，所有这些谣言我一概不信。至少，当我看到你的时候我无法相信。干了坏事的人脸上会有反映。要隐瞒也瞒不住。有时谈到所谓神不知鬼不觉的勾当，其实这是根本不可能的。坏人干了坏事一定要在他嘴巴的线条、下垂的眼皮，甚至在手的轮廓上反映出来。去年有人来找我，要我给他画一幅像。我姑隐其名，不过你知道他是谁。以前我从未见过这个人，也没有听说过关于他的任何事情，后来才听到许多他的情况。当时他表示愿出一笔惊人的代价。我拒绝了。因为他的手的轮廓使我极其反感。现在我知道我对他的判断完全正确。此人的一生非常丑恶。但是你，道连，凭你纯洁无邪、光明磊落的面貌，凭你纤尘不染的美妙青春，叫我难以相信任何关于你的坏话。然而我绝少见到你，你现在根本不到我的画室里来。当你不在我身边的时候，我听到人家背后议论你，就不知道该如何对待所有那些骇人听闻的流言蜚语了。道连，为什么像贝里克公爵那样的人，看见你走进俱乐部的吸烟室，他就要离开？为什么伦敦有许多正派人既不上你的门，也不邀请你上他们家去？你曾经是斯退夫利勋爵的朋友。上星期我在一次宴会上遇见他，谈话中提到了你的名字，因为说起你把一些袖珍画借出去在达德里[①]展览。当时斯退夫利把嘴一撇，说你尽管在

① 达德里，坐落在伦敦毕卡第利大街上的一座私人美术馆，为达德里勋爵所有。

艺术鉴赏方面也许极有眼力，但是任何思想纯正的少女都不应当认识你这样的人，任何正派女人都不应当和你同坐一室。我提醒他说我是你的朋友，并诘问他说这样的话是否有根据。他居然当着大家的面毫不含糊地提出了他的理由。这太可怕了！为什么年轻人跟你交朋友会招致不堪设想的后果？近卫团里就有一个不幸的少年自杀了。你曾经是他的知心朋友。还有那个声名狼藉、在英国待不下去的亨利·厄什顿爵士。你跟他也是形影不离的。为什么阿德连·辛格尔顿落得这样可怕的下场？为什么肯特勋爵的独生子毁了自己的前程？昨天我在圣詹姆士大街遇见他父亲，发现他被羞耻和伤心彻底压垮了。还有年轻的珀思公爵，他过的是什么生活？有哪个正派人愿意同他为伍？”

“够了，贝泽尔。你对自己所讲的那些事情一无所知，”道连·葛雷以无比轻蔑的口吻咬牙切齿地说，“你问我，为什么贝里克公爵看到我走进吸烟室就要离开。因为我对他的底细了如指掌，而不是因为他了解我什么底细。凭他这样的血统，怎么能保持自身清白？你问我关于亨利·厄什顿和小珀思的事。难道厄什顿的道德败坏、小珀思的放荡堕落都是我教的？肯特不长进的儿子娶了野鸡做妻子，这跟我有什么关系？阿德连·辛格尔顿在账单上冒签了他的朋友的名字，难道也得由我负责？我岂是他的看守？①我知道英国人是怎么搬弄是非的。中产阶级在饭桌上吃得酒酣耳热的时候，就要宣扬他们的道德偏见，对上等人的所谓秽闻窃窃私议，以此显示他们也是出入上流社会的，同他们所毁谤的人关系密切。在这个国家里，一个人只要有点与众不同，有点头脑，立刻会招来一班俗物蠢货的造谣中伤。其实，那些标榜道德高尚的人自己究竟过着什么样的生活？老兄，你别忘了我们生活在伪君子的发源地。”

“道连，”霍尔渥德激动地说，“问题不在这里。我知道英国糟得可以，英国社会决不是什么君子国。正因为如此，所以我希望你洁身自

---

①《圣经·旧约·创世记》第 4 章，该隐杀了他的兄弟亚伯，耶和华问该隐：“你兄弟亚伯在哪里？”该隐说：“我不知道，我岂是看守我兄弟的？”

好。但你没有做到。一个人对他的朋友影响如何，可以据此对他本人作出判断。你的那些朋友看来已把名誉、品德、操守统统丢在脑后。你向他们灌输了一种疯狂的享乐欲望，使他们掉进无底的深渊。是的，是你把他们推下去的，而你居然还在微笑，就像现在这样。还有比这更坏的呢。我知道你同亨利·沃登是莫逆之交。且不管别的理由，单是看在这一点上，你就不应该让他妹妹的名声成为笑柄。”

“留神，贝泽尔，别太放肆了。”

“我非说不可，你也非听不可。你听着。在你认识格温多林夫人之前，从来没人说过她半句闲话。可是如今，哪一个识体统的女人愿意同她一起到公园里去兜风？甚至她的孩子也被带走了，不让他们和母亲住在一起。还有别的奇闻。有人看见过你天快亮时从下流的场所悄悄地溜出来，看见过你化了装偷偷摸摸到最肮脏的地方去。这些是不是事实？这难道是可能的吗？我最初听人家这样说的时候，只是大笑一通。可是现在我听了忍不住打寒颤。还有，你的乡间别墅里究竟在搞些什么名堂？道连，你不知道人家在怎么说你。我不愿向你表白，说什么我不想对你说教。我记得亨利有一次说过，一个人客串扮演起牧师来，总是用这句话作开场白，而以后却一再违反自己的表白。我就是要对你说教。我要你过能够得到世人尊敬的生活。我要你有一个清清白白的名声和光明磊落的行藏。我要你甩掉你结交的那些下流人物。不要这样对我耸肩膀。不要装出这种满不在乎的样子。你对人有很大的影响。要使这种影响把人引上正道，而不是带入邪路。人家说：你跟谁要好，就会把谁教坏；你走进哪一户人家，丑事就跟着临门。我不知道事实到底是否如此。我怎么知道呢？但人们的确在这样议论你。还有人告诉我的一些事情看来不可能有怀疑的余地。格罗斯特勋爵是我在牛津时的至交。他给我看了一封信，这是他妻子在芒冬[1]她的别墅里孤独地死

① 芒冬，法国东南部滨地中海的一处疗养地。

去之前写给他的。这是一篇我所读过的最可怕的忏悔录，其中涉及你的名字。我告诉他说，这是无稽之谈，因为我对你完全了解，你不可能干出这样的事来。其实，我对你真的了解吗？我也要问一问自己。要我回答这个问题，除非看到你的灵魂。”

“看我的灵魂？！”道连·葛雷喃喃地重复了一遍。他从沙发上霍地站起来，几乎吓得面无人色。

“是的，”霍尔渥德严肃地回答说，声调显得更加沉痛，“除非看到你的灵魂。但只有上帝能这样做。”

道连发出一阵刻薄的苦笑。“你也能看到，就在今天夜里！”他恶狠狠地说着从桌上抓起了一盏灯。“走，这是你一手造成的，为什么不去看看？以后你可以把一切都告诉世人，只要你愿意。但谁也不会相信你的话。要是人们相信了，反而会更加喜欢我。我比你更了解这个时代，尽管你谈起这个时代来唠唠叨叨叫人心烦。来吧。关于腐化堕落你啰唆得够了。现在你可以面对面看到什么叫腐化堕落。”

他说的每一句话都流露出失去理性的傲气。他像个无理取闹的孩子频频顿足。想到有一个人将分享他的秘密，想到这幅成为他一切耻辱之根源的肖像画的作者将因自己做了这样一件可怕的事而从此抱恨终天，道连简直按捺不住幸灾乐祸的心情。

“是的，”他继续说着向画家走得更近了些，同时逼视着贝泽尔严厉的眼神，“我要让你看我的灵魂。你将看到你以为只有上帝看得见的东西。”

霍尔渥德惊恐地倒退一步。“这是罪过的啊，道连！”他喊道，“你千万不能这样说话。这样的话太可怕、也太荒谬了。”

“是吗？”又是一阵狂笑。

“确实如此。至于我刚才对你说的话，那都是为你好。你知道我始终是你忠实的朋友。”

“别碰我。把你要讲的话都讲完。”

一阵痛苦的痉挛在画家的脸上掠过。他沉默了一会儿，心中产生一股强烈的同情。归根结蒂，他有什么权利干预道连·葛雷的生活？即使他干的事只及传闻的十分之一，想必已经够他自己痛苦的了。

霍尔渥德定了定神，走到壁炉前，站在那里看熊熊燃烧的木柴在霜华似的灰烬中吐着晃动不已的火舌。

“我在等你，贝泽尔。”道连以生硬而清晰的声音说。

霍尔渥德转过身来。“我要讲的就是：关于那些针对你的指控，你必须给我一个答复。只要你对我说，那些可怕的指控全是彻头彻尾的捏造，我一定相信你。说吧，道连，快否认吧！你没看见我在忍受怎样的折磨？我的天哪！我不愿知道你是个堕落、可耻的坏人。”

道连·葛雷鄙夷地撇嘴冷笑。“到楼上去，贝泽尔，”他镇静地说，“我有一本逐日登录自己生活的日记，一直保存在记日记的那间屋子里。你只要跟我上楼去，我就让你看。”

“我跟你去，道连，如果你愿意的话。反正我已经误了我的那一班火车。这没多大关系。我可以明天再走。不过你可不要叫我在今天夜里阅读什么东西。我只要你明确地回答我的问题。”

“到楼上会给你答复的。在这里我不能回答你。用不着花很多时间你就知道了。”

第十三章

他走出房门，开始上楼。贝泽尔·霍尔渥德紧跟在后面。他们的脚步很轻，人们在深夜里走路往往如此，也是本能使然。灯光把奇形怪状的影子投在墙上和扶梯上。起风了，有几扇窗户被摇得格格直响。

他们走到顶层的楼梯口，道连将灯放在楼板上，取出钥匙插入锁孔。“你仍坚持要知道吗，贝泽尔？”他压低了嗓门问道。

“是的。”

“好极了，”他微微一笑，然后又有点生硬地说，“你是这个世界上唯一有资格了解我的全部底细的人。你跟我的生活的关系比你想象的密切得多。”他拿起灯开了门走进去。一股冷气从里边冲出来，使那盏灯霎时间闪起深黄色的火焰。道连打了个寒噤。“你进来把门关上。”他悄悄地说着将灯放在桌上。

霍尔渥德四下看看，脸上现出困惑不解的表情。这间屋子看起来好多年没有人住了。一张褪了色的佛兰德斯挂毯、一幅被遮起来的画、一口意大利大箱柜、一架几乎空空如也的书橱，再加上一把椅子和一张桌子，似乎就是里边的全部陈设。当道连·葛雷把壁炉架上半支蜡烛点亮的时候，霍尔渥德发现这里的一切都在尘封之中，地毯已有不少窟窿。一只耗子在护壁板后面打滚奔跑。屋子里有一股潮湿的霉味。

“贝泽尔，你以为只有上帝看得见人的灵魂，是不是？你把这罩子揭开，就会看到我的灵魂。”

说这话的声音阴冷而残酷。

“你准是疯子，道连。要不然就是在演戏。”霍尔渥德咕哝着，皱起了眉。

“你不干？那我自己来干。”道连说罢，将缎罩从挂杆上扯下来扔在地上。

霍尔渥德发出一声恐怖的叫喊，他在昏惨惨的烛光灯影中看到一张可憎可怕的脸从画布上向他狞笑。画中人的神态使霍尔渥德充满了厌恶，简直令人作呕。老天爷啊！他看到的难道是道连的脸吗？不管怎样，狞恶的表情还没有完全掩盖那出类拔萃的美。开始变得稀疏的头发还是金黄的，淫邪的嘴唇也还红得鲜艳。浑浊的眼睛多少保持着原来可爱的碧蓝色，清秀的鼻孔和雕塑似的脖子尚未完全丧失典雅的曲线美。是的，这是道连。但是谁把他画成这样的呢？霍尔渥德好像认出了自己的手笔，画框也是他亲自设计的。这简直不可思议。他感到害怕，一下子拿起点亮的蜡烛，举着它照那幅像。左角分明有他朱红色瘦长字体的亲笔签名。

这简直是恶作剧，是一种卑劣、缺德的讽刺。他从来没有画过这样的东西。然而，这又明明是他的作品。他认出来了，只觉得自己身上的血液一下子从火结成了冰。他画的像！这是怎么回事？为什么变了样？他转过身来，眼睛像病人发烧时那样望着道连·葛雷。霍尔渥德的嘴抽搐着，敝焦的唇舌说不出话来。他抹一下脑门子，发现额上沁出了黏糊糊的汗珠。

道连靠在壁炉架上，带着异样的表情对霍尔渥德进行观察，像是全神贯注于看一位伟大的演员演戏。道连的表情既谈不上哀愁，也不算高兴。他只抱着一个旁观者的兴趣，也许眼睛里闪现出胜利的火花。他把上衣钮孔里的一朵花取下来闻了闻，不过也许只是做做样子。

“这是怎么回事？”霍尔渥德终于问道，但声音是那么刺耳，他自己也觉得奇怪。

“好多年前，我还是个少年，”道连一面说，一面把那朵花在掌心里捻碎，“你遇见了我，说了许多恭维我的话，使我懂得了自己的美貌是值得骄傲的。有一天，你把我介绍给你的一个朋友。他向我讲解青春有多大的魔力，而你正好完成了我的一幅画像。那幅像开了我的眼界，使我看到了美的魔力。在痴迷心窍的一刹那——直到现在我依然不知道自己是否感到后悔，——我发了一个愿，也许可以说是作了一次祈祷……”

“我记起来了！哦，我记得很清楚！不！那是不可能的。这间屋子潮湿。霉菌侵蚀了画布。或者，我用的颜料里头含一种可恶的有毒矿物质。而你说的那种事是不可能的。”

“不可能？”道连沉吟着走到窗前，把前额贴在冰凉模糊的玻璃上。

“你告诉过我，说你已经把画像毁掉了。”

“我撒了谎。是画像把我毁了。”

“我不相信这是我的作品。”

“你从上面看不到自己的理想了，是不是？”道连尖刻地说。

“你所谓的我的理想……”

“是你自己把我称做你的理想。”

“这没有什么要不得的，没有什么不光彩的。我曾经把你看作是再也遇不上第二次的理想。可是这幅画像上的面孔是一个色情狂的嘴脸。”

“这是我的灵魂的面貌。”

“主啊！我崇拜的竟是这样的东西！它的眼睛完全是魔鬼的眼睛。”

“天堂和地狱都在我们每个人自己身上，贝泽尔！”道连大声说，同时做了一个动作幅度很大的手势以示其绝望。

霍尔渥德重又转过脸来注视着画像。“我的天！如果这是真的，”他惊呼道，“如果你过的正是这样的生活，那么，你甚至要比说你坏话的人所想象的更坏！”他再次举起蜡烛照着肖像仔细观看。画布的表面看来完好无损，同离开他画室的时候一样。可怕的变化显然是从内部发生的。邪恶的菌体通过画像内在活动的某种微妙的刺激作用对它不断加以蚕食。尸体在潮湿的坟墓里腐烂也没有这样可怕。

他的手开始发抖，蜡烛从烛台里跌落下来。霍尔渥德把它踩熄了，然后颓然坐在桌旁一把东歪西倒的椅子上，两手捂住面孔。

“老天哪，道连，这是多么可怕的惩罚！”没有回答。但他听见道连在窗前抽噎。“祈祷吧，道连，祈祷吧，”他低声说。“小时候大人是怎么教我们的？‘不要让我们堕入魔障。宽恕我们的罪过。荡涤我们的恶行。’让我们一起来念。你逞一时的骄气所作的祈祷应验了，你表示忏悔的祈祷也会应验的。我对你的崇拜太过分了。为此我受到了惩罚。你对自己的崇拜也太过分了。我们都受到了惩罚。”

道连·葛雷慢慢转过身来，泪眼迷茫地望着他。“现在祈祷已经太晚了，贝泽尔。”他结结巴巴地说。

“决计不会太晚的，道连。让我们跪下来，试试看能不能背出一段祈祷文来。好像在哪里见过这样的诗句：‘哪怕你的罪恶殷红似血，我也能把它们洗刷得洁白如雪。’”

“这些话现在对我毫无意义。”

“嘘！不要这样说。你一生作孽已经够多了。天哪！你没看到这个该死的东西在向我们扮鬼脸吗？”

道连·葛雷向画像瞟了一眼，突然对贝泽尔·霍尔渥德产生一种情不自禁的憎恨，仿佛这是画中人向他暗示的结果，是那狞笑的嘴唇向他耳语的结果。一匹野兽遭到追逐时的疯狂性开始在他身上萌动。此时他讨厌坐在桌旁的那个人甚于曾在他一生中引起厌恶感的任何事物。他睁大了眼睛四下张望。那口面朝着他的彩绘大箱柜盖上有一件亮闪闪的东西把他的视线吸引住了。他知道那是前几天他带到楼上来割绳子的一把刀，后来忘了拿下去。他慢慢地朝那边移动，从霍尔渥德身旁经过。道连刚一绕到他背后，立刻抓起那把刀子，转过身来。霍尔渥德在椅子里挪动了一下身体，好像要站起来。道连向他猛扑过去，把刀子戳进他耳朵后面的大静脉，接着就把他的脑袋使劲往桌上摁下去，又捅了好几刀。

霍尔渥德发出一声喑哑的呻吟，然后是喉头被血阻塞的那种可怕的声音。他伸出两条胳膊，痉挛地往上挥了三下，发僵的指头在空中做了几个古怪的动作。道连又给了他两刀，但是霍尔渥德已不再动弹了。什么东西开始滴滴答答落在地上。道连等了一会儿，手仍旧摁住那颗脑袋。最后他把刀子扔在桌上，侧耳细听。

除了什么东西落在经纬毕露的地毯上的滴答声，此外声息全无。他开了房门，走到楼梯口。整幢房屋一片寂静。没有任何人走动。他靠在栏杆上俯视着黑洞洞一缸沸腾的墨水似的楼梯井孔，这样站了有几秒钟。然后从锁孔中取出钥匙，回到课室里，把自己反锁在里边。

死人依然坐在椅子里，低头拱背趴在桌上，不自然地伸着两条长胳臂。要不是后脑勺上张开着边缘不整齐的红色裂口，要不是凝成块状的黑色血泊在桌上逐渐漫开，你还以为这个人睡着了呢。

想不到这么快一切都结束了！道连的心情异样地平静，他走到长窗前，把窗子打开，跨到阳台上。风已经把浓雾吹散，满天繁星像一只奇大无比的孔雀尾巴上缀着无数金眼睛似的圆斑。他朝下面望望，看见一个警察提着一盏灯在巡视所管的地段，长长的灯光照在一座座静悄悄的房屋大门上。一辆双轮小马车缓缓驶过，车灯的红光在拐角上闪了一下就不见了。一个女人扶着栅栏蹑手蹑脚慢慢地走着，身子摇摇晃晃，披巾在风中飘动。她时而停下来回头张望。有一次她竟扯开破嗓子唱起歌来。警察踱步过去向她说了几句。那女人笑着踉踉跄跄地走开了。一阵狂风扫过广场。煤气街灯眏眏眼睛泛起了青光，光秃秃的树木来回摆动着黑铁色的枝条。道连打了个寒噤，回到课室把长窗关上。

他走到房门口，转动锁孔中的钥匙把门打开。对那个被他杀死的人，道连甚至没有看上一眼。他觉得关键在于不要去想所发生的事。一个朋友曾经画了一幅给他带来这么多苦难的肖像，现在这个朋友从他的生活中消失了。如此而已。

这时他想起了带上楼来的灯。那是北非摩尔人制作的一件相当罕见的亚光银器，嵌有阿拉伯风格的抛光钢筋花纹，还点缀着好几颗粗绿

松石。他的侍从也许会发现少了这盏灯，难免要查问。道连犹豫了一会，还是回到桌子旁边去拿这盏灯。他不由自主地看了一下那具尸体。它还是纹丝儿不动！两条长长的胳臂是那样惨白！委实是一座蜡像，令人毛骨悚然。

道连锁好房门，开始轻手轻脚地下楼。木质梯磴叽叽嘎嘎地像在痛苦中呼号。他几次停下来静听。不，没有任何动静，除了他自己的脚步声。

他走进书斋，看到了角落里有一只手提包和一件大衣。这些东西必须藏起来。他用钥匙打开一口藏有他自己的各种化装衣服的秘密壁橱，把手提包和大衣放进去。以后他可以轻而易举地把它们毁掉。他掏出表来看看时间，一点四十分。

他坐下来寻思。在英国，每一年，不，几乎每一个月，都有人因为做了刚才他所做的事被处绞刑。时下流行着一股杀戮的狂热。大概某一颗火红的星太靠近地球了……。得想一想，有没有不利于他的证据？贝泽尔·霍尔渥德是十一点钟离开这里的。没有人看见他第二次再来。大部分用人都在塞尔比庄园。他的贴身侍从已经睡了……。巴黎！对了。贝泽尔按原计划坐午夜的火车到巴黎去了。这位画家素来孤僻成性，几个月之内他的无声无息不会引起任何怀疑。几个月！这么长的时间还怕来不及把一切痕迹都消灭干净？

忽然他想出一个主意，立刻穿上裘皮大衣，戴上帽子，走到穿堂里。他在那儿停下来，听警察踏着缓慢而沉重的步子在门外的街上走过，看窗上映出牛眼巡捕灯一闪一闪的发光。他屏住呼吸等着。

少顷，他拔去门闩溜到外面，轻轻地把门带上。然后，他开始打铃。约莫过了五分钟，他的侍从一边穿衣服，一边睡眼惺忪地出来开门。

“我很抱歉不得不把你叫醒，弗兰西斯，”道连进了门说，“我忘了带钥匙。现在几点了？”

“两点十分，先生。”侍从眨巴着眼睛看了看钟说。

“两点十分？都这么晚了！上午九点你得把我叫醒。我有一件工作要做。”

“是，先生。”

“晚上有人来过吗？”

“霍尔渥德先生来过，先生。他一直等到十一点，后来他走了，说是还要去赶火车。”

“哦！可惜我没有碰到他。他没有什么话要你转告吗？”

“没有，先生。他只说要是在俱乐部找不到你，他到了巴黎再给你写信。”

“好吧，弗兰西斯。别忘了九点钟叫醒我。”

“忘不了，先生。”

侍从趿拉着拖鞋从走廊里退了下去。

道连把他的帽子和裘皮大衣扔在桌上，走进书斋。有一刻钟左右他一直在屋子里踱来踱去，咬着嘴唇反复思量。然后他从书架上取下一本社会名人录，开始翻查。“艾伦·坎贝尔，五月市赫特福德街一百五十二号”。对，这正是他需要的那个人。

第十四章

翌晨九点钟，他的侍从用盘子托着一杯巧克力进来，把遮窗板拉开。道连身体向右侧卧，一只手压在腮帮下，睡得正香。他看起来像个玩得十分疲倦或用功过度的孩子。

侍从在道连肩膀上碰了两下，他才醒来。他睁开眼睛的时候，嘴上浮起一丝淡淡的笑意，仿佛刚刚离开甜蜜的梦乡。实际上他根本没有做梦。这一夜没有任何幻象打搅他，不管是愉快的还是痛苦的。青春的笑往往无缘无故。这是它最主要的魅力之一。

他翻过身来，用胳膊肘支住上体，开始一小口一小口地啜饮那杯巧克力。十一月里柔和的阳光照进房间。窗外天色明亮，空气里有一股舒适的暖意，简直像五月的早晨。

渐渐地，上一夜发生的事情无声无息而又血迹斑斑地潜入他的脑海，清晰得令人胆寒地在那里一一重演。回忆起自己经历的那一切，他立即紧锁双眉；对贝泽尔的莫名其妙的厌恶驱使道连把他杀死在所坐的椅子里，现在这种厌恶感又苏醒过来，使道连从心里开始冷遍全身。死人还坐在楼上那间屋子里，这时正被阳光照耀着。这太可怕了！这种讨厌的东西只能让黑夜把它遮盖起来，不能暴露在光天化日之下。

他感到，要是对这一夜的经历深思起来，非生病或发疯不可。有些罪恶事后回味比实行更有意思。有些不寻常的胜利所满足的与其说是欲念，毋宁说是虚荣心；这种胜利对思想所起的兴奋作用大于给感官带来或可能带来的快乐。但眼下这桩罪恶不属于那一类。应当把它从记忆里赶出去，用鸦片加以麻醉，让它闷死，否则它会把你闷死的。

钟敲九点半，道连用手抹了抹前额，然后急忙起床。他比平时更讲究地穿好衣服，在挑选领带和领带夹时着实费了点工夫，指环也换之再三。他还在早餐上花了不少时间，品味各种点心，同侍从商量他打算给塞尔比庄园的用人做新号衣的事情，还把上午收到的信件浏览一遍。有几封信使他露出会心的微笑。有三封信他觉得讨厌。还有一封他读了好几遍，脸上略带心烦的表情，最后把它撕了。“女人的记性真是要命的玩意儿！”他想起亨利勋爵有一次说过这样的话。

他喝完一杯清咖啡，用餐巾抹了抹嘴，示意他的侍从等一下，自己走到书桌旁坐下来写了两封信。一封放在自己口袋里，另一封交给侍从。

“弗兰西斯，把这封信送到赫特福德街一百五十二号去。如果坎贝尔先生不在伦敦，你打听一下他在什么地方。”

侍从出去后，他独自留下来，点了一支烟，开始在一张纸上信手素描，先是画一些花卉和建筑上的小型装饰，后来画人的面孔。突然，他发觉自己画的每一张面孔不知怎的都有点儿像贝泽尔·霍尔渥德。他皱眉蹙额地站起来，走到书橱跟前随便拿了一本书。他决意非到万不得已时不去想所发生的事情。

他在沙发上躺下，翻开书的扉页。原来是戈蒂埃的诗集《珐琅与玉雕》，是夏邦蒂埃[①]的日本纸版本，有雅克马尔[②]作的蚀刻版画插图。柠檬黄的皮封面上，图案是金色的格子和用虚点勾成的石榴树。这本书是阿德连·辛格尔顿送给他的。道连翻了几页，目光停留在咏拉斯奈尔[③]的手的一首诗上。其中写到那只冰冷、蜡黄的手长着棕红的汗毛和“牧羊神的指头”，“尚未洗去受刑的痕迹”。道连看看自己白净纤细的手指，情不自禁地哆嗦了一下。他继续一页一页翻过去，一直读到咏威尼斯的那几节动人的诗句：

亚得里亚海的维纳斯，
从水中露出白里透红的身体，

---

①夏邦蒂埃(1805—1871)，法国出版商。

②雅克马尔(1837—1880)，法国版画家。

③拉斯奈尔(1800—1836)，一个罪行累累的法国杀人犯，1836年被处死。他在狱中写有回忆录。

在半音音阶的陪衬下，
胸前洒下粒粒珠玑。

碧波砌就的圆穹顶，
像丰满的乳房高高耸起，
合着轮廓完美的乐句节奏，
频频发出爱的叹息。

船家把我送到岸边，
柱桩上系缆停放舟楫。
在嫩红色的正门前，
我踏上大理石的阶梯。

写得多细腻啊！读这些诗好比坐在黑漆银舻、风鼓帘幔的凤尾船上，顺着这座珠光闪烁的桃红色城市的绿色水道随波荡漾。那一行行的诗句本身就像向利多[1]疾驶的船后面笔直的一道道清波碧浪。如此绚丽的色彩使他蓦地想起曾见过一些颈脖上泛着乳光虹彩的鸟，它们或者环绕着高高的蜂窝状钟塔翻飞翱翔，或者气度雍容地在幽暗尘封的拱门下高视阔步。他仰靠在沙发上，眼睛似开似闭，独自一遍又一遍地吟诵着：

在嫩红色的正门前，
我踏上大理石的阶梯。

凭这两行诗，整个威尼斯便跃然纸上。他想起了自己在那里度过的一个

① 利多，意大利北部把威尼斯潟湖同亚得里亚海隔开的一群岛屿，北端有著名的海滩浴场。

秋季，想起了曾诱发他干了不少荒唐趣事的一段奇妙的情话。罗曼司到处都有。但是威尼斯就像牛津一样，有着演出罗曼司的天然背景；而对于真正罗曼蒂克的风流韵事来说，背景即使不是决定一切也是举足轻重的因素。贝泽尔有一段时间和他一起在威尼斯，当时霍尔渥德醉心于丁托雷托①的作品。可怜的贝泽尔！他死得多惨哪！

道连浩叹一声，重又拿起书来排遣愁怀。他读到燕子在士麦那的小餐馆里飞进飞出，曾去麦加朝圣的穆斯林坐在那里数琥珀念珠，缠头巾的商人们抽着带穗的长烟管庄重地互相交谈；他读到协和广场上的方尖碑②流下花岗岩的眼泪，悲叹被孤单单地放逐到这没有灿烂阳光的地方，渴望着回到水面上开满莲花的炎热的尼罗河畔，那里有狮身人面的斯芬克斯，有玫瑰红的灵鹭，有白色的金爪兀鹰，有长着翡翠小眼睛的鳄鱼在冒水蒸气的绿色泥沼地里爬行；他开始玩味一些诗句如何从留着吻痕的大理石上汲取旋律，歌咏被戈蒂埃比作女低音、“迷人的怪物”、如今陈列在卢浮宫③紫红厅里的那座珍异的雕像④。但是过不多久，那本书从道连手中跌落了。他变得烦躁不安。随后，一阵来势凶猛的恐怖沁入他的心窝：万一艾伦·坎贝尔出国去了怎么办？谁知道他要多久才能回来？也许他拒绝到这里来，那又怎么办？每时每刻都可能是性命攸关的。

五年前，他和艾伦·坎贝尔曾经是朋友，几乎形影不离。后来这种亲密的关系突告中断。如今他们在社交场合见面时，只有道连·葛雷向他微笑，艾伦·坎贝尔却毫不动容。

艾伦·坎贝尔是个天赋极高的年轻人，不过他对视觉艺术却是个门

---

①丁托雷托(1518—1594)，意大利画家，十六世纪威尼斯画派主要代表之一。

②指原来在尼罗河右岸阿蒙那神庙废墟中的方尖碑。1831 年被运往巴黎协和广场。

③卢浮宫，原为法国王宫，1793 年起辟为国立美术博物馆，艺术珍品收藏之丰在全世界首屈一指。

④指大理石雕的维纳斯。

外汉，而且他之得以领略一点点诗歌的美也全仗道连的熏陶。他的主要爱好是科学。在剑桥，他大部分时间泡在实验室里，在他那一届的自然科学优秀生考试中名列前茅。他直到如今还在潜心研究化学，常常整天关在他自己的实验室里，使他母亲大为恼火，因为她一心望子位列议员，而化学家在她模模糊糊的概念中只是个配药的。不过，坎贝尔倒是个出色的音乐家，无论拉小提琴还是弹钢琴，都比绝大部分业余爱好者高明。事实上，最初使他接近道连·葛雷的媒介正是音乐，还有道连那种似乎随时都能施展自如的无法形容的魅力，其实他本人往往并不自觉。他们是在巴克希尔夫人家里认识的，那天鲁宾斯坦①在晚会上演奏。此后，他们经常一起出入歌剧院和可以听到美妙音乐的一切地方。这种亲密的关系维持了一年半。坎贝尔不是在塞尔比庄园，就是在格罗夫纳广场葛雷公馆里。他同其他许多人一样认为道连体现着生活的全部妙处。他们之间是否发生过争吵，任何人不得而知。但是人们突然发觉他们见面时几乎不交谈了，而且坎贝尔照例提前离开有道连·葛雷在场的任何聚会。坎贝尔的性格也起了变化，时常莫名其妙地郁郁不乐，对于音乐几乎听也不要听，自己也从不演奏；逢到人家请他表演，总是推说专心致志于科学研究，没有时间练琴。这也是实情。他对化学的兴趣似乎一天比一天浓厚。某些学术刊物中曾一再提到他的名字，说他正在从事若干颇有意思的试验。

道连等候的就是这么一个人。他不时举目看钟。时间一分钟一分钟地过去，他的情绪愈来愈焦躁。于是他站起来，在房间里走来走去，像一只关在笼子里的美丽的动物。他步子跨得很大，但是声息全无。他的手冷得出奇。

左等右等，等得道连实在不耐烦了。他觉得时间像拖着灌铅的腿那样在爬行，而他自己正被狂风飞速推向悬崖绝壁，眼看就要掉入黑洞洞

① 安东·鲁宾斯坦（1829—1894），俄国钢琴家、作曲家。

的万丈深渊。他知道在那里等着他的是什么，甚至已经看到了那景象，所以一边哆嗦着，一边用冰凉而潮湿的手挤压发烫的眼皮，似乎要把眼球塞回到头颅中去，把想象的视觉也剥夺掉。然而没有用。头脑有自己的营养来源，想象则由于恐惧而变得神经过敏，像有生命的东西受到痛苦的刺激挣扎扭动，又像丑恶的傀儡在台上乱蹦乱跳，戴着活动面具扮出种种怪相。突然，他觉得时间停止了。是的，那盲目的东西连慢慢腾腾的爬行也停止了。时间既然死去，恐怖的念头立刻冲上前来，把无比惨酷的未来从坟墓中拖出，展示在他的眼前。他睁大眼睛看着这个未来，吓得不能动弹。

门终于开了，他的侍从走进来。道连把一双呆滞的眼睛转过去望着他。

“坎贝尔先生来了，先生。”侍从向他通报。

他张开枯焦的嘴唇松了一口气，两颊恢复了原有的血色。

“快请他进来，弗兰西斯。”他觉得自己又恢复了镇定。一时的胆怯已经消失。

侍从鞠了一躬退下去。不一会，艾伦 · 坎贝尔走了进来，他神态严峻，在乌黑的头发和两道浓眉的反衬下，面色显得分外苍白。

“艾伦，你来得太好了。我向你表示感谢。”

“我已经立意永远不上你家的门，葛雷。可是你信上说这是一件生死攸关的事。”他字斟句酌地说得很慢，语气生硬而冷淡。他定睛注视着道连，目光犀利而轻蔑。他的手插在俄国羔皮大衣的口袋里，并不理会道连伸手欢迎他的姿势。

“是的，艾伦，这是一件生死攸关的事，而且涉及不止一个人。请坐。”

坎贝尔在桌旁一把椅子上坐下，道连坐在他对面。两个人四目相遇。道连的眼神流露出无限的怜悯。他知道自己打算采取的手段极为狠毒。

在一阵难堪的沉默之后，他隔着桌子凑到对方面前，很沉着地说，同时留神观察每一句话、每一个字在他请来的这个人脸上有什么反应：“艾伦，这幢房屋的顶层有一间锁着的房间，除了我自己，任何人进不去。里面有一个死人坐在桌子旁边。他死了有十个小时。别紧张，也不要这样瞪着我。那个人是谁，他为什么死了，怎么死的，这些跟你都不相干。你要做的只是……”

“住口，葛雷。我不愿听下去。你对我说的话是真是假，我不管。你的事我绝对不插手。把你丑恶的秘密留着自己受用吧。我对这些把戏再也不感兴趣了。”

“你不感兴趣也不行。这件事你非管不可。我感到万分抱歉，艾伦，但也是出于无奈。你是唯一能救我的人。我不得不让你知道这件事。我没有别的办法。艾伦，你是搞科学的。你对化学之类的学问是内行。你做过不少试验。你得把楼上那具尸体消灭掉，消灭得干干净净，不留下一点痕迹。没有人看见他到这里来。目前大家以为他到巴黎去了。几个月之内他的失踪不会被发觉。到人们发觉的时候，这里决不能找出他的任何痕迹。艾伦，你必须把他以及属于他的一切变成可以在空中撒开的一撮灰。”

“你疯了，道连。”

“啊！我就等着你叫我道连。”

“我告诉你，你准是疯了。要不，你怎么能想象我愿意抬一抬手指头帮你的忙？要不，你怎么会向我作这番骇人听闻的自白？不管这到底是怎么回事，反正我不插手。难道你以为我甘愿为你去冒身败名裂的危险？你在搞什么鬼名堂，我根本不想知道！”

“艾伦，他是自杀的。”

“但愿如此。可是把他带上这条路的是谁？我敢说，是你。”

“你是不是仍然拒绝为我做这件事？”

“当然拒绝。我绝对不插手。你出丑与否跟我无关。你出丑也是活该。看到你当众丢脸，名誉扫地，我不会感到惋惜。你竟敢要我自己往火坑里跳！为什么不找别人，偏偏找到我头上来？我本以为你比较了解人们的性格。看来，你的朋友亨利·沃登勋爵在心理学方面给你的教益不多，尽管他教会了你其他许多本领。我决不为你出半点力气。你找错人了。你该去找你的狐朋狗友，不要来找我。”

“艾伦，他是被杀的。是我把他杀了。你不知道他给我带来了多大的痛苦。不管我过的是怎样一种生活，在造成今天的我或毁坏原来的我这方面，他起的作用比可怜的亨利更大。也许这不是他的本意，但结果却是如此。”

“杀人！我的老天！道连，你竟然走到了这一步？我不会告发你。这不关我的事。何况，即使我不掺和进去，你也一定会被捕。犯下罪行的人没有不露马脚的。反正我不参与这件事。”

“你必须参与。等一下，等一下，听我说，艾伦。我只要求你作一次科学实验。你经常到医院和陈尸所去，你对于自己在那里做的可怕的事情不是无动于衷吗？假如你在某一间令人作呕的解剖室或臭气触鼻的实验室里，看到这个人躺在有槽让血可以往外流的金属镶面长台上，你必定单纯地把他看作一件有趣的试验品。你连眉毛也不会抬动一下。你决不会想到自己在做不应当做的事。相反，你大概认为你是在为人类造福，或者扩大世界的知识宝库，或者满足自己的求知欲，等等。我要你做的无非是你过去经常做的事情。其实，消灭一具尸体应当比你干惯的那种事情好受得多。请你记住，这是可能对我不利的唯一证据。万一它被发现，我就完了；而你要是不帮我忙的话，它肯定会被发现。”

“我根本不想帮你的忙。我已经说过了。对这件事我完全不感兴趣。它跟我毫无关系。”

“艾伦，我恳求你。请设身处地替我想一想。就在你来到这里以前，我害怕得差点儿昏倒。将来你自己可能也会尝到恐怖的滋味。不！

还是不要去想这些。你得纯粹从科学的角度来看这件事。你从来不问让你做试验的死尸是哪里来的。现在你也不要问。我告诉你的已经太多了。但是我请求你做这件事。我们毕竟一度是朋友，艾伦。”

“不要提过去的事，道连。过去种种已经死去。”

“死去的东西往往死而不去。楼上那个人死了，但就是不去。他伸出两条胳臂趴在桌上。艾伦！艾伦！你要是不拉我一把，我就完了。我会被绞死的，艾伦！你懂吗？我干了这样的事，他们非判我绞刑不可。”

“这出戏再演下去已经没有意思。我绝对不插手这件事。你一定是神经错乱了才来求我帮忙。”

“你不干？”

“是的。”

“我恳求你，艾伦。”

“这没有用。”

道连·葛雷的眼睛里又出现了那种怜悯的表情。于是他伸手取过一张纸来，在上面写了些什么。他默默读了两遍，把那张纸仔细折好，隔着桌子推过去。然后他站起来走到窗前去。

坎贝尔惊讶地对他看了看，拿起纸片把它展开。他读了这张字条，顿时面色煞白，颓然靠在椅背上。他感到一种恶心，好像他的心脏在一片空虚中怦怦乱跳，眼看着就要破裂。

在两三分钟可怕的沉默之后，道连转身走到桌旁，站在艾伦·坎贝尔背后，把一只手搁在他肩上。

“我很替你难过，艾伦，”他轻声说着，“但是你逼得我没有别的路可走。我已经写好了一封信。这就是。你看看上面的地址。你要是不帮忙的话，我只得把这封信寄出去。我一定会这样做。后果如何你也知道。不过你会帮助我的。现在你要拒绝也不可能。我本来不打算对你来这一手。你应当承认我作过这样的努力。但是你毫不通融，出口伤人。从来没有人敢像你这样对待我，至少活着的没有。我都忍受下来了。现在该由我来提出条件。”

坎贝尔双手掩面，一阵颤栗通过他的全身。

“是的，该轮到我提条件了，艾伦。我不提你也知道。事情非常简单。算了，不要这样像发疟子似的。事情还是得做。拿出勇气来面对现实，干吧。”

坎贝尔发出一声呻吟，又打了一个寒战。对他说来，壁炉架上一座台钟的滴答声正在把时间分裂成无数痛苦的原子，每一颗都是可怕难熬的折磨。他感到有一圈铁箍在他脑门周围慢慢地愈收愈紧，仿佛威胁着他的奇耻大辱已经临头。搁在他肩上的那只手像灌了铅一般沉重，实在受不了。这样他非被压得粉碎不可。

“快一点，艾伦，你必须当机立断。”

“我不能干这种事。”他机械地说着，其实任何言语都改变不了局面。

“你必须干。你没有选择的余地。不要拖拖拉拉。”

艾伦犹豫了一会儿。“楼上那间屋里有没有炉子？”

“有，是一只带石棉防火幕的煤气炉。”

“我得回家去一趟，从实验室里取一些东西。”

“不，艾伦，你不能离开这所房屋。你把所需要的东西开一张单子写在便条上，我的用人会坐车去取来。”

坎贝尔匆匆写了几行字，用吸墨水纸吸干了，信封上写他的助手的姓名。道连接过便条，仔细读了一遍，这才打铃。他把信交给进来的侍从，并吩咐他尽快回转，把东西都带来。

穿堂门关上时，坎贝尔神经质地全身震了一下。他从椅子里站起来，走到壁炉前。他像发寒热似的哆嗦着。有二十分钟左右，两个人谁也不开口。一只苍蝇在房间里嗡嗡乱转，惹人心烦。台钟的滴答声像一把锤子敲个不停。

钟敲一点。坎贝尔转身向道连·葛雷一看，见他两眼满是泪水。他那充满哀愁但是眉清目秀的脸庞顿使艾伦无名火起。

“你真无耻，无耻到了极点！”他咬牙切齿地说。

“算了，艾伦，你已经使我得到了重生。”道连说。

“使你重生？老天爷！那是怎样的一生啊！你一步步地腐化堕落，现在索性犯下了杀人罪。我之所以答应做你强迫我做的那件事，考虑的可不是使你得到重生。”

“唉，艾伦，”道连叹了口气嘀咕着，“你要是对我有我对你的怜悯的千分之一就好了。”说罢，他转过身去站在那里，眼望着窗外的花园。坎贝尔并不答理。

过了十分钟左右，侍从敲门进来。他搬来了一只放化学药品的红木大箱子、一圈长长的钢丝和白金丝，还有两只形状很怪的铁夹钳。

“这些东西是否放在这里，先生？”侍从问坎贝尔。

“是的，”道连抢先回答，“弗兰西斯，我还有另一件事要你去办。里士满[①]那个给塞尔比供应兰花的人叫什么名字？”

“叫哈登，先生。”

“对，哈登。你立刻到里士满去一趟，找到哈登本人，告诉他以后送兰花要比我原来定的增加一倍。白的尽量少些。最好完全不要白的。今天天气很好，弗兰西斯，里士满又是个挺可爱的地方，否则我不想麻烦你跑这么远。”

“没关系，先生。我什么时候该回来？”

道连向坎贝尔望了望。“艾伦，你的实验需要多少时间？”他用平静的语调很随便地问。看来，室内有第三者在场，他就特别胆壮。

坎贝尔皱紧眉头，咬了咬嘴唇。“大约五个小时。”他回答说。

“时间充裕得很，弗兰西斯，你可以在七点半回来。等一等，你把

---

① 里士满，泰晤士右岸一城市，位于大伦敦西部。

我的晚装准备好。晚上你自己安排。我不在家里吃晚饭，可以放你一次假。”

“谢谢，先生。”侍从说着退了出去。

“艾伦，现在得马上动手。这箱子重得厉害！我来给你搬。你拿其余的东西。”他说得很快，一副指挥若定的样子。坎贝尔不由自主地听从他的调遣。两个人一起离开书斋。

他们登上了顶层，道连掏出钥匙来开了锁。这时他停下来，眼睛里露出惶惑的神色。他打了个寒战，嗫嚅道：“我大概不能进去，艾伦。”

“对我来说无所谓。我不需要你。”坎贝尔冷冷地说。

道连把门打开一半，首先映入他眼帘的是他的肖像上沐着阳光的狞笑的嘴脸。被扯破的罩子扔在画像前面的地上。他这才想起昨天夜里忘记——这是他生平第一次忘记——把那幅要命的像遮好，正想冲过去，但立即哆嗦着退了回来。

肖像的一只手上出现了湿漉漉、亮闪闪的红色露珠。那是什么讨厌的东西？难道画布会冒汗沁血？多可怕啊！霎时间，他觉得这比伸出胳臂趴在桌上毫无动静的死人更可怕。虽然他没有正眼去看，但是血迹斑斑的地毯上轮廓奇特的阴影表明，死人没有移动过，依旧在道连离开时它所在的地方。

他深深地倒抽一口气，把门开大些，侧着脑袋匆匆走了进去。眼睛不敢完全睁开，拿定主意不向死人看上一眼。然后，他俯身拾起地上的绣金紫红缎罩，把它直接盖在画像上。

他站在那里，头也不敢回，眼睛盯着自己面前那缎罩上所绣的细巧花纹。他听见坎贝尔把沉重的箱子、铁夹钳和做这桩可怕的工作所需要的其他一切东西都搬了进来。道连心想：不知贝泽尔·霍尔渥德生前是否认识艾伦·坎贝尔？要是认识的话，他们现在互相该作何感想？

“现在你可以走了。”一个严厉的声音在道连背后说。

他转过身去，急急忙忙走出房间，只瞥见那具尸体已被掀翻，靠在椅背上，坎贝尔正凝视着那张油光光的黄脸。道连下楼时，听见钥匙在锁孔中转动。

等到坎贝尔下楼回到书斋里时，早已过了七点。他面色苍白，但十分镇定。“我完成了你要求我做的事情，”他没好气地说，“现在让我们分手吧。以后谁也不要再看见谁。”

“你救了我的命，艾伦，我没齿难忘。”道连只说了这么一句。

坎贝尔一走，道连立即奔上楼去。那间屋子里有一股触鼻的硝酸味。但是原先坐在桌旁椅子里的死人不见了。

第十五章

当天晚上八点半，服饰高雅的道连·葛雷的上衣钮孔上插着好几朵帕尔马[①]紫罗兰，在仆从恭恭敬敬的导引下步入纳尔巴勒夫人的客厅。他脑门子上的神经剧烈地抽动着，精神亢奋到了极点，但当他俯身吻女主人的手时，却依然潇洒如常。也许，一个人显得最悠然自得的时候恰恰是在演戏。不用说，那天晚上任何人看着道连·葛雷，都无法相信他刚刚经历了一出惨剧(其恐怖的程度不下于我们这个时代的任何一出惨剧)。谁也不会相信，他那形态优美的手曾抓起一柄利刃行凶，他那盈盈微笑的嘴唇曾恶毒咒骂上帝和神明。甚至他自己也不能不惊诧于自己举止的从容，一时对这种双重人格的生活感到十分过瘾、痛快。

纳尔巴勒夫人匆匆忙忙邀集了这个小型宴会。她是一个很聪明的女人，保存着被亨利勋爵形容为“丑得可以”的残余。她嫁给我国的一位大使——一个毫无风趣的人，博得了一位贤德夫人的名声。大使死后，她按应有的排场把丈夫葬在她亲自设计的大理石墓室中。她还把好几个女儿一一嫁给年纪相当大的有钱人。自此，她就一心一意欣赏法国小说、法国烹调术和法国式的诙谐，只要能发现这种诙谐的情趣。

道连是她特别喜欢的人物之一。她经常向他表示自己非常庆幸没有在年轻时跟他认识。“亲爱的，我知道，否则一定会失魂落魄地爱上你，”她几次对道连这样说，“一定会为你把帽子扔过风磨去[②]。谢天谢地，当时你还不知在哪儿呢。那个时候我们的帽子难看得要命，磨坊又老是忙于攒钱，所以调风弄月的把戏我一次也没有跟谁玩过。不过，这都怪纳尔巴勒，他的眼睛近视得可怕。你想想，把一个反正什么也看不见的丈夫蒙在鼓里有什么乐趣可言？”

这天晚上她的座上客都是些非常乏味的人物。她用一把相当破旧的扇子半遮着面部向道连解释，她的一个出嫁的女儿突然到她这里来了，并打算住上一阵子，尤其糟糕的是竟把丈夫也带来了。“我认为她太不知趣，”纳尔巴勒夫人悄悄地说，“当然，每年夏天我从霍姆堡③回来后也要到他们那儿去做客。但要知道，像我这样年龄的人经常需要新鲜空气。何况事实上我是在促使他们活跃起来。你不知道他们在那儿过的是什么日子。这是一种不折不扣的乡巴佬生活。他们一大早就起床，因为有许多事情要做；睡得也早，因为没有什么事情要想。从伊丽莎白女王④的时代起，周围附近的地方没有出过一桩丑闻，所以他们全都吃完晚饭就去睡觉了。你不要去和他们任何一个坐在一起。待会儿你坐在我旁边，说些有趣的话让我开开心。”

道连含含糊糊敷衍了一番，向客厅里扫视一周。是啊，这群宾客确实无聊得可以。其中两个人以前他从未见过，其余的包括：欧内斯特·哈罗登，伦敦俱乐部里比比皆是的中年庸才之一，这种人没有仇敌，但是朋友无不讨厌他；腊克斯顿夫人，一个四十七岁还打扮得花里胡哨的女人，长着一个鹰钩鼻，她老是努力败坏自己的名声，但相貌实在太不标致，所以从来没有人相信她的任何桃色事件，这使她大为懊丧；厄林太太，一个削尖了脑袋往上爬的无名人物，头发呈棕红色，说起话来挺可笑地咬着舌头；爱丽丝·切普门夫人，女主人的女儿，一个不懂得如何穿戴的、迟钝的女郎，一张典型的英国式面孔，你见过以后永远也记不住；还有她的丈夫，两颊红润，蓄着白苍苍的连鬓胡子，他同本阶级的许多人一样，相信无穷的热情可以弥补思想的极度空虚。

道连正在后悔来到这里，但这时纳尔巴勒夫人望着用紫红色丝绒装饰起来的壁炉架上一座造型松散、线条繁复的镀金台钟，大声说道：“亨利·沃登简直不像话，这么晚还不来！今天上午我特地派人去过，他表示决不使我扫兴，说是以信誉担保。”

---

①帕尔马，意大利北部波河沿岸一城市。

②“把帽子扔过风磨去”原为法国成语，意即“豁出去”、“置一切后果于不顾”。在法语中指女人行为放荡。

③霍姆堡，德国一疗养城市，在法兰克福西北。

④指伊丽莎白一世(1533—1603)，都铎王朝的英国女王，1558—1603年在位。

知道亨利要来，道连才稍感宽慰。后来门开了，他听见亨利悠扬舒缓的声调言不由衷、但是娓娓动听地表示歉意，也就不再觉得无聊了。

但在宴席上道连什么也吃不下。他面前一道又一道的菜尝也没尝就撤了下去。纳尔巴勒夫人不住口地埋怨他，说这“对阿道夫是一种侮辱，可怜他特意为你安排了今天的菜单”。亨利勋爵不时隔着餐桌向他这边瞟一眼，对他的沉默和心不在焉感到不解。侍者频频往道连的酒杯里斟满香槟。他喝了一杯又一杯，愈喝就愈是渴得难熬。

“道连，”在传递野禽肉冻的时候，亨利勋爵终于问道，“今晚你怎么啦？你好像神思恍惚得厉害。”

“八成是爱上什么人了，”纳尔巴勒夫人说，“他不敢告诉我，怕我吃醋。他确实应该瞒着我。要不，我非大发醋劲不可。”

“亲爱的纳尔巴勒夫人，”道连含笑低语道，“说实话，自从费罗尔夫人离开伦敦后，我已经整整一星期没跟任何人相爱了。”

“你们男人怎么能爱上这样一个女人？！”上了年纪的女主人惊叹道，“我实在不明白。”

“那纯粹是因为她还记得你小姑娘时的情景，纳尔巴勒夫人，”亨利勋爵说，“她是连接我们和你的连衫短裙的唯一环节。”

“她决不会记得我穿连衫短裙的时代，亨利勋爵。我倒是对她三十年前在维也纳时裸肩露胸的模样记得很清楚。”

“她现在还穿裸肩露胸的礼服，”亨利勋爵说着用细长的指头夹起一颗橄榄，“她盛装的时候就像一部蹩脚法国小说的豪华版。她非常有趣，不时忽发奇想干出怪事来。她眷恋家庭的本领真了不起。当她第三个丈夫去世的时候，由于伤心，她的头发完全变成了金黄色。”

“你太缺德了，亨利！”道连说。

“这倒是最浪漫的一种解释，”女主人笑呵呵地说，“不过，亨利勋爵，你提到她‘第三个丈夫’，难道费罗尔已经是第四个了？”

“当然，纳尔巴勒夫人。”

"我绝对不信。"

"你可以问葛雷。道连是她最亲密的朋友之一。"

"是真的吗，葛雷先生？"

"她对我也是这么说，纳尔巴勒夫人，"道连答道，"我问过她是否把每一个丈夫的心都涂了香油挂在紧身褡上，像那瓦尔的玛格丽特[①]那样。她说没有，因为他们全都没有心肝。"

"四个丈夫！未免太卖劲了！"

"太勇敢了，我对她这样表示。"道连说。

"嘎！她有足够的勇气干任何事情，亲爱的。那么，费罗尔是个什么样的人物呢？我不认识他。"

"绝色女子的丈夫应该归入罪犯一类。"亨利勋爵说着呷一口酒。

纳尔巴勒夫人用扇子拍了他一下。"亨利勋爵，怪不得世人说你这个人坏透坏透。"

"但你所说的'世人'究竟是哪个世界上的人呢？"亨利勋爵扬起眉毛问道，"我看必定是来世的。我同今世相处得十分融洽。"

"我认识的人都说你很不正经。"纳尔巴勒夫人连连摇头。

有一会儿工夫亨利勋爵显得相当严肃，此后他说："真讨厌！如今时兴在背后讲人家坏话，偏偏这些话都是千真万确的。"

"这个人确实本性难改！"道连从椅子里探身过去向女主人说。

"我看不改也罢，"纳尔巴勒夫人笑道，"说实在的，要是你们都这样荒唐地崇拜费罗尔夫人，我非得再嫁不可，否则就要落伍了。"

"你永远不会再嫁，纳尔巴勒夫人，"亨利勋爵插进来说，"你太幸福了。女人再嫁是因为恨前夫。男人续娶则是因为爱前妻。女人结

---

①那瓦尔的玛格丽特，即瓦罗亚的玛格丽特。她出身于1328—1589年统治法国的瓦罗亚王室，又是那瓦尔王国（中世纪西欧一封建国家，位于西班牙北部和法国西南部）的王后，故名。1599年，她与丈夫法国国王兼那瓦尔国王亨利四世离异。

婚是碰运气，男人则是冒风险。”

“纳尔巴勒也不是十全十美的。”女主人不以为然。

“他如果十全十美，你就不爱他了，尊敬的夫人，”亨利勋爵对答如流，“女人爱的是男人的缺点。我们如果有一大堆缺点，她们什么都可以原谅我们，包括我们的才智。我担心说了这话你再也不会请我吃饭，纳尔巴勒夫人；但事实的确如此。”

“当然是这样，亨利勋爵。要不是我们女人爱你们的缺点，你们不知会落到怎样的田地。你们一定谁也娶不到老婆。你们会变成一群可怜巴巴的光棍。不过，尽管如此，你们也不会有多大改变。如今有家室的人生活都像光棍，而光棍反倒像有家室的。”

“这就叫做世纪末。”亨利勋爵咕哝了一句。

“这叫做世界的末日。”女主人作了修正。

“但愿是世界的末日，”道连感慨地叹道，“生活太令人失望了。”

“啊，亲爱的，”纳尔巴勒夫人急忙加以制止，同时戴上她的手套，“可不要说生活对你已变成一口枯井。一个人说这样的话，那肯定是他自己对于生活已变成一口枯井。亨利勋爵太不正经，我有时候真希望自己也能这样；但你生来是一块做好人的料，你的相貌也是端端正正的。我一定要给你找一位好太太。亨利勋爵，你说葛雷先生是不是该结婚了？”

“我一直就是这么对他说的，纳尔巴勒夫人。”亨利勋爵说着低头施礼。

“好，我们一定得为他物色一个合适的对象。我今晚就去把德布雷特[①]从头至尾仔细翻一遍，把所有够格的年轻女人列出一张名单。”

“是否附上她们的年龄，纳尔巴勒夫人？”道连问。

---

①德布雷特，指英国出版商约翰·德布雷特（1752—1822）所编印的《英格兰、苏格兰、爱尔兰贵族姓名录》。德布雷特死后，该书仍以他的名义逐年增订重版。

“当然附上，只是要作一番小小的校订。但不能草率从事。我要把事情办得门当户对，像《晨邮报》所说的那样。我要使双方都称心如意。”

“什么门当户对，称心如意，全是胡扯！”亨利勋爵说，“男人跟任何女人都可以得到快乐，只要男的不爱女的。”

“啊，你这个玩世不恭的厚脸皮！”女主人说着把自己的椅子往后一推，并向腊克斯顿夫人点头示意。“亨利勋爵，过几天你必须再来跟我一起吃饭。你比安得鲁爵士介绍我吃的补药灵得多。不过你得告诉我，你喜欢跟哪些人见面。我要把那次聚会搞得活泼热闹。”

“我喜欢来日方长的男人和不堪回首的女人，”他答道，“不过，这样恐怕会变成一次清一色的女士聚会吧？”

“恐怕是的。”纳尔巴勒夫人笑道，一边起身离席。“非常抱歉，亲爱的腊克斯顿夫人，”她添上一句，“我没看见你还在抽烟。”

“没关系，纳尔巴勒夫人。我抽得太多了。今后我要克制一下。”

“千万不要，腊克斯顿夫人，”亨利勋爵说，“克制是最糟糕的事情。适度就好比吃饭充饥一样不带劲儿。过量才像丰盛的筵席一样热闹。”

腊克斯顿夫人好奇地看了看他。“改天下午一定请你到舍间来赐教，亨利勋爵。你的高论很吸引人。”她低声说完后步出餐厅。

“注意，你们可不要总是待在这里谈你们的政治和传播丑闻，”纳尔巴勒夫人从门口提出警告，“否则我们在楼上非吵架不可。”

男客们哈哈大笑，切普门先生郑重其事地从餐桌一端走到另一端。道连·葛雷换了个座位，坐到了亨利勋爵旁边。切普门先生开始就下议院的现状大发宏论。他以放肆的大笑攻讦他的政敌。笑声之间不时提到在英国人听来非常可怕的一个名词——空论家。这大概算是一种演讲艺术的修辞技巧。他在思想之塔上升起了大不列颠的旗帜，凭着他的乐天精神把这个民族祖传的鲁钝叫做健全的英国头脑，声称这是社会的可靠支柱。

亨利勋爵撇着嘴淡然一笑，掉过脸去向道连看看。

“老弟，你觉得好点儿了吗？”他问道，“在席上我看你有些神思恍惚。”

“我没有什么不舒服，亨利。只不过有点儿累罢了。”

“昨天晚上你很有魅力。那位娇小的公爵夫人完全被你迷住了。她对我说准备到你的塞尔比庄园去。”

“她答应我十二号那天去。”

“蒙茂斯是不是也去？”

“是的，亨利。”

“我非常讨厌这个人，简直跟公爵夫人讨厌他的程度一样。公爵夫人很聪明，作为一个女人，也许聪明过了头。她缺少那种妙不可言的柔弱。金身偶像之所以可贵，就在于有一双泥足。她的脚非常可爱，但不是泥的，不妨说是白瓷的。这双脚经过火烧；凡是经过火烧而无损的，就炼结实了。她很有些经验。”

“她结婚多久了？”道连问。

“据她说已经很久很久。从贵族姓名录上看，大概十年左右，但是同蒙茂斯在一起过十年简直等于几辈子。其他还有什么人去？”

“威洛比夫妇、腊格比勋爵夫妇、我们的女主人、杰弗里·克罗斯登，照例是这几个人。我还邀请了格罗特连勋爵。”

“我喜欢这个人，”亨利勋爵道，“很多人不喜欢他，可是我认为他挺可爱。他偶尔穿得花哨了些，但他的学问渊博极了，足够弥补这个缺点。他非常合乎时代的潮流。”

“我不知他是否去得成，亨利。他也许得陪他父亲到蒙特卡罗去。”

“嗳，那些父母家属真讨厌！你想办法还是叫他到塞尔比去。对了，道连，昨天晚上你一溜烟走得很早，十一点还不到。后来你干什么去了？是不是直接回家啦？”

道连急忙向他瞅了一眼，旋即皱起眉头。“不，亨利，”他终于说，“我差不多三点钟才回到家里。”

“你上俱乐部去了？”

“是的，”道连答道，他咬了咬嘴唇，“不，不，我没有上俱乐部。我是在散步。我忘了我干什么去了……亨利，你老是想知道别人在干什么。我老是想忘掉自己干了些什么。如果你要知道确切的时间，我可以告诉你，我是两点半回到家里的。我忘了带钥匙，只得叫用人起来开门。你如果需要旁证，可以去问他。”

亨利勋爵耸耸肩膀。“老弟，我才不管这些呢！我们到楼上客厅里去吧。谢谢，切普门先生，我不要雪利酒。道连，你大概出了什么事。告诉我，是怎么回事？今晚你的情绪不对头。”

“不要管我，亨利。我心里烦得很，情绪不好。明天或者后天，我会去看你的。你代我向纳尔巴勒夫人打个招呼。我不上楼去了。我这就回家。我得马上回家去。”

“好吧，道连。明天我等你来喝茶。公爵夫人也要来。”

“我尽可能去，亨利。”他说着走出餐厅。在坐车回家的路上，他意识到原先以为已被他闷死的恐怖感又苏醒了。亨利勋爵无意间问的话使他一时失去了自持力，现在他十分需要镇定。一些危险的物证必须销毁。想到这里，他禁不住发抖。单是碰一碰那些东西就能叫他恶心。

然而他明白这件事非做不可。到了书斋里，他用钥匙把门反锁起来，便去打开藏着贝泽尔·霍尔渥德的夹大衣和手提包的秘密壁橱。壁炉里火烧得正旺。道连又添了一根木柴。烧衣服和皮革的焦味非常难闻。他花了三刻钟才把所有的东西全部销毁。最后他觉得头晕想吐，就在一只有孔的铜盆里点了一些阿尔及利亚卫生香，再用一种麝香味的凉醋洗刷两手和前额。

他蓦地全身一震，眼睛变得异样地明亮，牙齿狠命咬着下唇。在两扇窗之间放着一只象牙和天青石嵌面的佛罗伦萨乌木柜子。道连瞪着它发愣，仿佛那只柜子既吸引着他，又使他害怕；仿佛里边藏着什么他既向往又憎恨的东西。他的呼吸愈来愈急促。一个狂热的念头油然而生。他点了一支烟，但旋即扔掉。他的眼皮愈垂愈低，以致流苏似的睫毛几乎触及面颊。他依旧瞪着那只柜子。最后，他从原来躺着的沙发上站起来，走到柜子跟前，开了锁，再按动一处弹簧暗门。一只三角形的抽屉慢慢地自动抽出。道连的手本能地向那里伸进去，摸到了一件东西。那是一只黑漆洒金的中国小匣子，做得十分精巧，外面雕着波状花纹，丝带上串着水晶小球和金属丝编成的辫状流苏。他把匣子打开。里边放着一团绿色的膏状物，光泽像蜡，香味浓得出奇，而且经久不散。

他犹豫片刻，一丝微笑停留在脸上。接着他打起寒颤来，尽管屋子里热得要命。他定一定神，看了看钟。这时是十一点四十分。他把匣子放回原处，关好柜子的门，然后走到卧室里去。

等到古铜的钟锤在幽暗中敲了十二下，道连·葛雷身穿不起眼的寻常服装，脖子上裹着围巾，悄悄地溜出公馆。他走到邦德街上，看到一辆套着一匹好马的出租街车，便招呼一声，压低了嗓门向马车夫说出一处地方。

车夫摇摇头，嘀咕了一句："太远了。"

"这个金镑给你，"道连说，"你要是赶得快，再加你一镑。"

"行，先生，"车夫答应说，"一小时内准保把你送到。"等乘客上了车，他掉转马头，飞快地向泰晤士河边驶去。

第十六章

外面下起冷雨来了，昏暗的街灯在雨蒙蒙的浓雾中透出一派阴森森的鬼气。酒店正准备打烊，门口聚着一堆堆男人和女人，模模糊糊的看不真切。有几家小酒店不时传出放荡的笑声，另外几家则有醉汉在吵架和尖声喊叫。

道连·葛雷斜卧在车座靠背上，帽檐拉到额前，以淡漠的眼光观察这座大都市见不得人的一面，时而默默地重复着亨利勋爵在同他结识的第一天所说的话："通过感官治疗灵魂的创痛，通过灵魂解除感官的饥渴。"对，这是一张秘方，而且屡试不爽，现在他又要试一试。那里有鸦片馆，可以出钱买一个忘乎所以；有罪恶的渊薮，可以不顾死活地干新的坏事来消除记忆中旧的劣迹。

月亮低垂在空中，像一颗黄色的骷髅。一大片形状古怪的浮云不时伸出长臂把它遮住。煤气路灯愈来愈稀，街道愈来愈窄，愈来愈暗。车夫有一段路赶错了，不得不退回来半英里。马蹄啪嚓啪嚓踩得泥浆四溅，马背上直冒热气。两边的车窗被灰色法兰绒似的大雾遮得严严实实。

"通过感官治疗灵魂的创痛，通过灵魂解除感官的饥渴！"这话为何老是在他耳际回响？的确，他的灵魂已病入膏肓。感官真的能解救它吗？无辜的血也流了。怎样才能抵偿呢？这笔债是没法还的；不过，宽恕虽然办不到，忘却还是可能的，所以他决意把这件事忘掉，从记忆中一笔勾销，像踩死一条咬了他的蝰蛇一样把它碾得粉碎。确实如此，贝泽尔凭什么对他说那些话？谁授给了他充当法官审判别人的权利？他说的话是极其可怕的、骇人听闻的、不能容忍的。

马车勉强继续前进，好像一步比一步走得更慢了。道连推开天窗，催促车夫赶得快些。难熬的鸦片烟瘾折磨着他。他的喉咙干渴如焚，一双皮肤柔嫩的手神经质地扭绞在一起。他伸出手杖恶狠狠地抽打马背。车夫放声大笑，并且也挥动他的鞭子。道连跟着他笑，那车夫却又沉默了。

路好像没有尽头似的，这一带的街衢宛如一张巨大的黑色蜘蛛网，景色的单调沉闷使人受不了。随着雾愈来愈浓，他也愈来愈感到害怕。

马车经过荒凉的砖厂区。这里的雾比较薄，道连看得出一座座呈奇怪的瓶状的砖窑吐着橘红色的扇形火舌。一条狗向着马车吠叫，一只失群的海鸥在远处黑暗中尖声哀鸣。马在辙槽里打了个趔趄，车身向旁边歪了一下。然后马车开始快跑。

不久，马车离开土道，重又咔哒咔哒走上高低不平的石子街路。大多数窗子都漆黑无光，但偶尔几处有灯光的窗帘上映出形形色色的怪影。道连兴致勃勃地看着。那些影子像巨大的傀儡晃动着，做着各种手势。看了一会儿，他就觉得讨厌，心中无名火起。马车在一处转角拐弯的时候，有个女人从一扇开着的门口向他们招呼，两个男的跟在车后跑了有一百码地。车夫挥动鞭子才把他们赶开。

据说，在强烈的欲望支配下，人的念头会不停地打转。果然，道连·葛雷咬得齿痕累累的嘴唇顽固地翻来覆去念叨着关于灵魂与感官的那两句神秘的话，直到认为这两句话确已充分表达他的心情并从理性上承认他的欲望是正当的；其实，即使不承认，欲望照样主宰着他的情绪。这个念头从一个脑细胞潜入另一个脑细胞；强烈的生的欲望——人类一切欲念中最可怕的一种——加速着每一条神经、每一根毫毛的颤动。丑恶的阴暗面由于使人面对现实而一度为他所憎恨，如今却由于同样的原因而使他感到亲切。丑恶的阴暗面现在是唯一的现实。粗野的詈骂、下流的巢窟、放荡的生活、卑劣的盗贼和无赖，凡此种种，就其给人印象的鲜明和强烈而言，胜过一切优美的艺术形式，胜过仙乐飘飘所能营造的梦幻意境。这正是他追求忘却所需要的。三天之内他便将获得解脱。

车夫突然使劲勒住缰绳，马车在一条暗沉沉的胡同口停下。这一带房子低矮的屋顶和破损的烟囱后面高耸着黑色的船桅。一团团白茫茫的雾气像鬼船的帆贴在桁上。

“是这地方吧，先生？”车夫以沙哑的嗓音向天窗里问。

道连吃了一惊，向窗外看了看。“对。”说着急忙下车。他付了向车夫许下的额外车资，便朝河岸的方向快步走去。有几条大商船的船尾上点着灯。灯光在污水坑里摇曳闪烁。从正在加煤准备开往国外的一艘轮船上射来耀眼的红光。泞滑的路面犹如一件湿漉漉的雨衣。

他匆匆折向左边，频频回头看是否有人尾随。七八分钟后，他走到夹在两家可怜巴巴的工场中间一所又小又脏的房子门前。有一扇楼窗口点着一盏灯。他停下来用暗号敲门。

少时，他听到过道里有脚步声，接着，链条的钩子被拔去。门悄没声儿地开了，他走进去的时候，一个矮胖、臃肿的身影向暗处一缩，道连一句话也不说。过道尽头挂着一块破破烂烂的绿色门帘，被一阵跟着他冲进来的劲风吹得飘飘荡荡。他把门帘拉开，跨进一间很低的、但相当长的屋子，看样子过去是一所三等舞厅。靠墙排列着煤气灯的喷火口，刺目的灯光映在对面满是蝇卵的镜子里，变得昏暗、歪斜。灯口后面衬着油腻腻的波纹形铁皮反光罩，火焰的圆圈在反光罩的反射下不住地颤动。地上铺着黄褐色的锯屑，有些地方被踩实了露出泥地，还有泼翻的酒留下的一圈圈深色的痕迹。几个马来人蹲在一只小炭炉旁边掷骰子，说话时露出很白的牙齿。角落里有个水手头枕着胳膊趴在一张桌子上。漆色非常恶俗的吧台沿着整整一面墙壁排开，两个骨瘦如柴的女人站在台边嘲弄一个正在刷大衣袖子的老头儿。道连打那儿经过时，听到其中一个女人格格地笑着说：“他以为有红蚂蚁爬到他身上啦。”那个表情似有洁癖的老头儿惊恐地望着她，竟抽抽搭搭哭起鼻子来了。

屋子尽头有一架小梯通往一间暗室。道连匆匆登上那三级摇摇晃晃的梯阶，立刻有一股浓烈的鸦片香味迎面扑来。他深深吸了口气，鼻翅儿怪舒服地翕动着。当他走进暗室时，一个黄头发滑溜溜的青年正弓着腰凑在灯上点一支烟枪。他举目对道连一看，略带犹豫地点点头。

“阿德连，你在这里？”道连低声问。

“我还能上哪儿去？”他没精打采地回答，“过去的朋友现在谁也不理我。”

“我以为你到国外去了呢。”

“达林顿一点不讲交情。最后还是我哥哥付的账。乔治也不睬我……”他叹了一口气后又说，“我不在乎。只要有这玩意儿，就不需要朋友。我过去交的朋友也许太多了。”

道连身不由主地一缩，眼睛向周围那些三分像人、七分像鬼的烟客扫去。他们都以同样古怪的姿势躺在破垫子上。他们蜷曲的肢体、呵欠连连的嘴巴、呆滞无光的眼神使他看得出了神。他能体会这些人正在何等特异的天堂里忍受煎熬，也知道他们正向何等幽暗的地狱讨教领略新奇快感的诀窍。他们的处境比他好。他被思绪缠住了不得脱身。回忆像一种恶疾啮食着他的灵魂。贝泽尔·霍尔渥德的眼睛不时从冥冥中瞪着他。但他还是不敢留下，因为有阿德连·辛格尔顿在此地终究不妥。他要找一个没人认识他的地方。他恨不得连自己的影子也甩掉。

“我要到另一个地方去。”道连沉默片时后说。

“上码头？”

“是的。”

“那只疯猫八成在那边。这儿现在不让她来了。”

道连耸耸肩膀说：“我对爱我的女人已经厌倦，倒是恨我的女人有意思得多。再说，那边的烟土也好些。”

“都是一路货。”

“我比较喜欢那边的。我们去喝一杯吧。我很想喝点儿什么。”

“我什么也不想喝。”那青年喃喃地说。

“去喝一杯吧。”

阿德连懒洋洋地爬起来，跟着道连向吧台走去。一个缠着破头巾、身穿破大褂的英印混血儿丑脸上堆着笑招呼他们，同时把一瓶白兰地和两只平底酒杯放到他们面前。刚才那两个女人侧着身子挨过来搭讪。道连背对着她们，低声向阿德连·辛格尔顿说了些什么。

一个女人扭动脸上的肌肉作了一个怪笑。“哟，今天怎么架子这样大？”她用讥诮的口吻说。

“看在上帝分上，别跟我纠缠，”道连把脚一跺嚷道，“你要什么？钱？拿去。再也别来缠我。”

那女人一双直勾勾的眼睛霎时间迸出两颗红色的火花，但是一闪即逝。旋又归于暗淡而呆滞。她脑袋一扬，急忙把几枚硬币从柜台上耙到贪婪的手里。她的同伴歆羡地望着她。

“这没有用，”阿德连·辛格尔顿叹道，“我不打算回去。回去又怎么样？我在这儿挺快活。”

“你如果需要什么，就写信给我，好不好？”道连沉吟半晌后说。

“好吧。”

“那么，祝你晚安。”

“晚安。”青年回答说，一边登上梯阶，一边用手帕抹抹枯干的嘴唇。

道连脸带痛苦的表情向门口走去。在他掀帘子的时候，刚才拿了他钱的那个女人从涂着口红的嘴唇上吐出一阵浪笑。“魔鬼捡来的便宜货走了！”她一面打嗝儿，一面用难听的粗嗓子喊着。

“你这个臭娘们！”道连不甘示弱。“不许这样叫我。”

那女人打了一个榧子。“难道你要人家叫你迷人王子吗？”她在后面咆哮。

本来想打个盹儿的那个水手，听到了这句话，霍地跳起身来，睁大眼睛四下望着。这时，过道门砰然关上的声音传到他耳边，水手立即追出门去。

道连·葛雷在毛毛雨中沿着河岸匆匆地走着。与阿德连·辛格尔顿的不期而遇搅得他心里乱糟糟的。他不禁在问自己："这个青年的堕落是否应归咎于我，像贝泽尔·霍尔渥德毫不留情地指责的那样？"他咬住嘴唇，有一瞬间两眼现出凄怆的神情。不，这毕竟不关他的事！人的生命太短促了，犯不着把别人失足的责任揽到自己身上。各人走各人的路，并为此而各自付出代价。唯一可悲的是：仅仅由于偶一失足，却往往必须没完没了地付出代价。命运同人打交道时永远不肯清账。

据心理学家们说，犯罪的欲望——或者想干世人名之曰罪恶的事的欲望——有时候会把一个人紧紧抓住不放，使他体内的每一根血管、脑子的每一个细胞好像都快被可怕的冲动所胀破。男人和女人在这样的时刻便会失去意志的自控力。他们会像自动机器那样运转，走向不堪设想的结局。他们的选择力已被剥夺，意识也被扼杀了，即便还残留着，也只会给叛逆增添魅力，使反抗更加诱人。因为反抗是万恶之本，正像神学家们不惮其烦地提醒我们的那样。当勇气的晨星这个罪恶之先驱从天上陨落的时候，正是由于叛逆而谪降的。

道连·葛雷横下一条心，污浊的头脑里只有邪念，灵魂渴望着反叛。他急急忙忙加快步伐，折入一条黑洞洞的拱道，正想同往常一样抄近路前往他要去的那个臭名昭著的地方，突然发觉自己被人从后面揪住。他还来不及自卫，那人已把他向拱道的壁上狠狠地一搡，一只蛮不讲理的手掐住了他的脖子。

道连没命地挣扎，拼出全身力气把掐住他脖子的手指扳开。但就在这一刹那，他听到手枪扳机咔哒一声响，只见擦得锃亮的枪筒已对准他的脑袋，一个身材矮壮的人黑糊糊的轮廓站在他面前。

"你要干什么？"道连吓得上气不接下气。

"不许动！"那人说，"你要动一动，我就开枪！"

"你疯啦？我招你惹你啦？"

"你坑害了西碧儿·韦恩。"那人说，"西碧儿·韦恩是我的姐姐。她是自杀的。我知道。她的死是你一手造成的。我发誓要杀死你偿命。我已经找了你好几年，但是没有一点线索，没有一点踪迹。只有两个人说得出你的外貌，可是都死了。我对你一无所知，只晓得西碧儿过去叫你的一个爱称。刚才碰巧给我听见了这个名字。现在你向上帝祈祷吧，因为你今夜就要死了。”

道连·葛雷吓得魂不附体。“我从来不认识她，”他结结巴巴地否认，“我也从来没有听人说起过她。你一定发疯了。”

“你还是老实忏悔的好。因为你必死无疑，否则我就不叫詹姆士·韦恩。”这是惊心动魄的一刹那。道连不知该说什么或做什么。“跪下！”那人叱喝着，“我给你一分钟做祷告，再多不行。我今夜要上船到印度去，我得先把这件事了结。一分钟。我的话完了。”

道连颓丧地垂下两条胳膊。他被震慑得不能动弹，不知如何是好。突然，一线绝处逢生的希望在他脑际闪过。“慢着！”他喊道，“你姐姐死了有多久？快告诉我！”

“十八年，”那人说，“你问这干吗？死了多少年有什么关系？”

“十八年，”道连·葛雷带着一点胜利的得意放声大笑，“十八年！你让我站到灯光下去，你再看看我的面孔！”

詹姆士·韦恩犹豫了一下，摸不透对方是何用意。他将道连·葛雷一把拖出拱道。

风很大，街上的灯光昏暗而又不稳；尽管如此，詹姆士·韦恩还是能看清自己犯了个大错误。想不到他正要结果其性命的这个人的面貌，竟焕发着纯洁无邪的青春的光辉。从这张脸看来，此人不过二十来岁，比好多年前他离家时的西碧儿大不了几岁，简直不相上下。显然，这不是摧残了他姐姐生命的那个人。

他松了手，晃晃悠悠地退后几步。“我的天！我的老天爷！”他连声说道，“我差点儿把你给杀了！”

道连·葛雷倒抽了一口冷气。“老兄，你险些犯下了滔天大罪，”说着严厉地向他瞪了一眼，“但愿你记住这次教训，报仇不是凡人的

事，不要自己动手。”

“请原谅，先生，”詹姆士·韦恩深表歉意，“我弄错了。刚才我在那个鬼地方无意中听到的一句话把我闹糊涂了。”

“我劝你还是回家去，把手枪放好，免得招麻烦。”说完，道连转过身去，不慌不忙地沿着街路走开。

詹姆士·韦恩站在便道上，吓得从头到脚抖个不停。不一会，沿着潮湿的墙壁潜行的一个黑影出现在灯光下，踏着无声的脚步走到他紧跟前。他感到有一只手按在他臂膀上，慌忙回头一看。原来是刚才在吧台前喝酒的两个女人中的一个。

“你干吗不杀死他？”她把枯瘦的面孔凑到他鼻子前，从牙缝里发出嘶嘶的声音说，“我知道你从戴利馆中冲出来一定是追他。你这个笨蛋！你应该把他干掉。他有许多许多钱，又是个十足的坏蛋。”

“他不是我要找的那个人，”詹姆士·韦恩回答，“我也不要任何人的钱。我只要一个人的命。这个人现在该有四十来岁了。而刚才那一个差不多还是个少年。谢天谢地，我的手幸亏没有沾上他的血。”

那女人发出一阵苦笑。“差不多还是个少年！”她鼻子里哼了一声，“告诉你吧，迷人王子把我害成现在这副模样大概有十八年了。”

“你撒谎！”詹姆士·韦恩失声惊呼。

那女人举起一只手指着天上。“我敢向上帝起誓，我说的句句是真话。”她喊道。

“向上帝起誓？”

“要是我撒谎，叫我变成哑巴！他是上这儿来的人中最坏的一个。据说他把自己出卖给魔鬼，换了一张小白脸儿。我认识他大概有十八年了。从那时到现在，他没有变什么样。可是我……”说到这里，她乜斜着眼睛现出一副怪相。

“你敢起誓？”

“我敢起誓，”从她扁平的嘴唇上吐出的像是沙哑的回声，“不过，可不能让他知道是我说的，”她哀告着，“我怕他。给我点儿钱付宿夜费吧。”

詹姆士·韦恩咒骂一声，拔腿便向街角那边奔去，但是道连·葛雷已杳无踪影。詹姆士回过头来一看，那女人也不见了。

第十七章

一个星期以后，道连·葛雷坐在塞尔比庄园的花房里同怪可爱的蒙茂斯公爵夫人聊天，她是和她的丈夫——年已花甲、倦容满面的蒙茂斯公爵——一起来到这里做客的。现在正是茶点时刻，桌上放着一盏带花边罩子的大灯，柔和的灯光照亮了细瓷的和银质的茶具。主持茶政的是公爵夫人。只见她雪白的双手在杯盘之间翩翩张罗，丰满的朱唇微微含笑，大概道连向她说了些什么有趣的悄悄话。亨利勋爵靠在有绸套的柳条椅里瞧着他们。纳尔巴勒夫人坐在妃色的无靠背软榻上，装作在听公爵描述他的收藏中新近增添的一只巴西甲虫。三个年轻人穿着精工制作的晚礼服在向几位女客敬点心。到塞尔比庄园小住的共有十二人，明天还有几位客人要来。

"你们在谈什么？"亨利勋爵走到桌边，放下他的茶杯问道，"格蕾狄丝，道连有没有把我打算给每一件东西改名的计划告诉你？这是一个绝妙的主意。"

"我可不愿改名，亨利，"公爵夫人说时，一双俏眼睛朝着他往上一瞟，"我对我的名字十分满意，我想葛雷先生对他的名字也挺满意。"

"亲爱的格蕾狄丝，我决不会改动你们二位的名字。你们的名字都是极好的。我指的主要是花。昨天我剪了朵兰花插在翻领钮孔里。那是一朵非常美的洒斑兰花，就像七大罪恶①一样迷人。我在无意间向一个花匠问起它的名称。他告诉我，这是名种，叫'鲁滨逊尼安那'，或者类似的名目，反正是一样糟糕。说来也伤心，但事实确是我们丧失了给东西取漂亮名称的本领。名字是举足轻重的。我从来不跟行为发生争吵。我只跟语言过不去。这就是我讨厌文学上的庸俗现实主义的原因。对于把铲子称做铲子的人，必须强迫他使用铲子。他只配干这活。"

“那么我们该称你什么呢，亨利？”公爵夫人问。

“他叫怪话王子。”道连说。

“我一听这名字就知道是他。”公爵夫人表示叹赏。

“我可不愿听到，”亨利勋爵笑道，同时在一把椅子上坐下，“一旦给贴上了标签就甭想甩掉！敬谢不敏。”

“王位是不能谦让的。”美丽的嘴唇提出告诫。

“这么说，你要我维护君权？”

“对。”

“我的话都是明天的真理。”

“我宁可听今天的谬误。”她回答。

“你缴了我的武器，格蕾狄丝。”亨利勋爵不禁对她纵情驰骋的机智表示折服。

“我缴了你的盾，亨利，而不是你的矛。”

“我从来不攻击美。”他说着摆一摆手，恭敬地行了个礼。

“这就是你的错误，亨利。你把美的价值看得太高了。”

“这是哪儿的话？的确，我认为美比善更要得。但反过来说，我比任何人都乐于承认丑比善更要不得。”

“难道七大罪恶也包括丑？”公爵夫人提出诘问，“可是你刚才把兰花比作七大罪恶又怎么讲呢？”

“丑是七大美德[②]之一，格蕾狄丝。作为一个坚定的保守派，你不能低估了它们。是啤酒、圣经和七大美德把我们的英国弄成了现在这个样子。”

“这么说，你不喜欢这个国家喽？”她问。

“我不是住在这里吗？”

“无非是便于你非难它。”

---

① 指傲慢、暴怒、妒羡、淫邪、贪婪、饕餮和懒惰。

② 指忠诚 、希望、仁爱、谨慎、公正、坚毅和克制。

“你是不是要我接受欧洲对它的评价？”亨利勋爵问道。

“欧洲说我们什么来着？”

“他们说塔尔丢夫[①]侨居英国开张营业了。”

“这恐怕是你杜撰的吧？”

“我把版权送给你。”

“我要来何用？这话太真实了。”

“你不用害怕。我们的同胞从来认不出自己的写照。”

“他们是注重实利的。”

“与其说注重实利，不如说老奸巨猾。他们结账时总是用财富抵偿愚蠢，用伪善抵偿邪恶。”

“不过，我们毕竟做过大事业。”

“大事业是强加于我们的，格蕾狄丝。”

“可我们还是把担子挑了起来。”

“可是只挑到证券交易所为止。”

她摇摇头声称：“我相信民族的力量。”

“它代表的是进取精神的残余。”

“它有发展前途。”

“我觉得没落更可爱。”

“那么艺术呢？”她问。

“那是一种病。”

“爱情呢？”

“是幻想。”

“宗教呢？”

“信仰的时髦代用品。”

“你是个怀疑论者。”

---

① 塔尔丢夫，法国戏剧家莫里哀（1622—1673）所著同名喜剧的主人公。这个名字已成为“伪善者”的同义语。

“完全不是！怀疑是虔诚的开端。”

“那你是什么呢？”

“下定义就是定框框。”

“给我一点线索。”

“线会断的。你会在错综复杂的岔路中迷失方向。”

“你把我搅糊涂了。还是谈谈别的吧。”

“我们的东道主就是个很有趣的话题。若干年前他有一个雅号，叫迷人王子。”

“喔，不要提这个名字。”道连 · 葛雷叫了起来。

“我们的主人今晚真讨厌，”公爵夫人红着脸说，“他大概以为蒙茂斯跟我结婚纯粹出于科学上的考虑，因为在当代再也找不到比我更好的蝴蝶标本。”

“但愿他没有用针把你钉起来，公爵夫人。”道连笑道。

“哦！我的侍女在生我气的时候已经这样做了，葛雷先生。”

“她怎么会生你的气呢，公爵夫人？”

“都是些鸡毛蒜皮的小事，葛雷先生。比方说，我在九点差十分时对她说：我要在八点半以前换好装。”

“她太没有道理了！你该把她解雇才对。”

“我不敢，葛雷先生。她能为我设计各种帽子。你还记得在希尔斯登夫人的游园会上我戴的那顶帽子吗？你忘了，不过你装作记得的样子，这也难为你了。那顶帽子是她用最不值钱的料子做的。其实，所有好看的帽子料子都不值钱。”

“就像所有的好名声一样，格蕾狄丝，”亨利勋爵插进来说，“谁要是出人头地，马上就会树敌。要受人欢迎，必须做一个庸才。”

“女人可不是这样，”公爵夫人不以为然，“而世界是女人统治的。我敢肯定，我们女人决不能容忍庸才。正如某人所说，我们女人是用耳朵恋爱的，而你们男人却用眼睛，除非你们根本不懂得爱情。”

“我觉得自己除了恋爱从来不做旁的事情。”道连说。

“啊！那就是说你从来没有真正恋爱过，葛雷先生。”公爵夫人故作伤感地说。

“亲爱的格蕾狄丝！”亨利勋爵提出异议，“你这是什么话！罗曼司是靠反复维持生命的，情欲也要经过反复才变成艺术。此外，每一次恋爱对于本人都是独一无二的。对象不同并不意味着爱情就不是独一无二的了。这只能使爱情更加热烈。我们一生顶多只能得到一次伟大的体验，而生命的秘密就在于重温这种体验，尽可能重温多次。”

“倘若曾受到这种体验的伤害，是不是也该重温，亨利？”公爵夫人停顿片时后问。

“受过伤害更需要重温。”亨利勋爵答道。

公爵夫人掉过脸去用异样的眼神望着道连·葛雷。“你有何高见，葛雷先生？”她问。

道连迟疑了一下，然后仰天大笑。“公爵夫人，我永远同意亨利的观点。”

“他错了你也同意？”

“亨利从来不会错的，公爵夫人。”

“他的哲学能给你幸福吗？”

“我从不追求幸福。谁需要幸福？我只追求享受。”

“你得到了没有，葛雷先生？”

“常常得到。得到的次数太多了。”

公爵夫人慨然叹道：“我需要的是安宁，如果现在我不去换装，今晚上就别想得到安宁。”

“我去给你挑几朵兰花，公爵夫人。”道连说着立起身来就往花房深处走去。

“你跟他调情已经到了不成体统的程度，”亨利勋爵向他的表妹说，“你可要留点儿神。他的诱惑力很大。”

“假如他没有诱惑力，会战也就打不起来了。”

“这样说来，你们是棋逢敌手喽？”

“我站在特洛伊人一边。他们是为一个女人而战的。”①

“最后他们战败了。”

“当俘虏并不是最坏的命运，”她说。

“我是放松了缰绳骑在马上快跑。”

“跑得快才有劲儿。”她不假思索地说。

“我把这写到我今天的日记中去。”

“写什么？”

“我要写上：挨过火烫的孩子喜欢火。”②

“我可没有挨过火烫。我的翅膀还是好好的。”

“你的翅膀哪儿都用得上，就是不能用来飞。”

“勇气已经从男人转移到女人那里。这对我们来说是新的体验。”

“有一个人在同你竞争。”

“谁？”

亨利勋爵哈哈大笑，然后悄悄地说：“纳尔巴勒夫人。她对道连爱得可厉害呢！”

“经你这样一说，我倒担心起来了。我们这些浪漫主义者热中搞古典一定会失败。”

“浪漫主义者？！你们把全套科学方法都用上了还是浪漫主义者？”

“这是男人教我们的。”

---

① 相传特洛伊王子帕里斯拐走了斯巴达王墨涅拉俄斯美丽的妻子海伦，因而引起荷马史诗所描写的特洛伊战争。

② 系英谚“挨过火烫的孩子害怕火”之反用。

“但是男人始终没有对你们作出透彻的解释。”

“那就请把全体女人概括一下吧。”她以挑逗的口吻说。

“无谜可猜的斯芬克斯。”

她微笑着望了望亨利勋爵。“葛雷先生怎么还不来？”她说，“我们去帮他挑选吧。我还没有告诉他，我要换什么颜色的连衣裙。”

“啊！你得用你的连衣裙去配他的花，格蕾狄丝。”

“那岂不是不战而降？”

“浪漫主义艺术是从高潮开始的。”

“我得给自己留一条退路。”

“像帕提亚人那样？”①

“帕提亚人可以逃入沙漠。我没有地方可逃。”

“女人有时候也会弄到没有选择的余地，”他还没说完，忽然从花房深处传来一声像是气闭的呻吟，随后是沉重的倒地声。大家都惊慌起来。公爵夫人站着吓呆了。亨利勋爵睁大充满恐惧的眼睛，拨开棕榈叶奔过去，发现道连·葛雷脸朝下躺在花砖地上不省人事。

他立即被抬到蓝色客厅里的一张沙发上。过不多久，他苏醒过来，向周围看看，惑然不解。

“这是怎么回事？”他问，“噢！我想起来了。我在这里有没有危险，亨利？”说着开始发抖。

“亲爱的道连，”亨利勋爵安慰他说，“你不过是晕倒了。别的没有什么。一定是太累的缘故。你不要下楼去吃晚饭吧。我替你招待客人。”

“不，我要下去，”他说着勉强撑起身子，“我还是下楼去的好。我不能一个人待着。”

---

① 帕提亚即安息，是西亚一古国，鼎盛时期的版图领有全部伊朗高原及两河流域。据说，帕提亚骑兵的惯用战法是在掉转马头作退却状时用他们唯一的武器弓施放冷箭或发射弹丸。

他到自己卧室里去换了装。在晚餐席上，道连谈笑风生，放浪形骸。但只要他一想起刚才看见一张脸像一块白手绢似的贴在花房外面的玻璃窗上窥伺着他，就会浑身发抖。那是詹姆士·韦恩的脸。

第十八章

第二天，道连足不出户，大部分时间待在自己的卧室里，因为怕死而时时刻刻感到芒刺在背，但对生命本身又漠然无动于衷。一种遭到尾随、追逐、行将落入陷阱的意识在他身上开始占据统治地位。只要挂毯被风稍一吹动，他就发抖。枯叶打在镶铅条的窗框上，也会使他联想起自己的种种打算已成画饼而懊丧万分。他一闭上眼睛，立刻看到蒙着雾气的玻璃窗外那个水手虎视眈眈的面孔，于是恐怖又一次攫住了他的心。

不过，也许仅仅是他的幻觉使复仇神的幽灵从黑夜中现身，使森严可怖的报应景象呈现在他的面前。现实生活是一片混乱，但想象的思路却有条不紊得可怕。正是想象驱使着悔恨在罪孽后面尾随不舍。正是想象使每一颗罪恶的种子结出了丑陋畸形的果实。现实世界里恶人并不遭恶报，好人也没有好报。成功的照例是强者，弱者总是倒霉，历来如此。何况，如果有陌生人在庄园宅子周遭徘徊不去，定会被用人或猎场看守发觉。花圃上如果发现足印，花匠也会来报告。可见，这纯粹是他的幻觉。西碧儿·韦恩的弟弟并没有回来索命。他随船出航，也许已经葬身冰冷的大海。无论怎样，詹姆士·韦恩对他并不构成威胁。那水手根本不知道他是何许人，也不可能知道。青春的面具救了他的命。

虽然这仅仅是幻象，但良心竟会生发出如此恐怖的怪影，而且赋以清晰可见的形状，令其在你面前出没活动，想起来真叫人胆寒！倘若他的罪恶的魅影一天到晚从冷僻的角落里瞅着他，嘲笑他，在宴席上向他耳语，用冰凉的手指把他从睡梦中触醒，这样的日子叫他怎么过？随着这个念头潜入他的脑髓，恐惧使他的脸色愈变愈惨白，空气对他又骤然变冷了。天哪！他在陷入狂乱的时刻竟把自己的朋友杀了！一想起那幅景象，他就毛骨悚然！可怕的细节在想象中一一重演时更加触目惊心。他的罪行的幽灵阴惨惨、血淋淋地从漆黑的时间洞穴里冉冉升起。

当亨利勋爵六点钟走进来的时候，他发现道连正哭得心都快碎了。

直到第三天，道连方始敢出门。那是一个冬天的早晨，洋溢着松树清香的新鲜空气似乎使他恢复了兴致和生趣。然而引起这种变化的原因不完全在于自然环境。过多的苦痛企图彻底摧垮他内心的安宁，结果他自己的天性起来反抗了。禀性敏感、气质高雅的人往往会这样。他们强烈的欲念没有什么调和的余地：不是把人毁灭，就是本身死亡。渺小的忧伤和渺小的爱寿命很长。伟大的爱和伟大的忧伤却毁于自身的过于丰富强烈。此外，他已使自己确信：是疑心生了暗鬼。现在回顾几天来心惊胆战的情状，对自己既有些怜悯，也颇为鄙夷。

早餐已毕，道连同公爵夫人一起在花园里散了一小时步，然后他坐车穿过林苑去加入打猎的一伙。干脆的霜花像撒在草上的盐巴。天空犹如一杯倾覆的蓝色金属溶液。湖面平静如镜，芦苇丛生的岸边结着一层薄冰。

到了松林边缘，他看见公爵夫人的弟弟杰弗里·克罗斯登爵士正从猎枪里拔出两颗空弹壳。道连纵身下车，吩咐车夫把马牵回去，自己穿过枯蕨蔓草和乱丛窠子向这位客人走去。

“手气好吧，杰弗里？”他问道。

“不太理想，道连。看来鸟儿大多飞到旷野里去了。下午我们换一个地方，估计情况会好些。”

道连在他旁边走着。空气中的芳香沁人心脾，棕色和红色的光斑在树林里时隐时现，助猎的人们不时发出嘶嘎的吆喝惊起鸟兽，接着就响起扳动枪栓的咔哒声；这一切吸引着道连，使他充满了愉快的自由感。他沉浸在无忧无虑、逍遥自在的情绪中。

忽然，从他们前面大约二十码处一个留着残草的土墩子那边，窜出一只野兔。它支楞起尖端长着黑毛的耳朵，蹬着细长的后腿向一片赤杨丛中逃去。杰弗里爵士把枪托到肩上；但是，说也奇怪，那只野兔优美矫捷的动作竟使道连·葛雷为之心动。他急忙喊道：“别开枪，杰弗里。饶它一条命吧。”

“你真傻，道连！”杰弗里爵士笑道。就在野兔刚刚溜进树丛的一刹那，他开了枪。紧接着，同时传来两声号叫：其一是野兔痛苦的哀号；其二是一个人临死前的惨叫。后者比前者更加惨不忍闻。

“天哪！一个助猎夫给我打中了！”杰弗里爵士惊呼起来，“这头蠢驴怎么会跑到枪口前面去的？喂，你们那儿别开枪！”他扯开嗓子大叫。“有人受伤啦！”

猎场看守手里拿着一根棍子闻声赶来。

“在哪儿，先生？他在哪儿？”他气急败坏地问。这时，整个一条线上的枪声都停了下来。

“在那边，”杰弗里爵士生气地回答说，自己急忙向树丛中跑，“你怎么不叫你手下的人离远些？把我今天打猎的兴致全败坏了。”

道连看着他们拨开富有弹性的枝条钻进赤杨丛去。隔不多久，他们从那里出来，把一具尸体拖到阳光下。道连惊骇地掉过脸去。看来，他走到哪里，厄运就跟到哪里。他听杰弗里在问：那人是否确实死了。猎场看守作了肯定的回答。道连觉得树林一下子活动起来了，到处都是面孔。他仿佛听见亿万人跺脚和嗡嗡地说话的声音。不知从哪儿飞来一只古铜色胸脯的大山鸡，在头顶上的树枝间扑打着翅膀。

过了几分钟——在这几分钟内，心乱如麻的道连好像熬过了无数小时的苦痛，——他感到有一只手搁在他肩上。他吓了一跳，急忙回过头来。

“道连，”亨利勋爵说，“我看还是叫大家今天停止打猎吧。这样继续下去也怪没趣的。”

“我愿意永远停止打猎，亨利，”他沉痛地回答，“这件事太糟了，也太惨了。那个人难道……”

他无法把这句话完全说出口。

“是的，很遗憾，”亨利勋爵应道，“他的胸膛把整整一发枪弹的火药照单全收了，想来几乎是当场毙命的。走，我们回去吧。”

他们朝着林阴道的方向并排而行，默默地走了有五十码左右。然后道连看看亨利勋爵，长叹一声，说：“这是一个凶兆，亨利，一个很坏的兆头。”

“你说什么？”亨利勋爵问，“哦！你是指这件意外事故吗？老弟，这是没有办法的。是那个人自己不好。谁叫他跑到枪口前面去啦？何况，这也不关我们的事。当然，杰弗里非常懊恼。请助猎夫吃开花弹太不像话。人家还以为他是个乱开枪的射手。其实不然，杰弗里的枪法很准。可是说这话又有什么用呢？”

道连摇摇头。“这是个凶兆，亨利。我觉得将有可怕的事情临到我们中某一个人头上。八成会临到我自己头上。”末了他添上这么一句，同时深感痛苦地抹了一下眼睛。

亨利勋爵笑了起来。“世上最可怕的事情是无聊，道连。这是不可宽恕的罪过。不过我们大概不会遭到这种厄运，除非那些家伙在吃晚饭的时候没完没了地谈这件事。我得告诉他们不准涉及这个话题。至于兆头，那是根本没有的。命运女神从来不事先向我们报信。凭她的聪明和残忍都不会这样做。再说，你还怕什么事情会临到自己头上，道连？凡是一个人可能需要的一切，你都有了。没有人不乐于同你交换位置。”

“没有一个人的位置我不愿意同他交换，亨利。你不要笑，我说的是实话。刚才死去的那个不幸的乡下人比我现在的处境好得多。我对死亡本身并不恐惧。使我恐惧的是死神的即将来临。它好像已经在我周围铅一样沉重的空气里舞动巨大的翅膀。天哪！你看，那边的几棵树后面是不是有一个人影在移动，在监视我，在等待着我？”

亨利勋爵朝着道连戴手套的手瑟瑟发抖地所指的方向望去。“是的，”他微笑着说，“那是花匠在等你。他大概要向你请示，今晚餐桌上该插什么花。老弟，你的神经太脆弱了！回伦敦以后，你得找你的大夫看看去。”

道连看见花匠走近来，才松下一口气。花匠举手触帽行了个礼，犹豫地向亨利勋爵看了一眼，然后掏出一封信交给他的东家。“公爵夫人叫我等候答复。”他嗫嚅着说。

道连把信放进衣袋。“告诉公爵夫人，说我就来。”他冷淡地说，花匠转身向宅院那边很快地走去。

“女人尽爱做危险的事！”亨利勋爵笑着，“这是她们身上最为我所赏识的一种品质。女人会跟任何人调情，只要旁人注意她们。”

“你尽爱说危险的话，亨利！这一次你大错特错了。我非常喜欢公爵夫人，但是我并不爱她。”

“公爵夫人非常爱你，但是并不怎么喜欢你，所以你们是天造地设的一对。”

“你不要无中生有，亨利，这里头没有任何制造丑闻的根据。”

“制造丑闻无须深信不疑，反正有闻必丑。”亨利勋爵说着点了一支烟。

“你为了说一句俏皮话，不惜用任何人作牺牲。”

“世人是自愿走向祭坛的。”这是亨利勋爵的回答。

“我真想能够爱上什么人！”道连·葛雷以凄怆的语调叹道，“可是看来我已经心如止水，万念俱灰。我的心思过于集中在自己身上。我本人已经成了我的累赘。我想逃脱、避开、忘却。这次我到乡下来实在愚蠢。我打算给哈维打个电报去，叫他把游艇准备好。在游艇上才能摆脱威胁。”

“你要摆脱什么威胁，道连？你有什么为难的事？为什么不告诉我？你知道我会帮助你的。”

“我不能告诉你，亨利，”他忧郁地回答，“很可能这完全出于我的胡思乱想。这次不幸的意外把我闹得心里烦透了。我有一种可怕的预感：类似的事情将要临到我头上。”

“简直是梦话！”

“但愿如此，可是我确有这样的感觉。啊！公爵夫人来了，就像一位穿紧身长袍的狩猎女神。你瞧，我们不是回来了吗，公爵夫人？”

“那件事我全都听说了，葛雷先生，”她说，“可怜的杰弗里懊丧得不得了。据说你还劝过他不要开枪打那只野兔。真是件怪事！”

“是啊，真奇怪。我也不知道为什么说了这话。大概是心血来潮吧。那只野兔确实是一只极可爱的小动物。但是，我很抱歉，他们已经把这件事告诉了你。这件事惨极了。”

“只不过是件不愉快的意外，”亨利勋爵插嘴说，“根本没有心理研究的价值。要是杰弗里故意干了那件事，他这个人倒有意思了！我很想结识一位真正的杀人者。”

“亨利，你简直全无心肝，”公爵夫人大声说，“葛雷先生，你说是不是？亨利，葛雷先生又犯病了。他恐怕马上就要昏倒。”

道连好不容易把身子站稳，强作笑容。“不要紧，公爵夫人，”他费力地说，“我的神经系统严重紊乱。别的没有什么。大概上午路走得太远了。刚才亨利说什么来着？我没听见。又是什么可恶的怪话，是不是？以后你再告诉我。很抱歉，我要去躺一会儿。失陪了。”

他们走到花房通凉台的宽阔的台阶前。等道连进去把玻璃门带上，亨利勋爵转过脸来倦眼惺忪地望着公爵夫人，问道：“你真的爱上他了吗？”

公爵夫人半晌没有作声，只是站着眺望风景。“我自己也想知道。”她终于说了这么一句。

亨利勋爵摇摇头。“知道了就会味同嚼蜡。妙就妙在迷离恍惚。雾里看花分外有趣。”

“雾里也会迷路的。”

“条条道路都通往同一个终点，亲爱的格蕾狄丝。”

“通往哪里？”

“幻灭。”

“我的生活正是从幻灭开始的。”她不胜感慨。

“你感到幻灭时已经戴上了爵冕。”

“我对草莓叶①厌倦了。”

“你戴着正相宜。”

“那只是在人前。”

“你少不了它。”亨利勋爵说。

“我不打算舍弃任何一片叶子。”

“蒙茂斯是有耳朵的。”

“上了年纪的人听觉不灵。”

“他难道从来不吃醋?”

“我真希望他能生一点醋意。”

亨利勋爵东张西望，像在寻找什么。

“你找什么?”公爵夫人问。

“你花剑上的小球②，”他回答说，“你把它掉了。”

公爵夫人放声大笑。“我还戴着面罩呢。”

“这会使你的眼睛格外动人。”亨利勋爵说。

她又笑了起来。她的皓齿像鲜红的果实中间的白籽。

道连·葛雷躺在楼上自己卧室里的沙发上，恐怖渗透了他身上的每一个细胞。生命一下子变成他无法承受的负担。那个倒霉的助猎人像一只野兽在树丛中饮弹惨死一事，在道连看来预示着他自己的死亡。刚才亨利勋爵脱口而出的一句俏皮怪话差点儿使他晕厥。

五点钟，他打铃吩咐侍从整理行装，让马车八点半等在门口，准备赶夜班快车回伦敦去。他决意不在塞尔比庄园上再睡一夜。这个地方

---

①公爵冠冕上的装饰。

②击剑运动中戴面罩和在剑尖上套一小球都是安全措施。有一句成语 the bottons came off the foils(剑尖上的小球掉下来了)意即“把游戏当了真”。

处处是凶兆。死神在光天化日下出没无常，林中草地已经染上斑斑血迹。

他给亨利勋爵写了一张便条，告诉他要回伦敦去就医，并要求亨利勋爵代他款待宾客。他正要把便笺装入信封，他的侍从敲门进来，说猎场看守求见。道连皱起眉头，咬住嘴唇。“叫他进来。”迟疑片刻后，他相当勉强地说。

猎场看守一进来，道连就从抽屉里取出一本支票簿，把它翻开了放在自己面前。

“你来大概是为上午那件不幸的意外事故吧，桑顿？”他一面说，一面拿起笔来。

“是的，先生。”猎场看守回答。

“那个可怜的人有没有成家？有没有人靠他养活？”道连露出不耐烦的神色问，“如有的话，我愿赡养他们。你认为该付多少钱，我就拿出多少钱来。”

“我们不知道那个人是谁，先生。我冒昧求见正是为了这一点。”

“不知道他是谁？”道连心不在焉地问，“你说什么？难道他不是你手下的人？”

“不是，先生。我从来没有见过那个人。他像是个水手，先生。”

笔从道连手中跌落，他觉得自己的心脏突然停止了跳动。“水手？”他失声惊呼，“你说他是个水手？”

“是的，先生。看样子他当过水手，两条胳臂都刺着花。”

“他身边有些什么东西？”道连上身前倾，瞪着猎场看守问，“从中能不能知道他叫什么名字？”

“他身上有一点钱，先生，可是不多。还有一支六响手枪。没有姓名标记。那个人长相还可以。就是眉目粗些。我们猜想他是个水手。”

道连霍地立起身来。一个可怕的希望在心头闪起。他发疯似的抓住这点希望不放。“尸首现在什么地方？”他急忙问，“快！我得立刻去看一下。”

“在家用农场的空马棚里，先生。大伙都不愿把死人搁在家里，那样总是会带来坏运气的。”

“在家用农场里？你马上到那里去等我。你叫一个马夫把我的马带来。不，不必了。我自己去吧。这样快些。”

没过一刻钟，道连·葛雷已经以最快的速度骑马奔驰在很长的林阴道上。树木像鬼怪列队从他旁边刷刷地飞掠过去，在他经过的路上投下骇人的魅影。有一次，道连的坐骑看到一根白漆门柱，突然向那里一拐，险些把他摔下马背。道连在马脖子上抽了一鞭。那匹马像一支箭划破飞扬的尘土向前直奔。石子从马蹄下被踢起来纷纷溅开。

他终于赶到农场。两个雇工在院子里闲荡。道连翻身下了马鞍，把缰绳扔给其中一个雇工。在最远的一座马棚里有灯光露出来。他下意识地感到尸体就在那边，便三脚两步跑到门前，准备拔闩开门。

这时他立停片刻，觉得自己正站在打开闷葫芦的门坎上：他的余生究竟可以优哉游哉呢，还是永沉苦海，立即就要见分晓。于是他猝然把门打开，走进马棚。

在马棚深处角落里的一堆麻袋布上，停着一具穿粗布衬衫和蓝裤子的男尸。一方血迹斑斑的手帕覆盖着他的面孔。插在瓶子里的一支劣质蜡烛，在它身旁发出劈劈啪啪的爆裂声。

道连打了个寒战。他感到自己没有勇气伸手揭去那方手帕，只得叫一个雇工进来。

“把脸上那东西拿掉。我要看一看。”他说时扶住门柱支撑自己的身子。

雇工照他的吩咐做了。道连跨前几步，一声惊喜的叫喊从他口中迸发出来。在树丛中饮弹身亡的那个人正是詹姆士·韦恩。

道连站在那里，对尸体看了好几分钟。在回家的路上，他两眼噙满了泪水。他知道自己的安全已不再受到威胁。

第十九章

“你何必向我宣布要重新做人呢？”亨利勋爵大声说，他的白净的手指正浸在一只盛玫瑰香露的紫铜钵子里。“你本来就十全十美。还是不要变吧。”

道连·葛雷摇摇头。“不，亨利，我一生作的孽太多了。以后我再也不干了。我昨天已开始做了些好事。”

“你昨天在什么地方？”

“在乡下，亨利。我一个人借宿在小客栈里。”

“我的老弟，”亨利勋爵面带笑容说，“在乡下任何人都可以做好人。那里没有诱惑。这就是远离都市的人处于未开化状态的原因。文明决不是唾手可得的。只有两条途径可以达到文明：一条是修身养性；另一条是腐化堕落。这两种机会乡下人一种都没有，因此他们停滞不前。”

“修身和腐化，”道连像回声般沉吟道，“我都体验过。现在我实在难以想象这两者怎能并行不悖。由于我有了新的理想，亨利，我决定重新做人。我觉得自己已经换了一个人。”

“你还没有告诉我，你到底做了什么好事。你好像说做了不止一桩？”亨利勋爵一面说，一面把去籽的草莓倒在自己盘子里堆成一座鲜红的小金字塔，再用有孔的贝壳形匙子把白糖撒在草莓上。

“我可以告诉你，亨利。这不是一个我可以随便讲给别人听的故事。我放过了一个叫海蒂的少女。这话听来有些浮夸，不过你能明白我的意思。她长得极美，同西碧儿·韦恩像得出奇。这大概是我被她吸引的首要原因。你还记得西碧儿吗？那是多么遥远的往事啊！当然，海蒂不是你我这个阶级的人，她不过是个乡下姑娘。但是我真心爱她。我确信这是爱情。在今年整个美妙的五月里，我一星期要去看她两三回。昨天她在一座小果园里和我相会。苹果花不断落在她的头发上，她笑得挺欢。我们本来打算今天黎明时分一起私奔。但我突然决定让这朵花保持我初次见到她时的原样。”

“道连，我想这种新奇的感觉一定使你得到某种真正快意的刺激，”亨利勋爵把他的话打断，“但是我可以代你叙述你们这首田园诗的结尾。你给了她忠告，也撕碎了她的心。这就是你脱胎换骨的起点。”

“亨利，你真可恶！你不应该说这样刻薄的话。海蒂的心没有碎。当然，她哭了，这是免不了的。但是她的名节保全了。她可以像珀狄塔一样生活在薄荷飘香、金盏花开的乐园里。”

“并且为负心的弗罗利泽[①]流泪。”亨利勋爵接口说着仰靠在椅背上哈哈大笑。“亲爱的道连，你哪来这许多孩子气的傻念头？难道你以为那个姑娘今后会看得上哪一个跟她出身差不多的人？将来她多半会嫁给一个赶大车的粗汉或傻乎乎的农夫。既然她遇见过你，跟你相爱过，今后她必定瞧不起她的丈夫，觉得自己命苦。从道德观点看，我不敢恭维你这种急流勇退的壮举。即使作为一个起点，也不值得鼓励。何况，目下海蒂也许像奥菲莉娅那样，周身围着睡莲，正漂浮在某一座磨坊池塘映着星光的水面上呢？”

“我受不了，亨利。你总是把任何事情变成嘲笑的资料，然后又凭空描绘最悲惨的情景。我后悔告诉了你。不管你对我说什么，反正我知道自己做得对。可怜的海蒂！今天早晨我骑马经过那个农家时，看见她雪白的脸蛋像一枝茉莉花紧贴在窗上。这件事再也别提了，你也不必说服我相信：多少年来我做的第一桩好事，我有生以来作出的第一次自我牺牲，实际上又迹近罪恶。我要革面洗心。我正打算革面洗心。谈谈你自己的事情吧。近来伦敦有些什么新闻？我好多天没上俱乐部了。”

“人们还在谈可怜的贝泽尔失踪这件事。”

---

① 弗罗利泽和珀狄塔是莎士比亚戏剧《冬天的故事》中的一对情侣。

“我还以为这一阵子人们已经谈腻了呢。”道连说着给自己倒了点葡萄酒，同时略微皱起眉头。

“老弟，这件事才谈了六个星期，而英国人至少要三个月才换话题，否则他们的头脑适应不了。不过近来新闻层出不穷，够他们谈的。其中包括我的离婚和艾伦·坎贝尔的自杀，现在又是一个画家神秘地失踪了。苏格兰场①坚持说，十一月九号坐午夜一班火车前往巴黎的那个穿灰大衣的人就是可怜的贝泽尔；可是法国警方声称，贝泽尔根本没有到达巴黎。没准儿两星期以后我们会听说：有人看见他在旧金山。说也奇怪，谁要是失踪了，总会有人在旧金山看见他。那一定是个挺可爱的城市，想必具备身后世界的一切妙处。”

“依你看，贝泽尔出了什么事？”道连问，他举起一杯红葡萄酒放在灯光下细看，对于自己竟能如此从容自若地议论这件事，心里也很纳罕。

“我一点也想象不出。倘若贝泽尔愿意躲起来，这不关我的事。倘若他死了，我不愿想起他。唯一使我心惊肉跳的就是死亡。我恨死亡。”

“为什么？”道连有气无力地问。

“因为，”亨利勋爵说时把一只嗅盐盒的镀金箅子放到鼻子底下闻了一下，“如今的人什么都熬得过，唯独这一桩例外。死亡和庸俗是十九世纪至今得不到圆满解释的现象。我们到琴室里去喝咖啡，道连。你得给我弹肖邦的作品给我听。跟我妻子一起私奔的那个人弹肖邦的作品非常出色。可怜的维多利亚！我倒是挺喜欢她。她走后家里怪冷清的。家庭生活固然仅仅是一种习惯，而且是坏习惯，但即使坏习惯也舍不得丢掉。也许恰恰是坏习惯最叫人难以割舍，因为它们已经成为我们

---

①“苏格兰场”是一条很短的街名，1890年前为伦敦警察厅总部所在地（现已迁往泰晤士河畔的新苏格兰场）。但一百多年来，“苏格兰场”一直是伦敦警方、尤其是伦敦警察厅刑侦处的代名词。

不可或缺的组成部分。”

道连没有说什么，只是从桌旁站起来，走到隔壁的琴室里，在钢琴前坐下，手指按在黑白分明的象牙琴键上弹了起来。咖啡端上来后，他停止了弹奏，望着亨利勋爵，问道：“亨利，你是否想到过贝泽尔可能被人谋杀？”

亨利勋爵打了一个呵欠。“贝泽尔人缘挺好，又老是带着一块不值钱的表。为什么人家要杀害他？他没有足以树敌的聪明。的确，他有画画的奇才，但一个能像贝拉斯克斯①一样画画的人，也可能在其他方面毫无趣味。贝泽尔实在是个乏味透顶的人。他只有一次引起我的兴趣，那是好多年以前的事。当时他告诉我，说他对你崇拜得简直要发狂，说你成了他创作中压倒一切的主题。”

“我曾经很喜欢贝泽尔，”道连的语调带着一点伤感，“这么说，人们并不认为他可能被杀？”

“有几家报纸提出过这种猜测。我认为这根本不可能。我知道巴黎有些可怕的去处，不过贝泽尔不是会到那里去的人。他没有好奇心。这是他主要的毛病。”

“假如我告诉你说我杀了贝泽尔，你将作何感想？”道连说这话时聚精会神地注视着对方。

“我会说，老弟，你在扮演一个不合适的角色。一切犯罪行为都是庸俗的，正如一切庸俗行为都是犯罪一样。道连，你不配干杀人的勾当。很抱歉，我这话伤害了你的自尊心，但我确实认为如此，犯罪是下层百姓的行当。我丝毫没有谴责他们的意思。我觉得，犯罪之于他们，犹如艺术之于我们一样，无非是寻求刺激的一种手段。”

“寻求刺激的手段？照你这样说，犯过一次谋杀罪的人还可能再犯同样的罪喽？可不能这样说。”

---

① 贝拉斯克斯(1599—1660)，西班牙大画家。

“哦！任何事情只要多做几次就自有乐趣，”亨利勋爵笑道，“这是人生最重要的秘密之一。不过，我认为杀人永远不足为训。凡是不能在酒后茶余谈论的事情决不要做。我们别再议论可怜的贝泽尔了。我很愿意相信他被你言中而得到一个真正浪漫的结局，但是我无法相信。他充其量只可能是从巴黎的公共马车上摔下来掉进了塞纳河，而售票员把事情掩盖起来了。对，我猜想他的结局八成是这样。我好像看到他这时正躺在浊绿色的水下，满载货物的驳船在他头上来来往往，他的头发同很长的水草缠在一起。老实对你说，我看他再也画不出多少好作品来。最近十年他的画大不如前。”

道连叹息一声，亨利勋爵踱到房间另一头去抚摸一只珍异的爪哇鹦鹉的脑袋。那是一只冠顶和尾巴呈粉红色、其余都是灰色的大鸟，它蹲在一根竹竿上保持平衡。亨利勋爵细长的手指碰到它身上，鹦鹉立刻垂下白色鳞片状的皱眼皮，遮住玻璃球似的黑眼睛，开始荡秋千。

“是啊，”亨利勋爵转身继续说，并且从口袋里掏出一方手帕，“他的画已大不如前，好像失去了什么似的。看来是失去了理想。自从你同他不再是知己朋友，他也不再是一位伟大的画家。是什么把你们分开的？我估计是因为你对他日久生厌。如果真是这样，那他永远不会原谅你。凡是讨人嫌的人往往如此。对了，我要问你一件事：他给你画的那幅出色的肖像后来怎样了？自从他画好了以后，我好像一直没有看见过。哦！我想起来了，几年前你告诉过我：你把它送到塞尔比庄园去，可是在途中遗失了或是被偷走了。你始终没把它找回来吗？真可惜！这是一件真正的杰作。我记得我曾想把它买下来。现在我仍希望拥有它。这是贝泽尔创作巅峰时期的作品。从那以后，他的作品多半是很好的构思和糟糕的技法的奇怪混合物，凭这个条件就有资格被称为有代表性的英国画家。你有没有登过启事寻找那画像？应当登报。”

“我忘了，”道连说，“大概登过。不过我从未真正喜欢它。我后悔为它做了模特儿。这幅像留下了令人讨厌的回忆。你提它做什么？

它常常使我想起某一个剧本——大概是《哈姆雷特》——里边有挺古怪的两行诗，不知我有没有记错——

> 不过是做作出来的悲哀，
> 只有表面，没有真心。①

是的，只有一张脸而没有心肝，这正是它的写照。”

亨利勋爵笑了起来。“一个人要是能用艺术的眼光看待人生，他的头脑就是他的心。”说着，他在一张圈椅里坐下。

道连·葛雷摇摇头，在钢琴上弹出轻柔的和弦。“只有表面，没有真心，”他还在那里自言自语，“只有一张脸而没有心肝。”

亨利勋爵靠在椅背上，眼睛半开半闭地瞧着他。“我想问你，道连，”他沉默片刻后说，“人若赚得全世界，却赔上自己的灵魂，有什么益处呢？②——不知我是否把原话记错？”

琴声戛然而止，道连·葛雷全身一震，向他的朋友瞪着眼睛。“你为什么向我提这样的问题，亨利？”

“亲爱的，”亨利勋爵惊异地扬起眉毛说，“我问你是因为我想你大概能给我答复，如此而已。上星期日我正步行穿过海德公园，见一小群衣衫褴褛的人围在大理石牌楼近旁听一个街头传教士讲道，无非是老生常谈。我打那儿经过的时候，听到他正在向他的听众大声提出这个问题。这个充满戏剧性的场面给我留下深刻的印象。类似的饶有兴味的景象在伦敦还是不少的。不妨想象一下：一个下雨的星期天，一位穿雨衣的酸教友，滴水的雨伞拼凑成的临时檐棚下几张没有血色的面孔，忽

---

①《哈姆雷特》第四幕第七场，弑兄篡位的国王问被哈姆雷特误杀的御前大臣波洛涅斯之子雷欧提斯：“你真爱你的父亲吗？还是不过是做作出来的悲哀，只有表面，没有真心？”

②见《圣经·新约·马太福音》第16章第26节。

然由歇斯底里的尖嗓门喊出这句出人意料的话——确实别具一格，发人深思。我本想对那位传教士说：艺术有灵魂，人没有灵魂。可是我担心他不能理解我的意思。”

“不要这样说，亨利。灵魂是一种可怕的现实存在。它可以买卖，可以用来作交易，可以被腐蚀，也可以改邪归正。我们每个人身上都有灵魂。这一点我知道。”

“你有十分把握吗，道连？”

“有把握。”

“啊！那一定是幻觉。凡是我们觉得有绝对把握的事情决不是真的。那都是迷信，是中世纪骑士传奇的余绪。你的神态多么严肃啊！不要这样认真。你我何必去跟这个迷信的时代一般见识？不，我们再也不信有什么灵魂存在。给我弹一曲吧。弹一首夜曲，道连。你一边弹，一边轻轻地告诉我，你是怎样保持青春的。你一定有什么秘诀。我只大你十岁，可我已经满面皱纹，又老又黄。你实在讨人喜欢，道连。今晚你简直比任何时候更叫人着迷。你使我想起我第一次看见你的那一天。当时你很冒失，但又怕羞，总之极不寻常。后来你变了，但容貌始终没变。我希望你能把秘诀告诉我。如果能恢复青春，我什么都愿意干，除了做体操、早起或者做正派人。青春！什么都不能同青春相比！什么‘少不更事’之类的话全是胡扯！现在只有比我年轻得多的人的见解，我才多少有点尊重。他们走在我们前头。生活总是把最新的奇迹向他们揭示。至于上了年纪的人，我老是跟他们发生冲突。这是出于我的原则。你如果请他们对昨天发生的事情发表意见，他们就会一本正经地向你陈述 1820 年流行的看法，那时人们还穿长袜子，什么都相信，可是什么都不懂。你弹的这支曲子美极了。我不知道这首作品是不是肖邦在马略卡岛①上写的，那里有大海在别墅周围呜咽，有带咸味的浪花溅

① 马略卡岛，在地中海西部，属西班牙。1838 年秋至次年年初，肖邦与乔治·桑曾在岛上居住。

在玻璃窗上。这情调非常浪漫。谢天谢地，我们总算还有一门不事摹仿的艺术！不要停下来，继续弹。今晚我需要音乐。我觉得你像年轻的阿波罗，我像玛息阿在听你演奏①。道连，我也有自己的悲哀，这连你也一无所知。老年之所以可悲，并不在于年纪大了，而是在于心还年轻。有时候我对自己的坦率感到吃惊。唉，道连，你多幸福啊！你的一生真美妙！你把每一种享受都像酒一样喝了个痛快。你把葡萄抵着硬腭榨出汁来。对你来说已不存在任何秘密。而且这一切就像音乐一样丝毫也没有把你玷污，你还是原来的样子。”

“我已经不是原来的我了，亨利。”

“不，你还是原来的你。但不知你今后的生活将是怎么个样子。可不要用自我克制的办法把它糟蹋了。现在你是完美的典型。小心不要给自己制造缺陷。目前对你一点毛病都挑不出来。你别摇头，你自己也知道这是事实。还有，道连，不要欺骗自己。生活不是由意志或愿望驾驭的。生活取决于神经、纤维、慢慢构成的脑细胞，思想就在那里藏身，欲望就在那里酝酿。你自以为高枕无忧，无所畏惧，但只要偶然看到一间屋子里或早晨天空的色调，嗅到某种为你所喜爱和令人依稀想起往事的异香，无意间读到早已忘怀的一首诗中的某一行，听到你久已不演奏的一部作品的某一乐段——告诉你吧，道连，凡此种种，都会影响我们的生活。勃朗宁在什么地方写过上面这样的话，我们的感官也有这样的经验。有时候，不知哪儿忽然飘来一阵白丁香的清芬，我就得把我一生中最不可思议的一个月重新回味一遍。我真想同你交换位置，道连。世人把我们俩都骂得狗血喷头，但他们只崇拜你一个人。过去如此，将来还是如此。你是我们这个时代所要寻觅的典型，而觅到后他们又害怕了。我感到高兴的是，你从来没有雕过一座像，画过一张画，或者造出任何一件身外之物。生活就是你的艺术创作。你把你自己谱成

① 据希腊神话，智慧女神雅典娜制成一支笛子，因发现吹者会面目变丑而弃之。自然之神玛息阿拾得此笛，与阿波罗比试音乐才能，败北后被活活剥皮。

了音乐。你过的日子就是一首首十四行诗。”

道连从钢琴旁边站起来，用手掠了一下自己的头发。“是的，生活确是美妙的，”他喃喃地说，“但我再也不愿过这样的生活了，亨利。你也不要向我发表这些奇谈怪论。并不是我的一切你都了解，否则恐怕连你也会转脸不认我的。你笑什么？不要笑。”

“你为什么不弹下去，道连？去坐下来再给我弹一遍那首夜曲。你瞧，那蜜黄色的大月亮挂在暗沉沉的空中，正等着你去诱惑她。只要你的琴声一起，她就更加挨近地面。你不弹了吗？那么我们上俱乐部去。我们度过了一个愉快的晚上，应当有始有终。怀特俱乐部有个人一心一意想跟你结交，就是那位年轻的浦尔勋爵，邦茅斯的长子。他已经把你打领结的式样学到了家，并一再央求我给你们介绍介绍。他很讨人喜欢，我看他有许多地方像你。”

“但愿不是这样，”道连眼神带着几分忧郁说，“不过今天我已经很累，亨利。我不上俱乐部去了。现在将近十一点，我想早些回家睡觉。”

“再待一会儿。今天你弹得比任何时候都好。你的指法有一种出神入化的妙处，比我以前听过的任何一次更富有表现力。”

“那是因为我想要重新做人，”他微笑着回答，“我已经起了一点小小的变化。”

“在我心目中你不会改变，”亨利勋爵说，“你我将永远是朋友。”

“可是当初你通过一本书把我给毒害了。这件事我永远不会原谅你。亨利，你得向我保证：再也不把它借给任何人。那是一本坑人的书。”

“老弟，你真的做起道德家来了。看来不久你将作为一个改邪归正的改宗者、一个信仰复兴运动者到处现身说法，告诫人们不要作那些你已经感到厌倦的罪孽。不过，你怎么也扮不像这样可恶的角色，你太可爱了。何况，这起不了任何作用。你我是怎样的人就是怎样的人，将来仍然如此。至于说一本书可以把人给毒害，那是根本没有的事。艺术不可能促进行动，只会打消行动的愿望。艺术绝对不结果实。有些书被称为伤风败俗，无非因为向世人揭示了他们自己的丑态。好了，我们不必辩论文学问题。你明天再来。我打算上午十一点去骑马。我们一起去吧，然后我带你到布兰克瑟姆夫人家吃午饭。这个可爱的女人打算买几张挂毯，她要向你请教。可不要忘了。或者我们去同娇小的公爵夫人一起吃午饭，好不好？她说近来你的影儿也见不到。大概你对格蕾狄丝已经腻烦了吧？这是意料中事。她那副伶牙俐齿会叫人受不了的。好吧，反正你十一点到这儿来就是了。”

“你非要我来不可吗，亨利？”

“当然，这个季节公园的风景很美。打我认识你那一年起，丁香还从来没有开得像今年这样盛。”

“好吧，我十一点到这儿来，”道连说，“晚安，亨利，”他走到门口，犹豫了一下，像有什么话要说。后来只是叹了口气，就出去了。

第二十章

那是一个醉人的夜晚。因为天暖，他把大衣脱下来挎在胳膊上，脖子上连丝围巾也没有系一条。他一路吸烟，一路漫步走回家去。有两个穿晚礼服的年轻人打他身旁经过。他听见其中一个向另一个悄悄地说："那就是道连·葛雷。"他回忆过去被别人指指点点、注视或议论的时候曾是多么得意，现在他对自己的名字已经听厌了。近来他常常到一个小村子去，那个地方的可爱之处一半在于没有人知道他是谁。他几次告诉那个被他诱入情网的姑娘，说他是个穷光蛋，她也信以为真。有一次，道连向她承认自己是个坏人，被她取笑了一通。她说坏人总是又老又丑的。她笑得多甜哪，活像一只画眉鸟在唱歌。她头戴大帽子、身穿布衣裳的模样十分招人喜欢。她天真无知，但是她有着道连失去了的一切。

到了家里，他发现自己的侍从还在等他，便打发侍从去睡，自己靠在书斋里的沙发上，开始思量亨利勋爵对他说的话。

人是不是真的永远改变不了啦？他无限缅怀自己白璧无瑕的少年时代——亨利勋爵一度称之为白玫瑰般的少年时代。道连知道自己玷污了自己，腐蚀了心灵，毒化了想象；知道自己对别人产生了坏影响，而且从中获得一种残忍的乐趣；知道自己结交的人中间禀性最纯洁、前途最光明的人都被他引入歧途而身败名裂。可是这一切难道都不能挽回了吗？难道他已无药可救了吗？

唉！当初他在虚荣和欲望的一时冲动下，祈求上苍让画像代他承受年龄的负担，使他自己永葆光华照人的青春。想不到那一刹那竟成千古恨！如果他造的孽桩桩件件都毫厘不爽地马上得到报应，倒也痛快。惩罚就是净罪。人向无比公正的上帝祈祷时不应当说："宽恕我们的罪孽吧！"而应当说："惩罚我们的不义吧！"

不知多少年前亨利勋爵送给他的一面雕镂精细的镜子，此刻正放在桌上，镜框上白白胖胖的小爱神依旧在笑。道连拿起镜子，就像在初次发觉要命的画像起变化的那个恐怖之夜里一样，睁大了一双模糊的泪眼向光洁的镜子里望着。曾经有一个爱他快要发狂的人写过一封痴情洋溢的信给他，末尾是这样两句偶像崇拜者的谵语："有了你这样一个牙雕金铸的人，世界也变了样。你的嘴唇的曲线将重写历史。"现在他想起了这几句话，一遍又一遍地默念着。随后他对自己的美貌突然憎恶起来，就把镜子扔在地板上，用鞋跟把它踩成无数银色的碎片。正是他的美貌毁了他，正是他祈求得来的美貌和青春葬送了他。要不是这两者，他的一生可以不沾上一个污点。事实上，他的美貌不过是一张面具，青春则成了笑柄。青春究竟是什么呢？往最好处说，也只是一段缺乏经验、不成熟的时间，充满了浅薄的见解和不健康的思想。他何苦老是穿着这身号衣？青春把他惯坏了。

过去的事还是不要去想。反正已经什么都不能改变了。他应该考虑的是自己和自己的未来。詹姆士·韦恩已埋入塞尔比坟地的一座无名冢。艾伦·坎贝尔某一天夜里在自己的实验室里开枪自杀了，但是没有泄露他被迫知道的秘密。贝泽尔·霍尔渥德失踪一事所引起的纷纭之说不久就会平息下去，眼前已经不是那么沸沸扬扬了。总而言之，他完全可以高枕无忧。事实上，贝泽尔·霍尔渥德之死还不是他最感到沉重的心病。不，是他自己半死不活的灵魂使他不得安宁。贝泽尔画的肖像害得他好苦哇！这件事他不能原谅贝泽尔。祸根全在于画像。贝泽尔向他说了许多极其难堪的话，但他还是忍气吞声地听了。杀人完全是一刹那的疯狂行为。至于艾伦·坎贝尔的自杀，那是他自己的事。他要走这条路，谁拦得住？

重新做人！这才是他所需要的。这才是他所渴望的。事实上他已经开始做了。至少他放过了一个无辜的少女。他再也不引诱无辜。他要做一个好人。

关于海蒂·默顿的思绪使他联想到被锁在空室里的画像，不知它是否变好了些？也许不像以前那样狰狞可怖了吧？如果他从此洁身自好，或许能把邪恶的欲念留在画像面部的痕迹一个个清除干净。或许邪恶的痕迹已经消失了。他要去看一看。

道连从桌上拿起一盏灯，蹑手蹑足走到楼上。当他启锁开门的时候，一丝欣喜的微笑浮上他异样地年轻的脸庞，并在嘴角上逗留了一会儿。是的，他要做一个好人，被他藏匿了这么多年的丑东西将不再使他害怕。他觉得压在心上的石头已经搬开。

他悄悄地走进房间，照例把门反锁起来，然后把紫红缎罩从画像前拉开。一声痛苦夹着愤怒的叫喊冲口而出。除了眼睛里现出狡猾的目光，嘴角刻上一道伪君子的皱纹外，他看不出任何变化。画像上那个家伙还是那样面目可憎，甚至比以前更加可憎。沾在一只手上的殷红的湿斑似乎更醒目了，更像新鲜的血迹。他禁不住哆嗦起来。难道他做唯一的好事的动机纯粹是一种虚荣心？难道他只是想追求新的刺激，像亨利勋爵带着嘲笑所暗示的那样？难道正是那种装腔作势的癖好使我们偶尔做出比自身更高尚的行为？还是这一切都兼而有之？为什么那块红斑比先前更大了？像是一种恶疮在皮肤皱缩的手指上蔓延开来。画像的脚上也有血迹，莫非是从手上滴下来的？甚至没有握过刀子的那只手上也有血。

自首？这是否意味着他必须去投案自首？任凭发落，等待处死？他笑了起来。他觉得这个念头荒唐之至。再说，即使他去投案，谁能相信他？无论何处都没有留下被害人的任何痕迹。属于死者的一切已全部销毁。是道连亲自把贝泽尔留在楼下的东西烧毁的。如果他和盘托出，人们一定会说他神经错乱。倘若他坚持声称确有此事，就会被关进疯人院里去……。然而他应当自首，应当为人所不齿，应当受到社会的制裁，这是他罪有应得。上帝还是有的，上帝要人们对天对地同样不隐讳自己的罪恶。除非他供认自己的罪行，否则无论用什么办法都不能把他洗刷干净。然而，到底哪些是他的罪行？道连耸耸肩膀。贝泽尔·霍尔渥德之死在他心目中已算不了什么。他想的是海蒂·默顿。不，此时他正在照的这一面镜子没有如实反映他的灵魂。虚荣？猎奇？伪善？难道他悬崖勒马的行为就没有别的内容？应该还有。至少他认为还有。可是他有什么呢？……谁也说不上来。别的什么也没有。他是在虚荣心的驱使下放过了海蒂。他是出于伪善的目的而套上德行的面具。他是为了猎奇的缘故才作这一番自我克制的尝试。现在他认识到了。

但是，这桩杀人的罪行难道要跟踪他一辈子吗？难道他将永远背着自己的往事这个包袱？他是不是真的该去自首？不。他的罪证还留着的只有这么一点儿。那就是这幅画像。必须把它也消灭掉。他这么长时间留着它干什么？观察画像逐步变化，渐渐老去，一度是他的一种乐趣。近来他已感觉不到什么乐趣。这东西常常使他夜里不能成眠。他不在伦敦家里的时候老是提心吊胆，生怕别人窥见他的秘密。这东西在他纵欲的过程中掺入了忧郁的成分。有不少欢乐的时刻往往因为惦着它而大煞风景。这东西好像成了他的良心。对，的确成了他的良心。他得把这东西毁掉。

道连四下环顾，看见了曾经捅死贝泽尔·霍尔渥德的那把刀子。道连曾把它擦过好多次，直至上面找不到任何一点痕迹。这时它又在那里闪着寒光。既然它杀死过画家，那就让它把画家的作品及其象征意义也一起毁了吧。让这把刀子切断同往事的一切联系。一旦往事逝去，他就自由了。让这把刀子结束灵魂的这种不可思议的活动。只要听不见灵魂讨厌的警告，他就可以得到安宁。于是他抓起刀子，对准画像猛戳过去。

紧接着，只听到一声惨叫和什么东西訇然倒地的声响。那临死前痛苦的叫喊极度恐怖，惊醒过来的仆人吓得纷纷冲出卧房。当时有两位绅士正好从下面广场上路过，听到了叫喊声，停下来朝这所大房子楼上张望。他们去叫来了一名警察。警察打了好几次铃。但是没有人应门。除了顶层一扇窗子有灯光外，整座楼宅一片黑暗。过了一会儿，警察从门口走开，去站在毗邻的柱廊里观看动静。

“警察，这是哪家的公馆？”年纪较大的一位绅士问。

“道连·葛雷先生的，先生。”警察回答说。

两位绅士交换了一下眼色，冷笑一声走开了。其中一位是亨利·厄什顿爵士的舅舅。

公馆内部的下房里，衣履不整的用人们在紧张地窃窃私议。年事已高的管家妇黎甫太太一边抽噎，一边使劲交替地握着自己的手。弗兰西斯面无人色。

大约一刻钟以后，他把马车夫叫来，加上一名听差，三个人一起放轻脚步登上顶层。他们敲了敲门，但是没有人应。于是他们大声叫唤。依旧毫无动静。在尝试破门无效之后，他们终于爬上屋顶，翻到阳台上。阳台的长窗没费多少力气就被打开，因为插销已经很旧了。

他们走进房间，发现墙上挂着东家的一幅肖像，同他们最近一次见到他本人的时候一样容光焕发，洋溢着奇妙的青春和罕见的美。地上躺着一个死人，身穿晚礼服，心窝里插着一把刀子。他形容枯槁，皮肤皱缩，面目可憎。如不仔细察看他手上的指环，他们怎么也认不出这个人是谁。

阿瑟·萨维尔勋爵的罪行

——论责任

[英]王尔德 著

1

这是复活节前温德米尔勋爵夫人最后一次接待宾客，本廷克宅楼比往常越发显得人头攒动。六位内阁大臣是从下议院院长的招待会上满身勋绶赶来的，所有的漂亮女人都打扮得花枝招展，卡尔斯鲁厄[①]的索菲娅郡主站在画廊尽头，这位显贵的长相好似鞑靼人，眼睛细小乌黑，戴着珍稀的翡翠首饰，她的法语很蹩脚，偏偏嗓门特别高，不管别人对她说些什么，郡主一概报以纵声狂笑。这些人差异很大，混杂在一起可真够奇怪的。雍容闲雅的贵妇们与挥斥八极的激进派亲切交谈，深得人心的教士牧师与大名鼎鼎的无神论者相安无事。一群德高望重的主教跟在歌剧界一位肥胖的大牌女明星后面，从一间屋子拥到另一间屋子。楼梯上站着几名自命为画家的皇家艺术院院士，据说有一段时间餐厅里简直挤满了旷世奇才。事实上，这是温德米尔夫人办得最精彩的晚会之一，那位郡主几乎一直待到十一点半才走。

郡主刚一离去，温德米尔夫人便回到画廊，那儿有位著名的政治经济学家正煞有介事地向另一位怒气冲冲的匈牙利炫技派演奏家大谈其音乐理论。温德米尔夫人开始跟佩斯礼公爵夫人说话，后者的脖子宛如象牙雕就一般高贵典雅，一双大眼睛犹同勿忘草开的浅蓝色花朵，还有那一绺绺沉甸甸的金色鬈发，使她看上去美得出奇。她的头发是真正的纯金色，并非时下盗用黄金美名的那种淡淡的稻草色，而是金子被织入一束束阳光或藏在奇异琥珀之中泛出的颜色。金色的发卷儿仿佛为她的面容提供了一位圣徒的轮廓，同时也包含着一名罪人的不少魅力。从心理学的角度说来，她是个颇具研究价值的课题。她早年就发现了一条重要的真理：看起来最像无辜的莫过于行为不加检点。正是由于一系列的轻举妄动（其中有半数均无伤大雅），她赢得了一个“人物”可以得到的所有好处。她曾不止一次改嫁；诚然，德布雷特记载她结过三次婚，可是她从未更换过情人，因而外界久矣乎不再议论她的绯闻。现今她年届四十，没有子女，还是那样纵情欢乐，这正是永葆青春的秘诀。

温德米尔夫人急切地环顾室内，用她清晰的女低音说："我的手相术专家哪儿去了？"

"你的什么，葛蕾荻丝？"公爵夫人不由得吃了一惊问道。

"我在找我的手相术专家，公爵夫人。眼下离开了他我简直就没法儿过日子。"

"亲爱的葛蕾荻丝！你永远是那么与众不同。"公爵夫人嘀咕道，同时在思忖，手相术专家究竟是干什么的，但愿那跟治趼子和鸡眼的手足疾专家不是一码事儿。

"他每周来两次看我的手，挺准时的，"温德米尔夫人继续说，"真是再有趣不过的了。"

"天哪！"公爵夫人暗暗叫苦，"说到底这还是手足疾专家一类的货色。讨厌透了。但愿他至少是个外国人。那还不至于太糟糕。"

"我说什么也得介绍你跟他认识一下。"

"认识他！"公爵夫人叫了起来，"你的意思是说此刻他就在这儿？"说着，她开始在身旁寻找一柄玳瑁小折扇和一条已很破旧的花边披巾，似乎准备马上离去。

"他当然就在这儿；我举办晚会哪能不把他请来。他告诉我，说我有一只完完全全通灵的手，还说我的拇指只要稍稍短那么一丁点儿，我肯定是个不可救药的悲观主义者，早就进了修道院。"

"哦，我明白了！"公爵夫人如释重负地说，"他是个算命的，告诉人家什么时候交好运，对不？"

"也说什么时候走背运，"温德米尔夫人答道，"不管吉多凶少还是凶多吉少。譬如我明年将遭大凶险，无论在陆地或海上都一样，所以我打算住在气球里，每天晚上用篮子把我的饭食吊上去。这一切都写在

---

①卡尔斯鲁厄，德国西南部一城市。

我的小指上，也许是在我的手掌上，哪只手我忘了。”

“可这明明是蔑视天命，葛蕾荻丝。”

“我亲爱的公爵夫人，这一回天命一定受得了蔑视。我认为人人都应该每月让专家看一次手相，好知道不宜干哪些事。当然，人们还是照干不误，可事先得到警告真让人高兴。这会儿要是没有人立刻去把波杰斯先生找来，我只得自己去了。”

“让我去吧，温德米尔夫人。”有位长得挺帅的高个儿年轻人说，当时他正站在一旁听她们交谈，脸上的微笑说明他觉得挺滑稽。

“太感谢了，阿瑟勋爵；不过恐怕你认不出他。”

“要是他像你说的那么神奇，温德米尔夫人，我看到了他不会当面错过。只要告诉我他什么模样，我立马把他给你找来。”

“嗯，他可一点儿也不像一位手相术专家。我是说他看上去并不神秘或者莫测高深，也不浪漫。他身材矮胖，一颗秃脑袋，样子挺可笑，戴一副老大老大的金丝边眼镜；模样儿介乎家庭医生和乡村律师之间。我这么说实在很抱歉，可这不是我的错。人们的模样真讨厌。我的钢琴家个个一看就像诗人，而我的诗人又都完完全全像钢琴家。我记得上一社交季节邀请过一名最可怕的暗杀党吃饭，他曾经用炸弹把好多人送上天去。这人老是穿一件锁子甲上衣，衬衫袖子里边永远藏着一柄匕首；然而，他来的时候模样儿活像一位和善的老牧师，而且整个晚上不断地说笑话，你知道吗？尽管他非常风趣，可我却大失所望；当我向他问起那件锁子甲上衣的时候，他只是笑呵呵地说，在英国穿这玩意儿实在太冷。啊，波杰斯先生来了！嗨，波杰斯先生，我要你给佩斯礼公爵夫人看看手相。公爵夫人，你得褪一下你的手套。不，不是左手，而是另一只手。”

“亲爱的葛蕾荻丝，我真的觉得这不太合适。”公爵夫人说着半推半就地解开一只脏兮兮的小山羊皮手套的扣子。

“社交界认为有意思的事儿，”这前半句温德米尔夫人说的是法语，“照例一点意思也没有。不过我得给你们互相介绍一下。公爵夫人，这位是波杰斯先生，我宠信的手相术专家。波杰斯先生，这位是佩斯礼公爵夫人，你如果说她的月亮山掌纹比我的大，那我再也不信你的话了。”

“葛蕾荻丝，我确信自己决计没有那样的掌纹。”公爵夫人一本正经地说。

“公爵夫人阁下说得完全正确，”波杰斯瞥了一眼她那只指头生得短短方方的肥软小手，“月亮山没有充分展开。不过生命线纹出类拔萃。请弯一下腕关节。谢谢。在 *rascette*① 上三条线清清楚楚。你将是一位高寿人瑞，公爵夫人，而且福气也好极了。至于抱负嘛——很有分寸，智力线纹并不过于发达，心怀线纹——”

“嗨，你可得实话实说，波杰斯先生。”温德米尔夫人急了。

“那对我是莫大的荣幸，”波杰斯先生说着欠了欠身，“假如公爵夫人的心怀确实存在这种情况的话。但是对不起，我看到的是伟大专一的情感和强烈的责任心结合在一起。”

“求求你说下去，波杰斯先生。”公爵夫人道；看来，她觉得十分惬意。

“在公爵夫人阁下的美德中间丝毫看不到理财有方的迹象。”波杰斯先生继续道，而温德米尔夫人则笑得前俯后仰。

“理财有方是件好事儿，很不错，”公爵夫人言下颇有得色，“我嫁给佩斯礼的时候，他拥有十一座宫堡，可是适宜居住的宅楼一座也没有。”

“如今他拥有十二座宅楼，宫堡却一座也没有了。”温德米尔夫人嚷道。

“没错，我亲爱的，”公爵夫人说，“我喜欢——”

---

①波杰斯此处故弄玄虚地使用了一个中古拉丁语词，指腕部掌面皮肤上的横纹。

“舒适，”波杰斯先生接过话茬，“还有各项经过改进的现代化设施和通到每一间卧室的热水管道。公爵夫人阁下的想法完全正确。舒适是当代文明唯一可以给我们的东西。”

“你对公爵夫人的性格作了精彩的描述，波杰斯先生，现在你得给弗萝拉小姐看了。”这时，一位头发像苏格兰人那样呈米黄色、肩胛骨隆起的高个儿少女，见女主人颔首微笑向她示意，便从沙发后面很不利索地跨步上前，伸出一只瘦削细长、指头状似压舌板的手来。

“啊，是位钢琴家！我看得出来，是位出色的钢琴家，但恐怕算不上一位音乐家。很拘谨，很老实，非常热爱动物。”

“千真万确！”公爵夫人转过脸去向温德米尔夫人发出惊叹，“绝对正确！弗萝拉在麦克洛斯基养了两打柯利狗①。要是她父亲由着她的话，她会把我们城里的宅院变成动物笼养场的。”

“嗨，这正是我每周四晚上在我家里干的事情，”温德米尔夫人大声笑道，“不过我喜欢狮子胜过喜欢柯利狗。”

“这是你唯一的过错，温德米尔夫人。”波杰斯先生说，随即夸张地鞠了一躬。

“女人倘若不能使她的过错显得十分可爱，那她就仅仅是个女人而已，”勋爵夫人回答，“但是你得给我们多看几个手相。过来，托马斯爵士，让波杰斯先生瞧瞧你的手。”于是，一位穿白色背心、和蔼可亲的老绅士走上前去，伸出一只皮肤粗厚、中指很长的手。

“天性喜欢冒险，过去曾有四次远航的经历，今后还有一次。遭遇船舶失事先后达三次之多。不，以前只有过两次，可是你的下一次航程仍将遭遇这样的危险。你是一位坚定的保守党人，行为方正规范，酷爱收藏古玩。在十六至十八岁这段时间内生过一场重病。三十岁左右得到一笔遗产。对猫和激进派特别反感。”

---

①原产苏格兰的一种牧羊犬，体型大，头部尖瘦。

“妙极了！”托马斯爵士大为赞赏，“你一定得给我的太太也看看手相。”

“给你的第二位太太，”波杰斯先生轻声细气说，同时仍握着托马斯爵士的手，“她是你的第二位太太。我将深感荣幸。”

但是，马维尔夫人——一位神情忧郁、长着棕色头发和感伤派睫毛的女士——却断然拒绝暴露自己的过去或未来；俄国大使德科洛夫先生同样如此，温德米尔夫人想尽办法，都无法使之心动，就连手套他也不肯褪下。其实，许多人似乎害怕面对这个身材矮小的古怪男子，包括他那一成不变的微笑、他的金丝边眼镜和一双亮晶晶的小眼珠子。及至他当着大庭广众直截了当地告诉可怜的弗莫尔夫人，说她对音乐根本不感兴趣，只是极度倾心于音乐家罢了，这时人们才普遍感到，手相术是一门危险至极的技能，不该加以提倡，除非只是双方私下密谈。

然而，阿瑟·萨维尔勋爵浑然不知弗莫尔夫人的不幸故事，他怀着极大的兴趣在观察波杰斯先生，并且充满了强烈的好奇心，最好自己的手相也让他给看一下，可又不大好意思自己提出来，于是走到屋子另一头温德米尔夫人坐的地方，怪可爱地涨红了脸问她是否认为波杰斯先生会见怪。

“他当然不会见怪，”温德米尔夫人说，“请他来这儿就派这用场。阿瑟勋爵，我养的狮子都是能表演的，我什么时候要它们穿圈儿，它们就得什么时候跳过去。不过我得跟你把话说在前头：不管什么事情我都会告诉西碧儿的。明天她要来和我共进午餐，谈有关帽子的事；万一波杰斯先生发现你有坏脾气，或者有痛风倾向，或者在贝斯沃特已经有一个妻子，我一定会向她通报所有的情况。”

阿瑟勋爵莞尔一笑，摇了摇头。“我不怕，”他回答道，“西碧儿了解我，同样，我也了解她。”

“啊！听你这么说，我倒有点儿遗憾了。彼此误会对方才是适当的婚姻基础。不，我决不认为人世间一无是处，我无非有过经验，不过这两者在很大程度上是一码事。波杰斯先生，阿瑟·萨维尔勋爵急切希望你给他看看手相。别告诉他，说跟他订婚的是伦敦最美的姑娘之一，因为这条消息一个月前就上了《晨邮报》。”

“亲爱的温德米尔夫人，”杰德伯格侯爵夫人急忙提出请求，“你得让波杰斯先生在这儿多待一会儿。他刚算定我将来会登上舞台，我很想听他说下去。”

“要是他对你这样说了，杰德伯格夫人，那我一定要把他拉走。波杰斯先生，马上过来给阿瑟勋爵看手相。”

“那好吧，”杰德伯格夫人略为噘了噘嘴，从沙发上站起身来，“既然不让我上台演出，至少得让我在台下当一名观众吧。”

“当然，我们大家都准备当观众，”温德米尔夫人道，“波杰斯先生，你务必讲些精彩的给我们听。阿瑟勋爵可是我特别宠爱的一个。”

但是，波杰斯先生看了阿瑟勋爵的手以后，竟然脸色煞白，白得出奇，而且一语不发。一阵震颤似乎穿透他的全身，他的两道浓眉抽风似的牵动起来，这种古怪而又让人讨厌的样子，以前他感到困惑不解的时候也曾有过。接着，大颗大颗的汗珠像有毒的露水从他蜡黄的前额上直往外冒，他肥软的手指变得冷冰冰、黏糊糊。

对这些反映心情激动的奇怪表现，阿瑟勋爵不可能视而不见，他自己都感到了恐惧，这在他有生以来还是头一回。他的第一个冲动是想从屋子里冲出去，但他控制住了自己。不管情况有多坏，知道是怎么回事也比这可怕的一头雾水强。

“我等着呢，波杰斯先生。”他说。

“我们全都等着呢。”温德米尔夫人急不可耐地大声道，然而手相家并不答话。

“我相信阿瑟是要登上舞台了，”杰德伯格夫人说，“可是有你刚才那一顿骂，波杰斯先生哪还敢照实告诉他。”

波杰斯先生骤然甩下阿瑟勋爵的右手，一把抓住他的左手俯身细瞧，而且把腰弯得那么低，他眼镜的金边都快碰到阿瑟勋爵的掌心了。有一瞬间，他的脸成了一张白色的恐怖面具，但他迅即恢复了镇定，抬头望着温德米尔夫人，强作笑容说：

“这是一位人见人爱的好青年的手。”

“那还用说？”温德米尔夫人应道，“可他会是一个好丈夫吗？这才是我想知道的。”

“人见人爱的好青年都是好丈夫。”波杰斯先生说。

“我认为当了丈夫就不该太让人着迷，”杰德伯格夫人没精打采地咕哝着，“那有多危险。”

“我的宝贝，他们从来不会太让人着迷的，”温德米尔夫人急得直嚷嚷，“但我要的是详情细节。人家感兴趣的就是细节。阿瑟勋爵到底会遭遇什么事儿？”

“嗯，今后几个月内阿瑟勋爵将要出一趟远门——”

“哦，是的，他的蜜月旅行嘛，当然！”

“并将失去一位亲戚。”

“但愿不会是他的姐妹吧？”杰德伯格夫人说，声调悲切。

“当然不是他的姐妹，”波杰斯先生回答时不以为然地把手一挥，“只是一位远亲。”

“嗐，我落了个两手空空，”温德米尔夫人道，“明天我没有什么可以告诉西碧儿的，绝对没有。如今谁也不在乎什么远亲。谈论远亲不再时髦已经有年头了。不过，我想西碧儿还是备一块黑绸子在身边比较好；要知道，这东西永远符合教堂的要求。现在我们到楼上吃宵夜去吧。他们准把什么都吃光了，不过我们兴许还能找到一些热汤。弗朗索瓦有一个时期做得一手好汤，可是现在他让政治搅得头脑发热，我对他总不是十分有把握。我特别希望布朗热将军不要开口。公爵夫人，想必你感到累了吧？”

“一点儿也不，葛蕾荻丝，”公爵夫人答道，一边步履蹒跚地向门口走去。“我的兴致高极了，最有意思的是那位手足疾专家，不对，我是说那位手相术专家。弗萝拉，我的玳瑁折扇会到哪儿去了呢？哦，谢谢你，托马斯爵士，太感谢了。还有我的花边披巾呢？哦，谢谢，托马斯爵士，你准是个大好人。”这位可敬的夫人好赖总算到了楼下，香水瓶从她手中掉下来也没超过两次。

这段时间阿瑟·萨维尔勋爵一直站在壁炉旁，压在他心头的还是那种恐惧感，一想到祸之将临便觉得毛骨悚然。他的姐妹挎着普利姆代尔勋爵的胳膊打他身旁走过去的时候，穿戴着粉色锦缎和珍珠首饰，显得妩媚动人。他向姐妹惨然一笑，而温德米尔夫人叫他跟随自己走时，他几乎没有听见。他在想西碧儿·默顿，考虑到他俩之间什么事情都可能发生，他不禁泪眼模糊起来。

瞧着他的神情，人家会说，涅墨西斯偷走了帕拉斯的盾，给他看了戈耳工的脑袋。[①]他仿佛变成了石头，他那张忧伤的脸就跟大理石似的。作为一个出身名门的富家子弟，他过的是锦衣玉食的奢华生活，那是一种优美高雅、无牵无挂、真个少年不识愁滋味的生活；如今，他头一遭意识到命运的神秘恐怖，意识到在劫难逃的可怕涵义。

整个儿这件事好像太悖情逆理，简直荒乎其唐！用他自己读不懂、另一个人却能破译的字符写在他手上的，难道真是什么孽障的可怕秘密，真是某桩罪恶的血红标记？难道就不可能逃脱？较之由一股看不见的力量在暗中播弄的棋子，较之随陶工兴之所至制作出来、是好是丑全没准儿的壶罐，我们也强不到哪儿去，难道不是吗？阿瑟勋爵的理智对此奋起反抗，但他感觉到一场悲剧正悬在自己头上，而自己突然受命挑起一副无法承受的重担。演员们真是幸运。他们可以选择演悲剧还是

---

①据希腊神话，涅墨西斯是报应女神，帕拉斯是被雅典娜杀死的巨人，戈耳工是蛇发女怪三姐妹(其中最小的墨杜萨最危险，任何人只要看到她的脸，就会变成石头)。此处作者以这一情节形容阿瑟的表情如同看到了墨杜萨的脑袋。

喜剧，选择受苦受难还是寻欢作乐，选择哈哈笑还是掉眼泪。在现实生活中可不一样。大多数男人和女人被迫去演他们并不能胜任的角色。原本跑龙套的扮起了哈姆雷特，原本演哈姆雷特的却不得不反串《亨利四世》中尽打哈哈的哈尔王子。人生是个大舞台，可是戏里的角色分派实在糟糕。

波杰斯先生突然回到屋里来。他见阿瑟勋爵还在这儿，吃了一惊，他那胖乎乎的丑脸顿时发青变黄。这两人四目交接，一时出现片刻的冷场。

“阿瑟勋爵，公爵夫人有一只手套落在这儿，她让我来拿去给她，”波杰斯先生终于开口说话，“啊，我看见了，在沙发上！晚安。”

“波杰斯先生，我打算向你提一个问题，请你务必直截了当地回答我的问题。”

“换个时间再谈吧，阿瑟勋爵，公爵夫人急着要呢。对不起，我得走了。”

“你不能走。公爵夫人并不着急。”

“让女士久等是忌讳的，阿瑟勋爵，”波杰斯先生苦笑道，“女性往往很容易不耐烦。”

阿瑟勋爵线条优美流畅的嘴唇扭曲了，现出恼怒、轻蔑的表情。此刻，可怜的公爵夫人在他心目中太不足道了。他从屋子的另一头走到波杰斯所站的地方，向他伸出自己的一只手。

“把你在这上面看到的告诉我，”他说，“跟我说实话。我必须知道实情。我不是三岁小孩。”

波杰斯先生的双目在他的金丝边眼镜后面眨巴个不停，他不自然地把身体的重心从一只脚换到另一只脚，他的手神经质地摆弄着一条亮得挺俗气的表链。

“阿瑟勋爵，你凭什么认为我没把从你手上看到的都告诉你？”

“我知道你没有全说出来，所以我坚持要你告诉我，究竟是怎么回事。我愿意支付报酬。我会给你一张一百镑的支票。”

手相家的绿眼睛顿时一亮，随后重又变得黯淡无光。

“是畿尼[①]？”波杰斯终于低声问了一句。

“当然，明天我会把支票派人给你送去。你是哪个俱乐部的？”

“我没有俱乐部。就是说眼下还没有加入。我的地址是——，不过你还是容我给你我的名片吧，”说着，波杰斯先生从背心小兜里掏出一张金边硬纸片，深深鞠了个躬把它递给阿瑟勋爵。勋爵一看，上面印着：

塞普蒂默斯·R.波杰斯先生

手相术专家

月亮西街 103 号 a

“敬候赐教的时间是十点到四点，”波杰斯先生语调呆板地咕哝道，“阖府看相可以打折。”

“快。”阿瑟勋爵急忙说，脸色煞白地伸出一只手。

波杰斯先生紧张地环视四周，把厚重的门帘拉上。

“这需要花点儿时间，阿瑟勋爵，最好你请坐下。”

“快说吧，先生。”阿瑟勋爵又催促道，还愤怒地在打蜡地板上跺了一脚。

波杰斯先生微微一笑，从背心口袋里抠出一枚小小的放大镜，用手帕仔细把它擦干净。

“我准备好了。”他说。

---

①那时的 1 英镑 =20 先令，而 1 畿尼 =1.05 英镑 =21 先令，两者有百分之五的差价。

2

十分钟以后，阿瑟·萨维尔勋爵吓得面色惨白，两眼带着痛不欲生的神情，一路奔出本廷克宅楼，从穿着毛皮外套站在条纹大雨篷周围的听差堆里冲过去，对任何事物仿佛一概视而不见、充耳不闻。这是一个寒冷彻骨的夜晚，广场周遭的煤气灯在似刀的风中摇曳闪烁，但他的双手滚热，前额火烧火燎。他不停地走着，几乎像个醉汉那样脚步踉跄。一名警察在他经过时好奇地瞅了他一眼，有个叫花子低头垂肩探出拱道向他求乞，见这位爷的光景比他自己更惨，不由得大吃一惊。有一回，勋爵停步站在一盏煤气灯下察看自己的双手。他以为会发现上面已经沾了血迹，这时，从他颤动的双唇间迸出轻轻一声哀叫。

谋杀！这就是那个手相家在他手上所看到的。此事好像连四围的夜色都知道，凄厉的寒风也对准他的耳朵在狂吼这两个字。谋杀充斥大街小巷黑暗的角落。谋杀从楼宇的屋顶冲他龇牙咧嘴。

起初，他来到海德公园，那里暗沉沉的林地好像使他着了魔。他疲惫地靠在铁栏上，让眉额贴着潮湿的金属凉一凉，一边凝听树木胆怯的沉寂。"谋杀！谋杀！"他一遍又一遍说着，好像如此不断重复能冲淡这两个字的恐怖涵义。自己的声音令他战栗不已，尽管如此，他几乎巴不得厄科[①]能听到他的声音，把昏睡的都市从梦中唤醒。他觉得心中有个疯狂的愿望，直想拦住无论哪个过路人，把一切都告诉他。

接着，他漫无目的地穿过牛津街，折入一些藏垢纳污的丢人陋巷。两个涂脂抹粉的女人当他经过时还向他挤眉弄眼。从一家黑咕隆咚的院子里传来詈骂和打人的声音，随后是凄厉的尖叫；一处潮湿的门阶上，他看到有几个弯腰曲背的身影在那儿挤作一团，都是些贫穷的老人。一阵奇怪的怜悯之情涌上他的心头。这些个罪恶和苦难的产物，是否命中注定会落得这样的下场，如同他命中注定必将落得他自己的下场一样？他们是否和他一样仅仅在一场怪诞的演出中充当傀儡罢了？

然而，令他震惊的倒不是他遭的罪有多么离奇，而是这份罪遭得极其可笑，无聊透顶，一点意思都没有。所有的情况好像怎么也连不起来，彼此完全不相称！表面上歌舞升平，与现实的真相是那么不协调，这使他大为惊讶。他还非常年轻。

过了一会儿，他发现自己身在马利尔本教堂前边。静悄悄的马路宛如一条长长的、擦得锃亮的银带，摇曳的影子东一片西一片洒落在带上，构成黑色的阿拉伯图案。道旁闪闪烁烁的煤气灯排成一行蜿蜒伸向远方，一所筑在围墙内的小房子外面孤零零停着一辆双轮双座马车，驭者在车厢内熟睡。阿瑟勋爵朝着波特兰广场的方向匆匆走去，不时四顾张望，好像生怕被人跟踪似的。里奇街的拐角处站着两个男人，正在读公告栏上一小张启事。在一种独特的好奇心驱使下，他穿过街道来到那里。走近一看，赫然映入眼帘的是用黑体字印刷的“谋杀”二字。他猛然一惊，面颊上顿时泛起一片深绯色。这是一则悬赏启事，要求提供信息捉拿一名中等身材、三四十岁的男子，此人戴一顶低圆顶软毡帽，穿黑色上衣、方格裤子，右颊上有一道疤。阿瑟勋爵把启事读了一遍又一遍，心想不知这名歹徒会不会被逮住，当初他是怎么落下那道疤的。或许某一天，他——阿瑟·萨维尔勋爵——自己的名字也会张贴在伦敦街头的墙上。某一天，或许也会悬赏一笔钱捉拿他本人。

想到这儿，他害怕极了，简直想要呕吐。他赶紧转过身去，急急忙忙融入夜色之中。

他去了哪儿，自己也未必知道，只是依稀记得像掉进了迷宫似的在一些破破烂烂的棚屋之间转悠，直至东方发白，才发现自己终于来到毕卡第利广场。当他不紧不慢地朝着贝尔格莱夫广场走回家去的时候，遇见一辆辆大货车正赶往科文特加登市场。那些穿白罩衣的赶车人晒黑的脸膛和粗硬的鬈发挺讨人喜欢，他们啪哒啪哒挥动鞭子，大步流星往

---

① 据希腊神话，厄科为山水林泉的仙女，因爱恋美少年那喀索斯遭拒，憔悴而死，只留下声声叹息，成为回声女神。

前赶路，时而互相叫唤同伴。铃儿响叮当的车队由一匹高头大灰马开道，骑在马上的小胖子男孩戴一顶插了一束报春花的破帽子，他笑着用小手紧紧抓住鬃毛；车上大堆大堆的蔬菜，在清晨的天幕前，看去犹如一朵巨型玫瑰的粉红色花瓣映衬着大块大块的绿玉。阿瑟勋爵奇怪地被感动了，他说不出为什么。黎明时分的柔媚景色，在他眼里显得难以描绘地煽情，于是他想到了所有破晓时风光旖旎的日子和入暮时风狂雨暴的日子。同样，那些说话直来直去、举止满不在乎的乡下人，他们看到的是一个多么陌生的伦敦哪！这个伦敦没有黑夜的罪恶，没有白天的烟雾，是一座死气沉沉、幽灵般的城市，一片荒凉的坟场！他在想：他们对伦敦是怎么看的；他们对于伦敦的辉煌和丑恶，对于那里胡天胡地、光怪陆离的欢乐，对于那里可怕的饥饿，对于那里从早到晚不断制造和不断毁坏的一切，他们是否有所了解。或许，对他们而言，伦敦只是一个集贸市场，他们把水果运到那儿去卖，在那儿顶多逗留几个小时，离开时街道还是静悄悄的，家家户户还在沉睡之中。他瞧着他们打自己身旁经过，感觉挺愉快。尽管他们是粗人，穿着很沉的钉靴走路显得笨手笨脚，他们毕竟带来了一点儿淳朴的田园气息。他感觉到，他们生活在大自然中，大自然教会了他们心平气和地处世为人。他羡慕这些人拥有他们自己并不意识到的一切。

他到达贝尔格莱夫广场时，天际已呈现一抹淡青色，花园里鸟儿正开始啁啾啼鸣。

3

阿瑟勋爵一觉醒来，已经十二点了。中午的阳光透过象牙色的丝绸窗帘射入屋内。他起身向窗外望去。一股混沌的热气弥漫在大都市上空，楼宇的屋顶好像罩上了一层朦胧的银灰色。楼下广场上，有几个孩子在氤氲的绿地里跑来跑去，一如白蝶穿花。人行道上熙熙攘攘，都是前往海德公园的。生活在他眼里从未显得如此可爱，祸害也从未显得如此遥远。

接着，他的贴身男仆把一杯巧克力放在托盘上给他送来。他喝完后，拉开一幅厚重的绛桃色长毛绒门帘进入浴室。柔和的光线透过透明的缟玛瑙薄板从上面不易察觉地洒下来，大理石池子里的水犹如一整块月长石微光闪烁。他急忙跳入水池，直至清凉的涟漪碰到他的脖子和头发，然后他把脑袋完全浸入水下，仿佛要抹掉一段可耻的记忆留下的痕迹。等到浴毕跨出池子时，他觉得几乎已恢复平静。此刻，他处于身体的舒爽感觉控制之下，这在一些有良好教养的人身上可谓屡见不鲜，因为感官跟火一样，既能毁灭人，也能净化人。

早餐过后，他躺倒在长沙发上，点燃起一支香烟。壁炉架上搁着一帧用精美的老式锦缎做衬托的大相片，那是西碧儿·默顿的倩影，跟阿瑟勋爵在诺埃尔夫人举办的舞会上初次见到她时一样。西碧儿轮廓优美的小脑袋略微向一边倾斜，仿佛她芦苇般纤细的脖子难以承受如许丽质的重负；嘴唇只张开一条缝儿，看来是为美妙的音乐天生的；一个少女的娇柔纯情，从正在做梦的眼睛透出的几分惊异中表露无遗。她穿着软而贴身的双绉连衣裙，手执大团扇，模样儿像一个从塔纳格拉附近橄榄树林中出土的精致小陶俑；她的体态、姿势自有一份希腊韵致。然而她并不娇小。她的身材匀称，委实臻于完美——好多女人在这年龄要么长过了头，要么长不大了，因而十分难得。

此时，阿瑟勋爵瞧着她，心中充满源自爱情的痛切哀怜。他觉得，明知自己头上悬着谋杀厄运还要跟她结婚，将是与犹大卖主相同的背叛，此等罪孽比博尔贾[1]曾经策划的任何奸计更恶毒。既然他随时可能被召去实现写在他手上的可怕谶语，那么他俩还有什么幸福可言？只要这一厄运仍系在命运之神的天平上，还能过什么样的日子？婚期必须推迟，不惜任何代价。在这个问题上他是十分坚定的。诚然，他狂热地爱着那姑娘，每当他俩坐在一起时，只要碰一下姑娘的手指，他身体的每一根神经都会颤动起来，产生微妙的快感；尽管如此，他还是十分清楚自己的责任所在，完全意识到除非他把谋杀付诸行动，否则便无权结婚这一事实。办完了此事，他才可以把西碧儿抱在自己怀里，并且知道西碧儿再也不用为他赧颜，再也不用垂头蒙羞。但首先得办完此事，而且越快越好，对于他俩都一样。

处在他的位置上，许多男人会选择走优哉游哉的安逸之道，不去攀高峻陡峭的尽责险峰；但阿瑟勋爵的良知决不允许他把享乐看得比原则更重要。他的爱所包含的并非仅仅是情欲而已；西碧儿对他来说象征着高尚美好的一切。有一会儿工夫，对于要他干的事情，他曾产生一种本能的憎恶，但这种感觉很快就过去了。他的心告诉他，那不是罪过，而是一种牺牲；他的理智提醒他，除此之外别无他途。他不得不在为自己活着与为他人活着这两者之间作出抉择，虽则落到他头上的任务无疑非常可怕，然而他知道自己决计不会听任私心战胜爱心。早晚我们都将被要求就同一件事做决定——人人都将回答同样的问题。阿瑟勋爵一生中早早地就面临了这道坎儿——他的本性尚未败坏于人到中年便患得患失的自我放纵，或者说当今只图利己的浅薄风尚还没有侵蚀他的心灵，所以在尽自己的责任方面他义无反顾，从不犹豫。还有一层对他来说也很幸运：他不是只会做梦的空想家或光唱高调的半瓶子醋。倘若他

---

① 意大利十五至十六世纪历史上有过重大影响的贵族之家。该家族中的罗德里戈（后为罗马教皇亚历山大六世）及其子切扎列、其女卢克蕾契亚均为以谋杀、叛卖为能事的阴谋家。

是这种人，就会像哈姆雷特那样举棋不定，让优柔寡断的性格妨碍他达到目的。但他本质上是个干实事的人。在他看来，与其说生命在于思考，不如说生命在于行动。所有品质中最最难得的——实事求是——他具备。

昨夜心乱如麻的狂躁情绪，到此时已烟消云散，他回首自己迷迷瞪瞪地彷徨在大街小巷，反思彼时痛不欲生的精神状态，几乎感到可耻。当时的痛苦完全发自内心，唯其如此，现在他反倒觉得不太真实。他在纳闷，自己怎会愚蠢到冲着无法逃避的宿命大动肝火。困扰着他的似乎只有一个问题：该拿谁开刀？如同异教世界的诸多宗教一样，杀人除需有祭司外，也需要有牺牲。他不是一个天才，所以没有人与他为敌，由于要他去执行的使命至关重要，非同小可，他认为这根本不是什么泄私愤、报私仇的时候。鉴此，他在一张便条纸上列出了自己的亲友名单，经过慎重考虑后，决定中选的目标为克蕾门蒂娜·比切姆夫人，一位住在柯曾街的慈祥老太太，他本人母系的隔房亲戚。他向来很喜欢克蕾姆夫人（大家都这么称呼她），阿瑟勋爵成年后继承了拉格比勋爵的全部财产，故而他自己十分富有，也就是说，不存在他想从克蕾姆夫人的死亡中谋取任何钱财的可能。他把这件事考虑再三，越想越觉得这位老太太正是恰当的人选，再则他觉得任何拖延都对不起西碧儿，便决定立即着手作出具体安排。

要做的第一件事自然是跟手相家结账；于是，他在靠窗的一张谢拉顿款式[①]小书桌旁坐下，签好一张付给塞普蒂默斯·波杰斯先生一百零五镑的支票，把它装入信封，吩咐贴身男仆送往月亮西街。接着，他打电话通知马房套好他的双轮双座轻便车，然后更衣外出。他离屋时回头看了一下西碧儿·默顿的相片，发誓无论出现什么情况，他决不让西碧儿知道他准备为西碧儿做的事，他要把这一自我牺牲的秘密永远埋在自

---

① 谢拉顿款式，指英国家具制造商托马斯·谢拉顿（1751—1806）设计的家具风格，以线条平直、简朴雅致为其特点。

己心中。

在前往白金汉俱乐部的途中，他曾在一家花店门口停车，要那儿给西碧儿送去一篮美丽的水仙花，花瓣儿洁白可爱，雉眼状斑点像是在目不转睛地瞅着你。抵达俱乐部后，他径直来到图书室，打铃让侍者给他来一杯加柠檬的苏打水，还让他取一本毒物学方面的书来。他已认定下毒是这件麻烦事里头可采取的最佳手段。任何加于人身的暴力行为，哪怕只是类似的做法，都令他极度反感；此外，他十分急切地希望，千万勿用可能引起公众注意的任何方式谋杀克蕾门蒂娜，因为他深恐会在温德米尔夫人家被目为稀有动物，或者看到自己的名字出现在专登社会新闻的黄色小报上，他甚至痛恨这样的想法。他还得为西碧儿的父母着想，他们是相当老派的人，万一发生什么迹近丑闻的情况，他们有可能反对这门亲事，虽然他有把握：假如他把全部事实告诉他们的话，他们将最先对驱使他这样做的动机表示赞赏。因此，他有充分的理由决定选择毒药。此法安全、稳妥、宁静，可避免出现任何少不了的痛苦景象——他和大多数英国男人一样，对此类场面持根深蒂固的反对态度。

不过，对于毒物学他却一无所知，而那名侍者除了他拿来的《拉甫手册》和《贝利杂志》外，在图书室里大概再也找不到别的什么了，阿瑟勋爵只得自己去仔细查看一排排书架，终于发现装帧很漂亮的《药典》和厄斯金《毒物学》，后者由皇家医学院院长马修·里德爵士主编，他是白金汉俱乐部最老的成员之一，因被误认为另外一个人而入选，出了那次差错以后，委员会反而恼羞成怒，及至讨论到原先准备吸纳的那个人时，委员们竟全体投反对票把他否决。《药典》和《毒物学》里都用了不少专业术语，把阿瑟勋爵搅得头昏脑涨，他开始后悔自己牛津求学时在拉丁文经典上用功不够；幸好他发现厄斯金《毒物学》的第二卷里关于乌头碱的性能用明白流畅的英语作了生动而详尽的介绍。看来这正是他所要的那种毒药。它见效迅速，几乎立刻致命，而且没有痛苦，如果按照马修爵士推荐的方式将此药置于胶囊内服用，还不存在任何口味不佳难以下咽的问题。于是他把致命所需的剂量记在自己的衬衫袖口上，把书放回原处，然后徒步来到圣詹姆斯街上的佩瑟尔与亨贝大药房。每逢贵客光顾，佩瑟尔先生总是亲自接待，他得知贵客要的竟是这种药后，感到相当惊讶，并且压低音调恭恭敬敬地提到此药必须有相关的证明方可出售。然而，阿瑟勋爵向他解释道，他家的一条挪威大驯犬近来显示出狂犬病的早期症状，并且已经在车夫的腿肚子上咬了两回，因此必须把这条狗除掉。佩瑟尔一听，马上表示十分满意，还恭维阿瑟勋爵拥有惊人的毒物学知识，并当即吩咐助手开了处方。

阿瑟勋爵在邦德街一处橱窗内看到一只小巧玲珑的银质糖果盒，便把那颗胶囊放入其中，扔掉了佩瑟尔与亨贝药房那只怪难看的药丸盒子，随即驱车上克蕾门蒂娜夫人家。

“啊，坏人先生，”老太太在他进屋时用一个法语称呼欢迎他，“这阵子你怎么一直不来看我？”

“我亲爱的克蕾姆夫人，我一直连一小会儿自己的工夫都没有。”阿瑟勋爵面带微笑道。

“莫非你是说你成天价陪着西碧儿·默顿小姐买衣装、侃大山？我就闹不明白，人们结婚干吗要这样大动干戈？想当年，我们从不在公开场合卿卿我我，肉麻当有趣，即便私下里也一样。”

“请相信我，我已经二十四小时没有见到西碧儿。据我推测，那些给她设计帽子和服装款式的人把她所有的时间全吞没了。”

“当然；这是你会来看我这么个丑老婆子的唯一原因。我不明白，你们男人怎么老是不听劝告。人们也曾经为我神魂颠倒，”刚才这句话她也是用法语说的，“到如今，我成了一个浑身风湿关节痛的可怜虫，额前的头发是假的，脾气又坏。唉，要不是詹森夫人把她能找到的所有最坏的法文小说派人给我送来，我真不知道怎样把这日子一天天熬过去。大夫们除了向你收费，一点儿用处都没有。他们就连我的胃灼热也治不好。”

“我给你带来了治这种病的药，克蕾姆夫人，”阿瑟勋爵神情严肃地说，“这药灵得很，是一个美国人发明的。”

“我不太喜欢美国的那些新发明，阿瑟。我确确实实不喜欢。近来我读过几本美国小说，全是胡扯淡。”

“哦，这药可绝对不是胡扯淡，克蕾姆夫人！我向你担保，这是最好的特效药。你一定得保证试试看。”说着，阿瑟勋爵从兜里掏出那个小盒子，把它递给克蕾门蒂娜夫人。

“哦，这盒子很可爱，阿瑟。你真要把它送给我？你真是太好了。这就是你说的灵丹妙药？它看上去像粒糖果。我马上就把它吃下去。”

“我的老天爷！克蕾姆夫人，”阿瑟勋爵喊道，同时急忙抓住她的手，“你可千万别这么干。这是一种顺势疗法药物，要是你在胃灼热不发作的时候服药，它会对你造成很大伤害。你必须等到发作的时候服药。你会发现它有惊人的奇效。”

“我倒是很想现在就把它吃下去，”克蕾门蒂娜夫人说，一边把那粒小小的透明胶囊举到亮处，可以看到里边液态乌头碱在流动的气泡，“我想这东西味道一定很好。其实，我虽然讨厌医生，可是很爱吃药。不过，我会把它保留到下一次胃病发作。”

“那会在什么时候？”阿瑟勋爵急切地问，“是不是很快？”

“我希望在一星期以内不至于发作。昨天早晨我给折腾得够呛。不过谁也拿不准。”

“那么，你能不能肯定月底以前还会发作一次，克蕾姆夫人？”

“恐怕是的。不过，今天你非常富有同情心，阿瑟！说真的，西碧儿对你很有些好影响。现在你必须赶快走，因为我要跟几个不谈丑闻的人一起吃晚饭，真没劲；我知道，要是现在我不睡一觉的话，回头吃晚饭的时候，我怎么也不可能不让自己睡着。再会，阿瑟，告诉西碧儿我爱她，多谢你的美国药。”

“你可别忘了吃药，克蕾姆夫人，能记住吗？”阿瑟勋爵说着离座起身。

“我当然忘不了，你这个傻孩子。你能想着我，我觉得你的心地已经够好的了；如果我还要这种药，我会写信告诉你的。”

阿瑟勋爵离开这所房子时情绪很高，还有一种如释重负的感觉。

这天晚上，他跟西碧儿·默顿见了面。他告诉西碧儿，自己如何突然被置于骇人听闻的两难境地，而想要回避退缩，无论荣誉感还是责任心都不允许他这样做。他对西碧儿说，目前必须把婚事暂且搁一搁，在他摆脱这一可怕的困境之前，他是个身不由己的人。他恳请西碧儿相信他，切莫对未来产生任何疑虑。一切都将恢复正常，但必须要有耐心。

上面这一幕发生在公园路默顿先生住宅的花房里，阿瑟勋爵通常总是在未婚妻家吃晚饭。西碧儿显得比任何时候更加快乐，有那么一瞬间，阿瑟勋爵都快禁不住了，正想扮演一回懦夫，给克蕾门蒂娜夫人写信告知药丸的事，并且让婚事继续进行，就像世上压根儿没有波杰斯先生这样的人似的。然而，他本性中善良的一面立刻不甘示弱，甚至当西碧儿扑到他怀里嘤嘤啜泣的时候，他也没有动摇。使他心旌摇荡的美貌，同样也触及他的良知。他觉得，若是贪图几个月的欢乐而毁了如此姣好的生命，那就将大错特错。

他在西碧儿身边一直待到将近午夜，两人轮番安慰对方和得到对方的安慰，翌日上午，他早早地离开伦敦前往威尼斯，行前写了一封措辞坚决、颇有丈夫气概的信给默顿先生，强调婚礼延期势在必行。

4

在威尼斯，他遇见了他的哥哥萨比顿勋爵，后者正好乘自己的游艇从科孚岛[①]过来。两个年轻人在一起度过了令人高兴的两个星期。早晨，他们到里多岛上去骑马，或坐狭长的黑色凤尾船在运河的绿水中荡漾；中午，他们通常在游艇上款待来访的客人；晚上，他们到弗洛里安饭店用餐，在中心广场上吸掉不计其数的烟卷。但不知为什么，阿瑟勋爵并不快活。他每天都在研究《泰晤士报》的讣告栏，期待看到一则通报克蕾门蒂娜夫人去世的讣告，但每天都令他失望。他开始担心老太太发生了什么意外，时常后悔在老太太急于试试药效的时候，自己阻止了她服下乌头碱。同样，西碧儿的来信虽然充满挚爱、信任和柔情，可往往会从字里行间透出深深的忧伤，他不止一次产生过这样的想法：他和西碧儿已被永远分开了。

两周以后，萨比顿勋爵在威尼斯玩腻了，决定沿着海岸线南下拉文纳[②]，因为他听说在那里的松木场可以玩一种绝妙的射鸡游戏[③]。阿瑟勋爵起初绝对不愿参与，但他极其喜欢的萨比顿最后还是说服了他，说他要是一个人留在达尼埃里旅馆内，会无聊得闷死的；于是，他们在十五号早晨驾艇出发，那天劲吹东北风，海上波浪翻滚。体育运动很有好处，生活在自由的广阔天地间，使阿瑟勋爵的脸上又重现红润，但是到了二十二号左右，他惦念克蕾门蒂娜夫人的情况变得焦灼万分，终于不顾萨比顿的再三劝阻，坐火车回到威尼斯。

他刚跨出凤尾船，踏上旅馆的台阶，老板便拿着一沓子电报迎上前去。阿瑟勋爵一下子从他手中把电报抢了过来，急忙拆开。一切都圆满成功。克蕾门蒂娜夫人在十七号夜里十分突然地去世了！

他首先想到的是西碧儿，便给她拍了一通电报去，告知对方他将马上返回伦敦。之后，他吩咐贴身男仆收拾行装赶乘当夜的邮政列车，以大约五倍于正常水平的费用把他雇用的凤尾船船夫打发走，这才步履轻松、心情愉快地登楼跑到自己的起居室去。他发现已有三封信在那里等着他。一封来自西碧儿本人，信中充分表达了哀悼和慰问之意。另外两封是他母亲和克蕾门蒂娜夫人的律师寄来的。看来这位老太太十七号当天曾与阿瑟勋爵的母亲公爵夫人共进晚餐，她机智诙谐的谈吐令所有在座的人笑口常开，但她好像早早便告辞回家，说是胃灼热又发作了。第二天早晨，她被发现死在自己床上，显然并未承受痛苦。当时曾立刻派人把马修·里德爵士请来，但当然已无力回天，二十二号老太太被葬在比切姆·开尔柯特墓地。她在去世前不多几天立下了遗嘱，把她在柯曾街的小房子包括所有的家具、个人动产、藏画悉数留给阿瑟勋爵，只有两项除外：老太太把所收藏的小型画像给了她的妹妹玛格丽特·拉福德夫人；她的一串紫晶项链则归西碧儿·默顿所有。这些财产所值有限，但律师曼斯菲尔德先生却迫切希望阿瑟勋爵马上回国，如果可能的话；因为有一大堆账单需要支付，而且克蕾门蒂娜夫人从来没有理清过自己的账目。

阿瑟勋爵为克蕾门蒂娜夫人生前念着他的一片好心所深深感动，他觉得这件事在很大程度上应由波杰斯先生负责。不过，他对西碧儿的爱压倒了所有其他的感情，何况他认为自己已经尽责，大可心安理得。当他到达切林十字塔时，感觉简直幸福极了。

默顿一家非常亲切地接待了他。西碧儿让他作出承诺，他再也不允许任何情况成为横在他俩之间的障碍；另外，婚期已定在六月七日。生活在他眼里再次显得光辉灿烂，他原先拥有的一切欢乐重又回到他身边。

一天，他偕同克蕾门蒂娜夫人的律师和西碧儿一起到柯曾街那所房

---

① 科孚岛，又名克基拉岛，位于希腊西北部，是爱奥尼亚海中的第二大岛，首府科孚，又名克基拉。
② 拉文纳，又译腊万纳，意大利北部一城市，有运河连接亚得里亚海。
③ 开枪惊动山鸡(欧洲山鹬等野禽)，把它们赶入张在林中空地的罗网。

屋去，把好几包年久发黄的书信烧掉，把抽屉一只只拉出来清理其中的垃圾杂物，忽然，那位年轻的小姐高兴地叫了起来。

“你发现了什么东西，西碧儿？”正干着自己那份活的阿瑟勋爵抬起头来，面带微笑望着她问道。

“是这个小巧玲珑的银质糖果盒，阿瑟。这玩意儿做得很精巧，不是吗？把它给我吧！我知道，紫晶跟我一点也不相配，除非我能活到八十多岁。”

这正是他用来放乌头碱的那只盒子。

阿瑟勋爵吃了一惊，脸上泛起一阵淡淡的红晕。他几乎已把自己做过的事忘得一干二净，在他看来，这是一个奇特的巧合：他遭那份忧心如焚的洋罪，完全是为了西碧儿；而第一个提醒他这件事的，偏偏就是西碧儿。

“当然可以，西碧儿，它归你了。可怜的克蕾姆夫人，那东西还是我自己给她的。”

“哦！谢谢你，阿瑟；里边的糖果也归我吗？我没想到克蕾门蒂娜夫人还喜欢吃甜食。我原以为她是个很有头脑的人。”

阿瑟勋爵的脸顿时变得死一样惨白，他脑际闪过一个可怕的想法。

“糖果？你说什么，西碧儿？”他嗓音沙哑、语调缓慢地问。

“盒子里有一粒糖，就那么回事儿。它看上去已经搁了很久，灰头土脸的。你怎么啦，阿瑟？你的脸怎么白成这样！”

阿瑟勋爵一下子从屋子的另一头冲过去把盒子抢过来。里边就是那粒带有剧毒气泡的琥珀色胶囊。原来克蕾门蒂娜夫人是自然死亡！

这一发现对他造成的冲击太大了。他把胶囊扔入火中，自己随着一声绝望的号叫倒在沙发上。

5

婚期第二次被推迟，令默顿先生大为苦恼，而玖丽亚夫人已经定制了自己准备在婚礼那天穿的服装，这回她倾全力一定要西碧儿退掉这门亲事。不过，西碧儿虽然深爱她的母亲，可她已把自己的一生全都给了阿瑟勋爵，故而无论玖丽亚夫人怎么说，都无法动摇她的忠诚。至于阿瑟勋爵本人，他过了几天才从可怕的失望中缓过神来，有一阵他的精神彻底崩溃了。然而，他深明事理、实事求是的性格不久便发挥作用，在该怎么办的问题上没有让他长时间陷入迟疑不决的状态。毒药已被证实完全失败，炸药或别的什么爆炸物，显然值得一试。

于是，他把那份他的亲友名单又从头看了一遍，经过仔细斟酌，决定炸死他的舅舅——奇切斯特[1]的教长。这位教长学问精深，有很高的文化修养，他酷爱钟表，收藏有一批从十五世纪至当代的珍奇时计，在阿瑟勋爵看来，仁厚教长的这一癖好，为他提供了实现计划的好机会。当然，上哪儿去弄一台爆炸装置则是另一码事。他翻阅了《伦敦分类人名录》[2]，结果不得要领；若是去苏格兰场打听，他觉得不会有什么用，因为警方在爆炸发生前好像从来不了解炸弹党的动向，即便在爆炸发生之后也不甚了了。

忽然，他想起了去冬他在温德米尔夫人家中结识的朋友卢瓦洛夫，此人是个颇具革命倾向的俄国青年。据信卢瓦洛夫伯爵正在写一部彼得大帝的传记，来英国目的是研究那位沙皇曾以木匠身份逗留该国学习造船技术的有关文件；但外界普遍怀疑他是个民粹派[3]，可以肯定的一点是俄国大使馆认为此人出现在伦敦不会有什么好事儿。阿瑟勋爵觉得卢瓦洛夫正是他所需要的人，便在一天上午坐马车前往布鲁姆斯伯里他的寓所，向他请教求助。

“如此说来，你是认真想从事政治活动喽？”卢瓦洛夫伯爵在阿瑟勋爵说明来意后问道；但一贯讨厌自吹自擂的阿瑟勋爵，感到有义务向对方承认自己对社会问题丝毫没有兴趣，只是需要一个爆炸装置，而且纯粹是为了家庭事务，此事除他本人外与任何人都不相干。

卢瓦洛夫伯爵诧异地对他注视有顷，见对方完全不像在开玩笑，这才在一张纸上写了个地址，署上自己姓名的首字母，隔着桌子交给对方。

“我亲爱的朋友，要是能知道这个地址，苏格兰场是愿意出大价钱的。”

“他们决不会知道。”阿瑟勋爵笑呵呵说道，在跟俄国青年热烈握手之后，他跑步下楼，仔细看了一下那张纸，吩咐车夫赶奔索霍广场。

到了那儿，他把车夫打发走，自己徒步沿着希腊街走到一处叫做贝尔大院的地方。他从拱门下面穿过去，发现自己走进了一个奇怪的死胡同，那处所显然被法国人开的一家洗衣作占用着，从一所房屋系到另一所房屋的许多晾衣服绳子布成了一张完整的网，白色的内衣在晨风中哗啦啦地飘。他径直走到死胡同的尽头，敲响了一所绿色小屋的门。隔了一会儿(其间每一个窗户都出现好多朝外张望的面孔而变成一团模糊)，一个看上去相当粗鲁的外国人出来开门，操着蹩脚的英语问他有什么事。阿瑟勋爵把卢瓦洛夫伯爵交给他的纸条递过去。那人一见纸条，便鞠了一躬，把阿瑟勋爵让进底层一间非常寒酸的前屋；稍过片刻，温克尔科普夫先生[④]——在英国别人是这样称呼他的——匆匆忙忙走进来，他脖子上围着一方酒迹斑斑的餐巾，左手还拿着一把餐叉。

“卢瓦洛夫伯爵介绍我来找你，”阿瑟勋爵鞠躬道，“我有件事急需跟你作一次简短的晤谈。敝姓史密斯，罗伯特·史密斯先生，我想要

---

① 奇切斯特，英格兰南部西苏塞克斯郡首府。

② 《伦敦分类人名录》(The London Directory)，按行业编排的类书，登录有姓名、住址等资料。

③ 十九世纪后期俄国革命运动中一个主张采取个人恐怖手段的派别。

④ 温克尔科普夫(Winckelkopf)是一个德语姓氏，而且与之相连的“先生”也用德语 Herr。

你给我配备一枚定时炸弹。”

“幸会，阿瑟勋爵，”和颜悦色的小个子德国人说着放声笑了起来，“不用紧张，了解每一个人是我的天职，我记得在温德米尔夫人家的一个晚会上见到过你。夫人阁下想必安康。你不介意跟我一起坐下，让我吃完我的早餐吗？今天有极好的肉饼，而且，承蒙我的朋友们夸奖，说我的莱茵白葡萄酒胜过他们在德国大使馆品尝到的任何佳酿。”阿瑟勋爵还没有从身份被识破的惊愕中定下神来，发现自己已经坐在后屋，拿着一只标有皇族名讳图案的淡黄色白葡萄酒杯，从中啜饮琼浆玉液般的马可布吕涅尔[①]，一边以无比友好的态度跟那位有名的暗杀党交谈。

“定时炸弹不宜运出国境，”温克尔科普夫先生说，“即使能通过海关，由于火车运行不太准时，也往往会在抵达真正目的地之前爆炸。不过，既然你需要一枚家用，我可以为你提供一件优质品，并且保证效果能使你满意。我可不可以问一下：它是用来对付什么人的？倘若用来对付警方或任何跟苏格兰场有关联的人，那么对不起，我不能为你做任何事情。英国的刑侦人员确实是我们最好的朋友，我一向认为，仰仗他们的愚蠢，我们完全可以想怎么干就怎么干。这些人我们一个也舍不得。”

“请相信我，”阿瑟勋爵道，“这跟警方毫无关系。事实上，定时炸弹的目标是奇切斯特教长。”

“天哪！我没料到你会有如此强烈的宗教感情，阿瑟勋爵。如今的年轻人像你这样的实在是凤毛麟角。”

“恐怕你把我估计得太高了，温克尔科普夫先生，”阿瑟勋爵脸涨得通红说道，“其实，我对神学简直一窍不通。”

“如此说来，此番纯属私事？”

---

① 马可布吕涅尔，莱茵白葡萄酒最佳品牌之一，原为葡萄园名。

“纯属私事。”

温克尔科普夫先生耸耸肩膀，从屋里走出去，数分钟后返回，带来一块圆形的炸药，大小近似一枚一便士的硬币，还有一座精巧的法国小台钟，顶上饰有自由女神的镀金塑像踩在象征专制主义的九头蛇身上。

阿瑟勋爵一见此钟，脸上的神色豁然开朗。

“这正是我所要的，”他高兴得叫了起来，“现在请告诉我，这东西怎样才能爆炸。”

“啊！这是我的秘密，”温克尔科普夫先生答道，同时注视着他的发明，目光中流露出一种无可非议的自豪感，“我需要知道你希望它什么时候爆炸，我就把这装置设定在那个时候，分秒不差。”

“呃，今天是星期二，如果你能立刻派人把它送去——”

“这办不到，我手上还有好多重要的工作，是为我的几个莫斯科朋友做的。不过，我可以在明天派人送去。”

“哦，这样时间就很充裕！”阿瑟勋爵客气地说，“只要能在明天晚上或星期四上午送到。至于爆炸的确切时间，就定在星期五中午十二点正吧。那个时刻教长一定在家。”

“星期五，正午。”温克尔科普夫先生重复了一遍，并把这条内容记入放在壁炉旁边写字台上的大账本。

“现在，”阿瑟勋爵说着离座起身，“请告诉我该付给你多少费用。”

“区区小事，阿瑟勋爵，我不在乎什么费用。炸药的价格是七先令六便士，钟是三镑十先令，本资大约五先令。只要是卢瓦洛夫伯爵的朋友，我都十分乐意为之效劳。”

“那么你的酬劳呢，温克尔科普夫先生？”

“哦，那算不了什么！这对我来说是一种乐趣。我工作不是为了钱；我活着完全是为我的艺术。”

阿瑟勋爵把四镑二先令六便士放在桌上，向小个子德国人道了谢，在成功地谢绝本周六参加一个茶会跟几位无政府主义者见见面的邀请之后，便离开那所房屋，往海德公园方向走去。

接下来的两天，他处于一种极度亢奋的状态，到了星期五中午十二点，他坐车去白金汉俱乐部等候消息。整个下午，那名面无表情的大堂杂役一直在张贴来自全国各地的电讯，内容涉及赛马结果、离婚案的裁定、天气状况，诸如此类，自动收报机滴嗒滴嗒通过纸带打出有关下议院一次彻夜讨论以及证券交易所一场小小恐慌的无聊细节。到了四点钟，晚报已经出版，阿瑟勋爵一下子溜进阅览室，把《佩尔美尔街》《圣詹姆斯》《环球》和《回声》这几份报纸全拿过来，引起古德柴尔德上校的强烈不满，后者想读关于那天上午他在伦敦市长官邸发表的一篇讲话的报道，在讲话中他读到了南非传教团问题，谈到了让那里的每个省都有黑人主教是明智之举，而这位上校不知什么缘故对《新闻晚报》抱有很深的成见。然而，上述那些报纸任何一份都没有只言片语提到奇切斯特，阿瑟勋爵感到这次企图想必又失败了。这对他是一个可怕的打击，有一段时间他彻底泄了气。第二天，他去走访温克尔科普夫先生，后者说了一大串表示歉意的话，措辞都经过精心推敲，并愿意为他免费提供另一座钟，或按成本价提供一箱硝化甘油炸弹。但阿瑟勋爵对炸药已完全失去信心，而温克尔科普夫先生自己也承认，如今什么东西都能掺假，就连炸药也很难弄到质地纯正的货色。不过，小个子德国人一方面认为爆炸装置想必出了什么机械故障，另一方面仍抱有希望，认为那座钟还可能爆炸，并举了有一次他派人给敖德萨总督[①]送去的晴雨表为例：那只晴雨表虽然定在十天内爆炸，不料过了大约三个月一直没有炸响。有一点是千真万确的：当它果然爆炸的时候，仅仅把一名女佣炸成齑粉，总督则在六星期前就离开了敖德萨，但这至少表明，炸药只要处于机械装置的控制下，毕竟具有强大的破坏力，尽管不太守时。听了这

---

① 敖德萨，乌克兰南部黑海西北岸的港口城市。当时乌克兰在沙俄版图之内，这里的“总督”指沙皇派到那里去的军政长官。

番意见，阿瑟勋爵稍感宽慰，但即便这么一点儿残留的希望也注定要破灭，因为两天后，他回到家里正在上楼的时候，公爵夫人把他叫到自己屋里，给他看一封刚收到的信，那是从教长宅邸寄来的。

“洁恩写的信向来很精彩，”公爵夫人说，“她最近的一封值得你好好读一读。这跟缪蒂派人给我们送来的那几本小说相比毫不逊色。”

阿瑟勋爵急忙把信从母亲手中拿过来。信的内容如下：

寄自奇切斯特教长府

五月二十七日

我亲爱的姑妈：

十分感谢你捐赠给多加会①的绒布，还有方格布。我完全同意你的见解，她们说没有漂亮衣服穿——真是无稽之谈。但如今人人都那么好走极端，漠视宗教，以致很难使她们明白，她们不应该竭力把自己打扮成上层阶级。我真的不知道长此以往将伊于胡底。正如爸爸在布道时经常说的那样，我们生活在一个没有信仰的时代。星期四，一个不知名的崇拜者给爸爸送来一座钟，让我们大大地乐了一阵。钟是装在木箱里由马车从伦敦拉来的，运费已先付讫。爸爸认为送这件礼物的人想必读过他的布道名篇《放纵是自由吗?》，因为钟顶上有一个女人的雕像，她头上戴的东西据爸爸说叫做“自由帽”。我个人认为它不太好看，但爸爸说这种帽子有历史意义，所以我想它还可以吧。帕克尔打开了包装，爸爸把钟放在藏书室的壁炉架上。星期五上午，我们全家都坐在那儿，当钟刚敲十二点时，我们听到一阵嗡嗡的噪声，然后有一缕烟从雕像垫座里喷出来，接着自由女神从钟顶上跌落，在壁炉的

①多加会，据《圣经 · 新约 · 使徒行传》第9章第36—41节，多加是个广行善事的女基督徒，经常制衣周济穷人，死后由使徒彼得使之复活。因此，基督教会由女教徒们缝制衣服行善的组织往往以“多加会”命名。

围栏上撞破了鼻子！玛丽亚吓得要命，但这情景实在太滑稽，詹姆斯和我爆发出阵阵狂笑，连爸爸也给逗乐了。经过仔细察看，我们发现那不过是一只闹钟，而且，如果我们把它设定在某一时刻，再放一些火药和一个火药帽在小钟槌下面，那么它就会在你需要的时刻放炮。爸爸说不能把它留在藏书室，因为它会发出噪声，莉琪就把它搬到课室去了，于是她一天到晚在那里制造小爆炸。姑妈，依你看，阿瑟会不会喜欢来一次这样的爆炸作为结婚礼物？我以为爆炸在伦敦十分时髦。爸爸说爆炸会起到很好的作用，因为东也爆炸西也爆炸恰恰表明自由长不了，一定会失败。爸爸说，自由是在法国大革命时期发明的。这太吓人了！

现在我得去参加会了，我要在那儿宣读你写的那封极有教育意义的信。亲爱的姑妈，你主张她们这样身份的人应当什么难看就穿什么，这个想法太合理了。我必须说，一个人生前在这个世界，死后到另一个世界，有许许多多更重要的事可做，而她们却为衣着打扮而苦闷烦恼，实在荒唐可笑。你那块花毛葛料子做成衣服挺好看，而且你的花边也没有撕破，我很高兴。星期三在主教家承蒙你赐给我一块黄缎子衣料，不久即将穿在我身上，我想它看起来一定很不错。你要不要蝶形领结？简宁斯说，现在人人都戴蝶形领结，而衬裙都要滚荷叶边。莉琪刚刚又制造了一次爆炸，爸爸命令把那座钟挪到马房去。我看爸爸已经不像最初那样喜欢这东西，尽管他为有人送给他这样一件漂亮而又巧妙的玩具感到得意非凡。这件事表明有人读他的布道集并从中获益。

爸爸要我转达他的挚爱，詹姆斯、莉琪和玛丽亚都和他一样，更有一个人希望塞西尔姑丈的痛风有所好转，相信我，亲爱的姑妈，那人就是永远爱你的侄女

洁恩·珀西

请一定告诉我要不要蝶形领结。简宁斯认定这是当今的时

尚。又及。

阿瑟勋爵读完了信，神情凝重而又沮丧，公爵夫人见状反倒大笑不已。

“我亲爱的阿瑟，”她嚷道，“往后我再也不给你看年轻小姐写的信了！不过，你要不要听我说说对那座钟的看法？我认为那是一项了不起的发明，我自己倒想要一座。”

“我认为没有什么了不起。”阿瑟勋爵面带苦笑说，在吻过母亲后便离开了那间屋子。

他上楼后，颓然倒在沙发上，顿时热泪盈眶。他尽了最大的努力去实施谋杀，但两次均告失败，而且都不是由于他自己的过失。他力图尽到自己的责任，可是看来命运之神好像扮演了奸细的角色。好的设想得不到好结果，把事情办妥的努力纯属白费劲，这种意识令他深感压抑。或许，还是干脆推翻这门亲事为好。诚然，西碧儿会伤心的，但伤心不至于彻底毁掉像她这样高贵的一个人。至于他本人，那又算得了什么？任何时候都有可能导致一个男人死去的战争，任何时候都有一个男人可以为之献出生命的理由，既然生命对他来说已无乐趣，那么死亡对他来说也并不恐怖。任凭命运之神安排他的末日去吧。他不会动一根手指头帮上一把。

七点半，他换好衣服徒步前往俱乐部。萨比顿在那里跟一群年轻人聚会，阿瑟只得与他们共进晚餐。他们无聊的谈话和乏味的玩笑引不起他的兴趣，所以等到咖啡一端上来，他就离开了他们，推说自己有个约会以便脱身。他正要走出俱乐部的时候，大堂杂役递给他一封信，那是温克尔科普夫先生写来的，请他次日晚上去看伪装成一把伞的炸弹，它只要一打开便会爆炸。那是刚从日内瓦到货的最新发明。阿瑟勋爵把那封信撕成碎片。他拿定主意再也不作新的尝试。随后他沿着泰晤士河堤信步而行，在河边坐了几个小时。月亮从蓬乱的茶褐色云层后面探头窥视人间，像一只狮子的眼睛；无垠无底的苍穹闪耀着数不清的星星，宛如金粉洒在紫色的圆屋顶上。不时会出现一艘摇摇摆摆的驳船驶入浊流，随着潮水漂去；当火车尖叫着飞驰过桥时，铁路上的信号灯由绿色变换成深红色。过了一段时间，从威斯敏斯特教堂高高的塔楼上传来钟鸣十二点的巨响，洪亮的钟声每敲一下，夜空仿佛就会跟着一哆嗦。然后，铁路上灯光熄灭，只留下孤零零一盏灯，像是一颗红宝石在巨大的桅樯上闪着微光；都市的喧嚣趋于减弱。

凌晨两点，他站起身来，朝着黑修士会①方向踽踽而行。周围的一切景物看上去是多么不真实！多么像一个奇怪的梦！河对岸的房屋似乎是用黑暗构筑起来的。给人的感觉仿佛银色的月光和憧憧的黑影把世界改变得面目一新。圣保罗教堂巨大的圆顶像一个气泡透过暗沉沉的夜色赫然耸现。

他走近克娄巴特拉方尖碑②时，见一个男人倾出上半身倚在堤墙上，及至他走得更近时，那人抬起头来，煤气灯光正好把他的脸照亮。

原来是波杰斯先生，那个手相术专家！没有人会认错那张皮肉松弛的胖脸、那副金丝边眼镜、那种虚多实少的微笑，还有那张包藏邪念的嘴巴。

阿瑟勋爵收住脚步。一个绝妙的主意霎时在他脑际闪过，于是他蹑手蹑脚走到手相家背后。说时迟，那时快，他抓住波杰斯先生的两条腿往上一翻，把他扔进了泰晤士河。只听得一句粗俗的咒骂，接着是重重的扑通一声响，然后一切都静了下来。阿瑟勋爵急煎煎地向河中望去，但连手相家的影儿也没望见，只有一顶高帽子在月色溶溶的水面上一股涡流中飞快地旋转。过不多久，帽子也沉了下去，还是看不到波杰斯先

① 黑修士会，天主教多明我会的修道士因裹黑色披风，被称为黑修士，这里指伦敦中部圣保罗教堂西南不远处过去曾有一座多明我会修道院的地带。

② 克娄巴特拉方尖碑，从古埃及搬来的两块方尖碑之一，除了伦敦泰晤士河堤的这一块，在纽约中央公园还有一块。它们都被叫做“克娄巴特拉(古埃及女皇名)的针”。

生的任何踪迹。他一度以为自己瞥见一个肥胖、丑陋的身影挣扎着想登上桥边的台阶，他顿时毛骨悚然地感到这一回又失败了；但后来发现这仅仅是水中的倒影，当月亮又从浮云后面露脸时，那映象便消失了。看来，他终于实现了命运的旨意。他长舒了一口气，嘴唇不由自主地轻轻呼唤着西碧儿的名字。

“先生，你是不是掉了什么东西？”忽然有一个声音在他背后问道。

他转过身去，看见一名手提牛眼灯的警察。

“没有什么重要东西，巡官。”他面带笑容回答，随即招呼一辆过路的街车跳了上去，告诉车夫去贝尔格莱夫广场。

接下来的几天工夫，他时而满怀希望，时而惊恐张皇。曾经有不止一个短短的瞬间，他几乎以为波杰斯先生马上会走到屋里来；而另外有几次，他又觉得命运不可能对他如此不公。他按照手相家名片上月亮西街那个地址去过两回，但无法迫使自己拉响门铃。他渴望得到确实的消息，同时又害怕直面真相。

确实的消息终于来了。那天，他正坐在俱乐部的吸烟室里喝茶，百无聊赖地听着萨比顿津津乐道配乐表演剧院最新推出的滑稽歌曲，这时侍者拿着晚报进来。阿瑟勋爵拿起《圣詹姆斯》没精打采地一页页翻过去，直至这样一条奇怪的标题引起他的注意：

手相术专家自尽身亡

他激动得脸色煞白，便开始阅读。这则短讯内容如下：

昨天上午七时，颇有名气的手相术专家塞普蒂默斯·R.波杰斯先生的尸体被冲上格林尼治的河滩，正好在船舶旅馆前面。那位不幸的先生失踪已有数日，手相家圈内人士对他的安全深感忧虑。他被认为是在劳累过度引起的暂时性精神错乱影响下自尽身亡的，包含上述结论的裁决已于本日午后由验尸陪审团正式宣布。波杰斯先生刚刚完成一篇精心构思的论文研究人的手相，该文不久即可发表，并且无疑将引起广泛关注。死者终年四十五岁，似乎并未留下任何遗嘱。

阿瑟勋爵从俱乐部里冲了出去，手里仍拿着报纸，把试图拦住他未果的大堂杂役惊得目瞪口呆。阿瑟勋爵立刻驱车赶往公园巷。西碧儿从窗内望见了他，某种感觉告诉她，阿瑟带来了好消息。她奔下楼去迎接阿瑟，一看到阿瑟的脸，她就知道诸事顺遂。

“我亲爱的西碧儿，”阿瑟勋爵喊道，“我俩明天就结婚吧！”

“你这个傻瓜男孩！咳，连蛋糕都还没定好呢！”西碧儿说着破涕为笑。

6

大约三个月后婚礼正式举行时，圣彼得教堂被衣着入时的人群挤得水泄不通。由奇切斯特教长主持的仪式，给大家留下极为深刻的印象，在场的人一致认为他们从未见过比这对新人更漂亮的新郎新娘。不过，他们不光是漂亮——他们还幸福美满。阿瑟勋爵对于自己为了西碧儿所遭受的一切，从未感到片刻的后悔；反过来说，凡是任何男人从一个女人那里所能得到的最美好的奉献——崇敬、温柔和爱情，西碧儿也都给了他。对于他们来说，罗曼司没有被现实生活摧折。他们永远觉得青春常在。

若干年后，他们已经有了两个美丽的孩子，温德米尔夫人来到奥尔顿隐修山庄做客，那所古朴典雅的别墅是公爵送给儿子的结婚礼物。一天午后，她和阿瑟勋爵夫人坐在花园里一棵椴树下，看小男孩和小姑娘像两束活泼好动的阳光在玫瑰花径上来回奔跑嬉戏。忽然，温德米尔夫人握住女主人的手问：

“你快活吗，西碧儿？”

“亲爱的温德米尔夫人，我当然快活。难道你不快活？”

“我没有时间快活，西碧儿。我总是喜欢最近一个被介绍给我的人；可是，一旦我了解那个人以后，就感到厌倦了。”

“你对所驯养的狮子是否满意，温德米尔夫人？”

“哦，亲爱的，不满意，狮子仅仅维持了一个社交季的新鲜感。一旦它们的鬣毛被剪掉，它们就是现有的最最乏味的东西。再说，要是你真正善待它们的话，它们的行为却糟糕得要命。你还记得那个讨厌透顶的波杰斯先生吗？他是个可恶的江湖骗子。当然，这些我都不在乎，甚至他要借钱的时候，我也原谅他；但是我无法容忍他向我求爱。他使我恨透了手相术。现在我爱好心灵感通术。这要有趣得多。”

“你千万不要在这儿说手相术的什么坏话，温德米尔夫人；这是阿瑟唯一不愿意人们说三道四的话题。请相信我，他在这一点上是十分认真的。”

“你的意思不会是说他相信手相术吧，西碧儿？”

“你问他吧，温德米尔夫人，他来了。”这时阿瑟勋爵拿着一大束黄玫瑰在花园里走过来，他的一双儿女一路围着他跳舞。

“是阿瑟勋爵？”

“是的，温德米尔夫人。”

“你的意思不会是说你相信手相术吧？”

“我当然是这意思。”年轻的勋爵含笑道。

“为什么？”

“因为我生活中所有的幸福都应当归功于它。”他小声说着在一把柳条椅子上舒舒坦坦坐了下来。

“我亲爱的阿瑟勋爵，你究竟得到了什么，要归功于它？”

“西碧儿。”他答道，一边把玫瑰花递给妻子，一边凝视着她紫罗兰颜色的双眸。

“无稽之谈！”温德米尔夫人嚷了起来，“我一辈子从没听说过这样的无稽之谈。”

坎特维尔的幽灵

——唯物唯心主义传奇

[英] 王尔德　著

1

当美国公使海勒姆·B.奥梯斯先生要买下坎特维尔庄苑的时候，人人都说他是在干一件十分愚蠢的事，因为那地方毫无疑问有鬼怪作祟。确实，在买卖双方着手谈价钱的时候，甚至坎特维尔勋爵本人——这是位一丝不苟的至诚君子——也认为有责任向奥梯斯先生提起这一事实。

“自从我的姑奶奶、博尔顿公爵的遗孀被吓得晕厥过去以来，我们自己不想再住这个地方，”坎特维尔勋爵说，“我的姑奶奶也始终没有彻底复原。那一次，她正在换装准备吃晚饭，突然有两只仅剩枯骨的手搁在她的肩上。我感到有责任告诉你，奥梯斯先生，我的家族中好几个还活着的成员曾见到过那个幽灵；还有，本教区的教区长奥古斯塔斯·丹皮尔牧师也看到过，他是剑桥皇家学院的董事。公爵夫人不幸受到那次惊吓以后，比较年轻的仆人都不愿再留在我们家，而坎特维尔夫人经常彻夜不得安眠，因为老是有神秘的响声从走廊和图书室里传来。”

“阁下，”公使回答说，“我愿意把家具和幽灵一起买下来。我来自一个现代化的国家，那里，我们可以用钱买到任何东西。我们的年轻人脑瓜灵、手脚快，正在给旧大陆[①]带来朝气，而把你们最出色的戏剧女演员和歌剧女明星带走。我认为，倘若欧洲有幽灵这样的玩意儿，我们一定要在很短的时间内把它弄到国内某一座公共博物馆里去，或者到各处巡回展出。”

“我担心幽灵确实存在，”坎特维尔勋爵微笑着说，“尽管它可能拒绝贵国善做生意的经纪人提出的建议。这幽灵出名已有三个世纪，确切些说是从1584年起就为大家所知道。以后，它总是在我们家族的任何一个成员死亡之前出现。”

“是啊，就像家庭医生在类似的情况下总要来一下那样，坎特维尔勋爵。但是，先生，世上根本没有幽灵这样的东西；我估计，自然法则对于英国的贵族也不会不适用的。”

“你们美国人当然是非常顺应自然的，”坎特维尔勋爵回答说，他还没有完全理解奥梯斯先生末了那句话的意思，“既然你对这所房子里的幽灵并不在乎，那就没有问题。但你必须记住，我已预先告诉过你了。”

几个星期以后，这桩买卖成交了，到那一个社交季节结束时，公使便举家迁往坎特维尔庄苑。奥梯斯太太，西五十三街的卢克丽霞 · R.塔潘小姐，当年是纽约有名的美人儿，如今仍是一位非常漂亮的中年妇女，一双俏眼睛和绝妙的面庞轮廓风韵犹存。许多美国女士一旦离开她们的故土，往往会装出一副慢性病患者的样子，以为这是一种欧洲式的优雅气派；但是奥梯斯太太却从不犯这种错误。她具备上佳的体质和确实令人惊异的蓬勃朝气。诚然，在许多方面，她像一个十足的英国人，足以为如下的事实提供卓越的范例，即：如今我们同美国简直什么都一样，当然，只有语言除外②。她的长子由父母在爱国热情的一时冲动下，取名叫华盛顿（这事他本人一直引以为憾）。他是一个相当英俊的金发青年，曾接连三个社交季节在新港游乐场领头跳德国华尔兹舞，卓越的舞艺甚至已经誉满伦敦，凭这一点他就认为有资格进入美国外交界。栀子花和名人录是他仅有的两大癖好。在其他方面，他是非常精明的。弗吉妮亚 · E.奥梯斯小姐是个十五岁的少女，像一头小鹿一样柔美可爱，她那双碧蓝的大眼睛充分显示出奔放不羁的性格。她的骑术非常高明，一次，她曾和比尔顿老勋爵比赛，绕海德公园两周，结果她骑的一匹矮种马到达阿基里斯雕像前面时，以一匹半马身的优势赢了老勋爵，使年轻的柴郡公爵欣喜若狂，当场向她求婚，结果被他的监护人连夜送回伊顿公学，可怜小公爵哭得像个泪人儿似的。在弗吉妮亚之后是一对

---

① 指欧洲，与新大陆（指美洲，尤指美国）相对而言。

② 意指英国人处处摹仿美国生活方式，而美国人所说的英语却与英国人颇有些不同。

孪生兄弟，他们通常被称为“星星和条条”，因为这哥儿俩老是挨棍棒和鞭笞。这是两个挺讨人喜欢的男孩，除了可尊敬的公使外，他们是这个家庭里仅有的正宗共和党人。

因为坎特维尔庄苑离最近的火车站阿斯考特有七英里地，所以奥梯斯先生事先打电报吩咐派一辆四轮游览马车来接他们，现在他们兴冲冲地坐上马车向那里进发。那是七月里一个可爱的傍晚，空气中散发出松树的清香。他们不时听见一只斑鸠陶醉于它自己甜美的歌喉，或者看到山鸡光滑的胸脯在簌簌作声的羊齿草丛深处一闪而过。马车经过时，小松鼠从山毛榉的树枝上向他们偷看，野兔穿越灌木丛或翻过苔藓覆盖的小丘飞快地逃走，它们的小白尾巴翘得老高。可是，他们刚进入通往坎特维尔庄苑的林阴道，天空突然乌云密布，周围的空气被一阵异样的沉寂所笼罩。一大队白嘴鸦在他们头顶上方悄悄地飞过。他们还没有来得及到达宅第门前，豆大的雨点已经纷纷落下。

站在台阶上迎接他们的是一位老妇人，穿着一身干净的黑色绸服，戴一顶白帽子，系一条围裙。她就是管家厄姆尼太太，奥梯斯太太应坎特维尔勋爵夫人恳切的请求，同意留用她担任原来的职务。当他们下车时，她向每一个人躬身行屈膝礼请安，并且按照一种怪有趣的老派规矩说道，“欢迎光临坎特维尔庄苑。”他们跟着她走过按都铎王朝①时代风格陈设的华丽前厅，来到图书室。这是一间长而低的房间，四周装有黑色栎木嵌板，它的尽头是很大的有色玻璃窗户。在这里，他们发现茶点已经准备好，于是便脱去外衣坐下来环顾四周，由厄姆尼太太给他们斟茶。

突然间，奥梯斯太太发现，就在壁炉旁边的地板上有一摊暗红色的痕迹。她完全没有意识到这究竟是什么痕迹，便对厄姆尼太太说：“恐怕曾经有什么东西洒在那里了吧。”

---

①都铎王朝，1485—1603年的英国封建王朝，凡五代，历119年。

“是的，夫人。”老管家压低了嗓门回答，“曾经有血洒在那个地方。”

“太可怕了！”奥梯斯夫人叫了起来，“我讨厌起居室里有血迹。必须马上把它擦掉。”

老妇人淡淡地一笑，用同样低沉而又神秘的声调回答，“这是埃丽诺·德·坎特维尔夫人的血。1575 年，她就在那个地方被她的丈夫赛蒙·德·坎特维尔爵士所杀。赛蒙爵士在她死后又活了九年，后来在十分神秘的情况下突然失踪。他的尸体始终没有发现，但他那罪恶的阴魂至今在这个庄苑里作祟。游客和其他人等对这摊血迹很感兴趣，就是没法把它除去。”

“完全是胡说八道，”华盛顿·奥梯斯大声说，“平克尔顿公司出品的冠军除迹剂和模范去垢剂能立即把它消除干净，”说着，在吓呆了的女管家想要加以阻止之前，他已经跪下来，用一支样子像黑色化妆油膏的东西很麻利地动手擦地板。一会儿，那摊血迹一点也看不出来了。

“我知道平克尔顿能解决问题。”他十分得意地说，一边环顾表示赞赏的全家人。然而，他这话刚出口，一道可怕的闪电刷地照亮了这间昏暗的屋子，接着，一声令人丧胆的霹雳把他们震得全都跳起来，厄姆尼太太当即昏倒。

“这天气真会吓人！”美国公使平静地说着，点起一支很长的方头雪茄。“我看，这个古老的国家人口实在太多了，连比较像样的天气也不够让人人都有。我一直认为移民是英国的唯一出路。”

“我亲爱的海瑞姆，”奥梯斯太太大声说，“像这么一个动不动就晕过去的女人，我们该拿她怎么办？”

“扣她一次工钱，就像赔偿破损的器皿那样，”公使回答说，“往后她就不会昏倒了。”没过多久，厄姆尼太太果然苏醒过来。不过，她在精神上毫无疑问受到很大震荡，并且十分严肃地告诫奥梯斯先生提防行将降临这座宅第的祸祟。

“先生，我亲眼看到过的一些景象，”她说，“能使每一个基督徒毛骨悚然。这里发生的骇人事件曾使我不知多少个夜晚不能合眼。”尽管如此，奥梯斯先生和他的太太还是竭力让这位诚实的妇人放心，说他们不怕鬼。在祈求上帝降福给她的新主人、新主母，并为增加薪水作了一些安排之后，这位老管家才踉踉跄跄回到她自己的房间里去。

2

狂风暴雨肆虐了整整一夜，但没有什么异常的情况发生。翌晨，他们下楼进早餐时，发现那摊可怕的血迹又出现在地板上。“我想，这不能怪模范去垢剂不灵，”华盛顿说，“因为我用它在各种污迹上都试过。这肯定是鬼干的。”于是他第二次擦去血迹。但第二天早晨又出现了。第三天早晨还是那样，虽然图书室的门临睡前由奥梯斯先生亲自上了锁，并且把钥匙带上楼去。现在，全家人对此都感到极大的兴趣；奥梯斯先生开始怀疑自己否认鬼的存在是否太武断了，奥梯斯太太表示她有意加入心灵研究会，华盛顿则写了一封长信给迈尔和波德摩两位先生，论述涉及犯罪行为的血迹的永久性。如果说，关于幽灵的客观存在过去还有些怀疑的话，到那天晚上，对这一点已永远不再置疑。

白天，天气很热，阳光充足；晚凉时全家乘车出去兜风，直到九点才回来用一顿简单的晚餐。谈话的内容决计不涉及鬼魂，可以说连一点神经过敏的迹象也没有，而这往往是鬼魂出现的先兆。事后，我从奥梯斯先生那里知道，当时谈的纯粹是有教养的上层美国人一般谈话的内容，诸如：作为一个女演员，芳妮 · 戴文波特小姐远远超越萨拉 · 本哈特；甚至在最体面的英国人家席上也吃不到嫩玉米、荞麦饼和玉米片粥；波士顿在发展世界精神中的重要性；行李票制度在火车旅行中的便利；纽约口音比慢吞吞的伦敦拖腔脆甜。没有一个字涉及超自然现象，也没有用任何方式提起赛蒙 · 德 · 坎特维尔爵士。到十一点钟，全家回房就寝，半小时后，所有的灯火都告熄灭。过了一会儿，奥梯斯先生被他房外走廊里一种奇异的响声所惊醒。这动静像是金属互碰发出的锒铛声，而且好像愈来愈近。他立即起来，擦亮一根火柴，看了一下时间。这时恰好一点正。他十分镇静，而且按了一下自己的脉搏，肯定没有亢奋失常。奇怪的声响还在继续，同时，他还清楚地听到了脚步声。他穿上自己的拖鞋，从梳妆匣里取出一只椭圆形的小瓶子，然后把门打开。借着苍白的月色，他看见自己正前方有一个样子非常可怕的老头，他的眼睛像两块烧红的炭，灰白的长发成螺旋形，乱蓬蓬地披散在肩上；他的服装是古代式样，又脏又破；他的手腕子和脚脖子上都戴着沉重生锈的镣铐。

“亲爱的先生，”奥梯斯先生说，“我不得不坚决要求给你的锁链上一些油，为此我已给你带来一小瓶坦曼尼的日出润滑油。据说一用就灵，包装纸上有好些例子可资佐证，都是敝国一些最著名的神学家提供的。我把它给你留在这里的卧室烛台旁边，并且十分乐意供给你更多的润滑油，如果你需要的话。”说完这番话，美利坚合众国公使便把瓶子放在大理石桌面上，关上门，休息去了。

坎特维尔的幽灵理所当然地气得站在那里纹丝不动有一会儿工夫，接着把那瓶东西猛掷在打蜡地板上，然后顺着走廊飞奔，一边发出低沉的呻吟和鬼气森森的绿光。可是，他刚踏上宽阔的栎木扶梯的平台，一扇门蓦地打开，出现两个穿白色睡袍的小小身影，只见一只大枕头嗖的一声从他头上飞过！显然，已没有时间可以耽搁，于是他匆匆忙忙采用第四维[1]遁身法，穿越护壁板逃之夭夭，整座房子重又归于沉寂。

到了左厢一间小小的密室里，幽灵才倚着月光停下来喘一口气，开始分析他自己的处境。在绵延三百年威名赫赫的经历中，他从未受到如此粗暴的侮辱。他想到公爵的遗孀正在对镜穿戴锦绣珠宝之际被他吓破了胆；想到他仅仅从一间备着留客的卧室帷幕后面向四个女仆龇牙一笑，就把她们吓得歇斯底里发作；想到某一天夜里，他把从图书室里出来的教区长拿着的蜡烛吹灭了，从此一直由威廉·古尔爵士治疗这位精神失常的受害者；想到德·特雷慕亚克老夫人一天清晨醒来，看见一具骷髅坐在炉边一张圈椅里读她的日记，由此得了脑膜炎，卧床达六个星期之久。康复后，她终于同教会和解，并毅然与臭名昭著的怀疑论者伏

① 指普通空间的三维长、宽、高之外的“第四维”，意即不可思议的空间。

尔泰先生决裂。幽灵想起那个可怕的夜晚，诡计多端的坎特维尔勋爵[1]在更衣室里被发现行将噎死，一张方块J正卡在他的咽喉的半道上。临死前他承认曾在克罗克福特牌室用那张牌骗了查理·詹姆士·福克斯五万镑，并发誓说，是幽灵使他吞下了那张牌。幽灵的历次巨大成功在他自己眼前一一重演，从那个在餐具室里开枪自杀的侍役长（因为他看到一只绿色的手轻轻敲着玻璃窗）到美丽的斯塔特菲尔德夫人（她不得不老是用一条黑丝绒宽带子围住她的脖子，以遮盖在她雪白的皮肤上烙下的五个指印，最后她在皇家林阴道尽头的鲤鱼塘中自溺身死），可以列出长长一大串。他怀着一位戏剧大师自我陶醉的心情追忆自己最精彩的表演，回想起他最近一次扮演“红发鲁宾，或缢死的婴孩”，回想起他初次出场扮演“憔悴的吉比昂，或贝克斯里沼地的吸血鬼”，回想起六月里一天可爱的黄昏，他只不过在草地网球场上用自己的骨头玩玩九柱戏，竟引起全场骚动；回想起这一切，他禁不住对自己苦笑。在取得一连串辉煌的胜利之后，想不到一些可恶的现代美国人居然来介绍他使用日出润滑油，扔枕头打他的脑袋！是可忍，孰不可忍？历史上还从来没有人这样对待鬼魂的。于是，他决心进行报复，就这样保持着深思的姿势直到天明。

① 指某一代庄苑主人，是出售庄苑的坎特维尔勋爵的先人。

3

次日上午，奥梯斯一家在早餐桌上会面时，就幽灵的事谈了不少工夫。合众国公使发现他的礼物没有被接受，自然略略有点不悦。他说："我并不想对幽灵进行人身攻击，我必须指出，考虑到他在这所宅子里待了那么久，我认为向他扔枕头是极不礼貌的。"对于这句中肯的评论，我不得不遗憾地指出，那一双孪生兄弟却报之以纵声大笑。"不过，"公使接着说，"如果他坚持拒绝使用日出润滑油，我们将不得不卸去他身上的链条。要是卧室外面有这种响声，那就甭想睡觉了。"

然而，在这一周剩余的时间里，他们没有受到骚扰，唯一引人注意的事就是图书室地板上的血迹每次擦掉以后总是重新出现。这当然是很奇怪的，因为奥梯斯先生每天临睡前都亲自锁门，把窗户关严上闩。而且，那血迹具有变色龙一样的性质，这也引起不少议论。有几个早晨，它是一种暗红色，几乎是印第安人的肤色，有时它变成朱红色，有时是一种鲜艳的紫红色。有一次，当他们下楼准备按照自由美国新教圣公会的简单仪式全家作祈祷时，他们发现血迹变成了一种亮闪闪的翠绿色。这些万花筒似的变化自然使一家子感到十分有趣，每天晚上他们都要就这件事随意打赌。小弗吉妮亚是唯一不介入这种游戏的人。不知什么缘故，她每次看到血迹，总是显得非常苦恼，在血迹呈现出翠绿色的那天上午，她几乎哭了。

幽灵第二次出现是在星期日的晚上。一家人在就寝之后只过了一会儿工夫，突然被大厅里一声巨响所惊醒。他们冲下楼去，发现一副巨大的古代铠甲从架子上卸了下来，掉在石板地上，而坎特维尔的幽灵正坐在一把高背椅子上来回搓揉他的膝盖，脸上显出一种极其痛苦的表情。一对双胞胎把他们的豆子枪带来了，立刻对着他射出两颗小豆子，瞄准的精确程度只有先前在书法老师身上经过长期勤学苦练才能达到。其时，合众国公使手持左轮手枪对准幽灵，按照加利福尼亚的礼节，要他“举起手来”，幽灵发出一声狂怒的尖叫，像一团雾那样向他们扑过来，刮灭了华盛顿·奥梯斯手里的蜡烛，听凭他们全家留在一片漆黑之中。到了楼梯顶上，他自己喘了口气，决定发出他那著名的恶魔式狂笑。这一招他曾使过不止一次，而且屡试不爽。据说这狂笑曾把雷克勋爵的假发在一夜之间变成灰白色，并且确实使坎特维尔夫人的三个法国女家庭教师上工不到一月就提出离职预告。现在他又故伎重演，发出他那最可怕的狂笑，直到古老的拱顶一再格啷啷激起回响。然而恐怖的回声刚一停下，就有一扇门被打开，奥梯斯夫人穿着浅蓝色的晨袍走了出来。“我想，你大概身体不太舒服，”她说，“所以给你带来了一瓶道贝尔医生处方的药水。如果是消化不良引起的话，你会发现它的疗效是再好不过的。”幽灵狠狠地瞪了她一眼，旋即开始准备把自己变成一条大黑狗——他在这方面的才华早有公正的定评，而且家庭医生总是把坎特维尔勋爵的舅舅、尊敬的托马斯·霍尔顿不治的痴呆症归因于此。不过，这时有脚步声向他趋近，使他在这个存心不良的打算面前踌躇起来，最后他只是发出一点微弱的磷光了事，正好在一对双胞胎来到他跟前的当口儿，随着一声发自坟场的凄楚的呻吟及时隐去。

回到自己房间里以后，他完全瘫倒了，沉浸在最强烈的悲愤之中。双胞胎的无礼行为和奥梯斯夫人赤裸裸的唯物主义固然极端可恼，但最使他伤心的却是他不能穿上那副铠甲。他曾指望，即使是现代的美国人看到全身披挂的鬼魂也会发抖，如果没有更充足的理由，至少出于对他们的民族诗人朗费罗①的敬意也该打几个哆嗦。当坎特维尔一家在伦敦住的时候，幽灵自己也曾靠朗费罗优美动人的诗篇排遣过很多无聊的时光。何况，这副铠甲是他自己的。他曾穿着这副甲胄在凯尼尔沃思比武场上大出风头，并因此受到伊丽莎白女王本人的高度赞扬。可是刚才他披挂穿戴的时候，被巨大的胸甲和钢盔的分量彻底压垮，结果重重地摔

---

①朗费罗(1807—1882)，美国诗人，代表作为长诗《海华沙之歌》。他在1841年发表的《歌谣及其他》中有一首很出名的诗，题为《穿甲胄的骷髅》。

倒在石板地上，两个膝盖都擦破不少皮，还撞青了右手的指关节。

在这以后，有好几天他感到身体极不舒服，除了必须使除去的血迹重新显现外，几乎一直待在自己房间里。不过，由于对自己精心调理的结果，他还是恢复了健康，并决心作第三个尝试去吓唬合众国公使和他的一家。他选定在八月十七日星期五现身，把白天大半天时间花在打扮上，最后挑中一顶插有红羽毛的垂边高帽子、一件袖口和领子上加褶边的尸衣和一柄生锈的短剑。当晚，下了一场暴雨，狂风刮得这幢古老宅第里所有的窗户格唧唧晃个不停。其实，这正是他所喜爱的那种天气。他的行动计划是这样的：先悄悄地潜入华盛顿·奥梯斯的房间，站在他床前放脚的一端，对着他念念有词，然后在缓慢的乐声伴奏下用短剑在自己喉部捅三下。他对华盛顿特别怀恨在心，因为他十分清楚，正是华盛顿老是用平克尔顿公司出品的模范去垢剂抹去有名的坎特维尔血迹。他打算把这个轻率而莽撞的年轻人吓得失魂落魄之后，再进入合众国公使夫妇的房间，用一只又冷又湿的手按在奥梯斯夫人的脑门子上，同时往她浑身发抖的丈夫耳中咝咝地缕述积骨堂里骇人听闻的秘密。至于对小弗吉妮亚，他还没有拿定主意。小姑娘挺可爱的，性情又温顺，从来没有伤害过他。他想，从衣橱里发出几声仿佛来自空穴的呻吟也就够了；如果这样不能把小姑娘吓醒，他可以用僵直痉挛的手指在床单上摸索。对于那一双孪生兄弟，他下定决心要好好教训教训他们。要做的第一件事当然是坐在他们的胸口，以造成梦魇中窒息的感觉。然后，因为他们的床互相靠得很近，他只消现出一具冰凉的绿色尸体的形状站在两张床之间，直到把他们吓得软瘫下来，临了再抖去尸衣，露出白骨和一只滴溜溜转动的独眼，在房间里绕着圈儿爬行，扮演“哑巴丹尼尔，或自杀者的骷髅”。这个角色曾多次收到奇效，他认为完全可以同他的拿手好戏“疯子马丁，或伪装的秘密”媲美。

十点半，他听到那一家子准备就寝。从双胞胎房间里传来的尖声大笑使他好久不能定下神来，那两个无忧无虑的学童显然在他们上床之前还要顽皮一番。但是到了十一点一刻，一切都沉寂下来，等到午夜钟响，他便出发开始行动。猫头鹰撞在玻璃窗上，乌鸦在多年的水松树上怪叫，风像孤魂野鬼在房屋周围呜咽徘徊；但是奥梯斯一家在酣睡中，全然不知厄运即将临头。他可以听到合众国公使均匀的鼾声压倒迅猛的风雨声。幽灵悄悄地溜出护壁板，冷酷、扭曲的嘴角挂着一丝狞笑，他偷偷地经过灯笼式大窗，窗上用天蓝和金色画着他自己的纹章，也有被他杀死的妻子的纹章，此时，月亮躲到一块浮云后边去了。他像一个邪恶的影子一路滑行，经过时连黑暗似乎也非常厌恶他。有一次，他仿佛听到了呼唤，便停下来；但这仅仅是从叫做红庄的农场那边传来一条狗的吠声，于是他继续走去，嘴里嘟哝着十六世纪时古里古怪的骂人话，一边不时在午夜的空气里挥舞那柄生锈的短剑。最后，他来到通往首当其冲的华盛顿所住房间的一条甬道转角处，在那里站停片刻。风把他头上的一绺绺灰白长发吹得蓬蓬松松，把尸衣所能引起的不可名状的恐怖折入千奇百怪的皱襞中去。钟敲十二点一刻，他感到是时候了，便暗暗忍住笑拐过转角。但他刚拐了个弯，立即吓得发出一声哀号倒退几步，把变成惨白色的脸埋在他那双瘦骨嶙峋的长长的手中。就在他面前站着一个可怕的鬼魂，像一座雕像那样纹丝儿不动，又像疯子做梦一样荒谬！它的秃头溜光溜滑；脸是圆的，白白胖胖；它的五官似乎被可恶的狞笑所扭曲，变成一副永难复原的怪相。从它的眼睛里射出猩红色的光芒，嘴像一口喷火的井，一身丑恶的装束和他自己的一样，如同一堆无声的雪裹着巨人的身躯。它胸前一块牌子上写着莫名其妙的古体字，看来是一份劣迹的清单、作孽的记录、罪恶的年表。它的右手高举一柄钢锋闪着寒光的偃月刀。

由于他自己以前从来未见过鬼，自然吓得魂不附体，在向那个可怕的怪物再次匆匆瞥了一眼之后，立即往自己房间里逃。他顺着走廊撒腿飞奔的时候，不断被长长的尸衣绊跌，最后把生锈的短剑也掉进了公使的长筒靴里，第二天早晨才被侍役长在那里发现。回到自己独居的密室以后，他扑倒在一张小床上，用被子把脸蒙起来。然而，过了一会儿，坎特维尔老幽灵的勇气重新抬头，他决定等天一亮，就去找那另一个鬼魂谈话。主意既定，当晨曦刚刚给山丘抹上一层银色的时候，他便向着第一次遇见形容可怖的鬼怪的那个地方走回去，心想，两个鬼总比一个强，在他的新朋友的援助下，他一定可以制伏那对双胞胎。可是，到了那里，呈现在他眼前的却是一幅触目惊心的景象。那个鬼魂一定出了什么事情，因为它那空洞的眼窝里的光芒已完全熄灭，寒光逼人的偃月刀已从它手中掉下，它以一种不自然而又不舒服的姿势靠在墙上。老幽灵冲上前去把它抱住，不料它的脑袋突然脱落，滚到地上，身体朝后一仰，使老幽灵大吃一惊；他发现自己抱着的原来是一幅白色粗斜纹布床幔！他脚边散落着一把扫帚、一柄切肉刀和一棵空心大头菜！他无法理解这奇异的变化是如何发生的，慌忙中抓起那块牌子，借着灰蒙蒙的晨光，读到如下几句可怕的话：

我们是奥梯斯的幽灵。
维(唯)有我们是真正的原板(版)鬼魂。
谨防假帽(冒)。
其他鬼魂都是鹰(赝)品。①

于是他恍然大悟。他中了圈套，受了愚弄，上了大当！他的眼睛里重又露出当年坎特维尔的凶光，无齿的牙床咬得格格作响。他把一双干瘪的手高举过头，按照老派讲究词藻的方式发誓说，一俟金鸡第二遍吹响欢乐的号角，一连串血腥的行为将要做出来，凶杀将以无声的步伐横行无阻。

他这番可怕的誓言的话音甫落，从远处农场的红瓦屋顶上传来了一

① 一对双胞胎学童犯了好些拼写错误，而幽灵原先还以为是“古体字”。

声鸡啼。他发出一阵悠长、低沉的苦笑，开始等待。他等了一个小时又一个小时，可是那公鸡不知为了什么奇怪的原因，没有再啼。最后，到了七点半，女仆们的脚步声使他放弃了可怕的株守，悄悄然回自己的房间里去，为希望落空、计谋受挫而神伤。到了那里，他查阅了特别心爱的几本关于古代骑士风度的书，发现过去逢到有人立下他刚才那样的誓言，雄鸡总是啼第二遍的。“让这可诅咒的呆鸟永堕地狱，”他喃喃地说，“总有一天，我要用长矛捅穿它的咽喉，我要叫它为我用啼声作临终的祈祷！”说罢，他躲进一口舒适的铅棺，在里边一直待到晚上。

4

第二天，幽灵感到非常疲乏，周身无力。近月来高度紧张的精神状态，现在开始显示影响了。他的神经系统已完全被震垮，哪怕是最最轻微的一点声响，也会把他吓一大跳。他在自己房间里待了五天，最后决定放弃在图书室地板上制造血迹的做法。既然奥梯斯一家不要它，这说明他们不配。显然，这些人还处在比较低级的发展阶段，活着只讲究实利，对于应激起美感的现象及其所包含的象征意义，完全无法鉴赏。幻影鬼魅的问题，还有魂魄幽灵的发展，当然完全是另一回事，确非他所能控制。他的神圣的职责就是每周在走廊里出现一次，每月的第一和第三个星期三从灯笼大窗那里发出急促而含糊的自言自语。他不知道如何才能体面地摆脱他所承担的义务。诚然，他生前干过许多坏事，但是话得说回来，他在涉及超自然的一切问题上却是最凭良心行事的。因此，在以后的三个星期六，他照例从午夜到三点在走廊里巡行，一边尽可能小心提防被人听到和看见。他脱去靴子，尽可能轻声地踩在年久蛀蚀的地板上；身穿一件黑丝绒大斗篷，从不忘记用日出润滑油涂在链条上。必须承认，他终于采用这一方法以策安全可着实不容易。一天晚上，公使正在吃晚饭的时候，他溜进奥梯斯先生的卧室，拿走了那瓶东西。起初，他略略感到屈辱；但后来，他毕竟没有糊涂到看不出这项发明确有不少好处，在某种程度上可以为他所用。然而，尽管他步步留神，还是不得安宁。走廊里经常绷着绳索，在黑暗中把他绊倒。有一次，他穿上“黑艾萨克，或霍格利森林的猎人”的服装，不料因为从壁毯厅门口到栎木扶梯平台的一段路被双胞胎设计用黄油涂成了滑坡，他踩在上面，结结实实摔了一跤。这最近的一次侮辱简直把幽灵气炸了，他决心作出最后一次努力来维护自己的尊严和社会地位，打定主意第二天夜里扮作有名的“冒失鬼茹珀特，或无头伯爵”那个角色出现在这一双无礼的伊顿公学学生面前。

他已有七十多年没有以这身装束出现了。事实上，从他扮那个角色把美丽的巴蓓拉·莫迪希夫人吓坏以后再没有穿过，事后她突然撕毁与现在的坎特维尔勋爵的祖父所订的婚约，偕同漂亮的杰克·卡斯尔顿逃往格雷特纳·格林[①]，并宣称世上任何东西都不能诱使她嫁到竟让如此可怕的鬼怪在黄昏的回廊上走来走去的人家。可怜的杰克后来在一次决斗中被坎特维尔勋爵用枪打死在旺兹沃思[②]公地；不出一年，巴蓓拉夫人也在滕布里奇韦尔斯[③]伤心而死。因此，从任何方面来说，这都是一次极其成功的演出。不过，演这个角色"化妆"起来特别麻烦——请允许我用一个戏剧名词来表示超自然界（或者用一个学术味较浓的术语，叫做高级自然界）最了不起的秘密之一。他足足花了三个小时准备出场。最后，一切都准备停当，他对自己的仪容颇为欣赏。诚然，与服装相配的一双大马靴稍嫌大些，两支骑士手枪他只找到一支，但总的来说，他感到十分满意。到了一点一刻，他便从护壁板里边溜出来，顺着走廊蹑行到双胞胎的卧室前面。我应该说明一下，这一间屋子称做蓝卧室，因为那里的帐幔壁纸都是蓝色的。为了制造出场效果，幽灵骤然把门开得笔直，不料很重的一壶水当头掉下来，淋得他一直湿透全身，水壶差两英寸还险些打中他的左肩。在这同时，他听到从带帐幔的四柱床上爆发出原先被强抑着的哈哈大笑。他的神经系统受到的震撼是如此之大，使他立刻没命地逃回自己房间里去。次日，他终于因重伤风躺倒了。在这整个事件中唯一可以使他告慰的是，他没有把脑袋带去，否则后果将是十分严重的。

现在，他放弃了吓唬这个非常麻木不仁的美国家庭的一切念头，仅仅满足于按照惯例穿一双镶边的拖鞋，用一条红色的厚围巾裹住脖子以

---

①格雷特纳·格林，苏格兰南部登弗里斯郡的一个村庄。过去在苏格兰结婚无需父母同意，英格兰的私奔情侣往往到该村匆匆办理结婚手续。

②旺兹沃思，大伦敦郡内一个有议员选举权的自治城市。

③滕布里奇韦尔斯，英格兰东南部肯特郡一市镇，那里的含铁矿泉素负盛名。

免感冒，悄悄地徘徊在过道内，手拿一支小小的火绳钩枪，防备遭到那对双胞胎的袭击。他受到的最后一次打击发生在九月十九日。那天，他下楼到穿堂大厅里去，满以为至少在那里他可以平安无事。著名纽约摄影师萨罗尼为合众国公使夫妇照的一些大幅相片如今取代了坎特维尔家族的画像，幽灵正在嘲笑这些相片聊以自娱。他只裹着一件沾上了墓地青苔的尸衣，装束简单，但还整洁；下巴颏儿用黄布条扎起来，手里拿着一盏小灯和一柄掘墓的铲子。事实上，他这身衣着扮的是"无坟野鬼乔纳斯，或丘特西巴恩的强盗僵尸"。这也是他演过的最著名的角色之一，坎特维尔一家有一切理由记住这一点，因为这是他们和邻居拉福特勋爵闹翻的真正原因。到了凌晨两点一刻左右，他可以肯定所有的人都睡了。然而，当他缓步走向图书室，准备去看看那摊血迹是否还有一点残痕时，突然，从黑暗的角落里跳出两个白色的身影向他扑来，一边拼命挥动高举过头的胳膊，一边冲着他的耳朵发出嘲弄的狂笑。

在这种情况下，他自然吓得慌慌张张往楼梯那边逃去，但发现华盛顿·奥梯斯拿着一只很大的浇花水壶在那里等他。幽灵腹背受敌，几乎陷于绝境，只得钻入大铁炉子(幸亏没有生火)，通过烟道和烟囱夺路逸去。他回到自己房间里时，身上脏得可怕，神态狼狈不堪，心情完全绝望。

打这以后，他再也不敢夜间出游了。双胞胎还为他设了几次埋伏，每夜在过道里撒了好多核桃壳，把他们的父母和仆人都烦死了，但并没有结果。很明显，幽灵的自尊心受到了极大的伤害，所以再也不愿意现身。由于奥梯斯先生又把已经花了他好多年工夫的一部关于民主党历史的巨著写下去；奥梯斯夫人组织了一次出色的海滨野餐会，使全郡为之惊叹；男孩子们热衷于打长曲棍球、玩尤克和扑克等纸牌戏，以及其他美国人的国粹游戏；弗吉妮亚则常常跨着她的矮种马，由那位来到坎特维尔庄苑度过最后一周假期的柴郡小公爵陪同在跑道上骑行。大家都认为幽灵已经离去，的确，奥梯斯先生还写了大意如此的一封信给坎特维尔勋爵。后者回信表示他得悉这个消息极其高兴，并向尊敬的公使夫人捎去了良好的祝愿。

然而，奥梯斯一家受骗了，因为幽灵仍然在这座宅第里，虽则他现在几乎成了残废，但决不愿就此罢休，特别在他听到柴郡小公爵在此做客以后。因为后者的叔祖弗兰西斯·斯蒂尔顿勋爵有一次曾以一百个金畿尼为注与卡伯里上校打赌，说他要和坎特维尔的幽灵掷骰子；第二天早晨，人们发现这位勋爵中了风躺在牌室地板上不能动弹。后来他虽然活到很大年纪，但除了“双六[①]”两个字以外，再也不会说任何别的话。当年，这个故事是众所周知的；自然，为了顾全这两大贵族世家的体面，总是千方百计把它遮盖起来。有关此事经过的详细情形可在塔特尔勋爵的《回忆摄政王太子和他的朋友》第三卷中找到。在这样的情况下，幽灵自然非常渴望显示他对斯蒂尔顿家族还没有丧失影响。其实，他跟斯蒂尔顿还是远亲：他的嫡堂姐妹 *en secondes noces*[②] 嫁给巴尔克利先生，而尽人皆知，柴郡公爵这一脉正是从巴尔克利先生传下来的。于是，他作了安排，准备以他负有盛名的一个形象“吸血僧，或缺血的本笃会教士”出现在弗吉妮亚的小爱人面前。也是命中注定，在 1764 年除夕，年老的斯塔特普夫人看到了这次恐怖透顶的演出，当即发出几声最凄厉的惨叫，卒告中风，三天以后就去世，死前剥夺了本来是她至亲的坎特维尔一家的继承权，把所有钱财遗赠给她那在伦敦的药剂师。然而，幽灵对那一双孪生兄弟的恐惧在最后一分钟使他没敢离开自己的房间，故而小公爵得以在接待王室的卧房里用羽毛装饰起来的大帐顶下，高枕安睡，并且梦见了弗吉妮亚。

---

① 指骰子掷出两个六点。
② 法语：再醮。

5

此后过了不多几天，弗吉妮亚和她的鬈发骑士到布罗克利草地去骑马。在通过一道树篱时，弗吉妮亚的骑装给撕破了，而且破得很厉害，以致回到家里以后她决定从后扶梯上楼，免得被人看见。当她跑过壁毯厅时，发现门开着，她好像看到里边有人，心想那大概是她母亲的使女，因为她往往把活计带到那里去做，于是弗吉妮亚进去看看，准备请她补缀一下自己的骑装。然而，使她非常惊讶的是，里面竟是坎特维尔的幽灵！他正靠窗坐着，看刚从发黄的树上脱落的金叶随风飘扬，变红以后则沿着长长的林阴道一路狂舞。他手托腮帮，整个神态显得极其沮丧。小弗吉妮亚本想赶快跑到自己房间里去把门上锁，可是看到他如此恓惶，如此狼狈，不禁心中充满了怜悯，决定尽力安慰他。她的脚步是那样轻，而幽灵的哀愁又是那样深，直到弗吉妮亚对他说话，幽灵才发现她在旁边。

“我很替你难过，”她说，“不过我的兄弟明天要回伊顿去了，因此，假如你规规矩矩的话，谁也不会打搅你的。”

“要我规规矩矩是荒唐的，”幽灵回答道，一边惊讶地打量这个胆敢跟他攀谈的可爱的女孩子，“太荒唐了。我必须让我的锁链锒铛作响，必须通过钥匙孔发出呻吟，必须在夜间出来游荡，我想你所指的就是这个吧。这正是我存在的唯一理由。”

“这根本不成其为存在的理由，你自己也知道，你的表现实在糟透了。我们来到这里的第一天，厄姆尼太太就告诉我们，你曾经杀死了你的妻子。”

“好，就算是吧。”幽灵没好气地说，“但这纯粹是家庭问题，跟其他任何人都不相干。”

“杀任何人都是很不好的。”弗吉妮亚说，她有时会表现出一种挺可爱的清教徒式认真态度，那是从某一位新英格兰祖先那里继承下来的。

“呵，我最恨那种假正经的抽象伦理观念！我的妻子长得极难看，她从来没有浆好过我的绉领，完全不懂得烹调术。有一次，我在霍格利森林猎到一头鹿，一头绝妙的两岁小公鹿，可是你知道她把那只鹿做成了什么菜送到餐桌上来？现在说这些也没有意思，事情都过去了。不过，我认为她的几个兄弟把我活活饿死也做得不够漂亮，尽管我确实杀死了他们的姐妹。”

“把你饿死？啊，幽灵先生，不，我是说，赛蒙爵士，你饿不饿？我的盒子里有一份三明治，你请吃吧。”

“不，谢谢你，我现在不吃任何东西，不过你的一番好意我还是非常感谢，你比你家其余那些讨厌、粗野、庸俗、狡猾的人好多了。”

“闭嘴！”弗吉妮亚跺脚叫了起来，“粗野、讨厌、庸俗、狡猾的恰恰是你，你自己明白，你从我的颜料盒里偷走了颜料，在图书室地板上一再涂上那摊可笑的血迹。起初，你偷走了我所有的红颜色，包括银朱在内，弄得我再也没法画夕阳；接着你又把翠绿和铬黄拿去；最后我除了靛蓝和白色什么也没剩下，只能画月光下的景色，这种画看着总是叫人心里不好受，而且又难画得要命。虽然我很恼火，但我从来没告过你的状，再说，整个这件事情简直可笑透顶，有谁听说过血有翠绿色的？”

“这倒是真的，”幽灵说，语气已温和多了，“可是我有什么办法呢！如今要弄到真正的血非常困难，既然你的哥哥先用他的模范去垢剂，我当然没有理由认为我不该用你的颜料。至于什么色彩好，这永远是一个审美范畴的问题。比方说，坎特维尔家族的血是蓝色的，是英格兰最蓝的一种①；不过我知道你们美国人把这类事情看得一文不值。”

“你什么也不懂，最好还是出国去开开眼界。我父亲一定很乐于为

① “蓝色的血”即贵族血统。

你安排一次免费旅行；虽然对于任何种类的spirit① 都要课重税，不过海关方面不会留难的，因为海关的官员都是民主党人，都是他的朋友。到了纽约，你一定可以取得巨大成功。我知道那里有许多人愿意出十万美元买一个爷爷；如果能买到一个家庭幽灵，再大的价钱也有人肯出。”

“我想，我不会喜欢美国。”

“那大概是因为我们那里没有废墟和古董吧。”弗吉妮亚用挖苦的语气说。

“没有废墟！没有古董！”幽灵接口说，“你们不是有自己的船队和自己的派头吗？”

“再见吧，我要去请求父亲让双胞胎在家里多待一个星期。”

“请不要走，弗吉妮亚小姐，”他叫了起来，“我实在太孤独，太不幸了，简直不知道怎么才好。我想去睡觉，但又不能。”

“那是十分荒唐的！您只要上床去，把蜡烛吹灭就可以了。有时硬要撑住不睡着倒是很难的，特别在教堂里；要睡觉可一点也不难。那是连婴儿也知道怎么做的，而他们并不很聪明。”

“我已经有三百年没睡觉了，”他伤心地说，弗吉妮亚把一双美丽的蓝眼睛惊异地睁得大大的，“三百年没睡觉了，我是多么疲倦啊！”

弗吉妮亚一下子变得十分严肃，她的嘴唇开始像玫瑰花瓣一样颤动。她走到幽灵跟前，在他身旁跪下，抬头凝视着他那衰老、枯萎的脸。

“可怜哪，可怜的幽灵。”她喃喃地说，“你难道连睡觉的地方也没有吗？”

“在松树林后面很远的地方，”他用一种低沉的梦幻似的声调回答，“有一个小花园。那里的草长得又高又密，蘑菇花像很大的白色星

① 作者在这里用了一个双关词语。英语spirit既是“烈酒”，又是“幽灵”。

星，夜莺整夜歌唱。夜莺整夜唱个不停，水晶盘一般冷森森的月亮俯视着地面，水松树伸出它那巨大的臂膀罩住长眠的人。”

弗吉妮亚渐渐地感到泪眼迷茫，她把脸埋在自己的手里。

“你说的不是死亡园吗？”她悄悄地问。

“是的，是死亡园。死应该有这样美！躺在柔软的褐土中，头上有青草摇曳生姿，听到的只是一片寂静，没有昨天，也没有明天，忘掉时间，宽恕人生，永远安息。你可以帮助我，你可以为我打开死亡宫殿的大门，因为爱一直伴随着你，而爱比死更强。”

弗吉妮亚打了个寒战，一阵震颤透过她的全身，有半晌谁也不作声。弗吉妮亚感到自己好像在做一个可怕的梦。

随后，幽灵又说话了，他的声音听来像风在叹息。

“你有没有读过图书室窗上那首古老的预言诗？”

“噢！读过好多遍，”小姑娘昂起头来兴奋地说，“我已经背了下来。那是用一种古怪的黑色字体写的，读起来很费劲，那首诗一共只有六行：

> 待到一个金发女孩
> 从罪人口中引出祈祷来，
> 待到不育的巴旦杏开花结果，
> 泪水从孩子眼里扑簌簌洒落，
> 这座宅院方能平静，
> 坎特维尔才得安宁。

但我不懂是什么意思。”

“这几句诗的意思是，”幽灵悲哀地说，“你必须和我一起为我的罪孽而哭泣，因为我没有眼泪；你必须和我一起为我的灵魂祈祷，因为我没有信仰；然后，假如你是始终温柔、善良、和蔼的话，死亡天使将会怜悯我。你将在黑暗中看到可怕的怪物，邪恶的声音会向你耳语，但是他们不会伤害你，因为地狱面对一颗赤子之心也无法施展它的威力。”

弗吉妮亚并不答话，幽灵俯视着她垂下的一头金发，绝望地扭绞自己的手。突然，弗吉妮亚站起来，脸色非常苍白，眼睛里闪耀着异样的光芒。“我不怕，”她坚定地说，“我一定请求天使怜悯你。”

幽灵发出一声微弱的欢呼，从座位上站起来，并拿起弗吉妮亚的一只手，以老派的优美姿势俯下身去吻了一下。幽灵的手冷得像冰，而嘴唇却烫得像火，但是当他领着弗吉妮亚穿过这间昏暗的屋子时，小姑娘毫不畏缩。褪了色的绿色壁毯上的图案是几个小猎人在吹饰有流苏的号角，他们招着小手叫她回去。“回来，小弗吉妮亚！”他们喊道，“回来！”但是幽灵把她的手抓得更紧些，而弗吉妮亚闭上眼睛不理他们。壁炉架上所雕的一些长着蜥蜴尾巴的怪物向她眨巴着暴突的眼睛，嘟嘟哝哝地说：“当心！小弗吉妮亚，当心！我们也许再也看不见你了。”可是幽灵滑行得更快了，弗吉妮亚也不去听它们。当他俩走到屋子尽头的时候，幽灵停下来，念念有词地说了一些她莫名其妙的话。她睁开双眼，只见墙壁像雾一样渐渐隐去，出现在她前面的是一个又大又黑的洞穴。一阵刺骨的冷风在他们周围刮了起来，她感到有什么东西在拉她的衣服。“快，快，”幽灵敦促道，“要不就太晚了。”霎时间，护壁板已在他们背后合拢，而壁毯厅里顿时空无一人。

6

大概十分钟以后，通知用茶点的铃声响了，因为弗吉妮亚没有下楼来，奥梯斯夫人便差一个仆人上去叫她。过了一会儿，仆人回话说，他哪儿也找不到弗吉妮亚小姐。由于她每天傍晚有到花园里去采集鲜花装点餐桌的习惯，奥梯斯夫人起初一点也不惊慌。但是到钟敲六点，还不见弗吉妮亚回来，她才真的着了急，就派几个男孩子到外面去找，奥梯斯先生把整座房子的每一间屋都搜遍了。六点半，男孩们回来说，他们哪儿都没有发现他们的姐妹的踪迹。现在，全家人都焦急万分，可又不知道该怎么办，这时奥梯斯先生突然想起，几天以前，他曾允许一群吉卜赛人在庄苑内宿营。由此，他立即在大儿子和两名农庄仆人陪同下出发到勃莱克费尔凹地去，他知道他们在那里。柴郡小公爵急得要发疯，他坚决请求让他也去。但是奥梯斯先生不同意，因为他担心那里可能会有一场殴斗。然而，到了那个地方，他发现吉卜赛人已经走了，而且显然他们的离去是非常仓猝的，因为火堆还在燃烧，草地上还扔着几只盘子。奥梯斯先生派华盛顿和两名仆人在周围一带搜索，自己赶回家去，拍电报通知郡内所有的巡官，要他们寻找一个被流浪乞丐或吉卜赛人拐走的女孩子。接着，他吩咐备马，并坚持要妻子和三个男孩坐下来吃饭，自己带一名马夫前往阿斯各特大路。但是，他骑行还不到两英里，就听见有人策马跟上来，他回头一看，只见小公爵骑着他的矮种赛马在后面追赶，满脸通红，帽子也不戴。“我万分抱歉，奥梯斯先生，”这少年气喘吁吁地说，“可是，不找到弗吉妮亚，我无论如何吃不下饭。请不要生我的气，如果去年您让我们订了婚约，就决不会发生这等麻烦。您不会打发我回去吧，是吗？我不能回去！我不走！”

公使看着这个英俊而淘气的少年，被他对弗吉妮亚如此忠诚的一片痴情所深深感动，禁不住露出微笑，于是从马上俯下身去，慈祥地拍拍他的肩膀，说：“好吧，塞瑟尔，既然你不愿回去，只得跟我一起走喽，不过到了阿斯各特，我得给你买一顶帽子。”

“噢，不要为我的帽子操心！我要弗吉妮亚。”小公爵笑着喊道，于是他们一起飞奔火车站。到了那里，奥梯斯先生问站长，是否有人看见一个与弗吉妮亚外貌相似的女孩子来到站台上，但并没有获得有关她的消息。不过，站长还是往该线上下行各站发了电报，并向他保证密切注意有没有这样一个女孩子。公使从一个正在上窗板准备打烊的亚麻织品零售商那里为小公爵买了一顶帽子，然后上马前往大约四英里外的一个村子贝克斯里，据说那里大家都知道是吉卜赛人经常出没的地方，因为旁边就有一大片放牧地。在贝克斯里，他们叫醒了当地的警察，但从他那里也得不到任何消息。他们把放牧地纵横都找遍以后，只得掉转马头回家去，抵达庄苑时已快十一点，人累得半死，心都要急碎了。他们发现华盛顿和一对双胞胎点了灯在大门口等候，因为林阴道上暗得很。然而弗吉妮亚连一点儿踪影都没有发现。吉卜赛人已在布罗克利草地被扣，但弗吉妮亚没有和他们在一起。吉卜赛人解释他们突然出发是因为搞错了乔顿集市的日期，故而匆匆离去，生怕赶不上趟。他们听说弗吉妮亚失踪了，也感到十分难过，因为他们非常感激奥梯斯先生允许他们在他的庄苑里宿营，故而留下四个人帮助寻找。鲤鱼塘用捞锚探索过了，整座庄苑给兜底翻了过来，但是仍然毫无结果。很明显，弗吉妮亚是找不到的了，至少那天晚上他们不可能找到。奥梯斯先生和几个男孩子回宅第去的时候，情绪极其沮丧，马夫牵着三匹马跟在后面。在前厅，他们发现一群仆人个个惊慌失色；可怜的奥梯斯夫人躺在图书室沙发上，被恐惧和焦虑搞得失魂落魄，老管家厄姆尼太太用花露水给她洗了脑门子。奥梯斯先生看到这个情景，立刻一定要她吃点东西，并吩咐大家吃夜宵。这是一次闷闷不乐的进餐，几乎没有人说话，甚至连那对双生子也不敢放肆，蔫头蔫脑的，因为他们非常爱自己的姐姐。吃完夜宵，奥梯斯先生不顾小公爵的一再恳求，吩咐所有的人都去睡觉，说今夜再也没有什么可做的了，明天一早他会打电报给苏格兰场，要他们立即派几名侦探来。正当他们走出餐室时，钟楼上午夜的钟声响了。最后的一下刚刚敲过，他们立即听到一声巨响和一声突发的尖叫。房子给令人丧胆的一个惊雷震得摇摇晃晃，空中飘来一阵非人间的乐声，楼梯顶端有一块嵌板訇然跌落；接着，弗吉妮亚跨到梯阶上，脸色非常苍白，手里拿着一只小首饰盒。大伙在刹那间一齐向她冲上去。奥梯斯夫人急切地把她搂在怀里，小公爵热烈地吻得她透不过气来，那对孪生兄弟则环绕着这一群人跳起了原始部落粗犷的战争舞蹈。

“我的上帝啊！孩子，你到哪里去了？”奥梯斯先生颇为恼怒地责问，他以为女儿跟他们开了一个荒唐的玩笑。“塞瑟尔和我骑马走遍了全郡找你。你母亲急得命都没了。以后再也不许你玩这种鬼把戏。”

“除非拿幽灵开心！除非拿幽灵开心！”双胞胎一边跳跃，一边喊叫。

“我的心肝宝贝，感谢上帝，总算把你找到了；以后再也不准你离开我身边。”奥梯斯夫人嘟哝道，一边吻着哆嗦不已的弗吉妮亚，给她捋平纷乱的金发。

“爸爸，”弗吉妮亚平静地说，“刚才我跟幽灵在一起。他死了，你应该去看看他。他过去的行为非常恶劣，但他对自己的所作所为表示真诚悔过，还在临死前给了我这一盒美丽的珠宝。”

全家人默默地愕然望着她，但她的神色非常严肃；她转过身去带领他们穿过护壁板上的窟窿，进入一条狭窄的秘密通道，华盛顿从桌上拿起一支点着的蜡烛跟在最后面。末了，他们来到一扇厚实的栎木门前，门上钉满生锈的钉子。弗吉妮亚在门上才一碰，沉重的铰链立刻把门摇开，他们发现自己来到了一间低矮的拱顶小室，一扇小窗上装有窗栅。墙上嵌着一个铁环，铁环上用链条拴着一具怪吓人的骷髅。它伸直四肢躺在石板地上，看上去想用无肉的长指头尽力去抓一只旧式的木质食盘和一只水壶，只差那么一丁点儿，可就是够不到。这壶里显然曾经盛满水，里面覆盖着一层绿苔。木盘里除了一堆灰，已经什么也没有了。弗吉妮亚在骷髅旁边跪下，合起她那双小手，开始默默地祈祷，而其余的人惊异地看着这一副惨烈的悲剧场景，现在他们才明白其中的秘密。

“瞧！”双胞胎之一突然叫了起来，他正望着窗外，竭力想弄清楚这间屋子是在宅第的哪一侧。“瞧！那棵干枯的老巴旦杏开花了。我清清楚楚看到月光照亮树上的花朵。”

“上帝已经原谅了他。”弗吉妮亚庄严地说着站起身来，好像有一道瑰丽的光芒照亮了她的脸庞。

“你真是个天使！”小公爵激动地说，并用一条胳臂搂住她的脖子，和她亲吻。

7

在这些奇事发生之后过了四天，晚上十一点钟左右，一支送殡的行列从坎特维尔宅邸出发。柩车由八匹黑马牵引，每一匹马的头上都插着一大簇随风摇曳的鸵鸟羽毛，铅棺上覆盖用金线绣有坎特维尔纹章的深紫色柩衣。仆人们擎着点亮的火把走在柩车和几辆马车的旁边，整个队伍给人留下难以忘怀的印象。坎特维尔勋爵是丧主，特地从威尔士赶来参加葬礼，他与小弗吉妮亚一道坐第一辆马车。接着是合众国公使夫妇，再后面是华盛顿和三个男孩，最后一辆马车上坐着厄姆尼太太。大家都认为，既然她受幽灵的惊吓有五十多年，现在自然有资格送他最后的一次。在坟场的一角已经掘好一个很深的墓穴，正好在一棵古老的水松树下。悼词是由奥古斯塔斯·丹皮尔牧师以最动人的语调宣读的。仪式结束后，仆人们按照坎特维尔家族的老规矩熄灭了各人手中的火把。当棺材渐渐放入坟墓时，弗吉妮亚跨前一步，把用白色和粉色巴旦杏花做成的一个大十字架放在上面。她刚做完这一动作，月亮就从浮云后面露出来，把一片银辉静静地洒在小小的坟场上，远处矮树丛里有一只夜莺开始歌唱。弗吉妮亚想起幽灵所描绘的死亡园，眼睛因噙着泪水而变模糊了，在坐车回家的路上，她几乎一语不发。

第二天早晨，在坎特维尔勋爵准备动身回伦敦去的时候，奥梯斯先生就幽灵给弗吉妮亚的珠宝一事和勋爵作了一次谈话。那些珠宝辉煌夺目，特别是一串古代威尼斯镶嵌的红宝古项链，确系十六世纪的一件珍品，它的价值太大了，所以奥梯斯先生认为不应该随随便便让女儿接受这份礼物。

“阁下，”他说，“我知道，贵国关于永久管业[①]的法律不但适用于土地，也适用于首饰，而我十分清楚，这些珠宝一定是或者应该是府上的动产继承物[②]。因此，我不得不恳求你把这些东西带回伦敦去，今后就把它们看作你的财产的一部分，不过它们是在某种奇特的情况下归还原主的。至于小女，她还只是一个孩子，而且，我可以很高兴地说，她对于这些奢侈而不实用的身外之物暂时并没有什么兴趣。另外，奥梯斯太太出嫁之前曾在波士顿度过几个寒暑，凭这一点，我可以说，她对艺术品颇有一些鉴赏力。据她告诉我，那些珠宝价值连城，可以卖极高的价钱。在这种情况下，坎特维尔勋爵，我相信你也会同意，我决不能让它们留归我家的任何一个成员所有。何况，所有这些中看不中用的玩意儿，尽管对于支持英国贵族的体面是合适或必要的，但在我们这些按照严格的、而且我相信是不朽的朴素共和精神教育出来的人中间则完全不相称。可能我应该提一下，弗吉妮亚渴望你能答应她保留这只盒子，作为对府上那位不幸的、误入歧途的祖先的一点纪念。由于这盒子已经破旧不堪，你也许会同意满足她的请求。至于我个人，我承认，我的一个孩子竟会对某种形式的中世纪遗物如此感兴趣，这使我大为惊讶，我只能把这归因于如下一件事实：弗吉妮亚是在奥梯斯太太去雅典旅行回来之后不久在贵国伦敦郊区某地出生的。”

坎特维尔勋爵非常认真地听完了可敬的公使这番话，时而捻一下斑白的髭须，掩饰情不自禁的微笑。等奥梯斯先生说完后，勋爵热烈地握住他的手说：“亲爱的先生，你可爱的小女儿给我那不幸的祖先赛蒙爵士帮了大忙，我和我的全家对她非凡的勇气和胆量感恩不浅。珠宝显然应该归她；说真的，如果我毫无心肝地从她那里把东西拿走，我相信那位作恶多端的老先生不到两个星期就会从坟墓里出来，叫我从此不得安宁。说到这些珠宝是否动产继承物的问题，凡是遗嘱或其他法律文件上没有指明的任何东西，都不属于动产继承物，何况过去谁也不知道这些珠宝的存在。请你放心，我如同你的司膳一样没有理由对它们的所有权提出要求。等弗吉妮亚小姐长大成人后，我敢说她一定乐于戴上一些漂亮的首饰。再说，奥梯斯先生，你忘了你是把房子连同家具和幽灵一起

①归法人所有而不能变卖的产业。

②应随不动产一起转移产权的动产。

买下来的。凡是属于幽灵的东西自然同时归你所有。因为，赛蒙爵士尽管夜间在走廊上活动频繁，但从法律的观点看，他毕竟死了，你通过购买，已经获得了他的财产。”

奥梯斯先生苦于坎特维尔勋爵不肯接受，只得请他对自己的决定再考虑一下，但是那位性情谦恭的贵族这一次态度十分坚决，最后还是说服公使让他的女儿留下幽灵给她的礼物。到了1890年春天，当年轻的柴郡公爵夫人刚刚结婚便蒙女王正式接见的时候，她的珠宝受到普遍的赞赏。弗吉妮亚接受了爵冕，这是所有品德优良的美国女孩子当之无愧的奖赏。她的小爱人刚一成年，他们就结了婚。新郎新娘都非常可爱，他们是那样相亲相爱，谁都为这段姻缘感到高兴，只是邓布尔顿侯爵老夫人除外，因为她曾千方百计想把自己七个未婚的女儿嫁一个给小公爵，并为此举行过三次豪华的宴会。还有，说也奇怪，奥梯斯先生也不高兴。他对小公爵的人品极其喜爱，但是，在理论上他是反对爵衔的，用他自己的话说，他“担心在追求享乐的贵族使人萎靡的影响下，真正的朴素共和精神可能被遗忘”。不过，他的异议完全被打消了。我相信，当他的女儿挽着他的胳膊通过汉诺威广场圣乔治教堂的甬道走向圣坛时，全英国没有一个人比他更值得自豪了。

蜜月结束后，公爵和公爵夫人前往坎特维尔庄苑。在他们到达的第二天午后，小两口散步到松树林旁僻静的坟场上去。起初，为了在赛蒙爵士的墓碑上刻什么铭文这个问题颇费了一番斟酌，但最后决定只刻上这位老先生姓名的第一个字母，还有就是图书室窗上的那首诗。公爵夫人带去一些可爱的玫瑰花，把它们撒在坟墓上。他们在墓旁站了一会儿以后，便信步走进那座现已成了废墟的古老的教堂。公爵夫人在那里一根倾倒的柱子上坐下，她的丈夫躺在她脚边，一边抽烟卷，一边仰望她那美丽的眼睛。忽然，公爵扔掉纸烟，握住她的一只手，对她说：“弗吉妮亚，做妻子的不应该有什么事对她的丈夫秘而不宣。”

“亲爱的塞瑟尔，我对你可没有秘密。”

“不，你有，”他笑着说，“你从来没有告诉过我，你和幽灵一起关在墙内的时候，究竟发生了什么事情。”

“我从来没有对任何人说过，塞瑟尔。”弗吉妮亚严肃地说。

“这我知道，但你可以告诉我。”

“请不要问我，塞瑟尔，我不能告诉你。可怜的赛蒙爵士！我非常感激他。是的，你不要笑，塞瑟尔，我真的很感激他。他使我懂得了什么是生命，什么是死亡，为什么爱比两者都强。”

公爵站起来，深情地吻他的妻子。

“只要你的心属于我，你可以一直保守你的秘密。”他喃喃地说。

“我的心永远属于你，塞瑟尔。”

“有朝一日，你会告诉我们的孩子的，不是吗？”

弗吉妮亚刷地红了脸。

温德米尔夫人的扇子

［英］王尔德　著

剧中人物

温德米尔勋爵

达林顿勋爵

奥古斯塔斯·洛顿勋爵

邓比先生

塞斯尔·格雷厄姆先生

霍珀先生

帕克(管家)

温德米尔夫人

柏维克公爵夫人

阿加莎·卡莱尔小姐

普里姆代尔夫人

斯塔特菲尔德夫人

杰德伯格夫人

考珀-考珀太太

厄林太太

罗莎丽(女仆)

场　景

第一幕　温德米尔勋爵府第的小客厅

第二幕　温德米尔勋爵府第的大客厅

第三幕　达林顿勋爵的寓所

第四幕　同第一幕

时　间　现在

地　点　伦敦

全剧的时间跨度不超过 24 小时，自星期二下午 5 点钟开始，至次日下午 1 点 30 分结束。

第一幕

场景：舞台上是卡尔登大厦路温德米尔勋爵府第的小客厅。中间和台右是门。台右摆着一张写字台，上面有一些书和文件。左边摆着沙发和茶几。左首有落地长窗通向露台。右首是一张桌子。

〔温德米尔夫人在右首桌旁把玫瑰插入一只蓝色花瓶。

〔帕克上。

帕　克　夫人，今天下午您是不是会客？

温德米尔夫人　是的。谁来了？

帕　克　是达林顿勋爵，夫人。

温德米尔夫人　（犹豫片时）请他到这儿来。不管还有谁来，我都见。

帕　克　是，夫人。（自中门下。）

温德米尔夫人　他来了也好。对我来说，在今晚以前先跟他见面更妥当。

〔帕克自中门上。

帕　克　达林顿勋爵到。

〔达林顿勋爵自中门上。

〔帕克下。

达林顿勋爵　您好，温德米尔夫人。

温德米尔夫人　您好，达林顿勋爵。不，我不能跟您握手。我的手给这些玫瑰花全弄湿了。这花儿真美，您说是不？这是今天上午从塞尔比送来的。

达林顿勋爵　美极了！（见桌上放着一柄扇子）啊，多么漂亮的扇子！我能看看吗？

温德米尔夫人　请吧。挺可爱，是不是？上面有我的名字，还有题辞。

我自己也刚瞧见。这是我丈夫送给我的生日礼物。今天是我的生日，您不知道？

达林顿勋爵 真的？我不知道哇！

温德米尔夫人 真的，今天是我成年的日子①。这是我一生中十分重要的日子，您说对不？所以今天我要举行这个晚会。您请坐。（她还在摆弄瓶里的花。）

达林顿勋爵 （坐下）要是我知道今天是您的生日，温德米尔夫人，我一定把府上门前的一条马路全都铺满鲜花，让您在上面走。花是为您被创造出来的。

〔短暂的静默。

温德米尔夫人 达林顿勋爵，昨晚在外交部的招待会上，您使我感到挺不愉快。我担心，您又要来这一套。

达林顿勋爵 我？温德米尔夫人。

〔帕克与一名男仆自中门用盘子端茶具上。

温德米尔夫人 放在那儿，帕克。对，就放那儿。（用绢帕擦手，走到左边的茶几旁坐下）达林顿勋爵，请过来用茶。

〔帕克与男仆从中门下。

达林顿勋爵 （搬一把椅子走到台中偏左处）请不要折磨我吧，温德米尔夫人。您必须告诉我，我做了什么错事？

〔在茶几旁坐下。

温德米尔夫人 整个晚上您一直在挖空心思对我说恭维话。

达林顿勋爵 （面带笑容）啊，如今我们大家都穷得可怜，我们所能奉献的好东西只有恭维话。除了恭维话，我们什么也拿不出来。

温德米尔夫人 （摇头）不，我的意思是很严肃的。您不要笑，我是十

① I'm of age to-day，英国法定的成年年龄为二十一周岁。

分严肃的。我不爱听恭维话。我不明白：当一个男人向一个女人有口无心地说上一大堆空话的时候，为什么他自以为一定能使对方喜欢得不得了？

达林顿勋爵　可是，我并非有口无心。（接过温德米尔夫人递给他的茶。）

温德米尔夫人　（正色）我希望您是有口无心的。我不愿意跟您吵架，达林顿勋爵。我对您很有好感，这您是知道的。但要是我觉得您也跟大多数别的男人一样，那我就会对您毫无好感。请相信我，您胜过大多数别的男人，有时候我认为您是故意往自己脸上抹黑。

达林顿勋爵　每个人都有自己的弱点，温德米尔夫人。

温德米尔夫人　您为什么偏偏给自己选择这一种呢？（仍坐在茶几旁，靠近台左。）

达林顿勋爵　（仍坐在台中偏左处）哦，如今社会上煞有介事地往自己脸上贴金的人实在太多，所以我觉得，给自己抹点儿黑倒不失为一种谦虚可爱的气质。此外，还有这样一种说法：一个人如果往自己脸上贴金，大家就会认真对待他；一个人如果给自己抹黑，大家就不认真对待。这便是乐观主义俗不可耐的地方。

温德米尔夫人　这么说，您是不要大家认真对待您喽，达林顿勋爵？

达林顿勋爵　大家？是的，不要。大家认真对待的是些什么人？从主教一直到不知趣的讨厌家伙，都是些无聊乏味的人。我希望您能认真对待我，温德米尔夫人，正是您，而不是任何别的人。

温德米尔夫人　为什么……为什么偏偏是我？

达林顿勋爵　（略一踌躇之后）因为我觉得，我们可以成为知己。让我们做知己朋友吧。有朝一日您也许会需要一个朋友。

温德米尔夫人 您这样说是为什么？

达林顿勋爵 哦！每个人都有需要朋友的时候。

温德米尔夫人 我认为我们已经是很好的朋友，达林顿勋爵。我们可以一直保持这样的友谊，只要您不……

达林顿勋爵 不怎样？

温德米尔夫人 只要您不对我说那些无聊透顶的话破坏这种友谊。您大概觉得我像个清教徒吧？的确，我身上是有一些清教徒的气质。我受的正是这样的教育。我为此而感到高兴。我的母亲在我还是个婴孩的时候就去世了。我一直和久丽亚夫人一起生活，您知道她是我父亲的姐姐。她对我相当严厉，但是她教我懂得了目前正被大家逐渐淡忘的东西：懂得如何区别什么是对的，什么是错的。她不能容忍调和折衷。我也是这样。

达林顿勋爵 我亲爱的温德米尔夫人！

温德米尔夫人 （靠在沙发背上）您一定觉得我落后于时代。对，确实如此！跟这样的时代处于同一水平我认为并不光彩。

达林顿勋爵 您认为这个时代很糟糕？

温德米尔夫人 是的。如今人们似乎把生活看成一场赌博。生活不是赌博。生活是庄严的圣事。它的理想是爱。它的净化方式是牺牲。

达林顿勋爵 （微笑）哦，说什么也不能充当牺牲品！

温德米尔夫人 （身体前倾）不要这么说。

达林顿勋爵 我就这么说。我有这种感觉。我知道。

〔帕克自中门上。

帕　克 夫人，下人们问，今晚露台上要不要铺地毯？

温德米尔夫人 天不会下雨吧，达林顿勋爵，您说呢？

达林顿勋爵 我绝不相信在您的生日天会下雨。

温德米尔夫人 帕克，叫他们就去铺吧。

〔帕克自中门下。

达林顿勋爵 （仍坐在原处）您是否认为，如果一对年轻夫妇——当然，我只是举一个假设性的例子——如果一对年轻夫妇，结婚才两年左右，丈夫忽然跟别的女人，一个名声颇成问题的女人过从甚密，经常去找她和她共进午餐，很可能还替她付各项账单，您是否认为，即使在这种情况下，做妻子的也不应该自己去寻求一些快乐？

温德米尔夫人 （皱眉）自己寻求快乐？

达林顿勋爵 对，我认为做妻子的应该自己从别处得到一些安慰。我认为她有这样的权利。

温德米尔夫人 因为做丈夫的道德败坏，做妻子的就得学他的样？

达林顿勋爵 道德败坏是很可怕的字眼，温德米尔夫人。

温德米尔夫人 这本来就是可怕的事情，达林顿勋爵。

达林顿勋爵 您可知道，我觉得，好人在这个世界上造成的危害很大。当然，最大的危害在于他们对待坏事过于认真。其实，划分好人和坏人是荒唐的。人要么可爱，要么可厌。我拥护可爱的人，而您，温德米尔夫人，只能属于这一类。

温德米尔夫人 您又来了，达林顿勋爵。（起身向右，打他前面经过）您请坐着，我只不过想把花插得好一点。（走到台右的桌子跟前。）

达林顿勋爵 （站起来把椅子搬回原处）说实在的，我觉得您对现代生活的评价相当苛刻，温德米尔夫人。诚然，生活中是有不少颇可非议之处，这一点我也同意。比方说，如今有很多女人贪图钱财。

温德米尔夫人 不要谈这种人的事。

达林顿勋爵 好吧，那就不谈唯利是图的人，这种人无疑是够讨厌的。可是，您是否真的认为，那些干了所谓伤风败俗之事的女人是绝对不可原谅的？

温德米尔夫人 （站在桌旁）我认为她们是绝对不可原谅的。

达林顿勋爵 那么男人呢？您认为对男人的尺度应当和对女人的一样？

温德米尔夫人 当然！

达林顿勋爵 我觉得，生活是复杂的，对它不能作出这样的硬性规定。

温德米尔夫人 假如我们有"这样的硬性规定"可循，我们将发现生活会简单得多。

达林顿勋爵 您不允许破例？

温德米尔夫人 不允许！

达林顿勋爵 啊，温德米尔夫人，您真是一位富有魅力的清教徒！

温德米尔夫人 这形容词没有必要加上，达林顿勋爵。

达林顿勋爵 我克制不住自己。我能抵挡一切，就是挡不住诱惑。

温德米尔夫人 时下表现自己意志薄弱成风，您倒是挺时髦的。

达林顿勋爵 （看着她）这不过是装腔作势，温德米尔夫人。

〔帕克从中门上。

帕　克 柏维克公爵夫人和阿加莎·卡莱尔小姐到。

〔柏维克公爵夫人与阿加莎·卡莱尔小姐自中门上。

〔帕克自中门下。

柏维克公爵夫人 （从中间向前走，与温德米尔夫人握手）亲爱的玛格丽特，见到您我真高兴。您还记得阿加莎吗？（经过台中偏左处）您好，达林顿勋爵。我可不想介绍您认识我的女儿，您实在太坏了。

达林顿勋爵 得了吧，公爵夫人。我想成为一个坏蛋的努力彻底失败了。天哪，甚至有很多人说我一辈子从来没有干成一件真正的坏事。当然，他们只在背后这样说我。

柏维克公爵夫人 你们说这人可恶不可恶？阿加莎，这位是达林顿勋爵。记住，他的话一句也信不得。

〔达林顿勋爵走到台中偏右处与阿加莎见礼。

不，不喝茶，谢谢，亲爱的。（走到沙发前坐下）我们在马克比夫人那儿刚喝过茶。那茶简直糟透了，根本不能喝。不过，我一点儿也不觉得奇怪，因为是她女婿张罗的。亲爱的玛格丽特，阿加莎盼着府上今晚的舞会，都快等不及了。

温德米尔夫人 （坐在台中偏左处）哦，公爵夫人，那可算不上什么舞会。只不过跳跳舞过我的生日罢了。客人不多，不会结束得很晚。

达林顿勋爵 （站在台中偏左处）结束很早，客人很少，但都经过横选竖挑，公爵夫人。

柏维克公爵夫人 （坐在台左沙发上）当然都是精选的人物。这一点我们知道，亲爱的玛格丽特。府上无疑属于我可以带阿加莎去的伦敦屈指可数的几户人家，我那个宝贝柏维克在这里我也可以完全放心。我真不明白，这社会是怎么搞的。一些极其要不得的人物简直哪儿都去。我举行晚会，这些人准来——要是不请这些人，男人们就会暴跳如雷。说真的，总得有人顶住这股风才对。

温德米尔夫人 我来，公爵夫人。我决不让任何一个名声有问题的人进我家的门。

达林顿勋爵 （到台中偏右处）哦，千万别这样，温德米尔夫人。照您这样说，我就永远无法登门了。（坐下。）

柏维克公爵夫人 哦，男人倒无所谓，女人可就不同了。我们都是正派人。至少我们中的一部分是无可指摘的。可是人家正在使劲儿把我们往角落里挤。我们的丈夫干脆忘记了我们的存在，所以我们非得经常向他们唠叨不可，为的是提醒他们，我们这样做有充分的法定权利。

达林顿勋爵 公爵夫人，婚姻这玩意儿奇怪得很，——不过，附带提一下，这种游戏快要过时了——好牌明明都在做妻子的手上，可她们偏偏总是输掉决定胜负的一墩。

柏维克公爵夫人 决定胜负的一墩？达林顿勋爵，您指的是不是丈夫？

达林顿勋爵 这对于现代的丈夫来说是个挺不坏的名称。

柏维克公爵夫人 亲爱的达林顿勋爵，您真是堕落到了不可救药的地步！

温德米尔夫人 达林顿勋爵就是轻率。

达林顿勋爵 啊，可别这么说，温德米尔夫人。

温德米尔夫人 那您为什么用这样轻率的口吻议论生活？

达林顿勋爵 因为在我看来生活实在是件太重大的事情，决不能用严肃的口吻加以议论。

柏维克公爵夫人 此话怎讲？达林顿勋爵，劳驾照顾一下我的迟钝的头脑，请给我解释解释，您这话到底是什么意思。

达林顿勋爵 （走到桌子后面）我看还是免了吧，公爵夫人。如今话说得明白，就会被人看穿。再见！（与公爵夫人握手作别）好吧，（登上门口的台阶）再见，温德米尔夫人。今晚我可以来吗？请让我来吧！

温德米尔夫人 （登上台阶站在达林顿勋爵一起）当然可以。但是不准您向人家说言不由衷的蠢话。

达林顿勋爵 （含笑）啊！您在着手对我进行改造了。温德米尔夫人，对任何人进行改造都是危险的事情。（鞠躬，自中门下。）

柏维克公爵夫人　（站起来走到台中）真是个可爱的坏东西！我非常喜欢他。他走了，我很高兴。今儿个您简直美极了！您的衣裳是谁给做的？现在我得告诉您，亲爱的玛格丽特，我是多么为您感到惋惜。（走到沙发前，坐在温德米尔夫人旁边）阿加莎，宝贝儿！

阿加莎小姐　是，妈妈。

柏维克公爵夫人　我瞧见那儿有本相册，你到那边去看一会儿，好吗？

阿加莎小姐　是，妈妈。（向台左的桌子那边走去。）

柏维克公爵夫人　真是个好孩子！她非常喜欢瑞士的风景照片。这样纯正的审美趣味恐怕是少有的！不过，玛格丽特，我实在为您感到惋惜。

温德米尔夫人　（笑问）为什么，公爵夫人？

柏维克公爵夫人　还不是为了那个要命的女人！她的衣着打扮是那么漂亮，所以影响就更坏，她做出的榜样太可怕了。您知道，我那么没出息的哥哥奥古斯塔斯向来是我们全家心上的一块疙瘩；就是这个奥古斯塔斯完全让她给迷昏了头。这简直是伤风败俗，因为这个女人绝对不容于上流社会。不少女人的过去有隐私，可是我听说她的隐私至少有一打之多，而且每一段都够呛。

温德米尔夫人　公爵夫人，您说的究竟是谁啊？

柏维克公爵夫人　当然是厄林太太。

温德米尔夫人　厄林太太？我可从来没听说过，公爵夫人。她跟我有什么相干？

柏维克公爵夫人　哦，可怜的孩子！阿加莎，宝贝儿！

阿加莎小姐　是，妈妈？

柏维克公爵夫人　你到露台上去看看日落，好吗？

阿加莎小姐　是，妈妈。（自台左长窗下。）

柏维克公爵夫人　真是个乖孩子！她最爱看日落！这说明她具有高尚优美的情操，您说对不？归根到底，什么都比不上自然界美，可不是吗？

温德米尔夫人　到底是怎么回事，公爵夫人？您为什么要跟我谈到那个女人？

柏维克公爵夫人　您真的不知道？请相信我，我们大家为您十分难过。就昨晚在詹森夫人家，人人都说，伦敦所有的男人中温德米尔做出这等行径最出人意料。

温德米尔夫人　我丈夫怎么啦？他怎么会跟这样的女人牵扯在一起？

柏维克公爵夫人　着哇，亲爱的！问题正在这上头！他经常去找那个女人，一坐就是几个小时；他在那里的时候，那女人便不会客。女客去找她的倒不多，亲爱的，可是有一大帮不识羞耻的男人都是她的朋友，——我自己的哥哥也在其中，我已经告诉您了——正因为如此，温德米尔的行为才显得尤其要不得。我们一向把他看作一个模范丈夫，可现在这事情恐怕是确凿无疑的了。我那些亲爱的外甥女——您知道，就是萨维尔家的几个女孩子——都是足不出户的大家闺秀，虽然长得不怎么样，甚至太不出众了，但品行是没得说的，她们总是坐在窗前编结刺绣，缝制布施给穷人的粗陋衣物。我认为，在社会主义流毒甚广的今天，她们这样做很有好处。偏偏那个鬼女人在柯曾街她们的正对面租了一所房屋——那是一条多么体面的街道，咳！我不知道这样下去我们会落到什么地步！人家告诉我，说温德米尔一周要上那儿去四五回——人家瞧见来着，这能不让人瞧见吗？尽管告诉我的决不是好嚼舌根的碎嘴子，可是自然会跟任何一个人议论这事儿。最糟的是：我还听说这个女人不知从谁那里弄到了一大笔钱，因为半年前她来到伦敦的时候，好像谈不上有什么财产，可如今她住在五月市高级住宅区一所漂亮的房子里，每天下午坐自备马车到海德公园兜风，而这一切……对，一切都是她认识了可怜的温德米尔之后才有的。

温德米尔夫人 不，这种事情我没法相信。

柏维克公爵夫人 可这是千真万确的啊，亲爱的。全伦敦都知道这事。所以我觉得最好还是来跟您谈一下，我劝你立刻带温德米尔去威斯巴登或亚琛，在那里他不至于太寂寞，你也可能整天看着他。您可以相信我，亲爱的，在我结婚之后不久，我曾经好几次装作病重，硬着头皮去喝味道坏极的矿泉水，目的只是把柏维克弄出伦敦。他这个人极其靠不住。不过，话得说回来，他从来没有把大笔大笔的钱给过任何人。那道关他是把得很牢的。

温德米尔夫人 （打断对方的话）公爵夫人，公爵夫人，这不可能！（站起来走到舞台中央）我们结婚才两年。我们的孩子半年前刚出生。（在台左的桌子左边一把椅子上坐下。）

柏维克公爵夫人 啊，可爱的小宝贝儿！你们的小心肝好吗？那是个男孩还是女孩？但愿是个女孩——哦，不，我记得是个男孩！太可惜了！男孩子实在讨厌。我的儿子简直坏到极点。他什么时候才回家，说出来您怎么也不会相信。可他离开牛津大学不过几个月工夫。我真不知道那边是怎样教他们的。

温德米尔夫人 是不是所有的男人都坏？

柏维克公爵夫人 哦，都坏，亲爱的，个个都坏，无一例外。而且他们永远不会变得好些。男人会变老，但决不会变好。

温德米尔夫人 温德米尔和我的婚姻是以爱情为基础的。

柏维克公爵夫人 是啊，如今我们开始喜欢那样的结合了。当初，要不是柏维克死乞白赖扬言要自杀，我才不会答应嫁给他呢。可是不到一年，他立即又见所有的裙子就追，不管什么颜色，不管什么款式，不管什么料子。事实上，连蜜月都还没有过去，我便发觉他向我的贴身女仆——一个非常可爱、规规矩矩的姑娘——飞眼儿。我立刻把她辞退了，也不给品行鉴定书。——哦，我想起了，我把她转给了我的姐姐；我那可怜的姐夫、亲爱的乔治爵士近视得厉害，我想大概不会出问题。但还是出了问题——那真是太不幸了。（离座起身）好啦，我的好乖乖，我该走了，有人请我们去吃饭。我劝您别太把温德米尔这么一丁点儿越轨行为放在心上。只要和他一起到国外去呆上一阵子，他就会乖乖地回到您的身边。

温德米尔夫人 回到我的身边？（走到舞台中央。）

柏维克公爵夫人 （在台中偏左处）是的，亲爱的，那些坏女人把我们的丈夫从我们身边夺走，但他们总是会回来的，当然，稍微受点儿破损在所难免。您可别大吵大闹，男人们最恨的就是大吵大闹！

温德米尔夫人 公爵夫人，多谢您来告诉我这些情况。但我无法相信我的丈夫会对我不忠。

柏维克公爵夫人 多么天真的孩子！从前我也是这样的。现在我知道，所有的男人都不是东西。

〔温德米尔夫人打铃。

唯一的办法是让那些坏东西吃得好。一名好厨师能创造奇迹，而府上是有好厨师的，我知道。我亲爱的玛格丽特，您不会哭吧？

温德米尔夫人 您不必担心，公爵夫人，我从来不哭。

柏维克公爵夫人 这就对了，亲爱的。哭鼻子是丑女人寻找慰藉的手段，但是漂亮的女人哭鼻子就意味着彻底失败。阿加莎，宝贝儿！

阿加莎小姐 （自左上）是，妈妈。（站在茶几后面。）

柏维克公爵夫人 来跟温德米尔夫人说再见，谢谢她接待你这次美妙的来访。（重又回来）对了，我得谢谢您给霍珀先生发了请帖——他就是目下引起人们极大注意的那年轻富有的澳大利亚人。他的父亲靠卖一种装在圆听子里的食品发了大财。我相信它的味道一定很好。我猜想大概就是仆人们老是不愿吃的那种东西。不过，那个儿子倒是饶有兴味的。我估计阿加莎隽永的谈吐把他吸引住了。当然，我们非常舍不得她，不过，我认为，做母亲的要是每一个社交季节都跟女儿寸步不离，那并不是真正的疼爱。今晚我们会来的，亲爱的。

〔帕克开中门。

记住我的忠告，赶快和那个可怜的人一起离开伦敦一段时间，这是唯一的办法。再见，尽管刚才已经说过了；走吧，阿加莎。

〔公爵夫人与阿加莎小姐自中门下。

温德米尔夫人 多么可怕！现在我明白了，刚才达林顿勋爵以一对结婚不到两年的夫妇作为假设性的例子原来是有所指的。哦！这不可能是真的：公爵夫人谈到，有大笔大笔的钱付给了那个女人。我知道亚瑟的银行存折藏在什么地方——在那张写字台的一只抽屉里。我能从存折上弄清真相。我一定要弄清真相。（拉开抽屉）不，这是一个不可原谅的错误。（站起来走到舞台中央）这太可耻了！他爱的是我！他是爱我的！可是，我为什么不应该看？我是他的妻子，我有权利看！（回到写字台前，取出存折逐页翻检，然后面露笑容，如释重负地松了一口气）本来嘛！我知道这个胡编的故事里没有一句真话。（把存折放回到抽屉里。这时，她猛吃一惊，接着取出另一本存折）还有一本秘密存折，是带锁的！（试图把它打开，但没有成功。见写字台上有一柄裁纸刀，便用它剖开存折的套子。翻开第一页便开始胆战心惊）“付厄林太太——六百镑。付厄林太太——七百镑。付厄林太太——四百镑。”哦！果真如此！果真如此！太可怕了！（把存折扔在地上。）

〔温德米尔勋爵自中门上。

温德米尔勋爵 你好，亲爱的，扇子送到家里来了没有？（走到台中偏右处。看见地上的存折）玛格丽特，你剖开了我的银行存折？你没有权利这样做！

温德米尔夫人 你因为自己干的事被发现了就觉得不应该，是不是？

温德米尔勋爵 我认为妻子不应该做监视丈夫的密探。

温德米尔夫人 我没有监视你。直到半小时以前我还根本不知道这个女人的存在。承蒙一个同情我的人把在伦敦已尽人皆知的事情告诉了我：你每天去柯曾街；你给迷得昏头昏脑；你把大笔大笔的钱花在这个不名誉的女人身上！（走到台左。）

温德米尔勋爵 玛格丽特！不要这样谈论厄林太太。你不知道这有多么不公平！

温德米尔夫人 （转身面朝着他）维护厄林太太的名誉你倒是忠心耿耿。我希望你能有同样的忠心来卫护我的名誉。

温德米尔勋爵 你的名誉没有受到损害，玛格丽特。你千万不要认为……（把存折放回到抽屉里。）

温德米尔夫人 我认为你的钱花得有些奇怪。仅此而已。哦，别以为我斤斤计较的是钱。就我而言，你可以挥霍我们所有的一切。但我不能不计较的是：你曾经爱过我，并教会了我爱你，竟然会从真诚的爱转向可以买卖的爱。哦，这太可怕了！（坐到沙发上）而且感到羞耻的是我，你毫无感觉。我觉得被玷污了，彻底被玷污了。你无法体会，现在我回想最近这半年的情景有多么使我恶心——你给我的每一个吻在我记忆中都被玷污了。

温德米尔勋爵 （走到她跟前）不要说这样的话，玛格丽特。除了你，我在整个世界上没有爱过任何人。

温德米尔夫人 （站起来）那么，这个女人又是什么人？你为什么要给她买房子？

温德米尔勋爵 我没有给她买过房子。

温德米尔夫人 你给了她买房的钱，这还不是一样？

温德米尔勋爵 玛格丽特，据我所知，厄林太太……

温德米尔夫人 究竟有没有厄林先生？也许压根儿没有这么个人。

温德米尔勋爵 她丈夫很多年以前就去世了。她在世上只有孤身一人。

温德米尔夫人 没有亲属？

温德米尔勋爵 没有。

温德米尔夫人 这不是很奇怪吗？

温德米尔勋爵 （在台中偏左处）玛格丽特，我刚才正要告诉你，据我所知，厄林太太的行为是正派的。如果说，几年以前……

温德米尔夫人 哦！（走到台中偏右处）我不要听有关她身世的细节！

温德米尔勋爵 （在台中央）我并不打算向你提供有关她身世的细节。

我只对你这么说：厄林太太当初是受人尊敬和爱戴的。她出身相当好，在社会上有地位但后来失去了一切——如果你愿意知道的话，是她摒弃了一切。这种滋味更加痛苦。不幸还可以忍受，因为不幸来自外界，非始料所能及。但咀嚼自己的过错所结的苦果——啊，那可是活受罪。况且，这已经有二十年了。当时她比一个少女大不了多少。她做妻子的时间甚至比你做妻子至今的时间更短。

温德米尔夫人 我对她不感兴趣，你也不应当把这个女人和我相提并论。这种说法不伦不类。（坐在写字台右侧。）

温德米尔勋爵 玛格丽特，你可以救这个女人。她需要重返社交界，她需要你的帮助。

温德米尔夫人 我?

温德米尔勋爵 是的，你。

温德米尔夫人 她可太狂妄了!

〔静场。

温德米尔勋爵 玛格丽特，我本想来求你给我一个很大的面子，我现在仍然想求你，尽管你发现了我本来打算永远不让你知道的事情，就是我给了厄林太太大笔款项的事。我希望你寄给她一份请帖参加我们今天的晚会。

温德米尔夫人 你疯了!

温德米尔勋爵 我求求你。人们可能说她的闲话，当然，他们已经在说她的闲话，但是他们不知道任何于她不利的确切事实。她去过几户人家，我承认，那几户人家你是不会去的，但有些属于所谓上流社会的女人如今还是跟那几家有交往的。对此她并不感到满足。她需要你接待她一次。

温德米尔夫人 在她算是一次胜利，对不对?

温德米尔勋爵 不；但是，由于她知道你是一位正派的妇女，一旦她来过这里以后，她的日子将有可能过得比以前快活一些，安定一些。她不会进一步谋求与你结交。你难道不想帮助一个回到正道上来的女人?

温德米尔夫人 不！如果一个女人真心悔过，她决不愿回到那个曾经导致和眼看她堕落的社会。

温德米尔勋爵 我求你了。

温德米尔夫人 （向台右的门走去）我要去换装准备吃饭了。今晚你别再提这件事。亚瑟，（走到台中他的面前）你以为我既没有父亲，又没有母亲，孑然一身，可由你任意摆布。你错了。我有朋友，有的是朋友。

温德米尔勋爵 （在台中偏左处）玛格丽特，你这样说话毫无根据，太欠考虑。我不想跟你争辩，但我坚持要你请厄林太太今晚来此。

温德米尔夫人 （在台中偏右处）我决不做这种事。（从台中偏左处经过。）

温德米尔勋爵 你拒绝?

温德米尔夫人 断然拒绝！

温德米尔勋爵 啊，玛格丽特，看在我分上邀请她吧；这是她最后的机会了。

温德米尔夫人 这跟我有什么相干?

温德米尔勋爵 正经的女人可真够顽固的！

温德米尔夫人 不正经的男人可真够脆弱的！

温德米尔勋爵 玛格丽特，我们男人没有一个配得上我们所娶的女人，这一点也不假；但你别想象我会——哦，这种事一提起就叫人恶心！

温德米尔夫人 为什么你就跟别的男人不一样？人家告诉我，说伦敦几乎没有一个做丈夫的不把自己的生命消耗在某种可耻的癖好上。

温德米尔勋爵 我不是其中的一个。

温德米尔夫人 对此我没有把握！

温德米尔勋爵 你心中是有把握的。不过，还是不要在我们之间制造一道又一道裂缝吧。上帝知道，刚才这短短的几分钟已经把我们往两边扔得够远的了。你坐下来写请帖。

温德米尔夫人 我无论如何不写。

温德米尔勋爵 (走到写字台前)那么我来写！(按电铃，坐下写请帖。)

温德米尔夫人 你想邀请这个女人？(走到他面前。)

温德米尔勋爵 是的。

〔静场。帕克上。

帕克！

帕　克 是，勋爵。(走到台中偏左处。)

温德米尔勋爵 把这封信送到柯曾街84号A，厄林太太收。(走到台中偏左处，把信交给帕克)不必等回音！

〔帕克自中门下。

温德米尔夫人 亚瑟，要是这个女人到此地来，我将叫她当众出丑。

温德米尔勋爵 玛格丽特，别说这样的话。

温德米尔夫人 我说到做到。

温德米尔勋爵 不懂事的孩子，如果你这样做，伦敦所有的女人都将瞧不起你。

温德米尔夫人 伦敦所有的正派女人都将为我喝彩叫好。过去我们太好欺负了。我们必须做出榜样。我打算今晚就开始。(拿起扇子)是的，今天你给了我这把扇子；这是你送的生日礼物。要是那个女人进我的门，我就用这把扇子打她的脸。

温德米尔勋爵 玛格丽特，你不可能做这种事。

温德米尔夫人 你不了解我！（向右移步。）

〔帕克上。

帕克！

帕　克 是，夫人。

温德米尔夫人 我将在我自己房间里用餐。其实，我并不想吃饭。到十点半一切都必须准备就绪。还有，帕克，今晚您千万要把客人的姓名报得很清楚。您有时候说得太快，我听不清。我特别希望能把姓名听得十分清楚，以免发生差错。您明白不，帕克？

帕　克 是，夫人。

温德米尔夫人 那就好了！

〔帕克自中门下。

（向温德米尔勋爵）亚瑟，我把话说在头里，如果那个女人到这里来……

温德米尔勋爵 玛格丽特，你要把我们毁了！

温德米尔夫人 我们？从现在起，我是我，你是你。不过，假如你希望避免一场会引起满城风雨的丑闻，那就立刻写信告诉这个女人，说我禁止她到此地来！

温德米尔勋爵 我不写。我不能。她必须来！

温德米尔夫人 那我一定照我说的去做。（走到台右）是你不给我留下选择的余地。（自右下。）

温德米尔勋爵 （在后面叫唤）玛格丽特！玛格丽特！（稍停）我该怎么办呢？我不敢告诉她，这个女人其实是什么人。这会把她羞死的。（废然倒在一把椅子里，双手捂住脸。）

第二幕

场景：舞台上是温德米尔勋爵府第的大客厅。右上角的门通向有乐队在奏曲的舞厅。客人从台左的门上场。左上角的门通往张灯结彩的露台。盆栽的棕榈、鲜花随处可见，台上灯火通明。厅内宾客云集。温德米尔夫人正在接待他们。

柏维克公爵夫人 （在台中深处）奇怪，温德米尔勋爵怎么不在这儿？霍珀先生这会儿也还没来。阿加莎，你是不是保留了那五支曲子与他共舞？（走到台前。）

阿加莎小姐 是的，妈妈。

柏维克公爵夫人 （坐在沙发上）把你的请帖给我瞧瞧。我很赞赏温德米尔夫人恢复请帖兼作约舞登记卡的办法。这是唯一能使做母亲的放心的措施。你呀，天真的小宝贝儿！（从卡上划掉两个名字）懂事的姑娘决不会跟这样的毛孩子跳华尔兹！这样看起来很不稳重！最后两支舞你可以跟霍珀先生到露台上去跳。

〔邓比先生和普里姆代尔夫人从舞厅上。

阿加莎小姐 是，妈妈。

柏维克公爵夫人 （给自己扇风）这儿真凉快。

帕　克 考珀-考珀太太到。斯塔特菲尔德夫人到。詹姆斯·罗伊斯顿爵士到。盖伊·巴克利先生到。

〔客人们按通报的次序陆续上场。

邓　比 晚上好，斯塔特菲尔德夫人。这大概是本社交季节最后一次舞会了吧？

斯塔特菲尔德夫人 大概是的，邓比先生。全年的社交季节过得很愉快，您说是不是？

邓　比　十分愉快！晚上好，公爵夫人。这大概是本社交季节最后一次舞会了吧？

柏维克公爵夫人　大概是的，邓比先生。今年的社交季节无聊极了，您说是不是？

邓　比　无聊透顶！无聊透顶！

考珀-考珀太太　晚上好，邓比先生。这大概是本社交季节最后一次舞会了吧？

邓　比　哦，不见得。很可能还有两次。（悠悠然回到普里姆代尔夫人那边去。）

帕　克　拉福德先生到。杰德伯格夫人与格雷厄姆小姐到。霍珀先生到。

〔这些人按通报的次序陆续上场。

霍　珀　您好，温德米尔夫人。您好，公爵夫人。（向阿加莎小姐行礼。）

柏维克公爵夫人　亲爱的霍珀先生，您真好，这么早就来了。我们都知道，伦敦有多少人争着要见您。

霍　珀　伦敦到底是大地方！伦敦人远远不像悉尼人那样排外。

柏维克公爵夫人　啊！我们知道您不是等闲之辈，霍珀先生。我们希望能有更多像您这样的人。这会使日子更好过些。您可知道，霍珀先生，亲爱的阿加莎和我对澳大利亚有极大的兴趣。周围有那么多可爱的小袋鼠飞来飞去一定十分精彩。阿加莎在地图上找到了那个地方。它的形状太有意思了！真像一只大板箱。不过，那是一片非常年轻的国土，是这样吗？

霍　珀　上帝不是在创造其他地方的同时创造澳大利亚的吗，公爵夫人？

柏维克公爵夫人　您真聪明，霍珀先生。您具有与众不同的敏捷思路。

对了，我不该把您留住太久。

霍　珀　　但我想跟阿加莎小姐跳舞，公爵夫人。

柏维克公爵夫人　哦，但愿她没有全部约完。阿加莎，您的预约卡上是不是还留有余地？

阿加莎小姐　是的，妈妈。

柏维克公爵夫人　是不是下面的一支？

阿加莎小姐　是的，妈妈。

霍　珀　　我能有此荣幸吗？

〔阿加莎小姐弯腰行礼。

柏维克公爵夫人　霍珀先生，您可得好好照看我的小话匣子。

〔阿加莎小姐与霍珀先生进入舞厅。

奥古斯塔斯勋爵　（走到温德米尔勋爵面前）我想跟你个别谈谈，老弟，我已经瘦得只剩下一把骨头，尽管外表看不出来。我们男人没有一个外表与实际相符。这还是妙不可言的事情呢。我想知道的是：她是何许人？她来自什么地方？为什么她无亲无故？其实，亲属讨厌得要命！可是，一个人有了亲朋靠山，人家就会另眼相看，真见鬼！

温德米尔勋爵　您指的大概是厄林太太吧？我认识她才半年工夫。在这以前，我根本不知道她的存在。

奥古斯塔斯勋爵　在这以后，你可经常和她见面。

温德米尔勋爵　（冷冷地）是的，在这以后我经常和她见面。刚才我还见过她。

奥古斯塔斯勋爵　哦呵！女人们对她怨气可大呢！刚才我和我妹妹阿拉蓓拉在一块儿吃饭。天哪！你应当听听她是怎么说厄林太太的。

〔温德米尔勋爵自左上。

温德米尔勋爵 玛格丽特，我要跟你说句话。

温德米尔夫人 等一下。

〔乐声停止。

帕　克 奥古斯塔斯·洛顿勋爵到。

〔奥古斯塔斯勋爵上。

奥古斯塔斯勋爵 晚上好，温德米尔夫人。

柏维克公爵夫人 詹姆斯爵士，您带我到舞厅里去，好吗？奥古斯塔斯刚才和我们一起吃饭来着。这会儿我实在不想跟亲爱的奥古斯塔斯待在一起。

〔詹姆斯·罗伊斯顿爵士向公爵夫人伸出臂肘，陪她进入舞厅。

帕　克 亚瑟·鲍登先生与太太到。佩斯利勋爵与夫人到。达林顿勋爵到。

〔这些人按通报的次序一一上场。

奥古斯塔斯勋爵 阿拉蓓拉把她骂得体无完肤，连遮羞的布片也不给她留一块……

（旁白）柏维克和我对她说，这倒不要紧，因为那位女士的身段线条极美。（对温德米尔勋爵）可惜你没有看阿拉蓓拉当时的表情……不过，听我说，老弟。在厄林太太这件事上我不知道怎么才好。哎嗨！我倒是可以和她结婚；可她对我鬼知道有多么冷淡。她还绝顶聪明！她能解释任何事情。啋！她把你也作了剖析。她能为你提出无数种解释——而且是各不相同的。

温德米尔勋爵 关于我和厄林太太的友谊不需要任何解释。

奥古斯塔斯勋爵 嗯！听我说，老弟。你是不是认为她会进入这个该死的所谓社交界？你愿不愿意把她介绍给你的妻子？别支支吾吾避重就轻。你会不会这样做？

温德米尔勋爵　厄林太太今晚要到这里来。

奥古斯塔斯勋爵　你妻子给她发了请帖?

温德米尔勋爵　厄林太太收到了请帖。

奥古斯塔斯勋爵　那就是说，她没问题，老弟。可是，你为什么不早一点告诉我。这样可以省去我一大堆麻烦和该死的误会。

〔阿加莎小姐和霍珀先生穿过舞台出左上角的门到露台上去。

帕　克　塞斯尔 · 格雷厄姆先生到!

〔塞斯尔 · 格雷厄姆先生上。

塞斯尔·格雷厄姆　(向温德米尔夫人鞠躬行礼，然后从女主人前面经过，与温德米尔勋爵握手)晚上好，亚瑟。你为什么不向我问好?我喜欢人家向我问好。这表示人们普遍关心我的健康。哦，今天我很不舒服。刚才跟家里人一起吃饭。我真不明白，为什么家里人总是那样乏味?我父亲饭后想要说教。我对他说，他年纪大，道理懂得多。但我的经验是：人一旦老到懂得更多的道理，他们就变得什么都不知道了。哈啰，塔比!听说你又要结婚了；我还以为你对那样的游戏已经感到腻味。

奥古斯塔斯勋爵　你也太俗气了，老弟，太俗气了!

塞斯尔·格雷厄姆　对了，塔比，我要问你一件事。你究竟是两次结婚、一次离婚呢，还是两次离婚、一次结婚?我说你是两次离婚、一次结婚。看来这种可能性大得多。

奥古斯塔斯勋爵　我的记性极坏。我实在记不得究竟是怎么回事。(向右走开。)

普里姆代尔夫人　温德米尔勋爵，我有非常重要的事儿要问您。

温德米尔勋爵　恐怕不行，我必须到内人那里去，如果您可以原谅我的话。

普里姆代尔夫人 哦，您可千万不要存这样的念头。如今丈夫当众表示尊重妻子是十分危险的。人们照例会这样想：这个丈夫私下里一定在打老婆。世人对于任何看起来像美满姻缘的现象怀有极大的戒心。不过，这到底是怎么回事，我到吃夜宵的时候再告诉您。（向舞厅的门那边走去。）

温德米尔勋爵 （在台中）玛格丽特！我必须跟你说句话。

温德米尔夫人 达林顿勋爵，请您替我拿一下我的扇子，好吗？谢谢。（向温德米尔勋爵走过来。）

温德米尔勋爵 （向她迎上去）玛格丽特，你在饭前说的话想必是不能当真的，对不对？

温德米尔夫人 那个女人今晚不到此地来。

温德米尔勋爵 （在台中偏右处）厄林太太要来，如果你以任何方式得罪或伤害她，你将给我们两人都带来耻辱和悲哀。你要记住这话！啊，玛格丽特，只要你相信我！妻子应当信任丈夫！

温德米尔夫人 （在台中）伦敦信任自己丈夫的女人有的是。她们很容易认出来。这种女人一看就知道有满腹苦水。我不想成为她们中的一个。（向舞台深处走去）达林顿勋爵，请您把我的扇子还给我好吗？谢谢……扇子是件有用的东西，您说是不？……今晚我需要一位朋友，达林顿勋爵，我没料到这么快就有此必要。

达林顿勋爵 温德米尔夫人！我知道这一天总会到来；但为什么是今晚？

温德米尔勋爵 我要告诉她。我一定得告诉她。万一闹出什么纠纷来，那太可怕了。玛格丽特……

帕　克　厄林太太到！

〔温德米尔勋爵猛吃一惊。厄林太太上，她衣着华丽，气度雍容。温德米尔夫人使劲握住扇子，然后让它掉在地上。她冷冷地向厄林太太行了个礼，厄林太太很优美地向她还礼，然后飘然入室。

达林顿勋爵　您的扇子掉下来了，温德米尔夫人。（把扇子捡起来递给她。）

厄林太太　（在台中）您好，温德米尔勋爵，我们又见面了。美丽的尊夫人真可爱！简直是现成的一幅画！

温德米尔勋爵　（压低声音）您来得太冒失了！

厄林太太　（含笑）这是我生平做得最聪明的一件事。对了，今晚您还得对我倍加殷勤。我怕那些女人。您必须把我介绍给她们中的某些人。对付男人我总是有办法的。您好，奥古斯塔斯勋爵。近来您把我彻底给忘了。您这个人恐怕不大靠得住。每一个人都这么对我说。

奥古斯塔斯勋爵　（在台右）哦，真的吗？厄林太太，请允许我解释。

厄林太太　（在台中偏右处）不，亲爱的奥古斯塔斯勋爵，您什么也解释不清楚。这是您最大的魅力。

奥古斯塔斯勋爵　啊！既然您发现我身上有魅力，厄林太太……

〔他们互相交谈。

〔温德米尔勋爵心神不定地在室内来回走动，时刻注意着厄林太太。

达林顿勋爵　（向温德米尔夫人）您的脸色怎么这样苍白？

温德米尔夫人　胆怯的人总是脸色苍白！

达林顿勋爵　您好像快要晕倒了。到外边露台上去吧。

温德米尔夫人　好的。（对帕克）帕克，让人把我的外套拿到外面来。

厄林太太　（走到她跟前）温德米尔夫人，贵府露台上的灯彩真美。我不禁想起了罗马多利亚亲王府的露台。

〔温德米尔夫人冷冷地行了一礼，然后与达林顿勋爵一起走开去。

哦，您好，格雷厄姆先生。那不是令姑母杰德伯格夫人吗？我很想跟她认识一下。

塞斯尔·格雷厄姆 （片刻间犹豫不定，面有难色，然后说）哦，当然，只要您愿意。卡罗琳姑妈，请允许我给您介绍厄林太太。

厄林太太 遇到您非常高兴，杰德伯格夫人。（在她旁边的沙发上坐下）令侄和我是至交。我对他在政界的活动感到莫大的兴趣。我相信他一定能取得惊人的成就。他的思想像保守党，议论却像激进党，这在目前是极其重要的。他还是一位出色的健谈家。不过，我们都知道这项本领是谁传给他的。阿伦代尔勋爵昨天在海德公园才对我说，格雷厄姆几乎和他的姑妈一样健谈。

杰德伯格夫人 （在台右）您对我说这些动听的话真是太好了！

〔厄林太太面带笑容继续与之交谈。

邓　比 （向塞斯尔·格雷厄姆）您把厄林太太给杰德伯格夫人介绍了？

塞斯尔·格雷厄姆 没法子，老兄。我不得不介绍！那个女人能叫人按她需要的做任何事情。她用的是什么手段，我不知道。

邓　比 但愿她不要跟我说话！（悠悠忽忽向普里姆代尔夫人那边而去。）

厄林太太 （在台中对杰德伯格夫人）星期四？非常乐意去拜访您。（从沙发上站起来，向温德米尔勋爵笑道）跟这些老贵妇应酬实在乏味！可她们在这方面偏偏总是不肯马虎。

普里姆代尔夫人 （问邓比先生）那个衣着华丽、在跟温德米尔说话的女人是谁？

邓　比 我连一丁点儿概念也没有！她像一本法国黄色小说专门销往英国市场的豪华版。

厄林太太 那就是可怜的邓比和普里姆代尔夫人在一起？我听说，她的醋心极重，生怕别人夺走邓比。看来邓比今晚并不急于跟我交谈。我猜想是邓比怕她。那些浅黄色头发的女人脾气很坏。听我说，温德米尔，我想和您跳第一支舞。（温德米尔勋爵咬嘴唇皱眉头）这样能使奥古斯塔斯勋爵醋劲大发！奥古斯塔斯勋爵！（奥古斯塔斯走到台前）温德米尔勋爵一定要我和他跳第一支舞，这是在他自己家里，我不好意思拒绝。您知道我更愿意和您跳舞。

奥古斯塔斯勋爵 （深深鞠了一躬）但愿我可以这样想，厄林太太。

厄林太太 您知道得太清楚了。我想象会有一个人一辈子和您跳舞，并且认为这样挺好。

奥古斯塔斯勋爵 （把一只手按在自己的白背心上）哦，谢谢您，谢谢您。您是所有女士中最值得崇拜的！

厄林太太 多么动听的话！那么纯朴，那么真诚！我就喜欢这样的话！好吧，您给我拿着这一束花。

（扶着温德米尔勋爵的胳臂向舞厅走去）啊，邓比先生，您好。真是太抱歉了，您最近三次来访我，我都不在家。星期五请来吃午饭。

邓　比 （漠然无动于衷）很高兴！

〔普里姆代尔夫人对邓比先生怒目而视。奥古斯塔斯勋爵拿着花束跟随厄林太太和温德米尔勋爵进入舞厅。

普里姆代尔夫人 （向邓比先生）你是一头十足的蠢驴！你说的话我一

句也不能相信！为什么你对我说你不认识她？你接连三次去找她干什么？你还往那儿去吃午饭；你当然懂得那是什么意思。

邓　比　我亲爱的劳拉，我压根儿没打算去！

普里姆代尔夫人　你还没有把她的姓名告诉我？她是谁？

邓　比　（轻轻咳嗽一声，掠掠自己的头发）她叫厄林太太。

普里姆代尔夫人　就是那个女人？

邓　比　对；人家都这么称呼她。

普里姆代尔夫人　真有意思！太有意思了！我得好好瞅瞅她。（走到舞厅门口往里瞧）关于她我听说了一些十分吓人的事情。人家说，她正在把可怜的温德米尔搞得倾家荡产。一向循规蹈矩的温德米尔夫人，居然会邀请她！真是滑稽透顶！只有不折不扣的正派女人才会干这种不折不扣的蠢事。星期五你去吃午饭！

邓　比　为什么？

普里姆代尔夫人　因为我要你带我的丈夫一起去。近来他一个劲儿地赔小心，变得实在让人受不了。我看这个女人对他正合适。他会对这个女人大献殷勤，直到人家腻味为止，这样他就不会妨碍我了。告诉你，这类女人非常有用。有了她们，别人的婚姻基础才更牢固。

邓　比　您真是个难解的谜！

普里姆代尔夫人　（看着他）如果你是个谜就好了！

邓　比　我对我自己是一个谜。世上只有一个人我想彻底了解，那就是我自己；但目前我看不见做到这一点的任何希望。

〔他们进入舞厅，温德米尔夫人与达林顿勋爵自露台上。

温德米尔夫人　是的。是的。她到这里来是一件可怕的、不能容忍的事。现在我明白了，刚才喝茶的时候您的话是有所指的。您为什么不对我明说？您应该告诉我！

达林顿勋爵 我不能！一个男人不能把另一个男人的这种事情说出去！不过，倘若我知道他想促使您邀请她来参加今天的晚会，我想我会告诉您的。至少您可以免受这样的侮辱。

温德米尔夫人 我并没有邀请她。亚瑟不顾我的恳求，不顾我的禁令坚持要她来。哦！这个家对我来说已经被玷污了！我觉得，这里的每一个女人看到她跟我的丈夫跳舞，都在暗中耻笑我。我做了什么事情要受这样的侮辱？我把我的全部生命都给了他。他把我的生命拿去了，利用了，糟蹋了！我在我自己心目中已经堕落，而我又缺乏勇气——我是个怯懦者！（在沙发上坐下。）

达林顿勋爵 据我对您的了解，您不可能跟这样对待您的一个男人共处。您跟他一起过的会是怎样一种生活呢？您会觉得他每时每刻都在对您撒谎。您会觉得他的眼神是虚假的，他的语调是虚假的，他的爱抚是虚假的，他的热情是虚假的。他对别的女人厌倦了，会来找您；您还得安慰他。他来找您的时候心里只有别人；您还得笼住他。您将不得不充当替他遮盖真相的一张面具，替他掩饰秘密的一件外衣。

温德米尔夫人 您说得对，这太可怕了。可是我该采取什么对策呢？您说过您愿意做我的朋友，达林顿勋爵。告诉我，我该怎么办？现在就做我的朋友吧。

达林顿勋爵 男人与女人之间不可能有什么友谊。有的只是热恋、仇恨、倾慕、爱情，但不是友谊。我爱您——

温德米尔夫人 不，不！

达林顿勋爵 是的，我爱您！对我来说，世界上任何东西比不上您。您的丈夫能给您什么？什么也不能。他把自己身上所有的一切都给了那个坏女人，还把她硬塞给您，带到您家里来，当着每一个人的面羞辱您。我愿把我的生命奉献给您……

温德米尔夫人 达林顿勋爵！

达林顿勋爵 我的生命，我的全部生命。拿去吧，您愿意怎样发落都可以……我爱您，我从来没有像爱您这样爱过任何人。从我遇见您的一刹那起我就爱上了您，盲目地、虔诚地、疯狂地爱您！以前您并不知道，现在您知道了！今晚就离开这个家。我不想对您说：世俗偏见，或外界的闲话，或社会的舆论，都毫不足道。不，这一切能量很大，远远不是不足道的。但是，有时候人会面临这样的抉择：要么充分、彻底、全部按自己的意愿生活；要么按世俗伪善的要求虚假、庸俗、卑劣地苟且偷生。您现在就面临着这样的时刻。选择吧！哦，我的爱，选择吧。

温德米尔夫人 （慢慢地从他面前退开，睁大眼睛望着他）我没有这份勇气。

达林顿勋爵 （跟着她）不，您有这份勇气。可能会有半年的痛苦，甚至蒙受耻辱，但是，等到您不再姓温德米尔而姓达林顿的时候，一切都会好的。玛格丽特，我的爱，有朝一日还会成为我的妻子——是的，我的妻子！这您知道！现在您算什么呢？这个女人占据了名正言顺属于您的位置。哦！走吧，从这个家出走，昂起头，嘴角带笑，目光坚定。全伦敦都将知道，您为什么这样做！谁会指责您？谁也不会。即便有人指责，那又怎么样？

错误？什么是错误？男人为了一个无耻的女人抛弃自己的妻子，那才是错误。妻子继续和一个如此侮辱她的人待在一起，那才是错误。您曾经说过，您不会委曲求全。现在也不要妥协。鼓起勇气来！做自己的主人！

温德米尔夫人 我害怕做自己的主人。让我想一想。让我等一等！我丈夫会回到我身边来的。（在沙发上坐下。）

达林顿勋爵 您还会重新要他？！您不是我原先想象的那样。您和任何别的女人毫无区别。您什么都顶得住，就是不敢横眉冷对世俗的非难，而事实上您根本瞧不起世俗的赞扬。不出一个星期，您就会和这个女人一起坐马车到海德公园兜风。她将成为府上的常客、您最亲爱的朋友。您什么都能忍受，就是下不了手一举斩断这种可憎可恶的纽带。您说得对。您没有勇气；没有！

温德米尔夫人 啊，给我时间考虑一下。现在我不能回答您。（用一只手神经质地抹着自己的眉额。）

达林顿勋爵 这必须当机立断：要么现在；要么拉倒。

温德米尔夫人 （从沙发上站起来）那么就拉倒！

〔静场。

达林顿勋爵 您这是成心要把我的心揉碎！

温德米尔夫人 可我的心已经碎了。

〔静场。

达林顿勋爵 明天我就离开英国。这是我最后一次看着您。您再也见不到我。我们的生活道路一度相交，我们的心灵有这一瞬间的接触；以后永远不会再相遇或接触。别了，玛格丽特。（下。）

温德米尔夫人 我在生活中是多么孤单。孤单得可怕！

〔乐声止。柏维克公爵夫人和佩斯利勋爵谈笑风生上。其他客人自舞厅进来。

柏维克公爵夫人 亲爱的玛格丽特，刚才我跟厄林夫人聊得非常快活。我为今天下午对您所说关于她的话感到很遗憾。当然，既然您邀请了她，她一定没有问题。她是一位极有吸引力的女人，对生活的看法非常明智。她对我说，她绝不赞成人们结婚超过一次，所以我对可怜的奥古斯塔斯可以完全放心。我无法想象人们为什么对她议论纷纷。都怨我那些讨厌的外甥女——萨维尔家的几个女孩子，她们老是说人家的坏话。不过，我仍然要去威斯巴登，亲爱的，真的。她就是太引人注目了些。哟，阿加莎到哪儿去了？哦，原来她在那儿。

〔阿加莎小姐与霍珀先生自左上角的露台门上。

霍珀先生，我非常非常生您的气。您把阿加莎带到外边露台上去了，她的身体一向娇弱得很。

霍　珀 （在台中偏左处）那太抱歉了，公爵夫人。我们到外边去待了一会儿工夫，在一起闲谈。

柏维克公爵夫人 （在台中）啊，谈可爱的澳大利亚，是不是？

霍　珀 是的！

柏维克公爵夫人 阿加莎，宝贝儿！（招手叫她过来。）

阿加莎小姐 是，妈妈！

柏维克公爵夫人 （把她拉到一边）霍珀先生是不是明确提出……

阿加莎小姐 是的，妈妈。

柏维克公爵夫人 那你是不是给了他肯定的回答，乖孩子？

阿加莎小姐 是的，妈妈。

柏维克公爵夫人 （亲热地）我的好宝贝儿！你总是能把话说到点子上。霍珀先生！詹姆斯！阿加莎把一切都告诉我了。

你们俩保密的本领真不小。

霍　珀　　这么说，公爵夫人，您不反对我带着阿加莎一起去澳大利亚？

柏维克公爵夫人　（愤怒地）去澳大利亚？哦，不要提那个庸俗的鬼地方。

霍　珀　　可她说她乐意跟我一起去。

柏维克公爵夫人　（声色俱厉地）阿加莎，你是不是这样说的？

阿加莎小姐　是的，妈妈。

柏维克公爵夫人　阿加莎，你说的话要多蠢有多蠢，总的说来，我认为格罗夫纳广场①是个比较合乎卫生的居住地点。不错，也有许多庸人俗物住在格罗夫纳广场，但至少那里没有讨厌的袋鼠到处乱爬。不过，这事我们明天再谈。跳舞的那个女人真漂亮！要是我处在您的地位，一定妒忌得不行！她是您的好朋友吧？

温德米尔夫人　不！

普里姆代尔夫人　真的吗？晚安，亲爱的。（向邓比先生看了一眼，然后下。）

邓　比　　那个小霍珀一点儿风度也没有！

塞斯尔·格雷厄姆　啊！霍珀是白手起家的绅士，这是我所知道的绅士中最糟糕的一种类型。

邓　比　　温德米尔夫人算得上豁达大度。绝大部分做妻子的一定会反对让厄林太太来参加晚会。但温德米尔夫人却具有那种被称做常识的不寻常的见识。

塞斯尔·格雷厄姆　而温德米尔则懂得，最能显得天真无害的莫过于行为不检点。

---

① 伦敦一地区，住在那里的多为富豪。

邓　比　是啊，亲爱的温德米尔几乎在变得摩登起来。我怎么也没料到他会这样。（向温德米尔夫人行礼，然后下。）

杰德伯格夫人　再见了，温德米尔夫人。厄林太太真是一位富于魅力的女人！星期四她要到舍间吃午饭，您也来吗？主教和亲爱的默顿夫人也要来。

温德米尔夫人　我恐怕没空，杰德伯格夫人。

杰德伯格夫人　真遗憾。有空就来，亲爱的。

〔杰德伯格夫人与格雷厄姆小姐下。

〔厄林太太与温德米尔勋爵上。

厄林太太　这个舞会相当精彩！处处使我想起昔日的景象。（在沙发上坐下）我看到，社交界的蠢货还是跟当年一样多。我很高兴地发现一切都没有变！只除了玛格丽特。她出落得俊极了。上次我看见她的时候——那是在二十年前——她裹在绒布襁褓里的样子怪可怜的。简直叫人害怕，信不信由您。那位可亲的公爵夫人！还有那位可爱的阿加莎小姐！我就喜欢这样的姑娘！对了，您觉得怎么样，倘若我成为公爵夫人的嫂子——

温德米尔勋爵　（坐在她左侧）难道您——？

〔塞斯尔·格雷厄姆和其余的宾客下。温德米尔夫人带着轻蔑和痛苦的神情在观察厄林太太和自己的丈夫。两人不知道她在场。

厄林太太　哦，是的！明天十二点钟他要上我家去！他本想今晚就提出来。事实上他已经提了。他一直在向我求婚。可怜的奥古斯塔斯，同样的话他会说上无数遍。这习惯实在太坏！不过我告诉他，在明天之前我不会给他答复。我当然打算把他要下来。一旦身为人妻，我相信自己能做他的贤内助。奥古斯塔斯勋爵身上有许多优点。幸运的是这一切表面上都看得出来，恰恰在优点应当表现的地方。当然，在这件事情上您得助我一臂之力。

温德米尔勋爵 莫非要我力促奥古斯塔斯勋爵向您求婚？

厄林太太 哦，不！这由我来办。但是您要给我一笔可观的财产援与证书，温德米尔，您愿意吗？

温德米尔勋爵 （皱眉）今晚您要跟我谈的就是这事？

厄林太太 是的。

温德米尔勋爵 （作了个不耐烦的手势）我不愿在此地谈这件事。

厄林太太 （笑了起来）那我们就到露台上去谈。即便谈交易也该有一个优美如画的背景。您说对不对，温德米尔？在适当的背景前女人什么都能干。

温德米尔勋爵 明天谈不是一样吗？

厄林太太 不；要知道明天我打算答应他了。我觉得那时最好我能够告诉他，你有一笔——我该说多少呢？——就算两千镑的年金，遗赠者是一位和我同外高祖的表亲，或者我的第二个丈夫，或者诸如此类的远亲。这样岂不是锦上添花？温德米尔，您现在有一个极好的机会对我恭维一番。不过，您说恭维话不太高明。恐怕玛格丽特并不鼓励您养成那种绝妙的习惯。这是她的一大失误。一旦男人不再说什么是可爱的，他们就不再认为什么是可爱的。不过，说正经的，您觉得两千镑怎么样？我看，就两千五吧。现代生活中最要紧的是留有余地。温德米尔您是否认为这世道社会可笑得厉害？我认为如此！

〔厄林太太与温德米尔勋爵从露台门下。舞厅里乐声又起。

温德米尔夫人 这个家再也待不下去了。刚才一个爱我的男人愿意把他的整个生命都奉献给我。我拒绝了。我这样做真愚蠢。现在我要把自己的生命奉献给他。我要委身于他。我要去找他！（穿上外套，走到门口，然后又转身回来，在桌旁坐下，写好一封信，纳入信封，放在桌上）亚瑟从来没有了解过我。他读了这信才会理解。他可以随自己喜欢安排他的生活。我已经按我认为最妥当、我认为正确的方式对自己的生活作出安排。是他绝了夫妻之情，不是我。我只不过解除这种束缚罢了。（下。）

〔帕克自左上，穿过舞台向台右的舞厅走去。

〔厄林太太上。

厄林太太 温德米尔夫人在舞厅里吗？

帕　克 夫人刚出去。

厄林太太 出去？她不在露台上？

帕　克 不在，太太。夫人刚从家里出去。

厄林太太 （吃惊，脸带大惑不解的表情望着总管）从家里出去？

帕　克 是的，太太。夫人对我说，她留下一封信在桌上给勋爵。

厄林太太 给温德米尔勋爵的一封信？

帕　克 是的，太太。

厄林太太 谢谢您。

〔帕克下。舞厅里乐声停止。

她从家里出去了！一封给她丈夫的信！（走到写字台前瞧着那封信。她把信拿起来，打了个寒战又放下）不，不！这不可能！生活不会像这样重演过去的悲剧！哦，我怎么会产生这个可怕的想法？为什么现在我会记起我最希望忘却的那一段往事？难道生活真的会重演过去的悲剧？（拆开信封读信，然后倒在一把椅子里，整个姿势显得非常痛苦）哦，多么可怕！二十年前我写给她父亲的也是这几句话！为此我受到的惩罚够惨的了！不，对我的惩罚，对我真正的惩罚是今天晚上，是现在！（仍然在台右。）

〔温德米尔勋爵自左上角上。

温德米尔勋爵 您向内人告辞了没有？（走在台中。）

厄林太太 （把信揉做一团握在手里）是的。

温德米尔勋爵 她人呢？

厄林太太 她累得很。她去睡了。她说她有点儿头疼。

温德米尔勋爵 我得去看看她。您能原谅我吗？

厄林太太 （急忙站起来）哦，不！没什么要紧。她只是觉得很累，没别的。再说，餐厅里还有人在吃夜宵。她要您替她向他们表示歉意。她说希望不要去打搅她。（把信掉了下来）她要我转告您！

温德米尔勋爵 （把信捡起来）您的东西掉了。

厄林太太 哦，是的，谢谢您，这是我的。（伸手取信。）

温德米尔勋爵 （仍瞧着那封信）可是，这不是内人的笔迹吗？

厄林太太 （迅速把信拿过来）是的，这是……一个地址。请您让他们把我的车叫来，可以吗？

温德米尔勋爵 当然可以。（向台左走去，下。）

厄林太太 谢谢！我能做什么呢？我能采取什么措施呢？我觉得，一种过去从未有过的感情在我心中苏醒。这可能意味着什么？女儿不应该学母亲的样——否则将不堪设想。我怎样才能救她？怎样才能救我的孩子？一失足会成千古恨。这一点还有谁能比我更清楚？必须把温德米尔从这个宅子里打发出去；绝对有此必要（向左走去)可是我怎样才能使他出去呢?一定得想个法子做到这一点。啊!

〔奥古斯塔斯勋爵自右上角持花束上。

奥古斯塔斯勋爵 尊敬的女士,我的心一直给挂在那里!我的请求能不能得到答复?

厄林太太 奥古斯塔斯勋爵,听我说。您立刻带温德米尔勋爵到您的俱乐部去,尽可能让他在那里多待一些时间。您明白不?

奥古斯塔斯勋爵 可是您说您希望我早起早睡!

厄林太太 (焦躁地)照我说的去做。我叫你干什么就干什么。

奥古斯塔斯勋爵 那么给我的奖赏呢?

厄林太太 您的奖赏?您的奖赏?哦!明天再问我要。但今晚您得始终看住温德米尔。万一您让他跑了,我永远不会原谅您。我再也不跟您说话。我将和您一刀两断。记住,您得把温德米尔留住在您的俱乐部里,今晚别让他回家。(自左下。)

奥古斯塔斯勋爵 说真的,我已经可以算是她的丈夫。完全可以这么说。(莫名其妙地跟着她走。)

第三幕

场景：舞台上是达林顿勋爵寓所的房间。台右壁炉前有一张大沙发。舞台底部的窗户上遮着帷幕。台左台右各有门。右边一张桌上放着纸笔文具。中间一张桌上摆着虹吸管、玻璃杯和酒瓶架。左边一张桌上放着雪茄和纸烟盒。室内的灯亮着。

温德米尔夫人 （站在壁炉旁）为什么他还不来？这样等待能把人急死的。他应该到此地来。为什么他不来用热情的话吹旺我心中的火苗？我冷得紧，失去了爱也就失去了温暖。如果他把我放在心上，他会追踪到此，他会把我拖回家去。可是他没把我放在心上。他掉进了这个女人的罗网，被她迷昏了头，给她控制住了。一个女人若要支配一个男人，只消诉诸男人身上最卑下的本能。我们把男人奉为神明，他们却抛弃我们。别的女人把他们变成畜生，他们却对之奉承讨好、百依百顺。生活是多么令人作呕！……哦！我到此地来简直是发疯，疯狂到了极点。然而，我不明白，究竟哪一种状态更坏：任凭一个爱你的人摆布，还是做一个在你自己家里使你蒙受耻辱的人的妻子？女人知道什么？在女人心目中整个世界上最宝贵的是什么？但是，我准备委身于他的那个人会永远爱我吗？我能带给他什么呢？失去了欢声笑语的嘴唇、被泪水蒙住的眼睛、冷丝丝的双手和一颗冰凉的心。我没有什么带给他。我必须回去。不，我不能回去，我的信已使我落在他们的手掌之中——亚瑟不会再要我！那封要命的信！不！达林顿勋爵明天就要离开英国。我要跟他一起走，我没有别的选择。（坐下片时。然后霍地站起来穿上外套）不，不！我要回去，听凭亚瑟把我怎样发落。我不能待在此地。我来到这里是疯狂的举动。我必须立刻离开。至于达林顿勋爵——哦！他来了！我该怎么办呢？我能对他说什么呢？他会放我走吗？我听说，男人们蛮横、凶暴……哦！（用双手捂住自己的脸。）

〔厄林太太自左上。

厄林太太 温德米尔夫人！

〔温德米尔夫人大吃一惊抬起头来。接着，她现出蔑视的表情向后倒退。

谢天谢地，我总算及时赶到。您必须立即回到您丈夫的家里去。

温德米尔夫人 必须？

厄林太太 （以命令的口吻）是的，您必须回去！一分钟也不得耽误。达林顿勋爵随时都可能回来。

温德米尔夫人 不许靠近我！

厄林太太 哦！您处在身败名裂的边缘，您到了悬崖绝壁的危沿。您必须马上离开此地，我的马车停在街角上。您必须跟我走，坐车直接回家。

〔温德米尔夫人卸去外套，把它扔在沙发上。

您要干什么？

温德米尔夫人 厄林太太，如果您不到此地来的话，我已经回去了。但现在我看见了您，我感觉到，世上没有任何力量能诱使我和温德米尔勋爵在一个屋顶下共同生活。您使我感到恶心。您身上有某种东西会激发我最狂暴的感情，使我怒火中烧。我知道您为什么到这里来。我丈夫派您来把我骗回去，这样我就可以为存在于您和他之间的任何关系充当一块遮羞布。

厄林太太 哦！您不要这样想。您不能这样。

温德米尔夫人 回到我丈夫身边去吧，厄林太太。他属于您，而不属于我。我料想他害怕家丑外扬。男人们都是银样镴枪头。他们肆意践踏世间的每一条法则，偏偏又觉得人言可畏。不过，他最好还是有所准备。他避免不了一场丑闻。他将成为多年来伦敦最丑的丑闻人物。他将在每一份下流报纸上看到自己的名字，在每一处可恶的招贴栏上看到我的名字。

厄林太太 不——不——

温德米尔夫人 是的！他避免不了。要是他自己来，我承认，我会回到您和他为我安排的那种堕落生活中去。我本来已经准备回去了。可是他自己待在家里，派您当他的信使——哦！这是卑鄙的行为——太卑鄙了！

厄林太太 （在台中）温德米尔夫人，您大大地冤枉我了，您大大地冤枉了您的丈夫。他并不知道您在此地。他以为您好端端地在你们自己家里。他以为您在自己的房间里睡觉。他根本没有读您写给他的那封疯狂的信。

温德米尔夫人 （在台右）根本没读？！

厄林太太 没读。他完全不知道这件事。

温德米尔夫人 您把我想象得太天真了！（走到她面前）您在对我撒谎！

厄林太太 （努力克制自己）我没有撒谎。我对您说的是真话。

温德米尔夫人 既然我丈夫没读过我的信，那您怎么会到此地来的？谁告诉您我离开了让您厚颜无耻地钻了进去的那个家。谁告诉您我到什么地方去了？（走到台左。）

厄林太太 （在台中偏右处）您的丈夫没有看见那封信。是我看见了。是我把它拆开来读了。

温德米尔夫人 （转身面向着她）您拆了我写给我丈夫的信？您竟敢？！

厄林太太 我敢！哦！为了不让您落入您快要掉进去的深渊，世上没有我不敢做的事，我什么都敢。信在这里。您的丈夫根本没有读过。他永远不会读到这封信。（走到壁炉前）任何时候都不应当写这样的信。（把它撕成碎片扔到炉火中去。）

温德米尔夫人 （语调和神情带着无限的轻蔑）说到底，我怎么知道那真是我的信？看来，您认为只要略施小计就能使我上当！

厄林太太 哦！为什么我说什么您都不信？我到这里来，除了想使您免遭彻底毁灭，使您避免铸成大错，您以为我还能有什么别的目的？刚才烧掉的正是您写的那封信。我向您起誓这是真的！

温德米尔夫人 （慢慢地）您很会耍手段，在我还没有察看之前，您就把它烧了。我没法相信您。您的一生就是一个弥天大谎，从您嘴里怎么会说出真话来？（坐下。）

厄林太太 （心急慌忙）您对我爱怎么想就怎么想，您要说我什么坏话都可以，只要您回去，回到您所爱的丈夫那里去。

温德米尔夫人 （阴郁地）我并不爱他！

厄林太太 您爱他，而且您知道他也爱您。

温德米尔夫人 他不懂得什么是爱。他对爱的理解和您一样浅薄。但我知道您的用意。把我弄回去对你们大有好处。上帝啊！那时我过的将是什么样的日子呵！这意味着要听一个没有半点仁慈或怜悯的女人摆布，遇到这样的女人便是丢脸，认识这样的女人等于堕落。就是这样一个坏女人在夫妻之间作梗！

厄林太太　（作了一个绝望的手势）温德米尔夫人，温德米尔夫人，不要说这样难听的话。您不知道这些话有多么可怕，是多么不公正。听我说，您必须听我说！只要您回到您的丈夫那里去，我向您保证，永远不以任何借口再和他交往，永远不见他，永远不涉及他的或您的生活。他给我钱不是出于爱，而是出于恨；不是因为对我倾慕，而是因为瞧不起我。我对他拥有的支配力……

温德米尔夫人　（站起身来）啊！您承认自己有支配力！

厄林太太　是的，而且我要告诉您那是什么。那就是他对您的爱，温德米尔夫人。

温德米尔夫人　您指望我会相信这话？

厄林太太　您必须相信！这是真的。正是他对您的爱使他屈服于——哦！您可以称之为专横、威胁，悉听尊便。但他之所以甘心屈服，正是因为他爱您，因为他希望您免于蒙受耻辱，是的，免于丢脸，免于出丑。

温德米尔夫人　您这是什么意思？您太放肆了！我跟您有什么相干？

厄林太太　（恭顺地）没有。我知道并不相干。但我要对您说，您丈夫是爱您的，您一辈子也不可能再次遇到这样深切的爱，这样的爱从别处决不可能遇到；如果您把它抛开，有朝一日您将思爱若渴却无爱，您将上下求索而不得。哦！亚瑟是爱您的！

温德米尔夫人　亚瑟？您还说你们之间毫无瓜葛？

厄林太太　温德米尔夫人，您的丈夫在上帝面前是清白的，他没有丝毫对不起您的地方！至于我……我可以告诉您，要是我考虑到您会产生这样骇人听闻的疑心，我宁可死也不愿和您或他的生活道路相交。哦！我宁可死，心甘情愿地死！（移步至台右的沙发前。）

温德米尔夫人 您说话倒像是有良心的。可是像您这样的女人并没有心肝。您身上没有心肝。您是被买进卖出的。

厄林太太 （震惊，作痛苦状。随后她竭力克制住自己，走到温德米尔夫人坐的地方。她说话时向温德米尔夫人伸出双手，但不敢触及对方）关于我，您可以相信您愿意相信的一切。我不值得别人表示片刻的惋惜。但是，不要因为我毁坏您年轻美丽的生命！您不知道等待着您的会是什么命运，除非您立刻离开这所房子。您不知道掉进深渊是怎么回事，不知道遭白眼、受嘲弄、被唾弃、挨耻笑是什么滋味，——总之，您不知道什么叫做给排除在社交圈外！这样的人就要尝闭门羹，只得从小道旁门溜进去，每时每刻担心被剥去假面，不断有笑声——世人可怕的笑声——传到耳朵里来，这是比人间流过的全部眼泪更辛酸的事情。您没有这样的体会。一个人为自己的过失付出代价，当时要付，以后要付，要付一辈子。您永远不应该尝到这样的滋味。至于我，如果受苦算是赎罪的话，那么，此刻我已经赎偿了我犯的全部罪过；今晚您在一个已经没有心的人身上造出了一颗心，造出了可又把它捣碎。不过，这些不说也罢。我可以毁掉自己的一生，但我决不让您毁掉您的一生。您——唉，您还只是个女孩子，您会就此一蹶不振。您并不具备能使一个女人卷土重来的那种头脑。您既无机智，又无勇气。您无法顶住屈辱！您顶不住的！回去吧，温德米尔夫人，回到丈夫那里去。他爱您，您也爱他。您有一个孩子，温德米尔夫人。回到那个孩子身边去吧，他这会儿也许正在痛苦或欢乐中呼唤着您。

〔温德米尔夫人站起身来。

上帝赐给您那个孩子。上帝将要求您使他的生活过得美好，要求您照看他。倘若他的一生由于您而被毁，您该如何向上帝交代？回到你们的家里去吧，温德米尔夫人，您的丈夫是爱您的！他一刻也不曾背离他对您怀有的爱。但是，即便他有一千个外遇，您也必须留在你们的孩子身边。即便他对您粗声大气，您也必须留在您的孩子身边。即便他虐待您，您也必须留在您的孩子身边。

〔温德米尔夫人放声痛哭，双手掩面。

（赶紧走到她跟前）温德米尔夫人！

温德米尔夫人 （向她伸出两只手求援，像个小孩子）带我回家。带我回家。

厄林太太 （意欲和她拥抱，旋又克制住自己的感情，脸上现出欣悦的神色）走！您的外套呢？（从沙发上拿起温德米尔夫人的外套）在这儿。把它穿上！快走！

〔她们走到门口。

温德米尔夫人 站住！您没听见有人说话吗？

厄林太太 没有，没有！一个人也没有！

温德米尔夫人 不，有的！听！哦！那是我丈夫的声音！他要进来了！快救救我！哦，这是一场阴谋！是您差人把他叫来的。

〔门外有人声。

厄林太太 别作声！我到此地是来救您的，只要我做得到。可我担心为时已晚。到那边去！（指着遮住窗户的帷幕）您一有机会就溜出去，只要您能得到一个机会！

温德米尔夫人 那么您呢？

厄林太太　哦！别管我。我来对付他们。

〔温德米尔夫人藏到帷幕后面。

奥古斯塔斯勋爵　（在门外）胡说，亲爱的温德米尔，你不得离开我！

厄林太太　是奥古斯塔斯勋爵！这下完蛋的是我了！（犹豫片刻，然后举目回顾，见台右有门，便从右门下。）

〔达林顿勋爵、邓比先生、温德米尔勋爵、奥古斯塔斯·洛顿勋爵与塞斯尔·格雷厄姆先生上。

邓　比　这时候他们把我们从俱乐部里撵走真扫兴！才两点钟。（倒在一把椅子里）晚上最热闹的时间还刚刚开始呢。（打一个哈欠，合上眼睛。）

温德米尔勋爵　达林顿勋爵，承蒙您慨然应允奥古斯塔斯把我们这一帮子硬拉到您这里来，但我大概不能久留。

达林顿勋爵　哦！那太遗憾了！您请抽一支雪茄，好吗？

温德米尔勋爵　谢谢！（坐下。）

奥古斯塔斯勋爵　（向温德米尔勋爵）我的小老弟，你休想溜走。我有好多好多话要跟你谈，而且重要得不得了。（和他一起在左边桌旁坐下。）

塞斯尔·格雷厄姆　哦！我们全都知道是什么事！塔比除了谈厄林太太，旁的什么也不会说。

温德米尔勋爵　喂，塞斯尔，这不干你的事，听见没有？

塞斯尔·格雷厄姆　的确如此！正因为如此，我才对它感兴趣。我自己的事总是叫我腻烦得要死。我宁可管别人的事。

达林顿勋爵　诸位，我这儿有可喝的。塞斯尔，你来一杯威士忌加苏打水，怎么样？

塞斯尔·格雷厄姆　谢谢。（和达林顿勋爵一起走到桌前）厄林太太今晚非常漂亮，不是吗？

达林顿勋爵　我不是她的崇拜者。

塞斯尔·格雷厄姆　平时我也不在她的崇拜者之列，但现在我不能不佩服她。为什么？！她居然使我把她介绍给了可怜的卡罗琳姑妈。我相信她不久会上那儿去吃午饭的。

达林顿勋爵　（大为惊讶）不！

塞斯尔·格雷厄姆　她真的会去。

达林顿勋爵　请原谅，诸位。明天我就要走了。我得写几封信。（走到放文具纸笔的桌旁坐下。）

邓　比　厄林太太这女人很聪明。

塞斯尔·格雷厄姆　喂，邓比！我以为你睡着了呢。

邓　比　我是睡着了，我经常会睡着！

奥古斯塔斯勋爵　一个非常聪明的女人。她完完全全知道我是怎样一个没治的傻瓜，就像我对自己一样了解。

〔塞斯尔·格雷厄姆笑着向他走过去。

啊，你可以笑我，老弟，但遇到一个能彻底了解你的女人可是件了不起的事情。

邓　比　这是一件危险透顶的事情。这样的女人最后总是会成为你的老婆。

塞斯尔·格雷厄姆　不过，塔比，我原以为你永远不想再见到她了！是的！昨天晚上在俱乐部里你就是这样对我说的。你说你听到——（冲他吹了一声口哨。）

奥古斯塔斯勋爵　哦，这事她已经解释清楚。

塞斯尔·格雷厄姆　那么在威斯巴登的那件事呢？

奥古斯塔斯勋爵　那件事她也解释清楚了。

邓　比　还有她的收入呢，塔比？她解释了没有？

奥古斯塔斯勋爵　（用十分严肃的口吻）明天她要解释这个问题。

〔塞斯尔·格雷厄姆回到中间的桌旁。

邓　比　如今的女人太讲实惠了。当然，我们奶奶一辈的女人会把她们的帽子扔过磨坊[1]，可是，说真的，她们的孙女儿们只有在能掀起风来转动叶轮的时候才会把帽子扔过去。

奥古斯塔斯勋爵 你想把她说成一个坏女人。可她不是！

塞斯尔·格雷厄姆 哦！坏女人令人头疼。好女人令人腻味。这就是她们之间的唯一差别。

奥古斯塔斯勋爵 （喷一口雪茄烟）厄林太太的未来不可限量。

邓 比 厄林太太的往事不堪回首。

奥古斯塔斯勋爵 我更喜欢往事不堪回首的女人。跟这样的女人交谈总是有趣得要命。

塞斯尔·格雷厄姆 是的，你会有好多好多话题可跟她谈的，塔比。（站起来向他走过去。）

奥古斯塔斯勋爵 你越来越讨厌了，老弟；你变得讨厌得要命。

塞斯尔·格雷厄姆 （双手搁在他的两个肩膀上）我说，塔比，你已经失去你的身段——发了福，你已经失去你的声誉——发了蔫，可别再失去你的耐性——发脾气；你只有这一件了。

奥古斯塔斯勋爵 我亲爱的老弟，如果我不是全伦敦脾气最好的人——

塞斯尔·格雷厄姆 那我们对你会比较尊敬，是不是，塔比？（踱步走开去。）

邓 比 现今的年轻人实在无礼。他们对于染色的头发太不尊敬。

〔奥古斯塔斯勋爵气呼呼地环视四周。

塞斯尔·格雷厄姆 厄林太太对亲爱的塔比可是极其尊敬的。

邓 比 那么，厄林太太在为其余的女人做出卓越的表率。如今

[1] throw their caps over mills，法国成语，用于女人挣脱礼教束缚、不顾人言可畏追求爱情的行为。

大多数女子对待不是她们丈夫的男人那种态度简直全无心肝。

温德米尔勋爵 邓比，你荒唐可笑；塞斯尔，你口没遮拦。不许你们对厄林太太说三道四。你们根本不了解她，所以你们老是对她造谣中伤。

塞斯尔·格雷厄姆 （走到台中偏左处他的面前）我亲爱的亚瑟，我从不造谣。我只是瞎扯。

温德米尔勋爵 谣言和扯淡有什么区别？

塞斯尔·格雷厄姆 哦！扯淡非常有趣！历史无非是扯淡。但谣言是被道学家搞臭的扯淡。喏，我可从不说教。说教的男人通常是伪君子，说教的女人照例是丑八怪。世上和女人最不相配的东西莫过于一个新教徒的道德观。我可以很高兴地说，女人大都知道这一点。

奥古斯塔斯勋爵 这正是我的看法，老弟，这正是我的看法。

塞斯尔·格雷厄姆 听你这样说我感到很遗憾，塔比。每当有人赞同我的意见时，我总觉得自己一定错了。

奥古斯塔斯勋爵 老弟，我在你这个年龄的时候——

塞斯尔·格雷厄姆 可你从来没有到过我的年龄，塔比，而且永远不会。（走到台中央）我说，达林顿，我们来玩牌吧。亚瑟，你玩不？

温德米尔勋爵 不，谢谢，塞斯尔。

邓　比 （发出一声叹息）上帝啊！一个男人结了婚竟会这样没出息！结婚就跟抽烟卷一样腐蚀人心，而且价钱贵得多。

塞斯尔·格雷厄姆 塔比，你当然玩的喽？

奥古斯塔斯勋爵 （在桌上给自己倒了一杯白兰地加苏打水）我不能，老弟。我已向厄林太太保证决不再打牌或喝酒。

塞斯尔·格雷厄姆 哦，我亲爱的塔比，可不要让人家把你引入循规蹈矩的歧途。你要是被改造成那个样子，将变得俗不可耐。这是女人最坏的地方。她们总是要你变好归正。可要是她们遇见我们的时候我们本来就很规矩，她们压根儿不会爱上我们。她们喜欢发现我们坏得不可救药，又喜欢把规矩得毫无吸引力的我们撇下。

达林顿勋爵 （从他在那里写信的桌旁站起来）而她们总是发现我们很坏！

邓　比 我并不认为我们是坏的。我认为我们个个都很好，只有塔比除外。

达林顿勋爵 不，我们大家都在阴沟里，只是我们中某些人在仰望天上的星星。（在中间一张桌旁坐下。）

邓　比 我们大家都在阴沟里，只是我们中某些人在仰望天上的星星？嚄，达林顿，今晚你充满了罗曼蒂克的诗情。

塞斯尔·格雷厄姆 太罗曼蒂克了！你一定在恋爱。那位姑娘是谁？

达林顿勋爵 我爱的那个女人身不由主，或者她以为自己身不由主。（说时本能地向温德米尔勋爵瞟了一眼。）

塞斯尔·格雷厄姆 这么说，是位有夫之妇！是啊，世上没有什么能和有夫之妇的忠诚相比。这是任何有妇之夫都一无所知的事情。

达林顿勋爵 哦！她并不爱我。她是一位正派女人。她是我一生中遇到的唯一正派女人。

塞斯尔·格雷厄姆 你一生中遇到的唯一正派女人。

达林顿勋爵 是的！

塞斯尔·格雷厄姆 （点一支烟卷）那你真是个幸运儿！唉，我遇到的正派女人何止几百个。看来除了正派女人，我永远不会遇到别的了。世界已被正派女人挤得水泄不通。了解她们乃是中产阶级的一门学问。

达林顿勋爵　这个女人纯洁无邪。她具有我们男人已经失去的一切。

塞斯尔·格雷厄姆　我亲爱的朋友，我们男人如果保持纯洁无邪，世上还有什么要我们干的？精心插在钮孔上的一朵花吸引力要大得多。

邓　比　这么说，她真的不爱你？

达林顿勋爵　是的，她不爱我！

邓　比　我向你表示祝贺，亲爱的朋友。这个世界上只有两种悲剧。一种是得不到你所要的；另一种是得到你所要的。后一种要糟糕得多；后一种才是真正的悲剧！但我感兴趣的是听到她不爱你。塞斯尔，对于一个不爱你的女人，你能爱她多久？

塞斯尔·格雷厄姆　一个不爱我的女人？哦，我能爱她一辈子！

邓　比　我也是。但遇上这样一个女人实在太难了。

达林顿勋爵　邓比，你怎么可以这样自负？

邓　比　我没把它当作一件值得自豪的事情来说。我是把它作为一件颇堪追悔的事情说的。我曾被狂热地、发疯一般地爱过。我很遗憾有过这样的事。那是非常非常可恼的。我希望能经常给我一点儿时间。

奥古斯塔斯勋爵　（环顾）给你时间大概想让你有所长进。

邓　比　不，让我有时间忘掉我学过的一切。那可重要得多，亲爱的塔比。

〔奥古斯塔斯在椅子上不自在地扭动。

达林顿勋爵　你们真是些玩世不恭的家伙！

塞斯尔·格雷厄姆　什么叫玩世不恭？（坐在沙发靠背上。）

达林顿勋爵　玩世不恭的人知道每一件东西的价格，却不知道任何东西的价值。

塞斯尔·格雷厄姆 可是，我亲爱的达林顿，感伤主义者只看到每一件东西荒唐的价值，却不知道任何简单事物的市场价格。

达林顿勋爵 塞斯尔，你一直使我感到饶有兴味。你说话像是一位经验丰富、阅世颇深的人。

塞斯尔·格雷厄姆 我正是这样的人。（走到壁炉前。）

达林顿勋爵 你还太年轻！

塞斯尔·格雷厄姆 那是一大谬误。经验是一个对生活有没有直感本能的问题。我有这种本能。塔比就没有。塔比把他犯的错误叫做经验。如此而已。

〔奥古斯塔斯勋爵愤怒地四顾张望。

邓　比 每一个人都把自己犯的错误叫做经验。

塞斯尔·格雷厄姆 （背对壁炉站着）人本来不应该犯任何错误。（看见沙发上温德米尔夫人的扇子。）

邓　比 如果人不犯错误，生活就太乏味了。

塞斯尔·格雷厄姆 达林顿，你当然绝对忠于你爱的这个女人——这个正派女人的喽？

达林顿勋爵 塞斯尔，如果你真正爱上一个女人的话，世上所有别的女人对你来说就会变得毫无意义。爱情能改变一个人，我已经变了。

塞斯尔·格雷厄姆 嚄！太有趣了！塔比，我想跟你说句话。

〔奥古斯塔斯不理他。

邓　比 跟塔比说话那是白搭。你对一堵砖墙说话效果也一样。

塞斯尔·格雷厄姆 可我喜欢对砖墙说话——这是世上唯一和我不相抵触的事物！塔比！

奥古斯塔斯勋爵 说吧，什么事？什么事？（站起来向塞斯尔·格雷厄姆那边走过去。）

塞斯尔·格雷厄姆 到这儿来。我要跟你单独谈。（把他拉到一边）刚才达林顿假正经，大谈其纯洁的爱之类的话，而在这同时他屋里一直藏着一个女人。

奥古斯塔斯勋爵 不，这不可能！难道真有这等事?

塞斯尔·格雷厄姆 （低声）真的，那女人的扇子还在这里。（指指扇子。）

奥古斯塔斯勋爵 （吃吃地笑）我的天！我的天！

温德米尔勋爵 （走到门口）达林顿勋爵，现在，我真的要告辞了。您这么快就要离开英国，我感到很遗憾。等您回国以后，请到我们家来！内人和我看到您十分高兴！

达林顿勋爵 （和温德米尔勋爵一起在舞台深处）此一去恐怕要好多年再回来。晚安！

塞斯尔·格雷厄姆 亚瑟！

温德米尔勋爵 什么事?

塞斯尔·格雷厄姆 我要跟你谈一会儿。不，你过来！

温德米尔勋爵 （一边穿外衣）我不能，我要走了。

塞斯尔·格雷厄姆 这是件极不寻常的事。你一定会感到莫大的兴趣。

温德米尔勋爵 （面带笑容）准是你的什么无稽之谈，塞斯尔。

塞斯尔·格雷厄姆 不！真的不是。

奥古斯塔斯勋爵 （向他走去）我亲爱的朋友，你还不能走。我有许多话要对你说。塞斯尔也有件东西要你看。

温德米尔勋爵 （走过来）好吧，什么东西?

塞斯尔·格雷厄姆 达林顿这儿屋子里有个女人。这是那个女人的扇子。你说有趣不?

〔静场。

温德米尔勋爵 上帝啊！（抓住那柄扇子。）

〔邓比站起身来。

塞斯尔·格雷厄姆 怎么回事?

温德米尔勋爵 达林顿勋爵！

达林顿勋爵 （转过身来）嗯？

温德米尔勋爵 我妻子的扇子怎么会到您房间里来的？躲远点儿，塞斯尔。不许碰我。

达林顿勋爵 尊夫人的扇子？

温德米尔勋爵 是的，扇子在这里！

达林顿勋爵 （向他走过去）我不知道！

温德米尔勋爵 您应该知道。我要求作出解释。（向塞斯尔·格雷厄姆）别拉住我，你这个蠢货！

达林顿勋爵 （旁白）她终于来了！

温德米尔勋爵 说呀先生！我妻子的扇子怎么会在此地？回答我！我向上帝发誓，我要搜您的房间。如果我的妻子在此地，我要——

达林顿勋爵 您不得搜我的房间。您没有权利这样做！我不许！

温德米尔勋爵 你这个无赖！在我把你屋子里每一个角落都搜遍之前，我决不离开此地！那帷幕后面什么东西在动？（向台中的帷幕那边冲过去。）

厄林太太 （自台右门后上）温德米尔勋爵！

温德米尔勋爵 厄林太太！

〔所有的人都大吃一惊转过头来。温德米尔夫人乘机从帷幕后面钻出来，自台左溜出了屋子。

厄林太太 刚才我离开府上的时候，恐怕是我错把尊夫人的扇子当作自己的带走了。真对不起。

〔从他手中取过扇子。温德米尔勋爵用鄙夷的目光望着她。达林顿勋爵心中交织着惊愕和愤慨。奥古斯塔斯勋爵把脸扭过去。另外两个男人相顾莞尔。

第四幕

景同第一幕。

温德米尔夫人 （躺在沙发上）我怎么能告诉他呢？我不能告诉他。这会要了我的命。我从那间可怕的屋子里逃走以后，不知事情怎样了。也许，她对他们说了她到那里去的真正原因以及关于——我那柄要命的扇子的实际内情。哦，要是他知道了，我还有什么脸见他？他决不会原谅我的。（按铃）一个人原以为自己日子过得挺安稳，没有被诱惑、犯过错、干蠢事的危险。不料一下子——哦！生活真可怕。是生活主宰着我们，而不是我们主宰生活。

〔女仆罗莎丽自右上。

罗莎丽 夫人，您打铃叫我了吗？

温德米尔夫人 是的。你有没有弄清楚，昨夜温德米尔勋爵是什么时候回来的？

罗莎丽 勋爵直到清晨五点钟才回来。

温德米尔夫人 五点钟？今天上午他敲过我的房门，是不是？

罗莎丽 是的，夫人，在九点半左右。我告诉他说，夫人还没有醒。

温德米尔夫人 他说了什么没有？

罗莎丽 好像提到夫人您的扇子什么的。我没有完全听懂勋爵的话。是不是您的扇子丢了，夫人？我哪儿也找不到，帕克也说没有落在任何一间屋子里。他到所有的屋子里都去看过，露台上也找了。

温德米尔夫人 没关系。叫帕克别操心了。就这样吧。

〔罗莎丽下。

温德米尔夫人 （坐起来）她肯定会告诉亚瑟。我可以想象，一个人会作出了不起的自我牺牲行为，那是出于一时的冲动、不考虑后果、奋不顾身地做出来的，事后却发现这代价太大了。在她自己身败名裂还是我身败名裂这两者之间，她怎么会犹豫呢？我想要在我自己家里使她当众出丑。她为了救我，甘愿在别人家里当众出丑……这两件事包含着辛辣的讽刺，是对我们议论正派女人和坏女人的那套看法的辛辣讽刺……哦，多么深刻的教训啊！然而遗憾的是：生活中我们得到教训时，这些教训对我们已经没有用了！因为即使她不说，我也必须告诉亚瑟。哦！我必须说明这事有多么可耻，多么丢人！把事情说出来等于从头再经历一遍。行动是生活中的第一悲剧，言语是第二悲剧。言语也许更难堪。言语是无情的……哦！

〔温德米尔勋爵进来时，她吓了一跳。

温德米尔勋爵 （吻她）玛格丽特，你的脸色多么苍白！

温德米尔夫人 我睡得很不好。

温德米尔勋爵 （和她一起坐在沙发上）我很抱歉。我回家时太晚了，不想把你吵醒。你在哭，亲爱的。

温德米尔夫人 是的，我在哭，因为我有件事要告诉你，亚瑟。

温德米尔勋爵 我的宝贝儿，你精神不佳。你太累了。我们到乡下去住一阵吧。到了塞尔比庄园你就会好的。社交季节快结束了。待在伦敦没有意思。可怜的乖乖！我们今天就动身，如果你愿意的话。（站起来）我们可以从容地赶上三点四十的一班火车。我去发一个电报给范能。（走到写字台旁坐下来拟电文稿。）

温德米尔夫人 对，我们今天就动身。不，今天我不能走，亚瑟。在我离开伦敦之前，我必须跟一个人见面，一个对我怀着一片好心的人。

温德米尔勋爵 （站起来到沙发后面俯身向着她）对你怀着一片好心？

温德米尔夫人 远远不止那样。（站起来向他走过去）我会告诉你的，亚瑟，只是你要爱我，像你一向爱我那样。

温德米尔勋爵 像一向那样？你是不是在想昨晚到这里来的那个坏女人？（绕到沙发前，在她右边坐下）难道你还怀疑……不，你不要胡思乱想。

温德米尔夫人 我不怀疑。现在我知道自己错了，干了蠢事。

温德米尔勋爵 我得感谢你昨晚接待了她，但以后你再也不会见到她了。

温德米尔夫人 你为什么说这样的话？

〔静场。

温德米尔勋爵 （握住她的一只手）玛格丽特，我原以为厄林太太主要是受到不公平的对待，而不是她有多少过错，就像成语所说的那样：人负彼甚于彼负人。我以为她想要做正派人，想要返回她因一念之差而失去的一席之地，重新过体面的生活。我相信了她对我说的话，然而我看错了人。她是个坏女人，坏得不能再坏。

温德米尔夫人 亚瑟、亚瑟，不要这样苛刻地评论任何女人。现在我并不认为人们可以分成好人和坏人，好像他们分别属于两种不同物类似的。所谓的正派女人身上会有很可怕的东西——武断、妒忌、明知故犯，会不顾一切地一意孤行。而所谓的坏女人却可能有难言之隐、追悔之情、怜悯之心和牺牲精神。我并不认为厄林太太是个坏女人。不，我知道她不是。

温德米尔勋爵 我的宝贝儿，这个女人实在不堪。不管她企图怎样加害于我们，你应当永远不再见她。她到任何地方去都将被拒诸门外。

温德米尔夫人 但是我要见她。我要她到这儿来。

温德米尔勋爵 绝对不行！

温德米尔夫人 她曾经应你的邀请到此地来过一次。现在得由我邀请她来做客。这样才公平。

温德米尔勋爵 她任何时候都不能上我们家来。

温德米尔夫人 （站起来）亚瑟，现在说这样的话已经太晚了。（走开去。）

温德米尔勋爵 （站起来）玛格丽特，如果你知道昨晚厄林太太离开我们家以后到哪里去了，你一定不愿和她坐在同一间屋子里。这一切可耻到了顶点。

温德米尔夫人 亚瑟，我再也忍不住了。我必须告诉你。昨晚——

〔帕克持托盘上，盘中放着温德米尔夫人的扇子，另外有一张名片。

帕　克 厄林太太来归还夫人您的扇子，说是昨晚她拿错了。厄林太太在名片上有留言。

温德米尔夫人 哦，请厄林太太赏光到这儿来。（读名片上的留言）说我非常乐于见到她。

〔帕克下。

亚瑟，她要见我。

温德米尔勋爵 （拿起名片来看）玛格丽特，我恳求你不要这样做。至少让我先和她会面。她是一个危险的女人。她是我所知道的最危险的女人。你不明白自己在干什么。

温德米尔夫人 反正我要见她。

温德米尔勋爵 我亲爱的，你会面临一次极不愉快的谈话。还是免了吧。你一定要见，那就非让我先见她不可。

温德米尔夫人 为什么非这样不可？

〔帕克上。

帕　克 厄林太太到。

〔厄林太太上。帕克下。

厄林太太 您好，温德米尔夫人。（向温德米尔勋爵）您好。听我说，温德米尔夫人，关于您那柄扇子的事我实在抱歉。我竟会这样粗心大意，真是荒唐。刚才我的车正好朝府上的方向来，我想借这个机会把您的扇子当面奉还，并请多多原谅我的疏忽，同时向您辞行。

温德米尔夫人 辞行？（与厄林太太一起走到沙发前，并在她旁边坐下）这么说，您要离开此地，厄林太太？

厄林太太 是的，我准备重新到国外定居。英国的气候对我不适宜。这里对我的……心不利，我受不了。我还是愿意住到南方去。伦敦的雾太重，正人君子也太多，温德米尔勋爵。究竟是雾造成了正人君子，还是正人君子造成了雾，我闹不清，反正这一切都刺激着我的神经。所以，今天我就要走，坐傍晚的火车。

温德米尔夫人 今天傍晚？可我是多么想去看看您。

厄林太太 承蒙错爱。遗憾的是我不得不走。

温德米尔夫人 我是否再也见不到您了，厄林太太？

厄林太太 恐怕是的。今后我们将天各一方。不过，我对您有一个小小的请求。我想要您的一张相片，温德米尔夫人，您愿意给我吗？您不知道，这将使我感到莫大的欣慰。

温德米尔夫人 哦，我太愿意了。那边桌上就有一张。我拿给您瞧。（向桌子那边走过去。）

温德米尔勋爵 （走到厄林太太跟前，低声对她说）凭您昨晚的所作所为，你再到此地来简直骇人听闻。

厄林太太 （现出感到挺有趣的笑容）我亲爱的温德米尔，别忘了风度重于道德！

温德米尔夫人 （回到厄林太太这边）摄影师恐怕把我大大美化了——我并没有相片上那么漂亮。（给她看照片。）

厄林太太 您本人要美得多。不过，您有没有跟您的小宝贝合照的相片？

温德米尔夫人 有。您是不是更喜欢一张合照的？

厄林太太 是的。

温德米尔夫人 我去给您拿来，请少待片刻。楼上有一张这样的相片。

厄林太太 真对不起，温德米尔夫人，给您添这么多麻烦。

温德米尔夫人 （向台右的门口走去）一点儿也不麻烦，厄林太太。

厄林太太 太谢谢您了。

〔温德米尔夫人自台右下。

温德米尔，看来今儿个您心情很不好。何必呢？玛格丽特跟我相处得挺融洽。

温德米尔勋爵 看到您和她在一起我不能容忍。此外，您没有把真情告诉我，厄林太太。

厄林太太 应该说，我没有把真情告诉她。

温德米尔勋爵 （站在台中央）有时候我倒是希望您告诉了她。那样，我就可以不必忍受这半年来的痛苦、焦虑和烦恼。但是，与其让我妻子知道，过去人家告诉她说已经死了的她的母亲，她一直在心中悼念的母亲，其实还活着，是个离了婚的女人，一个使用化名招摇撞骗的坏女人，——现在我了解您正是这样的人，——与其让我妻子知道这一切，我宁可掏钱为您付一份又一份的账单，满足您挥霍无度的需要，甚至不惜面对昨天那样的事——和我的妻子破题儿头一遭发生口角。您不明白这对于我意味着什么。您怎么能理解呢？但我可以告诉您，从她樱唇中说出来的仅有的痛心之言，是针对您的，所以看见您在她身边我感到恶心。您会使她的纯洁蒙上污垢。（走到台中偏左处）况且，我一向以为，您尽管有种种短处，却是坦率、诚实的。然而您并非如此。

厄林太太 您为什么这样说呢？

温德米尔勋爵 您要我给您弄一份请帖参加我妻子举办的舞会。

厄林太太 参加我女儿举办的舞会——对。

温德米尔勋爵 您来了。可是您离开此地不到一个小时，就在一个单身男人的寓所里被发现，结果当众出丑。名誉扫地。（走到台中深处。）

厄林太太 不错。

温德米尔勋爵 （向她转过身来）既然如此，我有充分的理由认为您就是这么个人——一个品德卑下行为恶劣的女人。我有充分的理由要您永远不上我家的门，永远不得试图靠近我的妻子……

厄林太太 （冷冷地）应该说我的女儿。

温德米尔勋爵 您没有资格说她是您的女儿。您撇下了她，抛弃了她，当时她还只是个摇篮里的婴儿，抛弃她奔向您的情人。而您的情人后来又抛弃了您。

厄林太太 （起立）温德米尔勋爵，您认为这是他的不是，还是我的不是？

温德米尔勋爵 您的不是，现在我明白了。

厄林太太 当心，我劝您说话留点儿神。

温德米尔勋爵 哦，对您说话我才不打算拐弯抹角呢。我把您看透了。

厄林太太 （定睛注视着他）对此我表示怀疑。

温德米尔勋爵 我确实看透了。您撇下自己的孩子不管，单过了20年，头脑里根本没有您的孩子。某一天，您从报上看到她嫁给了一个有钱的人。您看准了这是个机会可以从中捞一把。您料定，为了不让她知道您这样一个女人竟是她的母亲而蒙受耻辱，我一切都愿忍受。于是您开始进行讹诈。

厄林太太 （耸耸肩）温德米尔，不要使用难听的字眼；那样太庸俗。我看准这是个机会，这不假，而且抓住了。

温德米尔勋爵 是的，您抓住了这个机会，可是由于昨晚事发，您把一切都搅乱了。

厄林太太 （面带神秘的微笑）您说得完全正确，昨晚我把一切都搅乱了。

温德米尔勋爵 至于您从此地拿走我妻子的扇子，然后把它落在达林顿的房间里，这样的行为是不可原谅的。现在我一看到这柄扇子就受不了。我将永远不许我的妻子再用它。这件东西在我心目中已经被玷污。您应该把它留给自己，不该送回来。

厄林太太 我确实想自己保留。（走过去）这扇子可爱极了。（拿起扇子）我要请玛格丽特把它送给我。

温德米尔勋爵 但愿我妻子把它给您。

厄林太太 哦，我相信她不会反对。

温德米尔勋爵 我希望她把每天晚上祈祷之前要吻一下的一帧小小相片也一起给您。那上面是一个表情纯洁无邪的少女，长着一头乌黑的秀发。

厄林太太 啊，对了，我还记得。事情过去多少年了！（走到沙发前坐下）那还是在我出嫁以前照的。乌黑的头发和纯洁无邪的表情正是当年的时尚，温德米尔!

〔静场。

温德米尔勋爵 今天您到此地来是什么意思？您有什么目的？（走到台中偏左处坐下。）

厄林太太 （语气中含有一点讽刺的意味）当然是来跟我亲爱的女儿告别。

〔温德米尔勋爵气得直咬下唇。

（厄林太太望着他的同时，口气和姿态变得严肃起来。从她说话的语调中透出深沉的悲怆之音。一时间她卸去了所有的迷彩伪装）哦，别担心，我不会在她面前作肠断心碎的表演，不会搂住她的脖子，一把眼泪，一把鼻涕地告诉她我是谁以及诸如此类的话。对于扮演母亲的角色——我不存这样的奢望。我一生只有一次体会到做母亲的感情。那就是昨天晚上。这种感情是可怕的，它使我痛苦，痛苦得无法忍受。正如您所说的，我过了20年没有孩子的生活，今后我还要过没有孩子的生活。（发出一阵做作的笑声来掩饰自己的感情）再说，亲爱的温德米尔，我有一个已经成年的女儿，我这个母亲的架势怎么摆呀？玛格丽特21岁，而我从不承认自己超过29岁，顶多30岁。在浅红色灯光下是29岁，在其他场合则是30岁。所以您应该明白，这会引起什么样的麻烦。不，就我而言，还是让尊夫人怀念那个已经去世的、白璧无瑕的母亲为好。我何必干扰她的幻觉呢？我发现，我自己的幻觉都难保。昨晚我的一个幻觉破灭了。我原以为我身上已经没有心。其实我有，而一颗心对我是不合适的，温德米尔。不知怎么的，它和摩登的时装总不相称。它会使人老态毕露。

（从桌上拿起一面执镜来照）在紧急关头败事有余。

温德米尔勋爵 您使我感到恶心，恶心透了。

厄林太太 （起立）温德米尔，您大概希望我出家进修道院，或者成为一名慈善医院的护士之类，就像当代某些蹩脚小说中的人物那样。亚瑟，你的想法未免愚蠢；亚瑟，在现实生活中我们不会这样做的，至少在我们还有几分姿色的时候不会这样做的。不，如今能给人慰藉的不是忏悔，而是享乐。忏悔已经完全过时。此外，一个女人要是真有忏悔之心，她必须去请蹩脚裁缝做衣裳，否则谁也不会相信她。然而没有任何因素能促使我这样做。不，我决定彻底走出你们两人的生活圈子。我进入你们的圈子是一个错误——昨晚我认识到了这一点。

温德米尔勋爵 一个不可挽回的错误。

厄林太太 （含笑）几乎是不可挽回的。

温德米尔勋爵 现在我后悔没有立即把一切都告诉我的妻子。

厄林太太 我对我做的错事表示后悔，您对您做的好事表示后悔——这就是我们的不同之处。

温德米尔勋爵 我信不过您。我还是要告诉我的妻子。还是让她知道比较好，而且是从我这里知道。这会使她痛苦万分，感到无比屈辱，但是她应当知道。

厄林太太 您打算告诉她？

温德米尔勋爵 我决定这样做。

厄林太太 （一直走到他跟前）如果您这样做，我一定要使自己臭名昭著，那就会导致她一辈子不得片刻安适。这对她将是致命的打击。如果您敢告诉她，那么，无论怎样堕落的深渊我都能往下沉，无论怎样丢人的火坑我都敢往里跳。您不能告诉她——我禁止您这样做。

温德米尔勋爵 为什么？

厄林太太 （略一停顿之后）要是我对您说，我关心她，也许还爱她，您会对我嗤之以鼻的，可不是吗？

温德米尔勋爵 我会觉得这不是真的。母爱意味着至诚、无私、牺牲。您怎么可能有这样的情操？

厄林太太 您说得对。我怎么可能有这样的情操？我们再也不要谈这件事了。至于告诉我的女儿我是谁，我决不允许。这是我的秘密，而不是您的。假如我拿定主意告诉她，而且我认为自己做得到，那么，我会在离开府上之前对她说的；否则，我就永远不告诉她。

温德米尔勋爵 （怒气冲冲）那就请您马上离开我们的家。我会替您向玛格丽特打招呼的。

〔温德米尔夫人自右上。她手里拿着相片向厄林太太那边走去。温德米尔勋爵退到沙发背后，在下面的对话进行过程中一直焦虑地注意着厄林太太。

温德米尔夫人 真对不起，厄林太太，让您久等了。我哪儿也找不到这张相片。最后才发现在我丈夫的梳妆室里——是他偷去的。

厄林太太 （从她手中接过相片来看）我并不感到意外——果然可爱。（和温德米尔夫人一起走到沙发前，在她身旁边坐下。再次看相片）这就是您的儿子！他叫什么名字？

温德米尔夫人 杰拉德，和我亲爱的父亲名字一样。

厄林太太 （放下相片）真的吗？

温德米尔夫人 是的。如果是女孩，我会给她取我母亲的名字。我母亲和我的名字相同，叫玛格丽特。

厄林太太 我的名字也是玛格丽特。

温德米尔夫人 真的?

厄林太太 是啊。(略一停顿)温德米尔夫人，您丈夫告诉我说，你始终怀着一片至诚在悼念您的母亲。

温德米尔夫人 每个人在自己心目中都有理想的完美典型。至少都应该有。在我心目中就是我的母亲。

厄林太太 理想这玩意儿危险。还是现实比较好。现实能伤害人，但毕竟好些。

温德米尔夫人 (摇头)如果我失去理想，我就失去了一切，什么也没有了。

厄林太太 什么也没有了?

温德米尔夫人 是的。

〔静场。

厄林太太 您父亲经常对您讲起您的母亲吗?

温德米尔夫人 不，这对他来说太痛苦了。他告诉我，我的母亲在我出生后才几个月就死了。他说的时候眼睛里噙满了泪水。以后他要求我再也别向他提到我的母亲。哪怕听到我母亲的名字他也受不了。我父亲——我父亲确实可以说是心碎而死的。他的一生是我所知道的最不幸的一生。

厄林太太 (起立)我恐怕该走了，温德米尔夫人。

温德米尔夫人 哦，不，再坐一会。

厄林太太 我想还是走吧。我的车这时候该回来了。我让车夫给杰德伯格夫人送了封信去。

温德米尔夫人 亚瑟，你去看一下厄林太太的车回来了没有，好吗?

厄林太太 不用劳驾了，温德米尔勋爵。

温德米尔夫人 去吧，亚瑟，请你去看一下。

〔温德米尔勋爵踌躇片时，瞧了瞧厄林太太。厄林太太不动声色。温德米尔勋爵走出屋子。

温德米尔夫人 （对厄林太太）哦！我该对您说什么好呢？昨晚您救了我！（向她走过去。）

厄林太太 嘘！这件事别谈了。

温德米尔夫人 我必须谈这件事。否则您会认为我准备接受您的这种牺牲。我不能。这牺牲太大了。我要把一切都告诉我的丈夫。我有此义务。

厄林太太 您没有这样的义务。说得更确切些，除了对他，您还有对别人的义务。您说您欠了我的情？

温德米尔夫人 我欠您的债是无法估量的。

厄林太太 那就用沉默来还您的债吧。这是唯一的偿付办法。我生平就干了一桩好事，您别把它告诉任何人，否则连这一桩也会被您弄糟的。您得向我保证：昨晚发生的事情永远是只有我们两人知道的秘密。您切不可让您的丈夫陷于不幸。何苦去破坏他对您的爱呢？您不应该坏这事。爱是容易被杀死的。哦！爱是多么容易被杀死啊！您得向我保证：温德米尔夫人，您永远不告诉他。我坚持这一要求。

温德米尔夫人 （低首垂目）这是您的意愿，不是我的。

厄林太太 是的，这是我的意愿。而且，永远不要忘了您的孩子。我愿意记住您是一位母亲。我希望您也记住自己是位母亲。

温德米尔夫人 （抬头）今后我将永远记住。我平生只有一次忘了我自己的母亲，那就是昨天晚上。哦，如果我能想起她，我就不会那样愚蠢、那样不堪。

厄林太太 （打了个不太容易觉察的寒战）嘘！昨天晚上已经一去不返。

〔温德米尔勋爵上。

温德米尔勋爵 厄林太太，您的车还没有回来。

厄林太太 这不要紧。我可以雇一辆街车。一辆施鲁斯伯里和塔尔伯特精工制造的街车是最体面不过的。好了，亲爱的温德米尔夫人，现在真的该告别了。（向台中深处走去）哦，我差点儿忘了件事。您一定觉得可笑，但，说真的，我实在舍不得昨晚参加府上的舞会后糊里糊涂带走的这柄扇子。不知道您可愿意，把它送给我？温德米尔勋爵说您可以把它转赠。我知道这是他给您的礼物。

温德米尔夫人 哦，当然愿意只要您不嫌弃。不过，上头有我的名字：玛格丽特。

厄林太太 我们不是有同样的教名吗？

温德米尔夫人 哦，我忘了。那就请收下吧。我们竟有相同的名字，这真是太巧了！

厄林太太 的确巧得很。谢谢，这柄扇子会使我永远记起您的。（和她握手。）

〔帕克上。

帕　克 奥古斯塔斯·洛顿勋爵到。厄林太太的车已经回来。

〔奥古斯塔斯勋爵上。

奥古斯塔斯勋爵 你好，老弟。您好，温德米尔夫人。（看见厄林太太）厄林太太！

厄林太太 您好，奥古斯塔斯勋爵。今天您身体好吗？

奥古斯塔斯勋爵 （冷淡地）很好，谢谢您，厄林太太。

厄林太太 您的气色很不好，奥古斯塔斯勋爵。您不能再熬夜了——这对您的身体很不好。您确实需要自己保重。再见，温德米尔勋爵。（向奥古斯塔斯勋爵行了个礼，向门口走去。忽然回过头来冲他一笑）奥古斯塔斯勋爵！您送我上车，好吗？您可以拿着这柄扇子。

温德米尔勋爵 还是我去吧！

厄林太太 不，我要奥古斯塔斯勋爵送我。我有个信儿要他捎给公爵夫人。奥古斯塔斯勋爵，您给我拿着这扇子，好吗？

奥古斯塔斯勋爵 只要您愿意，厄林太太。

厄林太太 （笑呵呵地）我当然愿意。您拿着它一定很有风度，非常大方。您处理任何事物都很大方，很有风度，亲爱的奥古斯塔斯勋爵。

〔她走到门口，向温德米尔夫人回顾了一下。她俩的目光片刻间交接在一起。然后她转身下场，奥古斯塔斯勋爵跟在她后面。

温德米尔夫人 亚瑟，你再也不说厄林太太一句坏话，永远不说，好吗？

温德米尔勋爵 （严肃地）她比别人想象的好。

温德米尔夫人 她比我好。

温德米尔勋爵 （一边抚摩她的头发，一边微笑）傻东西，你跟她属于两个不同的世界。邪恶从未进入你的世界。

温德米尔夫人 不要这样说，亚瑟。对于所有的人来说，只有同一个世界；善与恶，罪过与无辜，携手同行在这个世界上。闭眼不看生活的一半，以为这样可以过太平日子，这好比遮断自己的视线，以为这样在绝壁与深渊之间走路可以安全一些。

温德米尔勋爵 （和她一起向台前走）亲爱的，你为什么说这样的话？

温德米尔夫人 （坐到沙发上）因为闭眼不看生活的我，曾经走到悬崖边上。而一个曾经使我们分开的人——

温德米尔勋爵 我们从来没有分离过。

温德米尔夫人　我们永远不再分开。哦，亚瑟，你要和过去一样爱我，而我一定更加相信你。我将对你绝对信任。我们到塞尔比庄园去吧。塞尔比的玫瑰园里玫瑰正在盛开，有白的，有红的……

〔奥古斯塔斯勋爵上。

奥古斯塔斯勋爵　亚瑟，她把一切都解释清楚了！

〔温德米尔夫人吓得面如土色。温德米尔勋爵也吃了一惊，奥古斯塔斯拉着他的胳膊，把他带到台前。奥古斯塔斯勋爵压低嗓门说得很快。温德米尔夫人站在一旁，惊恐地望着他们。

奥古斯塔斯勋爵　亲爱的朋友，她把那些该死的事情统统解释清楚了。我们所有的人都大大冤屈了她。她到达林顿那里去完全是为我。她先到俱乐部——目的是想让我从七上八下的状态中解脱出来——那里告诉她我已经走了。于是她赶到达林顿的寓所，听见我们一大帮人嗡到那里，她自然吓坏了，便退到隔壁房间里去。我可以告诉你们，事情的本末弄清以后，我是再满意不过的了。过去我们对她太不应该，我们都是混蛋。她正是我所需要的女人。我们俩是天造地设的一对。她提出的唯一条件是：我们将永远离开英国。这也合我的胃口。对于这里的俱乐部、气候、厨子，我都腻透了，让这该死的一切统统见鬼去吧！

温德米尔夫人　（骇然）厄林太太是不是已经？——

奥古斯塔斯勋爵　（走到她面前深深鞠了一躬）是的，温德米尔夫人。厄林太太已经给了我这样的荣幸——接受了我的求婚。

温德米尔勋爵　唔，有一点可以肯定：你要娶的是一位非常聪明的女人！

温德米尔夫人 （执住她丈夫的手）啊，您要娶的是一位非常贤惠的女人！

幕　落

金银岛

［英］斯蒂文森　著

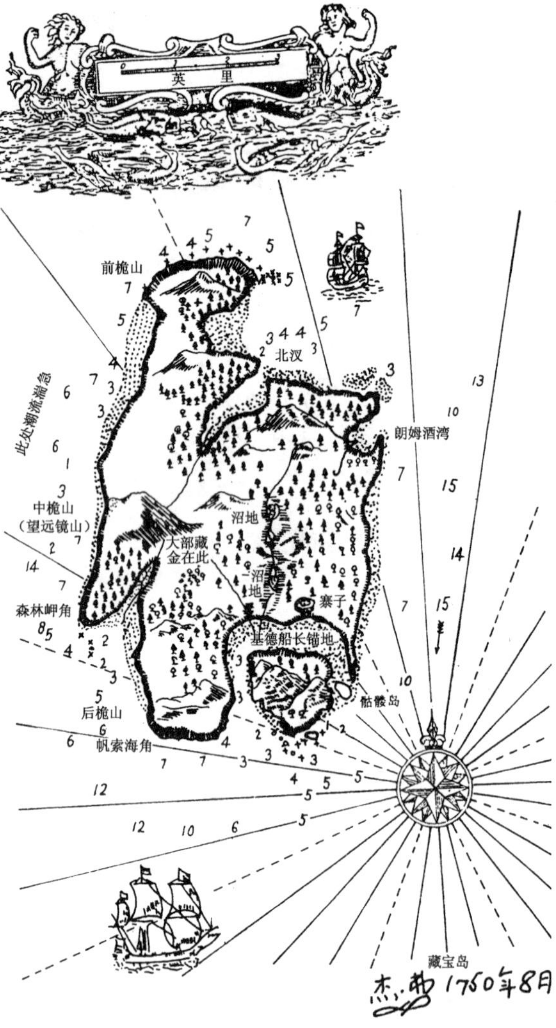

1754年7月20日由杰·弗在萨凡纳交付海象号大副威·
蓬斯按原图复制，经纬度由詹·霍金斯删去。

献　给

劳埃德·奥斯本

下面的故事就是按照这位美国绅士纯正的趣味构思的，以报答和他在一起度过的一大段快乐的时光

作者——他的挚友——
怀着最善良的愿望谨题

译本序[1]

英国文坛到了十九世纪最后的四分之一，狄更斯(1812—1870)、萨克雷(1811—1863)等批判现实主义的旗手已相继去世，形形色色的现代主义思潮开始广泛传播。若干象征派的作品热中于讴歌超然物外的抽象美；一些自然主义小说的主人公又大都是悉听客观环境摆布的消极牺牲品。同笼罩在这类文学中的悲观情绪和精神空虚相抗衡，也有一些作家着力描写充满冒险和奇遇的生活，创造意志坚强、敢于向命运作拼死斗争的人物形象，在新的基础上再现诸如笛福(1660—1731)、司各特(1771—1832)等大师笔下的罗曼蒂克情趣。文学史上称这一流派为新浪漫主义，而斯蒂文森无疑是它的奠基者和最杰出的代表之一。

罗伯特·路易斯·斯蒂文森一八五〇年十一月十三日生于苏格兰的爱丁堡。祖父和父亲都是有名的灯塔建筑师。斯蒂文森自幼体弱多病，这对他的生活道路和英年早逝都有很大影响。一八六七年，他进爱丁堡大学攻习土木工程，后又改学法律，并于一八七五年取得苏格兰律师资格。但他作为一名律师前后总共只受理过四单委托业务，全部收入没有超过十英镑。其实工程和法律都是斯蒂文森奉命学的，与他自己的志愿并不吻合。从少年时代起，他就喜欢在原野上漫游，看看书，写写诗。后来他曾多次徒步或乘独木舟在国内以及去法国、比利时、德国等地旅行，并把见闻写成游记，如最早出版的《内地游记》（一八七八）和《骑驴漫游录》（一八七九）便属此类。

一八七六年，斯蒂文森在巴黎东南的枫丹白露镇邂逅因与丈夫感情破裂而处于苦闷中的美国人芬妮·奥斯本太太，两人产生了爱情并于一八八〇年结婚。十九世纪八十年代是斯蒂文森创作成果最丰硕的时期。他一生写过不少优美的诗歌和杂文，但流传最广、生命力最强的还是那些具有鲜明创作个性的小说。他认为："生活是丑陋的，没有很清楚的界限，不合逻辑，杂乱无章……与生活相比，艺术作品要来得明确、完整、合理……”按照斯蒂文森的观点，作家应当去创造新的、美好的生活。为了远远地离开平庸灰色的当代英国现实，他每每把小说的背景推向古代，搬到异国。历史题材和异国情调为他惊人丰富的想象力提供了纵横驰骋的广阔天地。十五世纪蔷薇战争年代里的侠盗复仇记、十八世纪苏格兰高地爱国者的生活斗争录，仿佛一幅幅色彩斑斓、如火如荼的画卷，赢得了千千万万读者的赞赏。《新天方夜谭》（一八八二）、《金银岛》（一八八三）、《化身博士》（一八八六）、《诱拐》（一八八六）、《黑箭》（一八八八）、《错箱记》（由斯蒂文森与他的继子劳埃德·奥斯本共同署名合著，一八八九）、《白兰垂小爵爷》（一八八九）等脍炙人口的小说都在八十年代写成问世，这在一个病人身上简直是奇迹。不过，他的大部分小说没有能够把引人入胜的惊险故事同切中时弊的思想内容很好地结合起来。就创作的社会意义而言，原籍波兰、继承新浪漫主义传统的约瑟夫·康拉德（1857—1924）取得的成就要高于斯蒂文森。

斯蒂文森大半辈子忍受着肺结核和神经衰弱症的折磨。故国严峻的气候环境对他的健康极为不利。一八八七年，他离开欧洲，举家赴美。一八九〇年以后，他定居在南太平洋西萨摩亚的首府阿批亚，同岛上的土著相处得很好。十九世纪末叶，一些军事大国都想称霸世界，萨摩亚群岛也成了列强角逐的目标之一。斯蒂文森同情和支持萨摩亚人民的立场，使他深受岛上土著的尊敬和爱戴。一部《西萨摩亚史》就有专写斯蒂文森维护当地人民利益的篇章。一八九四年十二月三日，斯蒂文森突然中风，当晚与世长辞，年仅四十四岁。第二天，按照斯蒂文森生前的愿望，他的遗体被抬上陡峭的瓦埃亚山，葬在可以俯瞰浩瀚无垠的太平洋的地方，墓碑上刻着他所作的《安魂曲》中的诗句：

① 此译本序是为《金银岛》和《化身博士》的合集所写。

在那寥廓的星空下边，
挖一座坟墓让我长眠，
我活得快乐，死得欢喜；
躺下时就怀着一个心愿——

请把下面的诗句给我刻上：
“他安卧在自己心向往之的地方，
好像水手离开大海回故里，
又像猎人归心似箭下山冈。”

* * *

《金银岛》又译《宝岛》，不仅是斯蒂文森的成名作，也是他全部文学遗产中流传最广的代表作。最初，三十一岁的斯蒂文森在陪他的继子（即本书题献中所说的那位“美国绅士”劳埃德·奥斯本）作水彩画时，画了一幅海岛的地图，由此引起种种联想，终于写成一个古往今来最著名的海盗故事。小说的情节虽是作者丰富想象的产物，但不少地方受到笛福、华盛顿·欧文、爱伦·坡、金斯莱等前辈英美作家的启发和影响。藏宝的荒岛无疑纯属虚构，作者无意从两帮人围绕宝藏展开的殊死搏斗中引出太多的教训来。说到底，书中谁也不是埋在海岛上的巨额财富的真正主人。作者最大的成功在于通过这个脉络清晰、波澜迭起的惊险故事，自始至终牢牢地吸引住读者的注意力，教人非一口气读完不可。无可否认，惊险小说历来拥有大量读者，然而像《金银岛》这样一百多年来一直为全世界广大读者——不光是青少年——传诵和喜爱的作品并不很多，这不能不归功于作者在构思布局、渲染气氛、刻画人物方面的卓越技巧。如今从书刊到银幕，从剧场到荧屏，多的是为惊险而惊险的平庸之作，往往一味铺排荒诞离奇的情节，头绪纷乱，令人厌烦。《金银岛》却像一棵主干挺拔的嘉树，绝少枝蔓而又无单薄之嫌。

作者叙事明快，有话则长，无话则短。尽管斯蒂文森在回忆此书创作过程时自己写道：“这是一个给男孩们读的故事，不需要十分讲究心理描写或优美的文体。”事实上并不如此。书中的好些人物，包括主要的和次要的，仍然具有堪与浮雕媲美的鲜明性。首先要提到的是约翰·西尔弗这个反面形象。此人两面三刀，心狠手辣，却又善于用脑，见风使舵。多次搬上银幕的《金银岛》乃至前不久出现在我国电视屏幕上的续貂之作《重返金银岛》，均以此人为第一号主角，而且通常由大牌明星扮演，如半个多世纪前的华雷士·比莱（主演过1932版的《大饭店》）和当代的恰尔顿·赫斯顿（主演过《宾虚传》《豪门恩怨》《浮华世家》）即是。当我们读完此书，对西尔弗有了一个完整的印象时，会觉得作者在第一部中一再述及比尔·蓬斯如此害怕这个“独脚海上漂”不是没有道理的。本书在创作过程中原名《船上的厨子》，可见斯蒂文森本人十分重视这个人物的塑造。有时作者只用寥寥几笔，却能凸显出一种典型性格的重大特征，给人留下深刻的印象。例如，霍金斯太太在数死去的海盗留下的钱币时，危机四伏的气氛紧张达于极点，她“却不同意在收回欠她的账之外多拿一个铜板，又顽固地不肯少拿一个子儿”。正是这些特色使《金银岛》成为古典名著中最容易被接受的一部传世之作。

《化身博士》原名《杰基尔博士与海德先生奇案》，根据此书改编摄制（不止一次）的美国电影解放前在我国上映时译作《化身博士》，这里仍予沿用。

一八八五年，斯蒂文森居住在英格兰西南海滨休养地伯恩茅斯。他肺病缠身，经济拮据，长期失眠，心情郁悒，便拚命工作，想写一本有销路的新小说。据他自述：

“……整整两天，我搜索枯肠构思情节，第二天夜里梦见了发生在窗口的一幕以及海德为逃脱罪责当着追捕者的面服药变形的一幕（后来分成两场处理）。其余的则是在醒着的时候有意识写就的……”

斯蒂文森在梦魇中被妻子叫醒，曾斥责她不该打断这个精彩的鬼怪故事。但他清楚地记得梦中的情境，很快便把它写成一篇惊悚小说。他的妻子认为作品不该单纯给读者提供刺激，而应有一定的寓意。尽管作者为此与她大吵一场，但最后还是听从了这一忠告。他把此稿毅然付诸一炬，在三天内写出了本书现在这个格局的初稿。

在《化身博士》之前，斯蒂文森已经几次尝试写人的劣根性被礼义和道德所囿这一主题，最值得指出的是短篇小说《马克海姆》和戏剧《迪肯·布罗地》（与诗人威廉·厄内斯特·亨里合作）。后者是以真人真事为基础的：迪肯·布罗地白天是个受人尊敬的细木工（斯蒂文森幼时卧室中的箱柜便是他的手艺），夜里却是个胆大妄为的盗贼，最后给逮住了送上绞架。《化身博士》在为作者赢得广泛声誉和巨大收益的同时，更重要的是创造了文学史上最成功的双重人格典型之一。作品说得很明白：潜藏在社会精英（杰基尔）体内的魔鬼（海德）如果占了上风，杰基尔便将面临两种选择：一方面，他可以沉湎于罪恶和堕落的生活，这种生活会逐步销蚀一个体面人的每一点残余，最终可能毁灭他本人；另一方面，杰基尔对狂躁邪恶的海德失去了控制能力，那就只能把他杀死。由于杰基尔和海德占据着同一个躯体，由于海德的力量一旦释放出来，不可避免地将主宰杰基尔的命运，那么其中之一要活下去，另一个就必须死去。所以，杰基尔的自杀是最后的、也是唯一的出路。作者似乎想通过这个故事说明，人要在文明社会里生存，只有自己处死他的一部分本性，才能获救。

斯蒂文森善于借书中人物之口或笔以第一人称的方式叙事。《金银岛》几乎全部是客店主人的儿子吉姆·霍金斯的自述，中间插入少数几章，由李甫西大夫补叙吉姆不在场时发生的事情。在另一位英国作家威尔基·柯林斯的两部最著名的小说《月亮宝石》和《白衣女人》中，故事也由书中人物分头叙述。这种手法使叙事显得较为可信而又不流于单调。《化身博士》前八章虽然没有采用第一人称法，但读者很自然地会把自己置于厄特森的地位。这位律师没有解开的谜也是读者切望知道答案的问题即悬念。第四章凯茄遭凶杀的经过则由目击者提供。最后两章分别由两位医学博士通过笔述来揭开迷雾之幕，使真相大白。作者果断地放弃了在侦查谁是杀害凯茄勋爵的凶手这一点上大做文章的诱人前景，不让悬念的主干——海德是谁？——节外生枝，这样的剪裁是需要勇气的。而斯蒂文森的小说的魅力之一恰恰在于他往往把长篇压缩成中篇，而决不把短篇拉长成中篇。

斯蒂文森的小说以扣人心弦的情节和兔起鹘落的节奏见长，但并不忽略细节的精心安排。以《化身博士》第八章《最后一夜》为例，律师和管家发现后门钥匙被碾裂，杰基尔平素推崇备至的一本书竟被人涂上亵渎的批语。这两件事并不是什么关键所在，即使没有下文，读者也不计较。然而，作者还是让杰基尔在最后一章里作了合情合理的交代，从而使这个幻想故事显得虚中有实，简而不率。

关于这部小说的“科学性”，相信不会有人认真加以探究，也不必担心有谁会做化身的试验。至于其中的哲理或伦理部分，显然不可能三言两语就说清楚。我们不能因为斯蒂文森写了一个会化身变形的医学博士，就硬说作者认为人人都有两重性格。杰基尔博士的自供在人的天性中善与恶的分和合这个问题上也是语焉不详。作者并不指望一本幻想小说起到建立某种理论体系的作用。这一点可以说是没有疑问的。但是，杰基尔和海德已经脱离书页成为一种特殊的典型，在中型以上的英语词典里一般都可以查到 Jekyll and Hyde 就是“集两重性格于一身的人”的释义，正像莫里哀喜剧中的达尔丢夫和吴敬梓笔下的严监生成了“伪君子”和“吝啬鬼”的同义语一样。从这一意义上说，《化身博士》的成就超过了一本悬念小说所能达到的高度，恐怕也是作者始料所未及的。

我国译制了一部名为《恶魔杰克》的英国多集电视剧，虽数度播放，我发现观众对剧情和主题依然不甚了了。主要原因在于不了解《化身博士》这个在西方流传很广、在英国更是家喻户晓的故事。英国人不一定都读过此书，甚至可能没听说过斯蒂文森，但很少有人不懂得“哦，他吗？他是个典型的杰基尔和海德”这句话的意思。

荣如德

2006年2月

第一部　老海盗

第一章
老航海在本葆将军客店[1]

乡绅[2]屈利劳尼先生、李甫西大夫和其他几位绅士要我把有关藏宝岛的全部详情从头至尾毫无保留地写下来。不过，该岛的位置还不便公开，只因那里还有未起的宝藏。现在（公元一千七百××年），我就拿起笔来，回到我父亲开设本葆将军客店的时代。当年，那个褐色的脸上有一道刀疤的老航海就在我们店里下榻。

现在回想起这个人来，简直像是昨天发生的事情。我记得他步履维艰地来到客店门口，他的一只水手衣物箱让人用小车推着跟在后面。他身材高大，结实而笨重，皮肤晒成栗壳色，涂了柏油的辫子垂在稀脏的蓝外套肩上；一双手疙疙瘩瘩，伤痕累累，黑色的指甲缺损断裂；一侧脸颊上有挨过弯刀留下的创疤，颜色白里泛青，不干不净。我记得他独自吹着口哨，把店外的小小海湾察看了一番，忽然扯开嗓子唱起一支后来他经常唱的古老的水手歌谣：

十五个人扒着死人箱——
唷呵呵，朗姆酒[3]一瓶，快来尝！

那苍老的声音高而不稳，像是在转动绞盘的扳手唱号子时喊破了嗓门。然后他用随身所带的一根撬棒似的棍子重重地敲门，等我父亲出来应门，便粗声大气地要一杯朗姆酒。酒端给他以后，他慢条斯理地啜饮着，像行家在细细品味，一边望着周围的峭壁，又抬头看看我们的招牌。

“这个小湾挺方便，”他终于开口说，“酒店开在这地方真不坏。生意好吗，朋友？”

我父亲对他说，生意很清淡，真遗憾。

"好吧，"他说，"我就在此地住下了。喂，伙计！"他招呼跟在他后面推小车的人。"往这儿靠近些，帮我把箱子搬进来。"他继续对我父亲说："我要在此地住几天，我这人不讲究，我要的只是朗姆酒、熏猪肉和鸡蛋，还有站在那边看得见过往船只的崖顶。要问我的名字嘿，你就管我叫船长得了。哦，我明白你的意思。拿去，"他把三四枚金币扔在门槛上，"这点钱我花完后，你可以告诉我。"他说，那威风凛凛的神气俨然是一位长官。

的确，虽然他的衣着不好，说话也粗鲁，却不像个普通水手，而像商船的大副或船长，惯于发号施令，甚至动手打人。推小车的人告诉我们，他是昨天上午乘邮车到乔治国王旅馆的，在那里打听海边有哪几家客店。大概他听人家说我们店的名声不坏，地方又僻静，于是就选定本葆将军客店做他的寓所。关于这位客人，我们所知道的只有这么多。

他生性很少说话，整天在小湾附近转来转去，或者带着一架铜管望远镜攀登峭壁。晚上，他总是坐在客厅一角的壁炉旁边，喝朗姆酒只对一点点水。你跟他说话，他多半不开口，只是猛然狠狠地瞪着你，从鼻子里发出船在雾中鸣号那样的声音。我们以及到我们店里来的人不久就懂得，还是由他自便为妙。他每天散步回来，总要问有没有水手在此路过。起先，我们还以为他问这话是因为想念自己的同行，但后来我们开始明白他是要避开他们。要是有一个水手在本葆将军客店歇脚（间或有这样的客人沿着海滨大路到布里斯托尔[4]去），船长总要从门帘后面先看一看他，这才走进客厅。碰到有这样的客人在场，他总是噤若寒

---

① 约翰 · 本葆（1653—1702），英国海军中将。曾在牙买加附近的海面上与法国舰队激战，后因伤重身亡。本书主人公霍金斯一家开设的客店即以他的姓氏命名。

② 原文 squire 指英国的地主，同时也是对这类人物的敬称，用法很像我国早期白话中"员外"一词。

③ 朗姆酒，用甘蔗汁酿造的一种甜酒。

④ 布里斯托尔，英国西海岸一港口。

蝉。至少我是了解其中的缘故的，因为我在某种程度上分担着他的恐惧。有一天，他把我叫到无人的地方，表示愿意在每月的一号给我一个四便士的银币[①]，只要我“时刻提防一个只有一条腿的水手”，一看到此人出现，立即给他报信。到了一号，我去向他要报酬，他往往只是冲着我从鼻子里鸣号，并且瞪着眼逼得我不敢看他。然而，不出一个星期，他一定会改变主意，把四便士的银币给我，同时重申原来的叮嘱，要我留心那个“只有一条腿的水手”。

你们不难想象，我简直在梦里也看到他所说的那个人。在风暴肆虐的夜里，房屋的四角被刮得摇个不停，小湾里惊涛冲击着峭壁，我会看到那个人化成一千种不同的形状，现出一千种狰狞的表情。一会儿那条腿截到齐膝盖，一会儿截到齐屁股，一会儿他又变成一个要么没有腿、要么在身躯中央长着一条腿的怪物。最可怕的恶梦就是看见他连跳带跑越过树篱和水沟向我追来。总之，这每月四便士挣来可不容易，我付出的代价就是这些可恶的梦魇。

尽管我一想到那个“独脚海上漂”就心惊肉跳，但对船长本人我却远不像其他任何认识他的人那样害怕。有几个晚上，他喝的掺水朗姆酒远远超过了他的脑袋所能忍受的限度，于是他就坐在那里旁若无人地大唱他的古老、粗鄙、狂放的水手歌谣。有几次他吩咐请每个人喝一杯，强迫所有在场的人战战兢兢地听他讲故事，或者跟着他唱的歌齐声应和。我时常听到“唷呵呵，朗姆酒一瓶，快来尝”的吼声震得房子发抖。人家见了他都怕得要命，所以十分卖劲地加入合唱，每个人都努力唱得比别人响，否则就要挨骂。因为他在发酒疯的时候蛮不讲理，委实是个世间少有的恶霸：他会猛敲桌子喝令大家肃静；要是有人提问题，他会一下子暴跳如雷；要是谁也不提问题，他又认为人家不注意听他的故事，也会大发雷霆；他甚至不许任何人走出店门，直到他醉得昏

---

① 便士，英国辅币名。旧制 12 便士合一先令，20 先令合一英镑。

他把我叫到无人的地方。

昏沉沉，打着趔趄回房去睡觉为止。

大伙最怕听他讲故事。那些故事十分恐怖，内容都是关于绞刑、走板子[1]、海上风暴、德赖托图加斯[2]、在加勒比海南部横行不法的海盗和他们的巢穴之类。据他自己所述，他在海上同普天之下最凶恶的一些亡命之徒厮混了一辈子。他讲这些故事时所用的语言，几乎同他叙述的罪行一样使我们那儿的乡下老实人震惊骇怪。我父亲经常说客店非关门不可，因为顾客不久即将绝迹。谁乐意在船长的淫威下活受罪，回去睡觉时还浑身发抖？不过我相信，船长住在这里对我们有好处。人们当时虽然吓得魂飞魄散，但过后回想起来，还是觉得很有意思；在宁静的乡间生活中，这不失为一服上佳的兴奋剂。甚至有一群小伙子表面上对他非常钦佩，称他是“真正的老航海”“不含糊的老水手”等等；还说英国得以称霸海上正是靠的这种人。

在某种意义上说，他确实有可能迫使我们破产。他住了一个星期又一个星期，一个月又一个月，预付的那点钱早就花完了，而我父亲始终鼓不起勇气向他再要。只要父亲一提此事，船长立即从鼻子里发出很大的响声，简直像在咆哮，并且瞪着我那可怜的父亲，吓得他连忙从屋子里退出去。我曾看见他在碰了这样一鼻子灰后扭绞着自己的双手。我确信，这种敢怒而不敢言的心情大大加速了他不幸的早亡。

船长住在我们店里的那段时间，除了从一名小贩那儿买过几双袜子外，衣着方面始终没有任何改变。他的三角帽有一道卷边挂了下来，从那天起他就一直任它挂着，虽然遇到刮风时极为不便。我记得他的外套破成什么样子；他曾在楼上自己房里把它补了又补，到最后，上面除补丁外别的什么都没有了。他从来不写信，也没有收到过信；他从来不跟任何人交谈，除非跟店里别的顾客，那也多半在他灌饱了朗姆酒的时

---

① “走板子”指蒙着眼睛在伸向舷外的木板上行走，最后坠入海中，是海盗残害俘虏的一种方式。

② 德赖托图加斯，墨西哥湾东部一群珊瑚礁的总称。

候。我们谁也没有看见他打开过那只大箱子。

他只有一次被人顶撞，那是在最后我父亲病入膏肓的时候。一天傍晚，李甫西大夫来看病人，吃了我母亲张罗的一餐饭以后，到客厅里抽一斗烟，等他的马从村子里牵来，因为本葆老店没有马房。我跟在他后面进入客厅，记得当时我曾注意到：大夫衣冠楚楚，容光焕发，头上洒着雪白的发粉，一双黑眼睛炯炯有神，举止文雅得体；而那些乡下人却显得比较浮躁，特别是那个模样儿怪吓人的海盗，又邋遢又臃肿，灌了一肚皮朗姆酒，醉眼蒙眬地趴在桌上；他们之间形成了鲜明的对照。忽然，他——就是那个船长——又扯开破嗓子唱起那支老调：

十五个人扒着死人箱——
唷呵呵，朗姆酒一瓶，快来尝！
其余的都做了酒和魔鬼的牺牲品——
唷呵呵，朗姆酒一瓶，快来尝！

起初我猜想“死人箱”大概就是放在前楼他那间屋里的大箱子。这个念头在我的恶梦中同我老是惦着的独脚海上漂纠缠在一起。不过，彼时我们大家对那支歌谣早已不大在意了，那天晚上只有李甫西大夫是第一次听到。我看得出他对此毫无好感，因为他很生气地抬头向船长看了一眼，然后继续同花匠老泰勒谈一种治疗风湿病的新方法。当时船长愈唱愈上劲，最后拍了一下他面前的桌子，我们都懂得那是命令别人静下来。谈话声戛然而止，只有李甫西大夫依旧在口齿清楚、语调亲切地说着，每吐几个字就轻快地吸一口烟。船长瞪眼向他看了一会儿，又拍一下桌子，眼睛瞪得更加凶狠，最后夹着一句下流的诅咒喊道：“那边的人听着，不许说话！”

“你是在对我讲话，先生？”大夫问。那恶棍说正是，同时又夹着一声咒骂。“我只有一句话对你讲，先生，”大夫说，“如果你再不戒酒，世上不久就会减少一个十足的混蛋！”

那老家伙怒不可遏。他跳起来，掏出一柄水手用的大折刀，把它拉开来托在掌上掂量，威胁着要用飞刀把大夫钉在墙上。

大夫纹丝儿不动，还是跟刚才一样向肩后侧着脸，用同样的语调对他说话，声音提高了一些，使客厅里人人都听得见。他极其镇静而坚定地说：

“如果你不马上把刀子放回到口袋里去，我用名誉担保，下一次巡回审判一定把你送上绞架。”

接着，他们展开了一场互相瞪眼的目光战，但船长很快就败下阵来，收起了他的刀子，回到自己的座位上，像一条挨了打的狗，喃喃地嘟囔着。

“现在，先生，”大夫继续说，“既然我知道我管辖的地区有这样一个人在，告诉你，我要日日夜夜监视你。我不光是医生，我还是本地的治安推事。要是有半句抱怨你的话传到我耳朵里，哪怕只是为了像刚才那样的无礼行为，我将采取有效措施，把你抓起来从这里赶走。旁的我不想多说。”

不一会，李甫西大夫的马被带到门口，他就骑着走了。这天晚上，船长再也没吭一声，此后好几个晚上都比较老实。

第二章

黑狗的出现和消失

此后不久就发生了一连串神秘事件的第一桩，这些怪事终于使我们摆脱了那位船长，不过并没有摆脱他带来的麻烦。你们读下去自会知道。

那年冬天酷寒难当。霜雪经久不化，狂风频频猛刮。我那不幸的父亲恐怕没有希望挨到春天了，这从一开始就可以看清楚。他的病一天重似一天，母亲和我得把店里的事统统包下来，忙得不可开交，所以没有怎样注意那位不受欢迎的客人。

在一月份一个寒风割面、滴水成冰的清晨，小湾在严霜的覆盖下只见一片灰白，微波轻柔地舔着沿岸的石头。还没有升高的太阳刚刚碰到山顶，远远地照向海上。这天船长起得比往常早，他夹着铜管望远镜向海边走去，帽子歪戴在后脑勺上，一柄弯刀在蓝色旧外套肥大的衣裾下晃荡。我记得他一路走，从口中冒出的烟雾似的蒸汽一路紧跟着他。当他转到一块巨大的岩石背后去时，我最后还听见他气冲冲地大声呼哧着，好像挨了李甫西大夫一顿抢白始终耿耿于怀。

母亲在楼上服侍父亲，我在楼下张罗船长回来要吃的早餐。忽然，客厅的门被推开，走进我过去从未见过的一个人来。那人的脸像白蜡，没有血色，左手缺两个指头；他虽然佩带弯刀，可是不太像好勇斗狠的人。我时刻注意着有没有一条腿或两条腿的水手出现，而这个人当时却使我难以作出判断。他的样子不大像水手，然而又给人以吃海上饭的印象。

我问他要点儿什么，他说他想喝一杯朗姆酒。可是我正要离开客厅去给他取酒，他却在一张桌子上坐下来，把我叫回去。我拿着餐巾就地站住不动。

“你过来，孩子，”他说，“走近一点儿。”

我向他那边跨前一步。

“桌上的早餐是不是为我的朋友比尔准备的？”他乜斜着眼睛问。

我回答说，我不知道他的朋友比尔是谁；早餐是为住在我们店里的一位客人准备的，我们都管他叫船长。

“这关系不大，”他说，“比尔大副也完全可以称做船长。他脸上有一个刀疤，脾气很讨人喜欢，特别在喝多了的时候。我的朋友比尔就是这么个人。为了叫你相信，我可以告诉你：你那位船长脸上也有刀疤，而且是在右边腮帮子上。可不是吗？我说是嘛。现在我问你，我的朋友比尔是不是在这所房子里？”

我告诉他，船长散步去了。

“上哪儿，孩子？他走的是哪条路？”

我把那一大块岩石指给他看。他问船长是否快回来了，大概要过多久，还提了另外几个问题。我一一回答了。

“啊，”他说，“待会儿我的朋友比尔一定会像看到好酒一样高兴。”

他说这话时脸上毫无愉快的表情，而我也有理由认为，即使这个陌生客人当真如此想，他的估计也是错误的。不过我想反正不关我的事，再说也不知道该怎么办。这生客老在店内紧靠门口的地方打转，眼睛盯着那个拐角，像猫儿在窥伺耗子。有一次我跨出店门走到大路上，他立即把我叫回去。他大概嫌我服从命令不够利索，白蜡一般的脸上旋即露出凶相；他命令我马上进去，还骂了一句使我直跳起来的话。我回进去以后，他又恢复先前那种半哄半嘲的态度，拍拍我的肩膀，说我是个好孩子，说他非常喜欢我。

“我有一个儿子，”他说，“跟你一模一样。他是我心中的骄傲。不过男孩子最要紧的是遵守纪律，孩子，一定要遵守纪律。你要是跟比尔一起出过海，你就不会站在那里让人家吩咐你第二遍，决计不会。比尔从来不说第二遍，跟他在一条船上待过的人都知道。瞧，果然是我的朋友比尔来了，胳肢窝里夹着望远镜。愿上帝保佑这个老头儿，我的天！孩子，咱们回到客厅里去躲在门后，给比尔一个小小的惊喜。让我再一次求上帝保佑他。”

说着，生客就和我一起回到客厅里。他把我拉到自己背后，躲在角落里，让开着的门把我们俩都遮住。可想而知，我觉得很不自在，心里害怕；看到生客自己显然也在发慌，我的恐惧有增无已。他撩开衣裾露出弯刀柄，把利刃从鞘中拔松一些。我们在那里等待的时候，他好像一直想把什么鲠在他喉咙里的东西咽下去。

船长终于迈步进来，砰的一声把门关上，也不向左右两边看看，径直走向客厅另一端给他准备好早餐的那张桌子。

“比尔。”生客招呼道。听声音我猜想他在给自己壮胆。

船长蓦地转过身来对着我们；脸上的深褐色顿时退尽，连鼻子也发了青。他的神态像是看见了鬼魂或恶魔，或者别的什么更可怕的东西——如果可能有的话。说真的，看到他一眨眼工夫变得那样衰老虚弱，我倒觉得他怪可怜的。

“喂，比尔，你认出我啦。是啊，你应该认得出同一条船上的老伙伴，比尔。”生客说。

船长一时喘不过气来。

“黑狗！”他只说出这么两个字。

“还能是谁？”生客回答时已不那么紧张，“正是当年的黑狗看望住在本葆将军客店的老船友比尔来了。啊，比尔，比尔，自从我丢了两根爪子以后，咱俩都经历了好多事情。”他说时举起缺少两个指头的一只手。

“没说的，”船长道，“你访到了我的下落，我就在这里。说吧，你要怎么样？”

“你还是那个性子，比尔，”黑狗回答说，“你说得有理，比尔。先让这个我觉得怪可爱的孩子给我来一杯朗姆酒。你要是愿意的话，咱们坐下来，像老船友那样直截了当地谈一谈。”

我端着朗姆酒回来时，他们已经坐在为船长摆着早餐的桌子两边。黑狗侧身坐在靠近门的一边，这样可以一只眼睛看着他的老船友，另一只眼睛注意自己的退路——我想大概如此。

他叫我走开，让门开直。“免得你从锁孔中偷看，孩子。”他说。我离开他们，回到酒柜后面去。

我当然竖起耳朵留神听着，可是在很长一段时间内，除了急促难辨的低语声，我什么也听不见。后来，两个人的嗓门提高了些，我才听出只言片语，主要是出自船长之口的詈骂。

“不，不，不，不；事情到此为止！”有一次他叫嚷起来。接着又说：“要荡秋千[①]大家一起荡，这就是我的话。”

后来突然爆发出一连串可怕的诅咒，还有其他响声：椅子、桌子一下子全部翻倒；继而是钢刀乒乒乓乓；接着有人痛得直叫。我旋即看见黑狗左肩膀淌着鲜血没命地往外逃，船长紧紧追赶，两个人手里都握着出鞘的弯刀。追到门口，船长最后一刀以可怕的猛劲对准黑狗砍去，要不是碰在我们那块本葆将军客店的大招牌上，肯定会把他的脊梁骨也劈断。直到今天，招牌下端的框子上还留着刀痕。

一场恶战就以这样的一击告终。到了大路上，黑狗虽然受伤，两条腿却快得出奇，没有半分钟就消失在小山背后。船长却像发了疯似的站在那里对招牌直瞪眼。他把眼睛揉了好几次，这才回到屋里。

“吉姆，”他说，“拿朗姆酒来。”说时身子略略晃了一下，一只手撑在墙上。

“你受伤了没有？”我问他。

“来朗姆酒，”他再次吩咐，“我得离开此地。朗姆酒！朗姆酒！”

我急忙跑去取酒，可是我被刚刚发生的一切吓慌了手脚，结果打破

---

①意即“上绞架”。

一只杯子，自己撞在酒桶龙头上。我还没有来得及站稳，就听到客厅里什么东西倒下的一声巨响。我跑去一看，只见船长直挺挺躺在地板上。这时，给喊声和格斗声惊动的母亲正好奔下楼来帮我的忙。我们从两边把他的头扶起来。他的呼吸很响，很费力；眼睛闭着，脸色可怕得很。

“我的天哪！”母亲急得直嚷嚷，“我们店里竟出了这样丢人的事！你那可怜的父亲又病着！”

当时我们既想不出办法给船长施行急救，也不知道是怎么回事，只以为他在同那个陌生人搏斗时受了致命伤。尽管我拿来了朗姆酒试着往他喉咙里灌，可是他牙关咬得紧紧的，像铁铸的一般。可巧李甫西大夫推门进来看我父亲的病，我们这才松一口气。

“哦，大夫，”母亲和我叫了起来，“我们该怎么办呢？他伤在什么地方？”

“伤？连皮也没有擦破一块！”大夫说，“就跟你或我一样，什么伤也没有。这家伙是中了风。我早就警告过他。霍金斯太太，你还是回到楼上你丈夫那里去，如果可能的话，什么也不要告诉他。我这里尽我所能救这条毫无价值的命。吉姆，你去给我拿个水盆来。”

我拿着水盆回来时，大夫已把船长的衣袖撕裂，露出一条肌肉发达的粗大膀子。前臂上有好几处刺着端正清晰的字样，如：“鸿运高照”“一帆风顺”“比尔 · 蓬斯诸事如意”等等。近肩头处刺着一座绞架，上面吊着一个人。在我看来，刺这图案的手艺十分出色。

“他倒有先见之明，”大夫指着绞架说，“比尔 · 蓬斯先生，如果这是你的名字的话，现在我们可要看看你的血是什么颜色。吉姆，”他问我，“你怕不怕见血？”

“不怕，先生。”我说。

“好，”他说，“那你就拿着水盆。”说完，他取出一枚刺血针，给船长划开一条静脉。

血放掉了好多，船长才迷迷糊糊地睁开眼睛。他首先认出的是大夫，眉头立刻皱紧。后来他看见了我，似乎放心了些。但忽然他的面色大变，他想要撑起来，一边嚷着：

“黑狗在哪儿？”

“这里没有黑狗，”大夫说，“除了你自己背上那一条[1]。你没有戒酒，所以中了风，完全符合我向你提出的警告。刚才我违背自己的意愿把你从坟墓里拖了出来。现在，蓬斯先生——”

“我不是蓬斯。”他插了一句。

“我不管这些，”大夫说，“我认识一个海盗姓蓬斯，我就用它来称呼你，这样省事。现在你听我说：一杯朗姆酒还不至于送命，但是你只要喝第一杯，就一定会喝第二杯、第三杯。我拿我的脑袋担保，你如果不把酒戒绝，你必死无疑。懂吗？就像《圣经》上所说的，回到你来的地方去。来，使一把劲站起来。我扶你到床上去，只此一遭，下不为例。”

我们好不容易才把他扶上楼，让他躺在床上。他的脑袋颓然靠到枕头上，几乎要失去知觉似的。

“记住，”大夫说，“朗姆酒对你说来等于死亡。我已经仁至义尽了。”

于是他挽着我的胳膊一起去看我父亲。

“不用担心，”他刚把房门带上就对我说，“我给他放了不少血，足够叫他老实一阵子。让他躺上一个星期，对他对你都有好处。不过，要是再中一次风，他一定活不成。”

---

① 英语“背上有黑狗”是一句成语，意即“闷闷不乐”“愁眉苦脸”。

第三章
黑　券

中午时分，我送了些清凉饮料和药到船长房间里去。他同我们离开他的时候一样躺着，只是身体略微抬高了些。他看来精力既不济，神经又紧张。

“吉姆，”他说，“这里我只瞧得起你一个人。你知道我一向对你好。我按月给你一个四便士的银币。你瞧，老弟，现在我的身体垮了，又没有一个亲人。吉姆，你去给我拿一小杯朗姆酒来，好不好，老弟？”

“大夫——”我刚开口。

他立刻把我的话打断，并用微弱的声音、但很生气地骂起大夫来。“大夫全都是笨蛋，”他说，“你那个大夫怎么懂得水手的心？我到过热得像滚烫的沥青那样的地方，在那里水手们得了黄热病会一批批倒下去，闹地震的时候陆地就像海浪一样上下翻腾——你那个大夫怎么知道有这样的地方？告诉你，我是靠朗姆酒过活的。它对我既是肉，又是水；既是朋友，又是老婆。要是我现在喝不上朗姆酒，就等于一条给风浪掀翻后漂到岸上的老破船。我变了鬼也要向你，吉姆，和那个笨蛋大夫讨命。”说到这里，他又咒骂了一通。“你瞧，吉姆，我的手抖得多厉害，”他用恳求的语调继续说，“我没法叫它不抖。今天我连一滴酒也没喝过。你别信大夫那一套，全是胡说八道。我要是不喝一口朗姆酒，吉姆，什么妖魔鬼怪都会在我眼前出现。我现在已经看到了一些。我看到老弗林特在你背后的角落里；我看得清清楚楚。每当我眼前出现这些可怕的东西时，我就会撒野、造反。你那个大夫亲口说过，一杯酒对我不会有害处。吉姆，我愿意给你一个金畿尼①换一小杯酒。”

他愈闹愈凶，我担心会惊动那天病情很重、需要安静的父亲。再说，刚才提到大夫所说的话我听了也觉得料来无妨，倒是船长的贿赂手段使我深感受到侮辱。

“我不要你的钱，”我说，“只要你把欠我父亲的账付清就够了。我去给你倒一杯酒来，但不能再要。”

我把酒给他的时候，他急忙抢过去一饮而尽。

“嗳，嗳，”他说，“这下好些了。我问你，老弟，那大夫有没有说我得在这倒霉的铺位上躺多久？”

“至少一个星期，”我说。

“活见鬼！”他失声惊呼，“一个星期！那可不成，他们会给我送黑券来的。那帮蠢货正在到处打听我的下落；他们自己的钱保不牢，便打别人的主意。这难道合水手们的规矩吗？我是懂得撙节的。我自己的钱从来不乱花，也不愿白白丢掉。我将再次把他们甩掉。我不怕他们。我要另辟航道，老弟，叫他们再扑一个空。”

他这样说着，好不容易在床上慢慢地把身体撑起来，使劲抓住我的肩膀，几乎疼得我直想喊叫。他搬动两条腿简直像搬两根铁柱。他的话尽管气势汹汹，可是声音却微弱得很，二者形成可悲的对照。他在床沿上摆好坐的姿势以后，停下来喘一口气。

“那个大夫可把我整苦了，”他埋怨道，“我的耳朵里嗡嗡直响。还是让我躺下吧。”

我还没来得及把他扶住，他已经往后倒在老地方，躺在那里半晌没有动弹。

“吉姆，”最后他说，“你今天看到那个水手了吗？”

“你是说黑狗？”我问。

“对！黑狗，”他说，“他是个坏蛋，可是那个派他来的人更坏。万一我不能从这儿脱身，他们给我送了黑券来，你要记住，他们的目标是我的水手箱。那时你就骑一匹马——你不是会骑马的吗？——去

---

①一个畿尼值21先令。

找……反正顾不得这许多了！你去找那个该死的大夫，叫他调集所有的人马，包括附近各处的治安推事等等，到本葆将军客店来，把弗林特那一帮人中还活着的一网打尽。我从前是老弗林特的大副，只有我一个人知道那个地方。他是临死时在萨凡纳[1]向我交代了这件事情的，当时他就像我现在这样躺着。不过你先别去报官，除非他们给我送黑券来，除非你又看到黑狗或者那个只有一条腿的水手。吉姆，对那个独脚水手你要特别提防。”

“船长，黑券是什么东西？”我问。

“那是一种通牒，老弟。等他们送来的时候我会告诉你的。你只要留心守望，吉姆，将来我同你平分，我说话是算数的。”

他还语无伦次地说了一会胡话，声音愈来愈低。不久，我把药递给他，他像个小孩似的吃了，并说：“从来没有一个水手需要吃药，只有我。”他总算昏昏沉沉睡着了，我就从他的房间里出来。如果一切顺利的话，我会采取什么行动——现在我也说不上来。也许我会把这件事统统告诉大夫，因为我怕得要命，唯恐船长后悔向我吐露了真情会把我干掉。然而我那可怜的父亲偏巧在这天傍晚突然死了，我只得把别的事情撂在一边。我家遭到这样的不幸，忙于接待来吊唁的邻居，料理丧事，还得张罗店里的事情，压根儿没有时间想到船长，更谈不上怕他。

第二天早晨他居然走下楼来，同往常一样进餐，虽然吃得很少，可是朗姆酒恐怕喝得比平时更多，因为他在酒柜旁自己动手，一边绷着脸，鼻子里哼哼哧哧，谁也不敢劝阻他。在我父亲下葬的前夜，他照样喝得酩酊大醉。在居丧之家听到他唱那支粗野难听的水手老调，实在不像话。可是，尽管他那样衰弱，我们仍然怕得他要命。大夫突然被请到好多英里外看病去了，自从我父亲死后一直没有到我家附近来过。刚才我说船长身体很衰弱；的确，他非但不见复元，反而像是越来越不济

---

① 萨凡纳，大西洋西岸一海港，在今美国佐治亚州。

了。他扶着楼梯的栏杆爬上爬下，从客厅到酒柜走来走去，时而把鼻子探出门外嗅嗅海的气息，走动时要扶着墙壁作支柱，呼吸费力而急促，仿佛在攀登峻峭的山峰。他一次也没有单独跟我说话，我相信他已经完全忘了自己吐露的秘密。但是他的脾气却比以往更乖戾；如果把体力衰竭考虑在内，可以说比以往更暴躁。现在他喝多了酒更有一种令人胆寒的习惯：把他的弯刀拔出来放在桌上自己的面前。不过，在这同时，他几乎是目中无人的，似乎完全沉浸在自己的胡思乱想之中。例如，有一次我们极其惊愕地发觉，他用口哨吹起了另一支类似乡村情歌的曲调，想必是他年轻时当水手以前学会的。

就这样直到葬礼后一天的三点钟左右。那是一个天冷雾浓的下午，我到门口去站一会，脑际萦回着伤逝之情。这时我看见有一个人从大路上渐渐走近来。他显然是个瞎子，因为行走时用一根拐杖在前面探路。他额上套有一条很大的绿色檐罩，遮住眼睛和鼻子；弓腰曲背，像是年迈或体弱；穿一件肥大、破旧、带兜帽的水手大氅，显得奇丑无比。我有生以来从未见过比这模样更可怕的人。他走到我家店外不远的地方站住，扯开嗓子怪腔怪调地对他前面的空中说道：

“上帝保佑吾王乔治！哪位好心的朋友愿意告诉一个在奋勇保卫英格兰祖国时失去宝贵的眼睛的苦命瞎子：这里是什么地方？是我国的哪一部分？”

“我的朋友，你是在黑山湾的本葆将军客店门口。”我说。

“我听到了一个声音，”他说，“一个少年的声音。好心的年轻朋友，你可愿意把你的手伸给我，带我到店里去？”

我伸出一只手，立刻被那个说话和顺的瞎眼怪物牢牢抓住，就像夹在虎头钳里一样。我吓得拚命挣扎，可是瞎子用他的胳膊才一扯，就把我拉到他紧跟前。

“孩子，”他说，“你就带我到船长那儿去。”

“先生，”我说，“我实在不敢，请相信我。”

“哦，”他发出一声冷笑，“原来这样！马上带我进去，否则我就拧断你的胳膊。”

说着，他把我的手臂一扭，痛得我叫了起来。

“先生，”我说，“我是为你着想。船长跟过去已大不相同。他老是坐在出鞘的弯刀前面。曾经有另一位先生——”

“闲话少说，走。”他打断了我的话。我从来没有听见像这个瞎子那样狠毒、冷酷、可恶的声音，它对我的震慑力量比手臂的疼痛更厉害。我立即从命，进了门就带他朝着那个害病的老海盗所坐的客厅里走，这时船长已喝得昏头昏脑。瞎子紧靠着我，一只铁腕抓住我不放，把他的身体重量尽往我身上压，几乎超过我可以承受的限度。“你把我直接带去见他，到了他看得见我的地方，你就喊一声：‘比尔，有个朋友找你来了。’你要是不这样做，我就给你这么一下。”说到这里，他把我的手猛然一抽，差点儿痛得我晕过去。我被那个盲丐这么几下子吓得已把对船长的恐惧抛在脑后，于是我推开客厅的门，用发抖的声音喊了瞎子命令我喊的那句话。

可怜的船长抬头一看，朗姆酒造成的醉意顿时一扫而光。他脸上的表情与其说是恐怖，不如说是临死的苦楚。他做了一个想站起来的动作，可是我看他已经力不从心。

“比尔，你就坐在原来的地方吧，”那盲丐说，“我虽然看不见，可是我能听到你的手在发抖。咱们公事公办。把你的右手伸出来。孩子，你把他右手的手腕子握住，伸到我的右手这边来。”

我和船长完全照办。我看到瞎子把一件东西从他拄拐杖的手中放到船长掌心里，船长接过后立即攥紧拳头。

“事情办妥了。”瞎子说罢，突然把我放开，旋即以难以置信的麻利劲儿三脚两步跨出客厅走到大路上。我还一动不动地站着，只听见他的拐杖的哒哒声愈去愈远。

过了半晌，我和船长方始如梦初醒。大概直到这时我才放开船长一

“事情办妥了。”瞎子说。

直被我扼着的手腕子。他把手缩回去，仔细看自己的掌心。

“十点钟！”他大声说，“还有六个小时。还来得及。”他霍地站起来。

可是他还没站稳，身子就晃了一下，一只手扼住自己的脖子，摇摇摆摆地站了一会儿。然后，他发出一阵奇怪的声音，整个身体向前仆倒在地上。

我立即向他跑过去，一边呼唤我母亲。但是急也无用。船长已经因脑溢血骤然身亡。说来也许难以理解：我从来就不喜欢这个人，虽然近来觉得他有点儿可怜；但是当我看到他死去时，禁不住泪流满面。这是我接触到的第二起死亡，而第一起死亡引起的悲伤在我心中还丝毫未曾淡忘。

第四章
水手衣物箱

当然，我把自己知道的一切马上告诉了母亲。也许我早该告诉她了。我们当即发现我们的处境尴尬而又危险。船长如果有钱留下，其中一部分无疑应归我们。然而，他的那些同船伙伴，尤其像我见到过的两个——黑狗和盲丐——看来不会愿意放弃他们猎获的钱财为死人付账。我要是遵照船长的嘱咐立即骑马去找李甫西大夫，就会撂下我母亲独个儿无人照应，这是不能考虑的。看来，我们俩谁也不敢再待在家里：炉栅上煤块落下的声音，甚至时钟的滴答声，都使我们胆战心惊。我们老是觉得周围有自远而近的脚步声。想到船长的尸体在客厅的地板上，而那个面目可憎的盲丐就在这里附近，随时可能回来，我有好几次像俗话所说的那样寒毛都竖了起来。必须当机立断。我们终于决定一起到附近的村子里去求援。说做就做。我们连帽子也没戴，立刻跑出店门，冲向苍茫的暮霭和寒冷的浓雾。

那个小村庄从我家虽然看不见，其实只隔几百码地，坐落在邻近一个小湾的另一边。使我大大壮胆的一点是：这与瞎子所自来的方向（想必他还是回到那里去了）正好相反。我们在路上没走多久，尽管几次停下来互相拉住，侧耳静听，但是听不见什么异常的动静，只有微波轻轻拍着海岸，林鸟呱呱叫上几声。

我们到达村子里已是上灯时分。我永远忘不了看见门里和窗上昏黄的灯火时那份高兴的劲儿。不过，在这一带我们所能得到的帮助也仅止于此了。你们想必认为，村里人应当感到惭愧，因为谁也不愿同我们一起回到本葆将军客店去。我们愈是诉说我们的困境，他们——无论男女老少——就愈是往自己家里缩。弗林特船长的名字对我来说是陌生的，村里某些人却相当熟悉，听了大起恐慌。此外，有些种地要到本葆将军客店那边去的人，回想起曾在大路上见到过一些陌生人，当时以为他们是走私贩，只顾匆匆避开他们了事。至少有一个人还在我们叫做基特海口的小港里看见一艘小帆船。说实在的，只要是船长的任何一个伙伴，都足够吓得他们魂不附体。总而言之，愿意骑马朝另一个方向去报告李甫西大夫的人倒是有那么几个，可是肯帮我们守卫客店的却一个也没有。

据说，胆怯会传染。但反过来说，争论也能使人勇气大增。等大家都说完以后，我母亲对他们讲了一番话。她表示不愿放弃应当属于我这失怙的孩子的钱。“既然你们都不敢，”她说，“吉姆和我敢去。我们仍走原路回去，不再打扰你们这些体壮如牛、胆小如鼠的人。我们即使丢了性命也要把那只箱子打开。克罗斯利太太，请你把那只提包借一借给我去装依法该归我们的钱。”

我当然表示要跟母亲一起回去，村里人当然纷纷叫嚷劝阻，说我们不顾死活。但到了这个时候，还是没有人愿意陪我们去。最后他们只借给我一支装好弹药的手枪①，以备遇到袭击时防身之用；还答应准备好马匹，以便我们遭到追逐时可以逃跑。同时，有一个小伙子骑马去找大夫讨救兵。

我们母子两人重新走上寒夜的险途，我的心怦怦直跳。一轮红红的满月刚刚升起，透过雾幕的上缘向下窥视，这促使我们加快脚步；因为我们明白，到我们再从家里出来的时候，月光就会把一切照耀得如同白昼，任何人都能发现我们。我们沿着树篱潜行，声息全无，动作又快，也没有看到或听到任何动静足以加剧我们心中的恐惧，直到走进本葆将军客店关上大门，方始如释重负。

我当即把门上闩。有一会儿工夫我们站在黑暗中喘气。除了我们娘儿俩，这所房子里只有船长的尸体。母亲从酒柜里摸着了一支蜡烛，我们手拉着手走进客厅。同我们离开的时候一样，死人仍仰卧在地上，

① 那时的枪支装一次弹药只能放一枪。

睁着眼睛，伸出一只胳臂。

“吉姆，把窗帘放下，”母亲悄悄地说，“不然他们来了会从外面看见的。”等我放下了窗帘，她说：“现在我们得从这死人身上找到钥匙。可是，谁敢去碰他呢？”她说着竟抽抽搭搭地哭了起来。

我随即跪下去。船长手边的地上有一小片圆的硬纸，一面涂着黑色。我确信这就是所谓的黑券。我把它捡起来，发现另一面十分工整地写着短短的一句话：“限你今晚十点钟交出”。

“妈，他们十点钟来。”我说。话音刚落，我家的一座老钟便当当地敲了起来。这突如其来的声响把我吓了一大跳。不过幸而时钟只敲了六下。

“快，吉姆，”母亲说，“把钥匙找到。”

我把他衣服的口袋逐一搜遍。几枚小硬币、一个顶针儿、一些线和几根大针、一条头上咬过的烟草卷、他的那把柄上裂开的大刀子、一具袖珍罗盘、一只火绒盒——东西全在这里了。我开始感到绝望。

“会不会套在他的脖子上？”母亲提醒我。

我按捺住强烈的厌恶，撕开他衬衫的领子，那里果然套着一条涂柏油的绳子。我用他的刀子把绳割断，拿到了挂在绳上的钥匙。由于这次得手，我们充满了希望，赶紧上楼到他住了那么久的小房间里去。从他来到我们店中的那天起，他的箱子一直放在那里。

从外形看，这是一只很普通的水手衣物箱。盖上用烙铁烫着一个B字，箱角有些破损，看得出已用了很久而又不加爱惜。

“把钥匙给我。”母亲说。锁虽然很不灵活，她还是能转动钥匙，一眨眼就把盖子打开了。

一股浓烈的烟草和柏油味从箱子里冲出来，可是面上只见一套料子很好的衣服，刷得很仔细，折得也齐整。母亲说，这套衣服还从来没有穿过。它下面尽是些杂七杂八的东西：一架象限仪、一只铁皮罐、几条烟草卷、两对精工制作的手枪、一根银锭、一块老式的西班牙表、几件不值大钱的饰物（大多是外国货）、一对镶铜框的罗盘、五六枚来自西印度群岛的奇异的贝壳。事后我常常心里纳罕，他过着这样漂泊不定、朝不保夕的犯罪生活，老是带着这些贝壳做什么？

当时，除了那根银锭和一些饰物，我们没有找到任何值钱的东西。然而我们要的却是现钱。箱底里有一件旧的水手斗篷，已被不知多少处沙洲上的海盐染成白色。母亲不耐烦地把它撂在一边，于是箱子里剩下的东西全部呈现在我们面前：裹在油布里的一包东西像是文件；一只帆布口袋用手触碰时发出的声音像是金币。

“我要让那些流氓知道，我是个诚实的女人，”母亲说，“我只要收回欠我们的账，一个子儿也不多拿。你把克罗斯利太太的提包张开。”她开始数着把船长欠我们的钱从帆布袋里装进我张开的提包。

这是一桩费时间的麻烦事，因为袋里各国的钱币都有，大小不一，包括西班牙的杜布龙金币和每枚值八个里亚尔的比索、法国的金路易、英国的金畿尼，还有一些我不知道叫什么的，统统胡乱混在一起。其中畿尼大概最少，而我母亲只会用畿尼结算。

我们才数了一半钱，我突然把一只手按在她的胳膊上。我从寂静而寒冷的空气里听到的一种声音，使我的心简直要从喉咙口跳出来。那是瞎子的拐杖敲在冻硬的路上的哒哒声。这声音愈来愈近，我们蹲着连气也不敢喘。接着有人猛敲店门，我们听到转动门把和摇撼门闩的响声，大概那恶棍想进来。此后有好长一段时间房屋内外都鸦雀无声。最后，哒哒声又响了起来，并渐渐去远，直至完全消失。这使我们高兴得难以形容，真要谢天谢地。

“妈，”我说，“把钱都拿了，我们快走吧。”我相信店门上闩一定已引起疑心，势必招致那群黄蜂倾巢而出向我们进攻。我是多么庆幸把门上了闩啊！谁要是没有遇见过那个可怕的瞎子，是体会不到这一点的。

可是，我母亲尽管怕得要命，却不同意在收回欠她的账之外多拿一

我突然把一只手按在她的胳膊上。

个铜板，又顽固地不肯少拿一个子儿。她说，七点钟还没到呢。她知道自己有什么权利就要得到什么权利。她还在同我争论，突然，从远处小山上传来一声很轻的唿哨。要制止我们娘儿俩的争执，没有比这更有效了。

“我先把数好的拿走。”她说着跳起身来。

“我把这东西带走抵账。”我说着捡起了油布裹着的那个小包。

接着我们就摸索着下楼去，把蜡烛留在空箱子旁边。我们开了门赶紧逃走，再不动身可就晚了。雾正在很快地消散，月光已把高地的每一边都照得透亮。只有谷底正中和酒店门口还垂着面纱似的一层薄雾，正好掩护我们通过最初一小段逃亡之路。距离到小村庄的一半路还差一大段，刚从小山脚下经过，我们就非进入月光照亮的地带不可。这还不算；好些人奔跑的脚步声已传到我们耳边。我们回头朝那个方向一看，只见一点摇曳不定的亮光正在迅速地冲将过来。这表明来者之中有一个人提着风灯。

“我的孩子，”母亲忽然说道，“你拿了钱快跑吧。我眼看就要昏倒了。”

我想：这下我们母子一定都完了。我诅咒村民的胆怯，埋怨母亲的诚实和小气。她刚才是那么糊涂，现在又是那么不中用！幸亏我们来到一座小桥旁。我扶着她踉踉跄跄走到岸边。她在那里总算喘过一口气来，靠在我肩头上。我不知道哪来这份力气，想必动作一定相当粗鲁；总之我拖着她下河岸往桥洞里走了几步。我没法再把她往里拖，因为桥太低，只能容我在下面爬行。母亲几乎毫无遮蔽。我们只得待在那里，与客店的距离甚至没有超出听觉所及的范围。

第五章
瞎子的下场

我的好奇心在某种意义上压倒了我的恐惧。我没法待在桥洞底下，还是爬回到岸上，躲在一丛金雀花后面，从那里可以望到我家门前的大路。我刚占好这个位置，敌人就出现了。他们有七八个人，沿着大路拚命跑来，脚步杂沓不齐，提着风灯的一个领先几步。有三个人手拉着手跑在一起，尽管有雾，我还是看出夹在中间的正是那个盲丐。紧接着，他的声音证实了我的判断。

“把门撞开！”他喊道。

“唉，唉，先生！”两三个人应道，并向本葆将军客店冲去，提灯的人跟在后面。我见他们停下来低声交谈了几句，听话音好像他们发现门开着大出意外。不过在短暂的停顿之后，瞎子重又发布命令。他迫不及待，加上怒火中烧，因而嗓门更大更高了。

“冲进去，冲进去！”他怒喝着，并骂他们动作缓慢。

四五个人立即服从命令，两个人和可恶的盲丐一起留在路上。隔了一会，屋里先是传出一声惊叫，然后有人喊道：

“比尔死了！”

可是瞎子又骂他们行动迟缓。

“你们这些偷懒的笨蛋，快搜他的身！其余的上楼去搬箱子。”他嚷道。

我听得见他们咚咚地踏着上了年纪的扶梯上楼去的脚步声，想必房子也随之而震动。很快又有人发出惊愕的喊声。船长房间的窗子被砰地推开，还有豁啷啷打破玻璃的声音。一个人探身窗外，月光照亮了他的脑袋和肩膀。他向楼下大路上的盲丐喊道：

“皮尤，咱们让人家占了先。有人把箱子兜底翻过了。”

“东西在那儿吗？”皮尤在咆哮。

“钱还在。”

他又破口大骂。

“我是问弗林特亲笔写的东西。”他高声说。

“怎么也找不到，”那人回答。

“喂，楼下的人，你们看看比尔身上有没有？”瞎子又喊道。

另一个人，大概是留在楼下搜检船长尸身的，这时走到客店门口。“已经有人抄过比尔的身了，”他说，“什么也没留下。”

“这是店里的人干的！是那个小子！我恨不得把他的眼珠抠出来！”名叫皮尤的瞎子忿忿地说，“他们刚才还在这里：我来推门的时候，他们把门上了闩。伙计们，给我分头去搜，一定要把他们找到。”

“一点也不错，他们还把蜡烛留在这里呢。”站在楼上窗口的那个人说。

“给我分头去搜！哪怕把房子翻过来也要找到他们！”皮尤又说了一遍，同时用拐杖狠狠地敲击路面。

于是，我们的老店从上到下遭到了一场大破坏。沉重的脚步声往来不停，家具被乱扔乱砸，每一扇门都被踢开，直至周围的岩石纷纷发出回响。最后，那帮人一个接着一个重又出现在大路上，都说哪儿也找不到我们。就在这个当口，母亲和我在数船长的钱时把我们吓得半死的唿哨声再次划破夜空，清晰可闻，不过这回却接连打了两声。起初我以为那大概算是瞎子召唤他的同伙投入冲击的号声，但我随即发现唿哨是从面对小村庄的山坡那边传来的。从海盗们的反应可以看出，这是告诉他们危险临近的信号。

“德克又打唿哨啦，”一个海盗说，“接连两声！伙计们，咱们溜吧。”

“溜？你这个兔崽子！”皮尤骂道，“德克一向是个傻瓜、胆小鬼，你们别理他。店里的人一定就在附近，他们不可能走远。别让到手的东西跑啦。分头去找，你们这些狗东西！哦，妈的，”他咆哮着，

“我要是看得见就好了！”

这番话看来起了点作用，有两个人开始在砸坏的家具堆里东寻西找，不过我想也是虚应故事罢了。他们始终惦记着自身的安危。其余的人站在大路上犹豫不决。

“发财的机会就在你们手里，可是你们这班傻瓜却拿不定主意！你们可以像国王那样富贵，只要找到那东西。你们知道东西就在附近，偏偏站在那里想打退堂鼓。你们没有一个敢跟比尔见面，还是我瞎子把黑券交给了他！现在我的机会眼看要被你们耽误了！我只好做一个臭要饭的，爬来爬去骗几个子儿换杯朗姆酒喝。而我明明可以坐马车兜风！只要你们不是彻头彻尾的孬种，就应该把他们逮住。”

“你嚷嚷什么呀，皮尤？咱们已经到手了不少杜布龙！”有一个嘀咕道。

“他们也许把那劳什子藏起来了，”另一个说，“给你这些个金畿尼，皮尤，别站在这儿狂叫胡闹。”

这确实是狂叫胡闹。皮尤听了那些唱反调的话火冒三千丈，终于怒不可遏地向左右的同伙胡乱打去。可以听见他的拐杖沉重地打在不止一个人身上。

于是他们也回骂那瞎眼恶棍，用可怕的话语恐吓他，试图抓住拐杖把它从瞎子手中夺走，可是没有成功。

这场争吵救了我们。他们正在闹得不可开交的当口，从村庄那一边的小山顶上传来了另一种响声——是迅速奔跑的马蹄声。几乎在这同时，有人从树篱边上开了一枪：先是火光一闪，然后一声枪响。这显然是最危急的信号，因为海盗们转身拔腿就跑，朝不同的方向纷纷逃窜：有的沿着小湾向海边跑，有的走斜线翻越小山，等等。不出半分钟，连一个影儿也不见了，只留下皮尤一人。他们把他撇下究竟是慌乱中没有顾得上呢，还是对他恶言恶语和乱挥拐杖的报复，我不知道。反正他落在最后，气得用拐杖在路上猛敲，一边摸索，一边呼唤同伴。最后他转错了方向，在离我几步的地方向村庄那边跑去，一路叫着：

“约翰尼、黑狗、德克，”还有其他一些名字，“别把老皮尤撇下，伙伴们，可不能把老皮尤撇下！”

这时马蹄声越过山顶，四五个人骑着马出现在月光下，正顺着坡面飞驰下山。

皮尤这才发现他的错误，便尖叫一声转过身来，却径向路旁的沟那边跑，结果滚了下去。但他一骨碌又爬起来，再次力图逃跑，不料慌乱中正好落到离他最近的一匹马蹄下。

马上的人努力想救他的命，但是来不及了。皮尤的一声惨叫响彻夜空，四只马蹄从他身上践踏而过。他倒下时先是侧向一边，然后慢慢地脸朝下着地，从此不再动弹。

我跳起来招呼骑马的人。他们被这意外的变故至少吓得半死，急忙把马勒住。很快我就认出了他们是谁。最后面的一个正是从村里去报告李甫西大夫的那个小伙子，其余的都是缉私人员。那小伙子很机警，在路上遇见了他们，立刻带领他们回来。督税官丹斯已经得悉基特海口出现了一只帆船，这天晚上他正要到我们这边来。亏得他们营救，否则我们母子必死无疑。

皮尤已经完全断气。至于我母亲，我们把她送到村里，用上一点冷水和嗅盐之类，就苏醒了。虽然受了这许多惊吓，总算安然无恙。不过她还在叹惜没有来得及把账结清。

其时，督税官以最快的速度骑马赶往基特海口。但是他的部下不得不下马，摸向一道坡谷，一面牵着他们的坐骑，有时得扶住它们防止滑跌，还不断担心遇上埋伏。无怪乎当他们到达那个海口时，帆船已经启碇，不过尚未去远。督税官想把它叫回来。可是船上回答的声音警告他不要站在月光下，否则小心吃铅丸。说时一颗子弹嗖的一声，几乎擦着他的胳膊飞了过去。不一会，帆船绕过岬角，消失不见。丹斯先生站在那里，据他自己说“像一条被扔在岸上的鱼”，只得差人赶奔布里斯托尔请求派快艇拦截。“其实，”他说，“这也不顶什么事。让他们跑了就甭想追得上。不过，”他添上一句，“皮尤先生撞在我的马蹄下，我觉得很高兴。”他说这话时已经听我把事情的经过讲了一遍。

我在他陪同下回到本葆将军客店。你简直无法想象一所房屋会遭到这样的破坏。他们穷凶极恶地搜索我们母子俩，把钟也扔在地上。除了船长的钱袋和钱柜里的一些银币，虽然什么也没被拿走，可是我一看就明白：我们破产了。丹斯先生看到这幅景象莫名其妙。

“你说他们把钱拿走了？那末，霍金斯，他们到底还想找什么呢？找更多的钱吗？”

“不，先生，我认为不是找钱，”我说，“其实，先生，我相信他们要找的东西在我胸前的口袋里。老实告诉你，我希望能把它放在一个稳当的地方。”

“对，孩子，说得对，”他说，“你要是愿意的话，可以交给我。”

“我想，也许李甫西大夫……”我没有把话说完。

“完全正确，”他欣然接口说，“完全正确。李甫西大夫是位绅士，又是治安推事。现在我想还是自己去跑一趟吧，向他或乡绅报告这件事。不管怎么说，皮尤先生毕竟死了。倒不是我感到懊恼，但死了一个人，难保没有人会向皇家督税官追究责任。听我说，霍金斯，你如果愿意，我带你一起去。”

我由衷地感谢他的建议，于是我们步行回到停马的村庄。在我把自己的打算告诉母亲的时候，缉私人员都已经上了马。

“道格，”丹斯先生说，“你的马好，就让这孩子坐在你后面。”

我爬上马背，抓住道格的腰带刚坐好，督税官便下令出发，于是我们一行的马沿着大路朝李甫西大夫家迅跑。

第六章

船长的文件

我们一路策马飞奔，直到李甫西大夫家门口。房子的正面一片黑暗。

丹斯先生叫我跳下来敲门。道格腾出一只马镫让我下马。一个女用人立即出来开门。

“李甫西大夫在家吗？”

用人说不在，他下午回来过，但又上庄园吃晚饭去了。晚上他和乡绅在一起。

“小伙子们，那我们就到庄上去。”丹斯先生说。

这回我没有上马，因为目的地不远，就拉着道格的马镫皮带向庄园大门跑去，再由两行秃树中间一条被月光照亮的长路来到一排白色的房屋跟前，两旁是古老的大花园。丹斯先生到此下马。一经通报，里边就吩咐让我们进去。

一名仆人带领我们经过铺着草垫的走廊，把我们让进走廊尽头一间宽敞的书斋。书斋四壁都是书橱，顶上摆着好些半身雕像。主人和李甫西大夫手里拿着烟斗分别坐在熊熊的炉火两旁。

我从来没有在这么近的地方看见过那位乡绅。他个子很高，超过六英尺，魁梧而匀称。他的相貌粗豪坦率，由于惯出远门，久经风尘，晒成暗红色的脸上皱纹不少。他的眉毛浓黑，掀动灵活，这使他显得有点儿脾气，但也说不上是坏脾气，只是急躁而高傲。

“进来，丹斯先生。”他的语气庄重，颇有些架子。

“晚上好，丹斯，”大夫点点头招呼他，“晚上好，小朋友吉姆。什么风把你们吹来啦？”

督税官站得笔直，像背功课似的把刚才发生的事说了一遍。两位绅士上身向前倾斜，听得惊讶不迭、津津有味，连烟也忘了抽，只是你望着我，我望着你。可惜读者没有看到那情景。当他们听到我母亲回客店去时，李甫西大夫重重地拍了一下自己的大腿，而乡绅喝彩道："好样的！"不觉竟把细长的烟斗在炉栅上折断了。在这以前，屈利劳尼先生（这是乡绅的姓氏，你们也许还记得）早已离开他的座位在房间里来回踱步。而大夫为了听得更清楚些，特地摘去洒粉的假发，坐在那里，露出他本人剪成平头的黑发，看起来反而异乎寻常。

丹斯先生终于把经过情形讲完。

"丹斯先生，"乡绅说，"你是一个很高尚的人。关于撞倒那个十恶不赦的坏蛋这一点，我认为是桩好事，先生，就像踩死了一只蟑螂。据我看，霍金斯这个孩子有出息。霍金斯，你给打一下铃好不好？丹斯先生需要喝一杯啤酒。"

"吉姆，你说他们要找的东西在你身上，是不是？"大夫问。

"这就是，先生。"我说着把油布裹着的一个小包交给他。

大夫接过来端详了一番，手痒痒地直想把它打开。然而他并没有这样做，而是镇静地把它放在外套的口袋里。

"屈利劳尼先生，"他说，"丹斯喝完了啤酒自然要回去履行他的职责。不过吉姆·霍金斯我看还是睡到我家里去。如果你允许的话，我建议把冷馅饼端上来让他当晚饭。"

"就照你这么办，李甫西，"乡绅说，"今天请霍金斯吃比冷馅饼更好的东西也应该。"

于是，一大块鸽肉馅饼送上来放在一张茶几上。我正饿得要命，便放开肚子饱餐了一顿。其时丹斯先生又听了一番夸奖，然后离去。

"我说，屈利劳尼先生。"大夫开言道。

"我说，李甫西大夫。"乡绅也同时开腔。

"我们一个个说，"李甫西大夫笑道，"你大概听到过弗林特这个名字吧？"

"怎么会没听到过？！"乡绅大声说，"当然听到过！他是有史以来最残暴的一个海盗。比起弗林特来，黑胡子只能算个娃娃。西班牙人对他怕到这样的地步，老实告诉你，先生，我有时简直感到自豪，因为他是个英国人。在特立尼达[①]附近的海上，我亲眼看见过他船上的中桅帆。当时我坐的那条船的船长是个胆小的酒囊饭袋，他立刻掉转船头返回西班牙港。”

“我在英国也听到过他的名字，”大夫说，“但现在的问题是：他有钱吗？”

“钱！”乡绅激动地说，“你没听见刚才丹斯讲的故事吗？除了钱，那帮匪徒还要找什么？除了钱，还有什么在他们心上？除了钱，还有什么能促使他们这样不顾死活？”

“这一点我们马上就可以知道，”大夫回答说，“可是你那么激昂慷慨，我连一句话也插不进来。我想知道的是：假定我这儿口袋里放着弗林特藏宝地点的线索，他的宝藏价值是否可观？”

“可观的，先生！”乡绅大声说，“肯定可观。如果我们真的掌握你所说的那个线索，我要到布里斯托尔码头去装备一艘大船，带着你和霍金斯一起出海。哪怕花一年工夫我也要把宝藏找到。”

“好极了，”大夫说，“现在，如果吉姆同意的话，我们就把这个包打开。”说完，他把那包东西放在他面前的桌上。

那个包是用线缝起来的。大夫还得取出他的医疗器械箱，用手术剪子把缝线剪断。里边共有两件东西：一本簿册和一只密封的套子。

“我们先看看这本簿子。”大夫说。

李甫西大夫亲切地示意我从吃晚饭的那张茶几旁过去共享揭开谜底的乐趣。乡绅和我在他肩后凝神看着。第一页上只有一些不连贯的字句，像是某人拿着墨水笔，出于无聊或为了试笔尖而信手涂上的。有

---

①特立尼达，加勒比海东南部的一个岛，首府西班牙港（现在是特立尼达和多巴哥的首都）。

乡绅和我在他背后凝神看着。

一条与船长身上刺花的字样相同："比尔·蓬斯诸事如意"。还有"大副威·蓬斯[1]先生""戒酒""他在棕榈沙[2]外得到了他所应得的"以及诸如此类莫名其妙的片言只字，多半是单词。我不由得暗暗纳闷：是谁"得到了他所应得的"？"他所应得的"究竟是什么？会不会是从背后捅一刀？

"从这里大概不得要领。"李甫西大夫说着把这一页翻了过去。

接着的十至十二页都是奇怪的账目记录。每行的一端记着日期，另一端是金额，就像在普通的账册上那样。但是两端之间没有文字说明，只画着为数不等的叉叉。例如：一七四五年六月十二日有一笔七十镑的款子显然已归某人，可是除了六个叉叉外，没有任何说明。有几笔账目加注了"加拉加斯[3]附近"之类的地名，或者只写上经纬度，如62°17′20″，19°2′40″。

账目记录前后历时将近二十年，一宗宗款项的金额愈来愈大。末尾，经过五六次纠正加法上的错误，算出了总额，并写上"蓬斯的一份"。

"我看了一点也摸不着头脑。"李甫西大夫说。

"事情十分清楚，"乡绅说。"这是那个黑心肠的恶棍的账本。上面的叉叉代表被他们击沉的船只和掳掠的市镇。金额是那混蛋分赃所得。在他担心发生混淆的地方，你可以看到他加上了一些说明。比方说：'加拉加斯附近'表示某一艘倒霉的商船在那里沿海遭到袭击。愿上帝保佑那些可怜的船员，他们早已化成了珊瑚。"

"对！"大夫说，"旅行家到底见多识广。说得对！你瞧，他的进款是随着头衔的升高而增加的。"

簿册的最后几页记着一些地名，还有一张法国、英国和西班牙货币

---

① 比尔就是威廉。前者是后者的昵称。
② 棕榈沙，墨西哥湾东北部一小岛，靠近佛罗里达半岛西岸。
③ 加拉加斯，南美洲北岸一港口，现在是委内瑞拉首都。

的换算表，此外什么也没有了。

“这家伙精明得很，”大夫说，“谁也别想算计他。”

“再看看那一件吧。”乡绅说。

那只套子好几处都用火漆封口，代替印戳的是顶针——用的大概就是我在船长衣袋里找到的那个顶针。大夫极其小心地把封口拆开，从套子里落出一张某岛的地图，上面标有经纬度、水深以及山丘、海湾和小港的名称。凡是船只要在那里安全靠岸和停泊需要了解的细节一应俱全。该岛大约长九英里，宽五英里，形状有点儿像一条竖立的肥龙，有两个被陆地环抱的避风良港，岛的中部一座小山标着的名称是“望远镜”。图中有一些补充是后来注上的，但特别醒目的是三个用红墨水画着的叉叉：两个在岛的北部，一个在西南部。在西南部的那个叉叉旁边用同样的红墨水写着：“大部藏金在此”。笔迹细小清秀，与船长东歪西斜的字体大不相同。

地图反面由同一个人的笔迹写着如下的说明：

望远镜肩上一棵大树，方位北东北之北。

骷髅岛，东东南偏东。

十英尺。

银锭在北窖。你可顺着东圆丘的斜坡，面向黑色巉崖，在它之南十英寻①处找到。

武器很容易找到，在北汊角北尖嘴的沙丘内，方位正东偏北四分之一罗经点。

杰·弗

文字说明到此为止。尽管只有寥寥数语，而且对我说来莫名其妙，

①1 英寻 = 2 码 = 6 英尺 = 1.829 米。英寻一般用作测量水深的单位，如本书所附藏宝岛示意图中海面部分所标数字，即指该处水深为若干英寻。

可是乡绅和李甫西大夫却喜不自胜。

“李甫西，”乡绅说，“把你那可怜的行医生涯立刻结束了吧。明天我就去布里斯托尔。只要过三个星期——不，两星期！不，十天！——先生，就能为我们准备好英国最好的船和最精干的船员。霍金斯可以在船上当侍应生。你一定能成为一个出色的侍应生，霍金斯。你，李甫西，就当随船医生。我算是司令官。我们把雷德拉斯、乔伊斯和亨特带去。一帆风顺，很快就能把我们送到岛上，找到藏宝的地点一点不用费力气，那里的钱多得够你一辈子当饭吃，在上面打滚，拿来打水漂。”

“屈利劳尼，”大夫说，“我跟你一起去。我和吉姆保证尽到各自的职责。我只对一个人不放心。”

“对谁？”乡绅问，“把那个混蛋的名字说出来，先生！”

“对你，”大夫说，“因为你管不住你的嘴。这些文件并非只有我们三个人知道。今晚袭击客店的无疑都是些亡命之徒，他们和其余留在帆船上的人（我敢说附近还有），个个都不顾一切地想得到宝藏。在出海之前，我们谁也不得单独出门。在这期间，吉姆和我必须待在一起，你带着乔伊斯和亨特去布里斯托尔。关于我们的发现，我们任何人自始至终都不得露一点口风。”

“李甫西，”乡绅答道，“你说得有理，每一次都是这样。我一定守口如瓶。”

第二部　船上的厨子

第七章
我上布里斯托尔

我们为出海作准备所费的时间比乡绅想象的要多，我们原先的计划一项也没有能够按我们的设想实现，甚至李甫西大夫要我留在他身边也吹了。大夫得上伦敦去找一个医生来接替他的业务；乡绅在布里斯托尔忙得不可开交；我住在庄园宅第里，由猎场老总管雷德拉斯照看，简直像个犯人；然而航海的幻想占据了我的整个头脑，异国的岛屿和惊险的奇遇在我心目中展现出最诱人的景象。我常常一连好几个钟点研究那张地图，把上面每一个细节都牢记在心。我坐在管家屋子里的炉火旁，在想象中从各个不同的方向靠近那个岛。我把它表面的每一块小地方都考察过了。我已千百次登上那座名叫望远镜的高山，从它顶上欣赏瑰奇多变的景色。有时候岛上密密麻麻都是野蛮人，我们得跟他们开仗；有时候漫山遍野的猛兽向我们追扑。但是，在我的幻想中出现的奇遇没有一桩比得上我们后来的切身经历那样怪异和悲惨。

过了一个星期又一个星期。到了某一天，终于有一封给李甫西大夫的信送来，信上注明“如本人不在，由汤姆·雷德拉斯或小霍金斯代拆”。遵照这条指示。我们（实在是我，因为猎场总管只认得印刷体字母）从信上得知如下的重要消息：

寄自布里斯托尔老锚旅馆

一七——年三月一日

亲爱的李甫西：

由于不知道你是否已从伦敦回到庄上，我就把这封信一式两份寄向两个地点。

船已经购妥并装备好，目前停泊待发。你再也想象不出一艘更出色的纵帆船了——连小孩子也能驾驶它。载重两百吨，船名伊斯班袅拉号[1]。

我是通过我的老朋友勃兰德里物色到这条船的，他确实是个好得不能再好的人，简直像奴隶一样忠心耿耿为我效劳。其实，在布里斯托尔，关于我们这次航行的目的——我是指发掘宝藏——的风声刚一传开，每个人都乐于为我效劳。

“雷德拉斯，”念到这里，我停下来说，“李甫西大夫一定会不高兴的。屈利劳尼先生到底把事情捅出去了。”

“我问你，他们哪个说了算？”猎场总管嘟囔道，“我才不信屈利劳尼先生会听李甫西大夫的话充哑巴。”

我打消了发表我的看法的念头，继续读信：

勃兰德里亲自觅到了伊斯班袅拉号，并且运用极其巧妙的手段出极低的代价把它买了下来。布里斯托尔有一帮人对勃兰德里恨得要命。他们竟硬说这个老实人只要有利可图什么都干得出来，说伊斯班袅拉号是他自己的，他卖船给我敲了一大笔竹杠。这些都是不堪一驳的诽谤。不管怎样，他们谁也无法否认这条船的优点。

到目前为止，一切都很顺利。固然，装置帆樯索具之类的工匠干活慢得令人恼火，不过时间会纠正这种状况。使我伤脑筋的是配备一套船员班子的问题。

我足足需要二十个人（考虑到可能会遇上土著、海盗或可恶的法国人[2]），可是费了九牛二虎之力才找到六七个，直至福星高照送来了我求之不得的那个人。

我是站在码头上同这个人攀谈起来的，事情纯属偶然。我发

---

① 伊斯班袅拉是加勒比海中部海地岛的别名，这里被用作船名。

② 当时英法两国海上争霸十分激烈。

现他是个老水手，目前开设一家酒店，布里斯托尔所有吃海上饭的他都认识。他在陆地上反而把身体搞坏了，很想在船上找个厨子的差事回到海上去。据他说，那天早晨他一瘸一拐来到这里，为的是嗅一下海水的咸味。

我听了大为感动(换了你也会感动的)，纯粹是看他可怜，立即建议他充当我们船上的厨子。他名叫高个儿约翰，姓西尔弗，只有一条腿；但我认为这是最好的介绍信，因为他在不朽的霍克①手下为祖国服役时失去了那条腿。李甫西，他连养老金也没有。你想想，这是多么混账的世道!

先生，我以为我仅仅找到一个厨子，哪里知道我由此发现了整整一个船员班子。在西尔弗的帮助下，我在短短几天之内凑集了一班货真价实的老水手——样子不那么好看，可是根据他们的面孔可以断定都有不屈不挠的坚强意志。我敢说我们敌得过一艘战舰。

高个儿约翰甚至劝我从已经雇定的六七个人中剔去两个。他一下子就让我看清楚，在我们即将开始的这样一次事关重大的探险过程中，这些淡水里泡大的废物是最最要不得的。

眼下我的健康和情绪都非常好，吃饭像公牛，睡觉像木头。但是，在我听到我的那些老水手在绞盘周围奔忙起锚出发之前，我一分钟也安不下心来。到海上去！宝藏才不在我心上呢！使我神往的是壮丽辉煌的大海。李甫西，赶快来吧；一小时也不要耽搁，如果你尊重我的话。

让小霍金斯马上去跟他的母亲告别，由雷德拉斯陪他同行。然后你们就全速到布里斯托尔来。

约翰·屈利劳尼

---

①爱德华·霍克(1705—1781)，18世纪中叶的英国海军名将，1766年任海军大臣。

我还没有告诉你，勃兰德里（他答应如果到八月底我们还不回来，就派另一条船去接应我们）找到一个出色的船长。此人相当固执（对这一点我表示遗憾），但在其他各方面是不可多得的人才。高个儿约翰·西尔弗发掘到一个十分能干的人当大副，他叫埃罗。李甫西，我选定的水手长会吹角笛发号传令；将来在伊斯班袅拉号这条出色的船上，一切都同军舰上一样。

我忘了告诉你，西尔弗是个相当有钱的人。我亲自了解到，他在一家银行里有存款，而且从来没有透支过。他留下他的老婆经营酒店；由于她是个黑人，恐怕这和健康原因至少在同样程度上驱使着他再去漂洋过海——像你我这样的老光棍作这样的猜想该是情有可原的。又及。

约·屈

霍金斯可以在他母亲那里住一宿。再及。

约·屈

读者可以想象，这封信使我兴奋到什么程度。我简直得意忘形；那个老汤姆·雷德拉斯却只会嘀嘀咕咕，唉声叹气，真让我瞧不起。总管手下的任何一名猎场看守都愿意替他出海远航，但乡绅指定的是他，而乡绅的吩咐在他们心目中好比法令。除了老雷德拉斯，别人甚至嘀咕几句也不敢。

第二天早晨，我跟他徒步前往本葆将军客店。到了那里，我发现母亲身体和精神都很好。长期以来闹得我们家宅不宁的船长，已到这个恶棍不再能制造麻烦的地方去了。乡绅吩咐把遭到破坏的一切都修好，客厅和招牌油漆一新，还添置了若干家具，特别是在酒柜后面给我母亲安放了一把漂亮的圈椅。他为她找了一个学徒，使她在我离家期间不致缺少帮手。

我看到了那个学徒，才第一次明白我的处境。在这以前我想的全都是等待着我去经历的奇遇，压根儿没有想到我即将离开的家。现在看到这个要留在我母亲身边替代我的笨手笨脚的陌生孩子，我才感到第一阵鼻酸。想必我一定把那个少年大大地折磨了一番；由于他是个新手，我有的是机会纠正他，出他的洋相，而每一次机会我都不放过。

过了一夜，第二天吃过午饭，雷德拉斯和我重又上路。我告别了母亲，告别了我出生以来一直住在那里的小海湾和本葆将军客店那块可爱的老招牌——自从重新油漆过后，它反而不像以前那样可爱了。我最后想到的是船长，他生前经常戴着三角帽，腮帮上留着一道弯刀砍的伤疤，胳肢窝里夹着一副铜框的旧望远镜，在岸边散步。转眼间我们绕过拐角，我的家就看不见了。

薄暮时分，我们在乔治国王旅馆附近的石南丛生的荒原上搭上邮车。我被塞在雷德拉斯和一位胖胖的老绅士之间。尽管车走得很快，晚上又冷，我必定从一开始就瞌睡连连，尔后邮车上山下谷，过了一站又一站，我索性沉沉睡去。当我肋骨上被猛撞了一下，终于醒来的时候，睁开眼睛一看，发现我们停在城里某街上一幢大房子的门前，天早已亮了。

“我们到了什么地方？”我问。

“布里斯托尔，”汤姆说，“下车吧。”

屈利劳尼先生就在码头附近的一家客店下榻，以便监督纵帆船上的工作。我们就向那里走去。使我大大高兴的是：我们要沿着码头打许许多多大小不一、装备不一、国籍不一的船只旁边经过。有几只船上的水手在一边干活，一边唱歌；另外几只船的水手正在我头顶上的桅杆高处，从下面看上去，仿佛挂在细得像蛛丝的帆索上。虽然我自小在海边长大，却好像以前从未靠近过大海。柏油和盐的气味使我感到新奇。我看到了形形色色的船头装饰，这些船都曾经出过远洋。我还看到许多老水手，他们戴着耳环，蓄着虬髯，辫梢上涂了柏油，大摇大摆地走着独特的水手步子。即使让我看到同样多的国王或大主教，我的高兴也莫过于此。

现在我也要去航海了！乘在一艘水手长会吹角笛传令，同船的水手都会唱歌、都有辫子的纵帆船上，航海到一个人们不知道的岛上去发掘埋在地下的宝藏！

我还沉浸在这样的美梦中，不觉已经走到一家大旅店的门前，遇见了屈利劳尼乡绅。他身穿料子厚实的蓝色服装，打扮得像个高级海员，面带笑容走出门来，一边着意模仿水手的步态。

“你们来了，”他大声说，“大夫昨天晚上刚从伦敦赶到。好极了！全体船员都齐啦！”

“哦，先生，”我欢呼着，“我们什么时候出海？”

“出海？”他说，“我们明天就出海！”

第八章
在望远镜酒店里

我吃完了早饭，乡绅要我送一张便条到望远镜酒店去给约翰·西尔弗。他对我说，地方很容易找，只要沿着码头走，看见一家酒店门口招牌上画着铜框大望远镜的便是。我兴冲冲地出发，因为又捞到一个机会可以看看船舶和水手。现在码头上正是最繁忙的时候，我从人群、大车、货包中间挤过去，直至找到那家酒店。

这是一处小巧而舒适的消遣场所。招牌新近髹过，窗上张着整洁的红帘儿，地上铺着干净的沙子。酒店的两扇门各向着一条马路敞开，使低矮的大房间里一切都可以看得清清楚楚，尽管里边烟雾腾腾。

顾客大多是吃海上饭的；他们谈话时嗓门是那么高，吓得我到了门口不敢进去。

我正在犹豫，有一个人从侧面一间屋里出来，我一看就肯定他是高个儿约翰。他的左腿一直截到臀部，左肩下的一根拐杖却出奇地听他使唤，他拄着拐杖一跳一跳，简直像一只小鸟。他身高体壮，一张宽脸盘大得像火腿，相貌平常，面色苍白，但是笑容可掬，颇不愚蠢。确实，他看来心情十分愉快，吹着口哨在桌子之间走来走去，对比较要好的顾客或者说两句笑话，或者拍拍肩膀。

说老实话，从屈利劳尼先生在信中第一次提到高个儿约翰时起，我便暗暗担心这可能正是我在本葆客店守候了那么久的独脚海上漂。但是，一看见这个人便足够叫我放心。我见过船长，见过黑狗，见过瞎子皮尤，我想我知道海盗是怎么个模样。据我看，这位整洁而和气的掌柜完全不像那号人。

我一下子鼓起勇气跨过门槛，径直向这个拄着拐杖正在跟一位顾客交谈的人走去。

“你是西尔弗先生吗？”我一边问，一边把便条递过去。

“是的，孩子，”他说，“我叫西尔弗，一点不错。你是谁？”这时他看到是乡绅写的信，我觉得他几乎像吃了一惊。

“哦！”他大声说着，伸出一只手，“我明白了。你是我们船上新来的侍应生。看到你很高兴。”

说着，他把我的手紧紧握在他坚实的大手掌里。

就在这个当儿，坐得较远的一个顾客突然站起身来向门外走。门离他很近，一转眼他已到了马路上。但他仓猝的动作引起了我的注意，我一眼便认出了他。这正是最早到本葆将军客店来找船长的那个面色像白蜡、缺少两个指头的人。

“嗨，抓住他！”我喊道，“那是黑狗！”

“我可不管他叫什么名字，”西尔弗激动地说，“不过他没付账。哈里，你去把他抓回来。”

离门最近的另一个人跳起身来追出去。

“哪怕他是霍克将军，也得付账。”西尔弗说。然后，他放开我的手问道：“你说他叫什么来着？黑什么？”

“黑狗，先生，”我说，“屈利劳尼先生没有把那帮海盗的事告诉你吗？黑狗就是他们一伙的。”

“真的吗？”西尔弗叫了起来。“在我店里？！本杰明，你跑去帮哈里一起追。他是那伙王八蛋中的一个？摩根，你不是跟他在一起喝酒吗？你过来。”

名叫摩根的那个白头发、面孔晒成红木颜色的水手——乖乖地走过来，嘴里嚼着烟草块。

“喂，摩根，”高个儿约翰声色俱厉地说，“你过去有没有见到过那个黑——黑狗，有没有？”

“没有，先生。”摩根敬一个礼答道。

“你有没有听到过他的名字，有没有？”

“也没有，先生。”

“老天在上，汤姆·摩根，算你走运！”酒店掌柜大惊小怪地说，“你要是跟这号人混在一起，就别想再进我的店堂，你可以相信我的话。他跟你讲了些什么？”

“我记不清了，先生。”摩根回答说。

“你说你这肩膀上长的究竟是脑袋还是木瓜？”高个儿约翰申斥道，“记不清了？也许你自己跟什么人说话也记不清了，是不是？他刚才在嚼舌根讲了些什么来着？航海、船长、船只？快说！你们在讲些什么？”

“我们在讲吃龙骨酱①。”摩根答道。

“你们在讲吃龙骨酱？确实该叫你们尝一尝这滋味，你可以相信我的话。汤姆，去坐好，你这个笨蛋！”

等摩根回到自己的座位上，西尔弗凑到我耳边，以一种我认为十分讨好的信任态度悄悄地说：

“汤姆·摩根是个挺老实的人，就是木头木脑的。现在，”他提高了嗓门往下说，“让我想想看。他叫黑狗？不，我没听说过这个名字，从来没有。不过，我好像——对，我见过这个王八蛋。他同一个要饭的瞎子一起到这里来过几次。”

“那准是他，没错，”我说，“那个瞎子我也认识。他的名字叫皮尤。”

“对了！”西尔弗这下真的激动起来了。“皮尤！他的确叫那个名字。你一看就知道他是个坏蛋！要是我们能把那个黑狗追回来，可就有好消息报告屈利劳尼船主了！本杰明是飞毛腿，很少有水手跑得过他。本杰明准能追上他，又稳又快，老天在上！他刚才不是在讲吃龙骨酱吗？我就让他尝尝龙骨酱的味道！”

他一边这样说，一边拄着拐杖在店堂里跳来跳去，时而拍拍桌子，

① 用绳子把人缚住浸入水中在船身龙骨下拖的一种刑罚。

那种气愤的样子连伦敦中央刑事法庭的法官或违警罪法庭的警探也会深信不疑。在望远镜酒店发现黑狗使我的疑团又一齐兜上心头，我开始警惕地观察这位厨子。但是他的城府之深、反应之快和点子之多，决不是我看得透的。等到那两个人气急败坏地回来，说黑狗已经从人堆里溜走了，掌柜的把他们当作小偷一般骂得狗血喷头；这时，我愿意担保高个儿约翰·西尔弗是绝对清白的。

“听我说，霍金斯，”他说，“这件该死的事情弄得我非常为难，可不是吗？屈利劳尼船主会怎么想呢？一个江洋大盗居然坐在我的店里喝我的朗姆酒！你到这儿来告诉我他是什么东西，我竟眼睁睁地看着他从我们这里溜走！霍金斯，你得在船主面前为我说句公道话。你年纪虽小，可是聪明伶俐。你一进门我就看出来了。恨只恨我拄着这根劳什子，叫我有什么办法呢？要是发生在我是个精壮水手的当年，我决不会追不上他，不消眨几下眼睛的工夫，准保又稳又快地把他逮住；可现在——”

说到这里，他突然顿住，耷拉着下巴颏儿，仿佛想起了什么事情。

“酒钱！”他大叫起来，“三杯朗姆酒的钱！真见鬼，我把账也给忘了！”

他一屁股倒在一条长凳上纵声大笑，笑得眼泪顺着腮帮子淌下来。我也忍不住跟着他一起笑，两个人你一阵我一阵，直至把店堂都震得发出回响。

“我简直成了一头老蠢驴！”最后他抹着脸颊说，“霍金斯，你跟我倒可以凑一对儿，我敢发誓我只配当一名侍应生。好了，现在该准备走了。这个问题含糊不得。公事必须公办，伙计们。让我戴上我的旧三角帽，跟你一起去见屈利劳尼船主，向他报告这里发生的事情。霍金斯小老弟，要知道这可不是无关紧要的小事；应当承认，你我在这件事情上都没有什么光彩。连你也没有面子，咱们俩都当了傻瓜。可是，这小子竟然还逃了我的账！”

他又笑得前仰后合，以致我也不得不附和着凑他的趣，虽然不像他那样觉得可乐。

在我们沿着码头走的一小段路上，他表现出是个最有趣的伙伴。他把我们一路看到的各种不同的船只、它们的装备、吨位、国籍一一告诉我，并向我讲解正在进行的工作：有的正在卸舱，有的正在装货，有的马上就要出海。每隔一阵，他总要给我讲一个关于船或水手的故事，或者重复某一个航海用语，让我充分掌握它的意义。我开始认识到，交上这样一个同船伙伴真是再好也没有了。

我们来到旅店时，乡绅和李甫西大夫正坐在一起就着烤面包即将喝完一夸脱[1]啤酒，随后要到纵帆船上去检查一下准备工作做得怎样了。

高个儿约翰把酒店里发生的事从头至尾说了一遍，说得很激动，完全如实报告。“当时的情况就是这样，霍金斯，你说对不对？”他不时插进这么一句，我每次都证明他的话半句也不假。

两位绅士对于没有抓住黑狗表示惋惜，但我们一致认为那也无可奈何。高个儿约翰接受了一番夸奖，然后拿起他的拐杖走了。

“今天下午四点全体人员到船上集合。”乡绅冲着他的背影喊了一声。

“是，先生。”那厨子在走廊里应道。

“屈利劳尼先生，”李甫西大夫说，“总的说来，我对于你发掘的人才并不太相信；但是我要说，我对约翰·西尔弗表示满意。”

“这是个少有的忠厚老实人。”乡绅说。

“现在，”大夫临了说，“吉姆可以跟我们一起到船上去了，是不是？”

“当然，”乡绅说，“霍金斯，戴上你的帽子，我们一起去看看我们的船。”

---

① 夸脱，英国容量单位，1 加仑 = 4 夸脱 = 8 品脱 = 4.546 升。

在我们沿着码头走的一小段路上。

第九章
火药和武器

伊斯班裊拉号停得离岸比较远，我们的划子连钻带绕在其他许多船的头饰下面和船尾旁边通过；它们的缆绳时而擦着我们的船底，时而在我们上方晃荡。我们终于靠到伊斯班裊拉号旁边，大副埃罗先生——一位面色棕黑、戴着耳环的斜眼老海员——迎接我们登上甲板。他跟乡绅十分合得来，但我很快发现屈利劳尼先生同船长的关系却不是那么融洽。

船长是个神情严峻的人，好像船上的一切都使他恼火，并急于要让我们知道他为什么恼火，因为我们刚踏进房舱，就有一名水手跟着进来。

“先生，斯摩列特船长要跟你谈谈，”他说。

“我随时听候船长的命令。请他进来。”乡绅说。

船长其实就在他的使者背后，所以立刻走了进来，并随手把门关上。

“你好，斯摩列特船长，有何见教？我希望一切都顺利。是不是一切都已准备停当，随时可以出海？”

“你好，先生，”船长说，“我想还是直截了当地说比较好，哪怕可能得罪你。我不喜欢这次航行，我不喜欢这些人，我不喜欢我的大副。我的意见干脆而明了。”

“先生，你大概不喜欢这条船吧？”乡绅问，我看得出他很生气。

“在没有看到它经受考验之前，我不能这样说，”船长说，“这条船看来造得很精巧，别的我不敢说。”

“先生，也许你对你的雇主也不喜欢吧？”乡绅说。

这时李甫西大夫插了进去。

“等一下，”他说，“等一下。这样提出问题除了引起争吵毫无益处。船长要么把话说过了头，要么还没有说透，因此我不得不要求作出解释。你说你不喜欢这次航行。为什么？”

“先生，我受聘把这条船开往这位绅士要去的地方，而目的地却瞒着我，”船长说，“本来我并不在乎。但我发现船上每一个人都比我了解得更多。我认为这不公平，你认为如何？”

“是不公平，”李甫西大夫说，“我也认为如此。”

“还有，”船长说，“我了解到你们是去探宝的——请注意，我是听自己手下的人说的。发掘宝藏是非常靠不住的事情，我对于探宝之行毫无兴趣，何况事情既要保守秘密，而这个秘密——请原谅我说得不大客气，屈利劳尼先生——却连鹦鹉都知道了。”

“是西尔弗的鹦鹉吗？”乡绅问。

“我不过是打个比方，”船长说，“我是指那已经不成其为秘密。我相信你们二位都不了解所面临的形势；但我要把我的看法告诉你们：一场生死搏斗在所难免，而且形势十分险恶。”

“你说得很清楚，而且我认为很有道理，”李甫西大夫表示，“我们是冒风险的；但是我们并不像你所想的那样糊涂。其次，你说你不喜欢这个船员班子。他们不是挺好的水手吗？”

“我不喜欢他们，先生，”斯摩列特船长回答，“索性挑明了吧：我认为船员应当由我挑选。”

“也许应该如此，”李甫西大夫说，“我的朋友也许应该跟你一起商量。不过，如果这件事做得欠周到，那也不是故意的。你好像还不喜欢埃罗先生。”

“是的，先生。我相信他是个好海员，但他对待水手过于放任，不合一个好的负责船员的要求。一个大副应当记住自己的身份，不该同水手们一起喝酒！”

“你说他酗酒？”乡绅嚷了起来。

“不，先生，”船长回答，“只是他太随便了。”

“好吧，现在把话说得简单些，你对我们有什么要求，船长？”大夫问。

“先生们，你们是不是下定决心要作这次航行？”

“我们已经铁了心。”乡绅回答。

“很好，”船长说。“既然你们很耐心地听我说了这些我无法证实的情况，请再听我说几句。他们现在把火药和武器放在靠近船头的底层舱里。你们的房舱下面有很好的地方，为什么不把火药和武器放在那里？这是第一点。你们带着四个自己的用人，我听说他们也要被安排到前舱去睡。为什么不给他们在这里房舱旁边安排几个铺位？这是第二点。”

“还有吗？”屈利劳尼先生问。

“还有一点，”船长说，“已经泄露出去的情况太多了。”

“的确如此，”大夫表示同意。

“我可以把我自己听到的告诉你们，”斯摩列特船长说，“据说你们有一张某岛的地图；地图上有几个叉叉表示藏宝的地方；那个岛在——”他说出了确切的经纬度。

“这我可从来没有对任何人说过。”乡绅急忙辩解。

“水手们都知道，先生。”船长说。

“李甫西，那必定是你或霍金斯捅出去的。”乡绅大声说。

“谁捅出去的现在无关紧要。”大夫说。我看得出，他和船长都不大理会屈利劳尼先生的表白。说老实话，我也有同感，因为他实在过于口没遮拦。不过在这件事情上我相信他确实没有说，我们谁也没有把岛的位置捅出去。

“总之，先生们，”船长继续说，“我不知道地图在谁那里；但我坚决要求，即使对我和埃罗先生也必须保密。否则我宁可辞职。”

“我明白，”大夫说，“你希望我们把这件事隐瞒起来，希望在船尾部分形成一支由我的朋友的随从为班底、拥有船上全部火药和武器的警卫力量。换句话说，你担心发生暴乱。”

“先生，”斯摩列特船长说，“我不想得罪你，但是我不承认你有权把我没有说过的话强加于我。先生，任何一个船长如果有充分根据说这样的话，就没有理由出海。至于埃罗先生，我相信他是绝对诚实的；有几个水手也是诚实的；甚至个个都是诚实的也难说。但我要对船的安全和船上每一个人的生命负责。我认为有些事情不对头。因此我要求你们采取若干预防措施，否则请允许我辞职。我的话完了。”

“斯摩列特船长，”大夫含笑开始说，“你有没有听到过关于山和老鼠的一则寓言[①]？请原谅，但你使我想起了那则寓言。我敢凭着我的脑袋起誓，你刚进来时的打算不止于此。”

“大夫，”船长说，“你很有眼力。我到这里来是打算辞职的。我估计屈利劳尼先生一句话也听不进去。”

“我还是不想听，”乡绅气冲冲地说，“要不是李甫西在这里，我早把你轰出去了。现在我总算听完了你的话，我可以按照你的要求去做；不过我对你的印象只会更坏。”

“那只得听便，先生，”船长说，“你将来会明白我尽到了职责。”

说完他便告辞。

“屈利劳尼，”大夫说，“同我的估计相反，我现在相信，你为我们这条船物色到了两个正直的人：一个是约翰 · 西尔弗；另一个就是这位船长。”

“关于西尔弗我同意，”乡绅说，“至于这个故意吓唬人的讨厌家伙，我认为他的行为不像个大丈夫，不合海员身份，一点没有英国人的气派。”

“好吧，”大夫说，“我们走着瞧。”

---

① 见《伊索寓言 · 分娩的山》（费德路斯编译）：山在大声呻吟，行将分娩；结果从巨大的裂口中只跑出来一只小老鼠。这则寓言与“雷声大，雨点小”的意思相近。

我们从房舱出来走到甲板上时，水手们已经开始在把武器和火药挪地方，一边嘀呵呵地唱着号子；船长和埃罗先生站在一旁督工。

这次重新安排恰如我意。全船的布局作了一次大调整：在船尾上原来的大货舱后部安下六张铺位，这组房舱仅由左舷的圆木走廊沟通厨房和水手舱。这六张铺位原先准备让船长、埃罗先生、亨特、乔伊斯、大夫和乡绅占用。后来，其中两张给了雷德拉斯和我，而埃罗先生和船长睡到甲板上升降口里边去。这个升降口向两侧扩大后，可以称之为后甲板房舱。当然，那里还是很低的，但还放得下两张吊床，甚至那位大副也对这样的安排表示满意。或许他对那班水手也不放心，不过这仅仅是猜测，因为他究竟持何种意见，不久就将跟我们毫无关系，读者往后自会明了。

我们大家正忙于把火药和铺位挪地方，最后几名水手和高个儿约翰也一起坐划子离岸到来。

厨子像猿猴一般灵活地爬上大船。他一看到船上的忙碌景象，便问道：

“嗨，伙计们，你们在干什么？”

“我们在给火药搬家，约翰。”有一个人回答。

“老天在上，干吗要搬哪？”高个儿约翰惊呼道，“这样会错过早潮的！”

“是我的命令！”船长简短地说，“你可以到下面厨房里去，我的朋友。待会儿水手们还要吃晚饭。”

“唉，唉，先生，”厨子应道。他举手碰了一下自己的额发，立即消失在去厨房的那个方向。

“这人挺不错，船长。”大夫说。

“很可能，”斯摩列特船长答道，“小心，伙计们，小心些！”他向正在搬火药桶的水手们那边跑去，忽然发现我在细细地看安置在甲板中央的一尊铜铸回旋炮，“喂，侍应生，”他喝道，“别待在这里！到厨房里去找些活干！”

当我赶紧离开那里的时候，我听见他把嗓门提得很高对大夫说：

“我的船上不许有宠儿。”

读者可以相信，我同乡绅的看法完全一致起来了；我对我们的船长深深地怀恨在心。

第十章
航　程

整整一夜，我们忙得不可开交，又是安放东西，又是接待一船船乡绅的朋友，如勃兰德里等人，他们从岸上来预祝他一帆风顺、平安返航。我在本葆将军客店从来没有哪天夜晚有一半这样忙的。到将近破晓时分，我已累得筋疲力尽，这时水手长吹响了角笛，水手们开始站到绞盘扳手前准备起锚。我即使两倍那样累也不愿离开甲板。简短的命令、尖锐的笛声、在朦胧的船灯光下奔向各自岗位的人们——对我说来一切都是那么新奇、有趣。

“喂，烤全牲，给我们唱个歌吧！”一个水手喊道。

“唱那支老的。”另一个喊道。

“来吧，伙计们，”腋下拄着拐杖站在一旁的高个儿约翰一下子唱起了那支我非常熟悉的歌：

十五个人扒着死人箱——

接着全体水手合唱应和：

哟呵呵，朗姆酒一瓶，快来尝！

唱到第三个音节“呵！”时，大伙一齐使劲转动绞盘的扳手。

甚至在这样激动人心的时刻，我也有瞬息工夫回想起本葆将军客店里的情景；我仿佛听到合唱声中有船长的尖嗓音。不一会，铁锚突然露出水面；又过了一会，它已被吊上来，滴滴答答地往船首上淌水；再过一会，帆开始鼓满风，陆地和别的船只开始从两边向后退去。伊斯班袅拉号开始了它向藏宝岛的航程，我这才去躺下打一个小时的盹儿。

我不准备详细叙述航程。一路上十分顺利。船显示了良好的性能。水手们相当称职，船长也极其在行。但在我们到达藏宝岛之前，有两三件事情应当提一下。

首先，埃罗先生的表现比船长所担心的更糟。他在水手中间毫无威信，他们根本不把他放在眼里。但这远不是最坏的呢；出海一两天以后，他开始醉眼蒙眬、两颊通红地出现在甲板上，舌头不听使唤，说话含糊不清，还带着其他酒后失态的迹象。他不时被勒令回到甲板下面去。他几次摔倒，弄破了皮肉；有时整天躺在升降口一边他自己的狭小铺位上；偶尔也有一两天几乎是清醒的，那时他就留神把自己的工作做得至少过得去。

然而，我们始终没有查明他是从哪里弄来的酒。这是船上的一个谜。无论我们怎样监视他，还是无法揭开这个秘密。你当面问他时，他要是醉了，就冲着你哈哈大笑；他要是神志清醒，就赌神罚咒地说，他素来滴酒不入，只喝水。

他作为一名大副完全不中用，对手下的人影响也不好，但还不止于此。可以看得很清楚，照这样下去。要不了多久他就会把自己彻底毁掉。果然，在一个风逆浪高的黑夜里，他完全失踪了，再也没人见过他。这件事没有引起任何人太多的惊讶或惋惜。

“准是掉到海里去了！”船长说，“诸位，这样也省得我们用链条把他锁起来。”

可是我们毕竟少了一名大副，当然必须从船员中提升一个人。水手长约伯·安德森是最够格的人选。虽然名义上还管他叫水手长，其实担任的是大副的职务。屈利劳尼先生当过水手，他的知识很有用，天气比较好的时候，他往往亲自值班瞭望。副水手长伊斯莱尔·汉兹是个小心谨慎、老谋深算、经验丰富的水手，必要时几乎任何事情都可以信托他。

他同高个儿约翰·西尔弗是至交。提起西尔弗，我想谈一谈我们船上的这个厨子——水手们都管他叫烤全牲。

在船上他用绳子把拐杖套在脖子上，尽可能腾出两只手。他做饭时用拐杖抵着舱壁撑住自己，任凭船身如何颠晃，他都像在陆地上一样稳稳当当，这的确值得一看。你要是看见他在风浪肆虐的时候如何在甲板上走来走去，一定更加惊异。在距离最大的空当，有两条缆索供他攀扶，大伙把这叫做高个儿约翰的耳环。他扶着缆索从一个地方走到另一个地方，时而使用拐杖，时而由它挂在绳子上拖在背后，动作之快不下于两条腿走路的人。但是过去和他一起在海上待过的某些人却叹惜他已大不如前。

"烤全牲不是个寻常人，"副水手长对我说，"他年轻时受过很好的教育，只要他高兴，他能讲得不比书本子差；要是说到勇敢，连狮子跟高个儿约翰比起来也算不了什么！我看见过他赤手空拳独自向四个人冲上去，把他们的脑袋揪在一起相碰。"

水手们都尊敬他，甚至服从他。他跟每一个人说话都有一套办法，能使每一个人都感激他。他对我的态度始终十分亲切，看见我到厨房里去总是很高兴。他把厨房收拾得干干净净，盆子碟子都擦得锃亮悬挂起来，在一个角落里他用笼子养着一只鹦鹉。

"来，霍金斯，"他常常对我说，"来跟约翰摆龙门阵。我最喜欢的就是你，我的孩子。你坐下听我说。弗林特船长——我用这位大名鼎鼎的海盗的名字称呼我的鹦鹉——弗林特船长预言这次远航一定成功。你说是不是，船长？"

这时鹦鹉就会快得要命地应道："八个里亚尔！八个里亚尔！八个里亚尔！"直到它声嘶力竭，或者直到约翰用一方巾帕把笼子罩起来。

"我告诉你，霍金斯，"他说，"这只鸟大概有两百岁了。鹦鹉的寿命都极长。除了魔鬼，谁也不会比它看到过更多伤天害理的事。它跟英格兰——大海盗英格兰船长——一起航过海。它到过非洲的马达加斯加、印度的马拉巴尔、南美的苏里南、北美的普罗维登斯、苏格兰的波多贝洛。它见过怎样打捞沉船上的财宝。它就是从那里学会了叫‘八个里亚尔’；这也不奇怪，因为当时捞起了三十五万每枚值八个里亚尔的西班牙银币，霍金斯！它见过怎样在果阿[1]附近强攻印度总督号，别看它样子像小娃娃。你是嗅惯了火药味的，可不是吗？船长？”

“准备逆风换戗。”鹦鹉尖声叫道。

“这鬼东西机灵得很，”厨子说着从口袋里掏出糖块来给它吃。随后鹦鹉啄着笼栅骂不绝口，那些话下流到难以置信的程度。约翰接下去说：“这叫做近墨者黑，老弟。我的这只可怜而无知的老鸟骂人的本领真是炉火纯青，它已经改不了啦，你可以相信我的话。正如俗话所说：即使在牧师面前它也照样骂。”说到这里，约翰总要庄重地举手碰一下他的额发，我就把他当作世上最好的人。

在这同时，乡绅和斯摩列特船长的关系继续紧张。乡绅甚至不掩饰他对船长的恶感。船长则非问不答，即使答问也是尖刻、简短而生硬，决不多说一个字。当他被逼急的时候，他也承认自己对船员班子的看法也许太偏，说不少水手眼明手快，他瞧着很满意，而且在行为方面也都合规矩。至于对这条船，他是彻底爱上了。“它驾驶起来是那么得心应手，先生，即使一个做丈夫的也不可能要求自己的妻子更听话了。不过，”他总要添上一句，“我只想说：事情还得等着瞧。我对这次航行硬是不喜欢。”

乡绅听到这里，照例会转过身去，下巴颏儿往上一翘，开始在甲板上来回踱步。

“这家伙再这样唠唠叨叨，”事后他说，“我可要发作了。”

我们遇到过一次恶劣的天气，这恰恰给了伊斯班袅拉号一显身手的

---

[1] 果阿，印度西海岸的葡萄牙殖民地，现已由印度收回。

机会。船上每一个人看来心情都很舒畅，老实说，否则他们也未免太挑剔了；因为我相信，自从挪亚①驾舟出海以来，任何一条船上的水手都没有被纵容得这么厉害。只要找到一点借口，立刻给大伙发双份的酒。船上不时可以吃到葡萄干布丁，只消乡绅听说这天是某人的生日。在上甲板中部随时放着一只敞开的桶，桶里的苹果谁爱吃自己拿。

“这种做法还从来没有产生出好结果，”船长几次对李甫西大夫说，“只会把水手们惯坏，使他们滋生歹心。这就是我的观点。”

然而，好结果恰恰是从苹果桶里产生的，读者在下面便可看到；要是没有它，我们就不可能及时得到警告，很可能全部遭到叛贼的毒手。

事情是这样的——

越过赤道前后，我们使信风②尽量有利于把船送到我们的目的地（恕我无权讲得更加明白）。现在船正在驶向那个海岛，我们不分昼夜急切地瞭望着。我们这次航行至多只剩下一天路程。说不定今天夜里，最迟明天中午以前，我们一定可以望见藏宝岛。我们的航向是南西南，稳定的和风与船身恰好成正横。海上波平浪静。伊斯班袅拉号稳稳地前进，它的船首斜桅不时被一阵飞溅的水花所浸湿。一切都很顺利，每一个人的情绪都很高，因为我们这次探险的前半部分的目的地已近在咫尺。

太阳刚刚落山，我的工作已经完毕，我正要回到自己的铺位上去，忽然想吃一个苹果。我跑上甲板。值班的岗哨都在船头瞭望，看是否有海岛出现。舵手注视着船帆吃风的角度，一边悠然自得地在一片寂静中吹着口哨；此外只有海水擦着船首和船身两侧的唰唰之声。

我整个身体爬进桶去才找到剩下的最后一只苹果。我在桶里坐下

① 挪亚，《圣经 · 旧约 · 创世记》中得上帝晓示乘方舟避难的人，被认为是航海者的始祖。

② 在赤道两边的低层大气中，北半球吹东北风，南半球吹东南风，这种很少改变方向的风，叫做信风。也叫贸易风。

来，因为里边暗，加上水声和船身的微微颠晃，我慢慢地竟睡着了，或者几乎就要睡着。这时，有一个身体颇重的人砰的一声在桶旁坐下。他的肩背靠在桶上，桶身晃了一下；我正想跳出去，那人却开始说话了。那是西尔弗的声音。我才听了开头的几句，立刻决定无论如何不能露面。我蜷伏在桶里，哆嗦着侧耳谛听，恐惧和好奇都达到了极点；因为从开头几句话我就明白，船上所有好人的生命此刻都系于我一人之身。

我蜷伏在桶里。

第十一章

我躲在苹果桶里所听到的

“不，不是我，”西尔弗说，“船长是弗林特；我管掌舵，因为我这条腿是木头的。在同一次舷炮齐轰的时候，我丢了一条腿，老皮尤丢了一双眼睛。给我截肢的外科医生是大学毕业生，装了一肚子拉丁文；可是他也跟其余的人一样在科尔索要塞像条狗似的被绞死后吊在太阳下烤。是啊，那是罗伯特手下的人，他们的毛病出在老是给他们的船换名儿：今天叫皇家福号，明天又叫旁的什么号。我认为，一条船起了什么名儿，就应该永远叫这个名儿。卡桑德拉号便是这样，在英格兰船长夺取了印度总督号以后，它把我们大家从马拉巴尔平安送到家里；弗林特原来那条老船海象号也是这样，我看到过它几乎被鲜血染红，但也差点儿被黄金压沉。”

“啊！”另一个声音——那是船上最年轻的一名水手——显然十分佩服地叹道，“弗林特真了不起！”

“据说戴维斯也不赖，”西尔弗说，“我从来没跟他一起在海上待过。我先是跟英格兰，后来跟弗林特，现在不妨说是自己干了。我跟随英格兰积下九百镑，跟随弗林特积下两千镑。对于一个水手来说已经不错了，钱都稳稳当当地存在银行里。单靠会挣钱还不行，得靠撙节才能聚财，你可以相信我的话。英格兰手下的人现在都哪儿去了？我不知道。弗林特的人呢？大部分在这条船上，能捞到吃葡萄干布丁已经很高兴。他们中有些人在这以前甚至要过饭。瞎眼的老皮尤想起来实在应该害臊，他一年花一千二百镑，简直像个上议院的勋爵。他如今在哪里？死了，埋掉了；但是两年以前他已经在挨饿，真见鬼！他要饭、做贼、杀人，可还是吃不饱，老天在上！”

“这样说来，干这一行也没有多大好处。”年轻的水手说。

“对傻瓜的确没有好处，你可以相信我的话，干什么都一样没好结果，”西尔弗说，“不过，你年纪虽轻，可是聪明伶俐。我一眼就看出来了，我要像同大人一样同你说话。”

当我听到这个可恶的老骗子用经常对我说的同样的几句话恭维另一个人时，我心头是什么滋味，读者可想而知。如果可能，我会透过桶身把他杀死。其时他继续往下说，一点也没料想到有人在偷听。

“碰运气绅士大抵如此。他们生活不讲究，随时有荡秋千的危险，可是他们吃喝起来就像斗鸡之前喂食那样。一次航海归来，他们口袋里的几百个铜板会变成几百镑。等到钱喝光、花完，他们重又两手空空到海上去。我可不是这种做法。我把钱分散存在各处，每一处都不太多，免得引起怀疑。告诉你，我今年五十岁，这次航行结束回去以后，我要开始做一个真正的绅士。日子还长着呢。不过，我的日子一向也过得不坏，心里想要什么从不亏待自己；一直睡得舒服，吃得讲究，除非在海上。你问我是怎样起家的？最初还不是跟你一样当普通水手？”

“可是，”另外一个说，“你其余的钱财不是都要丢掉了吗？要知道，从此以后你再也不敢在布里斯托尔露脸了。”

“你猜猜我的钱在哪儿？”西尔弗带着嘲弄的口气问。

“在布里斯托尔的银行里和别的地方。”他的年轻伙伴说。

“是的，”厨子说，“咱们起锚的时候，钱的确在那里。可是我的老婆现在把所有的钱都提走了。望远镜酒店连同租房契约、商号信誉、生财装修也都盘出去了。我老婆已经离开那儿到约定的地方去等我。我倒是愿意告诉你在什么地方，我信得过你；可是这样别的水手会妒忌的。”

“你对自己的老婆信得过信不过？”另一个问。

“碰运气绅士相互之间信得过的很少，”厨子答道，“这也难怪他们，你可以相信我的话。不过我自有办法。谁要想算计我，——我指的是认识我的人，——老约翰跟他势不两立。过去有些人害怕皮尤，有些人害怕弗林特，可是连弗林特本人也怕我。他又是怕我，又是器重我。弗林特手下那帮人都是无法无天的，甚至魔鬼都不敢跟这帮人一起出海。我告诉你，我不是个说大话的人，你现在看到我跟大伙多么亲热、随和；可是当年我掌舵的时候，弗林特手下那帮老海盗见了我比绵羊还听话。啊，等到老约翰在船上当了家，你就知道了。”

“现在我对你实说了吧，”那小伙子说，“在这次谈话之前，我半点也不喜欢干这一行，约翰；不过现在，我的主意已经定了，咱们握手为凭。”

“你这个小伙子有种，也聪明，”西尔弗说着跟他热烈地握手，把苹果桶也震得摇晃起来，“而且像你这样漂亮的一个碰运气绅士我还没见过呢。”

我渐渐地开始听懂他们的切口。所谓“碰运气绅士”在他们的话里就是海盗，我所偷听到的一段小小的插曲，不过是拉拢一名老实的水手——也许是船上最后一名——诱他入伙的最后一道手续。不过我很快就发现事情还不那么简单。西尔弗轻轻吹了一声口哨，又有一个人走过来和他们坐在一起。

“狄克是自己人了。”西尔弗说。

“哦，我知道狄克迟早是自己人。”说话的声音是副水手长伊斯莱尔·汉兹。“狄克不是傻瓜。”他把口中的烟草块转动了一下，啐一口唾沫。“我有件事要问你，烤全牲，”他往下说，“咱们这样吊儿郎当，得蘑菇到哪一天？斯摩列特船长已经叫我受够了，我再也不愿听他使唤，妈的！我要住到房舱里去，一定要去。我要他们的泡菜、葡萄酒，还有其他好些东西。”

“伊斯莱尔，”西尔弗说，“你的脑袋瓜儿实在不大顶用，过去也是这样。不过我希望你还能听别人的忠告，至少你的耳朵是够大的。你好好听我说：在我下令行动之前，你得照旧睡自己的铺位，你得勤奋工作，你得和婉说话，你得节制饮酒。你可以相信我的话，乖孩子。”

“我又不违抗你的命令，”副水手长嘀咕着，“我是问到底几时下手？”

“几时下手？老天在上！”西尔弗说，“好吧，既然你要知道，我就告诉你：能推迟到什么时候，就尽量推迟。这里有个第一流的海员——斯摩列特船长，他驾驶这条船对我们有利。乡绅和大夫带着地图，但我不知道藏在什么地方。你也不知道，可不是吗？所以，老天在上，我打算让这位乡绅和大夫去发掘宝藏，帮咱们运到船上，那时再作道理。要是我对你们这帮魔鬼的子孙放心的话，我还要让斯摩列特船长把我们带到返程的中途，那时才下手。”

“咱们这些人不都是海员吗？难道不会驾船？”名叫狄克的小伙子说。

“咱们只不过是一群水手，”西尔弗说，“咱们会沿着航道行船，但是谁能确定航道？这事你们谁也干不了！按我的心意，我要斯摩列特船长在返程中至少把咱们带进信风圈。那时咱们才不至于算错了航向，不至于弄到每天只能配给一小勺淡水的地步。不过我知道你们这帮家伙的本性。我只好在岛上把他们干掉，只等金银财宝搬上船，尽管这是很可惜的。不让你们喝得人事不省，你们就浑身不自在。真他妈的倒霉，跟你们这帮东西一起航行，我简直觉得恶心！”

“得了，高个儿约翰，”伊斯莱尔激动地说，“谁跟你唱对台戏啦？”

“多少大船被剿灭了，多少英雄好汉在正法码头[①]晒成鱼干，你以为我看见的还少吗？”西尔弗也激动地说，“事情都坏在过于性急上，只知道快，快，快。告诉你吧，我在海上见得多了。你们若是稍微有一点头脑，懂得见风使舵的话，早已坐马车、住公馆了。可是你们休想！我知道你们这帮家伙。你们只盼着灌足了朗姆酒上绞架。”

“大伙都知道你像牧师一样能说会道，约翰；不过也有人能像你一

① 正法码头，英国旧时绞决海盗的行刑地，在伦敦郊区泰晤士河畔。

样地卷帆掌舵，”伊斯莱尔说，“他们都图个快乐热闹，这是事实。他们不那么眼朝天、干巴巴的，一点也不，而是及时行乐，每个人都高高兴兴。”

“是吗？”西尔弗说，“那末如今他们都在哪儿呢？皮尤是这种人，可他死的时候是个臭要饭的。弗林特是这种人，结果在萨凡纳为朗姆酒送了命。啊，跟这些人做伴的确带劲儿，可是，他们如今又在哪儿？”

“但是，”狄克问，“等到他们落在咱们手里的时候，咱们到底怎么处置他们？”

“这个人说的话合我的口味！”厨子表示赞赏，“这才是正经事。那末，你打算怎么办？把他们放荒滩[1]吗？那是英格兰船长的做法。或者把他们像一头头猪那样宰了？那是弗林特或比尔·蓬斯的做法。”

“比尔一向如此，”伊斯莱尔说，“他常说：‘死人不咬活人。’现在他自己成了死人，对于这话该有亲身体验了。要说心狠手辣，比尔算得上一个。”

“你说得对，”西尔弗说，“心狠手辣，干净利落。你们瞧：我比较宽宏大量，我是个绅士，但这一次情况非同寻常。公事必须公办，伙计们。我主张执行死刑。我要是当上了议员，有了自备马车，我可不希望房舱里那些耍嘴皮子的家伙中的任何一个像魔鬼闯进教堂那样闯到我家里来。我是说要等待时机；但一旦时机成熟，决不可白白错过。”

“约翰，”副水手长赞道，“你真是个人才！”

“将来你亲眼看到了自会相信，”西尔弗说，“我只有一个要求：把屈利劳尼给我。我要亲手把他的小牛头从他脖子上拧下来。狄克！”他突然把话头一转，“好孩子，你起来到桶里拿一只苹果给我润润喉咙。”

---

①放荒滩，弃人于孤岛或荒漠的海岸。这是海盗惯用的一种惩罚手段。

读者可以想象我吓得魂不附体的情状！我要是有胆气的话，真想跳出去没命地逃，可是我的四肢和心脏一概不听使唤。我听到狄克正要站起来，这时好像有人把他拉住；接着是汉兹的声音说道：

“得了吧！约翰，你怎么爱吃这种垃圾货。咱们来一杯朗姆酒吧。”

“狄克，”西尔弗说，“我相信你。我那儿的小桶上有一只量酒的器具。这是钥匙；你去放一杯来。”

尽管我惊魂未定，我还是不由自主地想到，送了埃罗先生命的朗姆酒原来是从那里来的。

狄克刚走开，伊斯莱尔便凑在厨子耳边低声说话。我只能听出不多几个字，然而我却得到了一个重要消息。在关于同一件事的片言只语中，有一句完整的话给我听见了：“他们那几个中间别人都不干。”可见船上还有忠于我们的人。

狄克回来后，这三个人轮番拿起杯子来喝酒。其中一个说：“预祝一切顺利”；另一个说：“向老弗林特致敬”；西尔弗的祝辞像一支歌：“祝咱们自己健康，万事顺当；但愿金银堆满舱，富贵久长。”

这时一片清辉射进桶来，落到我身上。我抬头一看，原来月亮已经升起，把后樯上桅上帆染成银色，把前桅帆的前缘照得雪白。几乎在这同时，从瞭望哨那里传来一个人的欢呼声：“陆地！”

第十二章
军事会议

甲板上顿时响起了杂沓的脚步声。我听到人们纷纷从房舱和水手舱里跑出来。我一下子跳出苹果桶，一溜钻到前桅帆后，向船尾跑了几步，走上没有遮蔽的甲板时，正好遇上亨特和李甫西大夫，便跟他们一起冲向上风船头。

全体水手都已集合在那里。月亮一出，一道带状的雾几乎立刻消散。在西南方远处，我们看见两座相距约两英里的小山；在其中一座后面矗立着比较高的第三座山，它的峰顶还裹在雾中。三座山都呈尖锐的圆锥形。

我如在梦中看到了这一切，因为我还没有从一两分钟前的惊骇中恢复过来。这时我听见斯摩列特船长的声音在发布命令。伊斯班袅拉号的船身与风向更接近了两个罗经点①，现在它正从东面靠近岛子。

"伙计们，"等帆脚索一一扣紧后，船长说，"以前你们有谁看见过这片陆地没有？"

"我见过，"西尔弗说，"我在一条商船上当厨子的时候，在那里上过淡水。"

"我想锚地大概在南面那个小岛后面吧？"船长问。

"是的，先生，那地方叫骷髅岛。过去是个海盗窝，当时我们船上有个水手叫得出他们每一个人的名字。靠北面那座山名叫前桅山；三座山由北向南排成一列，分别叫做前桅山、主桅山、后桅山，先生。不过，主桅山——那直上云端的一座大山——通常被叫做望远镜山，因为海盗在此下锚清理船身的时候，总是把瞭望哨设在那座山上。要知道，这里是他们清理船身的地方，先生，请原谅。"

"我这里有一张海图，"斯摩列特船长说，"你看看是不是那个地方。"

高个儿约翰接过图时，两只眼睛像火炬似的燃烧了起来；但是，那张图的纸色还很新，一看我就知道他肯定要大失所望。这不是我们在比尔·蓬斯箱子里发现的那张图，而是一份精工描绘的复本，上面标着所有的地名、山高和水深，仅缺红色的叉叉和文字说明。尽管西尔弗恨得咬牙切齿，他还是沉得住气，不动声色。

“是的，先生，”他说，“正是这个地方；这图画得好极了。不知是谁画的？据我所知，那些海盗都是草包。啊，这里写着‘基德船长锚地’——这名字还是我的一个同船伙伴给取的。那里有一股自北向南的激流，绕过西海岸后折向北去。先生，”他说，“你改变航向，让船处在岛的上风，这样做很对。不管怎样，如果你打算进入港湾，在那里维修船只，那末，在这一带水域中再也找不到更合适的地方了。”

“谢谢你，朋友，”斯摩列特船长说，“以后我还会请你给我们帮助的。你们可以走了。”

约翰并不讳言他对该岛情况熟悉，这种沉着的能耐大出我的意料；我承认，当他向我走近时，我有点儿心慌。当然，他不知道我在苹果桶里偷听到了他的阴谋诡计，但在这段时间内，他那阴险残忍、两面三刀的本性和巨大的影响力使我惊骇万分，所以当他把一只手搁在我臂膀上时，我忍不住打了个寒战。

“这个岛子是个好地方，”他说，“值得你这样的小伙子上岸去看看。你可以游泳、爬树、打山羊，你自己也可以像一只山羊那样攀上那几座山头。看着这个岛，我觉得自己又年轻了，甚至忘了我的木腿。年轻力壮，脚趾头一个不缺，那是很美妙的，你可以相信我的话。你什么时候想上岸去探测一下，你只要告诉老约翰，自会给你准备好点心带着路上吃。”

说着，他极其友好地在我肩上一拍，然后一瘸一拐地下厨房去了。

---

① 罗盘上共有 32 个点，每个罗经点等于 11¼度。

斯摩列特船长、乡绅和李甫西大夫一起在后甲板上谈话。我虽则急于把听到的情况向他们报告，可是我不敢冒冒失失打断他们的谈话。我正在盘算找一个恰当的借口，这时李甫西大夫把我叫到他那边去。他把烟斗忘在下面房舱里了，他的烟瘾又大，所以叫我去把烟斗拿来。我刚走到可以讲话而又不会被别人听见的距离，急忙轻声说了出来：“大夫，我有话告诉你。你先同乡绅和船长一起到房舱里去，然后做个样子来叫我。我有可怕的消息报告。”

大夫脸上略略有些变色，但他立即控制住自己。

“谢谢你，吉姆，”他提高嗓门说，“我所要知道的就是这些。”那口气好像他刚问我一件事来着。

于是，他掉过头去加入另外两个人的谈话。他们在一起交谈了一会儿，虽然他们没有一个人惊慌失措，或提高嗓门，甚至没有吹一声口哨，但显然李甫西大夫把我的请求告诉了他们，因为接下来我听见船长命令约伯·安德森吹角笛让全体水手在甲板上集合。

“朋友们，”斯摩列特船长说，“我有句话要对你们说。我们看到的这片陆地正是我们航行的目的地。屈利劳尼先生的手面很阔，这一点我们都知道；他刚才问了我一下，我认为可以告诉他：全船上下每一个人都很尽职，我表示十分满意。现在，他和我，还有李甫西大夫，要到下面房舱里去为你们的健康和幸运喝一杯；这里会拿酒来，让你们也为我们的健康和幸运喝一杯。我可以告诉你们，我认为屈利劳尼先生今天的做法确实是一大豪举。如果你们同意我的看法，你们就为这位慷慨的绅士纵情欢呼吧。”

欢呼声随之而起，这是不在话下的。但他们喊得如此响亮而真诚，我承认自己简直不能相信：就是这些人想要谋害我们。

“再为斯摩列特船长欢呼一次。”等第一阵欢呼声停下来，高个儿约翰大声建议。

这一次欢呼同样热烈。

乘他们兴高采烈的当口，三位绅士走下去了。过不多久，有人传话叫吉姆·霍金斯到房舱里去。

我进去时，他们三人围坐在一张桌子旁边，面前摆着一瓶西班牙葡萄酒和一些葡萄干。大夫在抽烟，假发放在膝上——我知道这是表明他心情激动的迹象。船尾窗开着，这是一个暖和的夜晚，可以看到月光照亮船后的尾波。

“霍金斯，”乡绅说，“你有事情要告诉我们，现在你说吧。”

我遵命照办，尽我所能简单扼要地叙述了西尔弗在谈话中讲到的几点。在我说完以前，他们三人谁也不打岔，甚至谁也不动弹，只是他们的眼睛自始至终盯着我的脸。

“吉姆，”李甫西大夫说，“你坐下。”

他们让我在桌旁他们身边坐下，给我倒了一杯葡萄酒，往我手中塞了好多葡萄干，三个人一个接着一个为我的健康、幸运和勇敢干杯，每个人都向我鞠躬致意。

“船长，”乡绅说，“你是对的，我错了。我承认自己是一头蠢驴，我听候你的命令。”

“先生，我也差不多，”船长答道，“我从来没遇到过一个船员班子在酝酿暴乱而事前丝毫不露声色的，因为只要不是瞎子，总会发现蛛丝马迹并采取对策。可是这个班子，”他临了补充一句，“完全把我蒙蔽了。”

“船长，”大夫说，“这个西尔弗是个异乎寻常的人物，我想你也会同意的。”

“他要是被吊在帆桁上才妙得异乎寻常呢，先生，”船长说，“不过现在谈这些也不起作用。我有三四点想法，如果屈利劳尼先生允许的话，我就谈出来。”

“先生，你是船长。你说了算。”屈利劳尼先生庄重地宣布。

“第一点，”斯摩列特船长开始陈述，“我们必须继续前进，因为

在我说完以前，他们三人谁也不打岔。

我们没有回头路可走。我只要下令转舵掉头，他们立即就会起事。第二点，我们还有时间，至少在找到宝藏之前是如此。第三点，还有一部分水手心向着我们。先生，事情迟早总要弄到动武的地步；我主张要像俗话所说的抓住时机的牛鼻子，应当在他们最不防备的时候先发制人。屈利劳尼先生，我想，你从府上带来的仆人该是可靠的吧？”

“和我一样可靠。”乡绅表示。

“他们有三个人，”船长计算着，“加上我们一共七个，霍金斯也在内。水手中哪几个是好的？”

“主要是在遇见西尔弗以前屈利劳尼自己选中的那几个。”大夫说。

“不一定，”乡绅说，“汉兹也是我挑选的。”

“原先我也以为汉兹这人靠得住。”船长补充了一句。

“真想不到，他们还都是英国人呢！”乡绅愤愤然说，“先生，我恨不得把这条船炸它个稀巴烂！”

“诸位，”船长说，“我所能建议的对策都谈出来了。我们必须稳住阵脚，伺机而动。我知道这是很难受的。干脆跟他们拚了自然比较痛快。但在我们摸清敌我双方的情况之前，不可轻举妄动。稳住阵脚，等待时机，这就是我的意见。”

“吉姆比任何人对我们更有用，”大夫说，“水手们在他面前没有顾忌，吉姆又是个很精细的孩子。”

“霍金斯，我非常信得过你。”乡绅说。

听到这里，我开始感到心慌意乱，因为我觉得自己毫无办法；然而事态的发展确实使我成了挽救局面的关键人物。不管怎么说，当时二十六个人中间我们认为靠得住的只有七个人；而且这七个人中间有一个还是孩子。因此，我们这一边只有六个大人，他们却是十九个。

第三部　我在岸上的惊险奇遇

第十三章

我在岸上的惊险奇遇是怎样开始的

第二天早晨，我走上甲板一看，那个岛完全变了样。虽然风已全息，我们的船夜里还是前进了一大段路，此时正停在地势较低的东岸东南约半英里外。岛的表面很大一部分覆盖着灰暗的树林。这种素净的色彩诚然也杂有一条条带状的黄沙低地，并有相当多的松科参天大树或者昂然独立，或者三五成群地凌驾于其他林木之上，但整个色调还是单一、暗淡的。每一座山上都有光秃秃的岩石清晰地暴露在高出植被的顶端。这些山无不呈现着奇形怪状，比岛上其他山丘高出三四百英尺的望远镜山的轮廓也非常奇特：它的每一面山坡几乎同样陡峭，到了顶上突然削平，犹如一个安放雕像的基座。

伊斯班袅拉号颠晃得很厉害，洋面的波动甚至把排水孔也淹没了。帆的下桁像要把滑车扯下来，舵左碰右撞砰然作声。整个船身像一所作坊，叽叽嘎嘎直响，又是呻吟，又是跳跃。我不得不牢牢抓住后牵索，只觉得天旋地转。尽管在航海过程中我对船的颠晃已很习惯，但如这般站在那里像只瓶子似的转个不停，却叫我无论如何忍不住恶心，特别在腹中空空如也的早晨。

也许是这个缘故，也许是由于面对着岛上阴郁的树木和岩石裸露的山顶，既能看到、又能听见浪击陡岸的飞沫和轰鸣——总之，尽管阳光灿烂而又和暖，无数海鸟在我们周围呱呱地叫着啄食鱼类，按理说在海上待了那么久，任何人都乐于登陆去走走，然而我的心却像俗话说的一直沉到了底。从第一眼望见陆地时起，我就恨这个埋藏着金银财宝的海岛。

这天上午我们要干的活可多着哩；因为风一丝儿也没有，只得把划子放下去，每一只划子配备若干人，用绳索拖着伊斯班袅拉号划三四英里绕过岛角，从一条狭窄的海峡进入骷髅岛后面的港湾。我自告奋勇坐上一只划子，其实那里并没有我可做的事。太阳晒得很猛，水手们一边干活，一边大发牢骚。我坐的那只划子头头是安德森，他非但不制止水手们，反而骂得又响又脏。

“走着瞧吧，”他夹着一声诅咒说，“反正这活儿快干到头了。”

我认为这是个极坏的征兆。到目前为止，水手们对待他们的工作还是卖力的。但一看见这个岛子，纪律就松弛了。

在入港的途中，高个儿约翰始终站在舵手旁边给船领航。他对这条航道了如指掌；尽管用测链测得的水深每一处都比图上所标的更深，约翰却没有一点犹豫的样子。

“这里退潮时水泻得很急，”他说，“每次都把这条航道挖深，可以说就像用铲子铲一样。”

我们就在图上画着铁锚的地方停船，距离两岸各约三分之一英里：一边是主岛，一边是骷髅岛。水清现出沙底。我们下锚时的响声把大群大群的鸟吓得纷纷飞散，在树林上空盘旋惊叫。但过不了一分钟，它们又都飞回原处，一切又重新归于沉寂。

这个港湾完全被陆地所包围，被森林所掩蔽。树木一直长到高潮达到的地方，海岸的地势非常平坦，几座山的顶峰在远处排成一个半圆形。有两条小河，或者毋宁说两片沼泽，流入这个平静得像池塘的港湾。这一带岸上的植物叶子都带着一种像是有毒的光泽。我们从船上既看不见房屋，也看不见栅栏，都给树遮住了。要不是升降口挂着那张图，我们可能自以为是从这个岛子露出海面以来第一批在此下锚的人呢。

空气里没有一丝风流动，也没有一点声息，只有半英里外海滨的浪涛冲击峭壁的轰鸣。锚地上空有一股奇怪的霉味——像是树叶和树干腐烂的臭味。我发现大夫不断皱着眉头东闻西嗅，仿佛在吃一只臭鸡蛋。

“我不知道这里有没有宝藏，”他说，“但我敢拿我的脑袋打赌，这里一定会有热病。”

在划子里的时候，水手们的行为已引起我的焦虑；回到大船上以后，简直咄咄逼人了。他们在甲板上晃来荡去，聚在一起愤激地交谈。命令他们做任何一点点小事情，都会遭到白眼，做起来也是老大不愿意地敷衍塞责。甚至最老实的水手也传染到了这股风气，因为船上根本没有一个人会纠正别人的行为。很明显，暴乱的危机就像雷雨前的乌云笼罩在我们的上空。

有这种危机感的不仅是我们住在房舱里的人。高个儿约翰忙忙碌碌地从一堆人这边走到另一堆人那里，竭尽全力进行劝说，做出任何人都不能超过的好榜样。他在积极主动和恭敬顺从方面作了超水平的表演，对每一个人都笑容可掬。一听到什么命令，约翰立刻拄起拐杖去执行，一边高高兴兴地连声应道：“唉，唉，先生！”要是没有别的事情可做，他就一支接一支地唱歌，想以此掩饰其余的人的不满。

在那个危机四伏的下午，所有不祥的预兆中最不祥的要数高个儿约翰表现的这种明显的忧虑。

我们在房舱里开会商量对策。

“先生们，”船长说，“如果我再冒险下一道命令，全体船员马上就会起来造我们的反。这局面你们也看到了，先生们。刚才我不是得到非常无礼的回答吗？我要是回敬吧，一眨眼就会有长矛飞过来；不回敬吧，西尔弗会看出这里头有文章，那就全完了。现在我们只有一个人可依靠。”

“依靠谁？”

“西尔弗，先生们，”船长回答，“他急于稳住局面的心情与你我同样迫切。他们之间有一点小小的分歧；只要有机会，他很快就能说服其余的人听他的，而我的主张就是为他提供这样的机会。我建议下午放他们上岸去。如果他们统统上岸，好得很，我们就把船夺回来。如果他们一个也不去，那我们就坚守房舱，让上帝保佑正义的一方。如果几个人去，先生，我敢担保：西尔弗带他们回到船上来的时候，这些人一个个都像绵羊一样听话。”

事情就这样决定了。装了弹药的手枪分发给所有可靠的人。我们向亨特、乔伊斯和雷德拉斯交了底，他们听到这个消息并不像我们所预料的那样吃惊或恐慌。于是船长走到甲板上去向全体船员讲话。

“朋友们，”他说，“我们做了一天很繁重的工作，大家都已筋疲力尽。到岸上去走走对任何人都没有害处。划子还在水中，谁要是愿意，下午都可以上岸去。在日落前半小时我放炮通知大家。”

那些蠢东西大概以为一到岸上宝藏便唾手可得，所以他们一下子全都笑逐颜开，发出的欢呼声在远处山中激起回响，并再次把鸟儿吓得飞起来，盘旋在锚地上空呱呱乱叫。

船长十分知趣，决不会碍他们的事。他立刻走开，谁走谁留由西尔弗去安排；他也只得这样做。他要是留在甲板上，已不能再假装被蒙在鼓里的样子。事情是再清楚不过的了。船长实际上是西尔弗，他拥有一大帮子存心反叛的部下。老实的水手——不久我发现船上还是有这样的人——必定都是些非常迟钝的家伙。我猜想实际的情形或许是：全体水手在领头者的榜样影响下都学坏了，只不过程度不同而已；少数几个大体上还是好人，他们不愿被引诱或强迫走得太远。吊儿郎当、装蒜偷闲还不打紧，但是要他们夺取船只、杀害一批无辜的人——那可不是闹着玩的。

谁去谁留的问题终于定了下来。六名水手留在船上，其余十三名，包括西尔弗在内，开始分坐在几只划子里。

这时我忽然想到第一个近乎疯狂的主意——多亏这个主意我们后来才得以死里逃生。既然西尔弗让六个人留下，很清楚，我们不可能把船夺过来。但既然只留下六个人，同样也很清楚，房舱一方目前也不是非要我帮忙不可。我立即决定上岸去。说时迟，彼时快，我已经一骨碌翻过船舷，卷进最近一只划子的绳索中了。几乎在同一瞬间，划子就撑离大船。

谁也没有注意我，只有前桨手说了一句："是你啊，吉姆？把头低下去。"但在另一只划子里的西尔弗用犀利的目光向我们这边一扫，喊了一声，以便确定到底是不是我。从那个时刻起，我开始后悔不该这样做。

划子争先恐后向岸边疾驶。然而我乘坐的一只起划略早，舟身较轻，配备的桨手也更得力，所以遥遥领先。划子一头插在岸边的树木之间，我攀住一根枝条纵身上岸，一下子钻进最近的一片丛莽；而此时西尔弗和其余的人还在后面一百码以外哩。

"吉姆，吉姆！"我听见西尔弗在喊。

我当然不予理会。我连蹦带跳，忽而猫着腰钻入草丛，忽而在灌木中开路，头也不回地向前奔跑，直到再也跑不动为止。

第十四章
第一次打击

我从高个儿约翰那里逃跑，心中得意极了，居然有兴致开始欣赏我登上的这块陌生陆地的风光。

我穿过长满杨柳、芦苇和许多卑湿怪树的沼泽地带，来到一片沙土起伏约一英里长的开阔地边缘。这里松柏稀少，却有大量枝干弯曲略似麻栎、但叶色淡如杨柳的树。空地远处是一座双峰小山，它的两个奇特的嶙峋的尖顶在阳光下辉煌夺目。

我这才第一次体会到探险的乐趣。这个岛上无人居住，和我同船来到的人被我抛在后边，除了不会说话的鸟兽，谁也不会出现在我面前。我在树木之间东拐西转，一路上不时遇见各种我叫不出名目的花草，间或也看到几条蛇；有一条蛇从岩石缝隙里昂起头来，向着我发出有点像陀螺飞转时的咝咝声。我压根儿没有料到这竟是能置人于死地的响尾蛇，那声音原来正是它尾端的环发出的著名响声。

接着我走进一条很长的、尽是那种状似麻栎树的丛林。后来我听说这种树叫做常青栎或常绿麻栎。它们像黑莓那样矮矮地长在沙地上，丫枝扭曲得奇形怪状，叶子密得像茅草盖的屋顶。丛林从一个沙丘顶上延伸下来，愈往下树就长得愈密、愈高，直到一片广阔的芦苇塘边；附近的一条小河就是经过这里流入锚地的。沼地在强烈的阳光照射下直冒蒸气，望远镜山的轮廓在升腾的雾气中微微颤动。

芦苇丛中骤然响起一阵沙沙声；一只野鸭嘎的一声飞了起来，接着又飞起了一只，旋即在整个芦塘的水面上腾起浮云似的一大群野鸭，嘎嘎叫着在半空中打旋。我立刻猜到一定有几个与我同船到此的水手正沿着塘边在走近来。果然不出所料：我很快就听到一个人很远很低的说话声；我继续凝神谛听，那声音愈来愈响，愈来愈近。

这可把我吓坏了。我钻到最近的一棵常青栎的顶盖下，蹲在那里竖起耳朵屏息静听，活像一只耗子。

另一个声音在答话。随后，第一个(我听出那是西尔弗的)声音继续滔滔不绝地讲了很长时间，另一个声音只偶尔插一两句话。从语调听来，两人的对话十分认真，甚至相当激烈；但是没有一个字清晰地传到我的耳朵里。

最后，谈话双方似乎都住了口，大概是坐了下来，因为不仅他们没有再走得更近，连野鸭也安静下来，重又回到芦苇塘里原来栖息的地方。

这时我才意识到自己的失职。既然我莽莽撞撞地跟那些亡命之徒上了岸，至少该偷听一下他们在商量些什么。此刻明摆在我面前的任务就是：用那些歪歪扭扭的树木的叶盖作掩护，悄悄地溜到尽可能靠近他们的地方。

我能够准确地断定那两个人所在的方向，因为除了他们谈话的声音还有一个标志：少数几只鸟直到此时还在这两位不速之客的头顶上不安地盘旋。

我手脚并用，缓慢而坚定地朝着他们那边匍匐前进。最后，我抬起头，从树叶的缝隙里望出去，可以清楚地看到下面沼泽旁边一小块草木葱茏的谷地；高个儿约翰 · 西尔弗和一个水手正站在那里谈话。

太阳直射到他们身上。西尔弗把他的帽子扔在身旁的地上，他那整个光滑、白皙的宽脸盘冒着汗闪闪发光，正对着另一个人的脸，似乎在努力打动对方的心。

“伙计，”他说，“因为我看你是沙里的金子才对你这样说。你是沙里的金子，你可以相信我的话！要不是我打心眼里喜欢你，难道我会在这里向你发出警告吗？一切都已经决定了，你再也改变不了局面；我的话完全是为了保全你的生命，要是被那帮不顾死活的家伙听见了，他们会怎样收拾我？你说，汤姆，他们会怎样收拾我？”

“西尔弗，”另一个说，我注意到他不仅脸涨得通红，而且嗓音像乌鸦似的沙哑，又像绷紧的绳索那样发颤，“西尔弗，”他说，“你已经老了，又是个正派人，至少名声不坏。你有钱，哪一个穷水手比得上你的钱多？如果我没有看错人，你还不是胆小鬼。为什么你要跟那班蠢东西鬼混在一起？你实在犯不着！换了我，即使砍掉我一只手也不愿违背自己的职责，我可以凭着上帝起誓——”

他的话突然被一声喧嚣所打断。我在这里刚刚发现一个正直的水手，就在这同一时刻又传来了另一个好人的消息。从沼泽那边老远的地方蓦地响起一声愤怒的叫喊，紧接着又是一声，然后是一声拖长的惨叫。望远镜山的峭壁被激起好几声回响；芦塘里的全体野禽大军再次一齐振翅惊飞，顿时遮蔽了半个天空。那声临死前的绝叫过后很久还在我脑中激荡，尽管周围重又恢复平静，只有野禽降落芦塘的扑翼声和远处汹涌澎湃的怒涛声划破这午后令人困倦的气氛。

汤姆听到这声喊，像马被靴刺踢了似的跳起来，但是西尔弗连眼睛也不眨一下。他仍半倚着拐杖站在原地，像一条伺机蹿起来咬人的蛇，眼睛盯着他的同伴。

“约翰！”那个名叫汤姆的水手说着伸出一只手。

“不许碰我！”西尔弗怒喝道，同时霍地向后跳了一码远，动作之迅捷和稳当在我看来简直如同训练有素的体操家。

“可以，我不碰你，约翰 · 西尔弗，”汤姆说，“你要不是心虚，就完全不必怕我。看在上帝分上，告诉我那边出了什么事？”

“你问那边出了什么事？”西尔弗说时微微一笑，然而笑得很不自然；眼睛在他的宽脸盘上简直眯成针尖那样大小，但却像玻璃珠一般发亮。“你问那边出了什么事？我猜想那是艾伦。”

一听这话，汤姆勃然大怒，显示了惊人的勇气。

“艾伦！”他叫了起来，“愿他的灵魂得到安息！他称得上是个真正的水手。至于你，约翰 · 西尔弗，你我做过很长时间的朋友，但你再不是我的朋友了。我即使无声无息地死去，也要尽到自己的责任。你们杀害了艾伦，难道不是吗？你们要是做得到，把我也杀了吧。可是我不把你们放在眼里。”

说罢，这个勇敢的人转身背对着厨子向岸边走去。但他已注定不能走远。约翰大喝一声，他攀住一根树枝，把拐杖从腋下猛扔出去。那支原始的投枪呼的一声从空中飞过，尖端朝前，以使人昏过去的力量在可怜的汤姆肩胛骨之间的背脊中央打个正着。汤姆向上张开两条胳臂，发出一声像是喘息的声音，然后跌倒。

他的伤势轻重如何，永远没有人说得上来。根据声音判断，很可能他的脊梁骨被当场打断了。但他连恢复知觉的时间也得不到。西尔弗单凭一条腿，甚至不拄拐杖也像猴子一般敏捷，霎时间就跳到汤姆身旁，将一把刀子两次齐柄戳进汤姆失去自卫能力的身体。我从藏身的地点可以听到凶手连捅两刀时的大声呼哧。

我从来不知道晕厥究竟是怎么回事，但我确实知道，接下来有片刻工夫，整个世界像在一团旋涡似的迷雾中从我面前晃荡开去。西尔弗、野鸭、高高的望远镜山顶都在我眼前旋转、颠倒；各不相同的钟声在我耳畔齐鸣，远远的人声在我耳际喊叫。

当我定下神来的时候，那恶棍早已恢复常态，腋下拄着拐杖，三角帽戴在头上。汤姆一动不动地躺在他面前的草地上，但凶手连看也不对他看一眼，只顾用一把草拭净刀上的血迹。其余的一切都没有变化，太阳照旧烤着冒蒸气的沼泽和高高的山顶，我简直不能相信：凶杀确实已经发生，刚才我亲眼看到一个人被残忍地杀死了。

约翰把手伸进自己的口袋，掏出一只哨子，有腔有调地吹了几下，哨音穿过燠热的空气传得很远。我当然不知道这信号的意思，但它一下子唤醒了我的恐惧。有更多的人要到这里来。我可能被发觉。他们已经杀死了两个正直的人，难道我就不会继汤姆和艾伦之后遭毒手吗？

我立即设法使自己脱身，尽可能迅速而又悄悄地回到森林中比较开阔的那一部分去。我一边逃，一边可以听到那个老恶棍同他的那一伙人

汤姆向上张开两条胳臂。

在互相招呼，这声音所意味着的危险为我插上了翅膀。我刚走出树丛，立刻以从未有过的速度撒腿飞奔，几乎不去辨别逃跑的方向，反正离开那些杀人的强盗愈远愈好。我跑得愈快，心里就愈慌，最后几乎要发疯了。

试想，还有谁能处在比我更加糟糕的境地？等到鸣炮的时候，叫我怎敢去同那些身上还透出血腥味的魔鬼一起坐到划子里？他们中任何一个见了我，不会把我的脖子拧下来吗？但我要是不回去，这一点本身岂不向他们表明我心里害怕，也就等于说我什么都知道了？我心想：这下全完了！永别了，伊斯班袅拉号；永别了，乡绅、大夫、船长！除了饿死或死于那些叛乱分子之手，我再也没有别的出路。

我在想这些念头的过程中，一直在奔跑，不知不觉已来到那座双峰小山脚下。长在岛子这一部分的常青栎向周围伸得更开，形状和大小更像林木。间或有几棵松树耸立在它们中间，有的五十英尺高，有的达到七十英尺。这里的空气也比下面沼地旁边新鲜多了。

就在这个地方，一种新的危险把我吓得裹足不前，心怦怦直跳。

第十五章
岛中人

从小山这一侧陡峭而多石的山坡上，许多沙砾喀喇喇跳动着穿过树木纷纷落下。我的眼睛本能地转向那边，看见一个身影以极其迅捷的动作跳到一棵松树背后。那究竟是熊，是人，还是猿猴，我怎么也说不上来。反正是黑糊糊、毛茸茸的，此外我什么也没看清楚。但这个新出现的幽灵却把我吓得不敢向前。

看来我现在是腹背受敌：我后面是一伙杀人凶手，我前面又潜伏着不可名状的怪物。我当即作出抉择：已经知道的危险总比还不知道的危险好些。跟这个林中怪物比起来，甚至西尔弗也不那么可怕了。于是我掉转身躯，不时警惕地看看背后，开始向着停划子的地方走回头路。

那怪物一下子又出现了，它绕了一个大弯子，抄到我的前头来。我已经很疲乏了；但即使我像刚起身时一样精力充沛，要跟这样一个对手比速度也是徒劳的。那怪物像一头鹿似的从一棵树后面窜到另一棵树后面，跟人一样用两条腿奔跑，但和我看见过的任何人都不同，腰弯得很低，头几乎碰到地上。然而这毕竟是一个人，这一点我已不再怀疑。

我回忆起听到过的有关食人者的故事，差一点儿就要喊救命了。但想到他是个人，尽管是个野人，这一事实多少使我放心了些，也相应地重又唤醒了我对西尔弗的恐惧。我索性站住不动，盘算着用什么方法逃遁。我这样思量的时候，猛然想起我身边带着手枪。我刚一发现自己并非手无寸铁，勇气又在我心中增长。于是我毅然面对那个岛中人，踏着轻快的步子向他走过去。

那时他正躲在一棵树后面，但他肯定严密地监视着我，因为我刚开始朝着他那一边移动，他立刻重新露面，迎着我跨出一步。这时他忽然犹豫起来，先是退缩，接着又上前，最后他跪倒在地上，伸出互相握紧

最后他跌倒在地上。

的两只手作哀求状，使我惊讶得不知如何是好。

我只得再次停下脚步。

“你是什么人？”我问。

“本·甘恩，”他回答说，他的声音沙哑而板滞，像一把生锈的锁，“我是，我是可怜的本·甘恩；这三年来我没有跟一个人讲过话。”

现在我看出他是个跟我一样的白人，他的面貌甚至相当讨人喜欢。他的皮肤露出的部分都晒黑了，连嘴唇也是黑的，一双淡黄的眼睛在这样深色的脸上显得十分突出。在我见过或想象得到的所有乞丐中，数他穿得最破烂。他的衣服只是旧的船帆和旧的水手装的破布条；而且这身与众不同的鹑衣一片一片都是用各种各样的扣襻物件（如铜扣子、细枝条、涂柏油的麻絮）胡乱连缀起来的。他腰里束一条有铜搭扣的旧皮带——这是他的全副装备中唯一比较结实的东西。

“三年！”我失声惊呼，“你是遭了船难的吧？”

“不，朋友，”他说，“是放荒滩的。”

我听说过这种在海盗中间相当普遍而可怕的惩罚手段，受罚者被放逐到一个遥远的荒岛上，只给他一点点弹药。

“三年前我被放荒滩到这里，”他继续说，“从此一直靠吃山羊肉、野果和生蚝过活。我说，一个人无论到什么地方，总会想办法养活自己。可是，朋友，我心里是多么想望能吃到真正人吃的东西啊！你身边是不是带着一块干酪什么的，有没有？没有？咳，我不知有多少个长夜梦见过干酪，多半是烤得黄黄的；可是醒过来的时候，我还在这个地方。”

“我要是能回到船上去，”我说，“你要多少磅干酪都办得到。”

在这以前，他一直不断地摸摸我的上衣的料子，抚摩我的两手，看看我的皮鞋。总之，在说话的间歇中，他显得像小孩子一样高兴，就因为看见了一个跟他一样的人。但听了我最后那句话，他昂起头来，现出一种吃惊和狡猾的神态。

“你说你要是能回到船上去，是吗？”他把我的话重复了一遍。“那么谁不让你回去呢？”

“反正不是你。”我回答说。

“你说得对，”他急忙应道，“那么，你叫什么名字，朋友？”

“吉姆。”我告诉他说。

“吉姆，吉姆，”他说时显然极为满意，“说真的，吉姆，我过的那种苦日子你听了也会为我害臊。比方说，你瞧我现在这模样，你能相信我有一个虔信上帝的母亲吗？”

“不，我不大能够相信。”我答道。

“也难怪，”他说，“可我确实有一个非常虔信上帝的母亲。当年我自己也是个懂礼貌、信上帝的孩子，我能把教义问答背得那么快，你简直没法把前一个字同后一个字分开。可是我竟落到这般地步，吉姆，这都是从我在该死的坟场上扔钱猜正反面①开始的。事情正是这样起的头，可是后来愈走愈远了。我母亲说过我不得好下场，果然被她——这个信神的女人——说中了。我是注定要落到这般田地的。在这个荒岛上，我把整个事情都仔细想过，现在又重新相信上帝了。你可不要引诱我喝太多的朗姆酒；不过，要是为了讨个吉利只喝顶针儿那么大的一小杯，有这样的机会我当然不会放弃。我已发誓要改邪归正，也知道该怎样走上正路。告诉你，吉姆，”他四顾张望，把嗓门压低到耳语的程度，“我发财啦。”

我现在确信这个可怜的人在长期的孤独生活中发了疯。很可能我把这种感觉流露在脸上，所以他急切地一再重申这一点：

“我发财啦！发财啦！真的！我还可以告诉你，我要设法使你出人头地，吉姆。啊，吉姆，你应该感谢你的星宿，算你运气好，最先找到

① 一种赌博游戏。

了我！”

说到这里，一片阴影突然笼罩在他的脸上。他把我的手握得更紧，竖起一根食指在我眼前扬了扬。

“吉姆，你老实告诉我，那是不是弗林特的船？”他问。

这时我想出了一个绝妙的主意。我开始相信自己找到了一个同盟者，所以我立刻回答他。

“那不是弗林特的船，弗林特已经死了。不过，既然你要我老实告诉你，我就对你说实话：船上有几个是弗林特的水手，这对我和其余的人是极大的灾难。”

“有没有一个——一个只有一条腿的人？”他的呼吸顿时急促起来。

“西尔弗？”我问。

“对，西尔弗！”他说，“那是他的姓。”

“他是厨子，也是贼党的头子。”

我的手腕子本来就给他扼住，这时差点儿被扭断。

“如果是高个儿约翰派你来的，”他说，“那我就完了，这我是知道的。不过你们落到了什么境地，你可明白？”

我当机立断，在回答时顺便把我们这次航行的前前后后和我们目前所处的困境都告诉了他。他聚精会神地听完了我的叙述，然后摸摸我的头。

“你是个好小伙子，吉姆，”他说，“可是你们都落在圈套里了。你放心，本·甘恩是信得过的，本·甘恩会帮你们的忙。要是有人能救你们的乡绅脱出圈套，你说他能不能显示比较大的器量？”

我对他说，屈利劳尼先生是极其慷慨的。

“好，不过你要知道，”本·甘恩继续说，“我的意思不是要他给我一份看门的差事或一身号衣等等；那不是我的目标，吉姆。我的意思是：他愿不愿意从本来就是我的钱中拿出……比方说拿出一千镑来作为酬报？”

“我相信他一定愿意，”我说，“本来每个人都可以分得一份。”

“还让我坐船回去？”他又添上一句，现出十分精明的样子。

“当然，”我说，“屈利劳尼先生是个正人君子。再说，如果我们能甩掉他们的话，我们也需要你帮忙把船开回去。”

“那么，”他说，“你们是不会把我撇下的了。”他这才放了心。

“现在你听着，”他接着往下说，“我把事情原原本本都告诉你。弗林特把金银财宝埋下去的时候，我在船上。当时跟弗林特在一起的还有六个身强力壮的水手。他们上岸有一星期光景，叫我们待在海象号上，时而靠岸，时而离岸。一天，先有信号发出，随后弗林特独自一人驾一只划子回来，一方蓝色的头巾裹着脑袋。当时太阳刚刚升起，他那灰白的脸出现在船鼻的左右上下，一丝血色也没有。只有他一个人回来，其余六个都死了，并且被埋葬了。他是怎样把他们干掉的，船上的人一个也不知道。反正少不了恶斗、凶杀和横死[①]，他一个对付六个。比尔·蓬斯是大副，高个儿约翰是舵手；他们问他，金银财宝藏在哪儿？‘喔，’他说，‘你们愿意的话可以上岸去留在那里，船还要去搜罗更多的财宝，恕不等候！’这就是弗林特给他们的回答。

“三年前，我在另一条船上，我们看见了这个岛。‘伙计们，’我说，‘这里有弗林特的宝藏，咱们上岸去找。’船长听了很不乐意，可是水手们都跟我一个心眼，结果船只得拢岸。我们找了十二天，大伙把我骂得一天比一天凶。直到某一天早晨，全体船员在船上集合，他们说：‘本·甘恩，给你一支滑膛枪、一把铲和一把镐。你留在这里找弗林特的宝藏去吧。’

“就这样，吉姆，我在这里待了三年，从那时到今天没有吃过一餐真正人吃的饭菜。你瞧我这模样，你瞧瞧。我难道像一个水手？你一定

---

① 本·甘恩在这里借用了祈祷书中的一句话：“愿上帝保佑我们免于恶斗、凶杀和横死。”

说不像。我自己也说不像。”

说到这里，他眨了眨眼睛，重重地拧了我一把。

“你得这样告诉你们那位乡绅，吉姆，”他接下去说，“你说：他自己也说不像。说他在岛上待了三年，无论白天还是黑夜，无论晴天还是下雨，始终只有一个人。有时候他会细细地想一段祈祷文（你得告诉他）；有时候他会想起他的老娘，就好像她还活着（这你也得说）。但甘恩的绝大部分时间（这你千万不能漏掉）都花在另一件事情上。然后你也得像我这样拧他一把。”

他又拧了我一把，以此表示极大的信任。

“那时，”他继续说，“那时你得这样说：‘甘恩是个好人（你一定得说），他对天生的绅士一百个放心（记住，你得说一百个放心），对那些碰运气绅士就是信不过，因为他自己过去也是这号人。’”

“你刚才的那一番话我半句也没听懂，”我说，“反正这无关紧要，因为我是不是能回到船上去还是个问题。”

“喔，”他说，“这倒真有点儿麻烦。不过，我有一只划子，是凭我这两只手做的。我把它藏在一堵白色的岩壁下面。万不得已时，咱们可以等天黑以后去试试。嗨！”他突然叫了起来，“那是怎么回事？”

就在这一刹那，一声炮响在全岛激起怒吼般的回声，而此时离日落还有一两个小时哩。

“他们开火了！”我惊叫起来，“跟我来。”

我拔腿向锚地跑去，把所有的恐惧都丢在脑后。那个用山羊皮蔽身的放荒滩水手紧靠在我旁边跑着小步，好像一点也不费力。

“靠左，靠左，”他说，“靠左边跑，吉姆，我的好朋友！尽可能在树底下跑！这里是我打死第一只山羊的地方。现在它们不到山下来了，都躲在山上，因为怕本·甘恩。瞧，那里是共墓，”我想他要说的一定是公墓，“你看到那些土墩了吗？逢到我猜想是礼拜天的日子，我常常到这里来祷告。那地方虽算不上礼拜堂，不过看来挺庄严。对了，你得告诉他，说本·甘恩样样都缺，没有牧师，也没有《圣经》和旗幡，你别忘了。”

在我奔跑的时候，他就这样不住口地絮叨着，根本不指望得到回答，我也顾不上给他任何回答。

炮声过后，隔了相当长一段时间，才传来一次齐射的枪声。

接着又是一阵沉寂。然后，在我前方不到四分之一英里处，我看到一面英国旗在树林上空迎风飘扬。

第四部　寨子

第十六章

弃船的经过

（由大夫继续叙述）

两只划子离开伊斯班袅拉号往岸边划去时大约一点半，用航海术语讲是钟敲三下[①]。船长、乡绅和我在房舱里商议对策。要是稍微有一点儿风的话，我们可以向留在船上的六个反叛分子发动突然袭击，起锚出海。但是没有风，尤其使我们绝望的是：亨特下来报告消息，说吉姆·霍金斯溜进一只划子，跟着其余的人上岸去了。

我们对吉姆·霍金斯从来没有产生过怀疑，但是我们为他的安全担忧。冲着那些人当时的暴躁劲儿，我们再见到那个孩子怕是没有希望的了。于是我们跑上甲板。沥青在船板缝隙中泛着气泡，这地方的一股刺鼻的恶臭熏得我直想呕吐，如果有谁染上热病或痢疾，那准是这个该死的锚地里的臭味造成的。留下的那六个坏蛋坐在帆下水手舱里发牢骚。我们看得见两只划子系在岸边，紧靠一条小河入海的口子，每一只划子里坐着一个人。其中一个在吹口哨，吹的是一支名叫《利利布雷洛》的调子。

束手等待实在令人难熬，于是决定由亨特和我坐小舢舨上岸去侦察一番。

两只划子是靠右停的；而亨特和我径直地朝着地图上画着栅栏的方向拢岸。看守划子的那两个人见了我们，似乎有些慌乱，《利利布雷洛》也不吹了，我看到他们在商量该怎么办。如果他们去报告西尔弗，一切都可能改观。但我估计他们事先得到指示，所以决定原地静坐，继续吹《利利布雷洛》。

沿岸有一个微微向前突出的尖角，我故意把舢舨划得让尖角把我们和他们隔开；这样，甚至在我们登岸之前，划子上的人就看不见我们了。我在帽子底下衬一块大的绸帕减少些暑气，把两支手枪都装好弹药以策安全，然后跳出舢舨，撒腿就跑。

我跑了不满一百码地，就来到栅栏跟前。

这个围着栅栏的寨子原来是这么回事：一股清泉几乎是从小山丘顶上涌出来的。就在这小山丘上，围着泉水用圆木钉成一间结实的小屋，里面挤得下四十个人，每一面墙上都有枪眼。木屋四周整理出一片宽阔的空地，用六英尺高的木栅围起来，上面既没有门，也没有洞口。栅栏非常坚固，拆毁它要花不少时间和气力，但进攻时又无处隐蔽。木屋里的人却非常安全，他们从任何一个方向都可以像打鹧鸪一样向进攻者开枪。只要有得力的岗哨和充足的粮食，那末，除非打它个措手不及，否则这个据点能顶住一个团的进攻。

特别使我高兴的是那股泉水。尽管在伊斯班袅拉号上我们有相当舒服的房舱，武器弹药充足，有丰富的食品和好酒，但一件事却被忽视了：我们没有淡水。我正在考虑这一点，忽然一个人临死的一声惨叫震荡在海岛上空。我对暴力造成的死亡并不陌生，我曾在昆布兰公爵麾下服役，我自己在方特努瓦一仗中也负过伤[②]；但这声惨叫却使我的脉搏一下子紊乱不堪。出现在我头脑中的第一个想法是："吉姆 · 霍金斯完了。"

一个老军人固然不可小看，但一个大夫更加可贵。干我们这一行没有时间能让你磨蹭。我当即拿定了主意，毫不耽搁地回到岸边跳上舢舨。

幸亏亨特是个使桨的好手。我们把水划得飞也似的直往后退，不一会就靠到大船旁边。我登上了伊斯班袅拉号。

我发现他们个个都非常震惊，这是很自然的。乡绅坐在那里，面无

---

① 海船上每半小时敲钟一次，12 点半敲一下，以后每半小时增敲一下，至多 8 下(表示 4 点、8 点或 12 点)，4 点半起又敲一下，每 4 个小时循环一次。

② 昆布兰公爵(1721—1765)，英王乔治二世第三子。奥地利继位战争中，英法处于敌对地位。1745 年，英法军队交战于方特努瓦(在今比利时图尔内西南五英里处)，昆布兰公爵所率领的英奥联军被击败。

人色，寻思着自己连累我们遭到的危险。他真是个好人！留在船上的六名水手之中有一个人也不轻松。

“那个人对这种勾当还不习惯，”斯摩列特船长向他那边摆一摆头说，“大夫，他听到那声叫喊的时候，差点儿昏过去。只要再开导一下，就能把他争取到我们一边来。”

我把我的计划告诉船长，我们俩就开始讨论实施这个计划的细节。

我们派老雷德拉斯带三四支装好弹药的滑膛枪守住房舱和水手舱之间的走廊，再给他一张褥垫作掩蔽。亨特划着舢舨绕到船尾下面，乔伊斯和我着手往上面装火药桶、滑膛枪、干粮袋、几小桶猪肉、一桶白兰地以及我那无价之宝的医药箱。

在这同时，乡绅和船长待在甲板上。船长把副水手长(他是留在船上的水手的头头)叫过去。

“汉兹先生，”船长说，“我和屈利劳尼先生两个人每人都有两支手枪。你们谁要是敢发出任何信号，我们就要他的命。”

他们着实吃了一惊，在商量一阵以后，一齐从前升降口冲下去，无疑想抄我们的后路。但一发现雷德拉斯在圆木走廊里等候，他们立刻改变路线。一个水手又向甲板上探头探脑地张望。

“下去，狗东西！”船长怒喝道。

那脑袋又缩回去，在一段时间内，我们再也没有听到这六个吓破了胆的水手的声息。

此时我和乔伊斯把各种东西拚命往舢舨上装，直到不敢再装为止。我们翻过船尾的舷侧登上舢舨，使出全副精力挥动桨板，再次向岸边划去。

岸边那两个守望者第二次看见我们，可紧张起来了。《利利布雷洛》再次中断。就在我们绕过小尖角从他们的视野里消失之前，其中一个突然拔腿向陆地上跑去，一下子就不见了。我几乎打算改变主意，把他们的划子凿沉；但我担心西尔弗他们可能就在附近，过于贪心可能把整个事情搞糟。

我们就在原先那个地点拢岸，开始把粮食、弹药往木屋里搬。第一趟我们三个人都背得很重，到了寨子前把东西扔过木栅。然后留下乔伊斯看守这些补给品(虽然只有一个人，但带着半打滑膛枪)，我和亨特回到舢舨那儿去再背一趟。我们就这样一口气也不歇，直至搬完全部货物。然后由两个仆人在木屋里留守，我使出所有的力气划着舢舨回到伊斯班袅拉号上去。

我们决定再装一舢舨货物上岸。看起来此举的风险太大，其实不然。诚然，他们在人数上占优势，但我们在武器上居上风。岸上那些强盗没有一支滑膛枪，在他们进入手枪射程之前，我们至少可以歼灭他们五六个。

乡绅在船尾窗前等我，他先前那种沮丧的神色已一扫而光。他接住我扔上去的缆索，把舢舨系牢，我们便开始装货。这一次装的是猪肉、火药和面包干，此外只为乡绅、我、雷德拉斯和船长每人各带一支滑膛枪和一柄弯刀。余下的武器弹药被我们扔进两英寻半深的水中。我们可以看到，被太阳照得雪亮的钢刀钢枪，在我们下面清澈的沙底里闪闪发光。

这时已开始退潮，船身围绕着铁锚晃荡起来。从两只划子停靠的那个方向隐约传来互相呼喊的声音。虽然我们不必为在东面好多路以外的乔伊斯和亨特担心，但呐喊声在警告我们自己必须迅速离开。

雷德拉斯撤出他在走廊里的阵地，跳进舢舨。然后我们绕到大船的另一侧去接斯摩列特船长。

“喂，伙计们，”他说，“你们听得见我的话吗？”

水手舱里没有回答。

“亚伯拉罕·葛雷，现在我对你讲话。”

还是没有回答。

“葛雷，”斯摩列特先生略略提高嗓门继续说，“我即将离开这条船，我命令你跟你的船长走。我知道你本质上是个好人，我敢说，你们之中还有一些人也不像表面上看起来那么坏。现在我把表拿在手里；我限你在三十秒内到我这边来。”

接着是一阵沉默。

“来吧，我的朋友，”船长继续说，“不要让我久等。我等候的每一秒钟，对于我自己和这里的几位先生都有生命危险哪。”

这时突然爆发了一场殴斗，只听得拳打脚踢的声音。接着，亚伯拉罕·葛雷面颊边上带着刀伤冲出水手舱，像一条狗听到哨声似的奔到船长跟前。

“我跟你走，先生。”他说。

霎时间他和船长已跳上舢舨，我们当即离开大船，向岸边划去。

我们算是从伊斯班袅拉号上脱了身，但是还没有到岸上，还没有进入我们的寨子。

第十七章

舢舨的最后一趟行程

（由大夫继续叙述）

在大船与岸边之间的这第五次行程与先前几次大不一样。首先，我们乘坐的舢舨只有药罐那么大，所载已大大超重。光是五个大人（其中三个——屈利劳尼、雷德拉斯和船长——身高都在六英尺以上）已经超过了它的载重量，再加上火药、猪肉和几袋面包干。船尾的舷边几乎与水面相齐。有几次舢舨里进了一点水，我们还没划出一百码远，我的裤子和外套的下摆已经湿透。

船长要我们把舢舨上的载荷调整一下，这才使它平稳了些。尽管如此，我们还是连气也不敢喘。

其次，此时正值落潮，一股泛着细浪的激流先是朝西穿过港湾的深水，再朝南沿着上午我们通过的海峡出海。甚至那起伏的细浪对于我们超载的小舟都是一种威胁，但最糟糕的是我们被冲离了所需要的方向和小尖角后面那个合适的登陆点。如果我们不克服潮流的冲力，很可能会在那两只划子旁边拢岸，而海盗们随时可能在那里出现。

"我没法让船头对准寨子，先生。"我对船长说。我在掌艄，他和雷德拉斯两个划桨，因为他们还没有消耗太多体力。"潮水一个劲儿地把船往外推。你们能不能加一把劲？"

"那样舢舨就会翻身，"他说，"你必须顶住，先生，非顶住不可，坚持到成功为止。"

我又作了一次努力，我凭经验知道潮水正在把我们往西边推。最后，我把船头拨向正东，与我们应当去的方向恰成直角。

"这样下去我们永远拢不了岸。"我说。

"既然除了这个方向我们都受到横流的冲击，那末，先生，我们保持这个方向也好，"船长说，"我们必须逆流而上。要知道，先生，"他继续说，“如果我们被冲过了登陆点，那就很难说我们会在什么地方拢岸，除非在那两只划子旁边。相反，如果我们保持现在的方向，潮流总会减弱的，那时就可以沿着海岸退回来。”

“水流已经减弱了些，先生，”坐在船头的水手葛雷说，“你可以稍微放松一下。”

“谢谢你，朋友。”我说，就好像什么也没有发生过似的；我们都已心照不宣地决定把他当作自己人看待。

忽然，船长又开口了，这一回他的声音好像有些变样。

“那尊炮！”他说。

“这一点我已经想过了，”我说，我以为他指的是敌人可能炮轰寨子。“他们决不可能把炮弄到岸上，即使弄上了岸，也决不可能拖着它穿过树林。”

“你往后看，大夫。”船长说。

我们完全没有考虑到这一层，原来那五个坏蛋正忙着给大炮脱去“夹克”——那是水手们对航行时套在炮上的厚油布罩子取的别名。不仅如此，同时我还猛然想起打炮用的圆铁弹和火药都留在船上，只消抡起斧头把锁劈开，弹药就统统落入船上那些坏蛋之手。

“伊斯莱尔过去是弗林特的炮手。”葛雷的嗓门都哑了。

我们不顾一切地把船头对准登陆点。这时我们已脱离潮流相当远，甚至在不得不轻轻地划桨的情况下也能保持舵效速率，所以我能让船头稳定地对准目的地。但要命的是，经我这样调整方向以后，我们不是船尾而是船舷朝着伊斯班袅拉号，等于为它提供一个瞎子也能打中的靶子。

我不但能看见，也能听到那个红脸歹徒伊斯莱尔·汉兹正在把一颗圆铁弹顺着甲板滚到炮旁去。

“谁枪打得最准？”船长问。

“毫无疑问是屈利劳尼先生。”我说。

“屈利劳尼先生，请你给我把那些人干掉一个，好不好？最好干掉汉兹。”船长说。

屈利劳尼像钢一般冷静。他看看他那支枪里的火药。

“不过，”船长急忙提醒他，“动作不要太大，先生，要不然会翻船的。在他瞄准的时候，其余的人准备保持船身平衡。”

乡绅把枪举起来，划桨暂时停止，我们侧向另一边以保持平衡，一切都布置得很好，舢舨里没有进一滴水。

其时，大船上已把炮身在回旋轴上转过来对着我们，汉兹手执通条站在炮口旁边，因而目标最大。可是我们运气不好：屈利劳尼开枪的时候，汉兹正好弯下身去，弹丸嗖的一声从他头上飞过，结果是另外四个人中的一个倒了下去。

倒下的那一个大叫一声，跟着发出叫喊的不但有大船上他的同伙，也有岸上许多人的声音。我朝岸边一看，发现其余的海盗正纷纷从树丛中跑出来，慌慌张张地登上划子。

“划子要向这边来了，先生。”我说。

“加油划，”船长喊道，“现在我们不必顾虑会不会翻船。要是我们上不了岸，那就什么都完啦。”

“他们只登上一只划子，先生，”我又说，“其余的人一定从岸上抄过来，准备拦截我们。”

“那就够他们跑的了，先生，”船长回答说，“要知道，水手在岸上没有多大能耐。我对他们并不在乎，我担心的倒是圆铁弹。打我们太容易了！哪怕叫我家的女用人来打也十拿九稳。屈利劳尼先生，你看到他们点火，就告诉我们，我们把桨刹住。”

我们前进的速度对于超载得这样厉害的小舢舨来说已经是很快的了，而且在这个过程中几乎没有进水。我们现在快到目的地了，只要再划上三四十桨，舢舨就可以拢岸，因为落潮已在成簇的树下露出一条狭长的沙滩。海盗的划子不再构成威胁，小尖角已把我们同它隔开。刚才那么无情地阻碍了我们的退潮，现在将功补过，正阻碍着敌人赶上我们。唯一的危险是大炮。

“要是办得到的话，我真想停下来再干掉他们一个，”船长说。

但是，很明显，什么也阻止不了大船上的人打炮。他们对倒下的那个同伙连看也不看一眼，虽然他还没有咽气，而且我看见他正努力想爬到旁边去。

“准备！”乡绅叫了一声。

“住桨！”船长像回声似的应道。

他和雷德拉斯用力倒划一桨，使尾艄整个浸入水中。在这同一瞬间，炮声响了。这正是吉姆听到的第一声炮响，乡绅的枪声没有传到他耳朵里。炮弹到底落在哪里，我们谁也不清楚，不过我猜想是从我们头顶上飞过去的，而它掀动的一阵风想必是造成我们的灾难的直接因素。

总之，舢舨的尾艄慢慢地沉入三英尺深的水中，船长和我站着面面相觑。其余三人全都头朝下掉进水里，他们像一只只落汤鸡重又露出水面。

暂时还没有造成太大的损害。五个人都安然无恙，我们可以蹚水平安到达岸边。可是我们的补给品都沉在水底里了，尤其糟糕的是，五支枪只有两支还可以使。进水时我出于本能把我的枪从膝上抓起来高举过头。至于船长的枪是用一条子弹带挂在背后的，而且明智地把枪机朝上。其余三支都跟舢舨一起落了水。

我们听到岸边树林里的人声已愈来愈近，这使我们更加焦急。我们处在这样狼狈的境地，不仅有可能被切断通寨子的路，而且我们还担心，亨特和乔伊斯如果遭到五六个海盗的袭击，他们可能顶不住。亨特性格坚毅，这我们是知道的。乔伊斯就难说了：作为一名侍从，他是讨人喜欢的，礼貌也周到，给主人刷刷衣服很出色，但是当一名战士却不太合适。

这些正是我们匆匆蹚水登岸时悬挂在心头的种种忧虑，对那条可怜的舢舨以及足有一半的火药和粮食，只得弃置不顾。

第十八章

第一天战斗的结果

（由大夫继续叙述）

我们以最快的速度穿越横在我们和寨子之间的一片树林。我们每跑一步，海盗们的喧嚷声就迫近一步。很快我们已可以听到他们奔跑的脚步声，以及丛林中的树枝遭到他们横冲直撞发出的断裂声。

我意识到一场真枪实弹的鏖战已在所难免，就看了看我枪里的火药。

“船长，”我说，“屈利劳尼弹无虚发。把你的枪给他，他自己的给水泡过了。”

他们交换了枪支。从纷乱开始以来一直保持沉默和冷静的屈利劳尼，站住片刻，检查了一下枪机弹药。在这同时，我发现葛雷没有武器，就把我的弯刀给了他。我们大家都高兴地看到他往手上啐一口唾沫，攒紧眉头，把弯刀在空中一挥，劈起一阵风。从各方面看来，我们这个新战友不会使大家失望。

我们又跑了四十来步，来到树林边缘，见木栅就在前面。我们走近的恰恰是它南侧的中央，几乎在这同时，以水手长约伯 · 安德森为首的七个反叛者拚命追上来，已出现在栅栏的西南角。

他们顿了一下，似乎愣住了；在他们定下神来之前，不仅乡绅和我，还有木屋里的亨特和乔伊斯都开了枪。四声枪响合成一次颇有些凌乱的齐射，但没有落空：一个敌人应声倒地，其余的毫不犹豫地转身溜进了树丛。

我们把枪重新装上弹药后，沿着木栅的外侧走过去看那个倒下的敌人。他已经断了气——子弹打穿了他的心脏。

我们正在欢欣鼓舞之际，从树丛中发出一响手枪的射击声，一颗子弹嗖的一声几乎擦着我的耳朵飞过，可怜的汤姆 · 雷德拉斯两脚一晃，直挺挺地倒在地上。乡绅和我当即回击了一枪，但由于我们根本没有可瞄准的目标，大概只是浪费火药罢了。接着我们又重新装上弹药，把注意力转到汤姆身上。

船长和葛雷已在察看他的伤势。我一眼就断定没有希望了。

大概是我们的迅速回击再次使反叛者溃散，所以我们在把可怜的猎场老总管托过栅栏、抬进木屋的时候，没有再受到骚扰。

可怜的老头儿呻吟着，血流不止。从我们刚开始倒霉直至现在把他抬到木屋里等死，他始终没有一句话流露过惊奇、怨恨或恐慌，甚至也不表示默许。他曾像特洛伊人[①]一样坚守在伊斯班袅拉号的走廊上，仅用一张褥垫作掩蔽；他总是不声不响、全心全意地执行每一项命令；他比我们所有的人都大出二十岁以上；现在，这个老是面带愠色、忠心耿耿的老仆却要与世长辞了。

乡绅在他旁边跪下，吻着他的手，哭得像个小孩子似的。

“我要走了吗，大夫？”雷德拉斯问。

“汤姆，我的朋友，”我说，“你要回家去了。”

“我真想对他们放上几枪再走。”他说。

“汤姆，”乡绅说，“告诉我，你能原谅我吗？”

“先生，要我原谅你，这合礼仪吗？”汤姆答道，“反正照你的意思办就是了，阿门[②]！”

沉默片刻之后，他表示希望有人为他做一次祷告。

“这是规矩，先生。”他以辩解的口吻补充了一句。不久，他就咽了气，没有再说一句话。

事先，我已注意到船长的胸前和口袋里鼓鼓囊囊的不知揣着些什

---

①特洛伊是小亚细亚西北部一古城。据荷马史诗《奥德赛》，希腊人围困特洛伊，十年不克，后用木马计赚开城门，方始攻占该城，结束了著名的特洛伊战争。

②基督教徒作祈祷或唱圣歌时的结束语，意思是：“但愿如此”。

么。在这段时间内，他从身边掏出了一大堆各种各样的东西，计有：一面英国国旗、一本《圣经》、一卷结实的绳子、一支笔、一瓶墨水、一本航海日志和几磅烟草。他在栅栏内地上找到一根长杆子，那是一株砍倒后修去枝条的枞树；在亨特的帮助下，他把杆子竖在屋角两堵圆木墙壁相交形成角度的地方。然后，他爬上屋顶，亲手把国旗系在绳子上，亲自把它升上去。

看来这使他极为满意。他回到木屋里，开始整理东西，好像其余的一切都不存在似的。尽管如此，他偶尔还是向垂死的汤姆看上一眼；老头儿刚一气绝，他就走过来，用另一面旗恭恭敬敬地盖在尸体上。

“不要太悲伤，先生，”他握着乡绅的手说，“你不必为他的灵魂担心，他是在履行船长和主人交给他的任务时被打死的。我的话也许不太合乎教义，但这是事实。”

然后他把我拉到一旁。

“李甫西大夫，”他说，“你和屈利劳尼先生所指望的接应船要过几个星期能来？”

我告诉他：不是过几个星期，而是几个月；如果我们八月底还不回去，勃兰德里将会来找我们；但既不会提前，也不会推迟。

“你自己也算得出来还有多少日子。”我说。

“是啊，”船长搔搔头皮说，“即使把天赐的一切统统考虑在内，我们的处境也是极其困难的。”

“这话怎么说？”我问。

“先生，我们把第二船补给品丢了实在太遗憾，这就是我要说的意思，”船长答道，“弹药我们还够用，可是食品短缺，大大短缺；甚至可以说，李甫西大夫，我们少一口人也许不是坏事。”

他说着指了一下盖在旗下的死人。

正在这个时候，一颗圆铁弹连吼带啸高高地飞过木屋上空，坠落在我们后面很远的树林里。

“哦嗬！”船长说，“把炮弹打光吧！反正你们的火药不多，我的伙计们！”

第二炮瞄得较准。炮弹落到木栅里边，扬起一大片沙土，但没有造成更大的损害。

“船长，”乡绅说，“从船上完全看不见这木屋。一定是那面旗成了他们的目标。我看，是不是把旗降下来为妙？”

“降旗？”船长叫了起来。“不，先生，我不干，”他刚说出这句话，我想我们大家立刻赞同他的意见。这不仅体现着一种顽强而深厚的感情，有海员的气魄，同时也是一种很好的策略，可以此向我们的敌人表示：我们蔑视他们的炮轰。

整个傍晚他们一直不停地打炮。铁弹一颗接着一颗飞来，不是太远就是太近，或者在木栅里边扬起滚滚烟尘。他们不得不瞄得很高，以致炮弹落下时已没有力量，自行埋入松软的沙地。我们对流弹也无须害怕；虽然有一颗圆铁弹从木屋顶上飞进来又从地板下面钻出去，我们不久就对这种无理取闹习惯了下来，顶多把它当作玩板球。

“这件事也有好的一面，”船长发表他的看法，“我们前面的树林里看来没有敌人。潮水已经退去很久，我们的补给品应该露出水面了。有没有人自告奋勇去把猪肉拿来？”

葛雷和亨特最先站出来。他们带着很好的武器，悄悄地翻出木栅，但这次行动却劳而无功。反叛者比我们料想的更大胆，或者他们充分信任伊斯莱尔的打炮本领。他们有四五个人忙于把我们的补给品捞起来，蹚水搬到停在近旁的一只划子里去。坐在划子里的人不时得划一两桨抵消水流的冲力。西尔弗在船尾上指挥；他们每一个人现在都有了一支滑膛枪，大概是从他们自己的秘密军火库里取出来的。

船长坐下来写航海日志，下面是这一天所记的开头一段：

船长亚历山大·斯摩列特、随船医生大卫·李甫西、船匠亚伯拉罕·葛雷、船主约翰·屈利劳尼、船主的仆人约翰·亨特和理查·乔伊斯(非海员)——以上全体乘员中继续忠于职守的人，带着只够勉勉强强吃十天的食品，于今日登岸，在藏宝岛的木屋顶上升起英国国旗。船主的仆人(非海员)托马斯·雷德拉斯[①]被反叛者枪杀；侍应生詹姆斯·霍金斯[②]——

这时我正在思量，可怜的吉姆·霍金斯的命运不知怎样。

从陆地的方向传来一声呼唤。

“有人在叫我们。”值班放哨的亨特说。

“大夫！屈利劳尼先生！船长！喂，亨特，是你吗？”呼唤声接连而来。

我跑到门口，正好看见吉姆·霍金斯从木栅外面翻过来。他安然无恙。

---

①托马斯即汤姆。后者是前者的昵称。

②詹姆斯即吉姆。后者是前者的昵称。

第十九章

守卫寨子的人们

（以下仍由吉姆·霍金斯续叙）

本·甘恩一见国旗就暂停前进，还拉住我的胳膊叫我止步，自己坐了下来。

“瞧，”他说，“你的朋友在那里，错不了。”

“恐怕更像是反叛分子在那里。”我表示怀疑。

“不可能！”他立刻反驳。“在这样一个除了碰运气绅士谁也不会来的地方，西尔弗要挂一定挂海盗的骷髅旗，这是没有疑问的。不，那里一定是你的朋友。刚才开了一仗，我猜想你的朋友们赢了；他们上了岸，待在好多年以前弗林特所造的那个老寨子里。啊！弗林特可真是个有头脑的人！不喝朗姆酒，他是没有对手的。他天不怕地不怕；不过西尔弗——西尔弗是那样斯文和气。”

“也许是这样，”我说，“那我就更应当赶紧去和我的朋友们会合。”

“等一等，朋友，”本还是不放我走，“你别忙。你是个好孩子，如果我没有看错的话；但你到底是个孩子。本·甘恩可不是傻瓜。朗姆酒也不能把我骗到你去的地方去，除非我看到你们那个天生的绅士，除非他给了我保证。你不要忘记我的话：‘对天生的绅士一百个放心（记住，你得说一百个放心）。’还有，你在对他这样说的时候，别忘了拧他一把。”

他带着同样调皮的表情拧了我一把——这是第三次了。

“你们用得着本·甘恩的时候，你知道到哪儿去找他，吉姆。就在你今天见到他的地方。来找他的人手里得拿一件白颜色的东西，而且得一个人来。喔！你要这样说：‘本·甘恩要求这样做自有道理。’”

“好吧，”我说，“我有点明白你的意思了。你有什么主意要提出来，你希望同乡绅或大夫见面；要找你就到我遇见你的地方去找。还有别的没有？”

“你还没有跟我约好时间呢，”他又添了一句，“从午测到钟敲六下[①]。”

“好，”我说，“现在我可以走了吗？”

“你不会忘记吧？”他很不放心地问。“你得说：‘一百个放心’，‘自有道理’。最主要的是‘自有道理’，咱们可得像男子汉对待男子汉那样。好吧，”他仍拉住我的胳膊，“我看你可以走了，吉姆。还有，吉姆，你要是见到西尔弗的话，你不会出卖本·甘恩吧？即使让野马拖着你跑，你也决不出卖我，知道不？你说呀：‘决不。’要是那帮海盗在岸上宿营，吉姆，我叫他们的老婆明天早晨做寡妇，你看怎么样？”

他的话被一声巨响所打断，一颗炮弹穿过树丛落到沙地里，离开我跟他说话的地方不到一百码。我们俩朝着不同的方向拔腿就跑。

此后足有一个小时，炮声频频震撼着这个荒岛，炮弹不断嚓嚓地飞过树林。我一路前进，一路换地方藏身，老是觉得就要被那些可怕的飞弹打中。不过，到炮击将要停止时，尽管我还不敢朝寨子的方向走，因为落在那里的炮弹最多，但我已开始在一定程度上恢复勇气。我向东绕了一大段路，悄悄地来到岸边的树丛中。

太阳刚刚落下去，从海上吹来的微风在林中打转，拂动树叶簌簌作声。微风在锚地灰色的水面上掀起粼粼涟漪；潮水早已退远，大片大片的沙滩露出水面。在白天的酷热之后冷却下来的空气，使我穿着上衣都感到寒意。

伊斯班袅拉号仍停在它下锚的地方，但它的桅顶上果真扯起了黑底白色骷髅的海盗旗。就在我张望的时候，那里又有红光一闪，接着又是一声炮响，又是一颗圆铁弹呼啸着从空中飞过，激起零零落落的回声。

---

① 即从中午 12 点到下午 3 点。

这天的炮击就到此为止。

炮轰结束后，海盗们忙碌异常。我趴在地上窥测了一会儿。他们在离寨子不远的岸上用斧头斫着什么，后来我发现原来斫的是那只可怜的舢舨。稍远，在河口附近的树丛里，一大堆篝火在熊熊燃烧；一只划子在小尖角和大船之间来来往往。上午我还看到那些人个个都是脸色阴沉，这时一边划桨，一边大声喧嚣，高兴得像小孩子似的。他们这种闹嚷嚷的劲头我估计是朗姆酒引起的。

我认为现在可以朝寨子的方向往回走了。目前我所在的地方是伸入海中相当远的一个沙尖嘴，它从东面围住锚地，低潮时与骷髅岛相连。我站起来的时候，顺着沙尖嘴朝下面更远的地方望去，见一堵孤零零的岩壁矗立在低矮的灌木丛中。岩壁相当高，颜色特别白。我想起这也许就是本·甘恩所说的白色的峭壁。说不定某一天需要一条小船，我就知道该上哪儿去找。

然后我沿着树林边缘往回走，直到又看见木栅的后侧即向着陆地的一面，不久就受到忠实的朋友们的热烈欢迎。

我把自己经历的事情讲了一遍，然后举目四顾。这木屋全部是用未经锯方的松树钉成的，包括屋顶、墙壁和地板。某些地方地板高出沙地表面一英尺至一英尺半。门口有一座廊子，门廊下面有一股细小的泉水往上涌入一个样子很奇特的人工蓄水池——原来那是一只砸去了底的船用大铁锅，被放在沙地里埋到如船长所说的“齐吃水线”。

除了屋架以外，房子里几乎空空如也；只有一处角落里用石板垒成一个像是炉灶的东西，还有一只生锈的旧铁篓子，柴就放在这里烧。

小丘坡上和栅栏里边的树木全部被砍光用于盖这所木屋，从残留的树桩可以看出，一片极好的树丛给毁了。树砍掉以后，大部分泥土已被雨水冲走，只有从锅里渗出一条细流的地方长着厚厚的一层苔藓、几簇羊齿植物和一小丛贴地蔓生的灌木，在沙地里依然显得一片碧绿。栅栏四周是又高又密、郁郁葱葱的树林：朝陆地的一边都是枞树，朝海滩的一边则杂有许多常青栎。据他们说，树林与寨子靠得太近，不利于防卫。

我刚才所说的晚来清冷的微风，透过这草草钉成的木屋的每一个缝隙钻进来，不断有细沙像雨点似的洒在地板上。沙子飞到我们的眼睛里、牙缝里；落在我们的晚饭里；在锅底的泉水中跳舞，活像即将煮滚的麦片粥。

我们的烟囱是屋顶上一个方洞，只有一小部分烟从那里出去，其余的都在屋子里打旋，呛得我们不停地咳嗽、淌眼泪。

除此以外，我们的新伙伴葛雷脸上又缠着绷带，因为他在与反叛分子决裂的时候给砍了一刀。可怜的老汤姆·雷德拉斯还没有埋葬，仍盖着英国旗直僵僵地躺在墙边。

如果听任我们这样闲着，势必陷入沮丧，但斯摩列特船长决不容许这种状态出现。他给每一个人都布置了工作，把我们分成两班轮流守望。大夫、葛雷和我组成甲班，乡绅、亨特和乔伊斯组成乙班。虽然我们都很疲乏，还是有两个人被派去砍柴，两个人去掘坟墓安葬雷德拉斯，大夫被指定为厨子，我在门口站岗。船长自己在各人之间走来走去，给大家打气；哪里缺少人手，他就帮忙。

大夫不时走到门口来换一口气，让被烟熏得几乎要掉出来的眼睛休息一会。每次他走来总要对我讲几句话。

“斯摩列特这个人，”有一次他说，“比我高明。我这话决不是凭空说的，吉姆。”

另一次他走来，半晌没有开口。然后他把头侧向一边望着我。

“那个本·甘恩到底靠得住不?”他问。

“我不知道，先生，”我说，“他的神经到底有没有毛病，我吃不准。”

“在这件事上我不放心的就是他，”大夫表示同意，“一个人在荒岛上苦熬了三年，吉姆，如果要求他的头脑同你我一样健全，这是不合人类本性的。你说他喜欢吃干酪，是不是？”

“是的，先生，他想吃干酪。”我回答说。

“好，吉姆，”他说，“这下你可以看到讲究口味的好处了。你看到过我有一只鼻烟盒，是不是？但你从来没见过我嗅鼻烟，可不是吗？原因是我在我的鼻烟盒里带着一块巴马干酪——那是意大利出产的一种营养很丰富的干酪。我们就把这块干酪送给本·甘恩！”

晚饭前，我们把老汤姆安葬在沙地里，脱帽围着坟墓在微风中站了一会。柴火已砍来许多，但船长还嫌少。他看了以后摇摇头，对我们说，我们“明天还得拿出更大的劲头去干”。我们吃了点儿猪肉当晚餐，每人还得到一杯掺水的烈性白兰地。然后，三位头头聚在一个角落里讨论我们的前景。

看来他们已到了计尽技穷的地步。食品贮存太少了，等不及接应船来到，我们就将饿得被迫投降。但有一点是肯定的：我们最有希望得救的办法是尽力歼灭海盗，直到他们降下骷髅旗，乘伊斯班袅拉号逃跑为止。他们十九个人已减少到了十五个，其中两个受了伤，而在大炮旁边被乡绅用枪打中的那一个，即使不死也是重伤。我们每一次同他们交锋，都必须极其谨慎，尽量保存自己的力量。除此之外，我们还有两个可靠的同盟者——朗姆酒和气候。

先说朗姆酒。虽然他们远在半英里外，我们还是可以听到他们直到深夜还在喧闹、唱歌。至于气候，大夫敢拿他的脑袋打赌，像海盗们这样在沼泽地里宿营，又缺医少药，不出一个星期，他们至少会有一半人病倒。

“因此，”他还说，“只要我们不先被他们全部打死，他们必定乐于驾起纵帆船滚蛋。那终究是一条船，我认为他们还可能重新度他们的海盗生涯。”

“那是我丢失的第一条船。”斯摩列特船长说。

你们不难想象，这一天我是够累的了。我先是翻了好半天的身，后来却睡得像根木头一样。

第二天，别人早已起身，吃了早饭，把柴堆又增大了将近一半，我才被一阵忙乱和人声所惊醒。

“白旗！”我听见有人在说，紧接着是一声惊讶的叫喊：“西尔弗本人来了！”

我立即跳起身来，揉揉眼睛，扑到墙上的枪眼前去。

第二十章

西尔弗来谈判

果然，就在木栅外面，来了两个人：一个挥着一块白布；另一个不动声色地站在旁边，他正是西尔弗本人。

时间还很早，那是我到海外以来最冷的一个早晨，寒气直透我的骨髓。天空明净无云，树梢在朝阳中闪着淡红色的晨光。但西尔弗和他的随员所站的地方仍处在阴暗面，他们膝盖以下都淹在贴地的白色雾霭中，那是夜间从泥沼里散发出来的。寒气和雾霭合在一起，道出了这个海岛之所以如此荒凉凄清的原因。待在这个潮湿的地方显然对身体有害，容易染上热病。

“大家不要出去，”船长说，“这很可能是一个骗局。”

然后他向海盗吆喝一声：

“什么人？站住，不然要开枪了。”

“打着白旗呢，”西尔弗大声说。

船长在台阶上，他的位置选择得很谨慎，万一敌人打冷枪也伤不到他。他转脸对我们说：

“大夫的一班守好枪眼。李甫西大夫，请你负责北面；吉姆，你负责东面；葛雷负责西面。另外一班全部投入给枪支装上弹药。大家动作要快，但要小心。”

接着他又面对那两个反叛分子。

“你们打着白旗来想干什么？”他喊道。

这次回答的是另一个人。

“先生，西尔弗船长跟你们开谈判来啦，”他嚷着。

“西尔弗船长？我不认识。他是谁？”船长问。接着我们听到他轻轻地自语：“当船长啦！嗬，升得好快啊！”

高个儿约翰自己开口回答：

“是我，先生。那些可怜的伙计选我当船长，因为你撇下我们走了，先生，”他说到“撇下”两个字的时候特别加重语气，“只要能谈妥条件，我们愿意服从指挥，而且毫不动摇。斯摩列特船长，我只要求你保证我安全离开这个寨子，在走出射程范围之前不要开枪。”

“你听着，”斯摩列特船长说，“我没有一丝一毫的愿望跟你谈判。如果你要跟我谈，你可以来，不用多啰唆。如果你们想要什么阴谋诡计，后果由你们负责，到时候可别怪我们。”

“那就够了，船长，”高个儿约翰高兴地叫着，“只要你一句话就够了。正人君子我是辨得出来的，你可以相信我的话。”

我们看到打白旗的那个人想把西尔弗往后拉。这并不奇怪，因为船长的回答很不客气。但西尔弗冲着他放声大笑，并且在他背上拍了几下，意思说，他的顾虑是完全不必要的。接着，西尔弗走到木栅跟前，先把拐杖扔进来，再用一条腿颇用了点力气和机巧爬上并翻过栅栏，安全着地。

我得承认，我完全被眼前发生的事情吸引住了，没有起到任何守望警卫的作用。我甚至离开了东面枪眼的岗位，溜到坐在门坎上的船长背后。他用胳膊肘抵住膝盖，两手支头，眼睛看着泉水从埋入沙地的旧铁锅里噗噗地往外涌，一边轻轻地吹口哨，吹的是《来吧，小伙子和姑娘们》。

西尔弗登上小丘费了很大的劲。他的拐杖对付陡峭的坡面、粗大的树桩和松软的沙地就像搁浅的船一样无能为力。但他硬着头皮默默地熬过了这一关，终于来到船长面前，非常洒脱地向他敬一个礼。他显然竭力打扮了一番：一件很大的蓝色外套下摆垂到齐膝，上面钉着好多铜扣子；一顶镶花边的漂亮帽子戴在后脑勺上。

“你来了就坐下吧，”船长抬头说。

“难道你不让我进去吗，船长？”高个儿约翰抱怨道，“这么冷的早晨坐在外面沙地上可够呛，先生。”

“西尔弗，”船长说，“如果你愿意做一个规矩人的话，你应该坐在船上的厨房里。一切都是你自己造成的。你要末当我的厨子——那肯定不会亏待你；要么当你的西尔弗船长——无非是一个反叛者和海盗，将来肯定被绞死！”

“算了，算了，船长，”船上的厨子说着就在沙地上坐下，“不过回头你还得扶我站起来，旁的倒无所谓。你们这个地方真不错。啊，吉姆也在这里！早上好，吉姆！大夫，我向你致敬。你们聚在一起，就像俗话所说的，团团圆圆，其乐融融。”

“喂，你有什么要说的，赶快说吧。”船长说。

“说得对，斯摩列特船长，”西尔弗表示同意，“的确，公事必须公办。好吧，你也知道，昨天夜里你们干得很出色。我不否认你们干得很出色。你们有几个人挥舞撬棒的功夫真不错。我也不否认，我们有些人——也许是全体——给打了个措手不及，包括我自己在内；所以我会上这儿来谈判。不过，我敢赌咒，船长，这样的事第二次决不会再发生！我们要布置岗哨，并且叫大家少喝点儿朗姆酒。你们大概以为我们都喝醉了。但我可以告诉你，我没有喝醉；我只不过累得像条死狗。要是我早一会儿醒来，你们可逃不了，一定逃不了。我跑到他跟前的时候，他还没有死呢。”

“是吗？”斯摩列特船长尽可能沉着地说。

西尔弗所讲的使他完全摸不着头脑，但你从他的语调决不会觉察到这一点。我倒是有点明白了。我想起本·甘恩和我分手前的最后一句话。我猜想，他趁海盗们喝得酩酊大醉倒在篝火旁边的时候，溜到他们的宿营地里去过。我还高兴地了解到，我们要对付的敌人只剩下十四名了。

“是这么回事，”西尔弗说，“我们要藏在岛上的金银财宝，我们一定要得到——这是我们的根本目标！你们想必乐于保全你们的性命；这是你们的根本目标。你们不是有一张图吗？”

“可能有。”船长回答道。

“你们肯定有的，我知道，”高个儿约翰说，“你不要这样生硬对人，这样一点好处也没有，你可以相信我的话。我愿意打开天窗说亮话：我们要那张图。我个人跟你们决没有什么过不去。”

“你少跟我来这一套，伙计，”船长把他的话打断，“你们想干些什么，我们一清二楚，我们也不在乎，因为你们办不到，这你也知道。”

说到这里，船长平静地向他看了一眼，开始装一斗烟。

“既然亚伯拉罕·葛雷——”西尔弗突然发作。

“住嘴！”斯摩列特先生喝住了他，“葛雷什么也没有告诉我，我也没有问他什么。老实说，我巴不得看到你们和这个岛子一起统统从海上掉进地狱里去。这就是我对你们的看法。”

船长发的这一阵小小的脾气大概使西尔弗冷静了下来。他本来有些冒火，但现在沉住了气。

“也许如此，”他说，“诸位绅士根据具体情况可能认为什么是对的，什么是不对的，我不打算加以限制。看你准备抽一斗烟的样子，船长，恕我冒昧也要这样做。”

他装了一斗烟，并把它点着了。于是这两个人默默地坐着抽了一会烟，时而互相看看对方的脸色，时而把烟斗里的烟丝往下压紧些，时而俯身向前吐去口中的烟末子。瞧着这两个人比看戏还有趣。

“听我说，”西尔弗重新开言道，“你们把找宝藏的图给我们，不要再开枪打可怜的水手或趁他们睡着的时候砸他们的脑袋。你们要是答应的话，我们提出两个办法由你们挑。第一个办法：等金银财宝装上了船，你们跟我们一起坐船走，我可以立下笔据，以人格担保在某一个地方让你们安全上岸。或者，如果第一个办法不合你们的意，考虑到我的水手中间有些人比较粗鲁，因为你让他们劳累过度肚子里有怨气；那末，你们可以留在此地。我们把吃的东西按人数跟你们平分，我同样担保一定通知我们遇到的第一条船，请他们来把你们带走。现在你该承认，这是很漂亮的做法。你们不可能指望得到更有利的条件了，决不可能。我希望，”西尔弗把嗓音提高，“这间屋子里所有的人把我的话都听明白了，因为我对船长一个人说的话也是对全体说的。”

斯摩列特船长从门坎上站起来，把烟斗里的灰磕在左手掌心里。

“你说完了？”他问。

“我把所有的话都兜了底，真的！”约翰答道，“你们要是拒绝的话，那末，以后跟你们谈判的就不是我，而是滑膛枪的弹丸了。”

“很好，”船长说，“现在你听我说。如果你们一个个放下武器到这里来，我就把你们全部钉上镣铐，送回英国去依法审判。如果你们不这样做，告诉你，我凭着头上的国旗起誓，我要让你们一个个去见海龙王，否则我就不叫亚历山大·斯摩列特。你们休想找到宝藏。伊斯班袅拉号你们驾驶不了，你们中间没有一个人有这样的本领。你们也打不过我们；昨天你们五个人也没有挡住葛雷一个，他还是冲了出来。你们现在是进退两难，西尔弗先生；你们处在下风岸上，你自己心里也明白。我站在这里告诉你，这是我对你的最后一次忠告；凭着老天起誓，下一次我再碰见你，就要用子弹打穿你的背脊。开步走！请快离开这儿，又稳又快，愈快愈好。”

西尔弗脸上的表情真是难摹难绘，一双眼睛因愤怒而睁得大大的。他抖去了烟斗里的火灰。

“拉我一把，让我站起来！”他大声说。

“我不拉。”船长回答。

“谁来拉我一把？”他吼叫着。

我们谁也不理他。他只得在沙地上爬，一边嘟嘟囔囔地发出最恶毒的诅咒，直爬到门廊旁边攀住梃子才能用拐杖撑着站起来。于是他往泉水里啐了一口。

“呸！”他恶狠狠地说，“你们在我眼里就跟这口唾沫一样。不出

“拉我一把，让我站起来！”

一个小时，我要把你们的老木屋像朗姆酒桶那样砸个稀巴烂！你们笑吧，笑吧，妈的！不出一个小时，管叫你们乐极生悲。那时，你们谁要是还活着，一定觉得还是死去的运气好。”

他又咬牙切齿地骂了一声，这才一瘸一拐踏着沙地往下坡走去；经过四五次尝试失败后，还是靠打白旗的那个人帮忙才翻过栅栏。一转眼，那两个人就消失在树丛中。

第二十一章
强　攻

西尔弗刚一消失，两眼紧盯着他的背影的船长，便转身向木屋里走。他发现除葛雷外，没有一个人在自己的岗位上。这时我们第一次看到船长大发雷霆。

“各就各位！”他大喝一声。等我们缩着脖子回到各自的岗位以后，他又说：“葛雷，我要在航海日志里记上你的名字；你对待自己的职责不愧为一个真正的水手。屈利劳尼先生，你使我感到惊讶，先生。大夫，我本以为你毕竟是穿过军装的！如果你在方特努瓦服役时也是这样，先生，我劝你干脆躺到铺位上去吧。”

大夫的一班三个人都回到各自的枪眼旁，其余的人把备用的枪支装上弹药。我可以告诉读者，我们的脸都涨得通红，耳朵热辣辣的。

船长默默地看了一会，然后说：

“诸位，我把西尔弗狠狠抢白了一顿。我故意惹得他火冒三丈；据他说，不出一个小时，我们将遭到他们的袭击。他们在人数上占优势，这不用我告诉你们；但我们是在木寨的掩蔽下作战；而且，片刻之前我还会说我们是一支有纪律的队伍。我确信我们一定能给他们一个迎头痛击，只要你们愿意。”

他到各人跟前巡视了好几遍，直至认为如他所说的万事齐备为止。

木屋较短的两面，即东面和西面，只有两个枪眼；朝南即有门廊的一面也是两个；朝北的一面有五个枪眼。我们七个人共有整整二十支滑膛枪。我们把柴火垒成四堆，或者说垒成四张桌子，靠每一面墙壁中央各有一堆；在每一张这样的桌子上各放着四支装上弹药的滑膛枪和一部分弹药，供守卫者不时之需。弯刀排在中央。

“把炉火熄掉，”船长说，“寒气已经消散，我们不能让烟熏得我们睁不开眼睛。”

屈利劳尼先生把烧柴的铁篓子整个儿搬出去，把木炭的余烬闷熄在沙地里。

“霍金斯还没有吃早饭。霍金斯，你自己去把早饭拿到岗位上来吃，”斯摩列特船长继续说，“抓紧些，年轻的朋友；回头没有时间吃了。亨特，你给每个人倒一小杯白兰地。”

在这个过程中，船长头脑里形成了坚守木屋的设想。

“大夫，你负责这扇门，”他说，“注意不要太暴露。尽量待在里边，从门廊里往外开枪。亨特，你负责东面。乔伊斯，你站到西面去，我的朋友。屈利劳尼先生，你枪法最好，你和葛雷负责朝北较长的一面，那里共有五个枪眼，也是最危险的一面。万一让他们迫近了那一面，从外边通过枪眼朝里边向我们开火，那就坏了。霍金斯，你和我的枪法都不高明；我们就站在一旁装弹药，做做帮手。”

果然如船长所说，寒气消散了。太阳刚爬到我们外围的树梢之上，立刻把它的全部热力向空地上倾泻，将贴地的雾霭一饮而尽。不久，沙子已经发烫，屋架上木头里的树脂开始融化。上衣和外套已被扔在一边，衬衫的领子都敞开着，袖子卷到肩膀上；我们每个人都站在自己的岗位上，受到暑气和焦虑的内外夹攻。

一个小时过去了。

“这帮该死的东西！”船长说，“这样等着会把人闷死的。葛雷，你打个唿哨招一阵风来吧。”

就在这个当口，出现了强攻即将开始的最初的信息。

“请问，先生，”乔伊斯说，“如果我看见什么人，我是不是应当开枪？”

“当然！”船长大声回答。

“谢谢，先生。”乔伊斯照旧是那样礼貌周到地说。

随后有一段时间毫无动静，但那句话却使所有的人紧张地竖起耳朵和睁大眼睛：枪手们端稳了各自手中的武器，船长站在木屋中央，嘴唇紧闭，双眉紧锁。

如此又过了几秒钟，直到乔伊斯突然举起枪来放了一枪。这一声响的余音未落，从栅栏外边每一个方向纷纷响起回敬的枪声，一枪紧接一枪，像放花炮似的。有几颗子弹打在木屋的墙上，但一颗也没有飞进来。等到硝烟散开，木栅和它周围的树林又和先前一样地静悄悄、空荡荡。没有一根树枝晃动，没有一支枪口的闪光暴露敌人所在的位置。

“你打中了你看见的那个人没有？”船长问。

“没有，先生，”乔伊斯回答，“我相信没有打中，先生。”

“说老实话总是件好事情，”斯摩列特船长喃喃自语，“霍金斯，你把他的枪装上弹药。大夫，你那边一共打了几枪？”

“我可以确切地回答你，”李甫西大夫说，“这一边共打了三枪。我看见火光闪了三次：两闪靠得很近；一闪远一些，在西边。”

“三个！”船长开始计算，“屈利劳尼先生，你那边有多少？”

但问到这一边可不那么容易回答。从北面打了好几枪：乡绅的统计是七枪，葛雷则认为有八九枪。东西两面只各打了一枪。这样就可以看清楚，北面是敌人的主攻方向，而其余三面将只有一些骚扰性的射击。但斯摩列特船长并不改变原来的部署。他认为，如果让反叛分子越过栅栏，他们就可能控制任何一个无人防守的枪眼，把我们像打老鼠一样一只一只打死在我们自己的堡垒里。

不过，我们也没有太多时间考虑。突然，不大不小的一群海盗齐声呐喊从北面的树林里跳出来，朝着寨子直奔。在这同时，从其余几面的树林里也有人再次向我们开火。一颗枪弹嗖的一声从门外飞进来，把大夫的滑膛枪打成碎片。

海盗们像猴子似的爬上了木栅。乡绅和葛雷打了一枪又一枪；有三个人倒下去：一个朝前倒在栅栏里边；两个朝后倒在外边。但那两个中间有一个不是被打伤，而是被吓坏的；他一骨碌又爬了起来，接着就逃回树林里去了。

两个人当场毙命，一个人跑了，四个人成功地越过了我们的防御工事。另外七八个人——显然每人都有好几支枪——在树林的掩蔽下向木屋进行猛烈的、但是无效的射击。

越过栅栏的四个人呐喊着径向木屋冲上来，树林里的同伙也跟着呐喊给他们助威。我们的射手打了好几枪，但打得太匆忙，大概一枪也没有中的。转眼间，四个海盗已冲上小丘，直接向我们扑来。

水手长约伯·安德森的脑袋出现在中间的一个枪眼里。

“打死他们，一个也不留！”他用雷鸣般的声音吼叫着。

在这同一刹那，另一个海盗抓住亨特的枪筒猛地一拖，把枪从他手中拖出了枪眼，然后用枪托狠狠的一击把可怜的亨特打昏在地。此刻，第三个海盗丝毫未受损伤地绕过屋角，突然出现在门口，举起弯刀向大夫猛砍。

我们所处的地位跟刚才正好倒了个过儿。刚才我们在木屋的掩蔽下向完全暴露的敌人开火；现在是我们自己暴露在敌人面前而又毫无回手之力。

木屋里硝烟弥漫，多亏有这点烟雾，否则我们的处境将更糟糕。呐喊和骚乱、火光和枪声混成一片，还有一声很响的呻吟在我耳际震荡。

“冲出去，伙伴们，到外面去跟他们拚刀子！”船长喊道。

我从一堆弯刀里抓了一柄，有人同时也抓起一柄，一刀砍在我的指关节上，我几乎没有感觉到疼。我向阳光灿烂的门外冲出去。有人紧跟在我后面，我不知道是谁。在我的正前方，大夫正在小丘坡上追赶刚才向他进攻的那个海盗；就在我看见大夫的那一瞬间，他打掉了那海盗的武器，一刀把他砍翻。那海盗伸开四肢仰天倒在地上，脸上裂开很长的一道口子。

“绕到屋后去，伙伴们，绕到屋后去！”船长喊道，他的声音有点异样。尽管当时乱作一团，我还是注意到了。

我机械地服从命令转向东边，举着弯刀跑步绕过屋角，不料与安德

不料与安德森面对面碰了个正着。

森面对面碰了个正着。他大吼一声，把他的弯刀举过了头，只见太阳下刀光一闪。我连害怕都来不及，就在刀还没有劈下来的千钧一发之际，纵身向旁边一跳，脚在松软的沙地上没有站稳，摔了一跤，头朝前从山坡上滚下去。

当我夺门而出的时候，其余的反叛分子已经在往木栅上爬，准备把我们彻底解决。其中一个戴着睡帽，弯刀衔在口中。他爬到木栅顶上，一条腿已跨了过来。这段时间极其短促，当我重新站起来的时候，看起来一切都还是老样子，那个戴红睡帽的家伙还没有跳下来，另一名海盗仍然只露出一个脑袋在木栅顶上。然而，就在这短短的一瞬间，战斗已告结束，我们取得了胜利。

紧跟在我后面冲出门来的葛雷，趁大个子水手长一刀劈了个空还在那里发愣，就把他砍翻了。冲到枪眼前的另一名海盗正要向屋里开枪的时候自己中了弹丸，此刻躺在地上痛苦地挣扎，他握着的手枪还在冒烟。第三个被大夫一刀解决了，这是我看见的。越过栅栏的四个人中只有一个尚未被歼，他丢了弯刀，吓得面无人色，正想重新爬过栅栏逃出去。

“开枪，从屋里开枪！”大夫喊道，“喂，你们俩快回屋里去！”

但他的话没有人注意，屋里一枪也没有发，那四个海盗中的最后一个逃了出去，跟其余的一起躲进了树林。刹那间，进攻的一方全部逃之夭夭，只留下五名倒在地上：四名在木栅里边，一名在木栅外边。

大夫、葛雷和我飞快地跑回木屋。其余的海盗一定是回去取枪的，战斗随时可能重新打响。

屋里的烟雾散开了些，我们一眼就看出我们为这次胜利付出了多大的代价。亨特被打昏在他的枪眼旁边；乔伊斯则在自己的枪眼旁边给打穿了脑袋，不再动弹；在木屋正中央，乡绅扶着船长，两个人脸上都没有一丝血色。

“船长受伤了。”屈利劳尼先生说。

“他们逃跑了吗？”斯摩列特先生问。

“能跑的都已经逃跑，你可以放心，”大夫回答说，“不过他们有五个再也跑不了啦。”

“五个！”船长叫了起来。“嘀，这倒不坏。他们丢了五个，我们丢了三个，剩下我们四个对他们九个。形势比刚开始的时候有了好转。最初是我们七个对他们十九个，或者说我们以为如此，反正是够糟糕的。”①

① 其实反叛者只剩下8个人，因为在大船甲板上中了屈利劳尼一枪的那个人当天晚上就死了。当然，这是我们事后才知道的。——原注

第五部　我在海上的惊险奇遇

第二十二章
我在海上的惊险奇遇是怎样开始的

反叛者们没有卷土重来，树林里也没有人再打枪。照船长的说法，他们已经“领到了这一天的口粮”。我们可以从容察看伤员的伤势，准备午饭。乡绅和我宁可冒险到门外去做饭，但即使如此，伤员大声呼痛的声音还是传到我们耳朵里来，令人不忍卒听。

这场战斗中倒下的八个人中只有三个还没咽气：在枪眼旁中弹的一名海盗，还有亨特和斯摩列特船长。其中前两人毫无生望：那海盗最后死在大夫的刀下；亨特则始终没有苏醒过来，尽管我们作了最大的努力。亨特拖了整整一个白天，就像住在我们店里的老海盗中了风那样大声喘气。但他的肋骨被打断了，跌倒时颅骨又被撞碎，所以到夜里就无声无息地见上帝去了。

至于船长，他的伤势虽然带来不少痛苦，但并不危险，没有损及要害。他先是被约伯 · 安德森开枪打中，子弹穿过肩胛骨，触及肺部，幸而情况不算严重；第二颗子弹只是挫伤了小腿上的一部分肌肉。大夫说他肯定可以复元，不过，暂时以及接下来的几个星期，他不能走路，一只胳膊不能动弹，甚至最好不要说话，如果他能够克制的话。

我自己指关节上偶然造成的刀伤算不了什么。李甫西大夫替我贴了膏药，还扯了一下我的耳朵。

午饭后，乡绅和大夫在船长身边坐下来商议军情。等到他们充分谈够，时间刚过正午，大夫拿起帽子和手枪，腰里挂上弯刀，把地图放在口袋里，肩上挎一支滑膛枪，从北面翻过木栅，迅速地消失在树林里。

葛雷和我一起坐在木屋另一头听不见他们三人商量的地方。大夫的行动使葛雷大吃一惊，他把衔着的烟斗拿下来以后，甚至忘了重新放到嘴里去。

“我的海神爷！”他说，“李甫西大夫难道发疯了？”

“不可能，”我说，“我认为，我们这些人即使都发疯，也要最后一个才轮到他。”

“也许是这样，伙计，”葛雷说，“不过，要是他没有发疯，那一定是我疯了。”

“我看大夫一定有他的主意，”我说，“如果我没有猜错的话，他是去跟本·甘恩碰头的。”

事后看来，我的料想是有道理的。但目前，木屋里闷得要命，栅栏里边的一小块沙地给正午的烈日晒得滚烫，我的头脑里开始酝酿另一个念头，这个念头可就绝对不是那么有道理了。我羡慕大夫在阴凉的树林里走，周围鸟声啁啾，松树散发清香；而我坐着受烤，身上的衣服汗湿后黏糊糊的，周围有那么多的血，横着那么多的尸体。我对这个地方的厌恶几乎同恐怖一样强烈。

我一直在洗刷屋里的血迹和午饭的盆碟，愈洗愈感到厌烦，也就愈是羡慕大夫。最后，我在一袋面包干旁边，趁别人不注意，采取了第一个步骤准备逃走：我把外套的两只口袋都塞满面包干。

我承认我是个傻瓜，我打算做的事情当然是愚蠢的轻举妄动；但我决心尽可能谨慎地去做。不管遇到什么情况，这点面包干至少在两天内能使我不至于挨饿。

接下来我拿了两支手枪。由于我已经有一筒火药和好些子弹，就觉得自己武装得挺不错了。

在我头脑里形成的设想本身并不算坏。我打算走到从东面把锚地同海洋隔开的沙尖嘴上去，找到昨天傍晚我发现的那堵白色的岩壁，看看本·甘恩的小艇究竟是否藏在那里；我直到现在还相信这是值得一试的。但我肯定不可能得到离开寨子的许可，于是唯一的办法就是不别而行，乘人不备时溜出去。这种做法实在要不得，以致本身是对的事情也变成了错的。但我毕竟是个毛孩子，拿定了主意便不再犹豫。

我终于找到一个很好的机会。乡绅和葛雷正忙于给船长吊绷带，道路畅通无阻。我一个箭步蹿出去，翻过栅栏，钻进了树丛；在我的伙伴们发觉之前，我已经远在他们的喊声所能达到的距离之外。

这是我第二次擅自行动，这一次比前一次要轻率得多，因为我只撇下两个健康的人守卫木屋。然而，同第一次一样，这一行动却救了我们大家。

我径直朝着海岛东岸跑去，因为我决定沿着沙尖嘴靠海的那一边走，免得被锚地里的人察觉。下午的时间已经不早，不过太阳没有落山，还相当暖。我在高大的树林中穿行的时候，可以听到前面远处不仅有浪涛击岸的持续的轰鸣，还有树叶的簌簌声和树枝的飒飒声——这表明今天的海风比往日强些。不久，阵阵凉意开始向我拂来。我又走了几步，来到树林边缘的开阔地，见蓝色的大海在阳光下伸展到水天相连的地平线上，岸边激浪滚滚，泡沫翻腾。

我从来没有看见过藏宝岛周围的海有宁静的日子。即使烈日当头，空气里没有一丝儿风，蔚蓝色的海面波平如镜，但沿着整个海岸总是巨浪奔腾，日夜喧嚷。恐怕岛上很难找到一块地方听不见浪花飞溅的响声。

我沿着激浪走去，心情非常愉快，直到我估计已向南走得够远了，这才借几簇茂密的灌木作隐蔽，小心翼翼地攀向沙尖嘴的脊梁。

我的背后是海，前面是锚地。海风已趋于平静，大概刚才刮得太猛，所以风力也耗竭得比较快。取而代之的是忽而从南面、忽而从东南面飘来的轻柔气流，捎带着大团大团的浓雾。处在骷髅岛下风面的锚地水面呈铅灰色，不起些微波纹，同我们刚进来时一样。伊斯班袅拉号在这平滑的镜面上，从桅顶到吃水线连同从斜桁尖头上垂下的海盗旗都映得清清楚楚。

大船旁停着一只划子，西尔弗——我随时都认得出他——在划子的尾座上，另外有两个人身子探出大船的后舷墙，其中一个戴着红色的睡帽，就是几小时前我看见跨在栅栏顶上的那个坏蛋。他们显然在谈笑，不过他们谈些什么，隔得那么远——大约一英里以上——我当然一句也听不清。忽然响起了极其可怕的、简直不像这个世界上的一声怪叫，最初把我吓一大跳。后来我才想起那是名叫弗林特船长的鹦鹉在叫；根据色彩鲜艳的羽毛这一目标，我甚至看得见它栖息在主人的手腕子上。

不一会，划子撑离大船向岸边划去，戴红睡帽的家伙和他的同伴从房舱升降口走下去了。

就在这时，太阳落到望远镜山后面。由于雾聚得很快，天一下子就开始变黑。我知道，如果要在今晚找到小艇，必须赶快。

露出在灌木丛高处的白色岩壁还在下面大约八分之一英里的沙尖嘴上，我在矮树丛中潜行，往往手脚并用在地上爬，花了不少时间才挨近那里。当我的手触到粗糙的岩壁时，夜幕几乎已经降下。岩壁下面有一小块长着绿色草皮的凹地，被沙汀和高仅及膝、在这一带长得特别茂密的矮树丛所掩盖。凹地中央果然有一顶用山羊皮缀成的小小帐篷，有点像吉卜赛人[①]带着在英国到处流浪的帐幕。

我跳到凹地里，揭开帐篷的边沿一看，里边是本·甘恩的小艇。这是简陋得不能更简陋的一只小舟：粗糙的硬木斜底船架用毛朝里的山羊皮包起来。艇身小得可怜，即使我坐在里面也很挤，很难想象它怎能载得起一个大人。一块坐板安得极低，船头装有类似踏脚的木档，还有一支双叶长桨。

在这以前我从未见过我们的祖先布立吞人用柳条和兽皮造的渔船，但后来我看到了这样的一条船。为了让读者对本·甘恩的小艇有一个概念，最确切的比方莫过于说：它像是人类所造的这类渔船中最原始、最拙劣的一只。然而它无疑具备古代柳条兽皮船的最大优点，那就是本身极轻，搬动方便。

---

① 原来居住在印度北部的一个民族，10 世纪时开始向外迁移，流浪在西亚、北非和欧美各地，往往以歌舞、算命为职业。

现在小艇既然已经找到，也许该回到自己的岗位上去了。但这时我又想到了另一个主意，而且感到得意非凡，非把它实施不可，哪怕斯摩列特船长想阻挡也阻挡不住。我决意在夜幕掩护下划着小艇靠近伊斯班袅拉号，把锚索割断，任其随波逐流，它爱到哪里就漂到哪里的岸上去。我敢肯定，反叛者们上午遭到了这样的迎头痛击，都想及早起锚出海。我寻思，要是能叫他们逃不了，该有多好。看到海盗们连一只划子也没有给留守在大船上的人，我估计这件事做起来风险不大。

我坐下来等待天黑，拿出面包干来饱餐了一顿。这个夜晚对于实施我的主意可说是千载难逢的时机。浓雾遮蔽了整个天空。在落日的最后一点余光也隐灭消失之后，藏宝岛笼罩在一片漆黑之中。我终于把原始小艇扛上肩，打着趔趄摸黑走出我在那里吃了晚饭的凹地，这时，整个锚地里只能看见两点火光。其一是岸上的大篝火堆，吃了败仗的海盗们在沼地里围着篝火纵酒胡闹。其二只是隐约浮在黑暗之上的些许微光，它指示着大船停泊的位置。船在落潮时转了个方向，现在是船头朝着我，船上唯一的灯光在房舱里；我所看到的仅仅是从尾窗中射出来的强光投在雾幕上的反照而已。

落潮已开始了一段时间，我得越过一条长长的沙滩，几次在泥沙中陷到脚脖子以上，才走到正在退下去的水边。在水中蹚了几步之后，我略略使出力气麻利地把小艇底朝下放到水面上。

第二十三章
潮水急退

那只小艇对于像我这样身量和体重的一个人来说是很安全的，这一点我有充分体会，直到不再用它为止。它在海上既轻快、又灵活，但驾驶起来又是极其别扭和偏向一边的。无论你怎样划，它总是比任何其他船只更偏往下风方向，它的拿手好戏就是不住地打转。本·甘恩自己也承认，这小船“很不好对付，除非摸熟它的脾气”。

我当然不知道它的脾气。它朝任何方向都可以转移自如，就是不肯对准我要去的方向。它在大部分时间内是侧向行进的，要不是潮水帮忙，我肯定永远不可能靠近大船。总算运气好，不论我怎样划，潮水始终把我往下冲；而伊斯班袅拉号恰恰在航道上，要错过也不大可能。

大船最初呈现在我前面的是比黑暗更浓的黑糊糊的一团。随后，桅杆、帆桁和船体渐渐显现轮廓。紧接着（因为愈往前，退潮的流速就愈急），小艇已经到了锚索旁边，我立刻把它抓住。

锚索像弓弦一般绷紧，可见船在用多大的力量想要把锚拔起来。泛着细浪的潮流在船身周围的一片漆黑中汩汩作声，喋喋不休，犹如一股小小的山洪。只要用我的水手刀一砍，伊斯班袅拉号就会被潮水冲走。

到目前为止，一切都很顺利。但我忽然想到，对绷紧的绳索猛砍一刀，就有被马蹄踢倒那样的危险。要是我冒冒失失去砍伊斯班袅拉号的锚索，势必连人带艇从水面上弹出去。

这个念头使我不知如何是好，要不是幸运再次对我特别照顾，我也许会干脆放弃原来的主意。但是，开始时从东南面、稍后则从南面吹来的微风，在夜幕降落后转成了西南风。我正在犹豫不决的当儿，一阵风吹来，把伊斯班袅拉号逆着潮流高高托起。我喜出望外地感觉到被我握紧的锚索松了一下，我抓住锚索的那只手有一瞬间浸入水中。

我当机立断，掏出我的折刀，用牙齿把它拉开，开始一股一股地割那条绳索，直到只剩下两股细绳重又把船身拉紧。于是我暂停片刻，静候下一阵风再次使绷紧的锚索稍有松弛，以便把那最后两股割断。

在这段时间内，我一直听到从房舱里传出高声的谈话。但是，老实说，我的注意力全部集中在别的念头上，所以压根儿没有去听。现在我由于没有别的事可做，便对那谈话声比较留神。

其中一个声音我听出是副水手长伊斯莱尔·汉兹的，当年他曾在弗林特手下充当炮手。另一个声音无疑属于那个戴红睡帽的家伙。两人显然都已喝得烂醉，但还在喝；因为在我侧耳谛听的时候，他们中的一个曾推开尾窗扔出一件东西来，我猜想是一只空酒瓶。但他们不光是喝醉了酒，看来还暴跳如雷。骂声像雹子一般散落，而且高潮不时如异峰突起，我总以为这下要打起来了。但对骂每次都平息下去，嗓音渐渐减低，转为嘟囔。隔一会，危机重新爆发，但再次平安度过。

在岸上，我可以看到那一大堆熊熊燃烧的篝火从水边的树后透出红光。有人在唱一首老掉了牙而又单调的水手歌谣，在每一句的末尾声音都要降低、发颤，而且像是没完没了似的，除非唱的人自己不耐烦。在航行过程中我曾听到过好几次，记得其中两句是：

> 七十五人随船出海，
> 只剩一个活着回来。

我觉得，这支忧伤的曲调对于今天上午伤亡惨重的一伙海盗来说，确实再合适不过了。然而，我接下来就看到，那些海盗是同他们航行的大海一样毫无感觉的。

终于又来了一阵风，大船在黑暗中侧着船身向我挨近了些；我感觉到锚索再次一松，就使劲把最后几股纤维完全割断。

风对小艇只稍稍一推，我几乎一下子就被推着对准伊斯班袅拉号的船头撞去。与此同时，大船在潮流的带动下开始慢慢地掉转身来，首尾倒了个过儿。

我拚命划桨，随时担心被大船带翻。我发现我怎么也不能把小艇划开，就撑着它向大船尾部推去，这才摆脱了那位危险的邻居。我刚撑罢最后一桨，我的手忽然碰到从后舷墙上挂下来的一条绳子。我一下子把它抓住。

我为什么要这样做，连自己也说不上来。起初这纯粹是一种无意识的动作；但我既然抓住了那条绳子，并发现它的另一头是缚牢的，好奇心便占了上风。我决意向房舱的窗子里张望一下。

我两手交替拉住绳子往大船上靠，当我估计已靠得够近时，就冒着极大的风险升高大约半个身体，看到了房舱的顶板和舱内的一角。

此时，大船和它的小伙伴正在很快地顺着潮流往下滑，我们的位置已同岸上的篝火相齐。用水手的话讲，大船开腔的嗓门很大，也就是溅得哗啦啦的水声不绝于耳。但在我的眼睛高过窗口之前，我始终不明白留守的人为什么不发警报。不过，我只看一眼就全明白了，我从那样不稳的小艇上也只敢看这么一眼。原来汉兹和他的伙伴互相掐住脖子扭做一团，正在作殊死的搏斗。

我及时跳回到座板上，差一点儿就会掉到水里去。一时间我什么也看不见，只有那两张穷凶极恶的通红的脸在熏黑的灯下晃荡。我把眼睛闭上，让它们重新习惯于黑暗。

没完没了的水手歌谣终于唱到了头，篝火旁剩下为数不多的海盗又齐声唱起我听得熟而又熟的那个调子：

十五个人扒着死人箱——
唷呵呵，朗姆酒一瓶，快来尝！
其余的都做了酒和魔鬼的牺牲品——
唷呵呵，朗姆酒一瓶，快来尝！

我正在寻思，酒和魔鬼此刻在伊斯班袅拉号的房舱里想必正忙得不亦乐乎，不提防小艇突然一歪。同时，小艇大幅度转弯，似乎要改变方向。这时，潮水的流速奇怪地加快了。

我立即睁开眼睛。我周围唯有伴随着刺耳的响声和微弱的磷光泛起来的细浪。我还没有脱出伊斯班袅拉号后面几码的旋涡，而大船自身好像也在摇摇摆摆转换方向，我看见它的桅杆在漆黑的夜幕前颠簸了一下。我愈看就愈肯定，它也在朝南拐弯。

我回头一看，吓得心几乎要跳出胸膛。篝火的红光恰恰就在我背后。潮水已向右拐了个弯，把高高的大船和我那不断跳舞的小艇一齐带走。水流愈来愈急，浪花愈溅愈高，潮声愈来愈响，一路旋转着通过那个狭隘的口子向开阔的海洋迅速退去。

骤然间，我前面的大船猛地一偏，大约转了一个二十度的弯子；几乎在这同时，从船上接连传来两声叫喊。我可以听到匆匆登上升降口梯子的脚步声，知道那两个醉鬼之间的一场殴斗终于被打断，灾难到底把他们惊醒了。

我趴在可怜的小艇底里，把我的灵魂虔诚地交给造物主安排。到了海峡的尽头，我相信我们必定被汹涌的激浪所吞没，那时所有的烦恼将一了百了。死对我来说也许可以忍受，可是眼睁睁等着厄运来临却叫人受不了。

我大概这样俯卧了几个小时，不断被巨浪抛来抛去，浑身被飞沫溅湿，每次都以为下一个浪头将带来死亡。我渐渐感到疲乏，甚至在恐慌万状之中昏昏沉沉地打起盹来，最后居然睡着了。我躺在惊涛骇浪包围中的一叶扁舟里，梦见了家乡和本葆将军客店。

第二十四章
小艇巡洋

我醒来时天已大亮，发现自己漂浮在藏宝岛西南端的海面上。太阳已经升起，但还被望远镜山这个庞然大物挡着不让我看见。望远镜山的这一边山坡几乎伸展到海上，形成一堵堵巉岩峭壁。

帆索海角和后桅山就在我眼前。后者是一座深色的秃山，前者被四五十英尺高的峭壁和崩塌的大块岩石所包围。我离岸至多只有四分之一英里，所以第一个念头就是划过去靠岸登陆。

但这个想法不久就被迫放弃。巨浪一秒钟也不停地接连撞在坠落的岩石上弹回来，咆哮着化成一股股水柱喷射飞溅，如果我贸然靠岸，纵使不被摔死在嶙峋的岩石上，也将为攀登悬崖绝壁把力气白白耗尽。

不过问题还不在这里。我看到许多可怕的、黏糊糊的怪物——像是硕大无朋的软体蜗牛——有的在桌子一般陡峻的峭壁上爬行，有的扑通扑通掉到海里。这些怪物共有五六十只之多，它们的狂叫在悬崖之间激荡起阵阵回响。

后来我才知道那是海狮，是一种完全无害的动物。但它们的模样，加上海岸的陡峭和激浪的喷涌，已足够使我对这个登陆点望而生畏。我宁可饿死在海上，也不愿冒这样的风险。

这时，有一个我认为比较好的办法摆在我面前。帆索海角之北的陆地在落潮时露出长长的一条黄沙滩。在沙滩之北又是一个岬角——地图上所标的名称是森林岬角，直到水边都长满了高大苍翠的松树。

我记得西尔弗说过，沿着藏宝岛的整个西海岸有一股自南向北的湍流。从我所在的位置看来，我已经进入这股湍流的势力范围，于是我决定把帆索海角抛在后面，保存体力尝试在看起来和善得多的森林岬角拢岸。

海上荡漾着大片柔滑的微波。南风温和而有力，它与湍流的方向一致，所以海浪起伏平稳，持续有节。

如果不是那样，我早就完蛋了。但即便如此，我那只弱不禁风的小艇居然能这样轻易地化险为夷也近乎奇迹。我躺在艇底里，一只眼睛从艇边上望出去，常常看到一个巨大的蓝色浪峰耸峙在我的头顶上空；只见小艇像装上了弹簧一般轻轻一跳，就滑进波谷，轻盈不下于一只小鸟。

不久我就变得非常大胆，便坐起来试着划桨。但只要重心稍有变动，立刻会对小艇产生严重的影响。我刚挪动一下身子，小艇马上一反原来轻柔的舞姿，顺着浪涛的坡面陡然坠落，简直使我头晕眼花；接着，艇首猛地扎入下一个浪头深处，溅起一阵飞沫。

我浑身湿透，吓得半死，急忙按老样子躺下；小艇似乎又恢复了镇静，仍像先前一样温柔地带着我在波浪中前进。看来划桨对它只有妨碍。既然我毫无办法调整它的方向，那又怎能靠岸呢?

我这一惊真是非同小可，然而头脑还清醒。我先是极其小心地用我的水手帽把艇里的水慢慢地舀出去，然后重新从艇边上向外瞧，观察它何以能够这样平稳地滑过一个又一个浪头。

我发现，每一个浪头从岸上或大船甲板上看来犹如平滑光洁的大山，实际上却像陆地上绵亘起伏的丘陵，既有峰顶，又有斜坡和谷地。倘若听任小艇自行其是，它自会转过去，扭过来，专挑低凹的部分为自己开路，避开浪头的陡坡和险峰。

“看起来，”我思量着，“我必须安分地躺着，免得破坏艇身的平衡。不过，我也可以把桨伸出艇外，在缓坦处向岸边划一两下。”主意既定，立刻行动。我用臂肘支住身体，以最别扭的姿势躺着，不时轻轻地划上一两桨，使艇首转向陆地。

这是一件很累、很慢的工作，但我取得了明显的进展。当我靠近森林岬角的时候，虽然看得出已肯定赶不上在那里拢岸，我还是向东划了几百码。事实上我已经迫近陆地，看得见被风吹得一边倒的绿色树梢，心想：下一个岬角无论如何不能错过。

现在正需要找一个阴凉的地方，因为我已经渴得受不了。头顶上火辣辣的太阳，通过波浪反射出一千倍的光和热；溅到我脸上的海水，蒸发成盐霜刺激着我的嘴唇。这一切合在一起，使我喉干如焚，头痛欲裂。近在咫尺的树林可望而不可即，简直把我想死了。但湍流很快把我冲过了岬角。当又是一片海面展现在我眼前的时候，我所看到的景象立即改变了我原来的想法。

在我正前方不到半英里处，我看见伊斯班袅拉号正在扬帆而行。我当然知道他们肯定要把我抓去，但我实在渴得难熬，几乎无法判断这件事究竟是喜是忧。我还没来得及得出结论，已被惊愕的感觉整个抓住了，以致除了睁大眼睛发呆外，不知如何是好。

伊斯班袅拉号扯着主帆和两张三角帆，美丽的白帆在太阳底下银光闪闪，皎洁如雪。我第一眼看到它的时候，所有的帆都鼓满了风。它朝着西北方向航行，我猜想船上的人打算绕过岛子回到锚地去。接着，它的方向愈来愈偏西，我以为它们发现了小船，要来抓我。可是后来它的船头竟转而对准风吹来的方向，完全处于逆帆状态，无能为力地停在那里好一阵子，帆贴着桅杆瑟瑟发抖。

“这些混蛋简直是木头，”我自言自语，“他们一定还醉得跟死猪一个样。”我心想，要是斯摩列特船长知道了，非好好教训教训他们不可。

这时，大船渐渐偏向下风，重新鼓满一帆风掉转航向，飞快地滑行一分钟左右，然后重又对准风吹来的方向停下。这样周而复始转了好几次。伊斯班袅拉号向左右前后、东南西北猛冲猛闯，每次大宽转的结果总是恢复原来的状态，只是让帆劈劈啪啪空飘一阵。我这才明白船上根本没有人掌舵。那末，人到哪里去了呢？他们或者烂醉如泥，或者离开了大船；如果我能上去的话，也许能让伊斯班袅拉号回到船长手里。

湍流以同样的速度拖带着小艇和大船。但大船的航行动作颇有些神经质，时断时续，每次打转总有很多时间船头向风停住，因而即使没有倒退，也几乎寸步未进。我若是敢坐起来划桨，一定能追上它。这个设想的惊险成分吸引着我；再想到放在前升降口旁边的淡水桶，更使我勇气倍增。

我刚坐起来，几乎立刻又被溅了一身水，但这一次我下定决心，使出全副力气，同时又极其谨慎地朝着无人掌舵的伊斯班袅拉号划过去。有一次，一个浪头把那么多的水打进小艇，使我不得不停下来，揣着一颗像鸟儿扑棱扑棱抖动翅膀的心往外舀水；但我渐渐地习惯了，能够划着小艇在波谷中蜿蜒而行，只偶尔有一点水从艇首泼进来，溅起一股飞沫喷到我脸上。

现在我正以很快的速度靠近大船。我已看得见舵柄左磕右碰时闪出的铜光，而甲板上还是不见一个人影。我只能假设人都弃船跑光了。要不然，他们准是醉得昏天黑地，躺在舱里。我也许可以把他们锁在里边，然后随心所欲地处置伊斯班袅拉号。

有一段时间大船干着对我说来最糟糕的事情——它不再打转了。船头几乎朝着正南方向，当然不时略有偏差。它每次偏离正南，风就部分地鼓起船帆，这样又立刻使它对准风向。刚才我说这对我是最糟糕的事情，因为伊斯班袅拉号尽管看起来处于束手无策的状态，帆篷劈劈啪啪像在放炮，滑车在甲板上辘辘地滚，乒乓地响；但它不光是以湍流的速度继续往北漂，还得加上无疑很大的风压差，所以跑得极快，使我怎么也追赶不上。

不过我总算得到了一个机会。在一次短暂的间歇中，风几乎全息，伊斯班袅拉号在湍流的拨转下慢慢地又开始打旋，终于让我看到了它的船尾。房舱的窗子依旧洞开，挂在桌子上方的一盏灯在大白天里依旧点着。主帆耷拉着脑袋。若非湍流带动，船会完全停下。

刚才有一会儿工夫我几乎已经看不见它；现在我加倍努力，再次向我的目标猛追。

我正以很快的速度靠近大船。

我离大船已不到一百码，风一下子又刮起来了。船向左舷一转，让帆鼓满风，像只燕子俯身掠过水面，又滑动起来。

我先是感到失望，但继而转忧为喜。伊斯班袅拉号掉转船身，直到它的一面舷侧向我靠拢来，把我们之间的距离缩短一半、三分之二、四分之三。我已经看到波浪在它的龙骨前端下翻腾的白沫。我从小艇低处仰望大船，它显得出奇地高大。

这时我才突然明白事情不妙。我来不及思考，也来不及采取措施救我自己。当大船俯身越过一个浪头时，我正处在另一个浪尖上。船首的斜桅正好在我的头顶上方。我纵身一跳，把小艇踩入水中。我一只手攀住三角帆桁，一只脚嵌在支索和转帆索中间。就在我这样悬在那里、心怦怦直跳的当口，一下不容易感觉到的撞击告诉我：大船居高临下把小艇撞沉了，我就此被切断了退路，只得留在伊斯班袅拉号上。

第二十五章
我降下了骷髅旗

我刚攀上船首的斜桅，三角帆就像放炮似的啪的一声鼓满了风，转往另一个方向。大船转向时全身直至龙骨无不震动。但紧接着，虽然别的帆还张着，船首的三角帆却已哗喇一声飘回，软绵绵地松垂下来。

这一震险些把我扔下海去。我毫不延宕地顺着斜桅爬去，终于头朝下跌倒在甲板上。

我处在水手舱背风的一侧，扬开的主帆挡住我的视线，把后甲板的一部分遮住。一个人影也没有。从叛乱开始以来没有洗刷过的甲板上留着许多脚印。一只断颈的空瓶在排水孔之间滚来滚去，像一件活的东西。

突然，伊斯班袅拉号又不偏不倚地船头向风。三角帆在我背后发出啪的一声，接着是舵的砰然巨响，整个船身剧烈地一抖，简直把我的五脏六腑都翻了过来。就在这一刹那，主帆桁向舷内一晃，帆脚索的滑车哼了一声，下风面的后甲板一下子暴露在我的眼前。

那里赫然是两个留守的海盗。戴红睡帽的家伙仰天躺着一动也不动，龇牙咧嘴，两臂伸开，像钉在十字架上。伊斯莱尔伸直两腿靠舷墙坐着，下巴垂在胸前，双手放在他面前的甲板上，本来晒成棕黑色的面孔却像蜡烛一样苍白。

顷刻间，大船像一匹劣马腾空跃起。帆鼓满了风，忽而向着一边，忽而向着另一边。帆桁来回晃荡，晃得帆樯大声叫饶。不时还有一阵阵浪花飞过舷墙，可以感到船头与波浪沉重地相撞。总而言之，这艘装备良好的大船摇晃得那么厉害，比起来还是我那只已沉入海底的原始小舟稳当得多。

船每跳一下，戴红睡帽的海盗就跟着左右滑动，但看着叫人害怕的是：尽管被风浪这样抛来扔去，他的姿势和龇牙咧嘴的怪相却丝毫不受干扰。同样，随着船身的每一次跳动，汉兹的腿就往外伸得更远，整个身体愈来愈向船尾一边倾侧，使我渐渐看不见他的面部，最后只能看到他一只耳朵和一绺蓬蓬松松的络腮胡子。

在这同时，我发现他俩身旁的甲板上都有斑斑血迹。我开始相信，他们一定是在醉后的狂怒中自相残杀，同归于尽。

我正在这样惊讶地看着，在船身静止的片刻安宁中，伊斯莱尔·汉兹部分地侧过来，吐出一声低沉的呻吟，扭动身躯恢复我刚看到他时的姿势。那一声呻吟表示他处于痛苦和极度的虚弱之中，他张口垂着下颚的样子使我不禁恻然心动。但我一想起躲在苹果桶里偷听到的那些话，怜悯之心立刻化为乌有。

我面向船尾走到主桅前边。

“我上船来向你报到，汉兹先生。”我以嘲弄的口吻说。

他勉强转动眼珠，但显然已筋疲力尽到了顾不上表示惊奇的地步。他只吐出一句话：“白兰地！”

我明白不能耽搁时间。在帆桁再次晃荡着掠过甲板时，我身子一闪溜到船尾，从升降口的梯子下去进入房舱。

这是一幅遭到大破坏的景象，那混乱的程度你简直难以想象。凡是上锁的处所都被撬开，显然为了找那张图。地板上沾着厚厚的泥浆，大概那帮歹徒从营地周围的泥沼里蹚过来以后，曾坐在这里喝酒或商量。漆成全白、饰以金色珠缘的舱壁上留着肮脏的手印。好几打空瓶随着船身的颠簸互相碰撞，从一个角落滚到另一个角落。大夫的一本医书摊在桌上，一半书页已被撕去，我料想是做了点烟斗的纸媒儿。从这一切的上方，一盏被烟熏成茶褐色的灯还在放出昏暗的微光。

我走进窖舱；所有的酒桶都空了，喝光了酒的瓶子到处乱扔，数量之多令人吃惊。毫无疑问，自从叛乱开始以来，再也没有一个海盗能保持清醒。

我搜索了一番，发现一只瓶子里还剩下一点点白兰地，准备拿去给汉兹；我给自己找到一些面包干、一些泡渍的水果、一大把葡萄干和一块干酪。我把这一切带到甲板上，放在舵柄后面副水手长够不着的地方；接着走到淡水桶跟前，喝了一个饱；然后才把白兰地递给汉兹。

他一口气至少喝了四分之一品脱，瓶子才离开嘴唇。

“嗳！”他说，“妈的，刚才我缺少的就是几口这玩意儿！”

我已在角落里坐下来开始吃东西。

“伤得厉害不？”我问他。

他咕噜了一声，或者更像是吠叫了一声。

“要是那个大夫在船上，”他说，“我要不了多久就能好起来；可是我不走运，你瞧，才落到这般光景。那个杂种已经死了，”他指指戴红睡帽的人说，“他一点儿没有水手的气派。你是打哪儿来的？”

“嗯，”我说，“我是来接管这条船的，汉兹先生；在没有进一步的指示之前，请你把我看做你的船长。”

他带着几分轻蔑向我看了酸溜溜的一眼，但什么也没说。他的两颊恢复了些许血色，不过样子还很虚弱，船颠簸时他的身体还继续侧向一边，贴近甲板。

“对了，”我往下说，“我不能要这面旗，汉兹先生；请允许我把它降下来。宁可不挂旗，也不能要它。”

我再次躲过帆桁跑到旗索前，把那面该死的黑色海盗旗降下来，扔到船外。

“上帝保佑吾王！”我挥动帽子喊道，“让西尔弗船长见鬼去吧！”

汉兹狡诈地留心窥视着我，他的下巴颏儿一直耷拉在胸前。

“我看，”他终于说，“我看，霍金斯船长，你好像打算到岸上去。咱们就来谈一谈吧。”

“好哇，”我说，“我非常乐意，汉兹先生。说下去吧。”我回到角落里继续津津有味地吃我的东西。

“这个家伙，”他向死人那一边略微点点头说道，“他叫奥布赖恩，是个臭爱尔兰人。他跟我扯起了帆，打算把船开回去。现在他死了，像船底的污水一样发臭；我不知道该由谁来驾船。要是没有我指点你，你是对付不了的。只要你给我吃的和喝的，再给我一条围巾或手绢包扎我的伤口，我就告诉你怎样驾船。这叫做公平交易。”

“我可以告诉你，”我说，“我不打算回到基德船长锚地去。我要把船开进北汊，慢慢地登上那里的岸滩。”

“那好哇！”他叫了起来，“归根到底，我也不是个傻瓜蛋。难道我不懂吗？我碰了一下运气，结果输得精光，让你占了上风。你说进北汊？好吧，反正我没有别的办法！哪怕要我帮你把船一直开到正法码头，我也照办，妈的！”

我觉得他的话有点道理。我们的买卖就此成交。三分钟后，我已使伊斯班袅拉号沿着藏宝岛西海岸轻松地顺风行驶，很有希望在中午以前绕过北角，然后折向东南，赶在涨潮前开进北汊，趁潮高时让船安全冲上浅滩，再等潮水退去后登陆。

于是我把舵柄缚牢，走到舱里去从我自己的箱子里取出一方我母亲的柔软的绸帕。在我的帮助下，汉兹用这方巾帕包扎好大腿上还在淌血的一个窟窿，那是给弯刀捅出来的。随后他稍稍吃了点东西，又喝了一两口白兰地。他的情况有了明显的好转，坐得直了些，嗓门也提高了，说话也清楚了，跟刚才已判若两人。

风挺帮忙。船像只鸟儿乘风飞翔，岛岸在旁边很快地掠过去，景色每一分钟都在转换。不久我们就驶过了高地，在稀稀落落点缀着几棵矮松树的低沙地旁滑行。不一会，我们把沙地也已经抛在后面，并且绕过了海岛最北端角上的一座岩丘。

我对这项新的职务感到十分得意，晴朗的天气和岸上不断变化的风光使我心旷神怡。我现在有的是淡水和好吃的东西，原来因不辞而别感到内疚的良心已由于我赢得了这样伟大的胜利而告慰。我可以说是心满意足了。只是副水手长的一双眼睛总是带着嘲弄的意味盯着我；我在甲板上走到哪里，他的目光就跟到哪里。他的脸上不时现出一种异样的皮笑肉不笑的表情。这是一个干瘪老头的微笑，在一定程度上反映出他的痛苦和衰竭；但是，除此以外，他的笑容总带有一点讥诮的味道，蒙着一层心怀叵测的阴影。我在那里忙忙碌碌，他始终以狡诈的目光向我注视着，注视着，注视着。

第二十六章
伊斯莱尔·汉兹

风像是竭力讨好我们，现在已转为西风。我们毫不费事地从岛的东北角驶到北汉的入口处。不过，由于没有锚，我们不敢让船冲上岸滩，必须等潮水涨得更高些。时间过得很慢。副水手长教我怎样掉转船头向风停驶；经过多次试验，终于成功了。于是我们坐下来，默默地再吃一点东西。

“船长，”他终于说，脸上还是带着那种叫人不痛快的笑容，“地上躺着的是我的同船老伙伴奥布赖恩；你还是把他扔到船外去吧。我对这样的事一向不大在乎，也不因为把他送上了西天，良心上有什么过不去。我只是觉得，让他留在船上不大好看，你说呢？”

“我没有那么大的力气，我也不喜欢干这种事。依我说，就让他躺着吧。”我答道。

“伊斯班袅拉号真是一条不吉利的船，吉姆，”他映了映眼睛又往下说，“这条船上已经死了好多人——自从你我离开布里斯托尔出海以来，多少倒霉的水手送了命！我从来没有碰到过这样背运的事。就拿这个奥布赖恩来说，他不是也死了吗？我肚子里没有学问，你是个能读会算的孩子；你能不能直截了当告诉我：一个人死了就完了呢，还是能重新活过来？”

“你可以杀死一个人的肉体，汉兹先生，但不能杀死他的灵魂——这你应该知道的，”我回答说，“奥布赖恩已经到了另一个世界，他也许正从那里遥望着我们。”

“啊，真倒霉！”他说，“看来杀人完全是浪费时间。不管怎样，依我说，鬼魂终究成不了气候。我跟鬼打过交道，吉姆。你已经把话说明白了，现在我想要求你到房舱里去给我拿——他妈的！我想不起那玩意儿叫什么来着——你给我去拿一瓶葡萄酒来吧，吉姆；这白兰地太凶，我的脑袋受不了。”

副水手长的健忘好像不大自然，至于他说要葡萄酒，不要白兰地，我绝对不信。这一切无非是一种借口。事情很清楚，他要把我从甲板上支开；但他的意图何在，我怎么也想象不出来。他的视线从来不跟我的视线相遇，总是东张西望，左顾右盼：忽而看看天上，忽而向死去的奥布赖恩投上一瞥。在这期间他始终皮笑肉不笑，有时伸伸舌头做出抱歉和不好意思的样子，连三岁小孩也看得出这家伙不安好心眼。不过我很爽快地回答了他，因为我明知优势在我这一边；对付这样一颗木头脑袋，我很容易做到自始至终不流露出我的疑心。

“葡萄酒？”我说，“很好。你要白的还是红的？”

“随便什么样的都行，朋友，”他回答说，“只要凶一些、多一些就可以了，旁的都无所谓。”

“好，”我应道，“我去给你拿红葡萄酒来，汉兹先生。不过我还得找一找。”

说完，我急忙从升降口跑下去，一边尽量制造很大的响声。然后，我脱去了鞋，悄悄地穿过圆木走廊，登上水手舱的梯子，把头探出前升降口。我知道他料不到我会躲在那里，不过我还是尽可能小心谨慎，免得被他发觉。果然不出所料，我的怀疑完全得到了证实。

他已离开原来的位置，用两手和两个膝盖爬行。尽管在移动的时候他的一条腿显然疼得很厉害（我听见他竭力把呻吟硬压下去），他还是以很快的速度在甲板上匍匐前进。只花了半分钟工夫，他已横越甲板爬到左舷的排水孔那里，从盘成一堆的绳子底下摸出一把长长的小刀，不，简直是一把短剑，上面的血直沾到齐柄处。汉兹伸出下颚对它端详了一会，用手试试刀尖，急忙把它藏在上衣襟怀里，然后又爬回到舷墙旁的老位置上。

这正是我需要知道的一切。伊斯莱尔能够爬行；他现在有了武器；既然他想尽办法把我支开，很明显我是他心目中的牺牲品。接下来他想干什么：打算从北汊爬行穿越海岛回到沼泽间的营地去呢，还是鸣炮叫他的同伙来救他？这我就不知道了。

不过在一点上我可以相信他，那就是：在如何处置伊斯班袅拉号的问题上我们的利益是一致的。我们俩都希望它安全搁浅在一个避风的地点，到时候可以不费大气力、不冒风险地重新把它带出去。在做到这一点以前，我认为我的生命肯定没有危险。

我脑子里转着这些念头的时候，身体并没有闲着。我悄悄地溜回房舱，重新穿好鞋子，胡乱抓起一瓶葡萄酒作为口实，然后回到甲板上。

汉兹仍像我离开他的时候那样躺着，全身缩做一团，眼皮耷拉着，仿佛虚弱得怕见阳光。不过，我走到他跟前时，他还是抬起头来，以熟练的动作砸去瓶颈，照例说一声“百事如意！”，咕嘟咕嘟喝了个痛快。接着，他掏出一条烟草，要我切下一小块给他嚼。

“你给我切一块下来，”他说，“我没有刀子；有刀子也没有力气。唉，吉姆，吉姆，这下我垮定了！给我切一块，这大概是我嚼的最后一口烟了。我不久就要回老家去，这是没有疑问的。”

“行，”我说，“我给你切一点下来。不过要是我处在你的地位，自己觉得不行了，我一定跪下来做祷告忏悔，这才像一个基督徒。”

“为什么？”他问，“我有什么可忏悔的？”

“为什么？”我表示惊讶。“刚才你问我，人死了以后会怎么样。你背弃了你的信仰，你犯了许多罪过，身上沾满了血。眼前就有一个被你杀死的人躺在那里，你还问有什么可忏悔的。求上帝饶恕你，汉兹先生，这就是你应当做的。”

我讲得稍许激动了些，因为我想到他怀里揣着一把血迹斑斑的短剑准备结果我的性命。他大概多喝了葡萄酒的缘故，也用异乎寻常的正经语调回答。

“三十年来，”他说，“我一直在海上航行，好的、歹的，顺利的、倒霉的，风平浪静和大风大浪，断粮食、拚刀子，什么都看见过啦。我可以告诉你，我从来没有看见过做好人得好结果。我相信先下手为强，后下手遭殃。死人不咬活人——这就是我的看法。好了，”他忽然变更腔调，“咱们扯淡得够了。潮水已经涨得很高。你只要听我的命令，霍金斯船长，咱们一定能把船开进港汊。”

我们的船充其量只要再前进两英里，但航行起来颇费周折。这个北锚地的入口不仅又窄又浅，而且曲曲弯弯，没有非常高明的驾驶技术是进不去的。我认为我是个干练的执行者，我确信汉兹是个出色的领航员。我们左拐右绕，东躲西闪，擦过一处处沙洲浅滩，船走得稳当利索，瞧着十分舒服。

我们的船刚通过两个尖角，立刻进入陆地的包围之中。北汊的岸上同南锚地沿岸一样覆盖着茂密的树林，但这里的水面比较狭长，实际上更像一个河口湾子。在船头正前方的南端，我们看见一艘船的残骸正处在崩坏腐朽的最后阶段。那是一艘很大的三桅帆船，但被风吹雨淋了那么久，全身挂满湿漉漉的海藻，灌木已在甲板上扎根，盛开着鲜艳的花朵。这是一幅凄凉的景象，但也表明这里是一个安稳的碇泊场。

“你瞧，”汉兹说，“从那里冲上岸滩正合适。沙地平滑光洁，一点风浪也没有，周围都是树林，那条破船上花开得像在果园里似的。”

“可是上了岸滩回头怎样再把它带出去呢？”我问道。

“那好办，”他回答说，“你只要在落潮时拉一条缆绳到那边岸上去，绕住一棵高大的松树，再拉回来绕在绞盘上，然后躺下静候潮水。等水涨高了，大伙一起拉缆绳，船就会像个美人儿似的扭扭捏捏挪动身子。注意，孩子，作好准备。现在咱们已靠近沙滩，船走得太快。稍稍向右——对——照直走——右舵——稍稍向右——照直走——照直走！”

他这样发布着命令，我全神贯注地执行着，直到他突然叫道：

“嗨，我的宝贝，转舵向风！”

我使劲转舵，伊斯班袅拉号来了个急转弯，船头冲上了长着矮树的低岸。

在这以前，我一直相当警惕地注意着副水手长。但在做刚才那一连串机动动作时思想太紧张了，关心的只是船和沙滩接触的事，完全忘了威胁着我的危险。我伸长脖子探出右舷墙，看船头下面翻腾的泡沫。要不是一阵突如其来的不安抓住了我的心，使我回过头去的话，我也许来不及进行任何自卫就完蛋了。也许我听到了吱吱嘎嘎的声音，或者凭眼梢发觉他的影子在移动，甚至可能出于一种类似猫儿的本能；总之，当我回过头去的时候，发现汉兹右手握着那把短剑快到我跟前了。

在我们四目相遇的当口，我们两个人想必都叫了起来。但是，如果说我发出的是恐怖的尖叫，那末，他的叫声像一头蛮牛进攻时的怒吼。就在这刹那间，他已经扑了过来，我朝着船头那边跳到一旁。我躲开时，舵柄从我手中松脱，立刻反弹回来，大概正是这一下救了我的命：舵柄弹在汉兹的胸膛上，使他一时不能动弹。

在他定下神来之前，我已经离开了被他逼进的角落。现在我可以在整个甲板上躲闪逃避。我在主桅前站住，从口袋里掏出一支手枪。尽管他已经转过身子，再一次直接向我扑来，我还是镇静地瞄准了扣动扳机。撞针已经落下，可是既没有火光，也没有响声；原来引爆的火药给海水打湿了。我咒骂自己不该这样粗心大意。我为什么不事先把我仅有的武器重新装上弹药呢？倘若如此，我就不会落得现在这般像一只羊在屠夫面前那样狼狈了。

汉兹虽然负伤，他的动作之快却是惊人的。他的斑白的头发披散在因气急败坏而涨得通红的脸前。我没有时间试我的另一支手枪，事实上也不大想试，因为我相信它肯定也打不响。有一点我看得很清楚：我不能在他面前一味后退，否则他很快就可以把我逼到船头上去，正像刚才他几乎把我逼到船尾上去一样。只要被他捉住，那把血淋淋的短剑的九或十英寸钢刃，将是我这辈子尝到的最后一种滋味。我抱住相当粗大的主桅等着，每一根神经都绷得紧紧的。

我抱住相当粗大的主桅等着。

汉兹看到我准备采用躲闪的办法，他也停下来。有几秒钟他佯装要从这一边或那一边兜过来抓我。我就相应地时而往这一边，时而往那一边避开他。我在家乡黑山湾的岩石附近经常做这种游戏，但是，不用说，过去心从来没有跳得像现在这样厉害。然而，我已经说过，这到底是小孩子玩的把戏，我想我决计不会输给一个上了年纪、大腿又受了伤的水手。我的勇气提高了不少，甚至有心思盘算这件事情的结局如何。诚然，我知道自己能周旋很长时间，但我看不到最终逃生的任何希望。

就在这样的情况下，伊斯班袅拉号突然冲上浅滩，船身猛地一震，顷刻间船底擦到沙地，旋即迅速地向左舷倾侧，直至甲板竖起成四十五度角，并有大约一百加仑的水从排水孔里涌进来，在甲板和舷墙之间形成一个池子。

我们俩都失去平衡，几乎扭做一团滚向排水孔。戴红睡帽的死人依旧伸出胳臂，也跟着我们直挺挺地滑过去。我和副水手长挨得那么近，我的头撞在他的一只脚上，几乎把牙齿磕掉。尽管撞得很疼，我还是先站起来，因为汉兹给尸体缠住了。船身突然倾侧使甲板上已没有地方可跑。我必须想出新的办法逃生，而且一秒钟也不能迟疑，因为我的敌人马上就会向我扑过来。说时迟，彼时快，我纵身一跃，攀住后桅支索的软梯，两手交替节节向上爬，直到在桅顶横桁上坐下，才喘过一口气来。

我全靠动作敏捷才得救。我往上逃的时候，只见短剑在我下面不到半英尺处刷地一闪，刺了一个空。伊斯莱尔 · 汉兹张口仰面站在那里，酷似一座惊愕和懊丧的雕像。

现在我得到了一个喘息的机会，便抓紧时机把我的手枪换上弹药。一支已准备好；但为了更加保险起见，我索性把另一支枪也重新装上弹药。

汉兹做梦也想不到我会玩这一手新花样；他明白自己这下可倒了霉。他犹豫了一下，竟然也费力地扶住软梯，口衔短剑，忍着疼痛慢慢地往上爬。他爬得非常慢，拖着一条受伤的腿不断哼出声来。我已经把两支手枪全都重新装好了弹药，他还刚爬了三分之一。于是，我两手各执一支手枪，开始对他讲话。

“汉兹先生，”我说，“你再爬一步，我就叫你的脑袋开花！你知道死人是不咬活人的。”我忍住笑添了这么一句。

他立刻停下来。根据他面部肌肉的牵动，我看出他在竭力想办法。他想得那么慢，那么费劲，我仗着处在新的安全地位，不禁放声大笑。他咽了几口唾液才开口，脸上还带着极度困惑的表情。为了说话，他得取下衔在嘴里的短剑，但其余都保持原来的姿势。

“吉姆，”他说，“看来你我都要了不少花招，咱们得订个条约。要不是船突然倾斜，我早把你干掉了。可是我运气不好，实在不好。看来我只得投降。一个老航海在你这样一个才上船的娃娃面前服输是不好受的，吉姆。”

我正陶醉在他的这番话里，像一只飞上围墙的公鸡现出得意洋洋的笑容。忽然，只见他的右手向背后一挥。一件东西在空中发出嗖的一声，像一支箭飞过。我感到自己挨了一击，接着是一阵剧痛，一只肩膀竟被钉住在桅杆上。就在这痛彻心扉和大吃一惊的顷刻间，我的两支手枪一齐射响，接着都从我手中掉下去。我究竟是不是凭自己的意志扣动了扳机，我不敢说；但我肯定并未有意识地瞄准。不过，掉下去的不光是两支手枪。随着一声卡在喉咙口的叫喊，副水手长松开了抓住软梯的手，头朝下也掉到水里去了。

第二十七章

“八个里亚尔！”

由于船身倾侧，桅杆都远远地伸出在水面上方。我栖坐在桅顶横桁上，下面只有一湾海水。汉兹刚才爬得不高，也就是说离甲板不远，所以掉在我和舷墙之间的水里。他曾从鲜血染红的泡沫中浮起一次，随后就永远沉了下去。水面恢复平静以后，我看到他躺在船身侧影中澄净的沙底缩做一团，有两条鱼打他身旁游过。有时因为水微微颤动的缘故，他好像也稍稍动弹了一下，仿佛想站起来。但他毕竟活不成了：既被枪打死，又掉在水里淹死。他本想在这个地方把我干掉，不料自己到这里来喂了鱼。

我刚肯定这一点，便开始感到恶心、头晕、恐慌。热腾腾的血从背上和胸前往下直淌。把我钉在桅杆上的短剑像火红的烙铁压在我肩膀上。然而，使我恐慌的倒不是这点皮肉之痛，老实说，这点痛苦我可以一声不哼地熬过去；我怕的是可能从桅顶横桁上向平静的碧水中副水手长的尸体旁边掉下去。

我用双手死死抓住横桁不放，直到指甲感到疼痛。我闭上眼睛，不敢正视危险。渐渐地，我的神志清醒过来，心跳恢复正常，我又有了自制力。

我第一个念头就是想把短剑拔出来；但也许它在桅杆上插得太深，也许是我力不从心，只得放弃这个念头。我打了一个剧烈的寒战。说也奇怪，这一阵战栗却起了作用。那把刀子事实上差一点点就可能根本伤不到我，它只拧住我一层皮，我一哆嗦就把这层皮撕断了。当然，血比刚才淌得更厉害，不过我的身体又自由了，只有上衣和衬衫还被钉住在桅杆上。

我猛地一扯，把衣服也扯离了桅杆，然后从右舷软梯回到甲板上。我已饱受惊吓，说什么也不敢再从这时垂在船外的左舷软梯下去，刚才伊斯莱尔就是从那里掉下水里去的。

我下房舱去想办法处理伤口。肩膀疼得很厉害，血还在淌。但创口不深，并没有危险，对我使用胳膊妨碍也不大。我向四周看了一下。这条船在某种意义上现在是我的了，所以我开始考虑清除它的最后一名乘客——奥布赖恩的尸首。

我在前面说过，他滑到了舷墙旁边躺在那里，像一个可怕而丑恶的傀儡；虽然是跟真人同样身量的傀儡，却丝毫没有人的血色或生气。他处在这样的状态，我很容易对付。我对惊心动魄的惨象险境已经习惯，见了死人几乎一点也不害怕。我抓住死人的腰部，像提一袋麸皮那样把他举起来使劲向船外一扔。他扑通一声扎进水里时，一顶红帽子从头上掉下，漂浮在水面上。等到溅浑的水刚一澄清，我看得见他跟伊斯莱尔互相紧挨着，两人都在水的震撼下微微晃动。奥布赖恩虽然年纪还很轻，头却秃得厉害。他躺在那里，秃头枕在杀死他的那个人膝盖上；一些游得很快的鱼在他俩上方穿来穿去。

船上只留下我一个人，潮水刚开始转回。太阳只差几度就要落山，西岸的松影横过水湾渐移渐近，把疏密有致的花纹映在甲板上。晚风已起，虽然有东面的双峰小山挡着，船上的索具还是开始呜呜地柔声歌唱，闲着的帆也啪哒啪哒来回晃动。

我开始觉察到船现在面临着危险。三角帆被我迅速放下来扔到甲板上，但主帆却不好对付。船倾侧时，主帆的下桁当然倾出在船外，桅帽连带两英尺左右的帆平垂在水下。这就造成了更大的危险。但是帆篷绷得那样紧，使我简直不敢采取措施。后来，我终于掏出刀子把升降索割断。桁端的帆角立刻落下，松弛的帆张开大肚子漂浮在水面上。由于我无论怎样拚命也拉不动收帆索，我所能做的便到此为止。除此以外，伊斯班袅拉号只得听天由命了，就像我自己一样。

这时整个锚地都笼罩在薄暮中，我记得夕阳的最后一点余晖穿过林间一片空隙照在开满鲜花的破船残骸上，像嵌在斗篷上的宝石闪耀着夺目的光华。我开始感到了寒意。潮水向大海里哗哗地退去，伊斯班袅拉号愈来愈倾斜，眼看就要翻倒。

我爬到船头上向舷外看了一下。水已经相当浅了，我用两只手攀住割断的锚索以策安全，小心地翻到船外。水仅及我的腰部，沙底相当坚实，有起伏的波纹。我精神抖擞地涉水上岸，留下倒向一边的伊斯班袅拉号在海湾的水面上张开它的主帆。差不多在这同时，太阳完全落下去了。暮色苍茫中，在摇曳的松树间可以听到风的低吟。

至少，我总算从海上回到了陆地，而且不是空手回来的。船上的海盗已告肃清，现在它横在那里，随时可以载着我们自己的人重新到海上去。我巴不得立刻回到寨子里去夸耀我的功劳。也许我因擅离岗位要挨几句骂，但是夺回伊斯班袅拉号是最有力的回答。我想，甚至斯摩列特船长也会承认我没有浪费时间。

我这样思量着，怀着好得不能再好的心情，朝木屋和我的伙伴所在的方向出发。我想起流入基德船长锚地的几条小河中最东的一条发源于我左边的双峰山。于是我就折向那座小山，打算在源头水浅的地方涉过小河。这里的林子树木稀疏；我沿着较低的斜坡走，不久就绕过山脚。又过了一会，我蹚着仅及小腿一半深的水涉过了小河。

这里已靠近我遇见放荒滩的本·甘恩的地方。现在我走得比较谨慎，眼睛注意着两旁。天色几乎完全黑了，当我通过双峰之间的裂口时，发现天幕前有闪烁不定的反光；我猜想是那个岛中人在一堆烧得很旺的篝火前做晚饭。然而我暗暗纳闷：他怎么这样粗心大意？既然我能看见这火光，难道它不会被西尔弗从岸边沼泽间的营地里发现吗？

夜色愈来愈浓，我只能大致向着我的目的地前进。我背后的双峰山和在我右手的望远镜山轮廓愈来愈模糊，星星稀疏而又暗淡。我走在低地上，时常给灌木绊倒，滚进沙坑。

忽然间，我周周变得亮了些。我抬头一看，一片苍白的月光照在望远镜山顶上。随后，我看见一个银色的大盆子似的东西从树丛后面很低的地方冉冉上升，知道是月亮出来了。

我借着月光想加紧赶完余下的路程，走一阵，跑一阵，急于靠近寨子。不过，当我进入栅栏外围的树丛时，我没有太冒失，而是放慢脚步，加了点儿小心。万一被自己人误认为敌人开枪打中，那我的惊险历程的结局就太惨了。

月儿愈升愈高，透过树林较为疏朗的部分随处洒下它的清辉，但在我正前方的树丛中，却出现了一种色彩与此不同的亮光。这是一种红色的热光，间或稍转暗淡，像是篝火的余烬在冒烟。

这到底是怎么回事，我百思不得其解。

我终于来到寨子所在的林中空地边上。它的西缘已沐浴在月光下，其余的部分，包括木屋在内，还笼罩在黑影中，但也被一道道长长的银辉所穿透，织成黑白相间的棋盘格子。在木屋的另一面，一大堆火已经烧剩透明的木烬，射出通红的反光，与柔和恬淡的月光形成强烈的对比。哪儿也不见一个人影，除了风声，也没有半点动静。

我收住脚步，心中老大纳闷，也许还有些害怕。这么大的篝火不可能是我们烧的。按照船长的命令，我们在柴火方面非常节约，甚至近乎吝啬。我开始担心在我离开期间出了什么事情。

我尽可能躲在阴影中，选择一个黑暗最浓的地方越过了栅栏。

为了确保安全，我趴倒在地上，用手和膝盖悄无声息地爬向木屋的一角。当我挨近那里的时候，我的心一下子如释重负。鼾声本身并不好听，在别的时候我常常抱怨人家打呼噜；但现在听到我的朋友们在熟睡中一齐发出这样响、这样安宁的鼾声，简直是美妙的音乐。航海时值夜人报告“平安无事”的喊声纵然悠扬动听，送入我的耳中也从来没有这样令人宽心。

不过，有一点是毫无疑问的：他们的警卫工作做得太不像话。要是西尔弗一帮人现在向他们发动偷袭，肯定一个人也看不到天亮。我认为这就是船长负了伤的结果，于是我又一次痛责自己，不该在几乎派不出岗哨的时候撇下他们面对这样的危险。

此刻我已爬到门口站起身来。屋里一片漆黑，什么也看不清楚。至于声音，除了熟睡者持续不断的呼噜以外，还有一点不寻常的轻微响动，像是什么东西在扑翼或啄食，这是我绝对无法解释的。

我伸出手摸索着稳步走进木屋，打算躺到自己的铺位上去，心中暗暗在笑，准备欣赏他们明天早晨发现我以后那种脸部的表情。

我在什么软软的东西上绊了一下，那是一个睡着的人的腿。他翻身嘟哝了一句，但没有醒来。

这时，蓦地里从黑暗中响起一个尖锐的声音。

“八个里亚尔！八个里亚尔！八个里亚尔！八个里亚尔！”

这声音一直叫下去，既不停歇，也不变换，像一架极小极小的风车转个没完。

这是弗林特船长——西尔弗的绿鹦鹉！我听到的原来是它在啄一块树皮的声音。原来是它在执行警戒任务，而且执行得比任何人好。原来是它用这样喋喋不休的重复句报道着我的来临。

我根本来不及从震惊中恢复镇定。睡着的人被鹦鹉刺耳的叫声惊醒后纷纷跳起来；我听到西尔弗的声音夹带着可怕的咒骂喊道：

“什么人？”

我转身想逃，但是跟一个人猛烈相撞；刚退回来，又正好落在另一个人的怀里，那人立刻把我紧紧搂住。

“狄克，快拿火把来。”西尔弗吩咐道，这时我的被俘已成事实。

有一个人从木屋里走出去，很快就带着一支点亮的火炬回来。

第六部　西尔弗船长

第二十八章
身陷敌营

火炬的红光照亮了木屋的内部，把我所担心的最坏的局面呈现在我的眼前。海盗们把木屋和补给品都据为己有。一桶白兰地、猪肉、面包干都在老地方，但看不见一名俘虏，这使我的恐惧加剧十倍。我只能假定我的朋友已全部遇害。我为自己没有能够同他们一起赴难而遭到良心的强烈谴责。

屋里一共只有六个海盗，此外还活着的一个也没有了。其中五个从醉梦中突然跳起来，面孔通红，气势汹汹。第六个刚刚用胳膊肘撑起身子，面孔呈死灰色，头上血迹斑斑的绷带说明他新近受伤，而包扎伤口的时间更近一些。昨天他们大举进攻时被枪打中后逃回树林里去的那个海盗我还记得，这个人肯定就是他。

鹦鹉蹲在高个儿约翰肩上用嘴整理自己的羽毛。西尔弗本人的脸好像比往常苍白、绷紧了些。他还穿着来跟我们谈判时穿的那一套漂亮的绒面呢礼服，但蹭了不少泥巴，还被带刺的灌木扯破好几处，气派已大不如前。

“啊，”他说，“原来是吉姆 · 霍金斯，好哇！上这儿做客来啦?好极了，欢迎，欢迎！”

他在白兰地桶上坐下来，开始装一斗烟。

“狄克，让我接个火。”他说。在点着了烟斗以后，他又说：“行了，伙计。火把可以插在柴堆上面。诸位，你们可以躺下，你们不必站着侍候霍金斯先生；他会原谅的，你们可以相信我的话。我说，吉姆，”他吸了一口以后，把烟斗拿下来，“你到这里来，真使可怜的老约翰喜出望外。我第一次见到你的时候，我就看出你是个机灵的小伙子，可是你怎么会到这儿来的，我实在莫名其妙。”

我当然一语不发。他们叫我背靠墙壁站在那里，我正眼望着西尔

我正眼望着西尔弗。

弗，表面上毫无惧色，心底里完全绝望。

西尔弗不动声色地吸了几口烟，继续发表他的意见。

“吉姆，既然你来到此地，”他说，“我想把心里话跟你谈谈。我一直很喜欢你，觉得你是个有头脑的小伙子，跟我自己年轻、漂亮的时候一模一样。我一直希望你加入我们这一边来，得了财宝分一份给你，保管一辈子吃用不尽。现在你到底来了，我的孩子。斯摩列特船长是个航海的好手，我一直这样说，可是他的纪律太严。他常常说：‘首先要尽到责任’，这话确有道理。可是你竟撇下你们的船长，一个人逃跑。大夫对你切齿痛恨，骂你是个‘没良心的小流氓’。总而言之：你再也回不到自己人那里去了，因为他们已不要你。除非你自封为第三套班子的光杆司令，否则你就不得不加入西尔弗一伙。”

总算还好，我的朋友们还活着。虽然西尔弗的话我有一部分相信，比如他说大夫他们对我擅自逃跑极为恼火；但听了他这一番话，我与其说感到难过，毋宁说感到宽慰。

“你落到了我们手里，这不用我说，”西尔弗继续讲下去，“你自己也明白。我主张平心静气讲道理，我认为威吓强逼决没有好处。你要是愿意干，就加入我们一伙；你要是不干，吉姆，你尽可以回答：不干。我决不勉强，伙计。要是有哪一个水手能说出比这更公道的话，叫我不得好死！”

“你要我回答吗？”我用发抖的声音问。我感觉到在这番捉弄人的言语背后隐藏着随时可以置我于死地的威胁。我的两颊发烫，心跳得厉害。

“孩子，”西尔弗说，“谁也不强迫你。你好好合计合计。我们谁也不催你，伙计；跟你在一起总是很愉快的。”

“好吧，”我说，渐渐地胆子也大了些，“如果要我挑选，我首先有权提问：这里发生了什么事？你们为什么在这里？我的朋友们到哪里去了？”

“你问发生了什么事？”一个海盗用深沉的低音嘟哝着，“啊，鬼知道这里究竟发生了什么。”

“不问到你，你还是给我闭上你的鸟嘴，朋友，”西尔弗恶狠狠地喝住开口的那个人。接着，他还是用原先那种文雅的语调向我回答：“霍金斯先生，昨天傍晚，李甫西大夫打着白旗来找我们。他说：‘西尔弗船长，你们被扔下了。船已经开走。’是的，也许乘我们喝酒唱歌的当口，他们把船开走了。这一点我不否认。至少我们谁也没有发觉。我们跑去一看，船果然不见了。我从来没见过这样一群傻瓜干瞪着眼的蠢相，你可以相信我的话。大夫说：‘我们来讲条件吧。’我跟他讲妥了条件，我们到这里来，所有的补给品、白兰地、木屋，还有承你们想得周到都已经劈好的柴火——用我们的话说，一条船从桅顶到龙骨统统归我们所有。至于他们，反正已经离开此地。现在他们在什么地方，我可不知道。”

他又慢悠悠地吸了几口烟。

“为了免得你误解为条约里把你也订了进去，”他继续说，“我可以把当时最后的几句话告诉你。我问：‘你们一共几个人离开？’他说：‘四个人，其中一个是伤员。至于那个孩子，我不知道他在什么地方，让他见鬼去吧，我不管他了。我们一想起他就恼火。’这是大夫的原话。”

“就这些吗？”我问。

“可以说给你听的就是这些，我的孩子。”西尔弗答道。

“现在我必须作出选择，是不是？”

“现在你必须作出选择，你可以相信我的话。”西尔弗说。

“好吧，”我说，“我不至于蠢到不知道该选择哪一条路。随你们怎样处置我都可以，我不在乎。自从认识你们以来，我已看到了太多的人死去。不过我有几件事要对你们讲，”这时我非常激动，“首先，你们现在的处境很不妙：船丢了，财宝丢了，人也丢了；你们的事情糟透了；如果你们想知道是谁干的，告诉你们，是我干的！是我在看见陆地的那天晚上，躲在苹果桶里听到了你——约翰，还有你——狄克·约翰逊，还有现在已经掉到海底里去的汉兹的谈话，并且在一小时内就把你们说的每一句话都告诉了船长。至于那条船，也是我割断了锚索，杀死了你们留在船上的人，把船带到你们任何人永远看不见的地方。应该我嘲笑你们，而不是你们嘲笑我；在这件事情上我一开始就占了上风；你们在我眼里并不比一只苍蝇更可怕。要杀要放随你们的便。不过我可以说一句话，只说一句：如果你们放了我，过去的可以一笔勾销。将来你们因为当过海盗受到审判，我将尽我所能救你们的命。现在该轮到你们挑选了。或者再杀一个人——这对你们毫无好处；或者放了我，留一个人证将来救你们免受绞刑。"

我停下来歇一会，因为我已上气不接下气。使我感到惊讶的是，他们全体一动不动，像一群绵羊一眼不眨地看着我。趁他们继续盯着我瞧的时候，我又说开了。

"西尔弗先生，"我说，"我相信你是这里最有头脑的人。万一我有个好歹，劳你的驾让李甫西大夫知道我是怎样死的。"

"我一定记住。"西尔弗说。他的语调令人费解，我怎么也无法断定：他究竟是在嘲笑我提出的请求呢，还是我的勇气打动了他的心。

"我还可以添上一桩事情，"一名面色像红木的老水手说，他姓摩根，我是在高个儿约翰开设在布里斯托尔码头上的酒店里看见他的，"当初是他认出了黑狗。"

"还不止这些，"船上的厨子补充说，"我还可以添上一件：他就是从比尔·蓬斯那里弄走地图的那个小鬼。总而言之，我们的事都坏在吉姆·霍金斯手里！"

"那就叫他上西天！"摩根说着骂了一句。

他拔出刀子跳将起来，简直像只有二十岁。

"站住！"西尔弗喝道，"你是什么人，汤姆·摩根？你大概以为你是这里的船长吧？我要好好教训教训你！你要是敢跟我顶，我就把你送到好多人比你先去的地方。三十年来，凡是跟我作对的，有的被吊上帆桁端，有的被扔到海里去喂鱼，还没有一个人得到过好下场。汤姆·摩根，你可以相信我的话。”

摩根沉默了，但是其他几个大不以为然。

“汤姆说得有理。”一个说。

“我让别人摆布得够了，”另一个补充说，“要是再让你把我牵着鼻子走，约翰·西尔弗，我宁愿上绞架。”

“诸位，你们还有什么话要对我说吗？”西尔弗咆哮着从酒桶上弯身向前，右手握着还未熄灭的烟斗，“有什么话统统讲出来，你们又不是哑巴。要说话的站出来。我活了这么大岁数，到了晚年难道能听任一只朗姆酒囊在我面前摆架子？你们自称是碰运气绅士，应该懂得这一行的规矩。我准备着。有种的把弯刀拔出来见个高低。虽然我只有一条腿，我要在一斗烟烧光之前看一看他的五脏是什么颜色。”

没有一个人动弹，没有一个人答话。

“真是好样的，可不是吗？”他又说了一句，把烟斗重新插到嘴里，“看看你们那副熊样！竟没有人敢出来较量一番。难道当代普通的英国话你们听不懂吗？我是你们推选出来的船长。我在这里当船长，因为我比你们高明得多，足足高出一海里①。既然你们不敢像碰运气绅士那样跟我较量，那末就得听我的，你们可以相信我的话！我喜欢这个孩子；我从来没有见过比他更好的孩子。在这间屋子里，他比你们这群胆小鬼中任何两个加起来有更多的丈夫气。我倒要看看谁敢碰他一根毫毛，你们可以相信我的话。”

接着是一阵持续很久的沉默。我昂首站在墙边，心还在扑腾扑腾地跳，但胸中已闪现出一线希望。西尔弗交叉着双臂倚墙而坐，烟斗斜叼

---

①一海里(1.852公里)比一英里(1.609公里)还要长。这里当然是比喻。

在嘴角上，就像在教堂里一样镇静；然而他的一双贼眼却的溜溜地转个不停，眼梢始终监视着他的不驯顺的同伙。那些海盗逐渐退到木屋的另一端聚在一起，他们交头接耳的低语声一直像流水汩汩地传到我耳朵里来。他们间或一个接着一个抬头看看我们这一边，那时火炬的红光就会把他们紧张不安的面孔照亮一两秒钟。不过，他们的视线所向不是我，而是西尔弗。

“你们像是有什么话要讲，”西尔弗说着向老远的空中啐了一口，“讲出来让我听听，要不就闭嘴。”

“请你原谅，先生，”一个海盗应道，“你常常不遵守这一行的好些规矩，不过有些规矩你还是不要打破为好。大伙都对你不满。我们可不是好欺的，我们有同其他船上的水手一样的权利——我就是敢这样说。根据你自己订下的规矩，我认为我们可以在一起谈话。我请你原谅，先生，因为我承认你目前是我们的船长；但是我要行使我的权利：到外面去商量一下。”

这个满脸横肉、三十四五岁年纪的大个子、黄眼珠家伙，向西尔弗敬了一个很雅致的水手礼，沉着地向门外走出去。其余几个也跟着他离开屋子，每个人经过西尔弗身旁都敬个礼，打声招呼。“按规矩办事。”有的说。“去开个水手会。”摩根说。就这样你一句、我一句，一个个都走了出去，只留下西尔弗和我在火炬旁边。

船上的厨子立即把烟斗从嘴里拿出来。

“你听着，吉姆 · 霍金斯，”他用勉强可以听到的声音急切地说，“你的性命正在千钧一发的关头，尤其可怕的是还要受刑罚，不能痛痛快快地死。他们打算把我推翻。不过，你也看到了，我在千方百计地保护你。起初我并不想保护你，是你的一番话打动了我。赶上这一连串的倒霉事儿，到头来还得上绞架，我简直愈想愈泄气。不过我觉得你的话有道理。我在心中对自己说：‘约翰，你帮一下霍金斯的忙吧；将来霍金斯也会帮你的忙。你是他最后的一张牌了，约翰；他也是你的最后一张牌，这是千真万确的！大家互相依靠。今天你搭救你的一名证人，到时候他能帮你甩掉脖子上的绞索！’”

我模模糊糊地开始领会他的意思。

“你是说一切都完了？”我问。

“当然完了，老天可以作证！”他回答说，“船丢了，脖子也保不住，还有什么可说的？ 那天我向海湾里一看，看不见我们的船，吉姆·霍金斯，我就知道这下子输定了，尽管我是个很倔强的人。至于那帮家伙，他们商量不出什么名堂来的。你放心，他们都是十足的笨蛋和胆小鬼。我一定尽力从他们手里救你的命。不过，吉姆，咱们要以德报德；到时候你可不能让高个儿约翰荡秋千。”

我惊讶得简直不敢相信。这个老海盗、不折不扣的匪帮头子，连这样希望渺茫的一根稻草也要捞一下。

“我能做的一定做到。”我说。

“那末一言为定！”高个儿约翰高兴地说，“你的话像个男子汉。他妈的！我找到了一条生路。”

他拄着拐杖走到插在柴堆上的火炬旁边，把他的烟斗重新点着。

“记住，吉姆，”他回来后说，“我不是没头脑的浑虫。现在我已站到乡绅的一边。我知道你把船带到一个安全的地方去了。你是怎样干的，我不知道，但船肯定在安全的地方。我猜想汉兹和奥布赖恩已变成浮尸。我一直不大信得过这两个家伙中的任何一个。你记住：我不提什么问题，我也不要人家问我。我知道自己输定了，我也知道你是个可靠的小伙子。啊，你是这样年轻，我跟你一起可以大大地干出些名堂来！”

他从酒桶里倒了些白兰地。

“你要不要尝尝，伙计？”他问。

我谢绝了。

“那我就自己喝一口，吉姆，”他说，“我得提提精神，回头麻烦的事儿多着哩。说起麻烦，我倒要问你：吉姆，大夫为什么把那张图给我？”

我脸上现出绝非做作的惊讶表情，他明白再问已没有必要。

“真的，他把图交给我了，”他说，“不过这里头有文章，一定有文章，这是毫无疑问的，吉姆，是好是歹就不知道了。”

他又喝了一口白兰地，摇摇他的大脑袋，那神态似乎觉得未来总是凶多吉少。

第二十九章
又是黑券

那几个海盗商量了半天，其中一个才回到屋里来，再次向西尔弗敬了个礼(在我看来带有一点讽刺的意味)，请求暂借火炬一用。西尔弗爽快地同意了，于是这个使者重又出去，把我们俩留在一片漆黑之中。

“风马上就要刮起来，吉姆。”西尔弗说。这时他对我的态度已变得非常友好和亲昵。

我走到最近的一个枪眼旁边向外张望。一大堆篝火的余烬已烧得差不多了，它的反光又低又暗，我这才明白那些密谋者为什么要火炬。他们在木屋与栅栏之间的斜坡上聚成一堆：一个拿着火炬，另一个跪在他们中间。我看见一把出鞘的刀子的锋刃在跪着的那个人手里不断地变换色彩：忽而反射出月光，忽而映出火光。其余几个像是俯身看着他在做什么。我只能看到他手里除了刀子还有一本书。我正在纳闷他们怎么会有这样一件不合时宜的东西，这时，跪着的那一个已从地上重又站起；于是他们全体一齐向木屋走来。

“他们来了。”说罢，我回到原先站的地方。我觉得，被他们发觉我在窥视他们的行动，将有损我的尊严。

“让他们来吧，孩子，让他们来吧，”西尔弗愉快地说着，“我还留着一手对付他们。”

门开了，五个人在门口挤做一堆，把其中一个往前推。他慢慢地走过来，每跨一步都要犹豫一番，一只右手握得紧紧地向前伸出；要是在别的任何场合，你看着一定会觉得可笑。

“过来，伙计，”西尔弗大声说，“我不会吃掉你的。把东西递给我，你这个傻大个儿。我懂得规矩，我不会难为一个使者。”

经他一说，那个海盗胆子大了。他加快脚步走上前来，把一件东西放到西尔弗手中，然后更加麻利地回到同伴们那里。

船上的厨子看了看交给他的东西。

“黑券！不出我所料，”他说，“你们从哪儿弄来的纸？哎哟，可不得了！你瞧，这下祸闯大了！这是从《圣经》上裁下来的。是哪个混蛋把《圣经》给糟蹋了？”

“糟了！”摩根说，“糟了！我早说过，这件事决没有好结果，可不是？”

“哼，这大概是你们刚才商量决定的，”西尔弗继续说，“我看你们这下子一个个都得荡秋千。《圣经》是哪个王八羔子的？”

“是狄克的。”一个海盗说。

“狄克，是你的吗？那就让狄克向上帝祷告吧，”西尔弗说，“狄克的好运气算是到了头，你们可以相信我的话。”

但这时那个黄眼珠的大个子插嘴了。

“收起你那一套鬼话，约翰·西尔弗，”他说，“大伙一致决定按规矩把黑券交给你，你也按规矩把它翻过来看看上面写的什么。看了你就知道啦。”

“谢谢，乔治，”船上的厨子应道，“你一向办事干脆，而且我很高兴地看到，乔治，你把咱们这一行的规矩记得很牢。好吧，我来看看上面写的什么。啊！‘下台’，是这样吗？字写得真好，跟印出来的一模一样，我敢担保。这不是你的笔迹吗，乔治？你在这一伙中间确实是个拔尖的人才。接下来选你当船长，我一点也不觉得奇怪。不过，请你将火把再给我用一用，可以吗？这烟斗吸起来不太通畅。”

“得了吧，”乔治说，“你甭想再糊弄人。你的花言巧语的确很好听，可现在不顶用了。你还是从酒桶上下来，让我们进行选举。”

“我还以为你真懂规矩呢，”西尔弗轻蔑地回答，“你要是不懂的话，至少我懂得。别忘了，目前我还是你们的船长。我要在这里直等到你们提出对我不满的理由，我再答复你们。眼下你们的黑券是一文不值的。在这以后，咱们再走着瞧。”

“哦，你不用担心，”乔治也不示弱，“我们一切都照章办事。第一条理由：这趟买卖落得一场空，事情都坏在你身上，要是你敢否认，算是一条好汉。第二条：你白白地放敌人离开了这个进得来出不去的地方。他们为什么要离开，我不知道。但总是他们希望离开，这是明摆着的。第三条：你不让我们跟踪追击。哦，我们把你看透了，约翰·西尔弗。你想脚踏两只船，这就是你的不是。还有，第四条：你包庇那个小鬼。”

“还有吗？”西尔弗沉着地问。

“这些已经足够了，”乔治反唇相讥，“你这样胡搞乱来，将来我们都得为你荡秋千，一个个在太阳底下晒成鱼干。”

“好吧，现在我来答复这四条。让我逐条逐条回答。你说，这趟买卖落得一场空，事情都坏在我身上，是不是？你们都知道我的打算；你们也知道，如果照我的打算去做，今天夜里我们早已回到伊斯班袅拉号船上，一条命也不会送掉，安稳舒服，而且我敢担保舱里装满了金银财宝！可是，是谁打乱了我的计划？是谁逼着我——你们选出来的船长——过早动了手？是谁在我们上岸的第一天把黑券塞到我手里？这场魔鬼的舞蹈究竟是谁跳起来的？啊，那真是一场精彩的舞蹈；我也跟着你们一起跳；有些身段真像伦敦城外正法码头上脖子套着绳圈跳的水手舞。这到底是谁领的头？是安德森、汉兹，还有你——乔治·墨利！在这批惹是生非的家伙中间，只剩下你还没见海龙王。我们的事全坏在你们几个手里，而你居然厚着脸皮想爬到我头上来当船长！老天在上，这简直比最荒唐的海外奇谈更离谱！”

西尔弗顿了一下，我从乔治及其伙伴们脸上可以看出，他这番话没有白说。

“这是第一条，”遭到指控的船长激动地说下去，一边抹额上的汗，因为他是在用声震屋宇的嗓门说话，“老实告诉你们，跟你们说话我简直感到恶心。你们既不明事理，又没有记性，我真不懂得你们的爹妈怎么会放你们到海上来的。当水手！当碰运气绅士！你们顶多只配当裁缝！”

“你继续答复，约翰，”摩根说，“还有另外几条。”

“啊，另外几条！”约翰跟着说。“好像罪名大得不得了，是不是？你们说这趟买卖搞糟了。天哪，我敢打赌，你们压根儿还不知道事情究竟糟到什么程度！咱们上绞架的日子不远了，我一想起来脖子就会僵直。你们也许看到过这样的景象：犯人戴着锁链挂在半空中，大鸟在尸体周围打转。别的水手趁潮水出海时会指着问：‘那是谁？’其中有一个人回答说：‘哦，那是约翰·西尔弗。我跟他很熟的。’风一吹，尸体荡起秋千来，锁链的锒铛声直到船拐向下一个浮标还听得见。咱们每一个人都是爹妈生的，为什么会落得这样的下场呢？这都得感谢乔治·墨利，感谢汉兹、安德森和你们中间另外一些坏事的笨蛋。如果你们要我答复有关这个孩子的第四条，那就听着！他难道不是一个很好的人质吗？为什么要把一个人质白白浪费掉？不，这样做太愚蠢了。我相信，他可能是咱们最后的希望，我看很有可能。你们要把这个孩子干掉？我不干，伙计们！还有第三条，是吗？关于这第三条，确实有些可以谈谈的。难道你们把一位真正大学毕业的大夫每天来看你们这件事一笔勾销了吗？杰克，你的脑袋开了花；乔治·墨利，你每隔六个小时要打一次摆子，直到现在眼睛还黄得像柠檬皮；难道你们不需要他来了？有一条船会来接应他们，也许你们不知道吧？但确实会来，而且为期不远；到那时你们就明白人质的用处。至于第二条，你们责问我为什么做这笔交易。明明是你们跪在地上爬到我跟前要我答应的。当时你们一个个都像泄气的皮球，要是我不做这笔交易，你们早就饿死了！但这还是小事。告诉你们，我做这笔交易是为了这个，你们瞧吧！”

说着，他把一张纸扔到地板上，我一眼就认出那是我在比尔·蓬斯箱子底里发现用油布包着的黄纸地图，上面有三个红色的叉叉。我实在想象不出大夫为什么要把这张图给他。

但是，如果说这件事对我是无法解释的话，那么，剩下的那些反叛者看到地图时的表情更加难以置信。他们像一群猫发现了一只耗子似的扑向那张纸，你抢我夺，在谁的手里也待不住；听他们穷凶极恶地争着看图时发出的骂声、喊声和孩子气的笑声，你也许以为他们不光是摸到了金银财宝，甚至已经稳妥地装在船上扬帆返航。

“是的，”其中一个说，“这的确是弗林特的图。这‘杰·弗’两个字，还有下面画的一道线和丁香结，正是他签名的花样。”

“这当然很好，”乔治说，“可是咱们没有船，怎么把财宝运走？”

西尔弗霍地跳起来，用一只手撑在墙上，厉声喝道：

“我警告你，乔治。你要是不识相再开一声口，我就跟你决斗。怎么运走？我怎么知道？应该我问你们——你和另外那些七嘴八舌把我的纵帆船给丢掉的混蛋！可是问你们也是白搭，你们的脑子比蟑螂的还不如。不过你说话必须讲点礼貌，乔治·墨利，不要等我教你，你可以相信我的话。”

“这话有理。”老摩根说。

“当然有理，”船上的厨子说，“你们丢了船。我找到了宝藏。究竟谁有道理？现在我宣布辞职，再也不干了！你们爱选哪个，就选哪个当你们的船长。我可受够了。”

“西尔弗！”那些海盗一齐叫起来，“永远跟烤全牲走！烤全牲永远当船长！”

“是吗？这才像话！”厨子大声说，“乔治，我看，你只好等下一轮了，朋友。也算你的造化，我是不记仇的。我从来不是那样的人。那末，伙计们，这黑券怎么办？现在没什么用处了吧？算狄克倒霉，白白糟蹋了他的《圣经》。”

“以后还可不可以吻这本书宣誓？”狄克嘟着嘴问，他显然因为自己招来了祸殃感到十分紧张。

“用裁掉了书页的《圣经》宣誓？”西尔弗表示他认为非常可笑，

“那怎么行！这跟凭着小曲本儿起誓一样不能算数。”

“不算数？”狄克忽然高兴起来了，“那我还是要留着它。”

“给你，吉姆，让你见识见识这玩意儿。”西尔弗说着，把一小片纸扔给我。

这是像一枚银币大小的一张圆纸片。一面空白，因为原来是《圣经》的最后一页；另一面印着《启示录》的最后几节，我在家乡时对其中一句印象特别深刻：“城外是犬类和杀人犯。”印有经文的一面涂着炭末，把我的手指也染黑了；空白的一面也是用炭写着“下台”两个字。这件纪念品至今留在我身边，但上面的字样已无法辨认，只剩下一些像是用指甲刮出来的痕迹。

那天夜里的风波到此算是暂告平息。不久，每人喝了一通酒以后，大家躺下睡觉。西尔弗想到了一个出气的办法——派乔治·墨利去放哨，并扬言道：万一有什么不忠的行为，就要他的命。

我很久一直不能合眼。皇天在上，我确实有够多的事情需要思考。我在想下午我自己处境岌岌可危时杀死的那个人。我在想西尔弗目前玩弄的那种极其狡猾的手段：他一方面把那些反叛者抓在手里，另一方面不放过任何机会保他自己的太平和一条狗命；木头也罢，稻草也罢，他都要捞。他自己睡得挺安稳，呼噜打得很响；可是，想到他处在多么可怕的危险包围中，等待着他的又是上绞架这样可耻的下场，尽管他是个坏蛋，我心里还是为他难过。

第三十章
君子一言

一个清晰、爽朗的声音把我——应该说把我们大家——都惊醒了，我看到连靠在门梃上打盹的岗哨也直跳起来。那声音从树林边缘在向我们喊道：

“喂，木屋里的人听着！大夫来了。”

真的是大夫来了。虽然我很高兴听到他的声音，但高兴里边也掺杂着别的滋味。回想起自己不听指挥、偷偷逃跑的行为，我感到惭愧；再看看现在落到了什么人手里，被什么样的危险包围着，我简直没有脸见他。

他想必是天还没亮就起身的，因为现在太阳还不高。我跑到枪眼前往外一看，见他站在齐膝的雾霭中，就跟以前西尔弗来谈判的那次一样。

“是你啊，大夫！早上好，先生！”西尔弗一下子完全醒了过来，笑容满面地招呼道，“你可真好哇！俗话说，早起的鸟吃得饱。乔治，打起精神来，我的乖乖，去帮李甫西大夫跨过木栅。一切正常，你的病人都挺好、挺快活。”

他站在小山顶上一个人说着好多废话，腋下拄着拐杖，一只手撑在木屋墙上；声调、气派和表情都还是原来的高个儿约翰。

“我们为你准备着一件意想不到的礼物呢，先生，”他继续说，“我们这里来了位小客人，嘻嘻！一位新乘客，或者说新房客，眉清目秀，精神饱满；昨天夜里整整一宿跟我老约翰并排躺在一起，睡得可香哩。”

这时李甫西大夫已翻过栅栏，离厨子很近；我听得出他的声音也变了。他问道：

“难道是吉姆？”

“正是吉姆回来了。”西尔弗说。

大夫顿时停步，不过没有说什么；有几秒钟他好像再也走不动了，然后才继续前进。

“好吧，”他终于开了口，“先办公事，后叙友情。这话好像是你自己说过的，西尔弗。我先去看你们的病人。”

他随即走进木屋，向我冷冷地点了点头，径自给病号进行治疗。他看来毫无顾虑，尽管他不可能不知道，处身在这班一贯背信弃义的恶魔中间，他的生命随时可能遇到不测。他跟病人随便闲扯，仿佛到英国一户安分守己的人家来出诊。他的神态大概对那些人起了作用；他们对待他的态度好像什么事情也未曾发生，还是把他当作随船医生，而他们仍是忠实可靠的水手。

“你的情况在好转，我的朋友，”他对头上缠着绷带的那个人说，“你这条命真是捡来的，你的脑袋简直同铁打的一样结实。怎么样，乔治，好点儿了吗？你的脸色还是不行，你的肝功能紊乱得厉害。药吃了没有？喂，伙计们，他吃了药没有？”

“吃了，先生，他吃了，真的吃了。”摩根应道。

“要知道，自从我当上了反叛分子的医生（我认为叫做狱医更恰当），”李甫西大夫以极其讨人喜欢的幽默口吻说，“我把保全每一个人看成自己荣誉攸关的事情，以便把你们交给乔治国王和绞刑架。”

那些匪徒面面相觑，但是把这句击中要害的戏言默默地吞了下去。

“狄克觉得不舒服，先生。”有一个人说。

“是吗？”大夫问。“过来，狄克，让我看看你的舌苔。哦，他当然觉得不舒服，否则才怪呢！他的舌苔可以吓坏法国人。他也害上热病了。”

“对了，”摩根说，“那是报应，就因为弄坏了《圣经》。”

“就因为像你们所说的蠢得比驴子都不如，”大夫反驳道，“连新鲜空气同瘴气，干燥的土地同传播瘟疫的臭泥潭都分辨不出来。我认为——当然，这仅仅是一种猜想——很可能你们都得了疟疾；这种病在彻底治好之前，苦头反正够你们吃的。你们在沼地里宿营，是不是？西尔弗，有一点你使我不能理解。在你们所有的人中间，你算是最有头脑的；可是在我看来，你连最起码的卫生常识都没有。”

大夫依次给了他们药，他们接受医嘱时那种依头顺脑的样子实在可笑，完全不像杀人不眨眼的叛匪海盗，倒像贫民小学的学童。

“好了，”大夫说，“今天就到此为止。现在，如果你们同意的话，我想跟那个孩子谈几句话。”

说着，他不太经心地向我这边摆一摆头。

乔治·墨利正在门口吞服一种很难吃的药，一边乱唾乱啐。但一听到大夫提出这个要求，他立刻转过血红的脸来大喊“不行！”，还骂了一句。

西尔弗张开手在酒桶上猛击一掌。

“住口！”他吼叫起来，并且环顾四周，颇像一头雄狮，“大夫，”接下来又用平静的语调说，“我早就想到这一层了，因为我知道你很喜欢这个孩子。我们大家对你的好心都感激不尽；你也看到，我们完全相信你，你给的药都当甜酒一样喝了。我有办法把一切都安排妥帖。霍金斯，尽管你生在穷人家，还称得上一位年轻君子；你能不能用君子一言向我保证不逃跑？”

我爽快地向他作了保证。

“那末，大夫，”西尔弗说，“请你走到栅栏外面去。你到了那里，我就把这孩子带到下面来，你们可以隔着栅栏畅谈。再见，先生，请代我们向屈利劳尼先生和斯摩列特船长致意。”

大夫刚走出木屋，海盗们的不满情绪本来全靠西尔弗的疾言厉色勉强压制着，现在一下子都爆发了。他们纷纷指责西尔弗耍两面手法，企图为自己单独媾和、出卖同伙的利益作进身之礼；总之，他们所指控的确确实实都是他正在干的，一点也不冤枉他。事情是这样明显，我想象不出这一回他还有什么办法拨转他们愤怒的矛头。但其余的人毕竟不是他的对手，何况昨夜取得的胜利使他拥有极大的优势来影响他们的心理。他骂他们是蠢货、笨蛋，反正各种各样傻瓜的名目都数遍了。他说不让我同大夫谈话是不行的。他把地图在他们面前扬了扬，责问他们：今天他们马上就要去发掘宝藏，难道他们要在这节骨眼上撕毁协议？

“不，不行！”他胸有成竹地说，“时机一到，咱们当然要撕毁协议；但在这以前，我要把那位大夫哄得晕头转向，哪怕要我用白兰地给他刷靴子也行。”

然后他叫他们生起火来，自己拄着拐杖，一手扶住我的肩膀，大模大样地走出去，任凭他们茫然不知所措。他们只是被他的如簧之舌播弄得一时无言对答，但远远没有被说服。

“慢慢走，小老弟，慢慢走，”他对我说，“他们要是看见咱们急匆匆地下去，会一下子向咱们扑过来的。”

于是我们不慌不忙穿过沙地，向大夫已在栅栏外面等候的那一边走去。我们刚一进入随口说话可以听见的范围，西尔弗就不再前进。

“大夫，请你把这些都记下来，”他说，“吉姆会告诉你，我怎样救了他的性命，怎样差点儿给赶下台，你可以相信我的话。大夫，一个人像我这样豁出命来孤注一掷的时候，希望听几句宽心的话也许是可以谅解的吧？请你注意，如今不光是我的一条命的问题，连这孩子的命也搭上了。大夫，我恳求你行行好，给我一点希望好支持下去。”

西尔弗一到外面，背对着他的同伙和木屋，立刻变成另一个人：他的两颊深陷，声音发颤，谁也不可能比他扮演得更逼真。

“约翰，你是不是害怕了？”李甫西大夫说。

“大夫，我不是胆小鬼；连这么一丁点儿也算不上！”他用指头打了个榧子，“我要是胆小，就不会这样说了。可是说老实话，我想起绞刑架总是禁不住发抖。你是个好人，而且守信用，我从来没有见过更好的人！我做的好事你是不会忘记的，正像你不会忘记我做的坏事一样，我知道。你瞧着，我马上退到一边去，让你跟吉姆单独谈一谈。这也请你为我记上一笔，我放的可是很大的交情啊！”

说完，他退后一段距离，到听不见我们谈话的地方，在一个树桩上坐下来独个儿吹口哨，同时不断转动身子，忽而看看我，忽而看看大夫，忽而看看那些在沙地上走来走去的不驯顺的歹徒——他们正忙于重新点起一堆火，并从屋子里拿出猪肉和面包干来做早饭。

“唉，吉姆，”大夫遗憾地说，“你又回到了这里。这叫做自作自受，我的孩子。老天可以作证，我实在不忍心责怪你；但是有一句话我非说不可，不管你爱听不爱听：斯摩列特船长身体好的时候，你没敢逃跑；你是趁他负了伤、不能阻止你的时候逃跑的。真的，这是不折不扣的懦夫行为！”

我愿意承认，这时我哭了。

“大夫，”我说，“你不必再责备我。我已经把自己骂够了，反正只有用我的生命来抵偿。要不是西尔弗保护，这时我早已经死了。大夫，请你相信我，死我倒不怕，再说也是活该，我怕的是受刑。万一他们拷问我——”

“吉姆，”大夫打断我的话，他的声音完全变了，“吉姆，我不能让你受折磨。你从栅栏上翻过来，我们一起逃跑。”

“大夫，”我说，“我作了保证。”

“我知道，我知道，”他激动地说，“现在顾不得这些了，吉姆。谴责、耻辱，统统由我包下来，我的孩子；但是我不能让你留在此地。快跳。往这边一跳，你就出来了，我们可以跑得比羚羊还快。”

“不，”我回答说，“你明明知道，换了你自己也不愿这样做的；你、乡绅、船长都不愿这样做，我也一样。西尔弗信任我，我作了保证，就得回去。可是，大夫，你没听我把话说完。万一他们拷问我，我也许会漏出船在什么地方；要知道我已经把伊斯班袅拉号弄到了手。一半靠运气，一半是冒了危险的。现在船停在北汉的南滩，几乎就在高潮线下面。潮水不大时船干搁着。”

“船！”大夫失声惊呼。

我把自己的惊险历程匆匆叙述了一番，他默默地一直从头听到底。

“这有点像命中注定的，”他等我讲完后说，“每次都是你救了我们的性命，难道你以为我们能听任你牺牲自己的性命？绝对不能！这样太对不起你了，我的孩子。你发现了敌人的阴谋，你遇见了本·甘恩——这是你一生所做的最大的好事，包括过去的和未来的，哪怕你活到九十岁。哦，对了，说起本·甘恩，这真是个调皮捣蛋的化身。西尔弗！”他叫了一声，“西尔弗，我要奉劝你一句，”等厨子走近后，他继续说，“你们切莫急急忙忙去找宝藏。”

“先生，我一定尽我所能，只怕做不到，”西尔弗说，“请你原谅，除非去找宝藏，否则我就无法救自己和这孩子的命；你可以相信我的话。”

“好吧，西尔弗，”大夫说，“既然如此，我索性再走远一步：你们快要找到宝藏的时候，可要提防叫喊声。”

“大夫，”西尔弗说，“坦白说，我认为这太不公平了。你们离开这座木屋，又把那张图给我，这葫芦里到底卖的什么药，我不知道，难道不是吗？我却闭着眼睛遵照你提出的要求去做，可是连一句给我希望的话也没有听到。不，这太过分了。如果你不对我讲明白这究竟是什么意思，我可没法子干下去。”

“不，”大夫若有所思地说，“我没有权利讲得更多。这不是我个人的秘密，西尔弗，否则我保证告诉你。但我敢于告诉你的只能到此为止，甚至还走远了一步。我已经要挨船长的骂了，决不骗你！首先，我要给你一点希望：西尔弗，如果你我都能活着离开这个陷狼坑，我一定尽我所能挽救你，只要不作伪证。”

西尔弗顿时笑逐颜开。

“我相信，先生，即使我的亲娘也不能给我更大的安慰了。”他兴奋地说。

“这是我要讲的第一点，也是对你的让步，”大夫继续说，“第二点是给你的忠告：让这孩子待在你身边，一步也不要离开；如果需要帮助，你就喊我。我现在就去想办法搭救你们。那时你自然会明白，我究竟是不是有口无心。再见吧，吉姆。”

于是，李甫西大夫隔着栅栏跟我握了握手，向西尔弗点一点头，然后快步往树林子里走去。

第三十一章

猎宝记——弗林特的指针

“吉姆，”西尔弗等剩下我跟他两个人时说，“如果说我救过你的命，那末你也救了我的命；这件事我决不会忘记。我看到大夫刚才招手叫你逃跑，我是凭眼梢瞟见的；我看见你说不行，就跟我的耳朵听到一样。吉姆，这件事我要永远记在心上。自从强攻失败以后，我这才第一次看到了一线希望，这应该感谢你。吉姆，现在咱们不得不闭着眼睛去猎宝，我总觉得这勾当凶多吉少。你我必须紧紧地互相依靠，那末，即使运气再坏，咱们也能保住自己的脑袋。”

就在这时，一个人从火堆那里招呼我们，说早饭准备好了。不一会，我们大家纷纷散坐在地上吃面包干和煎咸肉。他们点起的火堆足够烤一条牛，现在火旺得只能从上风面靠近它，即使这样也得倍加小心。海盗们对食物也是同样浪费，他们准备的饭菜恐怕相当于食量的三倍。一个海盗疯疯癫癫地笑着把吃剩下来的东西一股脑儿扔进火里去；火堆添上这样不寻常的燃料，顿时烈焰冲天，声如雷鸣。我从未见过像这样不顾明天的人。今日有酒今日醉——这是对他们所作所为唯一恰当的形容。像这样糟蹋食物、放哨时睡大觉，尽管他们能鼓起足够的蛮勇开一仗，但一旦遇到挫折，我看出他们完全不能应付持久战。

西尔弗独自坐在一边吃，让“弗林特船长”蹲在他肩上。连他也不说一句话责骂他们这样胡搞乱来。这使我特别感到惊讶，因为他目前比以往任何时候更显得老谋深算。

“喂，伙计们，”他说，“有烤全牲用这颗脑袋为你们着想，你们真是好福气。我已经打听到了我所要了解的一切。船的确在他们手里。他们把船藏在什么地方，我还不知道；但只要发现了宝藏，咱们拚着把整个海岛都搜遍，总会找到船的。目前，咱们有两只划子，凭这点咱们就占了上风。”

他这样滔滔不绝地大吹法螺，热的煎咸肉把他的嘴塞得满满的。他用这样的办法恢复他们的希望和信任，同时，我料想他也在给他自己鼓气。

“至于这个人质，”他继续说，“我想这是他跟亲爱的人最后一次谈话了。从他们的谈话中我听到了一些消息，这还得谢谢他哩。现在事情已经过去。咱们去猎宝的时候，我要用一根绳子拴住他带在身边。咱们要像保护金子一样保护他，以防发生意外，这一点你们要记住。不过这是暂时的，等把船和宝藏都找到了，咱们高高兴兴回到海上去，那时再跟霍金斯先生算账，一定要好好酬谢他干的好事，决不亏待他。”

那帮海盗自然兴高采烈。但我的情绪却一落千丈。如果他刚才提出的设想行得通的话，西尔弗——这个双料的叛徒——将毫不犹豫地照着干。他至今还是脚踏两只船。他寄托在我们一边的希望顶多只能免去一条绞索，他毫无疑问更乐于同海盗们一起满载着金银财宝去逍遥法外。

再说，即使事态的发展迫使他履行他向李甫西大夫作出的保证，我们的处境也危险得不堪设想。一旦他的同伙的怀疑得到证实，他和我不得不拚死自卫；试想，他只有一条腿，我又是一个孩子，如何敌得过五名强悍的水手？

除了这双重的忧虑，我的朋友们采取的行动对我说来始终是一个谜。他们为什么要离开这个寨子？为什么要交出地图？这些都没有得到解释。尤其莫名其妙的是大夫最后告诫西尔弗的话：“你们快要找到宝藏的时候，可要提防叫喊声。”读者如果设身处地为我想一想，就很容易理解，我吃的早饭为什么味同嚼蜡，为什么我跟在海盗们后面出发去猎宝时心情这样沉重。

要是有旁人在场看见，我们一行想必组成一幅奇特的景象：所有的人都穿着沾满油污的水手服，除我以外个个武装到牙齿。西尔弗一前一后挎着两支步枪，腰里还悬挂着一柄大弯刀，他的方摆外套两边口袋里各放一支手枪。使他这副奇怪的模样达于顶点的是："弗林特船长"蹲在他肩上毫无意义地学着水手谈话的片言只语。我腰里拴着一条绳子，顺从地跟在船上的厨子后面，绳子的一端时而握在他闲着的那只手里，时而由他用有力的牙齿咬住。我活像一头被牵去表演跳舞的狗熊。

其余的人都扛着各种东西：有的扛着铁锹和洋镐——这是他们最先从伊斯班袅拉号带到岸上来的；有的扛着准备午饭时吃的猪肉、面包和白兰地。我看得出所有的补给品都来自我们的库存，可见西尔弗昨夜说的是真话。若不是他跟大夫做成了一笔交易，他和他的同伙丢了大船只得喝清水汤、靠打猎过日子。清水是不合他们口味的，而水手又往往不是好猎手。再说，水手在食物短缺的时候，弹药也肯定不会充裕。

我们就带着这样的装备全体出动，包括被打破脑袋的那一个在内，其实在烈日下行走对他肯定是有害的。我们一行七人零零落落地迤逦来到停着两只划子的岸边。甚至划子里也残留着海盗们纵酒胡闹的痕迹：其中一只的座板砸断了，两只划子都沾满泥浆，水也没有舀干。为了安全起见，决定把它们都带走。我们分坐在两只划子里，向着锚地底部进发。

途中对地图上的标记发生了争论。红叉叉画得太大了，当然不可能指示确切的地点。背面的文字说明又相当含糊。读者也许还记得，上面是这样写的：

> 望远镜肩上一棵大树，方位北东北之北。
> 骷髅岛，东东南偏东。
> 十英尺。

首先要找到大树。在我们的正前方，锚地被一片高约两百至三百英尺的台地挡住。台地的北端与望远镜山的南坡相衔接，向南则逐渐隆起，形成崎岖而多岩石的后桅山。台地顶上高矮不一的松树星罗棋布。

这里那里随处可以看到某一棵四五十英尺高的异种松树明显地凌驾于它的近邻之上，然而弗林特船长所说的“大树”究竟是其中哪一棵，必须到现场用罗盘才能测定。

实际情况虽然如此，可是，我们还没到半路，划子里的人却各人都已认定了自己心爱的一棵树。只有高个儿约翰耸耸肩膀，建议到了现场再作道理。

遵照西尔弗的嘱咐，我们划桨用力不大，以免体力过早耗竭；经过一段很长的路程以后，我们在第二条河——就是从望远镜山多树的一面斜坡上流下来的那条——的口子上登岸，从那里向左拐弯，开始沿着山坡攀登台地。

一开头，泥泞难走的地面和乱蓬蓬的沼泽草木大大影响我们的行进速度。但坡面逐渐逐渐趋于陡峭，脚下的土质趋于结实，树木变得比较高大、疏朗。我们正在走近整个岛上最可爱的一部分。香味浓郁的金雀花和鲜花盛开的灌木几乎完全占据了草地。碧绿的肉豆蔻丛每每同躯干深红、阴翳宽广的松树掩映成趣；前者的芳香和后者的清芬相得益彰。此外，空气新鲜而且令人振奋，在火伞高张的骄阳下，这对我们的头脑不啻是一服奇妙的清醒剂。

海盗们成扇形散开，不时大声叫喊，蹿来跳去。扇形的中心居后是西尔弗和我：我被绳子拴住，他气喘吁吁地在松滑的砾石中开路。有时我不得不帮他一把，否则他会失足仰天摔到山下去。

我们这样前进了大约半英里地，快要到达台地的坡顶，忽然，最左边的一个人大声叫了起来，似乎受了什么惊吓。他叫了一声又一声，其余的人纷纷向他那边跑去。

“他不可能已经发现了宝藏，”老摩根说着也从右边跑过来，打我们面前匆匆经过，“还不到山顶哩。”

的确，当我们也赶到那边时，我们发现完全不是那么一回事。在一棵相当高大的松树下面横着一具死人的骨架，被绿色的蔓草紧紧缠住，有几根较小的骨头甚至被局部向上提起，地上残留着衣服的些许丝缕。我相信，霎时间我们每个人心中都起了一阵战栗。

“他是一个水手，”乔治·墨利说，他比其余的人胆子大，敢走近去细看衣服的碎片，“至少他穿的是水手服。”

“嗯，嗯，”西尔弗说，“十之八九是水手。一位主教当然不会到这地方来。不过，这骨架的姿势好奇怪啊！好像很不自然。”

的确，再一看，简直不可能设想这个死人怎么会保持这样的姿势。除开局部的紊乱（那也许是啄食尸肉的大鸟和逐步包围尸身的蔓草造成的），死人躺得笔直，脚指着一个方向，手像跳水时那样举过了头，正好指着相反的方向。

“我这颗笨脑袋有点儿开窍了，”西尔弗说，“这里有罗盘；那边是像颗牙一样突出的骷髅岛的岬角尖。只消顺着这骨头架子的一条线测一下方位就知道了。”

于是就取出罗盘来照办。尸体直指骷髅岛那一边，罗盘标明的方位正是东东南偏东。

“果然被我料到，”厨子叫了起来，“这骨架就是指针。从这里一直对准北极星，一定可以找到黄灿灿的金子、白花花的银子。不过，说真的，我一想起弗林特就禁不住从头凉到脚跟。这是他玩的一个花样，绝对错不了。当初只有他带了六个人上岸；他把六个人全杀了，把其中一个拖到这里来，放在用罗盘对准的位置上。我敢打赌是这样！瞧，长长的骨头，黄黄的头发。那一定是阿拉代斯。汤姆·摩根，你还记得阿拉代斯吗？”

“嗯，嗯，”摩根回答，“我记得；他还该我钱呢，上岸时还把我的刀子带走了。”

“提起刀子，”另一个海盗说，“为什么刀子不在他身边？弗林特决不会搜水手的身，他不是这样的人；刀子也不可能被鸟衔走。”

“这话有理，一点也不错！”西尔弗大声说。

简直不可能设想这个死人怎么会保持这样的姿势。

“这里什么也没留下，”墨利说，一边还在骨架周围搜索，“既没有一个铜板，也没有烟盒子。我觉得有点儿反常。”

“对，是有点儿反常，”西尔弗表示同意，“甚至可以说叫人很不好受。乖乖！我说，伙计们，要是弗林特还活着，这里可能就是你我的坟场。当初他们是六个人，现在咱们也是六个人。可是那六个人如今只剩下了骨头。”

“不，我亲眼看到弗林特已经死了，”摩根说，“是比尔带我进去的。当时他躺在那里，眼睛上各放一枚一便士的铜板。①”

“死了，他确实死了，进了地狱，”头上缠着绷带的那一个说，“不过，要是真有鬼魂出来游荡，那一定是弗林特的鬼魂。天哪，他死的时候折腾得可厉害哩！”

“是啊，的确是这样，”另一个说，“他一会儿发火，一会儿嚷着要朗姆酒，一会儿又唱。他生平只唱一支歌，就是《十五个人》，伙计们。老实对你们说，我从此以后就讨厌那支歌。当时天气很热，窗子开着；我清清楚楚地听见那古老的水手调子从窗里传出来，那时冥王已经派小鬼来勾他的魂了。”

“算了，算了，”西尔弗说，“别谈这些事了。他已经死去，不会再出来游荡，这是肯定的。至少白天他不会出来游荡，你们可以相信我的话。提心吊胆反而会吓破自己的胆。走，拿金币去。”

经他这样一说，大伙自然又动身了。但是，尽管在赤日炎炎的大白天里，海盗们却不再单独乱跑，不再在树林里大声喧哗，而是互相靠拢，说话也屏住气。他们对那个死去的海盗头子怕得要命，至今心有余悸。

① 外国习俗，在死者眼睛上放上硬币，让死者瞑目。

第三十二章
猎宝记——树丛中的人声

部分是由于心慌腿软，部分是由于西尔弗和那些带病的海盗想休息一会，总之，这一伙人刚登上台地的坡顶，就坐了下来。

台地略有些朝西倾斜，因此从我们坐的地方向两边都可以望得很远。在我们前方的树梢背后是激浪镶边的森林岬角；在我们后面，不仅看得见锚地和骷髅岛，还可以看到沙尖嘴和东岸低地以外一大片浩瀚的洋面。我们的头顶上方矗立着望远镜山，有的地方点缀着几棵孤松，有的地方是黑黝黝的悬崖绝壁。周围一片沉寂，只有远处惊涛在礁石上撞碎的轰鸣，还有无数昆虫在矮树丛中窸窣作声。哪儿也看不见一个人，海上也没有帆影，空旷的视野加深了孤独的感觉。

西尔弗坐下后用他的罗盘测了几个方位。

"从骷髅岛拉一条直线到那边，"他说，"共有三棵'大树'在线上。我认为'望远镜的肩膀'就是那块凹地。现在连三岁小孩也能找到宝藏。我看，先在这儿吃了饭再说。"

"我不饿，"摩根嘀咕道，"想起了弗林特，我什么也吃不下。"

"是啊，我的乖乖，他死了也算是你的造化。"

"他丑得像魔鬼，"第三个海盗说着打了个寒噤，"脸铁青铁青的！"

"这都是朗姆酒使他变成那样的，"墨利插了一句，"铁青的脸！这倒不假，他的脸确实是铁青的！"

自从发现了那具骨架，又回想起弗林特的模样，他们说话的声音愈来愈低，后来甚至变成耳语，对林中的寂静几乎没有干扰。蓦地里，从我们前方的树丛中，一条又尖又高的发颤的嗓子唱起了早已熟悉的调子和歌词：

十五个人扒着死人箱——
唷呵呵，朗姆酒一瓶，快来尝！

那些海盗吓得魂不附体的丑态我从来没有在别人身上看到过。他们六个人像着了魔似的一下子面如土色；有的直跳起来，有的紧紧抓住别人；摩根干脆趴倒在地上。

“那是弗林特，我的——！”墨利失声惊呼。

歌声同开始的时候一样出人意外地戛然而止，简直是唱到一半被打断的，仿佛有人用手捂住了歌者的口。天气晴朗，阳光普照，那歌声穿过苍翠的树丛飘来，我觉得悠扬动听，所以更不能理解它在我的同行者身上怎么会产生这样的反应。

“走，”西尔弗勉强翕动死灰色的嘴唇说出话来，“这样不行。准备出发！这件事确实很怪，我不知道这是谁的声音。不过，唱歌的是有血有肉的人，你们可以相信我的话。”

他一边说，一边恢复了勇气，脸上也泛起些许血色。其余的人经他一打气，也开始镇定下来。正在这个时候，那声音又响了起来；这一回不是唱歌，而是在远远地、有气无力地呼喊，此刻在望远镜山的峭壁之间泛起的回声显得更加凄厉。

“达比 · 麦克-格劳！”那声音在哀号——我只能用这两个字来形容它。“达比 · 麦克-格劳！达比 · 麦克-格劳！”这样一遍又一遍地叫着。后来声音稍稍提高了些，并且夹着一句骂人话（我把它略去了），喊道：“达比，拿朗姆酒来！”

海盗们像在地上生了根，他们的眼睛直往上翻。在这声音消失以后过了很久，他们还默默地、失魂落魄地凝视着前方。

“这一回绝对没有疑问了！”一个海盗气急败坏地说，“咱们快走吧。”

“这正是他咽气之前最后的一句话，”摩根呻吟道，“我记得很清楚。”

狄克取出他的《圣经》，念念有词地开始祷告。狄克在出海当水手、交上坏朋友之前受过相当好的教育。

然而，西尔弗毕竟顶住了。我听得出他的牙齿在捉对儿厮打，但是他没有屈服。

“除了此地的几个，”他喃喃自语，“这岛上谁也没有听到过有达比其人哪。”接着，他强打起精神来叫了一声：“伙计们！我是找宝藏来的，无论是人是鬼，都不能把我吓退。弗林特活着的时候我从来不怕他。现在，凭着老天起誓，即使他的鬼魂出现，我也不怕。离此不到四分之一英里地，埋着价值七十万镑的财宝。身为碰运气绅士，怎能因为害怕一个吃海上饭的青脸老醉鬼（而且他已经死了），扔下这么许多财宝，掉转头来逃跑？”

但是没有任何迹象表明他的同伙能重新鼓起勇气来；相反，他用这样不敬的话提到死者，更使他们心头的恐怖有增无已。

“得了吧，约翰！”墨利说。“不要得罪了鬼魂。”

其余的人都吓得开不了口。他们要是有胆量，早就四散逃跑了；但是恐惧使他们不敢各奔东西，使他们靠拢约翰，似乎他的胆量能支持他们。西尔弗本人则已经在相当程度上克服了一时的怯弱。

“鬼魂？也许是的，”他说，“但有一件事我不明白。刚才我听到了回声。谁也没见过有影子的鬼魂，对不对？好，那末我倒想知道：鬼叫怎么会有回声的呢？你们说，这难道是正常的吗？”

这条理由在我看来站不住脚。但是你绝对捉摸不定，究竟什么办法能够打动迷信的人。使我惊讶的是，乔治·墨利居然大大地放了心。

“对，有道理，”他说，“约翰，你肩膀上长的确实是脑袋，没错儿。出发吧，伙计们！我看刚才大伙都想到邪道上去了。现在想来，那声音是有点儿像弗林特，我也承认；但并不完全一样。这更像另一个人的声音，更像——”

“对了，更像本 · 甘恩！”西尔弗叫了起来。

“对，一点也不错，”趴倒在地上的摩根一下子用膝盖撑起上体，“那正是本 · 甘恩的声音！”

“这又有多少差别？”狄克问道，“本 · 甘恩跟弗林特一样都是死人。”

但是资格较老的水手觉得他问得可笑至极。

“谁也不把本 · 甘恩放在眼里，”墨利说，“不管他是活是死，谁也不怕他。”

说也奇怪，他们的情绪立即恢复常态，脸上逐渐恢复人色。不久，他们又嘁嘁喳喳地说开了，偶尔停下来听听；又过了一会，听听没有什么动静，就把工具扛到肩上重新出发。墨利走在头里，他带着西尔弗的罗盘，使他们的方向始终与骷髅岛保持在一条直线上。他说的是实情：不管本 · 甘恩是活是死，谁也不把他放在眼里。

只有狄克还捧着《圣经》，一边走，一边心惊胆战地四面张望。但没有人同情他。西尔弗甚至还取笑他疑神疑鬼。

“我对你说过，”他说，“你已经把《圣经》弄坏了。凭着它宣誓都不顶用，鬼魂怎会买它的账？没那么回事！”他拄着拐杖暂时止步，用他粗大的指头打了个榧子。

但狄克已不可能心情安宁，我很快就看出，这个小伙子病得很厉害。经过酷暑、疲乏和恐怖的催化，李甫西大夫所断言的热病显然使狄克的体温急剧升高。

台地顶上树木稀疏，行走很方便。刚才我已经说过，台地略有些朝西倾斜，所以我们走的大体是下坡路。大大小小的松树长得间距很宽，甚至在一丛丛的肉豆蔻和杜鹃花之间也有大片空地曝晒在烈日下。我们这样朝西北方向横贯全岛，一方面愈来愈靠近望远镜山的肩膀，另一方面也愈来愈看得清不久前我在颠簸晃荡的一叶扁舟里漂流经过的西海湾。

我们走到第一棵大树下，但经过测定，证明方位不对。第二棵也是如此。第三棵松树耸峙在一簇矮树丛上空几乎有两百英尺。这是植物界的一位巨人，深红的树干有一所小屋那么大，广阔的树荫容得下整整一个连在此演习。从东西两面的海上老远都看得见这棵树，完全可以作为航标注在地图上。

不过，我的同行者现在感兴趣的并不是树的高大，而是他们知道埋在宽敞的松荫下面的七十万镑金银财宝。他们愈走愈近，先前的恐惧已被发财的念头吞噬干净。他们一个个目光如炬，脚步愈来愈轻快；他们的心整个儿倾注在那宗财富上，向往那等待着他们每个人的好运——一辈子摆阔、逍遥。

西尔弗咕哝着一瘸一拐走向前去；他的鼻孔张大，不住翕动着。当苍蝇叮在他汗涔涔、红通通的脸上时，他像个疯子似的破口大骂。他凶狠地拽着把我拴在他后面的那条绳子，不时咬牙切齿地瞪着我。他已不耐烦掩饰自己的感情，我看得十分清楚。此刻金银近在咫尺，其余的一切都被抛在脑后，他自己的诺言和大夫的警告统统成了过眼烟云。我确信他一定指望攫取宝藏，趁黑夜找到伊斯班袅拉号，把财宝装上船，把所有的好人杀死在这个岛上，然后按照他最初的设想，满载着罪恶和金银扬帆出海。

在这样忧心忡忡的情况下，我当然跟不上猎宝者飞快的步伐。我不时磕磕绊绊，那时西尔弗就恶狠狠地拽绳子，杀气腾腾地瞪着我。落在我们后面压队的狄克独个儿口中念念有词，把祷告和诅咒夹杂在一起，而他的热度也愈升愈高。这也加剧了我的苦痛，偏偏我的想象又被当年在这片台地上演出的一幕惨剧死死地缠住。我仿佛看到，那个无法无天的青面海盗(他后来死在萨凡纳，临死前还唱着歌，嚷着要酒喝)，在这一带亲手杀死了他的六个同党。现在显得如此安谧的这片树丛，当时想必激荡着一阵又一阵惨叫声。想到这里，我相信我又听到了那凄厉的回响。

我们已经走到丛林的边缘。

“伙计们，都跟我来吧！”墨利一声呐喊，走在头里的人拚命向前奔去。

忽然，没出十来码地，我们就看见他们停了下来。一阵惊叫渐渐由弱转强。西尔弗拄着拐杖加快步伐，像中了邪魔似的赶上前去。紧接着，我和他也停住脚步发了呆。

呈现在我们面前的是一个大土坑。它不像是新挖的，因为坑壁已经塌下去，坑底长出了青草。土坑里有一把断成两截的十字镐柄，还乱扔着一些货箱的木板。我看到其中一块木板上用烙铁烫着“海象号”的字样——这是弗林特的船名。

一望可知，窖藏已被别人发现并搜掠一空。七十万镑统统不翼而飞！

第三十三章
首领宝座的倾覆

世上从来没有如此狂热的奢望顷刻间一齐落了空。那六个人一下子都像遭到雷殛似的。但西尔弗几乎马上就从这次打击中清醒过来。刚才他一心一意像个参加赛马的骑师那样全速向着金钱冲刺，可是转瞬间发现此路不通。不过他头脑依旧冷静，立刻沉住了气，在别人还没来得及意识到一切都成为泡影之前，他已改变了他的计划。

“吉姆，”他悄悄地对我说，“把这个拿去，准备应付变乱。”

说着，他把一支双筒手枪塞到我手里。

在这同时，他若无其事地向北走了几步，让土坑把我们俩和他们五个隔开。然后他向我递了个眼色，点点头表示：“形势十分险恶”——这一点我完全同意。他的目光现在是非常友好的，我对他这种反复无常的手段感到由衷的厌恶，竟忍不住嘀咕了一句：

“这下你又反水啦。”

他根本来不及回答我这句话。那些海盗连骂带嚷一个接着一个跳下坑去，开始用手扒土，同时把木板向旁边乱扔。摩根找到一个金币，把它捡起来，一边用最恶毒的字眼骂不绝口。那是一个价值两畿尼的金币，它在海盗们手里传来传去有十几秒钟。

“两畿尼！”墨利咆哮着把金币向西尔弗扬了扬，“这就是你说的七十万镑吗？你不是做交易的老手吗？你是个败事有余的木脑袋蠢货！”

“挖吧，孩子们，”西尔弗厚颜无耻地嘲笑他们，“没准儿你们还能挖出两颗花生来。”

“花生？”墨利尖声叫道，“伙计们，你们听见没有？我告诉你们，这家伙肚子里早明白了。你们瞧他的脸，上面就跟写着字一样清清楚楚。”

“啊，墨利，”西尔弗刺了他一句，“又准备当船长啦？你的劲头实在不小，没说的。”

但这一回所有的人都站在墨利一边。他们开始爬出土坑，同时频频回头向我们投射愤怒的目光。我发现对我们有利的一个情况是：他们都从西尔弗对面那一边爬起来。

我们就这样对峙着，以两个人为一方，以五个人为另一方，中间横着土坑，任何一方都不敢先动手。西尔弗拄着拐杖站得笔直，一动不动地注视着他们，我从来没见到他这样镇定。他确实有胆量，这不可否认。

后来，墨利似乎想用一番话来打开僵局。

“伙计们，”他说，“他们只有两个人：一个是老瘸鬼，他把咱们大家骗到这儿来上这么大的当；另一个小杂种，我早就打算把他的心掏出来。现在，伙计们——”

他振臂高呼，显然准备带头发动攻击。但正在这个当口，只听得砰！砰！砰！——从矮树丛中闪出滑膛枪的三道火光。墨利头朝下栽进了土坑；头上缠绷带的那个海盗像陀螺似的打了个旋，也掉下去伸手挺足倒在坑里一命呜呼，不过手脚还在牵动。其余三个掉转头去拔腿就跑。

说时迟，彼时快，高个儿约翰的手枪对准还在挣扎的墨利双筒齐响。墨利在断气前翻起一双眼睛来瞪着他。

“乔治，”西尔弗说，“这下咱们算是清了账。”

在这同一瞬间，李甫西大夫、葛雷和本·甘恩从肉豆蔻丛中向我们这边跑来，他们的滑膛枪还在冒烟。

“追上去，”大夫喊道，“快，伙伴们！我们必须赶在他们前面把划子夺过来。”

于是我们飞快地奔向海边，有时不得不在齐胸高的灌木丛中开路前进。

我们就这样对峙着。

西尔弗拚命想跟上我们。他拄着拐杖一蹦一跳，简直能把胸前的肌肉撕裂；大夫认为，这样剧烈的运动即使一个没有残疾的人也受不了。尽管如此，当我们到达台地的坡顶时，他还是落在我们后面三十码左右，而且已经上气不接下气。

“大夫，”他喊道，“瞧那边！不用忙！”

我们的确已无须匆忙。在台地比较开阔的一部分，我们可以看到，三个逃命的海盗还在朝着他们拔腿就跑的方向直奔后桅山。我们已经处在他们和划子之间，于是我们四个人先坐下歇一口气，高个儿约翰抹着脸上的汗慢慢地走过来。

“衷心感谢你，大夫，”他说，“你来得正是时候，救了我和霍金斯。啊，本·甘恩，是你啊？”他又说，“你真是好样的。”

“是的，我是本·甘恩，”放荒滩的水手答道，他窘得像条鳗鱼似的全身扭个不停，“你好吗，西尔弗先生？”隔了许久他才问了这么一句。“想来一向很好。”

“本·甘恩，本·甘恩，”西尔弗喃喃地说，“没想到你跟我开了这样一个大玩笑。”

大夫派葛雷回去将反叛者逃跑时扔下的铁镐拿一把来。然后我们从容不迫地下山坡向停划子的地方走去，一路上大夫把最近发生的事情扼要说了一遍。这个故事引起西尔弗极大的兴趣，而那个放荒滩的半白痴本·甘恩则从头至尾扮演了其中的主要角色。

在岛上长期孤身流浪的本·甘恩发现了那具尸骨，并把它身边所有的东西搜掠一空。发现宝藏的也是他。他把金银财宝掘了起来（坑里留下的十字镐断柄就是他的），用自己的肩背扛着从大松树脚下搬到海岛东北角双峰山上他的一个洞穴里去，前后不知走了多少趟，终于在伊斯班袅拉号抵达前两个月把所有的窖藏都安全运到那里。

在海盗们发动强攻的当天下午，大夫就从本·甘恩口中套出了这些秘密。第二天早晨，大夫发现锚地里的大船不见了，便去找西尔弗，把现在已经无用的那张图给了他，把补给品也给他(因为本·甘恩的洞穴里贮存了大量他自己腌制的山羊肉)，总之把所有的一切都给他，以换取安全撤离寨子的机会向双峰山转移，远远地避开传播疟疾的沼地，这样也便于看管财宝。

“对于你，吉姆，”他说，“我一直放心不下。不过，我首先应当为坚守岗位的人着想。既然你没有坚守岗位，那还能怨谁？”

今天上午，他发现原来给反叛者准备着的一场可怕的空欢喜把我也卷了进去，于是他赶紧跑回洞穴，留下乡绅照料船长，自己带领葛雷和放荒滩的水手，按对角线方向斜穿全岛朝大松树那边直奔。但不久他看到我们一行已走在他们头里，于是飞毛腿本·甘恩被派到前面去设法牵制海盗。本·甘恩想出了一个点子：利用他过去的同船伙伴的迷信观念吓唬他们。他这一招取得极大的成功，终于使葛雷和大夫在猎宝的海盗抵达之前及时赶到目的地，预先埋伏下来。

“啊，”西尔弗说，“幸亏有霍金斯在我身边。否则，即使老约翰给他们剁成肉酱，你也不会眨一眨眼睛的，大夫。”

“当然不眨。”李甫西大夫爽朗地回答。

这时我们已走到停划子的地方。大夫用十字镐把其中的一只砸破，我们所有的人一起登上另一只，准备从海上绕到北汊去。

这段路程有八到九英里。西尔弗尽管已经累得半死，还是同我们大家一样划桨。不一会，我们已划出海峡，绕过岛的东南角(四天前我们曾拖着伊斯班袅拉号经过那里进入海峡)，在平静的海面上滑得飞快。

我们经过双峰山时，可以看到本·甘恩的洞穴张着黑咕隆咚的口子，有一个人倚着滑膛枪站在洞口旁边。那是屈利劳尼乡绅，我们挥动手帕向他致意，并且欢呼三声，内中西尔弗喊得特别卖力。

又划了三英里左右，刚进北汊的入口，我们就看到伊斯班袅拉号在自动漂流。涨潮把它冲离了浅滩。要是风大或者像南锚地那样有强大的潮流，我们也许从此就找不到它，或者发现它触了礁，再也不济事。

而现在，除了一面主帆外，其余并无重大损伤。我们取来另一只锚抛入一英寻半深的水中，然后坐划子折回最靠近本·甘恩的藏宝洞的朗姆酒湾。到了那里，再由葛雷一个人坐划子回到伊斯班袅拉号上去过夜看船。

从岸边到洞穴的入口是一段缓坦的斜坡。乡绅在坡顶上迎接我们。他对我亲切而又和蔼，只字不提我逃跑的事：既不骂，也不夸。当西尔弗恭恭敬敬向他行礼时，他却一下子气得满脸通红。

“约翰·西尔弗，”他说，“你是个大坏蛋、大骗子——一个骇人听闻的骗子手，先生。他们要我不对你提出控告。好吧，我就不提。不过，先生，死了那么多人你难逃良心的谴责。”

“衷心感谢你，先生。”高个儿约翰答道，同时又敬了一个礼。

“不许你谢我！”乡绅喝住他，“我已经大大违背了我应尽的责任。滚下去！”

我们都进了洞穴。这是一个宽敞而又通风良好的所在，有一小股清泉流入围着蕨草的池子。地上是沙子。斯摩列特船长躺在一大堆篝火前；远处一个角落仅仅被闪烁的火光隐约照到，我看见那里有几大堆金银铸币和架成四边形的金锭。这就是我们不远万里前来寻找的弗林特的宝藏，伊斯班袅拉号上已经有十七个人为此送了命。这些财宝在积聚过程中流过多少血和泪，多少艘大船沉入海底，多少勇敢的人被蒙住眼睛勒令走板子，多少发炮弹在空中呼啸而过，多少耻辱、欺诳和残忍的行为干了出来，恐怕没有一个活着的人讲得清楚。这个岛上还有三个人——西尔弗、老摩根和本·甘恩——曾参与这些罪行，而且他们每个人都曾幻想从中分得一份犒赏。

“进来，吉姆，”船长说，“从某种意义上讲，你是个好孩子，吉姆。但是我下次决不再带你出来航海。你太像一个天生的宠儿，那是我所不能容忍的。喔，约翰·西尔弗，是你啊？什么风把你吹到这里来啦？”

“我回来履行我的职责，先生。”西尔弗答道。

“啊！”船长再也没说什么。

这天晚上，我和朋友们一起吃的一餐晚饭可香哩！本·甘恩的腌羊肉，加上其他好菜，还有从伊斯班袅拉号上拿来的一瓶陈年葡萄酒，味道极好。我相信再也没有谁比我们更快活、更幸福的了。西尔弗坐在我们后面火光几乎照不到的地方，但他吃得很卖劲；如果有谁需要什么东西，他立刻跑去取来；我们放声大笑，他也加入进来——总之，他又成了航海途中那个殷勤、恭敬、巴结的船上厨子。

第三十四章
尾　声

第二天一大早，我们就开始干活；因为把那么许多黄金搬到岸边，在陆地上要走将近一英里，再坐划子划三英里水路运到伊斯班袅拉号上去，那么少的几个人，这些工作够我们忙的了。至今还在岛上的那三个家伙并不怎样使我们担忧，只要在山顶上派一名岗哨瞭望，就可以确保我们不致遭到他们的突然袭击。再说，据我们认为，厮杀的滋味他们领教得很够了。

因此工作的进展相当顺利。葛雷和本·甘恩划着划子来回于朗姆酒湾与伊斯班袅拉号之间，其余的人在等他们的时候把财宝堆在岸边。两条金锭一前一后用绳子挂在肩上，就够一个大人扛一趟，而且只能慢慢走。我因为力气太小，被留在洞穴里，整天忙着把铸币装进面包袋。

这里收集的铸币跟比尔·蓬斯箱子里的一样，五花八门什么都有，不过价值要大得多，种类也杂得多。我觉得把它们分类整理是一件莫大的乐事。其中有英国的金畿尼、双畿尼，法国的金路易，西班牙的杜布龙，葡萄牙的姆瓦多，威尼斯的塞肯；有最近一百年欧洲各国君主的头像；有古怪的东方货币，上面的图案又像一缕缕的细绳，又像一张张的蛛网；有圆的、有方的；有中间带孔的，好像可以串起来挂在脖子上；我估计差不多世界上每一种货币都被搜罗在其中了。至于数量，我相信大概跟秋天的落叶一样多，致使我的腰老是弯着，我的手不断理着，一天下来酸痛得要命。

这项工作一天又一天地进行着。每天都有一大笔财产装上大船，而每天晚上洞穴里都还有一大笔财产等待明天装载。在这段时间内，我们没有听到关于那三个在逃的反叛者的任何消息。

临了，大概是第三天晚上，大夫和我漫步登上俯临岛上低地的一座小山之顶。这时，风从黑糊糊的山下送来一阵介于尖叫和唱歌之间的噪声。传到我们耳边来的只是一个片断，接着又恢复了原来的沉寂。

"愿上帝饶恕他们，"大夫说，"那是反叛分子！"

"他们都喝醉了，先生，"西尔弗的声音从我们后面插了一句。

我可以说，西尔弗现在享有充分的自由，尽管每天遭到冷遇，他照样自命为一个得到另眼相看的朋友兼仆从。大家都鄙视他，他却安之若素，始终殷勤周到地努力讨好所有的人而毫不灰心，这种本领确实出类拔萃。然而，我估计没有谁对待他比对待一条狗客气些，只有本·甘恩除外，因为他对昔日的舵手至今怕得要命。此外还有我自己，我确实有理由感激他；尽管我也有理由比任何人更恨他，因为我曾目睹他在台地上策划新的阴谋打算把我出卖。由此可知，为什么大夫回答他的时候这样不客气。

"喝醉？恐怕是在说胡话。"大夫说。

"一点儿也不错，先生，"西尔弗连忙附和，"喝醉也罢，说胡话也罢，反正跟你我都不相干。"

"西尔弗先生，你大概未必要我承认你是一个有心肝的人，"大夫冷笑着说，"所以我的想法也许会使你感到惊奇。我要是能肯定他们在说胡话（我有把握说他们至少有一个人在发高烧），我一定离开这个营盘，不管我自己的躯体会遇到多大的危险，也要去为他们提供我的本行所能提供的帮助。"

"请恕我直言，先生，你这样做将会犯很大的错误，"西尔弗说，"你将会失去你的宝贵的生命，你可以相信我的话。如今我跟你是肩并肩站在一起的了，我不愿看到我方的力量被削弱，更不愿听任你遇到不测；要知道你对我真是恩比天高哇。可是山下那帮家伙说话是不算数的，即使他们想讲信义也没有用；何况他们根本不会相信你是讲信义的。"

"这倒是真的，"大夫说，"你是一个说话算数的人，这一点我们知道。"

关于那三个海盗，我们得到的最后信息便是这些。只有一次，我们听到老远一声枪响，估计他们是在打猎。我们经过商议决定，只得把他们弃置在这个岛上。这个决定得到本·甘恩的热烈赞同和葛雷的坚决拥护。我们留下相当多的弹药、一大堆腌羊肉、一部分药品以及其他生活必需品、工具、衣服、一张多余的帆、十来英尺绳子。根据大夫特别提出的要求，我们还送给他们数量可观的烟草。

我们在岛上再也没有什么事情了。我们把财宝装了船，上足了淡水，把剩余的山羊肉也带走备荒。在某一个早上，我们一切都准备停当了，终于起锚登程，把船驶出北汊。在寨子里的时候，船长曾把一面旗升上屋顶，并在它下面同敌人作战。现在，这面旗帜又在我们的上空迎风飘扬。

我们不久就发现，那三个家伙比我们所料想的更为密切地注意着我们的动向。船通过海峡时，我们一度非常靠近南面的岬角；我们看到他们三个人一起跪在那里的沙尖嘴上，举着双手作哀求状。把他们撇在这样可悲的境地，恐怕我们每个人都于心不忍。但是我们不能再冒发生另一次叛乱的风险。如果把他们带回国去送上绞架，也算不得仁慈。大夫向他们喊话，说我们给他们留下了补给品，并告诉他们该上哪儿去找。可是他们继续呼唤我们的名字，央求我们看在上帝分上大发慈悲，不要让他们死在这个地方。

最后，他们见船还是不停下来，而且愈走愈远，快要听不见喊声了，其中一个——我不知道究竟是哪一个——便狂叫一声跳起身来，举起滑膛枪就放。一颗子弹嗖的一声从西尔弗头顶上飞过，把主帆打了个窟窿。

在这以后，我们不得不躲在舷墙后面。下一次我探头出去张望时，沙尖嘴上已不见他们的人影，连沙尖嘴本身也远得愈来愈看不清楚。那三个人的结局我知道的仅止于此。将近中午时分，藏宝岛最高的岩峰也沉到蔚蓝色的地平线下去了，这使我高兴得简直无法形容。

我们的人手实在太少，船上每一个人都得出一把力，只有船长躺在船尾一张褥垫上发号施令。他的伤势虽然大有好转，但还需要静养。我们把船头对着西属美洲[①]最近的一个港口，因为我们如不补充水手，返航恐怕太冒险。由于风向不停地转换，再加遇上两次惊涛骇浪，我们到达那个港口时都已累得筋疲力尽。

我们在一个被陆地环抱、景色非常美丽的海港里下锚时，太阳已经落山。许许多多的小船立刻把我们包围，船上的黑人、墨西哥印第安人和混血儿纷纷向我们兜销水果、蔬菜，而且愿意表演潜水去捡你扔下的钱币。那么多和颜悦色的面孔(尤其是黑人)、热带水果的风味，特别是华灯初上的市容，简直太可爱了，同我们在岛上时那种杀机四伏、血雨腥风的气氛形成鲜明的对比。大夫和乡绅带我上岸去准备玩一个晚上。在城里，他们遇见了一艘英国军舰的舰长，同他攀谈起来，并到他们的舰上去。总之，我们的时间过得十分愉快。当我们回到伊斯班袅拉号上时，天都快亮了。

甲板上只有本·甘恩一个人。我们刚从小舟登上大船，他就做出种种奇形怪状的身段和手势向我们忏悔。西尔弗跑了。是这个放荒滩的水手在几个钟头以前放他坐驳船逃走的。本·甘恩要我们相信，他这样做纯粹是为了保全我们的生命，要是“那个只有一条腿的人留在船上”，我们总有一天会死在他手里。但事情并不到此为止。那个船厨还不是空手走的。他乘人不备凿穿舱壁，偷走了一袋价值三四百畿尼的金币，这对于他今后的漂泊生涯不无小补。

我认为，我们大家都为这么便宜地摆脱了他感到高兴。

长话短说，我们补充了几名水手，一路平安回到英国。当伊斯班袅拉号抵达布里斯托尔时，勃兰德里先生正开始考虑组织一支后援队前来接应。随伊斯班袅拉号出航的全体人员只有五个人归来。“其余的都做

① 西班牙在中南美洲曾拥有许多属地。

了酒和魔鬼的牺牲品”——这话已完全应验。当然，我们的遭遇还没有像歌中唱到的另外一条船那样悲惨。关于那条船有两句是这样唱的：

七十五人随船出海，
只剩一个活着回来。

我们每个人都分得很丰富的一份财宝。至于这笔钱怎么个花法，花得聪明还是愚蠢，那要看各人的性格而定。斯摩列特船长现已退休，不再航海了。葛雷不仅没有乱花他的钱，还在一种出人头地的愿望的强烈推动下，用功钻研航海技术。现在他是一艘装备优良的大商船的合股船主兼大副。他还结了婚，已经做了父亲。至于本·甘恩分得一千镑后，在三个星期内就把这笔钱花光或丢掉了。说得更确切一些，还不到三星期，只有十九天，因为到第二十天上，他回来时已变成一个乞丐。于是他在岛上时最担心的局面出现了：乡绅给了他一份看门的差事。他至今还健在，乡下顽童非常喜欢他，虽然常常拿他开心。每逢星期日和教会的节日，教堂里唱歌总少不了他。

关于西尔弗，我们没有听到任何消息。我们总算彻底摆脱了这个可怕的独脚海上漂。不过，我相信他一定找到了他的黑老婆，跟她在一起（还带着“弗林特船长”）也许日子过得挺舒服。我看，就让他舒服几年吧，因为他到另一个世界想过好日子，希望是极其渺茫的。

据我所知，银锭和武器至今仍在原来弗林特埋藏的地方。我当然宁愿让那些东西永远留在那里。哪怕用公牛来拖，用车绳来拉，都不能再把我带回到那个该死的岛上去。我在最可怕的恶梦中老是听到怒涛冲击海岸的轰鸣。有时我会从床上猛然跳起来，而“弗林特船长”尖锐的叫声——“八个里亚尔！八个里亚尔！”——还在我耳朵里激起回响。

化身博士

[英] 斯蒂文森　著

门的故事

律师厄特森先生的脸老是绷得紧紧的，从来不露笑意。他神情淡漠，言寡语滞，感觉迟钝；身材瘦长，样子干巴巴的，看着就叫人泄气，然而自有其可爱之处。同老朋友聚首，加上酒味投他所好时，从他的眼睛里会闪现出一种浓郁的人情味。这种人情味虽然从不在言谈中宣泄，但是，不仅在饭后无语的脸部表情中有所流露，而且更多、更充分的是在他的做人之道中表现出来。他自奉甚薄：独酌时只喝杜松子酒，不敢放纵对葡萄佳酿的爱好；尽管他喜欢看戏，二十年来却未曾踏进任何一家剧场的大门。他颇有容人的雅量，有时看到一些人干坏事乐此不疲的那股劲头，他感到惊讶，几乎有些妒忌；不过对无论怎样十恶不赦的人，他总是倾向于挽救而不主张谴责。尽管如此，他还往往用一种古怪的口吻批评自己："我中了该隐的谬论[①]的毒，我是在听任我的兄弟自行毁灭。"本着这种性格，他常常有幸成为堕落者接触到的最后一个可敬的相识和最后一点良好的影响。对待这些人，如果他们找上门来的话，他的态度决计不会显示出丝毫变化。

厄特森先生无疑并非花了很大的力气才练就这般功夫。因为他的感情一向绝不外露，甚至他的友情似乎也建筑在类似的宽厚性格的基础之上。一位谦谦君子照例从机缘手中接受现成安排好的一群朋友，这位律师便是如此。他的朋友多半是他的亲族，或者是他认识了很久的。他的感情犹如常春藤，是时间的产物，而并不意味着对某人的偏爱。可以肯定，他与他的远亲、伦敦城里出了名的游冶郎理查德·恩菲尔德先生之间的关系即由此形成。许多人百思不得其解：这两个人能欣赏对方哪一点呢？他们能在哪方面找到共同之处呢？据碰到过他们在一起作星期日散步的人报道，他们一句话也不讲，看样子闷得慌，因而一见熟人便招呼，大有如释重负之感。尽管如此，这两位却极其看重他们的例行散步，视之为每周的主要节目，不但可以把别的赏心乐事搁在一边，甚至不惜取消业务访问，以便照常共享个中的乐趣。

在某一次这样的漫步时，他们走到伦敦闹市的一条侧街上。这条街比较狭小，还算是比较冷落的，但平日里商业也相当活跃。那里的店铺似乎家家都经营得法，而且还好胜地希望更加兴旺发达。老板们竞相拿出他们的盈余来装潢门面，所以整整一条街的店面都摆出一副殷勤招徕顾客的样子，活像两排笑脸迎人的售货小姐。即使在星期日，这条街把它琳琅满目的迷人手腕暂时藏起来，路上显得较为空旷时，对比昏暗凄凉的邻近一带，它仍然像森林中的篝火那样光明。窗板油漆一新，铜牌子擦得铿亮，一切都干干净净、喜气洋洋，立刻就会把路人吸引住，使他感到赏心悦目。

从一个拐角靠左边往东走两家门面，到一个院落的入口便是街的尽头。就在那个地方，有一座凶宅模样的建筑，它的山墙临街突出。房屋共两层楼，没有窗子；楼下只有一扇门，楼上正面只见一堵密不透风的褪色外墙，此外什么也看不见；这座建筑处处呈现着一派年久失修的颓败景象。门上既无铃，又无环，浮泡和斑点倒不少。时而有流浪者没精打采地拐进门洞在门板上划火柴，小孩子在台阶上做开店的游戏，学童们在墙角线脚上试他们的刀锋。可是将近三十年，没有一个人出来赶走这些不速之客，或者修葺损坏的地方。

恩菲尔德先生和律师走在侧街的另一边。当他们来到那门口对面时，恩菲尔德先生举起手杖指了一下。

“你注意过这扇门没有？”他问。在他的同伴作了肯定的回答后，他又说：“这门在我头脑里同一桩非常奇怪的事情联系在一起。”

“哦？”厄特森先生的语调起了一点小小的变化，“那是怎么一回事？”

“是这么回事，”恩菲尔德先生答道，“在冬天里一个漆黑的清晨，

---

①《圣经·旧约·创世记》第4章第9节，该隐杀了他的兄弟亚伯，耶和华问该隐：“你兄弟亚伯在哪里？”该隐说：“我不知道，我岂是看守我兄弟的？”

大约三点钟左右，我从很远很远的地方回家去，要经过市内这样一个地段，那里要是没有灯的话，确实可说伸手不见五指。我过了一条街又一条街，所有的人都在睡梦中。一条街又一条街，到处灯火通明，像是将有队列通过；可是又空荡荡阒无一人，像在教堂里一般。最后，我的心情进入这样一种状态：我听着，听着，开始盼望能见到一名警察。突然间，我看见两个人的身影：一个身材矮小的男人直撅撅地迈着大步向东走；另一个是十来岁的小女孩，正从横街上拚命跑过来。于是，这两个人就在拐角上相撞，这本来是很自然的，先生。可这时发生了此事中极可怕的一段情节：那男人竟若无其事地从那小女孩身上踩了过去，听任她在地上尖声喊叫。这件事听起来没什么了不起，可是亲眼目睹却可怕极了。那家伙简直不像个人，而是个横冲直撞的凶神恶煞。我立即大喝一声，追上去揪住那人的衣领，把他扭回到哭叫的小女孩身边已围上一群人的地方。那家伙无动于衷，也不挣扎，可是他向我看了十分狞恶的一眼，看得我像跑步时那样浑身冒汗。闻声赶来的原来是小女孩家里的人。那小女孩是被差去请医生的；不一会，那医生来了。据他说，孩子没有遭到太大的伤害，主要是受了惊吓；事情似乎已可了结。然而有一个情况十分费解。我一看到那个撞人的家伙就感到厌恶。小女孩的家属也有同感，这自然不在话下。可是那位医生的态度却大出我的意料之外。他无非是个极普通的药剂师，年龄、外貌都没有什么特别，说话带很重的爱丁堡[1]口音，情绪之易于激动也不下于风笛[2]。总之，先生，他同其余在场的人一样：他向被我抓回来的那个人每瞪一眼，我就看到那医生的脸因厌恶而变得煞白，恨不得宰了那个家伙。我知道他的心思，他也知道我的心思。既然不可能杀死他解恨，便退而求其次。我们告诉那人，我们可以、而且定要把这件事传播开去，在全伦敦把他的名声搞臭。如果他本来有朋友或信誉，我们包管他从此将失去这一切。我们在这样狠狠地训

① 爱丁堡，苏格兰首府。
② 风笛是苏格兰民间流行的乐器。

斥此人的同时，却始终注意尽可能不让妇女们靠近他，因为她们都气得像疯狂的女妖。我从未见过如此怒容满面的一群围观者，而中间那个人的神态又如此阴郁、轻蔑、冷漠。他也感到惊慌，我看得出来；但是，先生，他照样不动声色，真像毫无心肝的撒旦。‘如果你们一定要小题大做的话，我当然没有办法。每一个讲体面的人都希望避免出丑，’他说，‘你们开个价吧。’于是我们勒逼他向小女孩的家属支付高达一百镑的赔偿费。他本来显然想硬顶，但我们这边似乎存心跟他过不去，最后他只得屈服。接下来一件事就是拿到这笔钱。你猜他把我们带到哪里去？原来就带到那扇门跟前！他突然掏出一把钥匙，开了门进去，旋即出来，取来大约十镑金币，不足之数则开了一张库茨银行的支票，凭票即可兑现。支票上所签的名字我不能说出来，虽然这是我所讲的故事的一个关键，但这个名字至少是为人所熟知的，经常见诸书刊报端。支票的金额固然可观，但上面的签字只要不是假的，价值远不止此数。我不客气地向那人指出，此事似乎不大可信；现实生活中不会有人在清晨四点钟走进一扇地窖门，又带着一张由别人签字的将近一百镑的支票出来。但他神态自若地冷笑着说：‘请放心，我可以奉陪到银行开门，由我自己去把支票兑现。’于是我们——医生，小女孩的父亲，肇事的这位仁兄和我自己——一起到我的住所度过这一宿残余的一点时间。第二天，吃了早饭，我们四个人一起到银行里去。我亲自把支票递了进去，并说我有充分理由怀疑它是伪造的。不料结果完全相反。那张支票是真的。”

“咄咄！”厄特森先生感到惊讶。

“我看得出你也和我有同感，”恩菲尔德先生说，“的确，这是一个不大可信的故事。我揪住的那个家伙任何人见了都要退避三舍，那是个十足的混蛋。而签支票的那个人却堪称礼仪周到的典范，而且大名鼎鼎，尤其糟糕的是他也属于你们这些所谓造福大众之辈。我看其中大概有讹诈的关系；可能是一个正派人在为自己年轻时行为有失检点付出高昂的代价。因此，我把那扇门里边的房子叫做讹诈楼。不过，你也知道，这远远不能把一切都解释清楚。”他添上这一句以后，语调逐渐转为沉吟。

“那末，你知道签支票的人是不是住在那里？”厄特森先生突如其来的一句问话把他从冥想中叫了回来。

“这倒像是他住的地方，可不是吗？”恩菲尔德先生答道，“不过我恰巧注意过他的住址；那是在一个什么广场。”

“你有没有打听过那扇门里边是个什么地方？”厄特森先生说。

“没有，先生，我不好意思打听，”恩菲尔德先生回答，“我最讨厌问长问短，这太像末日审判了。提出一个疑问，就好比推动一块石头。你安安稳稳地坐在山顶上，而那块石头却滚了下去，并且带动了其他石头。一转眼，你最意想不到的某一位好好先生也许会在他自己的后花园里脑袋被砸，于是一户人家就算完了。不，先生，我给自己立下一条准则：人家愈是处境尴尬，我就愈不多问。”

“这倒是一条很好的准则。”律师说。

“不过我倒对那个地方暗暗作过一番研究，”恩菲尔德先生说，“那不像是一幢住宅。那里没有别的门，而且，在很长一段时间内，除了我意外地遭遇的那位先生，没有任何人进去或出来过。二楼有三个俯临院子的窗户，楼下一个也没有。窗户老是关着，但是干干净净。那里还有一支通常冒烟的烟囱，因此里边必有人住。不过也很难说，因为那几座房屋在院子周围挤得那么紧，简直说不上哪里是一座房屋的尽头，哪里是另一座的起始。”

这对朋友默默地又散了一会步，然后厄特森先生说：

“恩菲尔德，你立下的那条准则很好。”

“是的，我也这么想。”恩菲尔德答道。

“虽然如此，”律师继续说，“有一点我还是要问一下：我想知道那个踩在小女孩身上走过去的人姓什么。”

“噢，”恩菲尔德先生说，“我认为这坏不了什么事。那个人姓海德。”

“嗯，”厄特森先生说，“他是怎么个模样？”

“这个人描述起来倒不容易。他的相貌有点儿不正常，叫人见了很不愉快，简直令人憎恨。我从来没见过一个人这样使我讨厌，然而我不知道究竟是什么缘故。他一定有什么地方长相反常；他使人强烈地感觉到他是畸形的，尽管我不能具体指出哪一点。他是个形状异乎寻常的人，可是我实在举不出哪里不对头。不，先生，我说不上来。我无法描述这个人。这不是记性不好；我敢说此刻他就像站在我面前一样。”

厄特森先生又默默地走了一段路，他显然陷入了深思。最后他问道：

“能肯定他用钥匙开了门吗？”

“我的好先生……”愕然失措的恩菲尔德刚要开口。

“是的，我知道，”厄特森说，“我知道，这样问，你一定会觉得奇怪。事实上，我之所以不问你另一方的姓名，因为我已经知道了。是这样的，理查德，你讲的这个故事事关重大。如果你有哪几点讲得含糊，不够确切，最好请你及时纠正。”

“我看，你完全可以向我提出警告，”恩菲尔德略略有点动气地回答，“不过，我刚才讲的情况十分确切，半点也不含糊，你不是讲究毫不含糊的吗？那人确实有一把钥匙，而且至今还在他身边。我看见他用这把钥匙，离今天还不到一个星期。”

厄特森先生发出一声深沉的叹息，但什么也没有说。年轻的恩菲尔德立刻接下去说：

“这是又一次教训，凡事以不开口为妙。我为自己的饶舌感到惭愧。让我们约定：今后决不再提这件事。”

“我由衷地表示赞成，”律师说，“理查德，那我们就一言为定。”

寻找海德先生

当天晚上，厄特森先生闷闷不乐地返回他的单身汉寓所，坐下来吃饭时也没有食欲。按照他星期日的惯例，吃过晚饭总要去坐在炉边，斜面书桌上放一本枯燥无味的神学著作，直到附近的教堂钟敲十二点，才怀着肃穆和感恩的心情上床睡觉。然而，这天夜里，刚吃过晚饭，他就拿起蜡烛走进他的办公室，打开保险柜，从柜中最隐蔽的角落里取出一份封套上注明“杰基尔博士遗嘱”字样的文件，皱眉蹙额地坐下来研究它的内容。此遗嘱系本人亲笔所写。遗嘱现在虽由厄特森先生保管，但在立遗嘱的过程中他却拒绝插手提供任何帮助。该遗嘱不仅规定，医学博士、民法博士、法学博士、皇家学会会员……亨利·杰基尔如一旦死亡，他的全部财产将移交给他的“朋友和恩人爱德华·海德”，还规定，在杰基尔博士“失踪或未经说明而外出超过三个月”的情况下，爱德华·海德可立即全面取而代之，而且，除向博士家人支付若干数额不大的款项外，别无任何负担或义务。这个文件长期以来一直是律师所不屑一顾的。无论作为一个律师，还是作为一个拥护生活中健全而合乎惯例的那些方面、视异想天开为轻举妄动的人，他都对这份遗嘱抱有反感。在这以前，使他大为气愤的原因是：他不知道海德先生是何许样人。现在，事情突然倒了个个儿：他知道海德先生是何许样人，这一事实成了加剧他的气愤的原因。本来，这个名字对于他仅仅是一个名字，此外关于此人的情况他一无所知，这已经够糟糕的了。而一旦这个名字开始被赋予一些可恶的特征，从迄今蒙住他眼睛的虚无缥缈的迷雾中蓦地里跳出一个恶魔的清晰形象来，那就更加糟糕。

“我本来以为这是神经错乱，”他把这份令人反感的文件放回到保险柜里去时自言自语道，“现在我开始担心这是一桩见不得人的丑事。”

说完，他吹灭蜡烛，穿上大衣，动身前往卡文迪希广场。在那个医学界名流荟萃的地方，有他的朋友、大名鼎鼎的兰年博士的一所房屋，到他这里来就诊的病家简直摩肩接踵。厄特森心想："如果有人知道底细的话，此人必是兰年无疑。"

庄重的管家认识厄特森，把他迎了进去；半分钟也没有耽搁，律师就从门口被领进餐厅。兰年博士正坐在那里独酌。这是一位热诚、健康、整洁、红脸的绅士，一堆早白的头发乱蓬蓬的；他容易激动而又当机立断。看到厄特森先生，他立刻从椅子上跳起来，伸出双手表示欢迎。他待人亲切友好，这种态度看起来有点像做戏，然而却是以真挚的感情为基础的。因为他们俩是老朋友，中小学是同学，后来又上同一所大学，两人都极为自重而又互相尊重，尤其难得的是彼此都十分乐于同对方相处。

闲扯几句以后，律师就把话题转到让他焦虑不安的这件事情上来。

"兰年，依我看，"他说，"你我应该算是亨利·杰基尔的最老的朋友了吧？"

"我倒希望朋友最好不'老'，"兰年博士抿嘴笑道，"不过我认为，我们的确算得上是老朋友。其实，是老朋友又怎样呢？我现在很少看到他。"

"真的吗？"厄特森说，"我还以为你们有共同的兴趣，接触多一些。"

"我们是有过共同的兴趣，"兰年说，"但是早在十多年前，亨利·杰基尔已经变得怪诞不堪，使我受不了。他的头脑愈来愈不正常；当然，看在所谓老交情的份上，我还是继续关心他，不过我跟此公见面的机会过去和现在都少得可怜。听了那些反科学的胡说八道，"脸色骤然发紫的博士又找补了一句，"即使是生死之交也会同他疏远的。"

这番略带几分怒气的话倒使厄特森先生感到宽慰。"他们只是在学术观点上有所分歧。"他心想。由于对科学不感兴趣（除非涉及财产让与之类的问题)，甚至认为：“这可没有什么大不了！”他让他的朋友定一定神，然后提出他特地来了解的那个问题。

“他成了别人的靠山，处处保护一个姓海德的人，你见过那人没有？”厄特森问。

“海德？”兰年道，“没有。我没听说过。这还是第一回。”

这就是律师了解到的全部情况。回到家里睡下以后，黑暗中一个人在大床上辗转反侧，从半夜一直折腾到黎明。这是一个不好过的长夜，他的思绪在一片漆黑中起伏翻腾，被一连串疑问团团围住。

离厄特森先生的寓所很近有座教堂，那里的钟已敲了六下，而他还在这个问题上冥思苦想。在此之前，这件事只触及他属于理性的一面，但现在他的想象也卷了进去，或者更确切些说是已经不由自主。对此浓得化不开的黑夜，他躺在放下了窗帘的卧房里不能成眠，恩菲尔德先生讲的故事就像一卷被照亮的连环画在他脑海中浮掠过去。他看到了深夜街头的大片灯光，看到了一个走得很快的男人的身影，看到了从医生那里急忙跑回家去的一个小女孩，他们碰上了，那个化成人形的凶神恶煞从小女孩身上踩过，不顾她尖声叫喊，扬长而去。或者，厄特森先生仿佛看到他的朋友睡在豪华的住宅的一间房里，正在梦中微笑，忽然房门开了，帐子给拉向两边，睡着的人被叫醒，哼！站在他床边的那个人竟有偌大的权力，即使在这深更半夜他也必须起来，遵照那人的命令去办。通过这两个侧面表现出来的形象，把律师折磨了整整一夜。即使偶尔昏昏沉沉地入睡片刻，他也总是看到那人更加鬼鬼祟祟地潜入沉睡中的人家，或者脚步更快地——而且愈来愈快，简直令人头晕目眩——穿过灯火通明的城市迷宫，在每一个街角上都要踹倒一个小女孩，把她踩得尖声哭喊，自己一走了之。可是这个形象却没有面孔，认不出他是谁；甚至在律师的梦中也没有面孔，哪怕只是在他眼前一晃即逝、来不及看清楚的面孔也没有。正因为这个缘故，一种异常强烈的、几乎是失了分寸的好奇心油然而生，并在律师的思想上迅速增长，使他一心想见一见海德先生的本来面目。只要能见上一面，他相信疑云就会冲淡，甚至可能完全消散，正像好多怪事一样，只要我们仔细一看便见分晓。他的朋友这种奇怪的偏爱或受束缚状态(反正你爱名之曰什么都可以)，甚至遗嘱上那些令人吃惊的条文，其原因究竟何在，他也能明白了。至少，那张面孔是值得一看的，因为那是一个没有心肝的人的面孔，这个人刚一露面，便在神经并不过敏的恩菲尔德心中激起了持久的憎恶之感。

从此以后，厄特森先生经常来到有好些商店的那条侧街，在那个门洞附近徘徊。在办公时间尚未开始的清晨，在业务繁忙、时间宝贵的白天，在月色溟濛的雾都之夜，总之，无论照在街上的是日光还是灯光，无论是清静还是热闹的时刻，都可以发现律师在他自己选定的岗位上。

“既然他叫海德先生，”他心想，“那么我就扮演西克[①]先生。”

他的耐心终于得到了回报。在一个干燥晴冷的夜晚，气温在冰点以下，街道像舞厅的地板一样干净；没有一点风使路灯摇晃，光影组成的图案明暗稳定。十点钟左右，店铺已经关门，侧街上冷落得很，尽管有伦敦低沉的市嚣来自四面八方，这里还是很静。一点点声息都传得很远，在马路两边可以清楚地听到从人家屋里发出来的各种音响，行人还没有走近早就先闻其声。厄特森先生来到他的岗位上几分钟以后，发觉有轻微而异样的脚步声正在趋近。一个单身行人尽管离此还有一大段路，他的足音也会突然冒出来，与嘈杂纷乱的市声区别得清清楚楚。那种奇怪的效果，律师通过多次夜访早就习惯了。然而以前他的注意力从来没有这样断然而急剧地被吸引住。他怀着一种强烈的近乎迷信的预感——预感到成功在望——闪进了院子的入口。

脚步声迅速趋近，到了街的尽头一拐弯便突然变响。律师从门洞里

① “海德”（Hyde）在英语中与“藏匿”（hide）同音；“西克”（Seek）意为“搜索”。

往外看，不久就看到他的对手是怎么个模样。此人身材矮小，衣着很平常，但他的相貌，尽管隔着这样一段距离，不知怎的竟使守望者产生强烈的反感。那人为了节省时间，穿过马路径向门口走来。到了那边，他从口袋里掏出一把钥匙，就像一个人到了自己家门口似的。

厄特森先生走出来，在他肩上碰了一下。

“是海德先生吧？”

海德先生急忙退后一步，同时嘶嘶地倒抽了一口气。但他的惊恐只有一瞬的工夫；虽则他并不正眼看律师，答话的语气却是够沉着的：

“那是我的姓。你有什么事？”

“我看见你正要进去，”律师说，“我是杰基尔博士的一个老朋友，我叫厄特森，住在冈特街，你想必听到过我的名字。凑巧在此地碰见你，我想你会让我进去的。”

“你见不到杰基尔博士，他不在家。”海德先生答道，一边把钥匙插入锁孔。这时他突然问道：“你怎么认识我的？”不过眼睛还是没有抬起来。

“能不能请你帮我一个忙？”厄特森先生说。

“乐于效劳，”对方回答说，“什么事情？”

“能不能让我看一看尊容？”律师问。

海德先生看来有些犹豫；接着，仿佛经过一番迅速的思考后，带着挑战的神气昂首面向对方。于是，两个人非常专注地互相谛视了几秒钟。“今后我再看到你就认识了。”厄特森先生说，“可能会有用处的。”

“是的，”海德先生说，“我们相遇也可能有用处；哦，对了，这是我的住处。”他把索霍区某街某号的一个地址交给律师。

“我的天哪！”厄特森先生心想，“他会不会也在考虑那遗嘱的事？”但律师没有把自己的念头说出口，只是含含糊糊地道了一声谢。

“那么，”对方说，“你是怎么认出我的？”

“根据别人的描述。”律师答道。

“根据谁的描述？”

“我们有共同的朋友。”厄特森先生说。

“共同的朋友！”海德先生跟着重复了一遍，嗓音略略有点儿嘶哑，“那是些什么人？”

“比方说，杰基尔。”律师回答。

“他从来没有对你说过，”海德先生怒冲冲地嚷道，“我没想到你竟会撒谎。”

“哎，这样的话未免不太妥当。”厄特森先生说。

对方的大声嗥叫变成了狞恶的狂笑；接着他快得出奇地开了门，一下子消失在房子里。

律师被海德先生撂下后还站了一会儿，显得十分难堪。然后他慢慢地从街上走出去，每隔几步就停下来摸摸脑门子，像一个精神上茫然失措的人。像他这样边走边想的问题往往得不到解答。海德先生的面色苍白，身材矮小，给人一种畸形儿的印象；可是又说不出有哪些不正常的地方。他的笑容使人很不舒服，刚才他对律师的态度可谓乖戾至极，其实是色厉内荏。他说起话来嗓门干哑，带有沙音，像是喊破了的；这一切都不利于他，但是这一切合在一起并不能解释为什么厄特森先生会对他产生那种前所未有的厌恶、憎恨和畏惧。“一定还有别的原因，”这位困惑的绅士自言自语，“确实还有，可惜我无以名之。我的老天爷，这家伙简直不像个人！是不是有点像类人猿？也许只能归结为关于费尔博士的那个古老的故事？①或者仅仅是邪恶的灵魂之光透过它的躯

① 约翰·费尔（1625—1686），英国神学家，牛津大学基督堂神学院院长。据说他曾以开除相威胁责令一个学生翻译古罗马诗人马提雅尔的一首讽刺短诗。那个学生做了一首诗作答：

我不喜欢你，费尔博士，
理由我说不出；
不过我知道，知道得很清楚，
我不喜欢你，费尔博士。

壳放射出来，并且使之变了形？我看是后者；因为，哦，我那可怜的老哈利[①]·杰基尔啊，如果我曾看到在某一张脸上有撒旦的签名的话，那就是在你的新朋友的脸上！”

出了侧街，绕过拐角，是由几幢古色古香的房屋组成的一个街区，这些房屋大都已从当年很高的身价上跌落下来，如今分套或分间出租给各色人等——地图镌版师、建筑师、靠不住的律师、滑头生意的代理人。不过，拐角过去第二幢房屋还全部由主人占用着。这幢房屋此时虽然除了楣窗整个都沉浸在黑暗中，但还是看得出它的气派豪华而安适。厄特森先生走到门前停步，开始叩门。一个衣着齐整、上了年纪的仆人出来开门。

“普尔，杰基尔先生在家吗？”律师问。

“我看看去，厄特森先生。”普尔说着把客人让进一间宽敞、舒适的厅堂。厅堂的顶不高，石板铺地，一炉明火按乡间住宅的风尚把屋子里烤得暖烘烘，照得亮堂堂；陈设的橱柜都是栎木做的，相当贵重。“你在这儿等一会，烤烤火，好吗，先生？还是我给你点个亮儿到餐厅里去？”

“就在这儿吧，谢谢你。”律师说罢，走到高高的炉档跟前靠在上面。现在只剩他一个人待着的这个厅堂是他那位博士朋友的得意之作；厄特森也常说，这是伦敦最惬意的一间屋子。但今晚一股冷气几乎渗透到他的血液里，海德的面容顽固地滞留在他的脑际。他觉得恶心，简直失去了生趣，这在他是少有的。处在这样阴郁的情绪下，他把炉火映在擦亮的橱柜上的闪光和影子在天花板上不安的跳动都看作是一种威胁。当普尔旋即回来说杰基尔博士不在家时，厄特森松了一口气，并因之感到惭愧。

“我看见海德先生从老解剖室的门里进了屋，普尔，”他说，“既

---

①哈利是亨利的昵称。

然杰基尔博士不在家，这样妥当吗？”

“没问题，厄特森先生，”这位管家回答说，“海德先生有钥匙。”

“普尔，你们的主人看来非常信任那位年轻人。”律师若有所思地又说。

“是的，先生，确实非常信任，”普尔说，“他要我们听从海德先生的一切吩咐。”

“我好像从来没有在这里见过海德先生？”厄特森先生问。

“啊，当然没有，先生。他从来不在这里吃饭，”管家答道，“我们也绝少在这边屋里见到他；他一般总是通过实验室进出的。”

“好吧。普尔，晚安。”

“晚安，厄特森先生。”

于是律师怀着十分沉重的心情回家去。“可怜的哈利·杰基尔，”他想，我总担心他陷入了困境！他年轻时相当放荡，尽管那是很久以前的事了；但是，上帝的法律并无诉讼时效的限制。唉，一定是那样，一定是某一桩往昔的罪过阴魂不散，某一件掩盖着的隐私结成毒瘤；在过失已被记忆力忘却、被自尊心宽恕之后多年，惩罚来临了。”想到这里，律师不由得吓了一跳。他对自己的过去作了一番回顾，把记忆的每一个角落都搜遍了，生怕某一段旧日的不义行为没准儿会像装着弹簧的玩偶从匣子里跳出来。他的过去是相当清白的，很少有人能更加泰然地读自己一生的记录。然而，连他也因为自己做过许多不好的事而羞愧难当；想到有许多事自己险些要做，但总算没有做，他诚惶诚恐地感谢皇天后土。接着，他的念头回到本题上来，心中闪起了一颗希望的火花。“这位海德先生，如果查究一下的话，”他思忖着，“必定有他自己的秘密——看他的相貌可想而知是极其见不得人的秘密，相形之下，可怜的杰基尔最坏的行为也会显得光明磊落。这件事不能任其继续下去。想到这个家伙像贼一样向哈利的床畔潜行，我的血都凉了。可怜的哈利，你醒来会看到怎样一幅景象啊！那该有多危险哪！万一这个海德察觉到有这样一份遗嘱的话！他可能会迫不及待地要继承遗产。啊，我必须尽我的力，只要杰基尔不阻拦，”他默默地又说了一遍，“但愿杰基尔不阻拦我。”这时，遗嘱上奇怪的条文就像幻灯片一样清晰地再一次呈现在他的眼前。

杰基尔博士十分自在

两星期后，博士举行了一次照例很愉快的便宴招待五六位老朋友——都是受人尊敬的饱学之士。而且都是品鉴好酒的行家，这是一个极好的机会，厄特森先生设法使自己在其余的客人离去以后留下来。这无须别出心裁，而是有过许多次的寻常事。只要是欢迎厄特森去的地方，都非常喜欢他。在谈笑风生的客人们纷纷告辞的时候，主人总爱挽留这位干巴巴和不起眼的律师，让他做个不碍事的伴儿，同他在一起坐上一会，以便在过度的欢乐和热闹之后渐渐习惯于寂寞，使自己的头脑在此人难能可贵的沉默中清醒一下。在这一点上，杰基尔博士也不例外。这位五十岁左右的学者身材高大、匀称，脸光光的，也许略带几分诡谲的气质，但是具备能干和善良的一切特征。现在，他坐在壁炉对面，从他的眼神你可以看出，他对厄特森先生抱有真诚而热烈的好感。

“我一直想跟你谈件事，杰基尔，”律师开言道，“你知道你立的是一份什么样的遗嘱吗？”

一位精细的观察者也许能看出这个题目是不受欢迎的；然而博士表面上还是轻松愉快地处之泰然。“我的可怜的厄特森，”他说，“你接受这样一个当事人的委托真是不幸。我从来没有见过任何人像你这样为我的遗嘱苦恼，只有那个墨守成规的迂夫子兰年对于他所谓的我的科学邪说也曾这样苦恼。哦，你不必皱眉头，我知道他是个好人，一个大大的好人，我一直有意多跟他见见面；但他毕竟是个墨守成规的迂夫子，一个不学无术、哗众取宠的迂夫子。从来没有任何人像兰年这样使我失望。”

“你知道我对它始终不赞成。”厄特森先生坚持谈这件事，对主人转换话题的企图无情地不予理睬。

“你是指我的遗嘱？是的，我当然知道，”博士说，口气略略有点尖刻，“你曾经对我说过。”

“好，我要再一次对你这样说，”律师继续说，“我了解到有关年轻的海德的一些情况。”

杰基尔博士漂亮的宽脸膛开始变白，一直白到嘴唇，而眼圈则泛出黑色。“我不想再听了，”他说，“我认为我们有约在先，大家不谈此事。”

“我所听到的情况是极坏的。”厄特森说。

“这不能使局面改观。你不了解我的状况，”博士的回答有些不大连贯，“我的处境很痛苦，厄特森；我的状况非常、非常奇怪。这类问题谈起来于事无补。”

“杰基尔，”厄特森说，“你是了解我的：我是一个可以信赖的人。你把满腹的心事坦率地吐一吐吧，我相信我能使你摆脱困境。”

“我的好厄特森，”博士说，“你这是一番好意，纯粹是一番好意，我无法用言语向你表示感谢。我完全相信你；我对你的信任超过世上任何人，甚至超过对自己的信任，如果可以让我选择的话，但这确实不是你所想象的那么一回事，没有坏到那种地步。为了让你的好心得到宽慰，我要告诉你一件事：我什么时候想要摆脱海德先生，马上就可以做到，我向你保证这一点，并且再三向你表示感谢。我只想再说一句，厄特森，想必你不会见怪：这是一件私事，我请求你别管它了。”

厄特森眼望炉火沉思片刻。

“我深信你是完全正确的。”最后他说，一边离座起身。

“很好，但愿这是我们最后一次谈这件事，”博士继续说，“不过既然提到了，那么，有一点我希望你能明白。我对可怜的海德确实非常关心。我知道你看见过他（他告诉我了），他当时恐怕很不客气吧。但我真心诚意地非常、非常关心这个年轻人。如果我被上帝叫去，厄特森，我希望你答应我：你将容忍他，让他取得他的权利。如果你了解全部情况，我想你会这样做的；如果你能答应的话，我心上的一块石头就放下了。”

“我永远不会喜欢这个人，否则就是昧着良心说话。”律师说。

“我并不要求你喜欢他，”杰基尔辩解说，他把一只手按在厄特森的胳臂上，“我要求的只是公正；我只要求你在我离开人世以后，看在我的分上帮助他。”

厄特森发出一声压抑不住的叹息。“好吧，”他说，“我答应。”

凯茹遭凶杀

将近一年以后，在一八××年十月，一桩残忍至极的罪行轰动了伦敦。由于被害人地位很高，此案益发成为注意的中心。具体经过并不复杂，但是骇人听闻。一个侍女独自住在距泰晤士河不远的一所房子里，那天晚上十一点左右她上楼就寝。虽然凌晨时分市内大雾弥漫，但在午夜之前却是天高云淡，侍女寝室窗前的一条小巷被满月照得雪亮。看来她的性格爱好罗曼蒂克的情调；因为她在靠窗的一只箱子上坐下来沉思冥想。她从来没有（事后她在叙述经过情形时一再涕泗欷歔地声称），从来没有感到这样心平气和，对所有的人和世上的一切充满了善意。就在她这样坐着的时候，发现有一位上了年纪、仪表堂堂的白发绅士沿着小巷在走近来，而另一位身材非常矮小的绅士（起初她对之不甚注意）正迎着他走过去。当他们走到互相可以交谈的距离时（正好在女仆的视线底下），年长的那一位点一点头，很有礼貌地向另一位招呼。大概他说的不是十分重大的事情，从他的手势看来，他好像只是在问路。他说话时月光正好照在他的脸上，看起来是一位老派的忠厚长者，而且眉宇之间还有一种高贵的气度，想必他有充分理由怡然自得，姑娘瞧着这张脸也觉得挺舒服。紧接着，她又把目光移向另一位，不由得吃惊地认出那是海德先生，因为此人有一次曾来拜访她的东家，侍女对他怀有反感。他手里把玩着一根很沉的手杖，但一句话也不回答，似乎是带着一种不加掩饰的不耐烦神情听着。蓦地里，他勃然大怒，又是跺脚，又是挥手杖，简直像个疯子大发神经（那侍女就是这样描述的）。老绅士倒退一步，就像一个人非常震惊和觉得受了侮辱时那样。这时，海德先生完全无法无天了。他用手杖把老绅士打翻在地，接着更是兽性大发，把他的牺牲品踩在脚下，在一顿狂风暴雨般的毒打下，连骨头碎裂的声音都能听见，老者的身体在路面上乱颤乱跳。这样惨不忍睹的景象和惨不忍闻的声音吓得那侍女昏了过去。

到两点钟她才苏醒过来去叫警察。凶犯早已逃之夭夭，被害人则倒在小巷中央，遍体血肉模糊，令人难以置信。作为凶器的手杖质地虽是一种稀有的木料，又硬又重，也经不起如此心狠手辣地使劲而当中间儿折断了，半截滚到附近的沟里，另外半截无疑是凶犯带走的。从被害人身上发现一只钱包和一块金表，但没有名片或证件，只有一封缄了口、贴了邮票的信，可能是准备带到邮局去寄的，信皮上写着厄特森先生的姓名和地址。

这封信在第二天早晨送到律师家里，那时他尚未起床。他看了信，听来人介绍了情况，立即严肃地噘起嘴唇。“在看到尸体以前我不想发表意见，”他说，“这件事可能非常严重。请少待，让我穿好衣服。”他带着同样严肃的神情匆匆进了早餐，然后坐马车前往警察分局去辨认先已送到那里的尸体。他一踏进停尸的小室，就点点头。

“是的，”他说，“我认得出他。非常遗憾，他是丹佛斯·凯茄爵士。”

“我的老天爷，先生！”警官失声惊呼，“这可能吗？”紧接着，一种职业上的雄心使他的眼睛倏地变亮。“这下可少不了引起满城风雨，”他说，“也许你能帮助我们找到那个人。”于是他把侍女所见扼要转述一遍，并把折断的手杖给律师看。

厄特森先生听到海德的名字先就吃了一惊，等到手杖放到他的面前，他便确信无疑了。尽管手杖已经断裂破损，他依旧能认出这是好多年前他本人送给亨利·杰基尔的一件礼物。

“那位海德先生是不是一个身材矮小的人？”他问道。

“据那女用人说，他长得特别矮小，样子特别凶恶。”警官说。

厄特森先生考虑了一下，然后抬起头来。

“如果你愿意坐我的马车跟我去，”他说，“我想我可以把你带到他的住所。”

时间是上午九点钟前后，那天正出现雾季的第一场雾。一大片颜色像巧克力的密云低垂在半空中，但风不断地袭击和冲散那些严阵以待的烟霭，所以在马车从一条街到另一条街缓缓而行的过程中，厄特森先生看到了无数种浓淡不一、色彩各异的微妙景象：这里暗得像黄昏到了尽头；那里却闪耀着一片鲜艳灿烂的棕红色，犹如一场奇异的大火的光焰；片刻间，另一个地方的雾幕完全被揭开，憔悴的日光便从一圈圈旋涡状的雾气之间偶一露面。处在这种忽阴忽阳的变化下，凄凉的索霍区连同它那泥泞的街道、衣衫不整的行人和压根儿没有熄灭的街灯（或重新点上以抵御令人沮丧的黑暗再度入侵），使律师联想起恶梦中所见的某城某一地区。此外，他的思绪也染上了最阴暗的色调；每当他向同车的警官瞟上一眼时，便隐约意识到那种有时连最问心无愧的人对法律和执法人员也会产生的畏惧之心。

当马车到达目的地停下时，雾稍稍散去了些，在他面前显现出一条不大洁净的街道、一家装潢俗气的酒店、一家低档法国餐馆、一家卖一便士一份小商品和两便士一份生菜的零售铺。许多衣衫褴褛的孩子挤在各处门口，许多不同国籍的女人手里带着钥匙走出来，准备去喝一杯早酒。转眼间，赭色的雾幕又在这一带落下来，把他同周围不三不四的环境隔开。亨利·杰基尔的宠儿——一个将要继承二十五万英镑遗产的人——就住在这所房子里。

一个面如象牙、发如银丝的老妇人出来开门。她有一副奸诈的、假仁假义的相貌，但举止落落大方。

“是的，”她说，“这里是海德先生的寓所，但他不在家。昨天夜里他回来很晚，可是不到一小时又走了。这一点也不奇怪，他的脾气很难捉摸，经常出门；譬如从我上一次看见他到昨天，中间几乎相隔两个月。”

“很好，我们想看看他的房间。”律师说，那妇人表示这办不到。于是律师又说：“我看还是把这一位先生的身份告诉你吧。他是伦敦警察厅的纽可门巡官。”

老妇人脸上顿时现出幸灾乐祸的喜色。“啊！”她说，“他出事啦！他干了什么？”

厄特森先生和巡官交换了一个眼色。“看来他不像个很得人心的人物，”巡官发表意见说，“那么，老太太，现在就让我和这位先生在这里看一下吧。”

除了老太太以外，整幢房屋空无一人；海德先生只占用两个房间，但是陈设精美而雅致。储藏室里放满了酒，盘子是银的，桌布很讲究；挂在墙上的一幅画也是精品，厄特森猜想系亨利·杰基尔——颇有眼力的鉴赏家——所赠；地毯的绒毛十分厚实，色彩也相当悦目。然而，此刻这两个房间处处显示出不久前被仓猝地兜底翻过的样子：衣服散扔一地，口袋都翻身见底；有锁的抽屉都拉开着；壁炉地面上有一堆像是好多文件烧成的灰。巡官从这些余烬中扒出一本没有烧尽的绿色支票簿；手杖的另外半截在门背后找到——由于这一点证实了他的猜测，巡官表示很高兴。经过到银行调查，发现凶犯账户上有几千镑存款，巡官满意到了极点。

“你可以放心，先生，”他对厄特森先生说，“他已经在我手掌之中。他一定是昏了头，否则决不会留下那半截手杖，更不会把支票簿烧掉。要知道，钱是人的命根子。我们只消在银行里等他，同时张贴传单通缉就行了。”

不过，后一项却不那么容易做到，因为海德先生的熟人屈指可数，连那个侍女的主人也只见过他两次。他的家属各处遍访无着；他从来不照相；而少数几个能描述他的外貌的人说法又大相径庭，在向并非十分细心的旁观者了解情况时结果往往如此。仅仅在一点上他们是一致的，那就是：逃犯给见过他的人都留下一种甩不掉的印象——一种说不出所以然的畸形感。

一封信启人疑窦

下午的晚些时候，厄特森先生来到杰基尔博士家。普尔立即请他进门，带领他经过厨房，穿越一度曾是花园的空地，向那座又叫实验室、又叫解剖室的建筑物走去。当初，博士从一位著名外科医生的继承人手中买下了这所房子；他本人对化学比对解剖学的兴趣更大，于是就改变了花园尽头一排房屋的用途。律师还是破题儿头一遭被接待到他朋友住所的这一部分来。他好奇地端详着这座阴暗无窗的建筑，在穿过实习讲堂时，他带着一种不愉快的异样的感觉左右顾盼。这里一度曾挤满用功的学生，现在则冷冷清清。长桌上摆着各种化学仪器，地上杂放着几只板条箱，打包用的麦秆到处乱扔，透过模糊的玻璃圆顶落下来的日光昏暗朦胧。在尽里头有一段楼梯上通红色台面呢覆盖的一扇门；厄特森先生就从这扇门里被请进博士的密室。这是一间四周都是玻璃壁柜的大房间，除了其他家具，还有一面穿衣镜和一张写字台，三扇装有铁栅的尘封的窗户俯临院子。炉膛里边火光熊熊；壁炉架的搁板上点着一盏灯，因为甚至在屋里雾也愈来愈浓；杰基尔博士坐在紧靠炉火的地方，面色惨白。他没有站起来迎接客人，仅仅伸出一只冰冷的手，用变了样的声音跟他招呼。

“你听到新闻了吗？”厄特森先生一等普尔退出去就问道。

博士打了个寒战。“卖报的已经在街上喊了，”他说，“我刚才在餐厅里听见的。”

“我只问你一句话，”律师说，“我是凯茄的法律顾问，但也是你的法律顾问；我真想知道我现在究竟代表谁。你不至于愚蠢到把那个家伙窝藏起来吧？”

“厄特森，我向上帝起誓，”博士叫了起来，“我向上帝起誓，我再也不愿见到他。我以人格向你保证：我在这个世界上已经跟他一刀两断。事情已完全了结。事实上他也不需要我的帮助了；你不像我那样了解他；他现在老实了，非常老实了；你记着我的话，从此他将永远销声匿迹。”

律师紧锁双眉听着；他不喜欢他的朋友那种狂热的表态。“你好像对他很有把握，”他说，“为你着想，我希望果真如你所说。一旦开庭审讯此案，难免要牵涉到你。”

“我对他有充分的把握，”杰基尔回答说，“我这样断言是有根据的，尽管我不能告诉任何人。但有一件事情你可以给我出出主意。我——我收到一封信；我拿不定主意要不要把它交给警方。我想还是交给你。厄特森，我相信你能作出明智的判断；我对你极为信任。”

“你是不是怕那封信会提供线索查出他的行踪？”律师问。

“不，”博士说，“我不能说我为海德的命运担心；我已经跟他没有关系。我关心的是自己的名誉，因为这件可恶的事情已使我的名誉失去了屏蔽。”

厄特森反复思考有顷；他的朋友的自私心使他既吃惊、又告慰。“好吧，”最后他说，“让我看看那封信。”

信的字迹是一种奇特的直立体，署名“爱德华·海德”；内容相当简短，意谓写信人长期以来辜负了他的恩人杰基尔博士的千种德泽，希望他不必为写信人的安全担忧，因为写信人自有万无一失的逃遁办法。此信使律师相当高兴，它所显示的亲密关系没有他料想的那样坏；他暗暗责怪自己以前过于疑神疑鬼。

“信封还在吗？”他问。

“我把它烧了，”杰基尔答道，“事前连想都没有想一想。不过上面没贴邮票。信是差人送交的。”

“可不可以让我把信带去，明天给你答复？”厄特森问。

“我希望你全权代我作出判断，”博士回答，“我已经不相信我自己。”

“好吧，我会考虑的，”律师说，“还要问你一句话：你的遗嘱中有关失踪的条文是不是海德要你这样写的？”

博士似乎感到一阵晕眩；他缄口不语，只是点点头。

“我早知道，”厄特森说，“他蓄意谋害你。你侥幸逃脱了杀身之祸。”

“这一回我的得益远远不止于此，”博士神态庄重地说，“我得了教训。哦，厄特森，我得到了怎样的一次教训啊！”说罢，他用双手把脸捂住了一会儿。

在出去的路上，律师曾停下来同普尔交谈了几句。“顺便问一下，”他说，“今天有人送来一封信，那送信人是怎么个模样？”可是普尔肯定地回答，今天除了班邮外没有收到任何东西；“邮件也都是些广告、通知之类的印刷品，”他还补充一句。

这个消息使律师离开时又陷入重重疑虑。显然，那封信是通过实验室的门送进去的，甚至可能是在密室里写的；倘若真是如此，事情就要从另一种角度来判断，更谨慎地对待。他一路走，听报童在人行道上声嘶力竭地喊着：“号外！号外！看一位议员被杀的惊人血案！”想不到竟是这声音代替了悼词给他的一个朋友和当事人送葬，同时他又不能不替另一个朋友和当事人捏一把汗，担心他的好名声被卷进这人命案的旋涡里去。他不得不作出决断的至少是一件棘手的事情；虽然他惯于依靠自己，却也开始盼望有人能帮他出出主意。直接找人商量不大妥当，但他认为也许可以用旁敲侧击的办法听听别人的意见。

过不多久，他同他的首席办事员盖斯特先生分别坐在壁炉的两侧，一瓶在他家地窖里避光存放很久的名酒摆在他们中间，与炉火保持一段恰如其分的距离。雾依然像张开翅膀不动的巨鸟，弥漫在被它淹没的城市上空，路灯闪烁着红宝石似的微光；穿透这些隔音的坠落云层，都市生活的声浪照旧通过大动脉滚滚涌入，音响犹如阵阵劲风。但炉火给室内平添了欢快的气氛，瓶酒里所含的酸分早已分解；王袍般的紫色随着彩色玻璃窗外的暮霭渐浓已变得柔和；在燠热的秋日下午从山坡上葡萄园里吸聚的热，随时准备从酒瓶里释放出来驱散伦敦的大雾。律师的情绪不知不觉地趋向和缓。他对盖斯特先生最少保密，即使想瞒过盖斯特的事是否都瞒得过，他也并不一直有把握。盖斯特常去博士家办理有关的事务，跟普尔也相识，不可能没听说过海德先生在那幢房子里出入无禁的情形；他也许有他的一些看法，那末，让他看看一封有助于揭开谜底的信不是也好吗？何况盖斯特是个对书法和笔迹颇有研究的评论家，他将认为给他看信这种做法是合情合理的。此外，这位办事员是个善出主意的人，他读了这样奇怪的一个文件，决不会不透露一些见解；而厄特森可以借助于这些见解来拟定自己以后的方针。

"丹佛斯爵士这件事太可悲了。"他说。

"是的，先生，确实如此。这件事引起了公众极大的愤慨，"盖斯特说，"那凶犯肯定是个疯子。"

"我很想听你对这桩案子发表意见，"厄特森说，"我这里有他亲笔写的一份字据；这不能让你我之外的人知道，因为我简直不知道该怎样处置它；这件事在最好的情况下也是不光彩的。请看，这就是一个杀人犯的亲笔信，在这方面你最内行。"

盖斯特的眼睛顿时发亮，立刻坐下来兴致勃勃地加以研究。"不，先生，这不是疯子写的；但这是一种奇特的笔迹。"

"从各方面看，写字的是个很奇特的人。"律师补充了一句。

正在这个时候，仆人送进来一封便简。

"是杰基尔博士写来的吗，先生？"办事员问，"我想我认得出他的笔迹。是不是什么秘密事，厄特森先生？"

"只不过请我去吃饭罢了。你问这是为什么？你要看看吗？"

"我只要看一下。谢谢，先生。"办事员把两张纸并排放在一起仔细比较。"谢谢，先生，"最后他说，并把两封信都还给律师，"这是一种饶有兴味的字体。"

接着出现了冷场，其时厄特森先生内心斗争得很激烈。"盖斯特，你为什么把这两封信作比较？”他突然问道。

“是的，先生，”办事员回答，“其中存在着极不寻常的相似之处。两种笔迹在好多方面完全一样，只是朝不同的方向倾斜罢了。”

“真蹊跷。”厄特森说。

“你说得对，真是蹊跷。”盖斯特应道。

“你要知道，我不希望提到这封便简。”东家说。

“当然，先生，”办事员说，“我明白。”

然而，这天晚上厄特森先生只剩下自己一个人的时候，还是把那封便简立即锁进他的保险箱，从此一直放在那里。“这是怎么回事？！”他思量着，“亨利·杰基尔竟伪造起一个杀人犯的笔迹来了？！”他血管里的血都凉了。

发生在兰年博士身上的怪事

时间在过去；赏格出到了数以千计的英镑，因为丹佛斯爵士的死激起了公愤；但海德先生却从警方视听所及的范围内消失得无影无踪，仿佛世上根本不曾有过这么一个人似的。诚然，他的许多老底纷纷被揭发出来，而且都是极不体面的：关于此人心狠手辣的残忍性格，关于他卑劣的生活，奇怪的交往，关于他所到之处无不给人留下的憎恶之感，流传着不少故事；但是有关他目前的下落，却听不到半点儿风声。自从他在案发那天的清晨离开索霍区的住处后，简直像从地球上被抹掉了；随着时间的消逝，厄特森先生渐渐从草木皆兵的状态中恢复过来，情绪逐步趋于平静。按照他的想法，丹佛斯爵士的死换来海德先生的销声匿迹也不算无谓牺牲了。由于不良影响已经排除，杰基尔博士开始过新的生活。他结束了他的蛰居状态，恢复了与朋友们的往来，又成为他们的熟不拘礼的座上客或东道主。他素来以乐善好施著称，现在他对宗教的虔诚表现得也很突出。他活动繁忙，在户外的时间很多，做的都是好事。他的面部表情开朗，容光焕发，仿佛内心意识到自己在造福人群。有两个月以上，博士处于平静状态。

一月八日，厄特森先生在博士家中吃饭。在座的人不多，其中有兰年。主人时而看看律师，时而望望兰年，又同当年他们三个朋友老是在一起时那样。可是一月十二日，接着在十四日，律师又先后两次尝到了闭门羹。“博士把自己关在屋子里，”普尔说，“谁也不见。”十五日，他又作了一次尝试，又被挡驾。由于最近两个月以来，他已习惯于几乎天天见他的老友，故而博士这次回到孤僻生活中去使他大为不安。第五天，他请盖斯特来吃晚饭；第六天晚上，他自己到兰年那里去。

在那里他至少没有吃闭门羹；但他进去以后，却被博士外貌所起的变化吓了一大跳。兰年的脸色明白无误地显示出他的命已危在旦夕之间。这个一贯红光满面的人变得毫无血色，身上的肉不知哪儿去了，他明显地变得又秃又老。然而，比体质上这些急剧衰颓的迹象更使律师触目惊心的是，博士的眼神和举止似乎表明，某种恐惧深深地刻在他的心坎上。博士不像是一个怕死的人，然而厄特森总禁不住这样怀疑。“是的，”他暗自思忖，“他是个医生，应该了解自己的身体状况，知道自己余下的日子屈指可数，所以他受不了。”但当厄特森指出他气色难看的时候，兰年却以十分肯定的语气宣称自己已经完了。

“我受到一次极大的震荡，”他说，“再也恢复不过来了。顶多只能拖几个星期。是啊，生活是愉快的，我喜欢它；是的，老朋友，我一向喜欢它。不过，我有时觉得：如果我们什么都知道了的话，倒是更乐意离开人世。”

“杰基尔也病了，”厄特森说，“你见到过他没有？”

但是兰年脸色大变，他举起一只颤巍巍的手。“我再也不愿见到或听到杰基尔博士，”他以很响的、但是不稳的声音说，“我跟这个人已经绝交；我请求你再也不要提起一个我当他已经死了的人。”

“咄，咄！”厄特森先生大惑不解；过了半晌才问道：“我能出点什么力吗？我们三人是多年的老朋友，兰年；我们这辈子再也不会有这样的朋友了。”

“这是没有办法的，”兰年回答说，“你去问他自己。”

“他不肯见我，”律师说。

“我并不觉得奇怪，”博士说，“厄特森，我死后，有朝一日你也许会了解这事的是非曲直。我不能告诉你。眼下，如果你能坐下来跟我谈谈别的事情，就看在上帝分上留下来这样做吧；但是，如果你不能撇开这个可诅咒的题目，那么，我以上帝的名义请你走吧！因为我受不了。”

厄特森回到家里，立即坐下来写信给杰基尔，抱怨他把自己关起来不见人，并问他与兰年不幸发生决裂的原因。第二天，他收到一封很长的复信；其中一再出现凄婉动人的词句，有几处则意义晦涩。与兰年闹翻一事是无可挽回的。“我并不责怪我们那位老朋友，”杰基尔在信上写道，“但我赞同他的意见：我们永远不应再见面。我打算从今往后过与世隔绝的生活；如果我甚至把你也常常拒诸门外，你无须惊讶，也无须对我的友情产生怀疑。你必须容许我走我自己的黑暗之路。我已经给自己招来了惩罚，招来了我无以名之的一种危险。如果说我是罪魁祸首的话，那么我也是受害最深的人。我没有料到这个世界上竟有一个可以叫人忍受如此残酷的痛苦和恐怖的地方。厄特森，你想减轻我的这种厄运，只有一件事可做，那就是尊重我的沉默。”厄特森大为骇异。按说，海德的不良影响已经排除，博士恢复了原来的工作和交游；一星期以前，前景还作出了可爱的微笑，一切预示着他将有一个快乐和受人尊敬的晚年；可是现在，友谊、心中的安宁和他整个生活的格局一下子都给破坏了。如此急剧而出人意表的变化说明他已陷于疯狂；可是考虑到兰年的态度和言语，其中必有更深刻的原因。

一星期后，兰年博士一病不起了，不到半个月就去世。厄特森在参加葬礼时深感悲切。当天夜里，他把办公室的门反锁起来，坐在一支蜡烛旁边，借着凄凉的烛光取出一个由他已故的朋友盖章密封的套子放在自己面前，上面由兰年亲笔写着：“加·约·厄特森本人亲启，如他先此而去世则勿拆即予销毁”；着重号都是原来有的。律师不敢看其中的内容。“今天我埋葬了一个朋友，”他心想，“万一这封信会使我丧失另一个朋友，那怎么办？”他随即责怪自己这种忧虑是对朋友的不忠，于是把封口拆开。封套内还有一个套子，同样密封着，上写：“在亨利·杰基尔博士去世或失踪之前不可拆开”。厄特森简直不相信自己的眼睛。是的，这里明明写着“失踪”；同那份他早已还给立遗嘱人的荒唐的遗嘱一样，这里关于失踪的假设和亨利·杰基尔的名字又联系在一起。但是，遗嘱中那个假设是在海德阴险的提示下冒出来的，其狼子野心昭然若揭。可是现在这一点是兰年所写，它又意味着什么呢？受委托的律师产生了一种强烈的好奇心，真想置禁例于不顾，一下子探到谜底。然而，职业上的操守和对死去的友人的信义是断乎不容践踏的；于是那封文件又放回他的私人保险柜最秘密的一个角落。

抑制好奇心是一回事，战胜好奇心则是另一回事。从那天起，厄特森先生是否还是那样热切地想望与他仅存的老友相聚，这一点是可以怀疑的。他想到老友时心怀善意，但他的思绪是不平静的，充满疑惧的。诚然，他不时前去造访，但他对于被挡驾大概已安之若素；他内心也许宁愿置身于户外都市的空气与声音之中，宁愿站在台阶上同普尔交谈，而不愿被请到那所自愿关禁闭的房屋里去，坐着同那位不可思议的蛰居者交谈。不过，普尔也没有什么好消息可以奉告。看来，杰基尔博士现在比以往任何时候更多地把自己关在实验室楼上的密室中，有时甚至睡在那里。他精神萎靡，沉默寡言，书也不看，似乎有什么心事，厄特森已习惯于这种没有变化的报道，也就一点一点地减少自己趋访的次数。

发生在窗口的怪事

事情发生在星期日。厄特森先生照例同恩菲尔德先生在一起散步。他们又一次从那条侧街上经过。当他们走到那扇门前的时候，两人都止步注视着那个地方。

“至少，”恩菲尔德说，“那个故事算是告终了。我们再也不会见到海德先生。”

“但愿如此，”厄特森说，“有一次我见到了他，也体会到了你的反感，我有没有告诉过你？”

“凡是见到他的人不可能不生反感，”恩菲尔德应道，“说起来你一定以为我是一头十足的蠢驴，居然不知道这是杰基尔博士家的后门！其实我已经发现了这一情况，这在一定程度上要怪你自己。”

“这么说，你发现了这一情况，是吗？”厄特森说，“既然如此，我们不妨走进院子去望一望那里的窗户。不瞒你说，我对可怜的杰基尔很不放心；我觉得，让他知道有一个朋友在这里，即使不进屋去，对他或许也有好处。”

院子里阴气森森，还有点儿潮湿，虽然时间不晚，高处的天空还映着辉煌的夕照，这里却已为暮霭所笼罩。三扇窗中间的一扇开着一半，厄特森看见杰基尔博士紧靠窗子坐着透透空气，神情无限忧郁。像个悒悒不乐的囚徒。

“喂！杰基尔！”他喊道，“我希望你比以前好些了。”

“我的精神很不好！厄特森，”博士阴郁地回答，“很不好。这样不会拖很久的，感谢上帝。”

“你待在屋子里的时间太多，”律师说，“你应当出来走走，促使血液加速循环，就像恩菲尔德先生和我这样。（这位是我的表弟恩菲尔德先生，这位是杰基尔博士。）来吧，拿起你的帽子，跟我们一起去转一圈，很快就回来。”

“谢谢你的好意，”博士长叹一声，“我很想出去走走；可是不行啊，不行啊；这完全不可能；我不敢。不过，说实在的，厄特森，看到你，我非常高兴；这确实是一大乐事。我本想请你和恩菲尔德先生上来，可是这地方太不合适。”

“那么，”律师随和地说，“最好的办法就是我们站在下面，从这里跟你谈话。”

“这正是我打算冒昧提出的建议。”博士微笑着回答。但话刚出口，笑意已从他脸上被勾销，代之以极其可怜巴巴的恐怖和绝望的表情，使楼下两位先生的血都冻凝了。他们仅仅得到一瞥的机会，因为那扇窗立刻被关上；但那一瞥已经足够，他们转过身来，一句话也不说，就离开了院子。他们继续默默无言地横穿侧街，直到左近的一条通衢大街上(那里即使星期日也比较热闹)，厄特森先生方才回头看看他的同伴。这两个人都面如土色，眼神也相应地现出一片惊恐。

“愿上帝宽恕我们！愿上帝宽恕我们！”厄特森先生说。

但恩菲尔德先生只是十分严肃地点点头，重又默默地继续走去。

最后的一夜

一天晚上，厄特森先生饭后正坐在壁炉旁，忽然普尔意外地来访。

“我的天哪，普尔，什么事促使你到这里来？”他发出惊呼；接着，他对普尔又看了一眼，一边问：“什么事情使你苦恼？是不是博士病了？”

“厄特森先生，”那人说，“事情不妙。”

“你坐下，这杯酒给你，”律师说，“别着急，把你的来意向我讲清楚。”

“你知道博士的脾气，先生，”普尔说，“知道他会把自己关起来。最近，他又把自己关在密室里；我看事情不大对头，先生，要是没有什么不对头，我死也不信。先生，我害怕。”

“我的好人儿，”律师说，“你把话讲清楚。你到底怕什么？”

“我感到害怕大约已有一个星期，”普尔固执地答非所问，“我再也受不了啦。”

普尔的神色充分证明着他说的话；他举止变得更加失常，除了第一次声称他感到害怕的一刹那以外，始终没有面对律师看过一眼。现在，他坐了下来，拿着一杯未沾唇的酒搁在膝盖上，眼睛盯着地板上的一个角落。“我再也受不了啦。”他重复了一遍。

“哦，普尔，”律师说，“我看得出，你不是无缘无故这样说的，一定出了什么乱子。究竟什么事情，你设法定下神来告诉我。”

“恐怕那里出了人命案子。”普尔用嘶哑的声音说。

“命案！”律师叫了起来，他这一惊非同小可，接下来很像要发怒的样子，“什么命案？你到底在说什么？”

“我不敢讲，先生，”普尔回答，“不过，能不能请你跟我一起去亲眼看一看。”

厄特森先生二话不说，立起身来取他的帽子和大衣，但他纳罕地注意到，这位管家的脸上出现大大松了一口气的表情，还差不多同样纳罕地注意到，当普尔放下酒杯准备跟着走的时候，那杯酒原封未动。

这是一个合乎节令的三月之夜：风大，天冷，月色惨淡。月亮像被风掀歪了似的仰卧着，飞云像最薄、最细的麻布飘散在空中。风大得连谈话都困难，脸上冻得红一块、白一块的。此外，街上的行人似乎也被风扫得异乎寻常地稀稀落落，厄特森先生从未见过伦敦的这一地段如此冷冷清清。他真希望这一带热闹一些；他有生以来从未有过这样强烈的愿望，想看到一些、接触一下自己的同类；因为尽管竭力抗拒，一种发生灾祸的预感还是压倒一切地占据了他的心房。他们走到广场上的时候，那里飞沙走石，花园里几株瘦树的枝条吧哒吧哒撞在围栏上，好像在鞭打自己。普尔一路上始终与律师保持一两步距离走在前头，这时在便道中央停下来，尽管天这样冷，他却脱了帽子用一块红手帕抹额上的汗水。不过，他虽则走得很急，他所抹的却不是赶路出的热汗，而是在某种令人窒息的痛苦中冒的冷汗。他的面色惨白，说起话来嗓音沙嗄刺耳。

“我们到了，先生，”他说，“愿上帝保佑那里没有出事。”

“但愿如此，普尔。”律师说。

于是这位管家小心翼翼地敲门；扣住链条搭钩的门打开一条缝，有人从里边问道：“是你吗。普尔？”

“正是，”普尔说，“快开门。”

他们走进厅堂时，那里灯火通明，炉火生得很旺，全体男女用人围在炉边，像一群羊似的挤成一堆站在那里。一名上房女仆看到了厄特森先生，竟歇斯底里地哭泣起来；厨子大声叫着：“谢天谢地，是厄特森先生！”跑上前去像要和他拥抱。

“怎么回事？你们全在这里？”律师着恼地说，“很不正常，很不像话。你们的主人肯定不会高兴的。”

“他们都害怕。”普尔说。

接着出现一片冷场，普尔的话谁也不否认；只有那个女仆提高了嗓门，由啜泣变为放声大哭。

“闭嘴！”普尔向她喝道，那口气之凶，说明他自己的神经也濒于脆裂。的确，当那个女仆突然把哭声翻高的时候，大家都吓了一跳，朝着通内院的门转过脸去，纷纷作惶恐的等待状。“喂，”管家向擦刀叉的小厮说，“去给我拿一支蜡烛来，我们立刻把这件事弄它个水落石出。”说完，他请厄特森先生跟在他后面，自己带路往后花园走去。

“先生，”他说，“请你尽可能轻手轻脚。你要留神听，不要出声被别人听见。还请注意，万一他要你进去，你可别听他的。”

听到末了这句意想不到的警告，厄特森先生的神经猛地震了一下，几乎使他对自己失去控制。但他重新鼓起勇气跟随管家走进实验楼，穿过乱扔着板条箱和瓶子的实习讲堂，来到楼梯脚下。到了这里，普尔用手势示意他站在一边静听；他自己则把蜡烛放下，显然下了很大的决心才登上梯级，举起有点发颤的手在红色台面呢覆盖的密室门上敲了几下。

“先生，厄特森先生要见你。”他叫了一声；甚至在这样做的时候，他还拚命示意律师留神谛听。

一个声音从里边回答：“告诉他，我不能见任何人。”那是一种抱怨的口吻。

“谢谢你，先生。”普尔带着某种像是得意的语气说；然后拿起蜡烛，带领厄特森先生重新穿过院子走进大厨房；那里的炉火已经熄灭，一些甲虫纷纷跳到地上。

“先生，”他直视着厄特森先生的眼睛说，“那是我的主人的声音吗？”

“好像变了，变得很厉害。”律师说，他的脸色十分苍白，但他同样直视着管家的眼睛。

“变了？对，我也认为变了，”管家说，“我在主人家待了二十年，难道连他的声音也辨不出真假吗？不，先生，主人被干掉了；八天以前我们听到他呼唤上帝的时候，他就被干掉了。可是，在那里顶替他的人是谁？为什么要留在那里？这只有天知道，厄特森先生！”

“这个故事太离奇，普尔，叫人太难相信了，我的朋友，”厄特森先生咬着一个指头说，“就算你的猜想成立，就算杰基尔博士被——被谋杀了，那凶手还待在里边干什么？这是经不起一驳的，这是违反常情的。”

“好，厄特森先生，要使你满意是不容易的，不过我还是要试一试，”普尔说，“我得告诉你，整整这一星期以来，住在密室里的那个人，或者那个怪物，或者别的什么东西，日日夜夜嚷着要某种药，可是买来的都不合他的意。他——我是说我们的主人——有时采用这样的办法：把他吩咐要办的事用纸片写下来扔在楼梯上。这一个星期以来，房门始终关着，人影不见，只见纸片；饭菜给他送到门口，他等没人看见的时候偷偷搬进去。先生，这些日子每天都有两三次对我们的吩咐和埋怨写在纸片上，我接连被差去买药，伦敦所有的化学药品批发商那里我都跑遍了。每次我买了药品回来，不久就有另一张纸片要我把它退回去，因为这东西不纯，并且吩咐我到另一家商行去买。先生，这种药他非要不可，不论出什么价钱。”

“你有没有一张这样的纸片？”厄特森先生问。

普尔在口袋里摸了一会儿，掏出一张揉皱的便条。律师弯腰凑近烛光把它仔细加以研究。便条的内容是：“杰基尔博士向莫氏公司诸位先生致意。他要他们相信，他们最近提供的货样纯度不够，完全不合他目前的需要。一八××年杰博士曾向莫氏公司大量购买此种药品。他现在祈请他们最尽心地仔细寻找；如果还有同样质量的药品剩余，不论多少均请立即发送给他，费用不计。这对杰博士的重要性怎么估计也不会过高。”到这里为止，信的措辞还能保持沉着；可是下面忽然笔锋一转，写信人的感情失去了控制。“看在上帝分上，”他添上这么一句，“请给我找到一些老货。”

“这是一封奇怪的便简，”厄特森先生说，接着厉声问道：“你怎么把它拆开了？”

“先生，莫氏公司的一名伙计看了大发脾气，是他把信当垃圾扔还给我的。”普尔说。

“这毫无疑问是博士的笔迹，你认得出吗？”律师又问。

“我认为看起来好像是的，”管家紧绷着脸说，然后换上另一种语调，“可是笔迹又能说明什么？”他说，“我已经看见过他了。”

“看见过他？”厄特森惑然不解，“真的？”

“那一定是他！”普尔说，“事情是这样的：我突然从花园里走进实习讲堂。大概他正溜出来找这种药或者别的什么；密室的门开着，他正在讲堂另一端的板条箱中间乱翻乱找。我进去时他抬头一看，怪叫一声，便急急忙忙上楼躲进密室去了。我看见他前后不到一分钟，但我的头发却像刺猬那样竖了起来。先生，如果那是我的主人，为什么他要套上面具？如果那是我的主人，为什么他要像老鼠那样直叫，见我就逃？我侍候他的日子够长了。想不到现在……”普尔说到这里顿住，用一只手抹了抹自己的脸。

“所有这些情况实在蹊跷，”厄特森先生说，“不过我认为我开始看出了些眉目。普尔，你的主人显然害了某种恶疾，这种病使患者不仅身心受折磨，而且会变得畸形；他的声音起了变化，他戴着面具，避而不见朋友，他心急火燎地要找那种药，说不定都是这个缘故。这个可怜的人还抱有某种希望，想借助于那种药最终恢复健康——但愿上帝保佑，不要让他的希望落空；这就是我的解释；这是够悲惨的，普尔，简直叫人不敢想象。但这是明白而自然的解释，这样才能使各种情况连贯起来，使我们摆脱一切神经过敏的胡思乱想。”

“先生，”管家说着，面色逐渐变成有一块块斑点的灰白色，“那个家伙不是我的主人，这决没有错。我的主人——”他向四周张望了一下，然后开始悄声低语，“——是个魁梧雄伟的人，而那一个矮小得不成样子。”厄特森正欲表示异议。“哦，先生，”普尔激动起来了，“难道你以为，我干了二十年连自己的主人也认不得吗？我天天早晨在密室门口看到他，难道他的头同门上哪个地方相齐我不知道？不，先生，那个戴面具的家伙决不是杰基尔博士，天知道那到底是什么怪物，但决不是杰基尔博士。我的心相信一定出了人命案子。”

“普尔，”律师说，“既然你这样说，我有责任把事情弄清楚。尽管我极不愿意使你的主人难堪，尽管这封便简使我十分为难，因为这似乎证明他还活着，——尽管如此，我认为我有责任破门而入。”

“啊，厄特森先生，这就对了！”管家欢呼道。

“现在轮到第二个问题，”厄特森继续说，“这件事由谁来做？”

“当然是你和我，先生。”回答是以大无畏的语气作出的。

“说得好，”律师说，“不管这会引起什么后果，我一定不让你蒙受任何损失。”

“讲堂里有一把斧头，”普尔继续说，“你可以拿厨房里的拨火棒防身。”

律师就去把那件原始的、但相当沉的家伙操在手里掂了掂分量。“普尔，”他抬头望着管家问道，“你我正在冒某种风险，这一点你可知道？”

“你的确可以这样说，先生。”管家答道。

“既然如此，我们应当做到坦率，”律师说，“我们俩想的比我们说的更多；让我们把还没有说的话统统说出来。你所看到的那个人，你有没有认出是谁？”

“先生，当时的情况发生得这么快，那怪物的腰弯得那么低，使我不大敢肯定说认出了是谁，”管家回答说，“但如果你的意思是问，那人是不是海德先生？那么，我认为是的！你要知道，那人的个儿大小跟他完全一样，动作的轻快也完全一样；再说，除了他，还有谁能从实验室的门进去？先生，你该不会忘记，在发生那起凶杀案的时候，钥匙还在他身边。但还不止这些。厄特森先生，我不知道你有没有遇见过这位海德先生？”

“见过，”律师说，“有一次我跟他说过话。”

“那你同我们其余的人一样必定知道，这位先生身上有某种奇怪的东西，那是决定一个人的特征的某种东西，我不知道怎样才能说得更贴切，只能说：他身上有某种奇怪的东西，会使你从骨髓里产生一种冰冷和稀薄的感觉。”

“我承认我也有过类似你所形容的那种感觉。”厄特森先生说。

“正是这样，先生，”普尔接口说，“那个戴面具的怪物像一只猴子似的从化学药品堆里跳出来，刺溜一下躲进了密室，当时简直像有冰水顺着我的脊梁骨往下淌。哦，我知道这算不了证据，厄特森先生；我看过一些书，这点道理我能够懂得。但人是有感觉的，我敢凭着《圣经》起誓，那是海德先生！”

“嗯，嗯，”律师说，“我的忧虑与此不谋而合。由此看来，只怕罪恶已经铸成，无法避免的了。说真的，我相信你的话；我相信可怜的亨利已经被杀害；我相信凶手至今还躲在被害人的房间里。至于他的目的何在，只有上帝知道。好吧，让我们的名字成为复仇神的象征吧。你去把布拉德肖叫来。”

那个听差被叫来了，他面色苍白，神情紧张。

“镇定一下，布拉德肖，”律师说，“我知道你们大家都憋着一肚子疑问，现在我们打算结束这种状况。普尔和我准备冲进密室去，倘若一切正常，我可以承担全部责任，反正我的肩膀够宽的。但是，为了防止发生任何意外，或者让任何罪犯从后路逃走，你同那个小厮带两根结实的棍子，抄到拐角后面去把住实验室的门。给你十分钟时间去站好你们的岗位。”

布拉德肖走后，律师看了看表。“普尔，现在我们去干我们的，”

说完，他把拨火棒夹在腋下，带头往院子里走。浮云堆积在月亮前面，这时周围一片漆黑。只有闯进这幢建筑物的深院里来的一阵阵风，吹得烛光在他们前后摇曳不定。直到走进实习讲堂，两人才坐下来静静地等候。嗡嗡的伦敦市声在四周造成一种严肃的氛围，但近处的一片寂静只有被密室楼板上来回不停的脚步声所打破。

“他就这样整天走来走去，先生，”普尔悄悄地说，“夜里的一大半时间也是这样。只有从批发商那里拿来新的样品的时候，才稍稍停一会。啊，像这样日日夜夜坐立不安，必定是做了亏心事无疑！啊，先生，他每走一步留下的都是鲜血淋淋的罪恶的脚印！你再靠近些听，厄特森先生，请把你的注意力集中在耳朵上。你说，那是博士的步子吗？”

楼板上的脚步声轻而奇特，有一定的节奏，尽管走得如此之慢；与亨利·杰基尔嘎吱嘎吱响的沉重的步伐果然不一样。厄特森叹了一口气。“别的还有些什么？”他问。

普尔点点头。“有一次，”他说，“有一次我听见他在哭！”

“哭？怎么个哭法？”律师说时身上骤然起了一阵寒栗。

“像个女人，或者说像一只迷途的羔羊，”管家说，“我走开时心里难过得自己也差点儿哭了起来。”

但是，十分钟过去了。普尔从一堆打包用的麦秆底下拿出一把斧头，把蜡烛放在最近的一张桌子上为他们即将发动的强攻照明。他们屏住气向密室靠近，里边，那双不知厌烦的脚还在夜的寂静中走来走去，走去走来。

“杰基尔，”厄特森大声叫道，“我要求见你。”他静候片刻，但是没有回音。“我现在好心好意地向你提出警告，我们已经起了疑心，我必须见你，而且非见到你不可，”他继续说，“如果正常手段行不通，那就用非常手段；如果你坚持不开门，我们只得使用暴力！”

“厄特森，”一个声音在里边说，“看在上帝分上怜悯我吧！”

“啊，那不是杰基尔的声音，那是海德的声音！”厄特森失声惊呼，“普尔，把门砸开！”

普尔把斧头高举过肩头劈下去；这一击把房子都震动了，红呢面子的门跳了一下，想要挣脱锁和铰链。一声凄厉的尖叫发自密室，像是出于一种动物本能的恐惧。斧头又抡了起来，门板再次发出碎裂声，门框再次跳了一下。如此共砍了四斧。但木头的质地致密，门上紧固件的质量又极好，直到第五斧砍下去，锁才被砸开，门的残骸才往里倒在地毯上。

围攻者被自己的欢呼声和随后出现的寂静吓了一跳，他们稍稍退后一些朝里边张望。呈现在他们眼前的密室灯光宁谧；炉火熊熊，像在独自絮叨；烧水壶在细声细气地歌唱；一两只抽屉拉开着，文件整整齐齐地摆在写字台上；靠近炉火的地方准备好了杯碟等茶具。你会说这是极其安静的一间屋子，而且，要是没有那些满是化学药品的玻璃柜子，还是那天夜里伦敦最寻常的一间屋子呢。

房间正中央躺着一个扭曲得不成样子、并且还在抽动的人体。律师和管家踮着脚走近去，把那个身体朝天翻过来，看到了爱德华 · 海德的面孔。他穿的衣服大得极不合身，那是博士的尺寸。他脸上的带状筋肉还在微微牵动，但生命已彻底告终。根据他手中一只捏碎的小药瓶和弥漫在空气里的强烈的杏仁味，厄特森明白自己眼前是一个自我毁灭者的尸体。

“我们来迟了，”他十分严肃地说，“既来不及救他，也来不及惩罚他。海德已经呜呼哀哉。我们该做的只剩下寻找你主人的尸体了。”

实习讲堂和密室占去了这幢建筑物的绝大部分。前者几乎相当于整个底层，那里的光线来自上面；后者组成楼上的一端，它的窗户是朝院子开的。一条走廊连接着讲堂和沿侧街的门，密室与那扇门另有一段楼梯相通。此外还有几间暗洞洞的贮藏室和一座宽敞的地窖。他们把这些地方都仔细查遍了。每一间贮藏室均可一目了然，因为里边都空空如也，而且根据门上掉下的尘埃看来，都已很久没有打开了。不过地窖里扔满了各种破烂，大多还是从外科医生——杰基尔之前的屋主人——时代留下来的；但他们刚开门进去，就有多年封在门口上端的一张完整的蜘蛛网落下来，告诉他们不必在这里继续找寻。哪儿也没有亨利·杰基尔的任何踪迹，且不论他死了还是活着。

普尔使劲踩着铺在走廊里的石板。“他一定被埋在此地。”他边说边听声音。

“也可能是跑了。”厄特森说着转过头去细细察看通侧街的那扇门。门锁着，他们发现钥匙就在近边的石板上，而且已经生锈。

“这钥匙不像在使用。”律师发表他的看法。

“使用？”普尔应道，“先生，你没看到钥匙断了吗？很像是被人踹坏的。”

“啊，”厄特森继续说，“断的地方也生了锈。”两个人面面相觑，“普尔，我可实在没法理解，”律师说，“我们回密室去吧。”

他们默默地回到楼上，怀着畏惧的心情向尸体投了一瞥之后，继续更仔细地察看密室里的东西。一张桌子上留下的痕迹说明有人在那里配制过药品：称好不同分量的某种白色盐类一堆堆放在玻璃盆里，像是准备进行一次试验，可是那个不幸的人受到了阻碍。

“这正是我给他去买来的药品，每次都是这一种。”普尔刚说完，壶里的水滚了，沸腾的声音把他们吓了一跳。

于是他们走到壁炉前。被挪到炉旁的一把安乐椅想必坐着又暖和，又舒适，茶具就摆在你的手边，杯子里已经放了糖。架上有几本书，一本翻开在茶具旁边，厄特森惊讶地发现，原来是一本宗教著作；杰基尔曾多次对此书推崇备至，可是上面却用骇人的亵渎语句作了批注，字迹是他的亲笔。

在察看房间的过程中，这两个搜索者接着走到穿衣镜前，怀着不由自主的恐惧向镜子深处看去。但是镜子的角度只让他们看到天花板上玫瑰色的反光，看到炉火闪耀在柜子玻璃门上的成百幅映像，还有他们自己俯身照镜子的那副苍白而惊恐的面容。

“这镜子想必见到过一些奇怪的事情，先生，”普尔轻声说。

“然而最奇怪的还是镜子本身，”律师同样轻声地说。“杰基尔生前——”说到这里，他吃惊地发现自己已把博士归入死者之列，然后努力克服一时的脆弱，改口道：“——杰基尔要这面镜子做什么？”

“你说得对！”普尔说。

随后，他们转向写字台。在台上摆得齐齐整整的文件中间，最上面有一个写着厄特森先生名字的大信封，是博士的笔迹。律师把封口拆开，有几个较小的封套掉在地上。第一封是遗嘱，其中离奇的条文与六个月以前他还给博士的那一份相同，即：如果杰基尔死亡，就作为继承证书；如杰基尔失踪，就作为赠与证书。但是，律师怀着无法形容的骇异心情读到，原先写着爱德华·海德的地方竟变成了加布里埃尔·约翰·厄特森的名字。他看看普尔，又回过来看看文件，末了再看看躺在地毯上的那个死去的罪犯。

“我实在无法理解，”他说，“这些日子文件一直在他掌握之中；他没有理由喜欢我；他发现自己被取代，势必大发雷霆；可是，他却没有把这个文件销毁。”

律师捡起第二个文件；这是博士亲笔所写的一封便简，头上注有日期。“哦，普尔！”律师叫了起来，“他今天还活着，而且就在此地。在这样短的一段时间里他不可能被干掉；他一定还活着，他一定逃跑了！可是，为什么要逃跑？怎么逃跑的？如果真是那样的话，我们怎能贸然宣布这是自杀？哦，我们必须谨慎。我预料我们可能使你的主人卷入一场可怕的灾难。”

“先生，你为什么不读信呢？”普尔问。

“因为我担心，”律师庄严地回答，“但愿我的担心是多余的！”说完，他把那封便简拿到眼前，读到如下的内容：

我亲爱的厄特森！

当这封信落到你手里时，我已经失踪了，至于在什么样的情况下失踪，我还没有先见之明。但我的直觉、我的无法形容的处境的种种情况告诉我，末日已成定局，而且势必即将来临。你先去读兰年曾扬言要交给你的那份自述；如果你愿意了解更多的情况，再来读我的供状。

你的不幸的、不配做你的朋友的

亨利·杰基尔

“还有第三封吗？”厄特森问。

“有，先生。”普尔说着，把好几处用火漆封了口的厚厚一份东西交到他手里。

律师把它放在自己口袋里。“我将绝口不提这个文件。如果你的主人逃跑或死了，我们至少可以保全他的名誉。现在是十点钟；我得回家去静下心来读这些文件；但是我在午夜前还要到这里来，那时我们再派人去叫警察。”

他们走出去，把实习讲堂的门上了锁。厄特森先生再次让仆人们围在厅堂里的炉火旁，自己步履艰难地返回他的事务所去读那两份自述。这个谜现在可以从中得到解答了。

兰年博士的笔述

一月九日，即距今四天之前，我收到一封随晚班邮件送来的挂号信，信皮上的笔迹出自我的同行和老同学亨利·杰基尔之手。我感到十分惊讶，因为我们素来没有通信的习惯；事实上，在这前一天的晚上我还见过他，同他在一起吃饭；我想象不出，我们之间的交往有什么必要办挂号手续。信的内容更使我愕然。下面是它的全文：

一八××年十二月十日

亲爱的兰年：

你是我认识最久的老朋友之一；尽管我们有时在学术问题上意见相左，我却想不起（至少在我这方面）我们的友情曾有过什么裂痕。从来没有过这样一天，假如你对我说："杰基尔，我的生命、我的名誉、我的理性要靠你维持了。"我不会舍不得牺牲我的财产或我的左手去帮助你。现在，兰年，我的生命、我的名誉、我的理性真的都掌握在你手中；如果今晚你使我失望，我就完了。读了这番开场白，你也许以为我将请求你答应做一件不名誉的事，那就由你自己来判断吧。

我要你今晚把所有其他的约会一律推迟（哪怕请你去给皇帝看病也得推迟），雇一辆街车（除非你的马车就在门口），带着这封信备考，径奔我的住所。我事先吩咐过我的管家普尔；你将发现他同一个锁匠在恭候大驾。那时可以叫锁匠把我的密室门打开，然后你一个人进去，打开左边标有E字的一口玻璃柜；如果上了锁，就把锁拧断；把上起第四只（或下起第三只）抽屉连同里边所有的东西一起按原样拉出来。由于我处在极大的苦恼之中，我怀着一种病态的恐惧，生怕为你指错了目标。不过，万一我记错的话，你根据抽屉里的东西（一些粉末、一只小药瓶和一个本子）也会知道该要哪一只。我请求你把那只抽屉原封不动地带回卡文迪希广场。

这是借重于你的第一部分，底下是第二部分。如果你接到此信立即出发，那么在午夜之前早已回到府上；不过我还是要给你留一点余裕的时间，倒不光是怕出现某种既不能排除、又无法预见的障碍，而是因为剩下要做的事最好在你的仆人们都睡了以后进行。因此，我得请求你在午夜时分独自坐在你的诊察室内，亲自接待一个自称代表我的人到你屋里，并且把你从我的密室里取来的那只抽屉交给他。这样，你就圆满地完成了你的使命，并有充分的理由得到我的感谢。如果你坚持要求作出解释，五分钟以后你就会明白：这几项安排是多么重要；而只要忽视了其中的任何一项，不管它看来何等乖谬，你将会因我的死亡或我的理性的毁灭而遭到良心的谴责。

虽然我相信你不会把这封求救信付诸一笑，但只要一想到这种可能性，我的心就会往下沉，我的手就会发抖。请你想象一下：此刻我在一个陌生的地方，忍受着与任何臆想比起来都有过之而无不及的苦恼，然而我充分意识到，只要你按我的请求照办不误，我的烦恼就可烟消云散，如同一个向壁虚构的故事那样。帮帮忙吧，我亲爱的兰年，救救——

你的朋友

亨·杰

我已经把此信封了口，忽然一阵新的恐惧向我心上袭来。有可能邮局使我的希望落空，说不定这封信要明天早晨才送到你手里。万一出现那种情况，亲爱的兰年，请在明天白天你认为最合适的时候按我所托去做，然后再一次在午夜时分等候我的使者。那时也许已经来不及了；如果明夜也毫无动静地过去，你今后再也见不到亨利·杰基尔了。又及。

读了这封信，我确信我那位同行神经错乱了；但在这一点确凿无疑地得到证实以前，我感到有义务按照他的要求去做。我对这件莫名其妙的事情愈不理解，我就愈是难以判断它的重要性；而对待用这样的措辞发出的呼吁如果置之不理，势必要承担严重的责任。于是我从桌旁站起身来，坐上一辆街车，径赴杰基尔的住所。管家正等着我去；他也从一封随晚班邮件送到的挂号信中得到指示，当即派人去叫一个锁匠和一个木匠。我们还在说话的当口，那两位工匠已经来了；我们一起向原丹曼医生的外科实习讲堂走去，从那里到杰基尔的密室最方便(这一点你无疑是知道的)。门非常坚固，锁又极好。木匠声称，万一必须硬干，可够他麻烦的，而且门会损坏得相当厉害。锁匠则几乎陷于绝望，但他的手艺很高；花了两小时工夫，门总算开了。标有 E 字的柜子启锁后，我把那只抽屉拉出来，用麦秆填了空隙，拿一条被单扎好，带着它回到卡文迪希广场。

到了家里，我开始察看抽屉里的东西。那些粉剂配制得相当地道，不过没有达到药剂师的水平，显然由杰基尔本人制作。我打开其中的一包，发现一种在我看来很寻常的白色晶粒状盐类。接下来我把注意力转移到一只药瓶上，那里边盛着半瓶血红的液体，气味极其刺鼻。我估计其中含有磷和某种挥发性很强的醚，其他成分我猜不出来。那个本子是普通的记事本，其中只有一连串的日期，前后历时好多年。但我注意到，记录在将近一年前中断了，而且是突然中断的。间或在日期旁边作了简短的附注，通常只有寥寥两个字："加倍"。在总共有数百条的记录中，这样的附注大概出现了六次。在最早的记录中，有一处附注后面加了好几个感叹号："完全失败！！！"所有这一切虽然刺激着我的好奇心，却不能告诉我什么肯定的东西。这里计有一只盛着某种酊剂的药瓶、一纸包什么盐类和一系列试验的记录；这些试验同杰基尔从事的好多好多项研究一样，并未得出有实用价值的结果。这些东西放在我家里对我那位疯疯癫癫的同行的名誉、理智或生命能产生什么影响呢？既然他的使者可以到一个地方去，为什么不能到另一个地方去？就算这里头有些挂碍，为什么要我秘密接待那位先生？我愈想愈确信我所接触的是一个大脑出了故障的病例。尽管我打发了用人们去睡觉，我还是把一支老式左轮手枪装上子弹，这样多少算是做了自卫的准备。

十二点的钟声刚刚在伦敦上空敲响，门上就有很轻很轻地叩环的声音。我亲自出去开门，发现一个身材矮小的男子蜷靠在门廊的柱子上。

“是杰基尔博士派你来的吗？”我问。

他做了一个不自然的动作向我表示“是的”。当我请他进来的时候，他没有立刻这样做，而是回头先向黑暗的广场鬼鬼祟祟地看了一下。不远处有一名警察正提着打开的牛眼灯在走过来。我的这位客人看到后，大概吓了一跳，顿时慌忙起来。

我得承认，这些细节给我的印象不佳，所以当我跟在他后面走进灯光明亮的诊察室时，我的一只手始终握着我的武器。到了诊察室里，我终于有机会把他看一个清楚。过去我从未见过此人，这是肯定无疑的。我已经说过，他的身材矮小；此外使我吃惊的是他脸上那种十分可憎的表情，是他非常灵活的肌肉活动和显然非常虚弱的身体素质在他身上奇特的结合，还有最后但不是最不足道的一点，那就是有此人在近旁所引起的一种怪异的、发自内心的烦躁。这有点像发烧前的寒战，与此同时，脉搏明显减弱。当时我把这归结为某种特异反应，归结为个人的反感，仅仅对这些症状来势之猛感到惊讶。但事后我有理由相信，原因要深刻得多，根子在于人的天性，它取决于某种比好恶准则更高尚的情操。

故而，从他进门的一刹那起，此人便在我身上触发了一种我只能名之曰由厌恶而起的好奇心。他的服装足以使一个寻常人显得可笑。我是说，他的衣服的料子很贵重，也很素净，但尺寸对于他实在大得不像话。裤子空荡荡地悬在他的腿上，裤腿往上卷起，否则要拖到地上。大衣的腰身在他的臀部以下，领子远远地铺开在他的肩膀上。说也奇怪，如此滑稽的打扮竟丝毫不能引我发笑。相反，由于站在我面前的这个人骨子里有某种不正常的、舛误的素质，某种令人惶惑、惊愕、憎恶的素质，他衣着方面的这种狼狈相看来倒是与此相适应的，而且只会加深上述印象。因此，我除了对此人的本质和性格感兴趣外，还对他的出身、经历、财产状况和社会地位产生了好奇心。

这些感想写下来占了那么多篇幅，彼时却只占几秒钟的工夫。我的那位客人脸色阴沉，迫不及待。

“你把那东西拿来了没有？”他大声问，“拿来了没有？”他的情绪是那么不耐烦，甚至一只手抓住我的臂膀，打算摇撼我的身体。

我把他推开，觉得跟他一接触就像有一阵冰冷的剧痛注入我的血液。“先生，”我说，“你忘了我还没有认识你的荣幸。请坐下。”说着，我给他做了个榜样，自己先在习惯的位子上坐下，摆出一副通常对待病家的姿态；至于在这深更半夜，脑海中盘旋着这样一些念头，对这位来访者又心怀畏惧，我的姿态究竟自然到什么程度，可就不得而知了。

“我请你原谅，兰年博士，”他还算客气地回答，“你的话很有道理；我的急躁使我忘了礼貌。我应你的同行亨利·杰基尔博士之请，到此地来办一件要事；据我所知……”他顿了一下，把一只手按在脖子上；尽管他强作镇静，我看得出他在拼命抵抗一阵歇斯底里的发作，“据我所知，有一只抽屉……”

这时我不忍再看我的客人这副焦灼的情状，也许我自己的好奇心也愈来愈按捺不住了。

“在那里，先生。”我指着桌子后面说，放在那边地板上的抽屉还用被单覆盖着。

他立刻向那边跳过去，接着又停下来，一只手捂住心口。我可以听到，随着他的牙床的急剧抽动，牙齿磨得格格响。他的脸色是那么可怕，使我开始既为他的生命、也为他的理智担忧。

“你镇静一下。”我说。

他转脸向我作了一个狞笑，然后以破釜沉舟的姿态把被单掀去。看到了抽屉里的东西，他发出很大的声响倒抽一口气，那种如释重负的表情使我目瞪口呆。紧接着，他用自己已能控制的声调问：“你有量杯吗？”

我费了点儿劲才从座位上站起来，把他要的东西拿给他。

他点头微笑向我表示感谢，然后量出了几滴红色的酊剂，把一种药粉加进去。这种最初呈微红色的混合物，随着晶粒的溶解，开始变得色泽鲜明，并且噗噗地冒着气泡，散发出淡淡的蒸汽味。忽然间，气泡的升腾停止了，化合物先是转成深紫色，后来又慢慢地变淡，成为淡绿色。我的客人目不转睛地注视着这些变化，这时他面带笑容把量杯放在桌上，然后转过脸来，以专注的目光向我谛视。

“好吧，”他说，“现在来办剩下的事情。你是否愿意放聪明些，叫你怎么干就怎么干？你是否愿意让我拿起这量杯离开你的屋子？还是你已被贪婪的好奇心牢牢抓住，不能自制？先考虑考虑再回答，因为事情将照你的决定办。你可以决定，让你仍和过去一样，也就是说，既不会变得富有些，也不会变得聪明些，除非意识到自己曾帮助一个陷于绝境的人这件事可以算作某种精神财富。要不然，如果你愿意作出另一种选择，那么，此时此地，就在这间屋子里，一个新的知识领域、一条新的成名得势的道路，将立刻展现在你的面前；那时，你将看到这样一种触目惊心的奇观，管叫什么也不信的撒旦也会魔心动摇。”

“先生，”我假装淡漠地说，其实内心远非如此，“你的话实在费解，我听了并不觉得十分令人信服，你大概不奇怪吧。但是我在提供莫名其妙的帮助方面走得太远了，要我看到结果之前停步已不可能。”

“好吧，”我的客人说，“兰年，记住你的誓言：让下面发生的情况成为你我职业上的秘密。你被最狭隘、最庸俗的观念束缚了那么久，你否认超越一般经验的医学之功效，你嘲笑比你高明的人，现在，你瞧吧！”

他把量杯举到唇边一饮而尽。随后是一声喊；他身体摇晃，脚步踉跄，抓住桌子不放，瞪出一双眼睛，张着嘴大口喘气。就在我这样看着的时候，变化发生了：他似乎在膨胀，他的面孔骤然发黑，眉目好像先是模糊，继而变样。紧接着，我霍地跳起身来，一下子退到墙边。我举起一支胳臂，想挡住那不可思议的异象；恐怖的浪涛已把我淹得神志不清。

“哦，上帝啊！哦，上帝啊！”我一遍又一遍地尖声喊叫，因为在我的眼前，面色惨白、浑身发抖、处于半昏迷状态、伸出两手向前摸索、像一个死而复生的人那样站着的竟是——亨利·杰基尔！

此后一小时内他告诉我的情况，我不敢形诸笔墨。我的耳朵所闻，我的眼睛所见，使我从灵魂深处感到恶心。然而现在，那幅景象已从我眼前消失，我问自己是否相信有这等事，我却答不上来。我的生命的基础已彻底动摇，睡眠从此离开了我，一种勾魂摄魄的恐怖日日夜夜、时时刻刻伴随在我身边。我感到自己留在人间的日子已屈指可数，我必死无疑；然而我至死也不会相信。至于那人含着愧恨的眼泪向我暴露的道德堕落行为，我即便只是默默回想起来也会不寒而栗。厄特森，我只想说一点，如果你有勇气相信的话，单是这一点便已经足够有余。据杰基尔的自供，那天夜里潜入舍间的家伙，乃是全国每一个角落都在缉捕的杀害凯茹的凶犯，也就是大家知道他叫海德的那个人。

黑斯梯·兰年

亨利·杰基尔关于此案的全部交代

一八××年我生下来便拥有一笔巨大的财产。此外，我自身天赋甚厚，生性勤勉，喜欢赢得同侪中智者贤人的尊敬。由此可想而知，凡是保障锦绣前程所需要的一切条件我都具备。诚然，我最坏的毛病是闲不住、图快活，这种性情曾使许多人得到幸福，但我却发现它同我的强烈的愿望——在人前昂首挺胸、保持非常庄重的仪态——很难调和。于是我就在私下偷偷地寻欢作乐；当我达到认真思考的年龄，开始环顾周围并对自己在社会上的前途和地位作出估价时，我已经深深地陷入这种生活的两面性而不克自拔。许多人要是犯有类似我这样的毛病，甚至会引以为荣；然而，我从自己的远大抱负出发，几乎怀着一种病态的羞愧看待并掩盖这种反常心理。因此，与其说是我的缺点中有什么特殊的堕落倾向，毋宁说是我的抱负之大把我造成了那个样子，并且把区分和合成人的两重性的善与恶两大范畴在我身上切割得比大多数人更为壁垒分明。在这样的情况下，作为宗教的根本，同时又作为苦恼最充沛的源泉之一，严峻的生活法则，在我心目中无可挽回地引起了深刻的怀疑。尽管我具有如此深刻的两重性，但我决不是伪君子；我的两个方面都是极其真诚的。我在光天化日之下努力钻研学问或减轻别人痛苦的时候，和甩开一切约束、一头扎进丑事堆的时候，同样都不是做假。我的科研方向完全针对神秘的、超出一般经验的课题，那时凑巧有了一些苗头，对这种长期自我冲突的意识起了很大的澄清作用。我从我的智力的两个方面——道德的和理性的——一天天稳步迫近这样一个真理（仅仅由于部分地发现了这个真理，我就注定要遭到如此可怕的毁灭）：人事实上不是单一的，而是二元的。我只说二元的，因为我自己的认识水平还没有超出这一点。沿着同一条道路，比起我来，别人将后来居上。我斗胆预料，将来最终会知道，人无非是由形形色色自相矛盾而又各自独立的居住者组成的一个政治实体。就我来说，我从自己生命的本性出发，始终朝着一个方向，也仅仅朝着一个方向前进。我是在道德方面通过亲身体验看透人的十足而原始的两重性的。我认识到，在我的意识领域内有两种本性在斗争，即使有充分理由说我属于其中之一，也无非因为从根本上讲这两者我都具备。早在我的科学发现的趋向开始一清二楚地显示这种奇迹的可能性之前，我已经学会像做一个心爱的白日梦那样，津津有味地反复思考使两者分离这样一个主意。我对自己说，如果能把这两者分别置于各自的本体内，生活将摆脱不能容忍的一切：不义者可以从他较正直的孪生兄弟的远大志向和良心不安中解脱出来，走自己的路；正义者可以坚定而安全地走他的上坡路，做他引以为乐的好事，再也不受那个身外的恶鬼牵累而出丑和忏悔。这样互相排斥的两抱柴被捆在一起，使这对分属两个极端的孪生兄弟老是没完没了地在饱尝苦楚的意识的孕育处格斗，乃是人类的祸祟。那么，怎样才能使这两者分离呢？

我一直在冥思苦想，忽然，刚才我已经说过，在实验台上获得的一些成果从侧面为这一课题提供了启示。我开始比以往更深切地领会到，我们所套上的那个看起来如此坚固的躯壳，其实是虚幻而缥缈的。我发现某些药剂具有抖掉和扯去那个臭皮囊的力量，恰如一阵风能把帐篷的帘幔吹开一般。由于两个可以理解的原因，我不愿就我这份供状的科学部分作深入的阐述。第一，因为事实使我懂得，我们的生活的厄运和重负永远压在人的肩膀上，每一次抛开它们的尝试只会变成一种更不习惯和更可怕的压力反弹到我们身上。第二，因为我的发现是不完全的，这一点可从下文看清楚。（可惜的是太清楚了！）只消说，我不仅能把我的自然躯体与构成我的精神的某些力量的气和光区分开来，而且配制成一种药，可以把这些力量从它们的宝座上赶下台，代之以第二种形状和相貌；第二种形象对我来说是同样自然的，因为那是我灵魂中卑下情操的表现并打上了它们的烙印。

我把这项理论付诸实践之前犹豫了很久。我清楚地知道我有丢掉性命的危险，因为能如此有效地控制和动摇本体之堡垒的任何药物，只要过量微乎其微的一点点或服用的时机稍有不当，就能把我盼望着药物加以改变的那个虚幻的肉体整个消灭掉。但是，作出如此不同寻常而意义深远的发现这种诱惑太大了，终于战胜重重疑虑。我早已准备好我的酊剂，于是立刻向某药品批发公司购进一大宗盐类，我根据所做的试验知道，只要有了这最后一种药品，便万事俱备了。于是，在一个可诅咒的夜里，我把各种成分合在一起，看它们在杯子里沸腾、冒气；等气泡消失以后，我就鼓足勇气把这杯药喝了下去。

接着尝到的是最难熬的苦楚：骨头里嘎嘎作声，胸中恶心得要命，还有一种精神上的恐惧，即使在出生或死亡的时刻也不可能比这更甚。后来剧痛迅速平静下来，我像生过一场大病似的悠悠苏醒。我的感觉有点异样，并且无法形容地新奇，也正因其新而难以置信地甜蜜。我觉得自己的身体变得比较年轻、矫捷、快活了。我内心意识到一种鲁莽的冲动，一连串纷乱的纵欲映象犹如推动水车的湍流在我想象中奔泻。我意识到义务的束缚已被挣脱，灵魂得到了一种过去从未体验过的，但并非纯洁无邪的自由。这种新的生活刚一开始，我就知道自己比过去坏，坏上十倍，知道我已被出卖给原罪作奴隶。在那一瞬间，这个念头像一种酒使我振奋、高兴。我伸出双手，陶醉在这些新鲜的感受中；与此同时，我突然发觉身材变得矮小了。

当时我室内没有镜子；我写这个材料时旁边竖着的一面穿衣镜是以后拿来的，目的正是为了观察这种变形的过程。且说那一夜早就过去，时间已是翌日凌晨，尽管天色尚黑，白昼正接近孕育成熟。我家里的人在严格规定的睡眠时间内都锁在屋里。我踌躇满志，得意洋洋，决定以我崭新的形态冒险作一次远离我的寝室的出行。我穿越院子时，天上的星星看到我想必一定会感到惊异，因为它们不知疲倦地常年守在夜空，我还是它们迄今发现的第一个这一类人物。我蹑手蹑脚经过走廊，在自己家里扮演陌生人的角色。到了我的寝室里，我第一次看到爱德华·海德的模样。

这里我只能从理论上来谈一下，因为所谈的并不是我确知的，不过我估计可能性极大。我现在已把决定性格的功能交给我的本性中恶的一面，它同刚刚被我废黜的那个善的一面比起来，在健壮和发育的程度上要差些。再者，在勤奋、善行、克制占十分之九的我的一生中，恶的一面得到的锻炼要少得多，精力消耗也少得多。依我看，这就是爱德华·海德比起亨利·杰基尔来显得如此矮小、单薄和年轻的缘故。正如杰基尔的容貌洋溢着善良一样，海德的脸上明摆着一副邪恶相。此外，邪恶(我至今相信这是人的致命要害)还在后者的身体上留下畸形和堕落的烙印。然而，当我从镜子里看到这个丑八怪时，我却不觉得厌恶，反倒欢欣雀跃。这个人也是我。他看来挺自然，顺乎人性。他的形象在我的心目中显得更有精神，比起在这以前我习惯于称之为“我”的那副支离破碎的面貌来，要明确、单纯得多。以上我所说的话无疑是有根据的。我注意到，当我以爱德华·海德的模样出现时，任何人走近我，最初都难免疑惧形之于色。我认为，这是由于我们遇到的任何人都是善与恶的混合体，唯有爱德华·海德在人类中独树一帜，是纯粹的恶。

我仅在镜前逗留片刻，作为最后一环的第二项试验还有待于进行。我是否再也不能恢复自己的本来面目，是否必须在天亮前从这所不再属于我的房子里逃出去，还有待于见个分晓。我匆匆返回密室，再次调好一杯药喝下去，再次忍受筋骨化解的痛楚，然后重又回到具有亨利·杰基尔的性格、身材和面貌的我。

这一夜我来到了命运攸关的十字路口。如果我在作出我的发现时处于比较崇高的精神状态，如果我是在无私或虔诚的渴望支配下冒险进行试验，也许一切都会是另一个样子，也许从那番死去活来的折磨中炼出来的我将不是一个恶魔，而是一位天使。药物没有区别对待的功能；它既不是邪恶的，也不是神圣的；它仅仅冲击了我的天性的牢狱之门，里边的那位就像囚犯乘灾乱之际逃出来。彼时我的善性正在酣睡，而我的劣性却野心勃勃，蠢蠢欲动，时机一到立刻抓住不放；爱德华·海德于是便告出笼。从此我有了两种性格和两种外貌，其一完全是邪恶的，其二仍是原来那个自相矛盾的混合体亨利·杰基尔(对于他的改革和革新我已经绝望)。就这样，情况便完全朝着坏的方向发展。

即使到了那个时候，我还是没有克服对枯燥的研究生涯的厌恶。我有时依旧想寻些快乐。由于我的乐趣说得最客气也是不体面的，而我不仅名重位高，还渐渐地上了几岁年纪，我的这种极其矛盾的生活一天比一天使我受不了。我拥有的新的力量正是从这一方面引诱我，直至我沦为它的奴隶。我只消喝一杯药，就能扔掉一位名教授的躯壳，像穿一件厚呢大氅似的披上爱德华·海德的躯壳。想到这一点，我就忍俊不禁；当时我觉得这很有趣。我极其认真而小心地着手准备：在索霍区租下并布置了一所房屋，就是后来警方追踪海德到过的那个地方，雇了一个我确知口紧而在道德上又不太讲究的人做管家。另一方面，我向我的仆人们宣布，有一位海德先生(我把他的形状描述了一番)今后到坐落在广场上的我的住所里来，将充分享有自由行动和发号施令的权利。为了避免发生意外，我甚至经常以我的第二种身份来访，使自己成为家里的熟客。接着，我立下了那份你大不以为然的遗嘱，万一那个叫做杰基尔博士的我遭到什么变故，我可以进入爱德华·海德的角色而不致在经济上蒙受损失。就这样自以为在各方面设防以后，便开始从我的有利地位提供的奇特豁免权中得到好处。

过去，人们策划了罪恶勾当雇刺客去执行，自己的人身和名誉可保无虞。而我则是为了自己寻找快乐去犯罪的第一人。我可以在大庭广众间以德高望重的姿态缓缓而行，而转眼就像小学生那样脱去这重重外衣，一头跳进为所欲为的大海。但对于裹在莫测高深的斗篷里的我来说，安全可谓万无一失。试想，我甚至压根儿不存在！只要让我躲进实验室的门，给我几秒钟时间调合并吞服我随时准备着的药剂，那么，不管爱德华·海德干下了什么事，他都可以像呵在镜子上的水汽一样消失得无影无踪，代替他的将是亨利 · 杰基尔——安安静静地待在家里，正在把他书斋里一盏半夜灯剔得亮些；如果有人生疑，他还能把人家取笑一通。

前面已经说过，我急于通过我的化身去寻找的乐趣是不体面的，我不想用更加难听的字眼。但是，到了爱德华 · 海德手里，这种乐趣很快变成骇人听闻的了。当我结束一次外出活动回来时，我那位化身所干的坏事往往使我深深地陷入迷惘。我从自己灵魂中召唤出来，派去独个儿纵情作乐的这位仁兄，是个天生的歹徒和恶棍。他的每一个动作，每一种思想都以自己为中心。他以野兽的贪婪从任何折磨别人的行为中汲取快乐，全然是一副铁石心肠。亨利 · 杰基尔有时被爱德华 · 海德的所作所为吓得发呆，但情况太不合常规，也就在不知不觉间放松了向良心施加的压力。归根到底，作恶的是海德，仅仅是海德一人。杰基尔没有变坏，他醒来时那些优良品质似乎丝毫未受损伤。他甚至总是尽可能赶快去收拾海德拆下的烂污。这样一来，他的良心也得到了安宁。

我不打算细述我所纵容的（直到现在我还无法承认是我干的）那些丑事。我只想指出我的惩罚临近前发出的警告和接着传来的脚步声。我接触到的一件事，由于它没有引起什么严重的后果，我只一笔带过。施加于一个孩子的残暴行为激起了一个过路人对我的愤慨（前不久我认出他原来是你的亲戚），当时一个医生和孩子的家属都站在他一边，我几次担心有性命之忧；最后，为了平息他们的极大义愤，爱德华 · 海德不得不带他们到家门口，付给他们一张由亨利 · 杰基尔签字的支票。不过，此后我在另一家银行用爱德华 · 海德自己的名字开了一个账户，也就很容易地排除了将来再出现这种危险的可能性。我把自己的字体朝相反的方向倾斜，给我的化身配备了一个签名，便以为命运对我已鞭长莫及。

在丹佛斯爵士被害之前大约两个月，我出去作例行的猎奇之后很晚才回家，第二天在床上醒来时有些异样的感觉。我四顾张望，看到了广场附近自己家里体面的家具和轩敞的卧室，认出了帐子的花纹和红木床架的式样，可是这一切仍使我不得要领。有一种感觉固执地向我指示：我看起来好像在这里，其实不是在这里醒来，而是在索霍区我通常以爱德华·海德的形态去睡觉的小房间里。我暗自觉得好笑，便按我的心理学方法开始懒洋洋地探究这种幻觉的由来，在这同时偶尔又打起舒服的清晨瞌睡来。我正在作这样的小憩，在比较清醒的某一瞬间，我的视线落到我的一只手上。正如你常常说的那样，亨利·杰基尔的手在形状和大小方面都具有职业特征：这是一只大而坚定、白而好看的手。可是，我在伦敦市中心黄色的晨光中相当清楚地看到的那只搁在被褥上没有握紧的手，却是瘦骨嶙峋、青筋暴突，灰白的皮色被黝黑的汗毛反衬得分外难看。这是爱德华·海德的手。

我在惊讶引起的麻木状态中想必对它注视有半分钟光景，直到恐怖在我心中猛醒过来，犹如铙钹的碰击突然把我吓了一跳。我从床上蹦起来，冲到镜子跟前。一看到镜子里那个映像，我的血液立刻变成某种异常稀薄而冰凉的流质。是的，我上床时明明是亨利·杰基尔，醒来时却成了爱德华·海德。我问自己：这该如何解释？接着，在又一阵心惊肉跳冲击下，我更进一步考虑：这又该如何补救？此时天已大亮，仆人们都已起床，我所有的药都在密室里，从我当时吓得站着发了呆的地方到那边有很长一段路：要下两段楼梯，通过后甬道，穿越露天的院子，经过解剖实习讲堂。诚然，我可以把面孔遮起来，可是在不可能掩饰我的身材变化的情况下，这又有什么用？这时，我怀着一种无比甜蜜的宽慰心情想起，仆人们对于我的化身在此地来去出入已经习惯。我马上尽可能像样地穿上我本人那个尺码的衣服，急急忙忙穿过屋子；布拉德肖看到海德先生一大早打扮得这样奇怪，不禁瞪圆了眼睛，倒退几步。十分钟以后，杰基尔博士已恢复他自己的形状，皱眉蹙额坐下来装作进早餐的样子。

其实我什么也不想吃。这次无法解释的怪现象与我先前的经验背道而驰，简直像巴比伦宫内墙上的手指，正在拼写对我作出判决的字句[①]。我开始比以往任何时候更认真地考虑我的双重存在可能带来的后果。由我一手炮制出笼的那个我的化身，近来得到较多的锻炼后长了筋骨；我觉得爱德华·海德的身材近来长大了些，当我套上那个躯壳时，仿佛感到身上的血液充沛了些。我开始觉察到一种危险：长此以往，我的本性的平衡可能被永远打破，随意变形的能力也许会丧失，爱德华·海德的性格将无可挽回地变成我的性格。那种药的效力并不是每次都同样显著。在我从事这项活动之初，有一次它曾使我遭到彻底失败；从此，我有过几次不得不把剂量增加一倍，有一次简直是豁出了命把剂量增加两倍；这偶尔发生的几次不稳定状况在我心满意足的情绪上投下了迄今为止唯一的阴影。不过，通过早晨那件事情，我注意到：如果说困难最初在于甩掉杰基尔的躯壳，那么近来已渐渐地、但是明显地转移到另一方面。一次迹象表明，本来那个比较好的我，在我身上慢慢地维持不下去了，正在慢慢地同另一个比较坏的我合流。

我现在感到必须在这两者之间作出抉择。我的双重本性具有共同的记忆；但其他各种官能在两者之间却分配得极不平均。杰基尔(他是个混合体)时而怀着神经过敏的忧虑，时而怀着愈吃愈馋的兴致策划并分享海德的快乐和奇遇；但海德根本不把杰基尔放在心上，顶多像山地的强盗那样，只有在需要藏身的洞穴逃避追捕时才会想起他来。杰基尔的关怀不下于一个慈父，而海德的冷淡却比一个逆子更甚。同杰基尔共命运就意味着与我长期暗中迁就而近来开始放纵的欲望绝缘。同海德共命运则意味着与千百种权益和抱负绝缘，一下子永远遭人鄙视，无人理睬。两者的利弊得失固然不同，但还有另一因素应予考虑，那就是：

① 《圣经·旧约·但以理书》第5章载，巴比伦王伯沙撒在宫中设盛宴与大臣们对面欢饮，忽有手指在宫内粉墙上写字，王的许多哲士均不能解读。后来经先知但以理讲解，原来所写文字为："你被称在天平里显出你的亏欠"。当夜，伯沙撒王被杀，王国亦告分裂。

杰基尔会在禁欲的烈火中忍受剧痛，而海德却对自己失去的一切甚至毫无知觉。我的处境虽然奇怪，然而所争论的却是一点也不新鲜的老问题；任何受到考验而摇摆不定的罪人，都要在大同小异的诱惑和忧虑面前作出抉择。我也和绝大多数同类一样，终于选择了较好的那一部分，可是结果并没有毅力坚持下去。

是的，我选择了那个上了年纪而又感到不满足的博士，他周围有好多朋友，心怀诚挚的愿望。我毅然决然地告别了无拘无束的自由、比较年轻的身心、轻快的步伐、有力的脉搏和我在披上海德的外衣时享受到的秘密乐趣。我作出这一选择也许不自觉地有所保留，因为我既没有把索霍区的住房退租，也没有销毁爱德华·海德的衣服，这些衣服还放在我的密室里，随时可用。不管怎样，有两个月光景我一直恪守自己的决定。这两个月我的生活之严谨是以前从未达到过的，我从良心的赞许中取得了补偿。但是，时间终于使我的警觉逐渐趋于迟钝，对于良心的称道慢慢地习以为常。我开始受到苦闷和渴望的折磨，那可以说是挣扎着要自由的海德的苦闷和渴望。最后，在一个意志薄弱的时刻，我又合成一服化身药剂吞了下去。

我认为，当一个酒鬼就他的恶习自己跟自己辩论时，他五百次中间也没有一次会考虑到他那畜生般的麻木不仁给自己招来的危险。同样，尽管我对自己的状况盘算再三，我还是没有充分估计到爱德华·海德的主要特征——道德上彻底的麻木不仁和随时准备作恶的残忍本质。而恰恰是这一点使我受到了惩罚。我的恶魔被关了很长一段时间，现在咆哮着冲出了牢笼。我只要把药一喝下去，就感觉到心中有一种更加难以控制、更加肆无忌惮的作恶倾向。当我听不幸的被害人彬彬有礼地向我问路时，想必正是这种倾向促使我暴跳如雷。我至少敢向上帝宣称：一个精神健全的人受了这样一点点刺激决不会犯下那桩罪行；而我在打那个人的时候，并不比一个任性的孩子砸玩具时头脑清醒。然而我是自愿地剥夺了使自己精神上保持平衡的全部本能；要知道，即使是我们中最坏的人，凭着这种本能也还能在诱惑的包围下勉强稳住步子继续走路。而我呢，一旦面临诱惑，不管是多么微不足道的诱惑，那就意味着沉沦。

恶魔的灵魂一下子在我身上苏醒并大发兽性。我怀着欣喜若狂的心情殴打那个无力反抗的肉体，每打一下就尝到一分快乐，直至自己开始感到厌倦，才骤然间在癫狂的顶点被一阵恐惧的寒栗扎穿心房。迷雾消散了，我认识到杀人是要偿命的，便从暴行的现场逃之夭夭，又是得意洋洋，又是胆战心惊。我的作恶的欲望得到了满足和刺激，而我对生命的眷恋犹同琴弦绷紧到了不能再紧的最大限度。我跑到索霍区的住所，销毁了我的各种文件(以策加倍的安全)；我从那里出发穿过灯火通明的大街小巷，情绪仍处于分裂的狂热状态，对刚刚犯下的罪行十分欣赏，一边昏头昏脑地已在策划未来其他的罪行，不过脚步还是很快，同时留神倾听有没有复仇者追来。海德一面调药，一面哼着一支歌曲。他喝药的时候算是为死者干杯。变形的痛楚还没有把他撕成碎片，亨利·杰基尔已经满面流着感恩和悔罪的眼泪跪下来，举起十指交叉握紧的双手向上帝祈恕。那一层自我放纵的外衣从头到脚给扯破了，我看到了自己的整个一生：从走路还要父亲一只手扶着的童年时代起，经过埋头苦干、自我克制的职业生涯，到某一天晚上那个可诅咒的时刻。回忆一次又一次把我带到那个万劫不复的时刻，每次都使我简直无法相信真有其事。我实在想尖声大叫，我企图用眼泪和祈祷把从我的记忆中纷纷向我袭来的一大片可怕的幻象和声音压下去；然而，在祈祷的间歇中，我的罪行的丑恶嘴脸依然直窥到我的灵魂深处。随着这种悔罪之心的痛切感开始消失，接踵而至的是一种高兴的感觉。我该如何行动的问题已经解决。海德从此将不容于世；不管我愿意不愿意，我得把自己局限于我的存在的较好的那部分。哦，想到这一点我是多么高兴啊！我张开怀抱重新接受正常生活的约束真是心甘情愿，服服帖帖！我锁上了那扇自己经常进出的门，把钥匙踩在鞋底下碾断，当时我真心诚意地想弃邪归正!

第二天，消息传来，凶案经过仔细的调查，世人都已知道是海德干的，而且被害者的人望极高。这不仅是一桩罪行，而且是一幕毫无道理、令人发指的惨剧。我自忖乐于听到这个消息，这样可以利用对于绞架的恐惧心来支撑和保护我的较好的素质。杰基尔现在是我的避难所，海德只要敢探头朝外张望一下，就将被千夫所指，人人得而诛之。

我决心在将来的行动中赎偿过去的罪愆。我可以毫不亏心地说，我的决心结出了一些好的果实。你也知道，去年的最后几个月我是多么热心为人解除痛苦；你知道我为别人做了许多事情。日子过得很平静，对我说来几乎是幸福的。我实在不能说这种只行好、不作恶的生活使我厌倦；相反，我认为自己一天天更充分地尝到了这种生活的乐趣。然而，意志的两重性还在我身上作祟；悔罪的利刃刚刚失去最初的锋芒，我身上卑下的一面(过去长期受到纵容，不久前才用锁链拴起来)便开始嗥叫，要求释放。并非我梦想让海德复活，光是这个念头就能叫我全身冰凉。不，是我本人又一次受到诱惑想愚弄一下良心，是我作为一个寻常的秘密罪人顶不住诱惑的冲击终于垮了下来。

于是一切的一切都到了头，最深最大的容器也终于满了，这一次对我的劣性的短时间迁就，彻底破坏了我的灵魂的平衡。然而我却没有警觉，崩溃的发生似乎很自然，就像回到我作出我的发现之前的日子里那样。这是一月份某个晴朗的白天，脚下严霜融化的地方湿淋淋的，但天上万里无云，摄政王公园里充满了冬日啁啾的鸟声，已隐约透出些许甜蜜的春意。我坐在阳光下的一张长椅上；潜伏在我体内的兽性馋涎欲滴地回味着过去的好日子；灵性则有些昏昏欲睡，预示着随后要进行忏悔，但尚未动起来。我在思考，说到底，我毕竟同世人类似；我把自己同别人相比，把自己积极热情的好意同他们无精打采的冷漠相比，脸上不禁浮起了笑容。就在这个自负的想法露头的一刹那，我感到一阵眩晕，接着是可怕的恶心和最猛烈的震颤。这些症状过去后，我昏倒了。

等到这种昏迷状态也过去后，我开始发现我的思想情绪起了变化，变得大胆得多，蔑视危险，决心挣脱义务的约束。我往下一看，我的衣服空荡荡地悬在缩小了的肢体上，搁在膝盖上的一只手青筋暴突，变得毛茸茸的。我又成了爱德华·海德。一刹那以前，我还稳稳地受到大家的尊敬和爱戴，而且相当富有。我家的餐厅里为我作好开饭的一切准备。可现在，我却是全人类一致追捕的目标，一条丧家之犬，一个众所周知的杀人犯，迟早得上绞刑台。

我的理智动摇了，但没有彻底丧失。我曾多次观察到，我以第二性格出现时，我的官能似乎特别敏锐，我的情绪也更有弹性；因此，万一出现某个紧要关头，杰基尔可能顶不住垮下来，海德却能起来应付。我的药在我的密室的一只柜子里，我怎么能去拿呢？这是我双手紧按太阳穴必须解决的问题。实验室的门给我关闭了。如果我试图从前门进去，我自己的仆人准会把我送上绞架。我看必须假手于人，于是脑筋动到兰年头上。怎样和他联系呢？怎样说服他呢？就算我在街上不致被抓起来，我又怎能去同他见面呢？像我这样一个他既不认识、又不欢迎的客人，又怎能诱使一位著名的医生去搜他的同行杰基尔博士的密室呢？这时我想起我本来的身份并不是什么也没有给我留下：我可以用自己的字体书写。这个念头的火花刚一闪起，我该走的一条路，便从头到底都被照亮了。

于是，我尽可能把我的衣服弄得像样些，雇了一辆路过的出租马车前往波特兰街的一座旅馆（那地方的名字是我偶然想起的）。赶车的看到我的模样可乐了（那确实是够滑稽的，尽管这身衣服遮盖着多么悲惨的厄运），想掩饰也掩饰不住。我在一阵疯狂的暴怒中面对着他把牙齿咬得格格响，笑意顿时从他脸上消失。也算他运气，而我更是运气，因为只差一眨眼的工夫我就会把他从高高的御者座上拉下来。到了目的地，我走进旅馆，那副横眉怒目的神态吓得侍者们直哆嗦；当着我的面，他们不敢互相交换一下眼色，只是巴结地听候我的吩咐，把我引进一个单间，给我拿来了纸笔。生命处于危险中的海德对我说来是一个陌生的人物：他被无节制的狂怒震撼着，神经紧张到随时会杀人，千方百计给别人制造痛苦。然而这家伙是个机灵鬼，他以极大的意志力按捺住怒火，写了两封重要的信：一封给兰年；一封给普尔。为了取得确已付邮的凭据，他吩咐把这两封信挂号寄出。

从那时起，他整个白天都坐在单间里烤火，咬他的指甲。他独自心怀鬼胎在那里吃了晚饭，侍者在他面前显然颇为胆怯。等到夜色已浓，他从那边出发，缩在窗门紧闭的出租马车的一角，叫车夫载着他在伦敦的大街小巷里转来转去。我总是说“他”，不能说“我”。那个地狱的产儿没有半点人性；他身上除了恐惧和仇恨什么都没有。最后，他估量马车夫已开始起了疑心，便下车冒险步行，混在夜晚的行人中间，穿着不合身的服装，注定了会引人注目，而那两种卑下的情感则一直在他胸中如恶浪翻腾。他在风声鹤唳中走得很快，一边自言自语，鬼鬼祟祟地经过一些行人较少的路径，计算着到午夜十二点还剩多少时间。一次，有个妇人同他搭话，大概向他兜售一盒火柴。他重重地打了她一巴掌，吓得她拔腿就跑。

当我在兰年那里恢复原形的时候，我那位老朋友的骇遽之状也许使我有点心动，反正我也说不上是怎么回事。但这至少又在我回顾那一段经历时所感到的无限憎恶中添了一滴。我感到心情起了变化。现在折磨着我的事情不再是怕上绞架，而是怕做海德。我遭兰年的谴责时一半似在梦中，我就这样迷离恍惚地回到自己家里上床睡觉。经过这一天的疲劳之后，我睡得酣畅极了，甚至老是缠住我的梦魇也不能把我惊醒。早晨醒来，我感到好像被着力地抖过一番，疲软不堪，但精神振作。一想到那只睡在我体内的野兽，我依然又恨又怕。我当然没有忘记隔天那些惊心动魄的险象，但我又回到了自己家里，药物就在手边。逃脱厄运的感恩心情在我灵魂深处照耀得如此明亮，几乎可与灿烂的希望交相辉映。

早餐后，我徐步穿过院子，津津有味地饮吸着清冷的空气，忽然我又被预报即将起变化的那些难以描述的感觉牢牢抓住。我只来得及躲进我的密室，海德的欲念已再次像暴风雪一般向我发动冲击。这一回我服用了加倍的剂量使自己复原。可是，——我的天！——六小时以后，当我忧郁地坐着凝望炉火时，剧痛又发作了，我不得不重新服药。总之，从那天起，我好像全靠使出做体操那样的猛劲，全靠必要时立即用药物刺激，才能维持杰基尔的模样。在白天黑夜的任何时候，我都可能遭到作为前驱征兆的震颤的袭击。最可怕的是：如果我睡着了，或者只是在椅子上打一个盹，醒来时一定变成海德。处在这种时时刻刻悬在头上的厄运威胁下，由于我不准自己入睡超过了人所能忍受的限度，我本人变成了一条被高度的紧张耗尽精力的可怜虫，身心两方面都虚弱不堪，唯一盘踞在头脑里的便是对我那另一个自己的恐惧。但是当我睡着或者药效逐渐消失的时候，我几乎无须过渡（因为变形的痛苦已一天天愈来愈不明显），便能一跃而获致充斥着恐怖幻影的想象、翻腾着无名仇恨的灵魂和单薄得仿佛装不下如此凶猛的生命力的躯壳。海德的机能似乎随着杰基尔的健康恶化而增加了。如今他们互相憎恨的程度确实可说不相上下。在杰基尔这方面，这是性命攸关的本能反应。现在他看到了这个与他共有某些知觉直要到生命告终的家伙的丑恶嘴脸。正是这些共同的纽带本身组成了他的不幸中最不幸的部分；如果撇开这些，他把海德不仅看作某种邪恶的东西，还看作是某种无机物，尽管它有着旺盛的生命力。试想，坑洼里的稠泥仿佛在发出呼喊和人声，飘扬的尘土会做手势和坏事，没有生命的，纯属虚无的死东西要僭夺生命的职司，那该有多可怕。还有，那种来势凶猛的恐怖和他结下了比妻子、比眼睛对自己更密切的不解之缘。那东西被关在他的肉体的牢笼中，他听到它在里边抱怨，感觉到它在挣扎着要求出世。每当他精力衰竭的时刻，那东西确信他睡着了，就起来压倒他，把他赶下台。海德对杰基尔的憎恨则属于另一种性质。海德对绞架的恐惧驱使着他不断地实行暂时的自杀，回到他作为一个部分而不是作为一个人的无奈境地。但他讨厌这种必要，讨厌杰基尔如今陷入的沮丧状态，对于自己受到的冷遇极为不满。因此，他不时对我耍那种猿猴学样的把戏：摹仿我的笔迹在我的书页上乱涂亵渎的字句，烧我的信，毁坏我父亲的像。要不是怕死，他早已毁灭他自己，好拖着我与他同归于尽。但他对生的欲望是惊人的。更有甚者，虽则我一想起他就恶心，就发冷，然而，当我回忆起他是那样卑怯、那样强烈地怕死贪生的时候，当我知道他是多么害怕我能通过自杀把他甩掉的时候，我发现自己内心深处对他却怀着怜悯。

把这番描述拉长也无益，何况时间逼得我愈来愈紧。没有一个人忍受过这样的酷刑，但愿到此为止吧。然而，纵使是这样的酷刑，熬惯了也会——不，不是减轻痛苦——也会使灵魂麻木不仁，乖乖地认命。我的惩罚本来也许会经年累月地持续下去，但最近发生的灾难使我和自己的面貌、本性终于彻底分离。我配药用的那种盐类，从第一次做试验时起一直未加补充，存货已渐渐告罄。我派人去买了一批，用来配药。气泡泛起来了，颜色只变了一次，没有再变第二次。我把它喝下去，结果不起作用。你可以从普尔那里了解，我派他把全伦敦都跑遍了，还是觅不到原来那批货。现在我已确信，我用的第一批货成分不纯，而恰恰是那种我所不知道的杂质才使药剂有此功效。

将近一个星期过去了，此刻我正在利用最后一点老药粉的效力结束我的交代。我不能耽搁太久，免得交代来不及写完，因为到目前为止，我写的交代之所以能免于被毁，那是高度的谨慎和极大的侥幸所致。设若变形的剧痛正好赶上我写这份东西的时候发作，海德不把它撕成碎片才怪呢。但是，如果我能早一点把这份东西放好，那么，他的惊人的自私和短视也许能使我的交代再次逃脱被胡乱涂鸦的厄运。的确，正在向我们两个步步迫近的劫数已使他变样并把他压垮。半小时以后，当我再一次、也是一去不复返地变成我所深恶痛绝的那个人时，我知道我将坐在我的椅子上发抖、哭泣，或者在这间屋子里（我在尘世的最后一处栖身之所）不断地走来走去，对任何可能孕育着危险的声音都要侧耳静听，一边提心吊胆，失魂落魄。海德会不会死在绞刑架上？他有没有勇气在最后一分钟让自己得到解脱？只有上帝知道，我可管不了。现在是我真正的死亡时刻，此后的事情已与我无涉。好了，我这就搁笔，然后把我的供状密封起来，以此了结那个不幸的亨利·杰基尔的一生。

“十二真渔夫”

［英］吉尔伯特·基思·切斯特顿　著

吉尔伯特·基思·切斯特顿(1874—1936)是上世纪二战爆发前英国文学界一位引人注目的人物，写过大量长篇和短篇小说、诗歌、戏剧、政论以及文学史方面的著作，其中生命力最强的恐怕要数布朗神父系列故事集(1911—1935)、《狄更斯传》(1906)、《斯蒂文森传》(1927)。切斯特顿本人的小说创作深受新浪漫主义文豪斯蒂文森(1850—1894)和推理小说大师柯南·道尔(1859—1930)的影响。除了云谲波诡的布局构思以外，切斯特顿往往会把匪夷所思的荒诞成分注入作品，尤其如《当上了星期四的人》(1908)、《大活人》(1912)等长篇小说。他的幽默也有别于体现在好多经典名家名作中的英国式幽默传统。凡此种种合在一起，居然为他赢得一项极为罕见的殊荣：英语中为类似或模仿切斯特顿这种风格的作品增添了一个专门的形容词 chestertonian，尽管使用时的涵义褒贬不一。

这里译介的一篇小说选自切斯特顿 1911 年出版的侦探故事集《布朗神父的天真》。在接下来的将近四分之一世纪时间内，这一系列又增添了《布朗神父的明智》(1914)、《布朗神父的疑心》(1926)、《布朗神父的秘密》(1927)和《布朗神父的窘遇》(1935)四本集子。他把一个古怪、可笑、土里土气的天主教神父作为这一系列的中心人物，在一定程度上为后来阿加莎·克里斯蒂(1890—1976)笔下的老小姐马普尔这一类型的“业余”侦探形象(不同于福尔摩斯、波洛等专业私家侦探)开了先河。切斯特顿认为布朗神父的身份和信仰本身使他易于直窥人的灵魂深处，从而准确无误地解读最阴暗的内心世界。天主教有关罪恶、忏悔和赎罪的主题，经常出现在这些离奇故事的字里行间。切斯特顿本人在早已过了不惑之年的 1922 年还皈依天主教。事实上，对天主教和中世纪农业社会的理想化倾向，在他的早期作品中，如1904年出版的《诺丁山的拿破仑》就有明显的表现，而且几乎贯串他文学生涯的始终。

假定你碰见那个入会条件十分苛刻的“十二真渔夫”俱乐部的某一位成员走进弗农饭店参加一年一度的俱乐部聚餐，当他脱去大衣时，你会发现他的晚礼服不是黑色的而是绿色的。再假定你有不怕唐突名人的莽撞劲儿，敢问他为何如此打扮，他也许会回答说：这样做是为了避免被误认为侍者。那时你只得狼狈告退。但你的疑团仍没有解开，却也留下一个值得一讲的故事。

假定（我们姑且继续作这种并不可能的假设）你遇见一位性情温和、工作勤奋的小个子教士叫做布朗神父的，你问他认为平生运气最好的是哪一次经历，他可能会回答说：他是在弗农饭店撞上了他最好的一次大运，他在那里消弭了一件罪行，恐怕还拯救了一个灵魂，当时靠的仅仅是倾听甬道里的几阵脚步声。他对自己做出的大胆而奇妙的揣测想必有点儿自豪，而且八成他也会指出这是那次成功的关键。但由于你的社会地位上升到认识“十二真渔夫”的可能几乎等于零，而你同样决不会沉沦到贫民窟去与歹徒宵小为伍，也没有机会结识布朗神父，我担心你或许永远听不到这个故事，除非我来讲给你听。

像“十二真渔夫”举行该俱乐部年度宴会的弗农饭店这一档次的字号，只可能存在于寡头圈内，那里对高品位的追求几乎到了失去理智的程度。那是一种观念颠倒、绝无仅有的经营之道。也就是说，这样的商号获取利润并不依靠吸引众人，居然是靠吓退众人。在财阀统治的社会里，商人们的精明程度使他们变得比顾客更加挑剔。他们硬是设置重重障碍，让他们的富得冒油、闲得发慌的顾客可以大把花钱、想方设法去克服这些障碍。倘若伦敦有某一家豪华大饭店，规定身高不足六英尺（约183 cm）的男子不得入内，上流社会照样会心平气和地凑足六英尺以上的人数到那里去举行宴会。倘若有一家价格昂贵的餐馆老板突发奇想，只在周一晚市营业，那么，每逢周二傍晚那里定将人头攒动。弗农饭店仿佛纯属偶然似的坐落在贝尔格雷维亚[1]的一片广场角上。那是一家很小并且很不舒适的饭店。然而偏偏是它的种种不便被视为可保护某一特定阶层不受干扰的挡风墙。尤其是其中一项更可谓至关重要，即：那家饭店实际上一次只能容纳二十四人同时用餐。仅有的大餐桌就是那张远近闻名的阳台长桌，摆在蔽雨不遮景的户外敞廊下，可以俯瞰伦敦最典雅的古老花园之一。可见就连这张桌子周围的二十四个座位也只能在暖和的气候条件下享用；这使获取此种享受变得更难，唯其如此，也就更加令人心向往之。该店现在的老板是个名叫利弗的犹太人；他靠店门难入这一招赚了将近一百万。当然，他在限制规模范围的同时，也在经营管理方面刻意求工，精益求精。酒菜厨艺堪与欧洲任何一家名店媲美，服务人员的仪表举止准确地反映出英国上层阶级已成定型的一套规矩。老板对他所有的侍者个个了如指掌；他们总共只有十五个人。要想成为一名国会议员，比当这家饭店的一名服务生容易多了。每一名侍者都经过极其严格的训练，善于保持沉默而又操作圆熟，就像一位绅士的贴身仆人。事实上，来这里用餐的每一位绅士通常确有至少一名侍者专门为他服务。

“十二真渔夫”俱乐部除了这家饭店，决不会同意到任何别的地方去聚餐，因为该俱乐部坚持要求绝不受干扰；只要一想到另有一个什么俱乐部也在同一家饭店聚餐，他们便会彻底心烦意乱。每逢他们一年一度的宴会那天，会员们照例要展示他们所有的宝藏，仿佛他们是在一座私人宅第里边，特别是那套赫赫有名的鱼刀和鱼叉，可以说已经成为这一团体的标志，其中每一件都用白银精工打造成一条鱼的形状，而且每一件的柄上都嵌有一颗特大的珍珠。这些餐具总要到上鱼菜之前才摆

---

① Belgravia，伦敦一富人住宅区。

出来，而鱼又总是这席隆重的盛宴中最隆重的一道菜。该俱乐部讲究恪守许许多多仪式和规范，但是它没有历史，也没有目的；这恰恰是其浓重贵族气韵之所在。想要成为十二渔夫之一，你无需如何出人头地；可是除非你已经是位有头有脸的人物，否则你连听也不会听说过这个俱乐部的事情。它成立至今已有十二年。会长是奥德里先生。副会长是切斯特公爵。

不管我在多大程度上描述了这家令人望而却步的饭店的气氛，读者都会自然而然地感到不解：我是如何得知其内情的？读者甚至会作如是想：像我的朋友布朗神父这么一个没有什么来头的凡人，又如何得以进入那样高度封闭的小圈子？要是这样问起来，我回答很简单，甚或有些俗套。世上有这么一个很老很老的闹事者和蛊惑者，任何最高雅、最隐蔽的处所他都能闯进去传达人人一律平等的凶信，但凡这位骑着灰色马拉平人间一切差异的仁兄①所到之处，布朗神父就得跟着去。那天下午，侍者中有个意大利人突发中风瘫倒；他的犹太雇主碰到这等不知是何朕兆的局面，吃惊之余还能从善顺变，同意派人就近去请一位罗马天主教的神父前来。侍者向布朗神父忏悔了什么罪过，我们无需关心，道理是再清楚不过的，因为告解的内容神父不得为他人道。不过，看来临终的人求他作一份笔录或声明，替代捎一个口信或纠正某一件错事。于是，布朗神父当仁不让——即使在白金汉宫②中他同样会如此表示——遵命照办，并要求提供一间屋子和书写用具。这下可难坏了利弗先生。他是个好心人，也有软心肠的负面特征——讨厌任何麻烦或纠纷。再者，那天傍晚一个不寻常的陌生人出现在他的饭店里，无异于刚洗干净的衣物上沾上一块污斑。弗农饭店从来没有任何作为隔离带的小房间

---

① 即死亡、死神。《圣经 · 新约 · 启示录》第 6 章第 8 节：“……见有一匹灰色马，骑在马上的，名字叫作死。”

② Buckingham Palace，英国王宫，在伦敦市内，1837 年起为英国历代君主居住之地。

或过道厅，没有人等在候见室，主顾中从来没有不速之客。侍者共十五名。客人共十二名。要是当晚发现饭店里来了一位新客人，那时引起的惊诧就好比在某人自己家属圈子里发现多了一个从未谋面的兄弟在用早餐或茶点。更有甚者，这名教士实在其貌不扬，衣着沾泥带土，只消从远处对他瞥上一眼，便足以在俱乐部内酿成危机。最后，利弗先生采取了一个办法，既然他不能加以排除，那就把丑事掩盖起来。当你走进弗农饭店时(尽管你永远也进不去)，你会经过一条短短的甬道(那儿挂着几幅色泽暗淡、但很名贵的画)，来到正前厅和休息室，门外右边有甬道通往各公共活动室，左边一条相似的甬道则引向饭店的厨房和服务设施区。就在你的左侧是与休息室相连的玻璃亭一角——可以说是屋中之屋，想必饭店昔日有一座酒吧台曾占用那个地方。

这个亭子里坐着老板的一名办事员(这家饭店的主管非不得已从不亲自出面)，亭子后面，在通向下房的路上有男宾的衣帽间，这里是客人领地的最后疆界。但在玻璃亭与衣帽间之间有一个并无其他出口的小小密室，老板有时用来处理一些微妙而又重要的事情，诸如借给一位公爵一千镑或拒绝借给他六便士之类。现在利弗先生允许一个普通教士亵渎这片圣地在纸上涂鸦半小时左右，表现了可算得天大地大的雅量。布朗神父当时记下的那个故事，极有可能比在下这篇精彩得多，可惜永远不会为人所知。我只能指出，两个故事的时间跨度非常接近，他记述的那篇末了两三段在激动人心和引人入胜方面最差劲。

就在他写到那几段的当口儿，神父开始有点儿注意力不集中，他那平时相当敏锐的感官想要松弛一下。天色渐渐地暗下来，晚餐的时间正在临近；他所在的这间被遗忘的斗室没有灯烛光，兴许是愈聚愈浓的暮霭使耳朵变得特别尖，这种情况也是有的。正当布朗神父记到他这份笔录最后、最无关紧要的那部分时，他发觉自己在合着外边一种反复出现的声响拍子下笔，恰似有人往往会跟着火车轮子的节奏思考一样。当他意识到这一点时，随即明白那是什么动静；无非有人在门外走过，发出啪哒啪哒的脚步声，这在饭店里是寻常事，说不上特别令人讨厌。尽管如此，布朗神父还是望着变暗的天花板，继续听那声音。他迷迷糊糊听了数秒后，站起身来，脑袋略微偏向一边，屏息凝神侧耳细听。然后他重又坐下，双手抵住额头，现在已不光是听，而是边听边想。

外面的脚步声跟你可能在任何饭店听到的脚步声没什么不同；然而，就整体而言，这足音还是颇有些异乎寻常。彼时没有别的脚步声。这房屋总是非常安静，少数熟客一下子都回到各自房间去了，而训练有素的侍者们则被告知：除非客人需要他们，否则最好看不见他们的人影。这家饭店是最没有必要担心会发生反常情况的地方。可这脚步声太特别了，叫人没法断定是正常还是反常。布朗神父跟着脚步声用一个指头在桌子边沿上轻轻敲出节拍，就像一个人在钢琴上试弹一支曲调那样。

先是为时很长的一阵急速的碎步，仿佛一个体重较轻的人在竞走比赛中争胜。到达某一点时，碎步声戛然而止，变得像缓慢摇摆的步态，步频不足前面那种的四分之一，但持续时间却差不多。上述步态的回声刚一消失，那轻盈、匆促的碎步疾行又起，然后又是比较沉重的跫然足音。发出这些声音的肯定是同一双鞋，部分依据是因为附近没有别人（前面已经说过），另一部分依据是因为那双鞋有点儿嘎吱嘎吱作响，声音虽小，但变换步速时鞋没有变，这一点错不了。布朗神父的头脑属于那种万事都要问一个为什么的类型；面对眼前这个显然不值得一提的问题，他却绞尽脑汁百思不得其解。他见过人们在跳跃之前先作助跑。他见过人们在冰上滑行之前先作助跑。但为什么会有人在步行之前先作助跑？或者还可以反过来问，为什么此人起跑之前先步行一段时间？然而那双看不见的脚所做的恰恰是这样古怪的动作。那个人要么很快走完走廊的前一段，为的是很慢很慢地走余下的一段；要么他很慢很慢地从走廊的一头起步，目的是获得快速走到另一头的那份欣喜。两种猜测哪一种都不像有什么道理。布朗神父的头脑里愈来愈模糊昏暗，就跟他所在的小屋子一样。

不过，当他定下神来凝思时，斗室里的一片黑暗反倒使他的思想更趋活跃；出现在他想象中的是那双匪夷所思的脚在走廊里跳跳蹦蹦摆种种不自然或有象征意义的姿势。那是不是异教徒的一种宗教仪式舞蹈？抑或是某种全新的体育锻炼方式？布朗神父开始更加执着地询问自己：这脚步声究竟表明什么？不妨先分析一下走得慢的脚步：那肯定不是老板的脚步。像利弗先生这种类型的人总是大摇大摆走得挺快，或者坐着不动。那也不可能是任何一名仆役或等候差遣的信使。听起来不像他们发出的声音。在富豪统治的社会里，下层阶级当处于微醺状态时，走路往往步履蹒跚，但一般说来，尤其在这样富丽堂皇的场所，他们大都毕恭毕敬地站着或坐着。不，那种沉重而有弹性的脚步，带着漫不经心的着力点，既不算特别扰人，可还是不太关心如此行走发出的噪声——那种脚步属于这个地球上唯一的居民。他是一位西欧绅士，很可能从未为谋生而工作过。

恰好在布朗神父得出这一确定无疑的结论时，脚步声突然由慢变快，好像有一只大耗子打门前飞速蹿过去。布朗神父注意到，虽然脚步快多了，可是声音也轻多了，那人几乎是踮着脚仅用足尖在走。然则布朗神父并不认为那人想隐瞒什么，而是跟别的事情有关——究竟什么事情，他就是想不起来。这种明明在脑海里可偏偏呼之不出的状态，把他急得像热锅上的蚂蚁，能让人觉得自己愚不可及。他肯定在什么地方听到过那样奇怪、敏捷的行走声。突然间，他有了一个新主意，当即一跃而起，走到门口。他这间屋子没有直通甬道的出口，而是一侧连接玻璃亭，另一侧连接后面的衣帽间。他试了一下通亭子的门，发现门锁上了。于是他向窗外望去，此刻那个方形窗框布满了被烂漫落霞映穿的紫色浮云，有一瞬间他仿佛嗅到了邪恶的气息，就跟一条狗闻到耗子味儿差不多。

他身上的理性部分（且不管是否理智）重新占了上风。他想起老板对他说过要锁门，并说稍迟会来开门放他出去。布朗神父对自己说，还有数十种缘由他没有考虑到，这些缘由兴许能解释门外怪异的声音是怎么回事。他提醒自己，剩下的那点儿光亮刚刚够完成他自己该做的工作。他把纸笔座位移到窗前，以便捕捉将要变天前的最近一点余晖，重新一头扎进那份差不多已经完成的笔录。他写了有二十分钟左右，在愈来愈微弱的光线下，头垂得离纸也愈来愈近；后来，他蓦地挺起腰板坐直了。他听见那奇怪的脚步声又起。

这一回，脚步声又增添了第三个特点。此前，那个不知是谁的人诚然走得很轻快，甚至疾如闪电，但他毕竟是在走。这一回他却是在跑。你能听到迅疾、柔软、弹跳式的脚步顺着走廊而来，就像一头黑豹在逃跑时纵身腾跃的步子。来者不论是谁，必定非常强壮，充满活力，此刻正激动万分，但仍竭力保护克制。可是，这声音像一阵旋风呼啸着刮到玻璃亭前，一下子又变成原先那种大摇大摆的缓慢步态。

布朗神父扔下纸笔，他知道通亭子的门从那一边上了锁，所以径直走进另一侧的衣帽间。那里的管理员暂时走开了，想必因为客人们都在用餐，这会儿没他什么事。布朗神父摸索着穿过一片灰色丛林似的许多大衣外套，发现暗沉沉的衣帽间与亮堂堂的走廊之间隔着一张柜台或一道半门，通常我们都是隔着这样的屏障把伞递过去，从管理员那儿拿到存物券。恰好在这半圆形拱门上方点着一盏灯。照到布朗神父身上的光很少，他站在背后残阳黯淡的窗前，看上去只见一个黑糊糊的轮廓。反之，照到衣帽间外走廊里那个人身上的灯光，几乎跟舞台上一样明亮。

那是一位仪容优雅的男子，穿一身很朴素的晚礼服；身材修长，但似乎不占太多空间；给人的感觉是，在他能像影子一般溜过去的地方，好多比他矮小的人却非常扎眼并且会遇到麻烦。此刻在灯光直射下，他的脸显得黝黑、富有生气，那是一张南方外国人的脸。他的体型很好，举止大方而且自信；批评家可能挑出的瑕疵，唯有他的黑礼服与他的仪态风度相比显得略逊一筹，甚至鼓鼓囊囊的有些古怪。就在他瞥见夕照背景前布朗神父的黑色轮廓那一瞬间，他把一张有号码的存衣券往柜台上一甩，用一种和蔼可亲的权威口吻大声说：

“请拿我的帽子和外套；我必须马上就走。”

布朗神父一声不吭接过对号券，二话不提便去找外套；这不是他平生头一回干这等下人干的活。他取来了外套，把它放在柜台上；其时那位不相识的绅士在自己的背心小兜里摸了一下，笑道：“我这儿一个银币也没有；你就把这个收下吧。”说着，他扔下一枚面值半英镑的金币，拿起他的外套。

布朗神父依然一动不动站在全暗处；但是，就在这一刹那，他的头脑失去了控制。他的头脑总是在失去控制的时候最有价值。逢到这样的时刻，他把二跟二加在一起能得四百万。通情达理的天主教会对此往往不以为然。他自己往往也不以为然。但这是真正的灵感闪现——在关键时刻尤为重要，——那时谁的脑袋瓜子失控，谁就得靠自己保住脑袋瓜子。

“先生，我觉得，”他很有礼貌地说，“从你的袋里还能掏出些银的来。”

高个儿绅士睁大眼睛瞪着他。“真是活见鬼了！”他喊道，“既然我乐意给你金的，你还有什么可抱怨的？”

“因为有时候银的比金的更值钱，”神父的语调很温和，“我是说在数量大的时候。”

陌生人用好奇的目光打量着他，接着以更加好奇的目光沿甬道朝正门厅的方向望去，然后重又瞅着布朗，再后来十分仔细地看了一下布朗脑后的窗户，窗上仍映现出预示着将有风暴来临的些许残霞。这时看来他已下定决心。他把一只手撑在柜台上，像杂技演员般轻松地一跃而过，并伸出一只巨掌揪住神父的衣领，以老鹰抓小鸡之势俯身面对布朗。

“站着别动！”他急促地悄声低语道，“我并不想威胁你，但——”

“我却要威胁你，”布朗神父说，话音有如紧密的鼓点，“我要以地狱里不死的虫和不灭的火威胁你。”

“你是个脑子有病的衣帽间管理员。”另一位说。

“我是个教士，弗兰波先生，”布朗道，“我准备听你的忏悔。”

另一位有一阵子给怔住了，站着喘不过气来，然后打着趔趄后退，瘫倒在一把椅子上。

十二真渔夫的宴会顺顺当当上了头两道菜，均告平安无事。我未尝拥有一份那天的菜单；即便拥有，这份菜单任何人看了都不得要领。菜单用一种充满厨师专业术语的超级法文拟就，连法国人也看不懂。遵照该俱乐部的传统，主菜前的小冷盆花色繁多，几乎达到疯狂的程度。这些小冷盆颇被看重，因为它们是公认的赘疣，其实整个宴会乃至整个俱乐部又何尝不如此。还有一个传统：一道汤必须清淡简单——有点儿像在即将来临的鱼菜盛宴之前先行一番朴实的斋戒。席间的谈话是那种表面上无足轻重的奇怪谈话，实际上却在暗中决定着大英帝国的休咎，不过一个普通英国人即使偷听到了，也未必会顿然醒悟。朝野两党的内阁大臣[①]被提到时，都是直呼其教名而带姓氏，用的是宽厚对待晚辈的口吻。激进派的财政大臣，因勒索无度按说应该遭到全体托利党人的咒骂，这里却有人称赞他的一些小诗，或夸他随犬群猎狐时坐在马鞍上的姿势。托利党的领袖，照理应被所有自由党人当作暴君切齿痛恨，可是这里议论他的时候，总体说来还是赞扬居多，好像把他当作一名自由党人对待。看来政治家都是非常重要的人物。可是他们身上似乎什么都重要，唯独他们的政见除外。俱乐部会长奥德里先生是个老好人，至今仍戴十九世纪的老式衬领；他可以说是整个幽灵般的、但还很稳固

① 一战结束以前很长一个时期，在英国执政的不是托利党（保守党前身）就是辉格党（自由党前身）。在野党与执政党同样有各部大臣，一旦选举获胜，就准备上台，即所谓“影子内阁”。

的社会的象征。他从未做过任何事情——甚至没有做过任何坏事。他并不放荡，甚至算不上特别富有。他只是始终“人在圈内”，仅此而已。没有一个政党可以不把他放在眼里，假如他有入阁的愿望，肯定会被安置到政府班子里去。副会长切斯特公爵是位年轻的政治家，仕途正未可限量。可以说他风华正茂，讨人喜欢，一头金发梳得锃亮，脸上雀斑不少，才智不过尔尔，财力雄厚惊人。他在大庭广众之前露面总能取得成功，他的信条却够简单的。他要是想出一个开玩笑的主意，便会马上付诸实施，于是人家称他才华横溢。他要是想不出什么笑料，便会说现在不是开玩笑的时候，于是人家说他老成持重。私底下，在他自己所属阶层的俱乐部里，他坦率、淘气得十分可爱，简直像个学童。从不跻身政界的奥德里先生，对待政治的态度反倒要认真一些。有时他甚至会说上几句，提醒大家一名自由党人和一名保守党人之间毕竟有些差别，从而令他们感到尴尬。他自己是个保守派，即便在私生活中亦然如此。跟某些老派的政要一样，他的灰白鬈发披在脑后盖住衬领，背影很像帝国可以指靠的人。从正面看去，他像一个性情温和、自奉不薄、在奥尔班尼[①]租有一套公寓的老单身汉——实际上他正是这样。

前面已经提到过，那张阳台长桌周围有二十四个座位，而俱乐部只有十二名成员。所以他们可以最奢华的方式占用整个敞廊，全体成一行坐在桌子的里边一侧，对面没有人挡住视线，把色彩依然绚丽的花园美景尽收眼底，虽然夜幕徐落时的天色太艳了，对于这个节令来说并非好兆。会长坐在长行的中央，副会长坐右首一端。当十二位客人鱼贯入座时，按惯例(也不知出于什么原因)所有十五名侍者都得一字儿排开站在墙边，犹同一队士兵持枪向国王敬礼，其时胖老板就得满面惊喜地站着向俱乐部全体成员鞠躬，仿佛此前从未听说过这个团体似的。但在刀叉声响起之前，这支扈从大军已经全部退去，只留下一两个人声息全无

① Albany，伦敦一幽静街区，东面毗连摄政王公园。

地飞速往来于餐桌两端，声息全无地上菜收盘子。饭店老板利弗先生不用说早已消失，离开前不断地殷殷行礼，全身扭动得都快抽风了。若说他后来又出现过，那不啻是言过其实，简直是冒犯亵渎。但是等到那道重要的鱼菜端上餐桌，此时，若老板本人的——让我想想，该怎么说呢？——老板本人的一个鲜活的影子或映象告诉大家：他就在附近徘徊。那道神圣的菜(在凡夫俗子眼里)乃是一个巨大的布丁，大小和形状跟婚礼蛋糕相仿，里边为数可观、令人食指大动的鱼已彻底丧失上帝赋予它们的模样。十二位真正的渔夫拿起他们享有盛名的鱼刀鱼叉，伸向布丁时那份郑重其事的认真劲儿，仿佛每一英寸布丁的价值决不低于用来吃它的银叉。据我所知，事实确实如上述。享用这道菜的时候，席间鸦雀无声，那是一片如饥似渴的沉默；直到盘子里几乎已经空空如也，年轻的公爵才说出那句例行公事式的评语：

“除了此地，哪儿也做不出这道菜来。”

“只此一家，”奥德里先生面向发言者，频频点着他那德高望重的头，用深沉的男低音说道，“只此一家，别处做不到，这是确定无疑的。有人向我介绍，说盎格雷酒家——”

说到这里，他的盘子给收去了，奥德里先生的话被打断，片刻间他甚至有些恼火，但他重新抓住了自己这番真知灼见的思路。

“有人向我介绍，说盎格雷酒家也能做这道菜。绝对不可能，先生，”他说着铁面无情地摇摇头，俨然一位判处绞刑没商量的法官架势，“绝对不可能。”

“这地方被捧得过高了。”说话的是一位叫做庞德上校的会员，从他的神态看起来，这像是他几个月以来第一次开口。

“哦，我不知道，”素来乐观的切斯特公爵道，“在某些方面这地方着实很棒。比如下面这一点就无法超越它——”

一名侍者疾步走来，紧接着蓦然停住。他的急停和他的脚步同样全无声息；然而所有那些神情淡漠、宽宏大度的绅士实在太习惯于围着他们转的整部无形机器始终无故障运作才能维持他们的生活方式，以致一名侍者干了任何出乎意料的事情，都会把他们吓一大跳，或像刺耳的声音那样令他们不快。他们的感觉犹同你我碰上无生命世界突然不听话（例如一把椅子从我们身下拔腿逃跑）时的感觉差不多。

那侍者站着发呆有几秒钟，其时坐在桌旁的每一位客人脸上奇怪的表情显得越来越尴尬，此情此景可算得我们这个时代最典型的特征，即：一方面到处都在大谈以人为本的现代博爱精神；而另一方面，富人与穷人的灵魂之间明明横着一道可怕的现代鸿沟。一位真正的世袭贵族会向那名侍者扔东西，从扔空瓶子开始，很可能以扔钱币告终。一位真正的民主派会用跟老伙计说话的口吻毫不含糊地问他抽什么风。但是这些现代富豪不能容忍一个穷人待在他们身边，无论是作为奴仆还作为朋友。下人出了什么差错，在富豪眼里无非是一大乏味、可恼的不痛快。他们不愿显得粗暴，也讨厌必须显得仁慈。不管发生了什么，他们只要这事快点儿过去。事情确实过去了。那名侍者像得了强直症一般僵硬地站了几秒钟光景，然后转身一路狂奔而去。

当侍者 A 重又出现在餐厅里——说得更准确些是户外敞廊——时，带来了侍者 B，A 以南方人的热烈劲儿向 B 又是耳语，又是比划。过后，A 再次走开，把 B 留下，接着又偕同 C 一起回来。及至侍者 D 也加入了这次仓促的集结，奥德里先生出于策略上的考虑，觉得有必要打破沉默。他用一声很响的咳嗽代替会长的槌子，说：

“年轻的穆切尔在缅甸干得很不错。如今，世界上没有别的民族能——”

侍者 E 像支箭嗖的一声飞到他身边，在他耳畔悄声说：

“对不起。有要事！老板能跟你说句话吗？”

茫然不知所措的会长转过脸去，惶惑地睁大眼睛，只见利弗先生正以他笨重身躯所能达到的最快速度向他们这边走来。好老板的步态诚然是他一贯的步态，但他的脸色却与平时大不一样。通常是和蔼可亲的古铜色，此刻则是病恹恹的蜡黄色。

“请原谅，奥德里先生，”他说时像个哮喘病人似的上气不接下气，“我恐怕有大麻烦了。你们吃鱼用的盘子，撤下去的时候刀叉也在盘子里！”

“对啊，我想应该如此。”会长言下有些生气。

“你看见他了？”激动的饭店老板气喘吁吁地问，“你看见那个拿走盘子的侍者没有？你可认得他？”

“认得一名侍者？”奥德里先生愤然答道，“当然不！”

利弗先生两手一摊，做了一个绝望的姿势。

“我从来没有派他来过，”他说，“我不知道他是什么时候和为什么来的。我派的一名侍者来收盘子，他发现盘子已经给撤走了。”

奥德里先生的神情看来依然摸不着头脑，说真的，他实难成为帝国可以指靠的人；在场的会员都不知说什么是好，唯一的例外是那位木头人庞德上校，他似乎在外力的刺激作用下被扔进一种不自然的生活。他直僵僵地从椅子上站起来，让其余的人都坐着，把一块单片眼镜夹在眼窝里，声音沙嘎低沉，好像他几乎已经忘了怎样使用语言功能。

“你的意思是不是，”他说，“有人偷走了我们吃鱼用的银刀银叉？”

老板重复了摊手的运用，甚至比刚才更加无奈；霎时间在座的全都站起身来。

“你们的侍者是否都在此地？”上校沙哑的嗓子闷沉沉地发问。

“是的，他们都在此地。我亲自关注过，”年轻的公爵大声抢答，一边把他的孩儿脸伸进人丛的最内圈，“我进来的时候照例都要点数；他们靠墙边站成一行的样子看上去挺逗。”

“不过，很难说是不是有人记得很清楚。”奥德里先生一开口便流露出疑虑重重的心态。

“我记得很清楚，我已经说了，”公爵激动地重申，“这里的侍者从来没有超过十五名，今晚也没有超过十五名，我敢起誓；不多也不少。”

老板朝着他转过脸去，惊骇得全身哆嗦。

“你是说——你是说，”他结巴得厉害，“你看到了所有十五名侍者？”

“跟往常一样，”公爵表示肯定，“难道有什么不对吗？”

“没什么，”利弗的语调越来越低沉，“不过你不可能全都看到。因为他们中的一个在楼上已经死了。”

顷刻间，餐桌周围笼罩在令人震惊的一片沉寂中。也许（“死”这个字实在太不可思议），这些无所事事的人每一个都有一秒钟光景瞅了瞅自己的灵魂，看到它就像一粒小小的干豌豆。其中一位——我想八成是公爵——甚至愚不可及地用“为富必仁”的口吻说：

“有没有什么需要我们帮一把的？”

“他要来了一位神父。”犹太老板不无伤感地说。

这时，仿佛听到了末日审判的吹号声似的，他们从瞬息的默想中惊醒过来，各自复原到位。有那么阴气森森的数秒钟，他们确实感觉到，那第十五名侍者兴许就是躺在楼上那个死人的鬼魂。在那股压抑的氛围中，他们一时都成了哑巴，因为在他们心目中，鬼魂和乞丐一样令人不快。但是，一想起那些银餐具，幽冥中一道魔符的力量顿时灰飞烟灭，还激起了粗暴的反作用。上校踢开自己的座椅，大踏步向门口走去。

“朋友们，如果这里确实有过十五名侍者，”他说，“那第十五个人就是贼。先把前门后门立刻关起来再说。俱乐部的二十四颗珍珠是值得去把它们追回来的。”

奥德里先生起初似乎还有些犹豫，吃不准出了点事就如此兴师动众是否有失绅士风度；但是看到公爵朝气蓬勃地一个箭步冲下台阶，他也跟了上去，动作自然要持重一些。

就在这同一刹那，侍者 F 跑来称他在餐具柜上找到了一大堆盘子，但是银刀银叉已不翼而飞。

用餐的和侍应的挤做一团，乱哄哄通过甬道后分成两股。大多数真渔夫跟随老板到前厅去打听各处出口有没有消息。庞德上校率领会长、副会长以及另外一两个人顺着通向下人房间的走廊冲去——估计盗贼最有可能从这条路逃逸。他们经过昏暗的壁龛式衣帽间时，见有个穿黑衣的矮小身影站在稍稍靠后的暗处，估计是一名管理员。

“喂，听着！”公爵冲他喊道，“你看到有人走过去没有？”

矮小的身影没有直接回答问题，只是说：

“诸位，你们要找的东西可能在我这里。”

他们停下来，正在狐疑和困惑之际，他已不声不响走到衣帽间后部，回来时两只手拿得满满的全是银光闪闪的餐具，然后从容不迫地把它们放在柜台上摆开，整个儿一名展示商品的售货员。原来这正是造型别致的刀叉各一打。

“你——你——”上校正欲开口，这下他给彻底搅糊涂了。于是他定下神来，向暗沉沉的小室中扫视一周，明白了两件事：第一、矮小的黑衣人服装像一名教士；第二、他背后的窗玻璃已被打破，好像有人强行跳了出去。

“这样贵重的东西不该存放在衣帽间里，不是吗？”教士平静地指出，从他的沉着中流露出几分喜悦。

“是——是不是你偷了这些东西？”奥德里先生睁大双眼结结巴巴问道。

“就算是我偷的，”教士欣然答道，“至少我又使物归原主了。”

“但你没有偷。”庞德上校说这话时，依然凝视着打破的窗户。

“还是讲讲清楚吧，不是我偷的。”教士带着些许幽默的口吻说。然后正色在一张凳子上坐下。

“但你知道是谁偷的。”上校说。

“我不知道他的真名实姓，”教士不慌不忙地回答，“但我多少了解一些他的体重级别，对于他的心灵障碍倒是知道得很多。当他掐住我脖子的时候，我领教了他的膂力过人；在他表示忏悔的时候，我对他的道德品质作出了判断。”

“嗨！他还忏悔——真新鲜！”年轻的切斯特发出一阵咯咯的讥笑声。

布朗神父站起来，把手反剪在背后。

“咄咄怪事，难道不是吗？”他说，“一个到处流窜的窃贼居然还能忏悔，而那么多无忧无虑的富人却无动于衷，醉生梦死，对于主、对于人毫无裨益，岂不怪哉？但是，请原谅，你们有点儿侵入我的职责范围了。如果你们不相信忏悔能起什么实际作用，那么，你们的刀叉俱在。你们是十二位真正的渔夫，你们的鱼形银餐具全在这里。然而主使我成了一个捕人的渔夫。”

“你逮住那个人没有？”上校紧皱眉头问。

布朗神父注视着他愁眉不展的脸。

“是的，”教士说，“我逮住了他，用的是看不见的鱼钩和隐形的钓线，这线可够长的，足以容许他浪迹天涯，只要钓竿一扯，还能把他拖回来。”

随后是半晌的冷场。其余在场的人纷纷离去，有的把失而复得的银刀叉拿去给他们的会友，有的去跟老板一起议论这次事件的离奇转折。但是板着脸的上校仍侧身坐在衣帽间的柜台上，一边晃动两条长长的细腿，一边咬着黑色髭须的末梢。临了他安详地对神父说：

“那家伙肯定很聪明，不过我知道有个人比他更聪明。”

“他的确聪明，”神父接茬道，“但我不太明白你所说的另外一个人指谁。”

“我指的是你，”上校说着发出一阵短促的笑声，“我并不想把那家伙送去蹲监狱；这一点你尽管放心。但是我愿意拿出好多银叉来，只要能彻底弄清楚你怎么会卷进这档子事儿，又是怎样从他那里把东西要过来的。我认为你是迄今为止眼下这些人里头最鬼的一个精灵。”

看来布朗神父更欣赏这位军人略带嘲讽的坦率。

“呒，”教士笑眯眯说道，“当然，关于此人究竟是谁以及他个人的故事，我无可奉告；不过，我认为没有特别的理由向你隐瞒按我的理解纯属外部因素的一些事实。”

他以出人意料的敏捷程度越过屏障坐到庞德上校身旁，像个栅栏上的小男孩轮番空踢他的两只矮脚。他开始讲这个故事，那份轻松闲适就好像在圣诞节的壁炉旁面对一个老朋友娓娓道来。

“是这么回事儿，上校，”他说，“我被关在那边一间小屋子里写东西，忽然听到那条甬道里有一双脚在跳舞，那种舞蹈的奇特怪诞不亚于骷髅之舞。先是快速、滑稽的小碎步，像是有谁在用脚尖走路跟别人打赌；接着是慢腾腾、不经意、嘎吱嘎吱的脚步声，像是有个大汉指尖夹着一支雪茄在闲步。但前后不同的步子都来自同一双脚，我可以发誓，先是跑，接着是走，然后又跑，轮番使用。原先我只是出于无聊暗自纳闷，后来冥思苦想，差点儿没发疯，怎么也猜不透，同一个人为什么需要用两种步态行走。一种步态我知道；那是跟你一样的走法，上校。它来自一位饱餐后在等待着什么的绅士，他走来走去与其说因为心神不宁，毋宁说只是好动。对另一种步态我明知自己并不陌生，可我就是想不起来，我在旅途中遇到过什么野生动物也是按这种奇怪透顶的方式用脚尖狂奔？不久，我听到从什么地方传来盘子的叮当声；答案一目了然地摆到我面前。那是一名侍者的脚步声——此人行走时身体前倾，双目低垂，足尖如蜻蜓点水踩开地面，礼服的燕尾和餐巾一路飘动。于是我想了有一分钟，又想了半分钟。我相信我看清了那人的作案手法，就像将由我去付诸行动那样清楚。”

庞德上校目光犀利地审视着他，但说话者一双温和的灰眼睛却盯着天花板，从中几乎看不出任何表情。

"犯罪，"他慢条斯理地说，"就好比任何别的艺术创作。你不必感到惊讶；犯罪绝对不是来自地狱作坊唯一的艺术品种。但每一件艺术品，神圣的也罢，邪恶的也罢，都有一个不变的标记——我指的是它的中心都很简单，不管实施起来有多么复杂。就拿《哈姆雷特》来说吧，掘墓土工的荒诞、发疯少女的鲜花、欧兹里克①的华丽词藻、鬼魂的惨白和骷髅头骨龇牙咧嘴的怪笑，所有这些奇特的因素编成纠结难解的花环，无不围绕着一个黑衣人的悲剧形象。本案亦然如此，"他说着面带微笑从座位上慢慢下来，"这也是一个黑衣人的普通悲剧。是啊，"他见上校有些困惑地抬头望着他，便继续说下去，"本案整个故事的关键也就是一件黑礼服。本案也像《哈姆雷特》那样给添上了许多精巧华美的外层包装——老实说，你们的俱乐部也包括在内。其中有死去的侍者，他居然出现在不可能出现的地方。有一只看不见的手，把你们餐桌上的银器一扫而光，然后消失在空气里。但每一件构思高明的罪案说到底都基于某一十分简单的事实——这一事实本身并不神秘。神秘性的出现目的在于掩盖真相，把人们的思维引入歧途。今天的事是一件大案，设计得很巧妙，按常规意义说也是极其有利可图的，它建立在一个尽人皆知的事实基础之上，即：一位绅士的晚礼服跟一名侍者的没什么两样。其余的全是演技问题，同时也必须有顶级的高超演技。"

"不过，"上校说着站起来，皱眉俯视自己的靴子，"我不能肯定我已经懂了。"

"上校，"布朗神父道，"我可以告诉你，偷你们刀叉的那位胆大妄为的仁兄，不怕所有的灯全都点亮的强光，在众目睽睽下，沿着这条甬道来回走了不下二十次。他并不到阴暗角落里去躲起来，那正是心生疑团的人会去找他的地方。别问我他是什么模样；今晚你自己已见过他六七回。你曾经和别的贵宾一起在甬道尽头的接待室里等候入席，而敞

① Osric，莎剧《哈姆雷特》中花言巧语的谄媚者。

廊就在接待室后面。每当他来到你们绅士中间时，总是表现出一名侍者的闪电式风格，脑袋低垂，餐巾飘动，健步如飞。他嗖地一下蹿到敞廊上，把餐桌布抻抻平整，又嗖地一下蹿回到服务设施区和侍者的下房。当他落到办事员和侍者们眼里的时候，他全身上下的每一英寸、每一个本能的手势通通变成另一个人。他徜徉在仆役中间时，就摆出一副心不在焉的傲慢相，那是他们个个从顾客身上见惯了的。对于他们来说，出席宴会的一位阔佬想要到饭店各处溜达溜达，就像动物园笼子里的居民那样，根本不是什么新鲜事。他们知道最能显示时髦阶层特征的，莫过于一个人随心所欲地信步而行的习惯。当他在那条特定的甬道里走得腻味透顶时，便掉转身躯踱回去，从玻璃亭前经过。在那后面的壁龛式衣帽间暗处，他像变魔术似的一下子换了模样，马上匆匆往前，重新出现在十二真渔夫中间，又是一名殷勤巴结的侍者。绅士们哪会注意一名偶然出现的侍者？而侍者们又怎会对一位仪表堂堂的绅士在悠闲地散步生疑。有一两次他还玩了再酷不过的几招花样。在老板的私人居住区，他风趣地嚷着要一瓶带吸管的苏打水，说他渴得要命。他欣然表示自己会带走，而且果然这么做了；他以敏捷、规范的动作拿着苏打水从你们这些客人堆里穿过，俨然是一名完成差遣的侍者。当然，这种瞒天过海的招数维持不了太久，但他只要对付到鱼菜吃完便够了。

“他最难过的一关是在侍者们排成一行的当口儿；但即便那个时候，他也有办法恰好靠在墙的转角上，致使在这紧要关头侍者们以为他是贵宾，而绅士们又把他当作侍者。剩下的一切无不易如反掌。如果哪一名侍者在离餐桌很远的地方和他遭遇，侍者会以为碰到的是一位没精打采的贵族。他只消赶在吃鱼菜的餐桌清理完毕之前两分钟变成一名手脚麻利的侍者，由他自己来收拾残局。他把盘子撤下去放到餐具柜上，把银刀银叉塞进胸前的夹兜，所以看上去鼓鼓囊囊的，然后像只野兔子那样一直蹿到衣帽间（我听见他跑过来的脚步声）。这时他又得扮演一位富豪的角色——一位有事突然被叫走的富豪。他只消把存衣券交给衣帽间管理员，与进来时同样大大方方地走出饭店便可。只不过——只不过当时的衣帽间管理员偏巧是我。”

“你对他干了什么？”上校大声问，他倒是难得如此性急，“你对他说了些什么？”

“我得请你原谅，”神父不动声色地回答，“故事到此结束。”

“精彩的部分才刚刚开始，”庞德咕哝道，“我想，他的职业伎俩我已有所了解。但是对于你的高招，我好像并没有把握。”

“我得走了。”布朗神父说。

他俩一起沿着甬道走到门厅，在那儿看到切斯特公爵那张雀斑脸重又容光焕发，他正兴冲冲地迎上前来。

“快来，庞德，”他跑得直喘气，“我到处找你们来着。宴会还将继续进行，而且后劲很足，老奥德里要就刀叉失而复得的事发表讲话。你们还不知道，我们打算举行一个新人仪式纪念这一事件。我说，既然已经物归原主，你有什么建议没有？”

“那么，”上校说时用赞许中略带讥讽的目光注视着他，“我建议从今以后我们都穿绿色礼服取代黑礼服。要是我们的着装看起来跟侍者一样，谁也说不准还会出什么纰漏。”

“哦，去你的！”年轻的公爵说，“一位绅士的模样永远不会跟一名侍者相混淆。”

“那么，我以为，一名侍者的模样也不会跟一位绅士相混淆喽。”庞德上校道，他的暗笑声音几乎听不见，但仍旧挂在脸上。“神父大人，你那位朋友扮演的绅士真是滴水不漏。”

布朗神父把他那件普普通通的外套的扣子一直扣到颈部，因为入夜刮起了大风；然后从插伞架上拿起他那把普普通通的雨伞。

“的确，”他说，“充当一位绅士想必非常困难；不过，你可知道，有时候我想这几乎跟充当一名侍者同样辛苦。”

随着一声“晚安”，他推开这座欢乐宫殿沉重的门扉。一俟金色的大门在他背后关上，他便疾步穿过潮湿、黑暗的街道，去寻找一辆每人一便士的公共马车。

爱情故事

［美］埃里奇·西格尔　著

一

一个姑娘二十五岁就死了，关于她，能说些什么呢?

得说她美丽。人也聪明。得说她爱莫扎特和巴赫。也爱“披头士”[1]。还爱我。一次，她特意把我跟这些音乐界的人物扯在一块儿，我就问她把我排在第几，她笑笑回答说：“按字母先后为序呗。”当时我也笑了。可是现在事后再琢磨起来，我不知道那时她给我排名是按我的名呢(要是这样的话，我就得落在莫扎特的后边)，还是按我的姓(要是这样的话，我就应该插在巴赫和“披头士”之间)。反正我都排不到第一，这么一想可就惹得我发起傻劲来，心里真窝囊得要死，因为我从小就养成了一种观念，认为任何事情我都应该名列第一。要知道，那是家庭的传统啊。

我念“大四”那年的秋天，去拉德克利夫学院[2]图书馆看书成了我的习惯。倒不完全是为了去饱餐秀色，虽然我承认我也巴不得想看看。主要是那里安静，又没有人认识我，再说那里的“保留书”[3]借的人也比较少。一次班里要举行历史测验，直到前一天我还连参考书目上的第一本书都不曾抽个空去翻过——这可说是哈佛的“地方病”了。就在这次测验的前一天，我不慌不忙来到“保留书”借书处，准备借上一本大部头著作，好靠它第二天保我过关。值班的有两位姑娘。一位高个儿，像是个爱打打网球的；另一位戴眼镜，大有依人小鸟的韵致。我挑了那个四眼小妞儿。

“你们这儿有《中世纪的衰落》这部书吗?”

她抬头瞪了我一眼。

“你们那儿不是有自己的图书馆吗?”她问。

“听着，哈佛学生使用拉德克利夫图书馆是规定允许的。”

“我不跟你讲规定，预科生[4]，我跟你讲道理。你们那儿有五百万册藏书。可我们这儿总共才可怜巴巴的几千本。”

嗬，好个自命不凡的丫头！在这种丫头的心目中，哈佛和拉德克利夫的学生人数既然是五比一，那她们姑娘不用说也就应当聪明五倍了。要是在平时，碰上这种丫头我非把她们奚落个半死不可，可此时此刻我实在少不了那本该死的书哇。

“听着，我需要用那本该死的书。”

“请你说话放干净一点好不好，预科生？”

“你凭什么一口咬定我上过预科学校？”

“看你的样子又蠢又有钱。”她摘下了眼镜说。

“那你就看错了，”我也不服气了，“我实际上倒是又穷又聪明。”

“得了吧，预科生。我才是又穷又聪明呢。”

她说着，两眼对我直瞅。那对眼睛是棕色的。好吧，就算我的样子像个有钱人，可我也不能让个拉德克利夫毛丫头骂我蠢货啊——哪怕你眼睛长得漂亮也不行。

“你说你聪明，聪明在哪儿？”我问她。

“我就不会跟你一块儿去喝咖啡。”她答道。

“告诉你——我也不会请你。”

“你蠢就蠢在这一点上。”是她的回答。

我还是请她去喝了咖啡，这是有道理的：那天在紧要关头，还是全亏我识时务，停止了抵抗——也就是说，全亏我会装蒜，只作突然来了请她的兴致——我才算借到了那本书。她得等图书馆关了门才能

① Beetles 一词的音义兼顾译法。一译“甲壳虫”。20 世纪 60 年代在英国兴起的一个流行乐队。曾在美国风靡一时。

② 拉德克利夫学院是哈佛大学附设的女子学院，迟至 1897 年方始建立。（哈佛大学创立于 1636 年。）

③ 保留书，指图书馆里只供馆内阅读、概不外借的参考书之类。

④ 预科生，指预科学校毕业生。在美国，所谓预科学校往往是指贵族化的私立中学。

走，所以我也尽有充裕的时间，翻了一下十一世纪末叶皇室由依靠僧侣转为依靠法学家的那段历史，记住了一些警句。那次测验我得了个“A-”，说也巧，我初次看到詹尼从借书处里边走出来时，我给她大腿打的正好也是这个分数。可是对于她的装束，我打的分数就不能说是个高分了；那种装束未免太落拓了点，不大合我的口味。我尤其不喜欢她当手提包用的那个印第安玩意儿。这话我幸而没有说，因为我后来发现，那还是她自己设计的呢。

我们就去矮子饭店。这是附近的一家小吃店，尽管店名叫矮子，倒不是专门招待小个子顾客的。我要了两杯咖啡，还专门为她要了一客巧克力冰淇淋。

“我叫詹尼弗·卡维累里，”她说，“是意大利裔美国人。”

她大概只当我是个不开窍的。①随后她又补了一句：“我主修音乐。”

“我叫奥利弗。”我说。

“是名还是姓？”她问。

“是名。”我回答以后，又老老实实供认我的全名是奥利弗·巴雷特。（反正这样说也八九不离十了。）

“哦，”她说，“巴雷特？跟那位诗人②同姓？”

“对，”我说，“不过扯不上关系。”

话说到这里停了一下，我内心暗暗庆幸她总算没有问常人之所问，问得我满心不快：“巴雷特？跟那个堂名一样？”因为，我一向有块特殊的心病，最怕人家把我跟出资兴建巴雷特堂的那一位拉上关系。巴雷特堂是哈佛园里最大也最丑的一座建筑物，也可以说是显示我家财力和势派、宣扬我家“信爱哈佛”臭名的一座超巨型纪念碑。

此后，她就不大作声了。难道我们真这么快就无话可谈了？还是因

---

① 因为詹尼弗是英美人的常见名字，卡维累里是意大利姓氏，很容易辨得出来。
② 指英国女诗人伊丽莎白·勃朗宁夫人（1806—1861），她娘家姓巴雷特。

为我跟那位诗人沾不上边，她就不愿理睬我了？到底什么缘故呢？看她只是坐在那儿，对我似笑非笑。为了不致没事可做，我就拿起她的笔记本翻翻。她那手字也真怪——写得又小又细，一律都是小写字体，没有一个大写字母（她是想以爱·埃·卡明斯[①]自居？）。我见她还选了些非常“尖端”的课程：作曲学105，音乐150，音乐201——

“音乐201？那不是研究生念的吗？”

她点点头表示是，掩饰不住内心的那份得意。

“是文艺复兴时代的复调音乐。”

“什么叫复调音乐？”

“反正不是什么色情音乐，预科生。”

我干吗要受她这腌臜气？难道她不看《猩红报》[②]？难道她还不知道我是谁？

“嗨，你真不知道我是谁？”

“知道，”她带点儿轻蔑的口气回答说，“巴雷特堂不就是你的吗。”

可见她并不知道我是谁。

“巴雷特堂才不是我的呢，”我抓住了她的语病，“那不过是我曾祖父捐献给哈佛的。”

“好让他那个不怎么样的曾孙能十拿九稳进哈佛！”

这简直叫人忍无可忍。

“詹尼，既然你认定我是个狗熊，那又何必硬逼我请你喝咖啡？”

她两眼对我直瞅，微微一笑。

“我喜欢你那副身板哪。”她说。

---

① 爱德华·埃斯特林·卡明斯（1894—1962），美国诗人。哈佛大学出身。他在书写方式上标新立异，不用大写字母，自己署名 e.e.cummings。

② 哈佛大学的校报。哈佛大学的校旗是猩红色的，所以校报也以《猩红报》为名。

要成为一个大英雄，条件之一就是要不怕做狗熊。这话一点也不矛盾。“哈佛精神”有一个特征，就是总有本事反败为胜。

> “今天球运太糟了，巴雷特。幸亏你打得出色，实在出色！”
>
> “真是谢天谢地，大家总算挺过来了。我知道大家都**憋着一肚子气**：这一仗说什么也要赢下来！”

能大获全胜，那自然更好。不过，只要有可能，能在最后一分钟赢球也很不错。那天我送詹尼回她的宿舍时，我就没有死心：我还想争取最后战胜这个自以为了不起的拉德克利夫婆娘。

“听着，你这个自以为了不起的拉德克利夫婆娘，星期五晚上达特默思[①]要来比冰球。”

“那又怎么？”

“那就希望你来看呗。”

她的回答流露出了拉德克利夫女生对体育比赛例有的那份“敬意”：

“我凭什么要去看一场无聊的冰球比赛？”

我若无其事地应道：

“就凭上场的有我。”

接着是片刻的沉默。我想当时我连雪花飘落的声音都听见了。

“那你是在哪一队？”她问道。

---

①达特默思指新罕布什尔州的达特默思学院。

二

奥利弗·巴雷特第四

（四年级学生）

马萨诸塞州伊普斯威奇人

菲利普斯·埃克塞特中学毕业

年龄：20

身高：5 英尺 11 英寸　　体重：185 磅

主修：社会学科

61 年、62 年、63 年优秀生

62 年、63 年入选全艾维联[①]明星队一队

志愿：法律

詹尼如今该已经从"球讯"上看到我的简历了。我再三关照球队管理维克·克莱曼，务必让她得到一份。

"你也真是的，巴雷特，难道你还是头一次跟姑娘约会？"

"别胡说，维克，要不，看我不揍掉你的大牙才怪。"

我们在冰上作赛前准备时，我并没有向她挥手(那也太轻狂了)，甚至连看都没有朝她看。不过她大概还以为我在偷眼看她。我是说，奏国歌的时候她摘下眼镜，总不见得是为了表示对国旗的尊敬吧？

第二节打到一半，我们同达特默思队还是 0 比 0，不过我们已经胜券在握了。这就是说，当时我和戴维·约翰斯顿已经快要攻破对方的大门了。那帮穿绿球衣的狗杂种一看情况不妙，就撒起野来。瞧他们这势头，恐怕等不到我们破网得分，他们就会先打断我们一两根骨头也说不定哩。球迷们早在嚷嚷要"杆头见血"了。在冰球

比赛中，所谓“杆头见血”，是真的要打出血来，要不就得进球。我是球队的台柱，可说是义不容辞吧，所以从来就不怕打出血来，也一向总能进球。

达特默思队中锋阿尔·雷丁冲过了我方的蓝线[②]，我便一头向他撞去，抢到了球以后，马上长驱直入。这一下球迷叫得可凶了。我虽然瞟见戴维·约翰斯顿就在左边，不过心想还不如自己带球直冲球门，因为对方那个守门的论胆量还差点儿，早在他给迪尔菲尔德队打球的时候[③]，就已让我给吓破了胆。可是我还没有来得及射门，对方两个后卫已经向我冲来了，我只好从球网后边绕过去，极力把球保住。结果三个人就搅作了一团，球杆一阵乱捅，不是打在挡板上，就是打在彼此的身上。碰到这样的混战，我的一贯宗旨是看见穿对方球衣的就打，狠狠地打。球儿也不知道踩在谁的冰鞋下了，反正当时我们就只知一个劲儿把对方大揍特揍。

一个裁判吹响了哨子。

“你——罚出场，两分钟！”

我抬头一看。裁判指着我呢。我？我犯了什么规，要罚我出场？

“喂，裁判，我怎么啦？”

他好像不愿意跟我多费口舌。他只管向记录台喊道：“七号，罚出场两分钟”——还挥着两条胳膊做手势示意。

我争了几句，不过那也无非是球场惯例。观众总是巴不得球员不服裁判的，不管这球员犯规犯得有多显眼。裁判员挥挥手叫我走。我窝着一肚子的气，向“受罚球员席”滑去。爬进栅栏，脚上的冰刀把木头地

---

① 艾维意为常春藤。“艾维联”是美国东北部几所名牌大学组成的排他性集团，经常在集团内部举行各项校际活动，例如球类联赛等。参加“艾维联”的除哈佛外，还有哥伦比亚、耶鲁、普林斯顿、康奈尔、布朗、科尔盖特、达特默思、宾夕法尼亚等大学。

② 冰球场上有两条蓝线，把球场等分为三。

③ 这是说，对方守门员在进达特默思学院以前，本是迪尔菲尔德中学的冰球队队员。

板踩得劈劈啪啪直响，可是耳边的大喇叭声音更响：

“哈佛队的巴雷特侵人犯规。罚出场两分钟。”

观众哄了起来；有几个哈佛球迷大骂那两个裁判瞎眼偏心。我却坐在那儿，只想缓过这口气来，头也不抬，连冰场上的比赛都不看——这会儿球场上达特默思队正在以多打少呢。

“你的队友都在场上打球，你却坐在这儿干吗呀？”

那是詹尼的声音。我不理她，只管给我的伙伴鼓劲儿。

“加油呀，哈佛队，把球抢过来！”

“你做错什么事啦？”

这一回我转过身去答话了。不管怎么说，她可毕竟是我的女朋友啊。

“我拚得太凶了。”

说完我重又回过头来，看我的队友奋力顶住阿尔·雷丁的死命进攻，不让他射门得分。

“这很丢脸是吗？”

“詹尼，请别问这些好不好，我要用心想想！”

“想什么？”

“想想回头怎样去找那个狗杂种阿尔·雷丁算账！”我两眼望着冰场，我只能这样从精神上给我的伙伴们以支持。

“你打球这样不讲道德？”

我的目光盯住在我们自己的球门上了：这会儿球门前满是那帮绿衣杂种。我真恨不得快快回到球场上去。詹尼却还一味缠着我。

“你将来也会跟我‘算账’吗？”

我头也不回就顶了她一句：

“你要再不住嘴，我这就跟你算账。”

“我走了。再见。”

等我转过身去看时，她早已不见了。我刚站起身来想看个究竟，场上却通知我两分钟的罚出场时间到。我急忙跳过栅栏，回到冰场上。

见我重新登场，观众可欢迎了。有巴雷特打边锋，哈佛准能赢！不管詹尼躲在哪儿，我上场时观众的那个热火劲儿她不会不听见。既然如此，还管她在哪儿呢。

可她到底在哪儿呢?

阿尔·雷丁啪的一声，一记凶狠的射门，被我方门将把球挡出，飞传给吉恩·肯纳韦，吉恩又把球贴地传到我的前方。我跟在球的后面追去，心想倒可以抽个空子朝看台上晃一眼，看看那儿可有詹尼。我真看了。也真看见她了。她果然在那儿。

我还没有来得及回过神来，人已经一屁股坐下了。

原来有两个绿衣杂种同时撞了我，我竟然给撞翻在冰上了。老天乖乖！当时我那个窘啊，简直窘得我不敢相信。巴雷特摔倒啦！我一个刺溜滑出去，听得见那些忠心耿耿的哈佛球迷都在为我唉声叹气，也听得见那些杀气腾腾的达特默思球迷在大声叫好。

“再来一个！再来一个！”

詹尼又会怎么想呢?

达特默思队又得球围着我们的球门猛攻了，我们的守门再一次把球挡了出来。肯纳韦接球递给约翰斯顿。约翰斯顿一个长传飞送给我(我这时早已站了起来)。观众这一下真像发了狂：这次一定能得分了。我接了球马上飞也似的冲过达特默思队的蓝线。达特默思队两个后卫朝我直冲过来。

“快，奥利弗，快！给他们点厉害！”

我听到喧腾的人声中响起了詹尼的这一声尖叫。这一声叫真响到了极点。我虚晃一枪闪过了一个后卫，把另一个后卫狠命一撞，撞得他连气也透不过来。我这时立足未稳，并不仓猝射门，却把球传给在右路接应的戴维·约翰斯顿。戴维啪的一下，把球打进网里。哈佛队得分了！

我们顿时又是拥抱，又是亲吻。我和戴维·约翰斯顿，还有其他队友，大家一起拥抱，亲吻，有的还拍拍脊背，穿着冰鞋照样欢蹦乱跳。观众欢声雷动。而达特默思队里那个被我撞翻的家伙，却还坐在地上发愣。球迷们纷纷把手里的“球讯”往冰场上扔。这一下，可真把达特默思队那帮子人打得再也爬不起来了。（这不过是个比喻而已；那个后卫缓过气来以后也就爬起来了。）结果我们一顿痛打，把他们打了个7比0。

如果我是个故作多情的人，对哈佛爱得一定要在屋里挂上一幅照片以资纪念的话，那我要挂的就不会是温思罗普楼，也不会是纪念教堂，而是狄龙。狄龙体育馆。我在哈佛如果说有个心灵上的家，那就是狄龙体育馆。我有句话可能会使内特·普西[①]气得要收回我的毕业文凭，不过我还是想说：在我心里威登纳图书馆可真要比狄龙差远了。我念大学的那几年，天天下午都要到狄龙体育馆；说上几句亲热的粗话跟伙伴们打过招呼，把文明的外衣一脱，我一下就变成了一个体育明星。等我把护腿护膝一套，穿上我穿惯的那件七号运动衫（我几次梦见他们取消了这个号码，可他们始终没有取消），拿了冰鞋转身出门，一路往沃森冰场走去，那时我的心里真别提有多美了！

待会儿回到狄龙，那个滋味还要妙呢。脱下了汗水淋淋的球衣，光着身子大摇大摆走到服务台跟前，要上一条毛巾。

“今天打得怎么样啊，奥利？”

“还可以，理奇。还可以，吉米。”

于是便一头钻进淋浴室，听听人家的闲扯：无非是上星期六晚

---

① 内森·普西，是1953年至1971年间的哈佛大学校长。内特系内森的爱称。

上谁跟谁如何如何，劲头又有多足之类。“这批贱娘们是我们从‘艾达山’[1]弄来的，明白了吧？……”而且我还有个特权，总可以有个清静地方想想心思。因为，感谢上天保佑，我的一个膝盖有病（对，是上天保佑：你见过我的征兵卡吗？），每次打完了球我总还得让我这个膝盖洗上个热水涡流浴。我坐在水里，望着膝盖周围旋转的水圈时，就可以数数我身上的瘀伤和疤痕（说起来我倒还很欣赏这些伤疤呢），还可以趁这机会想想什么心思，或者干脆养养神。今天晚上我就可以想想：我刚才打进了一个球，还传了个好球立了一功，这实际上就保证了我可以第三次蝉联入选全艾维联明星队。

“洗涡流浴吗，奥利？”

那是我们的教练杰基·费尔特，他还自封为我们的“精神指导”。

“费尔特，你看我这动作像在干什么，像不像在玩单干的把戏？”

杰基傻呵呵地咧开了嘴，格格直笑。

“知道你的膝盖毛病出在哪儿吗，奥利？知道不知道？”

东部的矫形外科专家我哪一个没有去请教过，看来他们的本领都还及不上他费尔特哩。

“你的饮食有问题。”

我可实在不大想听他的。

“你盐吃得不够。”

也许我顺着他的话说两句，他就会走开吧。

“好吧，杰克，以后我多吃些盐就是。”

天哪，他还真高兴哩！他走开了，傻呵呵的脸上那副志得意满的神气，实在叫我吃惊。不过我好歹又是独自一人了。身上有点疼了，却挺惬意的，我就由着自己的身子整个儿往涡流里沉下去，闭上了眼睛，最后就一动不动地坐在那里，热烘烘的水一直漫到了我脖子上。啊啊

---

① “艾达山”，暗指艾达山学院。那是马萨诸塞州牛顿市一所不大的私立学校，专收女生。

啊啊！

天哪！詹尼还在外边等着呢。一定的！一定还在等我哩！天哪，我赖在这儿有多久了？只顾自己舒服，却让她在露天喝坎布里奇[1]的冷风！我以创纪录的速度马上穿好衣服。连身上都没有干透，便推开狄龙的中门冲了出去。

一阵寒风扑面而来。乖乖，好冷啊。天色又黑。外边有一小群球迷还没有散。那多半是些忠实的老冰球迷、思想上从来没有脱下过护腿护膝的老校友。都是乔丹·詹克斯老头一类的人物，不管我们主场迎战还是客场出征，只要有比赛他们每场必到。他们怎么会这样热心的呢？我是说，詹克斯可是个大银行家啊。他们为什么这样热心呢？

“你那一跤摔得可不轻啊，奥利弗。”

“是啊，詹克斯先生。你知道他们打起球来就是那样的邪门儿。”

我到处寻找詹尼。难道她已经走了？独自一人回拉德克利夫去了？

“詹尼？”

我撇下球迷，跑上三四步，在那一带东寻西找急得没命。冷不防她却从一棵矮树后面跳了出来。只见她整个脸儿都用围巾裹得严严的，只露出了两只眼睛。

“嗨，预科生，外边冷得要命呢。”

见了她，我这一喜真是非同小可！

“詹尼！”

我像不假思索似的，在她前额上轻轻吻了一下。

“我几时允许过你呀？”她说。

“允许什么？”

“允许你吻我？”

“对不起。我忘乎所以了。”

---

① 马萨诸塞州东部城市，近波士顿，为哈佛大学所在地。

“我可不像你。”

那儿除了我们就几乎没有什么人了。天又黑，又冷，而且又很晚了。我又吻了她。但是不再在前额上，也不再是轻轻的了。我美美地吻了她很久很久。吻完了，她还抓住我的袖子不放。

“那我可要不乐意了。”她说。

“不乐意什么呀？”

“瞧这怪事，怎么我心里就会是这样乐意呢？”

我们索性步行回去（我有汽车，可是她要步行），一路上詹尼始终抓着我的袖子不放。不是挽着我的胳膊，而是抓着我的袖子。这里边的道理，你就自己去琢磨吧。到了布里格斯堂的大门台阶前，我并不跟她吻别。

“听着，詹，我可能有几个月不会给你来电话。”

她默然半晌。足有好大半晌。

最后她才问了一句：“为什么？”

“不过我也可能一回到宿舍就有电话给你。”

说完我一转身，迈开步子就走。

“狗杂种！”我听见她低声叽咕。

我在二十英尺外霍地回过身来，杀了一个回马枪。

“你瞧，詹尼，就许你骂人家，人家要骂了你，你肯罢休吗！”

我真想看看她脸上的表情如何，但是出于策略上的考虑，我没有再回过头去。

我踏进宿舍，见同房间的雷·斯特拉顿正在跟橄榄球队的两个伙伴打扑克。

“好啊，畜生们！”

他们也真以畜生那样的哼哼应了一声。

“今儿晚上战绩怎么样，奥利？”雷问。

“喂了个好球，自己也打进了一个，”我答道。

“你别老缠着卡维累里了。”

“关你屁事，”我答道。

“你们说的是谁呀？”那彪形大汉中的一个问。

“叫詹尼·卡维累里，”雷回答，“一个读音乐的酸丫头。”

“这个妞儿我倒认识，”那另一个家伙说，“十足是个死板货。”

我没理睬这些说话粗鲁的色情狂，管自拔下电话机子，打算拿到我的卧室里去。

“她是巴赫乐社里弹钢琴的。”斯特拉顿说。

“谁知道她跟巴雷特弹的是什么琴咧？”

“这根骨头，恐怕不好啃吧！”

嗯嗯声，哼哼声，嘻嘻哈哈声，响成一片。那帮畜生笑得不可开交。

我边走边说：“行啦，先生们，你们还是给我见鬼去吧。”

在又一阵猫叫狗咬般的喧笑声中，我关上了门，脱了鞋，往床上一靠，拨了詹尼的电话号码。

我们说的是悄悄话。

“嗨，詹……”

“嗯？”

“詹……我要是跟你讲了，不知道你会怎么说……”

我顿住了。她也等着。

“我想……我是爱上了你啦。”

沉默了一会儿。她随后回答的声音真温柔极了。

“我说呀……你这人尽是扯淡。”

电话挂上了。

我并不感到不快。也不感到意外。

三

我在对康奈尔队的比赛中受了伤。

说实在的，那都是我自己不好。比赛进行到了白热化的程度，我却偏偏在这个关键时刻犯了一个不幸的错误，竟把他们的中锋叫作“加拿大瘪三”。我疏忽就疏忽在忘了他们队里有四个是加拿大人——后来明白，这四个加拿大人不但个个体格强壮，而且个个绝顶爱国，偏偏又个个都正好听见了我的话。我受了伤不算，还受屈辱：裁判罚的是我。而且还罚得很不寻常：故意打人，罚出场五分钟！场上一宣布这个决定，你真应该来听听那帮康奈尔球迷是怎样拿我奚落的！要知道这次比赛虽是争夺“艾维联”冠军的关键之战，可是大老远赶到纽约州伊锡卡市[①]来的哈佛拉拉队到底不多。要罚出场五分钟哪！我爬进“受罚球员席”的时候，看见我们的教练气得在那里直扯自己的头发。

杰基·费尔特急忙翻过栅栏赶了过来。到这时我才明白原来我的右边半张脸已经给打得血肉模糊了。“哎呀，天哪天哪，”他一边拿“止血笔”给我止血，一边连连感叹，“真够呛啊，奥利。”

我默默坐着，两眼呆呆地朝前直瞪。我没有脸去看冰场，可我最担心的事还是很快就在冰场上变成了现实：康奈尔队得分了。那些给主队加油的红衣球迷大喊大叫，还怪声喝彩。场上现在打平了。看这情形康奈尔队很可能会赢球——要知道赢了这场球也就是赢得“艾维联”的冠军啊。真要命！——我这罚出场的五分钟还只刚刚过了一半呢。

在冰场的另一头，势单力薄的哈佛拉拉队都愁眉苦脸，一声不吭。此刻，双方的球迷都已经把我给忘了。只有一个观众仍然把眼睛盯着“受罚球员席”。对，他在那儿。“如果会议结束得早，我一定设法赶到康奈尔。”就在哈佛拉拉队的中间，坐着奥利弗·巴雷特第三——当然，他是不会跟着拉拉队一起嚷嚷的。

老石面人隔着这鸿沟似的冰场，毫无表情地默默看着他独生子脸上的鲜血最后终于被护创膏全部止住。你说他此时在想些什么呢？也许是在暗暗咂嘴？——还是在心里暗暗嘀咕？

“奥利弗，你既然这样喜欢打架，为什么不干脆去参加拳击队呢？”

“我上的中学是没有拳击队的，爸爸。”

“咳，我恐怕真不该来看你们的冰球比赛。”

“你以为我打架是特地打给你看的么，爸爸？”

“咳，这又不是什么好看的。”

可是话得说回来，他心里的想头又有谁能知道？奥利弗·巴雷特第三只是一座会走路、有时还会开口说话的拉什莫尔山②。简直是个石面人。

老石面人此刻也许又在那里一个劲儿自夸自乐了：看看我吧，今晚到这里来看球的哈佛观众少得可怜，而我却是其中之一。我奥利弗·巴雷特第三，要管银行、要管其他等等的大忙人一个，还是特地挤出了时间，到康奈尔看一场差劲透顶的冰球比赛来了。看这有多了不起。（言下之意是：为了谁呢？）

观众又吼叫了，这次才真叫拚命狂吼了。康奈尔队又攻进了一个球。他们领先了。而我却还上不了场，还有两分钟得挨！我看见戴维·约翰斯顿满脸通红，怒气冲冲，朝我这边滑来了。可是他连一眼也没对我看，就紧贴着我冲了过去。我没看错吧，他的眼里那真是泪水？我是说，这一仗虽说锦标攸关，可是哭鼻子总不应该吧！不过再一想也难怪，我们的队长戴维，一向是球运绝佳的：七年来，不论是在中学还是

---

①康奈尔大学所在地。

②拉什莫尔山在美国南达科他州腊皮德城郊的布拉克岭，那儿的岩壁上雕刻着华盛顿、杰斐逊、林肯和西奥多·罗斯福四位美国总统的巨型头像。

在大学，凡是他参加的比赛，从来就没有输过一场。说起来竟像个小小的传奇故事呢。何况他今年是“大四”生了。更何况这场球又是我们的最后一场硬仗！

这场球我们终于输了个3比6。

比赛结束以后，经X光透视，诊断我并没有骨折，于是理查德·塞尔策医生就在我脸上足足缝了十二针。杰基·费尔特一直在医务室里打转，缠着这位康奈尔大学的校医叨叨，说我的饮食有问题，说我要是能服用足量的盐片，也不至于会弄到今天吃这样大的苦头。塞尔策医生没有理他，对我却提出了严重的警告，说是我差点损伤了“眼底”(那是个医学名词)，为谨慎计，最好一个星期不要打球。我谢了他。他走了，费尔特钉着他要再谈谈营养问题，也跟了出去。好了，这下就剩我一个人了。

我慢慢洗着淋浴，小心翼翼，不让水冲着了我受伤的脸。奴佛卡因的麻醉作用渐渐不管事了，可是说也奇怪，我倒宁愿感到疼痛。因为你想想，我今天捅的娄子难道还不大吗？我们把冠军丢了，大家一直那么好的运气这一下全砸了(我们一些“大四”生都是四年来从没输过一场球的)，连戴维·约翰斯顿的好运气也完了。尽管过错也许并不完全在我，然而当时我却觉得仿佛事情都该由我负责似的。

更衣室里一个人影也没有。大伙儿一定都已经上汽车旅馆了。大概他们谁也不想见我、谁也不想跟我讲话了吧。我忍着嘴里这股苦得要命的味儿——我心中难过得连嘴里都觉得有股苦味了——收拾好衣物，往外走去。纽约州北部的荒野上寒风凛冽，盘桓未去的哈佛球迷寥寥可数。

“脸伤得厉害吗，巴雷特？”

“没问题，谢谢你，詹克斯先生。”

“你恐怕应该来一块牛排呢。”响起了另一个熟悉的声音。说这话的是奥利弗·巴雷特第三。叫人用这种古方来治打肿的眼睛①，这话也真只有他才说得出来。

“谢谢你，爸爸，”我说，“医生已经给治过了。”我还指了指塞尔策医生在缝十二针处给我敷上的纱布块。

“我是说让你吃牛排呢，孩子。”

吃晚饭时，我们照例又作了一次话不投机的谈话。这一套永远循环不息的谈话，每次总以“你这一阵子过得怎么样啊？”开头，以“有什么事要我帮忙吗？”结束。

“你这一阵子过得怎么样啊，孩子？”

“很好，爸爸。”

“脸上疼吗？”

“不疼，爸爸。”

其实伤口这会儿已经疼得要命了。

“我想下星期一让杰克·韦尔斯给你看一看。”

“不必了，爸爸。”

“他是一位专家——”

“康奈尔的校医也未必就是兽医。”我这样说，为的是想杀一杀父亲照例只相信专家名医之类“权威人士”的那股势利劲儿。

“真是不幸啊，”——我听到奥利弗·巴雷特第三这句话，起初还以为他说了句幽默话呢——“看你伤成这模样，简直不像人样了。”

“是的，爸爸。”（我是不是还应该嘻嘻一笑？）

可是接下来再一想：我父亲这句蹩脚的俏皮话莫非是一种含蓄的责备，对我今天在冰场上的举动有谴责之意？

“你的意思也许是说我今儿晚上的表现活像一头野兽吧？”

① 是指在打肿的眼眶上贴一块生牛排。

看他的表情，似乎我开口一问倒使他觉得相当高兴。不过他只是回答了一句："提到兽医的可是你。"话说到了这个地步，我就决定埋头研究菜单，不再搭腔了。

上了主菜以后，老石面人照例又发表了一通他那种简单化的说教，回想起来(我实在不大愿意去回想)，这一回他论的是胜败之道。他指出，我们已经把冠军给丢了(你很了解情况嘛，爸爸)，但是球赛球赛，真正重要的毕竟不是赢球，而是比赛。他的话听起来似有在解释奥运会的大会宗旨之嫌，我意识到这只是个开场白，接下来他就要大谈其区区"艾维联"冠军又何足道哉了。但是我不打算让他把话头转到奥运会上去，所以我照例只给他必要的回答："是的，爸爸。"此外便一言不发。

我们把那老一套的话题都一一点到，中心总是老石面人所念念不忘的那个无聊主题：我的前程。

"告诉我，奥利弗，法学院有消息吗？"

"说实在的，爸爸，要不要进法学院我还没有作出正式的决定呢。"

"我只是问法学院是不是已经作出正式的决定准备收你。"

这又是一句俏皮话吗？对父亲这种绝妙的口才，我是不是应该报以一笑呢？

"还没有，爸爸。还没有消息。"

"我可以给普赖斯·齐默曼打个电话——"

"别！"我连想都没想，立刻打断了他的话。"请别这样做，爸爸！"

"不是去施加影响，"奥利弗·巴雷特第三一副十分刚正的样子，"只是去问一问。"

"爸爸，我要跟大家同时一起收到录取通知。请千万别这样做。"

"对对，这个自然。那好吧。"

“谢谢你，爸爸。”

“再说，其实你录取也不会有多大问题。”他又补上一句。

不知道为什么，我总觉得奥利弗·巴雷特第三连说句夸奖的话都有一种指责我的味道。

“这也不一定，”我回答说，“他们那儿可毕竟没有一支冰球队。”

我也不知道我为什么要这样贬低自己。也许是因为故意要反其道而行之吧。

“你还有别的特长呢。”奥利弗·巴雷特第三说，却没有作进一步的说明。（我看他也未必说得上来。）

饭菜就跟谈话一样乏味，区别只有一点，就是：面包卷在端上来之前我就料得到定是不新鲜的，而父亲若无其事端到我面前来的会是什么话题，我就别想料得到。

“何况我们好歹总还有个和平队①呢。”他这句话，就是大出冷门。

“什么？”我吃不准他这到底算是在发表意见呢，还是在提出问题。

“我看和平队很不错，你说呢？”他说。

“这个嘛，”我答道，“当然要比战争队好吧。”

这一下我们打成了平手。我不知道他的用意，他也摸不清我的心思。难道这就是他要谈的话题？那接下去不就得大谈其天下大事或者政府纲领了吗？才不会呢。你瞧，我怎么一时竟会忘了：我们最最基本的话题可始终是我的前程。

“你要是参加和平队的话，我是决不会反对的，奥利弗。”

“你要是参加的话我也不会反对的，爸爸。”我回答的口气之大方，足可同他旗鼓相当。我知道我说的话老石面人反正是从来不听的，

---

① 和平队是20世纪60年代初美国成立的一个组织，隶属于国务院。任务是把一些“受过特别训练”的美国人派往发展中国家，执行美国的“援助计划”。

所以，看到他对我这句不太明显的小小的挖苦话并无反应，我也不觉得奇怪。

“可是你的同学呢，”他又接下去说，“他们的看法怎么样？”

“怎么？”

“他们是不是觉得成立和平队是他们生活中的一件大事呢？”

我想父亲准是像鱼儿需要水一样需要听到这句话：“是的，爸爸。”

连苹果派都走了味了。

十一点半左右，我送他上了汽车。

“有什么事要我帮忙吗，孩子？”

“没什么事，爸爸。再见，爸爸。”

他于是就开车走了。

不错，在波士顿和纽约州伊锡卡市之间有的是班机，但是奥利弗·巴雷特第三却宁愿自己开汽车。倒不是自己开上这好几个钟头的车可以表一表做老子的心。我父亲就是喜欢开车。开飞车。特别是在这样的夜半时分，驾上一辆阿斯顿·马丁 DBS 型轿车[①]，那个飞车开起来才叫绝呢。我看得出奥利弗·巴雷特第三是一心想要打破他的伊锡卡—波士顿车速纪录，他原来的纪录是在上一年我们击败康奈尔队夺得冠军后创造的。我明白他这心思，因为我看见他瞧了瞧手表。

我接着就回汽车旅馆去给詹尼打电话。

这是那天晚上唯一的美妙时刻。我把打架的事统统给她讲了（只是略而不谈开战的原因究竟何在），我觉得出来的：她听得可津津有味了。这也难怪，她那帮读音乐的酸朋友打人的极少，挨打的也不多。

“那个揍你的家伙，你总该跟他算账吧？”她问。

---

① 一种制造工艺极讲究的英国汽车。

“算！彻底清算！给了他一顿厉害的。”

“可惜我没有亲眼看到。等你们跟耶鲁队比赛的时候，你大概总还会把哪个家伙揍一顿吧？”

“嗯。”

我微微一笑。她多么喜爱生活中的那些小事情啊。

四

“詹尼就在楼下电话间里。”

这是服务台管总机的那个姑娘对我说的，尽管我还没有告诉她我是谁，也没有说明那天（星期一）晚上我到布里格斯堂来找什么人。我很快就得出结论：这意味着形势对我有利。很明显，招呼我的那个拉德克利夫女学生是《猩红报》的读者，知道我是谁。这种事情以前有过多次，那倒没什么。更重要的是这样一个事实：詹尼说起过她跟我有约会。

“谢谢，”我说，“那我就在这儿等一会。”

“对康奈尔的那场球太气人了。《猩红报》说有四个家伙打了你。”

“嗯。可反倒是我被罚出了场。而且一罚就是五分钟。”

“就是嘛。”

一个朋友和一个球迷的区别就在于：同球迷交谈，话很快就说完了。

“詹尼的电话还没打好？”

她查了一下交换机，回答说：“没有。”

詹尼究竟在跟什么人通话，竟然不惜占用原定同我约会的时间？是不是哪一个学音乐的书呆子？我并非不知道有个名叫马丁·戴维森的，是亚当斯楼的四年级学生、巴赫乐社管弦乐队的指挥，此人自以为有赢得詹尼青睐的特权。可是想要把詹尼占为己有是做梦；我看这家伙顶多只有摆弄指挥棒的本领。不管怎样，我得制止这种侵占我的时间的行为。

“电话间在什么地方？”

“在拐角那儿。”她说着朝那个方向一指。

我徐步走进穿堂，老远就能看见詹尼在通电话。她没有把电话间的门关上。我慢腾腾走过去，一副漫不经心的样子，希望她会看到我，看到我脸上的绷带，看到我伤成这样，希望她会感动得把电话砰地一扔，马上扑到我怀里来。再走过去，我已听得见通话的只言片语：

“对。那当然！一定这样。哦，我也一样，菲尔。我也爱你，菲尔。”

我站住了。她在跟谁说话？这人不是戴维森——他的姓名从头到尾都没有菲尔两个字。我早就查过哈佛的花名册：马丁·尤金·戴维森，纽约河滨大道七十号。音乐美术高级中学毕业。从他的照片上可以看出，这人善感、聪明，体重大约比我轻五十磅。不过，我又何必为戴维森烦恼呢？事情明摆着：为了一个叫菲尔的什么家伙，戴维森和我都已被詹尼弗·卡维累里一脚踢开了，此刻她正在电话里给那个家伙送飞吻呢！（简直令人恶心！）

我和她分手才四十八小时，居然有一个叫菲尔的混蛋已经偷偷摸到詹尼床上去了（一定是那样！）。

“是的，菲尔，我也爱你。再见。”

她挂上电话，看到了我，连脸儿也不红一红，笑嘻嘻地给了我一个飞吻。她怎么能这样要两面手法呢？

她在我没有受伤的那半边脸上轻轻一吻。

“嗨！你的样子好吓人。”

“我受伤了，詹。”

“对方那个家伙是不是更惨？”

“嗯。惨多了。我总是把对方搞得更惨。”

我尽量把话说得恶毒，话里隐隐嵌着这样一层意思：无论哪一个情敌，要是趁詹尼对我眼不见、心不想的时候偷偷摸到她床上去，我非叫他饱尝老拳不可。詹尼拽住我的衣袖，我们一道向门口走去。

“晚安，詹尼。”服务台那个姑娘跟她打招呼。

“晚安，萨拉·简。”詹尼应了一句。

我们走到外面，在刚要跨上我那辆 MG 牌跑车[1]时，我猛吸了一口晚间的空气，尽可能装得漫不经心似的问：

“呃，詹……”

“嗯？”

“呃——菲尔是谁？”

她一面坐进汽车，一面若无其事地回答：

“我爸爸。”

我才不信这样的鬼话。

“你管你爸爸叫菲尔？”

“那是他的名字。你是怎样称呼你爸爸的？”

詹尼曾经告诉我，她是她父亲抚养长大的，她父亲干的大概是面包师之类的行当，在罗得艾兰州的克兰斯顿。詹尼还很小的时候，母亲就死于车祸。这些都是她在解释为什么她没有驾驶执照时告诉我的。她父亲在其他任何方面都是“一个大好人”（她的原话），可就是迷信得要命，说什么也不让他的独生女儿开车。这一点在詹尼念中学的最后几年确实曾造成不便，因为当时她跟远在普罗维登斯[2]的一个人学钢琴。不过，那几年她利用乘长途汽车的时间，居然把普鲁斯特[3]的作品全读完了。

“你是怎样称呼你爸爸的？”她重复了一遍。

我想得走了神，因而没有听清她的问题。

“我的什么？”

“你提到令尊大人的时候使用什么名称？”

---

① 这种汽车原是体育比赛用车，最早由英国 Morris Garages 公司制造，故称 MG 牌汽车。

② 罗得艾兰州首府。

③ 马塞尔·普鲁斯特（1871—1922），法国小说家，代表作为反映法国贵族沙龙生活、描写主人公潜意识活动的长篇小说《追忆似水年华》，有七卷之多。

我答以我一直很想使用的那个名称。

“王八蛋。”

“当他的面？”詹尼问。

“我从来没有见过他的真面目。”

“他戴着面具？”

“也可以这么说。石头面具。地地道道的石头面具。”

“你算了吧——他一定自豪得不得了呢。你是哈佛的体育明星嘛。”

我看了看詹尼，心想：她毕竟不知底细。

“当年他也是，詹尼。”

“名气比全艾维联队的边锋还大？”

詹尼这样欣赏我在运动场上的知名度，我是再高兴不过的了。遗憾的是，把我父亲的情况告诉了她，我自己就势必得相形见绌了。

“他参加过一九二八年奥运会的单人双桨赛艇比赛。”

“天哪，”詹尼说，“他得了冠军没有？”

“没有。”我答道。她当时大概也看得出来：我父亲在决赛中只取得第六名，倒反而使我心情舒畅了些。

接着出现片刻冷场。这下詹尼也许该明白了：身为奥利弗·巴雷特第四，不仅仅意味着必须忍受哈佛园里那座灰色的石头建筑物，另外还意味着一种压力，迫使你非具有一副强健的体魄不可。我是说，前人在体育运动方面的建树，就像一片阴云笼罩在你——应该说我——的头上。

“可他究竟干了些什么，你要骂他王八蛋？”詹尼问。

“强我所难。”我答道。

“你说什么？”

“强我所难。”我重复了一遍。

她的眼睛睁得像碟子那么大。“你的意思是不是指乱伦什么的？”

她问。

“你们有家丑就别抖给我听了，詹，我自己的就已经够我受了。”

“那你的意思是指什么，奥利弗？”詹尼问，“他究竟强迫你做什么了？”

“做‘应该做的事’。”我说。

“做‘应该做的事’又有什么不应该的？”她大概觉得这种听来似乎自相矛盾的情况怪有趣的，所以继续追问。

我告诉她，我不喜欢家里人按照巴雷特家的传统来规划我的前程——这一点她其实应当清楚，她明明看到过我不得不在姓名后面添上“第四”二字时的那副抬不起头来的样子。再说，我也不愿意每学期总得拿多少学分交账。

“就是，”詹尼的话明明白白是在挖苦我，“怪不得我看你考试得A也不乐意，入选全艾维联明星队也不乐意……”

“我不乐意的是他对我的要求总是那么高！”单是道出我久积心头（但以前从未说出过口）的感觉，我就已经别扭得要死，何况如今还不得不设法让詹尼了解这一切。“而每当我真的做到了，他偏又摆出一副压根儿不稀罕的架势。我的意思是说，好像他觉得我理应如此，没有什么好说的。”

“可他是个大忙人呀。他不是要经营好几家银行之类吗？”

“天哪，詹尼，你是站在我方还是站在敌方？”

“难道这是打仗？”她问。

“一点也不错。”我回答说。

“真可笑，奥利弗。”

看来她是真的不接受我的观点。我这才第一次隐约感到我们之间在教养上存在的差异。我是说，在哈佛和拉德克利夫度过的三年半光阴，基本上已经把我们都制成了那座高等学府的传统产品——目空一切的知识分子，然而，临到要承认我父亲是石头做的这一事实的时候，她偏又坚持某种意大利地中海式的陈腐观念，认为“爸爸个个爱孩子”，而且毫无争论的余地。

我想举个能说明问题的例子，便把对康奈尔比赛后那次无话可谈的可笑谈话搬出来。她听了以后无疑心有所动。但是，也真见鬼，这个例子帮的却是倒忙。

“他特地赶到伊锡卡去，难道就是为了看一场无聊的冰球比赛？”

我竭力解释，我父亲做事都是形式上面面俱到，实质上却什么也没有。詹尼却还是口口声声说，他毕竟风尘仆仆远道赶去看了这样一场相对说来并不足道的球赛。

“喂，詹尼，咱们别提这件事了，好不好？”

“谢天谢地，一提起你爸爸，你就不自在了，”她答道，“这说明你并不是完人。”

“哦，这么说，你是完人喽？”

“才不呢，预科生。倘若我是完人，难道我还会跟你一起出去？”

于是我们又言归正传，一切如常了。

五

我想谈一下我们是怎么发生肌肤之亲的。

说也奇怪，我们在那么长一段时间里可始终是“河水不犯井水”。大不了就是前面已经提到过的那几次亲吻。（一次次的经过我至今都还记得点滴不漏。）这可不是我的一贯作风，因为我这人相当冲动、急躁，喜欢一蹴而就。在威尔斯利[①]的塔院，恐怕就有十个以上的姑娘熟悉我的脾气，要是你告诉其中任何一人，说三个星期以来奥利弗·巴雷特第四跟一位小姐天天约会，可还没有跟她睡过觉，她们一定会放声大笑，还会一本正经地追问：那位小姐究竟是不是女的。当然，实际情况也不尽如此。

我是不知道该怎么干。

请不要误解，也不要过于咬文嚼字。全部做法，我都知道，我就是克服不了妨碍我自己干这档子事儿的心情。詹尼聪明得很，我一向自以为奥利弗·巴雷特第四具有无往而不利的浪漫主义优美风度，现在我却担心这种“风度”可能吃她笑话。对，我是怕遭到拒绝。可我也怕对方出于一些不足为训的原因而就把我接受下来。我想说又说不清的是：我对詹尼弗产生了异样的感情，而又不知道该怎么表白，甚至不知道该找谁商量。（后来她对我说：“你应当找我嘛。”）我只知道我产生了这样的感情。对她。对她整个儿人。

“这次考试你恐怕要过不了关了，奥利弗。”

那是一个星期天的下午，我和詹尼弗一起坐在我的房间里看书。

“奥利弗，照你这样坐在那里就一味看我读书，这次考试你恐怕要过不了关了。”

“我没在看你读书。我在读我自己的书。”

“扯淡。你在看我的腿。”

“只是偶尔瞟上一眼。读一章书瞟一眼。”

“你那本书分章分得好短哪。”

“听我说，你这个自作多情的婆娘，你可并没有美到那种程度！”

“我知道。可你要认为我已经美到了那种程度，我有什么办法？”

我丢下书本，走了过去，来到她坐着的地方。

“詹尼，看在基督分上，你说说，当我每秒钟都巴不得和你好好亲热亲热的时候，我哪还有心思读约翰·斯图尔特·穆勒②的著作？”

她皱眉蹙额。

“哦，奥利弗，求求你好不好？”

我猫腰蹲在她的椅子旁边。她又低头看她的书了。

“詹尼——”

她轻轻合上了手中的书，把书一放，伸出双手，搂住了我的脖子。

“奥利弗，求求你好不好？”

事情一下子就发生了。一切的一切。

我们的第一次交欢跟我们的第一次交谈恰恰相反。这一次，一切都是那么从容、那么温柔、那么委婉。我从来没有意识到真正的詹尼竟会是这样——竟会是这样体贴，她的抚摩是那么轻柔，那么温存。然而，真正使我震惊的还是我自己的反应。我也报之以轻怜蜜爱。那真正的奥利弗·巴雷特第四难道是这样的？

既然“河水不犯井水”，我自然也从没见到过詹尼的羊毛衫会多解开一颗扣子。因此，当我发现她脖子上还套着个小小的金十字架时，不免有点儿感到意外。挂十字架的是那种怎么也解脱不开的链子。这就是说，在我们两情缱绻时，她仍然戴着十字架。那个销魂的下午曾有片

① 威尔斯利是美国马萨诸塞州东部一所私立女子大学。

② 约翰·斯图尔特·穆勒(1806—1873)，英国哲学家、经济学家、逻辑学家。

刻歇息，就在我觉得什么都那样可心而又什么都不在我心上的那种时刻，我摸了一下那个小十字架，当时就问她：她的神父要是得知我们同卧一床等事，不知会怎么说？詹尼回答说，她没有神父。

“你是不是一个笃信天主教的好姑娘？”

“唔，我是个姑娘，”她说。“而且是个好姑娘。”

她看着我，等我加以确认。我笑了笑，她也还我一笑。

“这么说，三条之中占了两条。”

接着我又问她为什么要戴十字架，而且链子居然还是焊死的。詹尼解释说，那是她母亲的；她戴着是基于感情上的原因，而不是宗教上的原因。

“嗨，奥利弗，我对你说过我爱你没有？”詹尼问。

“没有，詹。”

“你为什么不问我呢？”

“说老实话，我没敢问。”

“那你现在问我吧？”

“你爱我吗，詹尼？”

她看着我，回答说：

“你说呢？”但她的表情却不是躲躲闪闪的。

“我估计是爱的。想必如此。”

我吻了吻她的脖子。

“奥利弗！”

“唔？”

“我不光是爱你……”

哦，天哪，这话怎么讲？

“我还非常非常爱你，奥利弗。”

六

我喜欢雷·斯特拉顿。

他也许不是个天才，也不是个了不起的橄榄球运动员(他传球的动作比较慢)，但他一直是我同房间的好伙伴和忠实的朋友。在我们念“大四”那年的大部分时间内，也真够难为这可怜虫的。每当他看到我们房间的门把上挂着领带时(这是表示“内有活动”的传统暗号)，你叫他上哪儿去学习呢？诚然，他学习并不太用功，但有时候总也得抱一下佛脚吧。就算他可以利用本系的阅览室，或拉蒙特图书馆，甚或上皮埃塔俱乐部去看书。但是，有好些个周末的晚上，詹尼和我决定违反校规在一起过夜，那时叫可怜的雷睡到哪儿去呢？他只得东奔西走找地方凑合一宿，譬如权且躺在邻室的沙发上等等(假定邻室朋友自己不用的话)。好在那时橄榄球赛季已经过去。再说，要是为了他，我也会作出这样的牺牲的。

然而，雷得到了什么报答呢？想当初，我每次在情场上得手，就会把全部细节一五一十统统告诉他。到如今，他的这种作为室友照例不可剥夺的权利非但得不到承认，连詹尼已是我的情人我都从来不老老实实认账。我只告诉他我们什么时候需要占用房间，或者要如何如何，如此而已。斯特拉顿心里爱怎么想，就让他去想吧。

“我说，巴雷特，你他妈的到底干上了没有？”他有好几次这样问过。

“雷蒙德，作为朋友，我要求你别问。”

“可是，妈的，你说说，巴雷特，已经有多少个下午、多少个星期五晚上和星期六晚上了！你他妈的一定干上了。”

“那你又何必再问我呢，雷？”

“因为这不正常。”

“什么不正常？”

“这个局面压根儿就不正常，奥尔。我是说，过去可从来不是这个样子。我是说，像这样对我老雷封锁消息，一点细节也不透露，实在没有道理。不正常。妈的，她到底有些什么魔法，这样厉害？”

“听我说，雷，成熟的爱情……”

“爱情？”

“你不要用这样的口气说话，好像这是个脏字儿似的。”

“你这点年纪？爱情？妈的，我可实在为你担心，老弟。”

“担心什么？担心我神经错乱？”

“担心你的光棍儿还打得成不。担心你能不能自由自在。担心你的日子还过不过！”

可怜的雷。他确实并非说说而已。

“担心你将失去一个室友，是不是？”

“扯淡，说起来我倒还多了一个呢！她不是整天泡在这儿吗？”

我正在打扮自己，准备去听一场音乐会，因此得赶快结束这次对话。

“别着急，雷蒙德。将来咱们到纽约去租上那么一套房间。妞儿夜夜换。咱们玩儿个痛快！”

“你还要我别着急呢，巴雷特。那个姑娘把你给迷昏了。”

“情况一切正常，”我答道，“别紧张。”我边整领带，边向门口走去。斯特拉顿还是将信将疑。

“嗨，奥利！”

“嗯？”

“你们准是干上了，是吧？”

“去你的，斯特拉顿！”

我不是约詹尼一起去听这场音乐会；我是去看她演出的。巴赫乐社在丹斯特堂演奏《第五勃兰登堡协奏曲》，由詹尼担任古钢琴独奏。当然，詹尼弹琴我已听过多次，但是从来没有听过她参加集体演奏或公开演出。上帝呀，我真感到自豪极了。我实在挑不出她在演奏中有什么毛病。

“我简直不能相信你有这样伟大。”音乐会结束以后，我对她说。

“这说明你对音乐懂得就这么多，预科生。”

“我懂得也不能算少。”

我们是在丹斯特堂的院子里。那是四月份的一个下午，那种天气使人觉得春天终于要来到坎布里奇了。她的乐友们都在附近散步（其中也有马丁·戴维森，他不时向我这边投来无形的憎恨的“炸弹”），因此我不能跟詹尼展开键盘乐器方面的专题讨论。

我们穿过纪念大道，沿着河边漫步。

“巴雷特，别说傻话了好不好？我弹得还可以，但算不上伟大。甚至够不上‘全艾维联’的水平。只是还可以。就这样，OK？”

既然她要贬低自己，我又有什么可争的？

“OK。你弹得可以。我只是说，你得一直坚持下去，别松劲。”

“我的老天爷，谁说我不想坚持下去啦？我还打算去师从纳迪亚·布朗热[①]呢，你不知道？”

她在说什么混账话？看她陡地把话煞住的样子，我意识到这是她本来不想提及的。

“师从谁？”我问。

“纳迪亚·布朗热。一位著名的音乐教师。在巴黎。”最后那句话她说得相当快。

“在巴黎？”我问的语调却拖得相当长。

“她很少收美国学生。我运气好。我还得到了一笔可观的奖学金。”

---

①纳迪亚·布朗热（1887—1979），法国女作曲家、指挥家、巴黎音乐学院教授。

“詹尼弗，你要去巴黎？”

“我从来没有到过欧洲。我真想尽快去看看。”

我抓住她的双肩。当时我的动作有些粗暴，恐怕也难说。

“嗨，这事你藏在心里有多久了？”

詹尼生平第一次不敢跟我四目对视。

“奥利，别傻了，”她说，“这是不可避免的。”

“什么不可避免？”

“咱们毕业以后总要分道扬镳的。你要进法学院——”

“等一下，你在说些什么呀？”

现在她和我四目对视了。她的神色悒郁。

“奥利，你是个候补百万富翁，而我在社会上的身价却等于零。”

我还紧紧抓住她的肩膀不放。

“那又怎么样呢？干吗要扯到分道扬镳上去？现在咱们在一块儿，不是挺幸福吗。”

“奥利，别傻了，”她又说了一遍。“哈佛就像圣诞老人的百宝袋。什么稀奇古怪的玩具都可以往里边塞。可是等过完了节，人家就会把你抖出来……”她迟疑了一下。

“……你原来是哪儿的，还得回哪儿去。”

“你是说，你要到罗得艾兰州的克兰斯顿去烤大饼？”

我一时情急，说话不顾分寸。

“做糕点，”她说，“你别拿我的父亲开涮。”

“那你就别离开我，詹尼。我请求你。”

“我的奖学金还要不要？我自出娘胎以来还没去过的巴黎还去不去？”

“咱们的婚事还办不办？”

这话是我说的，可是乍一听来，我还真不敢相信这话是我亲口说的。

“谁说过要办婚事啦?”

“我。是我这会儿在说。”

“你要跟我结婚?”

“对。”

她把头抬起一点点，并不笑，只是问：

“理由呢?”

我直盯着她的眼睛。

“当然有我的理由。”我说。

“哦,”她说,“这倒是个很充分的理由。”

她挎住我的胳臂(这回没有拽我的衣袖)，于是我们就沿着河边走去。说真的，此刻我们已经用不到再说什么了。

七

从米斯提克河大桥到马萨诸塞州伊普斯威奇镇，汽车大约要开四十分钟，可那也要看天气好坏，看驾驶技术如何而定。事实上，我有时只开二十九分钟就到了。波士顿赫赫有名的银行家某公说他开得还要快，不过，谁要是说从大桥驱车到巴雷特公馆用不到三十分钟，那到底是事实还是幻想，也就很难辨别了。我可认为二十九分钟已经是极限了。我是说，对一号公路①上的那些红绿灯总不能置之不理吧？

“你这车简直开得像发疯一样。”詹尼说。

“这儿是波士顿，”我答道，“谁的车都开得像发疯一样。”就在这时一号公路上亮起了红灯，我们的车停了下来。

“你爸妈还没有来得及要咱们的命，看你先要把咱们的命给送了。”

“听我说，詹，我的爸妈都是和气人。”

换绿灯了。不到十秒钟，我这辆 MG 牌跑车就已开到了时速六十英里。

“连那个王八蛋也是？”她问道。

“谁？”

“奥利弗·巴雷特第三呀。”

“噢，他可是个好人。你一定会打心里喜欢他的。”

“你怎么知道？”

“大家都喜欢他。”我答道。

“那你怎么不喜欢他？”

“就因为大家都喜欢他啦。”我说。

说真的，我又干吗要带詹去见他们呢？我是说，难道我就真有必要一定要去求得老石面人的祝福什么的？她自己要去，当然是一个原因

（“那是世道常情啊，奥利弗。”），可另外还有一个原因，说来其实也很简单，那就是奥利弗第三是我那个最最广义的所谓经济后盾：我那要命的学费得由他来支付。

要去总得在星期天吃晚饭的时候去吧？我是说，这样才合乎礼仪，对不对？星期天，偏偏那些不会开汽车的家伙都挤在一号公路上，挡了我的道儿。从大路上一拐弯，我转到了格罗顿街上。我从十三岁起，拐这个弯一直是不减速的。

“这儿怎么没有房子，”詹尼说，“只看见树。”

“房子都在树的后面哪。”

在格罗顿街上行驶一定要非常小心，否则就会错过通往我们家的那条小路。事实上，那天下午我自己就错过了。我冲出了三百码远，才咯吱一声把车煞住。

“我们到了哪儿啦？”她问道。

“开过头了。”我咕哝了一声，少不得还骂了几句。

我倒过车来，开了三百码回头路，才到我们家的大门口，这是不是有一点象征的味道呢？总之，一踏上巴雷特家的土地，我就把车速放慢了。从格罗顿街转角到多弗庄正宅至少也有半英里路。一路上你还得经过一些其他的……楼堂之类吧！我想，要是你第一次看到的话，你一定会觉得那是相当有气派的。

“乖乖，我的天哪！”詹尼说。

“怎么回事，詹？”

“往路边靠靠，奥利弗。不跟你开玩笑。快把车停下。”

我把车停下。她显得紧张极了。

“嘿，真没想到府上是这样的气派。”

“什么气派？”

---

①一号公路，是北起美加边境、南迄佛罗里达最南端的美国东部一条公路干线，贯穿十四个州，其中包括马萨诸塞州。

“这样的富贵气派。我是说，住这么个地方，你们准还有奴隶侍候吧！”

我想伸过手去抚摩她，可是我的手掌心是汗津津的(这种情况确实少见)，所以我就只好用话来安慰她了。

“别这样，詹。没什么了不起的。”

“我知道，可不知怎么，我突然觉得，要是我名字叫艾比格尔·亚当斯①，或者是个名门闺秀，那就好了。”

我们默默无言地驶完了剩下的一段路，停好了车，走到前门口。在按过门铃等候开门的时候，詹尼挺不住，终于在这最后关头慌起来了。

“咱们还是逃吧。”她说。

“咱们要留下来战斗。”我说。

我们俩是不是有哪一个在说笑话呢?

开门的是弗洛伦斯，她是巴雷特家的一个忠心耿耿的老仆。

“啊，是奥利弗少爷。”她招呼我说。

天哪，叫我奥利弗少爷，我真恨死了！我恨透了这种把我和老石面人截然分清的隐隐含有贬义的称呼。

弗洛伦斯告诉我们，爸爸妈妈正在书房里等着。一路往里走就得经过不少肖像，詹尼看到一些肖像吃了一惊。不仅仅是因为其中有些是约翰·辛格·萨金特②的作品(特别是奥利弗·巴雷特第二的那幅画像，有时还在波士顿博物馆里展出呢)，主要还是因为她这才明白：我家的祖先并不全都是姓巴雷特的。巴雷特家还出过一些了不起的女流，许配给了好人家，生下过巴雷特·温思罗普、理查德·巴雷特·修厄尔一类的人物，甚至还有个艾博特·劳伦斯·莱曼，他凭着一股冲劲闯过了艰

① 艾比格尔·亚当斯(1744—1818)，美国第二任总统约翰·亚当斯的妻子，第六任总统约翰·昆西·亚当斯的母亲。

② 约翰·辛格·萨金特(1856—1925)，美国肖像画家，以画英、美社会上层人士的肖像著名。

难的世途(也闯过了那与之隐约相似的哈佛)，成了个化学家，得了奖，而他的姓名当中就压根儿没有嵌上一个巴雷特！

“我的天，”詹尼说，“哈佛那些大楼上的名字，倒有一半在这儿呢！”

“不值一个屁。”我对她说。

“我没想到修厄尔船馆①跟你们也有关系，”她说。

“是啊。我家的祖上世世代代反正不是木头也就是石头。”

在那一长排画像的尽头，就在进书房的拐角那儿，摆着一只玻璃柜子。柜子里都是奖品。体育比赛的奖品。

“真漂亮，”詹尼说，“我还从来没有见过这样活像真金、真银的奖品呢。”

“那都是真金真银的。”

“唷。是你的？”

“不。是他的。”

奥利弗·巴雷特第三在阿姆斯特丹的奥运会上没有得奖，这是有案可查、无可争辩的。不过，他在其他一些运动会上取得过划船比赛的重大胜利，那也一点不假。还不止一两次呢。不，次数可多了。这一切的证据，如今都擦得亮亮的，展现在詹尼弗的眼前，看得她眼花缭乱。

“克兰斯顿保龄球联赛发的玩意儿哪有这样好啊！”

接着，她大概是为了安抚我：

“你也有奖品吗，奥利弗？”

“有。”

“也陈列在某个柜子里？”

“在楼上我自己房里。都塞在床底下。”

---

① “船馆”是哈佛大学校园内的一座建筑。此词又有“造船世家”之意。“修厄尔造船世家”疑即指美国造船商阿瑟·修厄尔(1835—1900)家族。

她对我做了个标准的“詹尼式”迷人表情，悄声说：

“回头咱们去看看，好不好？”

我还没来得及回答，也还没来得及揣摩一下詹尼要上我卧房去看看的真正动机到底何在，就有人来打岔了。

“啊，你们好！”

王八蛋！是那个王八蛋！

“哦，你好，爸爸。这位是詹尼弗——”

“啊，你好！”

我还没来得及介绍完，他已经在跟詹尼弗握手了。我注意到他今天并没有穿他那种“银行家服”。可不，奥利弗第三身上穿的是一件花哨的开司米猎装。平日板得像岩石一样的脸上，还带着狡诈的笑容。

“请进来见见巴雷特太太。”

又是个平生只此一遭的紧张时刻在等待着詹尼弗：要见见“醉姑娘”艾莉森·福布斯·巴雷特。（我有时碰到心里不痛快，就会想：要不是她混到像今天这样，成了个专门热心做“好事”的博物馆理事，她这个寄宿生时代的绰号真不知会给她造成什么样的影响呢。）只要查一查履历，就可以知道“醉姑娘”福布斯根本没有念完大学。在念二年级的那年，她离开了史密斯学院，在父母的大力赞助下，嫁给了奥利弗·巴雷特第三。

“那是我妻子艾莉森，这位是詹尼弗——”

他已经把介绍的任务抢过去了。

“卡累维里（Calliveri）。”我接口说，因为老石面人不知道她姓什么。

“卡维累里（Cavilleri）。”詹尼彬彬有礼地纠正说。原来我把这个姓念错了——从来不念错的，偏偏就错了这一生中唯一的一次。

“就跟《卡伐累里·罗斯蒂卡那》（Cavalleria Rusticana）的第一个

词一样[1]？”我母亲问道，大概是要证明她虽然没有大学毕业学历，可还是有相当文化修养的。

“对。”詹尼对她笑笑。“不过扯不上关系[2]。”

“啊。”我母亲说。

“啊。”我父亲说。

我一直在捉摸他们是不是领会了詹尼的那份幽默，这时只好也跟着应了一声：“啊？”

母亲和詹尼握了手，彼此照例客套了一番（我家里的人总是脱不出这个俗套，永远没有一点长进），之后我们就坐了下来。大家都沉默无言。我暗暗体察了一下当时的形势。不用说，母亲一定是在品评詹尼弗，细细观察她的服饰（今天下午可不是那么落拓了）、她的仪态、她的风度、她的口音。可是糟糕，即使是她最斯文的谈吐，也难免露出了克兰斯顿的腔调。詹尼大概也在品评母亲。我听说，姑娘家都是这样的。据说，要知未来的丈夫如何，只要先看看婆婆。说不定她还在品评奥利弗第三。她注意到父亲长得比我还高吗？她喜欢老石面人的开司米猎装吗？

奥利弗第三的火力，不用说，还是集中在我的身上，就跟往常一样。

“你这一阵子过得怎么样啊，孩子？”

别看他还得过罗得斯奖学金[3]，他谈话的本领可实在差劲。

“很好，爸爸。很好。”

---

① 《卡伐累里·罗斯蒂卡那》系歌剧名《乡村骑士》的音译。《乡村骑士》是意大利作曲家皮埃特罗·玛斯卡尼（1863—1945）的代表作。詹尼的姓氏与这部歌剧的意大利文原名第一个词只是近似，实际并不是一个词。

② 詹尼这里用的，是她初次遇见奥利弗时奥利弗对她说的原话。当时她问奥利弗是不是跟诗人巴雷特同姓，奥利弗就用这话回答了她。因为《乡村骑士》不是个人名，所以詹尼这话带一些玩笑的意思。

③ 根据英国人塞西尔·罗得斯（1853—1902）的遗嘱设立的奖学金，获得该项奖学金的学生可入英国牛津大学读书。

作为机会均等的一种表示，母亲则招呼詹尼弗。

“一路上坐车还舒服吧？”

“是的，”詹尼答道，“又舒服又快。”

“奥利弗车开得挺快。”老石面人插进来说。

“还没有你开得快呢，爸爸。”我顶了一句。

看他怎样回答？

“嗯——也是。你说得也是。”

不是才怪呢，爸爸。

母亲不论在什么情况下，总是向着他的，于是她就把话转到一个比较容易引起大家兴趣的话题上——大概不是音乐，就是美术吧。我没有仔细听。后来，一杯茶递到了我的手里。

“谢谢，”我说，接着又补了一句，“我们马上得走了。”

“哦？”詹尼说。看样子他们在谈论普契尼[①]什么的，听到我的话，觉得有点突兀。母亲看了我一眼(这是难得的)。

“可你们不是来吃晚饭的吗？”

“呃——我们不吃了。”我说。

“是来吃晚饭的。”詹尼几乎与我同时说了完全相反的话。

“我可得回去。”我一本正经地对詹说。

詹尼看了我一眼，那意思似乎是说：“你在胡扯些啥呀？”这时候老石面人发表意见了：

“你们留下吃饭。这是命令。”

他脸上那种虚假的笑容丝毫也没能减轻这道命令的分量。可我才不吃这一套呢，哪怕对方是参加过奥运会决赛的选手，我也不吃他这一套。

“我们不吃了，爸爸。”这是我的答复。

---

① 普契尼(1858—1924)，意大利歌剧作曲家，名作有《艺术家的生涯》《蝴蝶夫人》《图兰朵》等。

“我们得留下，奥利弗。”詹尼说。

“为什么？”我问。

“因为我肚子饿了，”她说。

我们遵从奥利弗第三的意思，坐下吃饭了。他低下了头。母亲和詹尼也都照办。我只是略微伸了伸脑袋。

“上帝啊，蒙您赐这食物给我们使用，让我们得以服侍您，愿您让我们时刻不忘他人的贫困和匮乏。我们凭着您儿子耶稣基督的名向您祈求，阿门！”

天哪，我都羞死了。这套祷告今天难道就不能豁免一次吗？詹尼会怎样想呢？老天，这真是倒退到中世纪的黑暗时代了。

“阿门！”母亲说(詹尼也附和了，很轻很轻)。

“开球啦！”我带点打趣的口吻说。

谁也没有给逗乐。尤其是詹尼。她避开了我的眼光。奥利弗第三从桌子对面瞟了我一眼。

“打球讲究配合，为人又何尝不如此，奥利弗。”

多亏母亲有闲话家常的非凡本领，大家吃饭时才不至于完全默不作声。

“这么说，你们家是克兰斯顿人喽，詹尼？”

“多半是那儿的。我母亲是福耳河城人。”

“巴雷特家在福耳河城也有纱厂。”奥利弗第三说道。

“在那里世世代代剥削穷人。”奥利弗第四补上一句。

“那是十九世纪的事了。”奥利弗第三接着说。

母亲听了笑笑，她显然认为她的奥利弗已经胜了这一局，因此感到很满意。可是没有那么容易。

“那些工厂的自动化计划又怎么说呢？”我回他一枪。

沉默了片刻。我等着他来个狠命的反扑。

“喝点咖啡怎么样？”“醉姑娘”艾莉森·福布斯·巴雷特说道。

我们回到书房里准备再战。这势必是最后一个回合的较量了：詹尼和我第二天还有课，石面人还有银行等等的业务要料理，“醉姑娘”肯定也有一些功德无量的事要在第二天清早去办。

“加点糖吗，奥利弗？”母亲问。

“亲爱的，奥利弗喝咖啡一向是加糖的。”父亲说。

“谢谢，今儿晚上不加了，”我说，“我就喝清的，妈妈。”

这样我们就都端了咖啡，舒舒服服坐在那儿，彼此根本无话可谈。我因此找了个话题。

“告诉我，詹尼弗，”我当下便问，“你对和平队是怎么个看法？”

她对我皱皱眉头，拒绝合作。

“哎，你告诉了他们没有，奥·巴？”母亲对父亲说。

“还没到时候呢，亲爱的，”奥利弗第三说，那种虚伪的谦逊口气，分明是在表示：“来问我吧，来问我吧！”于是，我就只好问他了：

“什么事啊，爸爸？”

“没什么大不了的事，孩子。”

“我真不明白，你这话怎么能那样说呢。”母亲说着，转过身来神气十足地向我发布消息（我说过母亲是向着他的）：

“你爸爸要担任和平队的总干事了。”

“喔。”

詹尼也“喔”了一声，但是口气不同，有点高兴的样子。

父亲装出一副不好意思的样子，母亲似乎是在等我行个礼什么的。可我的意思是，他又不是去当国务卿！

“恭喜你，巴雷特先生。”詹尼带了头。

“是啊。恭喜你，爸爸。”

母亲巴不得谈谈这件事。

“我看这倒确实是个增长学识的好机会。”她说。

“嗳，是这样。”詹尼也同意。

“是啊，”我的口吻也显得有点儿底气不足了，“呃——对不起，请把糖缸递给我。”

八

“詹尼，他又不是去当国务卿！”

谢天谢地，我们终于又驾车回坎布里奇去了。

“不过，奥利弗，你刚才应该再热情点儿才对。”

“我不是给他道喜了吗。”

“你的器量也真够大的。”

“你倒说说看，你还要我怎么样呢？”

“唉，老天，”她回答说，“这种事，我见了就恶心。”

“我还不是一样。”我接着说。

车子开了好一会儿，两人没说一句话。可是我觉得事情有点不大对头。

“究竟什么事叫你见了就恶心，詹？”我回味了好久，才问。

“你对待你爸爸的那种讨厌样子。”

“他对待我的那种讨厌样子又怎么说呢？”

我就像打开了一罐豆子，说得更恰当点，是一罐意大利式的辣酱油[①]。因为詹尼在父爱问题上向我发动了全面进攻。她身上那种意大利地中海毛病全发作了。在她看来，我是多么无礼啊。

“你对他老是刺呀，刺呀，刺个没完。”她说。

“有来有往嘛，詹。你难道没看见？”

“为了要惹你的老头子伤心，你简直什么都做得出来。”

“想要伤奥利弗·巴雷特第三的心，那是做梦。”

保持了片刻奇怪的沉默，她才回答说：

“不见得，你一旦跟詹尼弗·卡维累里结了婚，恐怕就难说……”

我竭力沉住气，好不容易才把车子驶到了就近一家海味餐厅的停车场上。这时我才转过身来瞅着詹尼弗，气得像发了疯。

“那就是你的想法了？”我气势汹汹地问。

“这至少是一条吧。”她非常沉着地说。

“詹尼，你不信我爱你吗？”我嚷了起来。

“我信，”她回答说，还是那么沉着，“可是你还莫名其妙地爱我那个带有负号的社会地位。”

我想不出怎么说好，只能一口咬定说“不”。我一说再说，语气也一变再变。我是说，那时我已经心乱如麻，我甚至还考虑了她那个可怕的暗示里是不是也有那么一丁点儿道理。

不过她也不大沉得住气了。

“我怎么好怪你呢，奥利。那还不过是其中的一条呢。因为，我自己也知道，我爱的不仅是你这个人。我还爱你那个姓名。还有拖在你姓名后面的‘第四’。”

她转过脸去，我以为她大概要哭了。但是她没有哭；她把心里的话都讲出来了：

“可不管怎么说。这些也都是跟你分不开的。”

我愣在那儿好一会，看着一个“蛤蜊牡蛎”的霓虹灯招牌一明一灭。在詹尼身上有一点真叫我爱煞，那就是她能够看透我的心思，有些事情用不着我煞费苦心说出口来，她自能一目了然。这一次不也是这样吗？我确实不是十全十美的，可是我自己有勇气承认吗？天哪天哪，她可不但早已正视了我的缺点，而且也正视了她自己的缺点。天哪天哪，我感到自己多么渺小哇！

我真不知道究竟该说些什么好。

“去吃一客蛤蜊或者牡蛎好不好，詹？”

“你嘴巴子吃我一拳好不好，预科生？”

“好。”我说。

她握起拳头，轻轻地顶着我的腮帮。我把她的拳头亲了亲，正要伸

---

① 本句中“豆子”(beans)还有个意思是“申斥”；“辣酱油”(sauce)还有个意思是“顶撞”。

手去搂她，她一伸胳膊挡住了我，像个电影里的持枪女强盗一样大吼：

“快开车，预科生。把住方向盘，加快速度开！”

我开。我开。

父亲的主要意见，是他所谓速度过快的问题。仓促。轻率。确切的话我已经记不清了，不过我很明白，我们在哈佛俱乐部一起吃午饭的时候，他那一篇说教的主题就是说我做事太急。为了给他那一套话作铺垫，他先提醒我吃饭不要急急匆匆，囫囵吞下。我也很有礼貌地提出我是个大人了，我的一举一动无需他再指正，甚至也无需他再评头品足。他表示，连世界级的领袖有时还需要听听建设性的批评呢。我领会他这句话有一层不太隐晦的言外之意，表示他在第一届罗斯福政府时代也在华盛顿干过一阵子。但是我不打算让他谈起罗斯福的旧事，也不打算让他谈起他在美国银行改革中担任了怎样一个角色。所以我就不吭声。

我前面说了，我们当时是在波士顿的哈佛俱乐部里吃午饭。（同意我父亲看法的话，应该承认我当时是吃得太快了点儿。）在那种场合，周围都是他那方面的人。他的同学、客户、崇拜者等等。我想，如果世上真有所谓圈套的话，这就是一个圈套了。你如果认真细听，说不定还会听见有些人在嘁嘁喳喳说“奥利弗 · 巴雷特在那边”，或者“那就是当年大名鼎鼎的运动员巴雷特”一类的话。

我们之间话不投机的交谈，又进行了一轮。不过这次谈话却纯粹是东拉西扯，完全不着边际，这是显而易见的。

“爸爸，你对詹尼弗怎么就只字不提呢？”

“有什么可说的呢？我们早已被你置于一个既成事实之前，不是吗？”

“可你的意见又怎么样呢，爸爸？”

“我觉得詹尼弗是挺不错的。而且像她这样出身的姑娘，能够一直读到拉德克利夫大学院……”

他说这番假惺惺的同情话用意无非是回避正题。

“不要回避问题嘛，爸爸！”

“问题根本不在这位小姐，”他说，“问题在你。”

“哦？”我说。

“在你这种叛逆的行径，”他又接着说，“你造反啦，孩子。”

“爸爸，我真不明白，娶个聪明美丽的拉德克利夫学院女生，怎么也扯得上造反？要知道，她又不是什么邪门歪道的嬉皮士——”

“她也并不是十全十美的。”

啊，到了。到了那个要命的节骨眼儿上了。

“爸爸，你感到她最不称你心的到底是什么——是因为她信天主教呢，还是因为她穷？”

他略微向我凑近点儿，以近乎耳语的声音答道：

“你最喜欢她的到底又是什么？”

我可要站起来走了。我老实不客气告诉了他。

“给我留在这儿，谈话要像个男子汉的样。”他说。

“像个男子汉的样”，是对什么而言呢？一个毛孩子？一个小姑娘？一只耗子？反正，我是留下来了。

王八蛋见我还坐在座位上，颇为满意。我是说，我看得出来，他一定认为他已经战胜过我多次，这一回又把我给打败了。

“我只要求你再等上一阵子。”奥利弗·巴雷特第三说。

“请说明白什么叫‘一阵子’。”

“在法学院念完研究生的课程。是真心相爱，就经得起时间的考验。”

“本来就是一片真心，何必还要受什么专横的考验呢？”

我想我的含义是很清楚的。我要挺起腰杆来同他对抗。对抗他的专横。对抗他那种要控制、要支配我生活的压力。

“奥利弗！”他又部署了新的攻势。“你还是个小——”

“小什么？”我快要按捺不住了，他妈的！

“你还不满二十一岁。按法律还不是个成年人。”

“别借法律来吹毛求疵，去你的吧！”

邻桌有些顾客恐怕也听见了这句话。仿佛是对我大声嚷嚷的回敬，奥利弗第三故意以刺人的耳语冲着我说出了这样一句：

“要是你这就跟她结婚，那我就不认你。”给人听见就听见吧，也顾不得了。

“爸爸，你这脑袋瓜子能认得个屁！”

我跟他一刀两断，从此就开始了我自己的生活。

九

剩下的就是罗得艾兰州克兰斯顿城那边的事了。克兰斯顿位于波士顿之南，而伊普斯威奇则在波士顿之北，相比之下克兰斯顿离波士顿稍微远些。我把詹尼弗介绍给她未来的公婆，事情砸了(她说："那我不是要叫他们匪公匪婆①了吗？")，自此以后我一想起我还得去拜见她的父亲，心里就直打鼓。因为，这次会面我还得跟那种多情的意大利地中海毛病进行搏斗，再说詹尼又是独苗，更何况她又没有母亲，她同她父亲的关系肯定亲密到反常的程度。心理学书上写着的那种种感情的力量，统统要我去对付。

再加上一点，就是我没有一个子儿。

我是说：假设另外有那么一个奥利弗罗·巴雷托②，是罗得艾兰州克兰斯顿城里邻近街坊的一个漂亮的意大利小伙子。他来见卡维累里先生——卡维累里先生是城里一个挣钱过活的糕点大师傅。小伙子说了："我想跟你的独生女儿詹尼弗结婚。"那老头子头一句话会怎么问呢？(对巴雷托的爱情他是不会怀疑的，因为既然同詹尼要好了，就一定是爱詹尼的，这是个普遍真理。)不，卡维累里先生会提出类似这样的问题："巴雷托，你靠什么来养她呀？"

假如巴雷托告诉他说：情况正好相反，至少在今后三年里，倒是他的女儿得倒过来养他的女婿，请想想那位善良的卡维累里先生会有什么样的反应呢？那善良的卡维累里先生岂不是要把巴雷托赶出去？如果巴雷托够不上我这样的身板，岂不是还得挨老丈人一顿揍？

不这样才怪呢。

也许就是由于这样的原因，所以在五月里的那个星期天的下午，当我们沿着九十五号公路往南驶去的时候，我对路标上的限速就都悉遵不误了。可是詹尼早已喜欢上了我开惯的那种飞车，因此有一回她就埋怨说，我在限速四十五英里的地段只开到了四十英里。我告诉她车子需要检修了，她根本不信。

“再给我讲一遍吧，詹。”

耐性可不是詹尼的长处，她回答了我提出的一些傻问题，却不肯多说一遍来增强我的信心。

“再讲一遍吧，詹尼，求求你。”

“我给他打了个电话。我告诉了他。他说 OK。是用英语说的；因为，我不是给你讲了吗？你听了好像还是不大相信：他半句意大利话也不懂，顶多只会骂几句。”

“可 OK 到底是什么意思呢？”

“你是说，哈佛法学院收的研究生连 OK 的意思都不懂？”

“这可不是个法律术语，詹尼。”

她摸摸我的胳膊。感谢上帝，这下子我就明白了。不过，我还需要进一步的澄清。我一定要知道我会碰到些什么样的难题。

“OK 也可以表示‘我认了’。”

她于是就大发慈悲，把她同父亲对话的细节重复了无数次。她父亲很高兴。可高兴呢。他送女儿上拉德克利夫的时候，本来就不希望女儿将来还回克兰斯顿来嫁给邻家的那个小伙子（顺便说一句，那个小伙子就在她离家前向她求过婚）。他起初不敢相信女儿的未婚夫真是奥利弗·巴雷特第四。后来他还警告女儿可不要违犯第十一诫③。

“第十一诫？是哪一条？”我问她。

“不可对你的父亲胡说，”她说。

“喔唷。”

“说完了，奥利弗。不骗你。”

“他知道我穷吗？”

---

① 原文为 outlaws，此处是双关语，含“非公非婆”“匪公匪婆”两种意思。

② “罗”“托”是意大利化的词尾。

③ “十诫”是基督教的基本诫命，这里胡诌的所谓“第十一诫”即由来于此。

“知道。”

“他没意见?”

“他和你至少有这么个共同点吧。”

“不过我要是有俩钱儿的话，他还会更高兴些，是不是?”

“换了你难道就不会?”

我不作声，一路上再没有说过话。

詹尼住在一条叫做汉密尔顿路的街上，沿街长长的一排尽是木房，屋前有许多孩子，还有几棵稀稀拉拉的树。我就顺着这条街驶去，打算找一个停车的地方，心里却只觉得像到了异国他乡。首先，这里人多极了。不但孩子在玩儿，大人也都全家坐在门廊上，在这个星期天的下午，他们看来也无事可做，所以就都看着我把那辆 MG 牌跑车停好。

詹尼先跳下车。一到克兰斯顿，她的反应就灵敏得惊人，真像一只活泼的小蚱蜢。在门廊上闲望的人，看到了来的是谁，只差没来个齐声欢呼。原来就是卡维累里家的好姑娘啊！我听见迎接她的这一片招呼声，羞得几乎都不敢下车了。我是说，我哪有一丝一毫的条件够得上想象中那位奥利弗罗 · 巴雷托的档次啊。

“嗨，詹尼！”我听见一个标准的胖大娘兴高采烈地喊道。

“嗨，卡波迪卢波太太。”我听见詹尼大声回答。我下了车，觉察到人们的眼光都集中在我身上。

“嗨——这个小伙子是谁呀?”卡波迪卢波太太嚷道。这儿的人好像都没有很多心眼儿，是不是?

“他呀，没啥了不起的！”詹尼大声回答。这句话对增强我的信心却有奇效。

“是吗，”卡波迪卢波太太这话是冲着我大声说的，“可跟他一起的这位姑娘，人品实在没的说！”

“他都知道。”詹尼答道。

接着她又转过身去应付另一边的街坊。

“他都知道。”那一边的热情街坊也是好大一片。她牵着我的手（我是天堂里的生客），领我上楼，来到了汉密尔顿路一百八十九号的A室。

这真是个尴尬的时刻。

我呆呆地站在那里。只听詹尼说了声：“这是我的爸爸，”菲尔·卡维累里的手便伸到了我的跟前。他是一个快近五十岁的罗得艾兰型粗犷汉子，身高约有五英尺九英寸，体重估计一百六十五磅。

我们握了握手，他握起手来手劲很足。

“先生，你好！”

“叫菲尔，”他纠正我说，“我叫菲尔。”

“是，菲尔。”我一边回答，一边还继续跟他握手。

这又是个吓人的时刻。因为接下来卡维累里先生就把我的手一放，转身向他的女儿发出了一声惊天动地的叫喊：

“詹尼弗！”

一时间什么动静也没有。可是转眼他们就已经拥抱在一起了。抱得很紧。很紧很紧。还使劲地摇。卡维累里先生再也说不出话，只是一遍又一遍地（现在是很轻很轻地）唤着他女儿的名字：“詹尼弗。”他那个即将在拉德克利夫学院以优等成绩毕业的女儿，也只好一遍又一遍地回答：“菲尔。”

我倒真成了个多余的人。

那天下午，我受过的优良教养有一点帮了我的大忙。我从小就受到训诫，说是嘴里吃东西不可说话。既然菲尔父女俩一致行动把东西尽往我嘴里送，我当然可以不必说话了。那天我吃下的意大利糕点，分量之大肯定是破纪录的。后来我还发表了长篇议论，谈了我最喜爱的是哪一些糕点（为了哪一方都不得罪，我每种糕点都至少吃了双份），卡维累里父女俩都听得高兴极了。

“他这个人OK。”菲尔·卡维累里对女儿说。

这又是什么意思呢？

OK的含义已经不需要再作解释了；我想要知道的只是，我就只有那么几个谨慎小心的动作，到底是哪一点替我博得了如此充满爱意的评价？

是我说喜欢哪几种糕点说对了吗？是因为我握手的手劲足吗？还是别的什么呢？

“菲尔，我早就跟你说过他这个人OK。”卡维累里先生的女儿说。

“是啊，是OK，”她爸爸说，“不过我总得自己亲眼看看。现在我看到了。奥利弗？”

他跟我说话了。

“什么事，先生？”

“叫菲尔。”

“是，菲尔，什么事？”

“你这个人OK。”

“谢谢你，先生。我真感激。实在感激。先生，你也知道我对令嫒多么有感情。还有对你，先生。”

“奥利弗，”詹尼插嘴进来，“别这样啰里啰唆的，快把你预科生的那副该死的蠢样子收起来——”

“詹尼弗，”卡维累里先生打断了她的话，“你别骂人好不好？这兔崽子可是个客人！”

到吃晚饭的时候（那么多糕点原来只算点心），菲尔想同我认真谈谈了，谈的当然就是那个话题了。也不知他凭的是哪一条古怪道理，他认为他有办法使奥利弗第三和第四言归于好。

“我打个电话跟他谈谈，老爷子对老爷子。”他说。

“别打了，菲尔，那是浪费时间。”

“我不能在这儿坐视一个做父亲的不认儿子。我不能不管。”

“对。可我也不认他了呀，菲尔。”

“你这种话我不要听，”这下他真有点生气了，“父爱是应当珍惜，应当尊重的。那是很难能可贵的。”

“尤其在我家里。”我说。

詹尼一会儿站起，一会儿坐下，不停地忙着端菜，所以这些谈话她大半没有参加。

“你去给他挂电话，”菲尔又说了一遍，“我来跟他谈。”

“不了，菲尔。我和爸爸之间安的是一条冷线。”

“哎，我说，奥利弗，他会心软的。听我的没错儿，他会心软的。等将来上教堂的时候——”

詹尼这时正端上餐后甜食，一听到这句话，就以极其严肃的口气向她父亲喊了一声：

“菲尔……？”

“怎么，詹？”

“说到那上教堂的事儿……”

“怎么？”

“嗯——有点相反的意见，菲尔。”

“哦？”卡维累里先生应了一声，立刻得出了一个错误的结论，于是就带着歉意转过身来向我说：

“我——呃——也不是一定说非要上天主堂不可，奥利弗。我是说，詹尼弗肯定也跟你说过的，我们是信天主教的。不过我的意思是，上你们的教堂去也一样，奥利弗。我敢担保，这件婚事无论在哪个教堂里办，上帝都会降福的。”

我望了望詹尼，詹尼在通电话的时候显然没有谈过这个关键问题。

“奥利弗，”她解释道，“那么一大堆的事，不能一下子都跟他谈，怕打击太大了。”

“是怎么回事？”那个一向和蔼可亲的卡维累里先生问，“孩子，别怕打击，说吧，说吧。我不怕打击，你们有什么心事就统统倒出来吧。”

怎么偏偏就在这个当口儿，我的眼睛会瞟见了卡维累里先生餐室壁架上那个圣母马利亚的瓷像呢？

“是那个上帝降福的事儿，菲尔。”詹尼避开了他的眼光说。

“怎么，詹，怎么？”菲尔问道，他担心就要发生他最担心的情况。

“呃——有点相反的意见，菲尔。”她说。这时她看了看我，向我求援——我也竭力用眼光给她支援。

“上帝也不要？谁家的上帝也不要？”

詹尼点点头表示“是”。

“我来解释一下好吗，菲尔？”我问道。

“请吧。”

“我们俩谁也不信教，菲尔。我们也不愿意做口是心非的伪君子。”

我想，这话是我说的，所以他才忍受了。如果是詹尼说的，他也许就会给女儿一拳头。可是现在他孤立了，成了外人了。他抬不起眼来，对谁也不看。

“那好吧，”好久好久以后他才说，“那么可不可以告诉我，婚礼由谁来办呢？”

“我们来办。”我说。

他看了看女儿，想要证实一下。詹尼点点头。足见我所言不虚。

又经过了好长一阵沉默，菲尔才又说了声：“那好吧。”接下来他就问我，我是将来要做律师的，那么请问这样的婚事算不算——该怎么说？——对，算不算合法呢？

詹尼解释说，我们计划中的婚礼将由大学里的唯一神教派牧师来主持（菲尔小声说：“啊，牧师！”），到时候新郎和新娘要当着牧师的面相互说几句话。

“新娘也要说话？”菲尔问，那模样儿简直就像这一条——别的事倒无所谓，可就是这一条——会要了他的命似的。

“菲利普，”他的女儿说，“你想想我到哪儿能憋得住不说话啊？”

“这倒也是，宝贝儿，”他说着，脸上勉强露出了微微的笑容，“我看你是总得说两句。”

我们驱车回坎布里奇时，我问詹尼依她看今天的情况如何。

“OK。”她说。

十

哈佛法学院的副院长威廉·汤普森先生，简直不敢相信自己的耳朵了。

“我没有听错吧，巴雷特先生？”

“没错，汤普森院长。”

说第一遍不容易。讲第二遍也一样困难。

“先生，我要申请下学年的奖学金。”

“真的？”

“先生，我就是为这件事来的。汤普森院长，经济补助是你主管的吧？”

“是啊，不过事情有点奇怪。令尊——”

“他已经不相干了，先生。”

“你说什么？”汤普森院长摘下眼镜，用领带擦了擦镜片。

“我和他发生了一点矛盾。”

院长重新戴上眼镜，朝我看看，脸上是一副毫无表情的表情，你不当院长就别想练就这样的功夫。

“那真是不幸，巴雷特先生。”他说。是谁的不幸？我真想问。这家伙惹得我渐渐火起来了。

“是啊，先生，”我说，“真是不幸。可这也就是我所以要来找你的原因，先生。我下个月就要结婚。暑假我们打算都去打工。以后詹尼——就是我的妻子——打算到一所私立学校去教书。生活是可以对付了，可是学费还是没有着落。贵院的学费是相当昂贵的，汤普森院长。”

“嗯——对。”他回答说。可是没有下文了。这家伙听懂了我话的意思没有？他到底以为我是干什么来的？

“汤普森院长，我想申请一份奖学金。”我直截了当说了。这是第三遍了。“我的银行存款是个零，可学院已经同意收我做研究生了。”

“哎，对了，”汤普森先生想出了对策，“申请经济补助的最后期限早已过了。”

这狗杂种，到底要怎样才能满意？莫非他是要把那些不愉快的细节统统摸清楚？难道他还想套出点什么丑闻？他到底要什么？

“汤普森院长，我报名的时候，根本不知道会发生这样的事。”

“话是不错，巴雷特先生，不过我也必须奉告，我认为学校当局绝对不应介入家庭纠纷。何况又是一场相当使人为难的家庭纠纷。”

“好吧，院长先生，”我说着就站了起来，“我懂你的意思了。不过，你们法学院想添一座巴雷特堂，要我去向我爸爸摇尾乞怜，对不起，这事儿免谈。”

我转身就走，临走还听见汤普森院长在那里咕哝：“太不像话了。”

他说得对极了。

十一

詹尼弗是在星期三领受学位的。远远近近的各门亲戚纷纷从克兰斯顿和福耳河城来了(有一位姑妈还是从克利夫兰赶来的呢),大家都会集坎布里奇,参加她的毕业盛典。根据事先商定,介绍的时候我不算她的未婚夫,詹尼也不戴订婚戒指:这样,回头参加不上我们的婚礼,大家就是生气,这气至少也可以迟生几天。

"克拉拉姑妈,这是我的男朋友奥利弗。"詹尼就这样说。往往还要补上一句:"他大学还没有毕业。"

亲戚们当然都要你捅捅我,我推推你,互换眼色,交头接耳,甚至公然猜测,但是他们从我们俩嘴里可掏不出一点明确的消息——从菲尔那里也探听不到。菲尔也就无须谈论无神论者的爱情问题了,我看这是他挺乐意的。

到星期四,我得到了哈佛的学位,跟詹尼学历相等了——而且跟她一样,也是"成绩优异"。我还是班司仪,凭这个资格,我要率领全班毕业同学就座。这就是说,连那些超等生,那些"超超天才",也都要跟在我的背后。我激动得真想跟这些才子们说,我今天做了你们的领队,这就完全证实了我的理论:在狄龙体育馆练一小时功,抵得上在威登纳图书馆看两小时书。不过我还是忍住了。高兴,还是大家一起高兴吧。

我不知道奥利弗·巴雷特第三有没有来。举行毕业典礼的那天上午,哈佛园里有一万七千多来宾,我总不见得拿望远镜一排排去找吧。发给我的两张家长入场券,不用说,我给了菲尔和詹尼。不过,老石面人是校友,他自然也可以进来跟二六届校友坐在一起。可是他有什么必要来呢?我是说,银行不是还要开门营业吗?

婚礼就是在那一周的星期天举行的。我们没有邀请詹尼的亲戚来参加是有原因的，因为我们实在感到担心：我们的婚礼上取消了圣父、圣子和圣灵，那些一贯虔诚的天主教徒恐怕要受不了。结婚的地点是在菲利普斯·布鲁克斯楼，那是哈佛园内靠北边的一座古老的建筑。大学里唯一神教派牧师蒂莫西·布劳维尔特主持婚礼。雷·斯特拉顿当然也来了。我还请了埃克塞特中学时代的一位好朋友杰里米·内厄姆，他情愿不进哈佛而进了阿默斯特学院①。詹尼请了布里格斯堂的一位女友，也许是出于怀旧之情吧，她还请了"保留书"借书处的那个缺少点灵气的高个儿同事。当然还有菲尔。

我请雷·斯特拉顿照看菲尔。我是说，要尽量设法不让他感到紧张。可斯特拉顿自己也不是那么沉得住气的！他们俩站在那儿，都显得极度不自在，见了对方反倒暗暗加深了自己原有的忧虑，担心这场"自己来办的婚礼"（按照菲尔的说法）会像斯特拉顿一再预言的那样，"闹出简直要命的大洋相"。原因只为詹尼和我要当面相对说几句话！其实那年春天詹尼的一个乐友玛丽娅·兰德尔同一个叫埃里克·利文森的美术设计学生结婚时，我们已经见到过这种仪式了。这种仪式确实挺美的，实际上我们当时就已经决心要仿效了。

"你们二位准备好了没有？"布劳维尔特先生问。

"都好了。"我代表我们二人说。

"朋友们，"布劳维尔特先生向来宾们说，"我们今天来为一对男女结为夫妇作个证。让我们来听听他们想要在这个神圣的时刻念些什么诗句。"

新娘先来。詹尼面对我站着，朗诵了她选的诗。那真是感人，特别是对我，因为那是伊丽莎白·巴雷特②写的一首十四行诗：

我们俩的灵魂昂然站起，挺然而立，

---

① 马萨诸塞州内地一所历史悠久的大学。
② 即詹尼跟奥利弗第一次见面时提到的那位英国女诗人勃朗宁夫人。

面面相对，默默无语，愈靠愈近，
直到伸长的翅膀爆出了火花……

我从眼角里瞟见菲尔·卡维累里脸色发白，嘴巴也没有闭拢，眼睛睁得大大的，又是惊讶又是崇敬。我们听詹尼念到最后两句，那简直就是一篇极有特色的祷告，她祈求

有个地方可以容身并且相爱，哪怕一天也行，
哪怕一天之后便是黑暗一片，到了死期。

接下来轮到我了。要找一首能让我念着而不感到脸红的诗，那是很难的。我是说，我不能站在那里念那些闺秀气十足的诗句。不过惠特曼①的《大路之歌》里有一节，虽然好像短了点儿，却替我把话都说了：

……我把我的手伸给你！
我把我的爱情给你，那比金钱还珍贵，
我把我自己给你，请教理或法律为我作证，
你肯把你自己给我吗？你肯和我携手同行吗？
我们能不能彼此相守不移，终身不渝？

我念完了，房间里是一片奇异的寂静。接着，雷·斯特拉顿把戒指递给我，于是詹尼和我就自己念了婚誓，保证从今以后相亲相爱，永不分离。

蒂莫西·布劳维尔特先生根据马萨诸塞州授予他的权力，宣告我们

① 惠特曼（1819—1892），美国著名诗人，《草叶集》为其主要诗集。

结为夫妇。

回想起来，我们的“庆功宴”（照斯特拉顿的说法）真是简单得太“不简单”了。詹尼和我坚决主张不搞香槟宴会之类，而且我们人又不多，在小酒店里找上个雅座就都能坐下了，因此我们就到克罗宁店里去喝啤酒。我记得，老板吉姆·克罗宁也请我们喝了一杯，算是献给“克利里兄弟之后最伟大的哈佛冰球选手”。

“胡说，”菲尔·卡维累里拳头往桌子上一捶，不服气了，“他比克利里兄弟统统加在一起还棒。”菲利普从来没有看过哈佛的冰球比赛，我相信他的意思无非是说，博比·克利里或比利·克利里不管冰上本领多么了得，反正都不配娶他可爱的女儿。其实那时我们都已经喝醉了，左不过是找个借口，想再多喝点儿罢了。

我让菲尔付了账。由于我作出了这个决定，难得夸奖我的詹尼后来还夸奖我知趣（“你将来一定很会做人，预科生。”）。不过，到最后我们开车送菲尔去上公共汽车的时候，就有点不愉快了。我是说，难免有些抹眼泪的事。菲尔，詹尼，都哭了，说不定还有我；我已经记不太真切了，只记得那会儿是有点泪汪汪的。

总之，说了各种各样的祝福话以后，菲尔就上了公共汽车，我们站在那儿挥手，直到车消失得无影无踪。那时候，我才忽然意识到一个可怕的现实。

“詹尼，我们是合法的夫妻啦！”

“是啊，现在我可以做个凶婆娘了。”

十二

如果说有一个词儿可以概括我们头三年的日常生活的话，那么这个词儿就是“弄钱”。除了睡觉的时间以外，我们无时无刻不是用足了脑筋，在考虑怎样才能凑得足够的钱，把一切少不了的开支应付过去。通常也只能勉强做到收支相抵。根本没有什么罗曼蒂克可言。还记得奥马尔·哈亚姆①那段有名的诗吗？什么树荫下诗一卷，面包一块，美酒一壶，等等，等等？以《斯科特论托拉斯》代替了那本诗集，你说我还会有多少诗意，去过那田园诗般的生活？啊，是天堂？呸，胡扯！真要叫我到了树荫下，我要考虑的是买那本书要多少钱（我们能不能买到旧的？）以及我们在哪儿（如果还有那么个地方的话）可以赊账，弄到那份面包和美酒。再有，就是我们怎样才能凑足一笔钱，把债务彻底料理清楚。

生活改变了。连最小的开支，也要经过脑子里那个经常保持着警惕的预算委员会的审查，才能作出决定。

“嗨，奥利弗，咱们今天晚上去看贝克特的戏②吧。”

“我说，得三块钱。”

“你什么意思？”

“我是说，你一块半，我也一块半。”

“你到底算同意还是不同意？”

“都不是。就是说要三块钱。”

我们的蜜月是在一条游艇上同二十一个孩子一起度过的。就是说，我每天一早从七点起，就驾驶一条三十六英尺长的“罗兹”型游艇出游，一直到我那些小乘客玩够了才算结束。詹尼则给孩子们带队。那个地方叫做佩考特划船俱乐部，地点在丹尼斯港③（离海尼斯不远），俱乐部有一个大旅馆，一个游艇码头，还有几十所专供出租的房子。在其中一所较小的平房里，我在想象中立了一块牌子：“奥利弗和詹尼不谈情说爱之时，即安睡于此”。用和和气气的态度侍候了一整天的顾客(因为我们的收入主要靠他们的小账)，詹尼和我还能这样彼此和和气气，我看我们俩都应该受到表扬。我只是说“和和气气”，因为我实在找不出个形容词来形容跟詹尼弗·卡维累里相爱到底是怎么个滋味。哦，对不起，应该称詹尼弗·巴雷特了。

在去科德角以前，我们在北坎布里奇就找到了一套便宜的公寓。我把那里叫做北坎布里奇，其实严格说来，这个地方是在萨默维尔镇的范围之内。那幢房子，照詹尼的说法，已是“年久失修”。本来是一幢房子给两户人家住的，现在却改成了四套公寓，租金虽然“便宜”，其实也根本不值这个价钱。可是做研究生的有什么办法？住房紧张啊！

“嗨，奥尔，你说说，消防部门为什么还不宣布这幢房子为危房？”她问。

“大概他们怕走进去。”我说。

“我也怕。”

“上回六月份来你可没害怕呀。”我说。

（这段对话发生在我们返校以后的九月份。）

“那时我还没有结婚。现在结了婚了，我认为这个地方无论如何太不安全。”

“你打算怎么办呢？”

---

①奥马尔·哈亚姆(约1040—1123)，波斯诗人和天文学家，著有四行诗集《柔巴依集》(旧译《鲁拜集》)。

②塞缪尔·贝克特(1906—1989)，出生在爱尔兰，居住在法国的当代荒诞派剧作家。他写的剧本以《等待戈多》(1954)最为著名。

③位于马萨诸塞州东南的科德角，是避暑胜地。

“跟我丈夫说去，”詹尼回答说，“他会想办法的。”

“咦，我不就是你丈夫吗？”我说。

“是吗？拿出证明来。”

“怎么个证明法？”我问，心里可在想：不行不行，在大街上这么闹怎么行？

“抱我进门。”她说。

“你总不见得会相信这一套胡闹吧？”

“抱我进去，信不信以后再说。”

好吧。我一把将她抱了起来，托着她登了五级台阶，到了门廊上。

“干吗停下？”她问。

“不是到门口了吗？”

“没有，没有。”她说。

“我连电铃边上咱们的名字都看见了。”

“该死！这不是我们法定的门口。快上楼去，你这个窝囊废！”

到我们“法定”的家门有二十四级楼梯；才走了一半光景，我就不得不停下来喘口气了。

“你怎么这样沉？”我问她。

“你难道就没想到兴许是我怀了孩子？”她答道。

这下子我就更喘不过气来了。

“真的？”我好容易才说出了这两个字。

“哈！吓着你了吧？”

“没有。”

“别骗我了，预科生。”

“对。刚才，是紧张了一下。”

我一直把她抱到了楼上。

这就是我能记得的跟“弄钱”这个词儿毫无关系的绝无仅有的时刻之一。

多亏了我那个光辉的名字，我们才能在一家本来对学生不肯赊账的食品杂货店里开了个记账户头。然而我的名字却又在一个最意想不到的地方把我们给坑了，那就是詹尼要去教书的那所学校：荫巷小学。

“当然，本校的薪水是不能同公立学校比的。”校长安妮·米勒·惠特曼女士对我妻子说，接下来她又说了好些话，意思是巴雷特府上对“这方面的问题”反正是不会介意的。詹尼极力想打消校长的幻想，可是除了早就讲定的三千五百元年薪以外，她所得到的也就只有那将近两分钟之久的一连串“呵呵呵”了。詹尼说到巴雷特家的人也得跟别人一样付房租，惠特曼女士还觉得詹尼真会说俏皮话哩。

詹尼把这些事情告诉我的时候，我就发挥想象力，提出种种推测，估量着惠特曼女士凭她这一手“呵呵呵——三千五”的绝招，该可以捞到多多少少好处。但是接下来詹尼却问我肯不肯退了学来养她，让她进修教育学课程，好进公立学校任教。我通观全局，郑重其事地考虑了大约两秒钟，得出了一个简洁明了的结论：

“扯淡。”

“看你多会说话。”我妻子说。

“那我该说什么好呢，詹尼——也来一个‘呵呵呵’？”

“算了吧。还是跟我学吃意大利面条吧！”

我学了。我学会了吃意大利面条。而詹尼的烹调手法也确实变化无穷，做出来的面条总是别具风味。靠我们暑期里挣下的钱，加上她的薪水，另外到圣诞节邮局的忙季我还打算去加一阵夜班，赚些外快，这样几下一凑，我们的日子倒也过得去。自然，我们有不少电影没能去看（她还有不少音乐会没能去听），不过我们的收支总算碰头了。

收支总算碰了头，可是我们在生活道路上也处处都走到了头。我是说，我们两口子的社交生活都起了剧烈的变化。我们仍然在坎布里奇，从道理上说，詹尼也可以跟她音乐圈子里的朋友待在一起。但是没有时间啊。她从学校回到家里已经筋疲力尽，还得把晚饭做起来(在外边吃饭是绝对不予考虑的)。我自己的朋友也很知趣，从不来打搅我们。我是说，他们都不来邀请我们，免得我们也非回请他们不可——不知道你懂不懂我的意思。

我们甚至连橄榄球比赛也不看了。

我是校队俱乐部会员，本来有资格享受五十码线处的特设会员座。可是一张票要六块钱，去一次就是十二元。

“不对，”詹尼跟我争论，“是六块钱。你别带我，一个人去好啦。我对橄榄球一窍不通，就听观众嚷嚷‘加油呀’，可你却欢喜这玩意儿，所以我非要你去看不可！”

“好了，本案到此结束！”我往往就这样回答她，毕竟我是丈夫，是一家之长。“再说，这个时间我也可以用来学习。”不过，一到星期六下午，我还是会把半导体收音机贴着耳朵，把球迷们的助威呐喊听上好半天，从空间距离上说这批球迷与我相隔才一英里地，可是现在他们已经是另一个世界的人了。

在同耶鲁比赛的时候，我利用校队俱乐部会员的特殊权利，给法学院的一位同学罗比·沃尔德弄到了座位。罗比感激涕零地离开我们的住处以后，詹尼要求我再给她讲一遍，到底何方神圣才算有资格享受校队俱乐部会员专座。于是我再一次给她解释：不管是老是少，个大个小，社会地位是高是低，凡是在运动场上给堂堂哈佛立下过汗马功劳的人，都可以在那儿就座。

“水里的也一样？”

“体育明星就是体育明星，”我回答说，“地上水里都一样。”

“就是你不一样，奥利弗，”她说，“你是个‘冰冻了的’。”

我没有接她这个话茬。我以为这无非还是詹尼弗嘴利，说句俏皮话顶顶你，我也不愿意多琢磨她问哈佛大学的体育传统是不是还有其他的含义。譬如说，隐隐约约可能就有这样的意思：虽然军人体育场可以容纳四万五千观众，可只要是当年的运动员，就会全部去坐在那个特座区里。全部去坐在那里。老的，少的。水里的，地上的——甚至还有“冰冻了的”。那些个星期六的下午，我所以不肯去运动场，难道仅仅就是为了省六块钱?

算了，即便她心里还有什么别的想法，我也不打算多说了。

十三

谨订于三月六日(星期六)下午七时庆祝巴雷特先生六十寿辰
敬备菲酌　　恭请光临

奥利弗·巴雷特第三夫妇鞠躬

席设马萨诸塞州伊普斯威奇镇多弗庄

请赐回示

“怎么样？”詹尼弗问。

“这还用问？”我回答。我正忙于摘录刑法上一个非同小可的判例——“珀西瓦尔公诉案”的要点。詹尼拿着请柬在我跟前晃啊晃的，想引起我的注意。

“奥利弗，我看是时候了。”她说。

“什么是时候了？”

“你明明知道我指的是什么，”她回答，“难道你非要他连跪带爬到这儿来吗？”

我继续干我的事，任凭她编派我。

“奥利，他主动向你伸手啦！”

“扯淡，詹尼。信封是我母亲写的。”

“你还说你连看也没看呢！”她几乎在嚷嚷了。

好吧，就算我早先是瞅过一眼。也许是我忘了吧。要知道，我是在专心准备“珀西瓦尔公诉案”的提要啊，考试快要到啦。问题是詹尼不该向我唠叨个没完。

“奥利，你想一想，”她说，现在她的语调像是在恳求了，“老爷子毕竟六十岁了。到你终于想要和解的那一天，谁能担保他还在世上？”

我斩钉截铁地告诉詹尼，和解是绝对办不到的，能不能请让我继续用我的功。她悄悄地坐下来，蜷缩在我搁脚的软垫之一角。虽然她没有发出半点声响，我还是马上就意识到她是在那儿死死地盯着我瞧。我抬起头来。

“有朝一日，”她说，“要是你儿子奥利弗第五跟你怄气——”

“他的名字不会叫奥利弗，这一点你可以放心！”我对她大喝一声。通常，我提高嗓门时，她是不甘示弱的。可是这回她没有这样做。

“听我说，奥尔，即使咱们给他取名为小丑博佐，那小子照样会怨恨你的，因为你是当年哈佛的体育大明星。到他上大学一年级的时候，你也许已经当上最高法院的法官了！”

我对她讲，我们的儿子决计不会怨恨我。于是她问我：凭什么这样自信？我拿不出证据。反正我知道我们的儿子决不会怨恨我。至于到底为什么，我也说不上来。而詹尼却由此推断出一个荒谬绝伦的结论，她说：

“你爸爸也爱你，奥利弗。他爱你，就像你将来爱博佐一样。但是你们巴雷特家的人个个傲慢、好胜得要命，总觉得彼此有股怨气，一辈子都解不开。”

“有你就不会了。”我用打趣的口吻说。

“对。”她说。

“本案到此结束！”我说，毕竟我是丈夫，是一家之长。我的眼睛又回到“珀西瓦尔公诉案”上，詹尼也站起身来，但这时她想起了：

“‘请赐回示’这一块还没了结呢。”

我表示这样的意见：一个专攻音乐的拉德克利夫学院高材生写一封得体的短信婉言谢绝，大概无需专家指导吧！

“你听着，奥利弗，”她说，“我这辈子可能撒过谎，或者骗过谁。但是有心要弄得谁心里不痛快的事我可从来也没有干过。这种事我干不了。”

说实在的，此时此刻她只能使我不痛快，因此我客客气气地请她爱怎么处理就怎么处理这个“请赐回示”，只要这回音的内容实质是我们不去，要去除非是地狱上冻。说完，我就重新回到“珀西瓦尔公诉案”上。

“号码是多少？”我听见她声音很轻地问。她已经拿起了电话。

“你就不能写个便条吗？”

“再过一分钟我就没勇气了。到底多少号码？”

我告诉了她，随即就去专心研究珀西瓦尔向最高法院上诉的事了。我没去听詹尼打电话。确切地说是我竭力不去听。她可毕竟就在这间屋子里。

“哦，先生，晚上好！”我听见她在说。是王八蛋接的电话？平日他不是该在华盛顿吗？《纽约时报》最近有一篇人物侧记明明这样说的。该死的新闻报道真是越来越不像话了。

说一声“不”到底要多少时间？

詹尼弗这个电话怎么打了那么久呢，说一个“不”字总用不到这么多时间吧。

“奥利？”

她一只手捂住话筒。

“奥利，难道一定得回绝？”

我点点头表示一定得回绝，挥挥手催她把这劳什子回示赶快了结。

“我感到十二万分抱歉，”她向电话里说，“我是说，我们感到十二万分抱歉，先生……”

我们！难道她一定要把我扯进去？她为什么不能单刀直入把话讲完就挂断电话？

“奥利弗！”

她再一次捂住话筒，却又说得很响。

“他伤心极了，奥利弗！眼看你父亲心都碎了，你能坐在那里无动于衷吗？”

要不是她处于这样的精神状态，我会再一次向她解释石头是无心可碎的，不要把她那意大利地中海人看待父母的错误观念搬到拉什莫尔山的巉崖上去。可她现在心烦意乱。而且搞得我心也乱了。

“奥利弗，”她向我恳求，“你随便说两句行吗？”

跟他说话？詹尼准是发疯了！

“我的意思是哪怕只说声‘哈罗’也行，啊？”

她把话筒向我递过来，一边竭力忍住眼泪。

“我决不跟他说话。永远不。”我说时毫不动容。

这下她哭了。完全没有声音，只见眼泪顺着她的脸庞直淌。接着她就……她就苦苦哀求。

“奥利弗，看在我的分上。我从来也没有求过你什么。这一回我求求你。”

我们一共三个人。三个人都在等待(不知怎的，我总觉得我的父亲也在跟前)。等什么？等我？

我不能照办。

詹尼难道不明白她的请求是办不到的？若是任何别的事情，我都愿意照办，决无二话，就是这一件不行，这她难道还不明白？我眼睛望着地板，心里乱到了极点，只顾摇头表示坚决拒绝，可这时却只听见詹尼压低了嗓门但按捺不住怒火冲我直骂，我还从来没有听到过她用这样的声气说话：

“你是个没心肝的杂种！”说罢，她才又提起话筒跟我父亲把话说完：

“巴雷特先生，奥利弗希望你了解，尽管他的表现方式有点特别……”

她停下来喘口气。她一直在抽泣，所以说话很费劲。我简直呆若木鸡，只得由着她把说是我“委托转告”的话讲完。

“其实奥利弗还是非常爱你的。”说完，她匆匆挂断电话。

对于我在随后一瞬间的所作所为，我实在无法作出合理的解释。我只能说是一时的神经错乱。不，我毫无理由为自己辩护。我的行为是永远不可宽恕的。

我从她手中夺下电话，拔出插座，使劲一扔——把电话扔到了房间的另一头。

“你简直该死，詹尼！你怎么不给我滚！”

我一动不动地站在那儿，好像突然变成了一头野兽，止不住大口大口喘气。天哪！是什么恶鬼附上我的身啦？我转身去看詹。

但是她不见了。

我是说，她已影踪全无，因为我连她下楼梯的脚步声也没听见。天哪，她准是在我抢电话的一刹那跑出去的。她的外套和围巾都还在那儿。我感到一种不知如何是好的痛楚，但另一种痛楚比这更甚，那就是我意识到自己已经闯下了大祸。

我到处寻找。

在法学院图书馆里，我在一排排坐着用功的学生之间东张西望，到处寻找，转来转去至少有五六回。尽管我一声不响，但我知道我的眼神是那样紧张，脸色是那样吓人，那个鬼地方整个都被我惊动了。管它呢!

可是詹尼不在那里。

我把哈克尼斯公共食堂的休息室、小吃部全部搜遍。然后又以全力冲刺的速度跑到拉德克利夫学院的阿加西斯堂，四下都找遍。也没有。我到处奔走，恨不得两条腿能赶上我心跳的频率。

佩因堂？（可诅咒的名字①，简直是讽刺！）楼下是琴房。我了解詹尼。她生气时常常嘣嘣地猛敲那该死的琴键。可不是吗？但是，在她吓得要死的时候又会怎样呢？

---

① “佩因”（Paine）与英语“痛苦”（pain）同音。

长廊两旁都是琴房，走过这地方真能叫人发疯。莫扎特和巴尔托克、巴赫和勃拉姆斯的乐曲从一间间琴房的门里漏出来，混成一片莫名其妙的鬼哭狼嚎。

詹尼一定在这里！

从一间琴房里传来狠命弹奏（是因为生气吧？）肖邦一首前奏曲的声音。我不由自主地在门口站住，犹豫了一会儿。那曲子弹得很糟糕：老是停下又开始，开始又停下，错误百出。在一次停顿时，我听到一个姑娘的声音在嘀咕："扯淡！"这一定是詹尼。我把门撞开。

一个拉德克利夫女学生在弹钢琴。她抬起头来。原来是个怪难看的阔肩膀嬉皮士，她见我闯进去显得很恼火。

"喂，你搞啥名堂？"她问。

"没啥，没啥。"我说着重又把门关上。

我到哈佛广场去碰碰运气。潘普洛纳自助餐厅，汤美拱廊，甚至连海斯·比克馆——很多搞艺术的经常上那儿去——一处处都找遍了。连她的影子也没有。

詹尼到哪儿去了呢？

这时地铁已经不发车了，但刚才如果詹尼离家直奔哈佛广场的话，她赶得上去波士顿的地铁，到那里能坐长途汽车去克兰斯顿。

我把一枚二十五美分和两枚十美分的硬币塞进投币口时，已经快午夜一点钟了。我在哈佛广场售货亭旁一个公用电话间里挂长途电话。

"喂，是菲尔吗？"

"呃……"他睡意很浓地说，"谁啊？"

"是我——奥利弗。"

"奥利弗！"听得出他吃了一惊。"詹尼出事了吗？"他紧接着问。既然他问我，这就表明詹尼不在他那里。

"哦，没有的事，菲尔，没有的事。"

“谢天谢地。你好吗，奥利弗？”

确信女儿无恙以后，他立刻恢复了那种随和的语调，仿佛根本没有从酣睡中被叫醒这么回事。

“很好，菲尔。好得很。我好得很。我问你，菲尔，詹尼跟你最近有联系吗？”

“不多，这鬼丫头。”他回答的语气平静得出奇。

“你说什么，菲尔？”

“妈的，这鬼丫头应该多跟我通通电话才对。你也知道，我又不是外人。”

一个人如果可能同时既放心又惊慌，那么我当时的感觉就是这样。

“她在你身边吗？”他问我。

“嗯？”

“让詹尼听电话；我要冲她骂几句。”

“不行啊，菲尔。”

“哦，她睡了？既然在睡觉，就别惊动她了。”

“噢。”我说。

“喂，小子，你听着。”他说。

“什么事？”

“克兰斯顿难道就那么远，你们星期天下午都不能来？嗯？要不，我上你们那儿去也行，奥利弗。”

“哦，不，菲尔。我们来。”

“几时？”

“找个星期天。”

“‘找个’？不要对我耍这种花枪。孝顺的娃从来不说‘找个’，而说‘这个’。就这个星期天，奥利弗。”

“好吧。就这个星期天。”

“四点钟。不过要小心开车。就这样说定喽？”

“说定了。”

“下次挂长途电话你可以让我付费，鬼东西。”

他挂断了电话。

我呆呆地站在那里，身处黑沉沉的哈佛广场，犹同困守茫茫大海之中的孤岛，不知道该上哪儿去，也不知道下一步该怎么办。一个黑人走到我跟前，问我要不要“打一针”[①]。我心不在焉地回答说：“谢谢，不要。”

我不再奔跑。你想想，赶回到空无一人的家里去有什么意思？时间是那么晚，我已经浑身麻木——其中害怕的因素多于寒冷（不过，说实在话，天气也的确不暖和）。到了离家门口几码处，我依稀看到有个人坐在台阶上。八成是我眼岔了，因为那黑影一动也不动。

然而那真是詹尼。

她坐在最高一级台阶上。

我已精疲力竭，没有大惊小怪；同时又如释重负，所以说不出话来。我心里真希望她手里有根棒球棍什么的，来揍我一顿。

“詹？”

“奥利？”

我们俩说得相当安详，所以根本玩味不出对方的语气中包含的是什么感情。

“我忘了带钥匙。”詹尼说。

我站在台阶下，不敢问她坐了多久。我只意识到自己太委屈她了。

“詹尼，对不起——”

“别提了！”她打断我的赔礼词，接着心平气和地说：“爱，就是永远也用不着说对不起。”

我登上台阶走到她坐着的地方。

---

① 指制成注射剂的毒品。

“我想睡觉了。行吗？”她说。

“行。”

我们上楼来到自己那套公寓里。在我们脱衣服时，她以抚慰的目光望着我说：

“奥利弗，刚才我说的是真心话。”

事情就这样过去了。

十四

那封信是七月份来的。

由于信是从坎布里奇转到丹尼斯港来的，所以我猜想我得到消息大约晚了一两天。我就一口气直跑到詹尼那儿，当时她正带领一群小学生在玩儿童足球之类的游戏，我极力学着鲍嘉[①]的腔调，说：

“咱们走。”

“嗯？”

“咱们走。”我又说了一遍，一副不由分说的神气是那么明显，她只得跟着我向海边走去。

“奥利弗，到底什么事？看在上帝分上，请你告诉我，好不好？”

我继续迈着雄赳赳的步伐走上浮码头。

“詹尼弗，上船。”我命令说，一边伸出拿信的那只手指着船，但她根本没注意我手里的信。

“奥利弗，我得照看孩子们哪。”她嘴上这样说，可还是乖乖地上了船。

“奥利弗，究竟是怎么回事，你还打算不打算解释？”

这时我们已离岸几百码远了。

“我有事情要告诉你。”我说。

“你就不能在岸上说吗？”她喊道。

“不行，就是不行！”我也叫喊。我们谁也没生气，只是因为风大，不大声嚷嚷就听不见。

“我要在没人的地方跟你讲。你瞧，这是什么？”

我冲她扬扬那信封。她立刻认出了上面所印的发信单位名称。

“嗬，哈佛法学院！是不是把你开除啦？”

“再猜一次，你这个乐天派婆娘。”我喊道。

“你得了全班第一！”她猜道。

这下子我反倒不好意思告诉她了。

“还差一点。是第三。”

“哦，”她说，“才第三？”

“要知道这仍然意味着我有资格去编《法学评论》。”我直着嗓子叫喊。

她若无其事地坐在那儿，半点表情也没有。

“天哪，詹尼，”我简直要哭了，“你说话呀！”

“在我见到第一、第二名以前，我不发表意见。”她说。

我瞧着她，希望她忍不住露出笑容来，我知道她是故意绷着脸的。

“说两句嘛，詹尼！”我求她了。

“我走啦。再见。”她说完马上纵身跳入水中。我紧随在她后面也跳了下去。等到我回过神来，我们俩都已攀住船舷，在吃吃地笑了。

“嗨，”我说了一句比较得意的俏皮话，“你是为我跳水的。[②]”

“尾巴别翘得太高，”她回答，“不就是得了个第三嘛。”

“嗨，听我说，你这个鬼婆娘。”我说。

“什么事，你这个狗杂种？”她回答。

“我真是多亏了你。”我真心诚意地说。

“不对，你这个狗杂种，不对。”她答道。

“不对？”我倒有点儿给愣住了。

“是全亏了我。”她说。

这天晚上，我们花了二十三块钱，在雅茅斯一家高级馆子里吃了一餐龙虾。詹尼仍不表态，在弄清楚那两位“击败了我”（用她的说法）的先生是何等样人之前，她是不会发表意见的。

---

① 指美国硬派电影明星亨弗莱·鲍嘉（1899—1957）。他主演的《卡萨布兰卡》等影片已成了经典名作，他在银幕上的语调动作为好几代美国人所模仿。

② 原文这句话一语双关，它的另一层意思是：“你也太爱我了。”

说也可笑，我因为实在太爱她了，所以我们一回到坎布里奇，我马上就去打听那前两名是什么人。摸清了底细，我才放了心，原来第一名叫欧文·布莱斯班德，纽约市立学院六四届毕业，是个戴眼镜的文弱书生，不属于詹欣赏的那种类型；第二名叫贝拉·兰多，布林·玛尔学院[1]六四届毕业，是个女的。这不能再好啦，尤其因为贝拉·兰多长得相当秀气(就学法律的女学生而言)，我就可以编些"情节"逗一下詹尼，就说那些个深夜里，《法学评论》编辑部所在的甘尼特楼里发生了如此这般的事。说真的，那一阵子老是搞到深更半夜，常常要凌晨两三点钟才回到家里。你想，六门课程，加上编《法学评论》，此外，我居然还写了一篇专题论文(奥利弗·巴雷特第四:《向都市贫民提供法律援助——波士顿罗克斯伯里区研究》，载《哈佛法学评论》一九六六年三月号第861—908页)。

"这篇东西写得不错。的确不错。"

这是一位老编辑乔尔·弗莱希曼的话，不过他翻来覆去说的就是这么两句。坦白说，我指望从这个明年即将为道格拉斯[2]大法官当秘书的家伙那里听到的是具体些的好评，然而他审阅了我的定稿后说来说去就是这么两句。天哪，连詹尼都能对我说这篇文章"写得泼辣、有才气、确实精彩"，难道弗莱希曼就说不出这样的话?

"弗莱希曼说这篇东西写得不错，詹。"

"天哪，难道我不睡觉一直等到这么晚，就为了听这么句话?"她说，"他有没有对你的研究或你的文笔之类发表些什么看法?"

"没有，詹。他只说这篇东西'不错'。"

"那你这么多时间在干什么?"

我故意向她眨眨眼睛。

"我有些事儿要跟贝拉·兰多研究。"我说。

---

① 宾夕法尼亚州的一所女子大学。

② 威廉·奥维尔·道格拉斯(1898—1980)，美国法学家，联邦最高法院法官。

“哦？”她说。

我猜不透这语调的含义。

“你吃醋了吗？”我直截了当地问。

“才不呢；我的大腿美妙得多！”她说。

“你能写案情摘要吗？”

“她会做意大利式卤汁面条吗？”

“会，”我回答，“事实上今晚她还带了好些到甘尼特楼来。大伙都说可以跟你的大腿媲美。”

“那当然。”詹尼点点头。

“你还有什么话讲？”我说。

“贝拉·兰多替你付房租吗？”她问道。

“妈的，”我回答说，“为什么我总是不能在稍占上风时见好就收？”

“我告诉你，预科生，”我那整个儿一片柔情的妻子说，“那是因为你永远占不了上风。”

十五

我们毕业时的名次也正是这样。

我是说，欧文、贝拉和我取得了法学院研究生毕业班的前三名。灿烂的前景就在眼前。洽谈、延请、礼聘、花言巧语的游说劝驾，纷至沓来。无论转向哪里，我好像总能看到有人在挥舞一面彩旗，上面写着："巴雷特，到我们这里来工作吧！"

但我只跟绿旗走①。当然，我还没有到利令智昏的地步，但是为了得到一个肥缺，好把"弄钱"这个讨厌的词儿从我们该死的语汇中抹去，我就不考虑名气好听的位置(如给法官当秘书)，也不考虑担任公职(如进司法部)。

虽然我是第三名，但在猎取法律界头等美差的角逐中，我却具有那么一种无可估量的优越条件。前十名中只有我一个不是犹太人。(谁要是说这无所谓，那准是个十足的糊涂蛋。)妈的，一个"白英新"②，只要能通过律师资格考试，不知有多少家法律事务所会视为至宝。请衡量鄙人的条件：《法学评论》编辑，全艾维联明星队员，哈佛大学出身，还有也用不着我说了。抢着把我的姓名连同"第四"字样印上公笺的可谓大有人在。我简直成了天之骄子，只觉得那时的每一分钟都十分可爱。

洛杉矶有一家事务所提供的待遇特别令人心动。负责物色人才的某先生(姑隐其名，何苦冒打官司的风险？)一再对我说：

"巴雷特老弟，在我们的地盘上，那玩意儿随时都有。日夜服务。而且，我们还可以给你送到事务所去！"

我们对加利福尼亚并不感兴趣，可我还是很想知道某先生葫芦里卖的究竟是什么药。詹尼和我作了种种大胆的猜测，有些假想委实野得可以，然而洛杉矶那个地方之野，恐怕非我们始料所能及。(最后我不得不向某先生表示我对"那玩意儿"根本不感兴趣，这才摆脱他的纠缠。

他大失所望。）

其实，我们早已拿定主意要留在东海岸。后来的事实表明，在波士顿、纽约和华盛顿还有很多待遇优渥的职位可供选择。詹尼一度认为哥伦比亚特区挺不错（“奥尔，你可以去白宫好好看一看了”），但我倾向于纽约。就这样，在我妻子的同意下，我终于接受了乔纳斯与马什事务所的聘请。这是一家老牌子的法律事务所（马什曾任司法部长），其方针非常强调公民自由权（“你可以同时既做好事，又得好处。”詹尼说）。而且，他们简直使我受宠若惊。你想一想，乔纳斯老头亲自来波士顿，请我们到皮尔福吃饭，第二天还派人给詹尼送鲜花来。

此后足有个把星期，詹尼无论走到哪儿，听上去好像总在哼一支小曲儿，哼来哼去就是“乔纳斯、马什与巴雷特”[3]这样一句。我对她说别太性急了，她叫我滚蛋，还说我心中八成也在哼同样的调子。不消说，她这话果然一语中的。

还有，请容许我捎带一笔，乔纳斯与马什事务所付给奥利弗·巴雷特第四的年薪为一万一千八百美元。在我们整个研究生毕业班中，这是遥遥领先的最高薪俸。

你瞧，我这个第三，只不过是学校里的名次。

---

①意即“向钱看”，因为美元纸币是绿色的。

②指英国血统的白人新教徒。通常，在美国这种人社会地位最高。

③这是詹尼想象中那个事务所要改的名称。

十六

更改住址启事

奥利弗·巴雷特第四夫妇

自 1967 年 7 月 1 日起迁居纽约州纽约市

东六十三街 263 号　邮政编码 10021

此启

“这也太像暴发户了。”詹尼抱怨道。

“咱们是暴发户嘛！”我坚持说。

有件事儿还可以为我的春风得意之感锦上添花，那就是：如今我每个月光是租汽车间的费用就几乎相当于我们在坎布里奇时全套公寓的租金！其实，到乔纳斯与马什事务所，便步（或者阔步——我比较喜欢后一种步态）只消十分钟，像邦威特公司之类的豪华商店也近在咫尺（我坚持要我的婆娘立刻在那些销金窟里开户头放手花钱）。

“奥利弗，这是干什么？”

“詹尼，我就是要做冤大头，妈的！”

我加入了纽约的哈佛俱乐部，是由六四届的雷蒙德·斯特拉顿推荐的。他到印支去也算开过几枪，打过几名越共，新近退伍回来。（他说：“其实，我也不能肯定那是越共。反正我听到了响声，就朝丛林中开火。”）雷和我每星期至少要打三次壁球[①]，我立志要在三年之内成为俱乐部的冠军。不知是我在哈佛圈子里重新露脸马上就有偌大的吸引力呢，还是我在法学院取得成功的消息已经传开（天地良心，我没有吹嘘过薪俸的事），反正我的“朋友们”又都认得我了。我们是在盛夏时节乔迁的（因为我还得先为应付纽约律师资格考试突击准备一番），最初接到的多半是度周末的邀请。

“奥利弗，去他们的。我不想浪费两天时间去跟一帮无聊的预科生扯淡。”

“好吧，詹，可我怎么去跟他们说呢？”

“就说我怀孕了，奥利弗。”

“是不是真的？”我问。

“不，但要是这个周末咱们待在家里，我也许会的。”

我们已经给孩子挑了个名字。应该说是我挑的，不过最后总得詹尼同意才行。

“喂，你不会笑话我吧？”我第一次跟她提起此事时是这样说的。当时她正在厨房里(灶台上一排奶黄色键钮，连洗碟机都有了)。

“什么事？”她问，一边仍在切西红柿。

“我还真喜欢上博佐这名字了。”我说。

“你不是说着玩儿的吧？”她问道。

“哪儿能呢！我是真心喜欢。”

“你真要给咱们的孩子取名博佐？”她再问一遍。

“对。是真的。说实在的，詹，这才是一位超级体育明星的名字。”

“博佐·巴雷特。”她念一遍试试，想确定这名字是否好听。

“嘀，他将来准是个吓人的彪形大汉，”我越往下说，就越相信自己的话，“‘博佐·巴雷特，哈佛入选全艾维明星队的巨人跑锋。’”

“好虽好，不过，奥利弗，”她问道，“万一——我这仅仅是假定——万一那小子身手不够矫捷，怎么办？”

“不可能，詹，他的基因太好了。真的。”我这话是认真说的。每当我高视阔步去上班的时候，有关博佐的这一整套设想，早已成了我习

---

①一种类似网球的运动，在三面有墙壁的场地内进行。

以为常的白日梦。

吃晚饭的时候我继续谈这个题目。现在我们用的瓷器餐具都是上等的丹麦货了。

“博佐将来准是一个身手矫捷的大汉，”我对詹尼说，“说实在的，要是他的手像你那样，咱们可以把他放到卫线上去①。”

她只是冲我傻笑，无疑在想鬼点子，巴不得找几句煞风景的话，对我这番美妙的幻想泼上一盆冷水。但是由于使不出真正的杀手锏，她只好把蛋糕切开，递给我一块。结果她还是听我说完。

“詹尼，你想想，”我继续说，尽管蛋糕塞满了我的嘴，“一个二百四十磅的机灵大汉。”

“二百四十磅？”她说，“奥利弗，咱们的基因里哪一点都保证不了二百四十磅啊。”

“詹，咱们可以把他喂肥嘛。高蛋白、营养品，所有补身体的好东西一起用上。”

“哦，是吗？要是他不肯吃呢，奥利弗？”

“他非吃不可，妈的，”我说，想到那个即将坐在我们餐桌旁的小子，居然不肯配合我把他造就成体育明星的计划，我早已连气都有点上来了，“他不吃我就叫他脸上开花。”

听到这里，詹尼直瞅着我，微微一笑。

“要是他有二百四的话，你休想揍他，休想！”

“哦，”我一时语塞，但随即就回味了过来，“可他不会一下子长到二百四的！”

“对，对，”这时詹尼把手里的汤匙对我一扬，一副警告的架势，“不过一旦他真的长到了二百四，预科生，那时你还是逃之夭夭吧！”说完，她笑得前仰后合。

---

① 橄榄球比赛中防守一方卫线队员的主要任务是抱住带球奔跑的对方队员。

说来实在滑稽，在她放声大笑的时候，我仿佛看到一个二百四十磅的小子裹着尿布在中央公园里一边追我，一边喊：“不许你欺负我妈妈，预科生！”我的天，但愿詹尼能管住博佐，免得他把我揍扁。

十七

要生个孩子可不那么简单。

我说这里头包含着一定的讽刺意味：有些人在他们性生活的最初几年把全副精力都花在如何避孕上面（在我刚刚开始的时候，避孕套还正时兴），后来却又完全改变主意，不是不要孩子，而是像着了魔似的一心想要孩子。

是的，确实会变得像着了魔一样。而且这还会破坏婚后幸福生活最美妙的一面——使之失去了那一片率真和浑朴。我是说，那就得把自己的念头加以调节（“调节”这个倒霉的词儿总叫人联想到机器）——就得把鱼水之欢的念头调节到使之合乎各种规定、日程安排，以至战略部署（“奥尔，改在明天早晨是不是更好？”）。这，也就会引起苦恼、厌烦，最终造成恐怖。

当你发现，你的皮毛知识以及你自以为既正规又卫生的种种努力，在传宗接代问题上不见效时，你脑海中就会出现极度可怕的胡思乱想。

詹尼和我终于决定请专家诊断一下。在第一次谈话中，莫蒂默·谢泼德医生对我说：“奥利弗，我相信你懂得，‘不能生育’与‘丈夫气概’是两码事。”

“他懂的，大夫。”詹尼代我回答。虽然我从未提起过，但詹尼心里明白，万一我们不能生育——哪怕只是可能不育——那对我将是毁灭性的打击。她的语气不是还隐约流露出一种祈求的意味吗？如果查出机能不全的现象，她但愿问题出在她自己的身上。

不过医生并不知道这些，他只是把道理原原本本向我们解释清楚，让我们作好万一的准备，然后又说，很可能我们俩都没有问题，不久便能成为令人羡慕的父母。当然，我们俩都得接受一系列的检查。整套体检，一应俱全。（我也不想把这类全面检查一个个项目的可憎名称在这里重复一遍。）

星期一我们做了检查。詹尼是白天去的，我是下了班去的(我已经在法律界干得非常投入，忙得不可开交)。谢泼德医生打电话通知詹尼星期五再去一趟，说是他的护士出了点差错，有几个项目他要重新检查一下。詹尼把复查的事告诉我时，我就怀疑医生已经发现她……机能不全。我想她也怀疑到了这一层。所谓护士出了差错云云，完全是老一套的托词。

当谢泼德医生打电话到乔纳斯与马什事务所来找我时，我几乎已经可以肯定了。他要我下班回家时顺便到他的诊所去一下。一听这不是三边谈话(“今天早些时候我跟巴雷特太太谈过了。”他说)，我已经确信无疑。詹尼不可能有孩子了。虽然如此，奥利弗，先还是不要把话说得太死；记得谢泼德提到过好像有矫正手术之类的办法。但我心里乱得要命，要这样硬扛到五点钟可不是办法。我回了个电话给谢泼德，问能不能让我下午早些去找他。他说可以。

“你弄清楚我们的事责任在谁了吗？”我见面劈头就问。

“用‘责任’两字实在不妥当，奥利弗。”他回答。

“好吧，那么你可知道我们俩中间是谁的功能有问题？”

“知道。是詹尼。”

对此我多少有一点思想准备，但医生说这话时斩钉截铁的口气仍然使我震惊。他不再说什么，我想他大概是要我表个态。

“好吧，那么我们就领养孩子。我看，只要我们相亲相爱就好，你说是不是？”

这时他才告诉我实情。

“奥利弗，问题比这要严重得多。詹尼已经病得很重了。”

“‘病得很重’？请你讲明确一点好不好？”

“她已经为日无多了。”

“这不可能吧。”我说。

我就巴不得医生对我说这是他跟我开了个天大的玩笑。

"奥利弗，这是真的，"他说，"很抱歉，我不得不把这个消息告诉你。"

我认定他准是出了什么差错——可能他手下那名白痴护士又拆了烂污，把别人的X光底片或者什么检查报告拿给他了。可是他怀着最大的同情回答说，詹尼的血样已经重复验过三次。诊断上绝对没有问题。当然，他恐怕还得介绍我们——我——詹尼——去请教一位血液病专家。依他看，倒不妨……

我挥挥手打断了他的话头。我需要安静一会儿。一定要安静下来理一理那一团乱麻。这时我猛然想起一件事来。

"大夫，你对詹尼是怎么说的？"

"我说你们俩都没有问题。"

"她相信吗？"

"我想该相信吧。"

"咱们该什么时候告诉她呢？"

"到了这一步，可就要你拿主意了。"

要我拿主意！天哪，到了这一步，我都快喘不过气来了！

医生解释道，对于詹尼这种类型的白血病，现有的种种治疗手段都纯粹是姑息性的——可能起一点缓和、抑制的作用，但治不了病。所以，到了这一步，主意就要我来拿了。治疗的事暂缓开始倒也无妨。

但在那个时候，我脑子里其实只有一个念头：要命！要命！碰到了这样的倒霉事儿！

"她才二十四岁呀！"我告诉医生，当时我想必是大喊大叫的。他点点头，丝毫没有不耐烦的样子。詹尼的年龄他知道得很清楚，他也明白这对我是多大的痛苦。后来我意识到总不能老是这样在医生的诊所里发呆。我就问他，该怎么办。就是说，我应该怎么办。他要我举止言行尽可能保持常态，能保持多久就保持多久。我谢过他以后就走了。

要保持常态！要保持常态！

十八

我开始想到上帝。

我是说，冥冥之中存在着一个最高主宰的想法，开始悄悄地潜入我的心房。倒不是因为上帝要这样对待我——应该说，是这样对待詹尼——而我心里就恨不得对准他的面门饷以老拳，揍他一顿。不，当时我的那一种对神明的观念恰恰与此相反。比方说，我早晨醒来看到詹尼在那里，还在那里，那时我真希望有一位上帝可以让我向他表示感谢，感谢他让我醒来还能看到詹尼弗。这话说来真不好意思，简直太丢人了，但我确实希望如此。

我拚着命保持常态，所以准备早点等等的事我当然还是让她去做。

“你今天要跟斯特拉顿见面吗？”她问，我正在吃第二碗玉米片粥。

“谁？”我问。

“六四届的雷蒙德·斯特拉顿，”她说，“你最好的朋友。认识我以前，你跟他同屋住的。”

“哦，对。我们约好去打壁球。我想不去了。”

“扯淡。”

“你说什么，詹？”

“你还是去打你的壁球，预科生。我可不要一个不运动、光长膘的老公，混蛋！”

“好吧，”我说，“那咱们就到闹市里吃晚饭去。”

“干吗？”她问。

“你问‘干吗’是什么意思？”我直着嗓门大叫，竭力摆出往常那副佯怒的架势，“难道就不兴我带我的鬼婆娘下馆子去吃顿饭？”

“她是谁，巴雷特？她叫什么名字？”詹尼问。

“你说什么？”

“你听我说，”她解释道，“要是做丈夫的在非休假日带老婆下馆子，那准是跟别的女人搞上了！”

“詹尼弗！”我咆哮起来，这下可真的火了，“我不愿意在我的早餐桌上听你这种胡扯淡。”

“那你就老老实实回家，把屁股坐到我的晚餐桌旁来。OK？”

“OK。”

我就告诉这位上帝——且不管那上帝是何许神祇，位于何方——只要这个现状能够维持，我就甘愿忍受下去。痛苦，我不在乎；只要詹尼不知道，我可以一直埋在心里。主啊，你听见我的祈求没有？你要我付出什么样的代价都可以。

“是奥利弗吗？”

“找我吗，乔纳斯先生？”

他一个电话把我叫到了他办公室里。

“你了解贝克事件吗？”他问。

我当然了解。罗伯特·勒·贝克是《生活》杂志的摄影记者，那次他打算拍摄一个骚乱场面，被芝加哥的警察打得不成人样。乔纳斯把这个案子列为事务所经办的重点案件之一。

“我知道警察揍了他一顿，先生。”我对乔纳斯说，一副轻松愉快的样子(哈！)。

“我希望这案子由你去办，奥利弗，”他说。

“就我一个？”我问。

“你可以带一个年轻人作助手，”他说。

年轻人？事务所里数我最年轻。不过我领会他这话里包含的信息：奥利弗，尽管你的实际年龄还轻，可你已经是这个事务所的“大佬”之一了，跟我们彼此彼此了，奥利弗。

“谢谢你，先生。”我说。

“你什么时候可以去芝加哥？”他问。

我已经拿定主意不告诉任何人，自己精神上的重压，决定由我独个儿承担。所以我向乔纳斯老头支支吾吾胡诌了几句，究竟说了些什么，我都已经记不得了，反正大意是说我觉得这阵子我不能离开纽约，希望他谅解。但我知道，对于乔纳斯先生此次显然大有深意的表示我作出如此反应，当时肯定使他大失所望。哦，乔纳斯先生啊，乔纳斯先生！你哪里知道我的苦衷啊！

一个怪现象：奥利弗·巴雷特第四下班比以前提早了，可是回家的步子反倒走得比以前慢了。这该如何解释呢？

逛第五街看橱窗已经成了我的习惯。我尽望着那些讨人喜欢却又贵得吓人的玩意儿，要是我不必装模作样保持……“常态”的话，我早就给詹尼弗买回家了。

是的，我怕回家。因为，自我得悉真情至今已有几个星期，现在她终于渐渐开始消瘦了。我是说，尽管只是稍微瘦了一点儿，她自己也许没有觉察到，但是知道底细的我觉察到了。

我常常去看看航空公司的橱窗，看看班机广告：去巴西的、去加勒比海的、去夏威夷的（“把一切烦恼撇在一旁，飞往阳光灿烂的世界！”）等等，等等。偏偏那天下午环球航空公司推出的却是淡季中的欧洲：伦敦的“购物游”，巴黎的“恋人游”……

“我的奖学金还要不要？我自出娘胎以来还没去过的巴黎还去不去？”

“咱们的婚事还办不办？”

“谁说过要办婚事啦？”

“我。是我这会儿在说。”

“你要跟我结婚？”

“对。”

“理由呢？”

我是人家求之不得的一个赊账对象，所以早就有了一张“就餐俱乐部”的信用卡。唰！在登记单的虚线上把名字一签，我就神气十足地拿到了两张去恋人天堂的飞机票(还是头等的)。

我回到家里，詹尼的脸色不好，有些白里泛灰，但我希望我那个绝妙的主意能使她的双颊添上些许血色。

“巴雷特太太，我叫你猜一件事。”我说。

“准是你给炒了鱿鱼。”我的乐天派妻子猜道。

“不是变鱼，是化成鸟上天。”我说着抽出两张票。

“上了天一直飞，”我说，“明天晚上飞巴黎。”

“扯淡，奥利弗。”她说，但态度平和，一点没有往常那种虚张声势的神气。照她现在的口气，好像还有点儿亲昵的味道：“扯淡，奥利弗。”

“喂，能不能请你把‘扯淡’的含义说得明确些？”

“嗳，奥利，”她柔声说，“咱们可不能这样胡来。”

“胡来什么呀？”我问。

“我不想去巴黎。我要的不是巴黎。我只要你——”

“这你早就得到了，好乖乖！”我打断她的话头，我的口气听得出是在强颜欢笑。

“我还需要时间，”她继续说，“这是你不可能给我的。”

我这才往她的眼睛里仔细看去。那双眼睛流露出不可名状的忧郁。不过这种忧郁只有我才理解。她的目光仿佛在说她心里难受。是为我难受。

我们默默地站着，互相扶住。千万千万，要哭就让我们俩一道哭吧。不过最好还是谁也不哭。

接着詹尼就都告诉了我，她说她一直觉得“浑身不带劲儿”，所以又去找了谢泼德医生，但不是去看病，而是要他摊牌：告诉我，我什么地方出了毛病，真要命。于是他说了。

由于自己没有尽到向她吐露真情的义务，我产生了一种奇怪的内疚之感。这点她理会到了，就故意说几句无聊话。

“奥尔，他是个耶鲁货。”

“你说谁，詹？”

“阿克曼。那个血液病专家。一个彻头彻尾的耶鲁货。本科和医学院都在那里毕的业。”

“哦。”我明知她是想在这段苦难的历程中注入若干轻松的成分。

“至少他能读能写吧？”我问。

“那还要看，”奥利弗·巴雷特太太、拉德克利夫的六四届毕业生堆着笑脸说，“不过我看得出他能谈。而我去的目的就是想谈谈。”

“这么说那个耶鲁货医生还不错嘛。”我说。

“不错。”她说。

十九

现在我至少不再把回家视为畏途了。我不必再战战兢兢地注意“保持常态”了。我们又可以推心置腹无所不谈，哪怕是我们在一起的日子已经屈指可数这样一个可怕的事实，也不回避了。

我们有许多问题需要商量，这些问题由一对才二十四岁的夫妇提出来，未免异乎寻常。

“我相信你会坚强起来的，你这个冰球明星。”她说。

“我一定坚强，一定。”我回答说。其实，冰球大明星已经害怕了，不知素来洞察幽微的詹尼弗是否看得出来。

“我是说，你得为菲尔坚强起来，”她继续往下说，“将来最不好受的是他。你反正可以做个快乐的鳏夫①。”

“我不会快乐的。”我把她的话打断。

“你会快乐的，混蛋。我要你快乐。OK？”

“OK。”

“OK。”

过了大约一个月，一天，刚吃过晚饭。由于她的坚持，她还在管烹饪。我劝之再三，她总算同意把收拾打扫的工作交给了我（不过她还是剋了我一顿，说这不是“男人干的活”）。当时我正收拾杯盘，她在弹肖邦的曲子。我听到肖邦的一首前奏曲弹到中途戛然而止，便立刻走进起居室。只见她坐在钢琴前发呆。

“詹，你没事儿吧？”我问她，意思当然是指比较而言。

她却反问一句：“雇车的钱你身边总还有吧？”

“当然有，”我答道，“你要上哪儿？”

“大概——要上医院了。”她说。

在随后出现的一阵忙乱中，我意识到这一天终于来临了。詹尼就要走出我们的公寓，一去不复返了。当她干坐在那里等我为她收拾几件东西的时候，不知道她心里在想些什么。我是说，对这套公寓不知她是否有所恋栈？她想看一眼这儿的什么留个纪念？

什么也不看。她只是一动不动地坐着，目光没有停留在任何物体上。

“喂，”我说，“你另外还有什么要紧的东西要带吗？”

“唔，唔，”她摇摇头表示没有，接着似乎想起了什么，便加以补正，“就是你。”

到了楼下，找一辆出租汽车可费了不少劲，因为那正是人们上剧场看戏什么的时候。看门的又是吹哨子，又是挥手臂，活像个金刚努目的冰球裁判。詹尼只好靠在我身上，我暗暗希望干脆雇不到汽车，好让她一直这样靠着我。但我们最后还是雇到了一辆。也不知我们交的是什么运，出租车司机是个爱说笑的家伙。一听我说目的地是西奈山医院，而且要快，他把讨口彩的老一套全搬出来了。

“放心吧，年轻人，你们碰上的不是个生手。这匹麒麟跟我干这一行有年月了。”

在后座上，詹尼紧紧依偎着我。我吻着她的头发。

“你们这大概是头胎吧？”我们那位爱说笑的司机问道。

詹尼大概觉察到我快要忍不住骂那个家伙了，所以就悄悄对我说：

“奥利弗，友好点儿。他是想对咱们表示友好。”

“是的，先生，”我回答他说，“是第一回。我妻子感到不大舒服，所以能不能请你尽量抢绿灯？”

才一眨眼的工夫，他就把我们送到了西奈山医院。他确实很友好，特地下车为我们开了车门，诸如此类无不周到之至。在把车开走以前，他祝愿我们万事如意，快乐幸福。詹尼谢了他。

---

①这里套用的是一部维也纳轻歌剧《快乐的寡妇》（又译《风流寡妇》）的剧名。

詹尼好像连站着都有点晃悠，我想抱她进去，但她不肯，“这儿不用你抱我进门，预科生。”于是我们走进医院，去办那一连串麻烦得要死的住院手续。

“你们买过‘蓝盾’或其他医疗保险没有？”

“没有。”

（谁会想到这些芝麻绿豆事儿？我们买碗碟瓷器还忙不过来呢。）

当然，詹尼进医院也是意料中事。医学博士伯纳德·阿克曼事先已经预见到了，现在治疗就由他主持。正如詹尼所说的那样，他人挺好的，尽管是个彻头彻尾的耶鲁货。

“现在就设法让她增加白细胞和血小板，”阿克曼医生对我说，“这是她眼下最需要的。她说什么也不要用抗代谢药。”

“那是什么意思？”我问。

“一种减慢血细胞破坏的治疗手段，”他解释道，“但是可能产生不愉快的副作用，这詹尼是知道的。”

“我说，大夫，”我知道对他讲这番道理其实是多余的，“一切由詹尼作主。她怎么说就怎么办。你们只要想尽一切办法不让她受到痛苦就行。”

“这一点你可以放心。”他说。

“费用我不计较，大夫。”我大概把嗓门都提高了。

“是几个星期——还是几个月，这就很难说了。”他说。

“费用的事管他娘。”我说。其实他对我很耐心，倒是我对他气势汹汹。

“我的意思只是说，”阿克曼解释道，“她究竟能拖多久，时间是长是短，实在无从知道。”

“请记住，大夫，”我简直是命令他了，“请记住，我要她得到最好的照料。特等病房。特别看护。一应俱全。请照办。钱我有。”

二十

从曼哈顿的东六十三街到马萨诸塞州的波士顿，汽车至少要开三小时二十分钟。真的，这条路上的最高限速我都试过，我相信，任何汽车，不论是国产的还是外国的，即使由格雷厄姆·希尔①一类人物驾驶，也不可能开得再快了。当时在马萨诸塞的高速公路上，我的MG牌跑车时速达到了一百零五英里。

我带着电动剃须刀，所以你尽可以放心，在走进州府大街那神圣的办公大楼之前，我已经细心地刮了胡子，并且在汽车里换了衬衫。时间才上午八点，那里就已经有几位气度不凡的波士顿名流等着要见奥利弗·巴雷特第三了。他的女秘书认识我，她连眼睛也没多眨一下便向对讲电话里通报了我的名字。

我父亲并没有说“领他进来”。

倒是他的办公室门开了，他亲自走出来，招呼说：“奥利弗。”

察言观色已成习惯的我，注意到他脸色似乎有些苍白，这三年来他的头发都变花白了(也许还稀疏了些)。

“进来，孩子。”他说。我一时也摸不透他的语气，只管朝他的办公室走去。

我在“客椅”上坐下。

我们相对看了一眼，接着就都把视线移开了，移到哪儿都行。我的目光落在他办公桌上的那一堆摆设里：装在皮套里的剪子、皮柄的拆信刀、母亲好几年前照的一张相片。还有我的一张(在埃克塞特中学毕业时照的)。

“你这一阵子过得怎么样啊，孩子？”他问。

“很好，爸爸。”我回答说。

“詹尼弗好吗？”他问。

为了不对他撒谎，我避开了这个问题(虽然那正是问题的中心所在)，就开门见山说出了我突然又来找他的原因。

“爸爸，我要借五千块钱。有正当理由。”

他看看我。好像还点了点头。

“哦？”他说。

“可以吗？”我问。

“能不能让我知道理由？”他问。

“我不能告诉你，爸爸。请你借给我这笔钱就行了。”

我感到——如果一个人真能从奥利弗·巴雷特第三身上获得什么感觉的话——他是打算给我这笔钱的。我还意识到，他也并不想熊我一顿。但是他很想……谈谈。

“你在乔纳斯与马什事务所不是有薪水吗？”他问道。

“是的，爸爸。”

我真想告诉他数字，目的只是想让他知道那是全班最高纪录，但是再一想：既然他知道我在什么地方工作，大概也知道我拿多少薪水。

“她不是也在教书吗？”他问。

哦，可见他也不是什么都清楚的。

“不要‘她’呀‘她’的，她有名字。”我说。

“詹尼弗不是在教书吗？”他改口客客气气地问。

“请不要把她跟这件事扯在一起，爸爸。这是一件私事。一件非常重要的私事。”

“你是不是在外边撒下了风流种子？”他问道，但语气中没有任何非难的意思。

“嗯，”我说，“是的，爸爸。是这样。这笔钱请你一定要给我。”

我看他根本没有相信我说的理由，我看他也并不真想知道。他向我提问，就像我刚才说的，无非是为了我们可以……谈谈。

---

① 格雷厄姆·希尔(1929—1975)，英国赛车运动员，1962年的世界冠军。

他伸手到办公桌抽屉里拿出一本皮面子的支票簿，那皮面子是跟他的拆信刀柄和剪刀套子一样的科尔多瓦牛皮[1]。他慢条斯理地打开支票簿。我相信那不是故意折磨我，而是为了拖延时间。好找些话说。找一些不会引起摩擦的话说。

他填好支票，从簿子上撕下，向我递过来。我可能迟疑了片刻才意识到应当伸手去接，因此他有点儿尴尬(这是我的感觉)，于是把手又缩了回去，将支票放在办公桌边上，这才朝我看看，点了点头。他的表情仿佛是说："拿去吧，孩子。"但事实上他只是点了点头，仅此而已。

我也并不想离开，只是也找不出什么不伤脾胃的话说。我们总不能这样干坐着，我们俩心里都想谈谈，却又连正眼相视都难以做到。

我探身过去拿了支票。不错，是五千美元，下面是奥利弗·巴雷特第三的签字。墨迹已干。我一边小心地把支票折好，放进衬衫的口袋，一边站起来，慢吞吞地朝门口走去。其实当时我至少也应该说几句话，表示一下我知道，为了我的缘故，让波士顿的(也许还有从华盛顿来的)几位要人在他办公室的外间久等了；"可要是我们再找点话儿谈谈的话，爸爸，我还可以在你的办公室里泡上好半天呢，连你原订的午餐约会怕也得取消呢"……等等，等等。

我把门开到一半，站立片刻，鼓起勇气望着他，只说了一句：

"谢谢你，爸爸。"

---

① 西班牙科尔多瓦省出产的高级牛皮。

二十一

通知菲尔·卡维累里的任务落在我身上。除了我，还能有谁？我真担心他会垮下，可是他倒没垮：他平静地锁上了克兰斯顿的房子，住到我们的公寓里来了。我们各有一套独特的办法克制悲痛。菲尔的办法就是做清洁工作：又洗又刷又擦。他脑子里究竟在想些什么，我实在摸不清，不过，算了，就让他去干吧。

他莫非还在梦想詹尼会回来？

他是有这个想法的，可不是吗？可怜的菲尔！这就是他做清洁工作的目的。他就是不肯接受这残酷的现实。当然，他是不会向我承认这一点的，但是我知道他心里是这样想的。

因为我心里也这样想啊。

詹尼弗一进医院，我就打电话给乔纳斯老头，把我不能去上班的原因告诉了他。我装作还有事，得赶紧挂断电话，因为我知道他心里难过，但想说的话又说不出来。自此以后，我每天的时间就不外乎用于两个方面：一是探视，二是处理其他的种种事情。所谓处理其他的种种事情，不用说其实也就是啥都干不了。吃饭没有滋味；菲尔打扫屋子（又打扫了！）我只能看着；甚至服了阿克曼给我开的药，也睡不着觉。

有一次我无意中听到菲尔喃喃自语："再这样下去我实在受不了啦。"当时他正在隔壁房间里洗我们晚餐撂下的碗碟（不用机器）。我虽然没有搭话，心里却暗自忖度：我就受得了。不管是什么样的上帝在冥冥之中导演这出戏，最高主宰先生，你尽管让它演下去吧，我可以无限期地一直忍受下去。因为詹尼总还是詹尼。

那天晚上，詹尼把我赶出病房。她要跟她的父亲"爷儿俩掏心窝"谈谈。

"这场会谈只有意大利裔美国人可以参加，"她说，脸色像她的枕头一样煞白，“所以，你给我出去，巴雷特。”

“好吧。”我说。

“但是别走得太远。”我走到门口时，她又说。

我坐在休息室里。不久，菲尔就出来了。

“她叫你给她滚进去，”他的嗓子哑了，几乎没有声音，好像全部内脏都给掏空了，“我去买包香烟。”

我走进病房，她命令道：“把那该死的门关起来！”我服从了命令，轻轻地把门关上，回过身来到她床边坐下，这才比较清楚地看到了她的模样。我是说，我这才看到她老是藏在被子底下的那条右臂上原来还插着几支管子。我平时总喜欢紧挨着她坐，盯着她的脸看。她脸色虽然苍白，一对眼睛仍然炯炯有神。

因此我照例赶快紧挨着她坐下。

“奥利，我不骗你，我倒不觉得痛，”她说，“我就觉得像从悬崖上慢慢地往下掉，跟慢镜头似的，你明白吗？”

我五脏深处仿佛有件东西在搅动，这无形的东西直往我的嗓子眼里冒，要我哭出来。但我不能哭。我从来不哭。我是条硬汉子，明白吗？我不能哭。

但是，我要不哭，就开不了口。我只能点头示意。所以，我就点点头表示明白。

“扯淡。”她说。

“嗯？”要说这是一句话，还不如说是一声呻吟。

“你不明白从悬崖上往下掉是怎么回事，预科生，”她说，“你这辈子又不曾有过这种体验。”

“我有过，”我恢复了说话的能力，“就在我遇见你的时候。”

“对，”说话间，一丝微笑掠过她的脸庞，“‘哦，那是多么彻底的堕落啊。’这是谁的话？”

“我说不准，”我回答说，“是莎士比亚吧。”

“这我知道，但到底是哪个人物的话……”她的口气显得有些哀伤，“甚至出自哪个剧本我都记不起来了。[①]我进过拉德克利夫学院，有些东西应当记得。我本来连克歇尔编的莫扎特全部作品目录都背得出来。”[②]

“了不起。”我说。

“是不含糊，”她说，接着皱起了眉头问道：“他的C小调钢琴协奏曲是作品第几号？”

“我去查一下。”我说。

我知道该到什么地方去查。就在我们公寓里，钢琴旁边的一个架子上。我回去查一下，明天第一件事就是来把作品号码告诉她。

“我本来都背得出来，”詹尼说，“真的。我本来都背得出来。”

“听我说，”我模仿鲍嘉的口吻说，“你真想要谈音乐？”

“难道你宁可谈葬礼？”她问。

“不。”我后悔打断了她的话头。

“我跟菲尔商量过了。奥利，你在听吗？”

因为我的脸早已背了过去。

“是的，我在听，詹尼。”

“我告诉他可以按天主教教规举行仪式，相信你也会说OK的。OK？”

“OK。”我说。

“OK。”她应道。

这时我稍稍松了口气，因为我们接下去无论谈什么，总不会再这样

---

①这句话见于莎士比亚的悲剧《哈姆雷特》第一幕第五场。鬼魂向哈姆雷特述说他的母亲新寡即与他的叔父结合，所以也有人译为：“那是一个多么卑鄙无耻的背叛。”

②路德维希·冯·克歇尔（1800—1877），奥地利音乐学家。他编的莫扎特作品目录有六百多号。

难受了吧。

然而我想错了。

“听着，奥利弗，”她说，声调尽管温和，但含着嗔怒，“奥利弗，收起你那副讨厌的样子！”

“我？”

“你脸上那副问心有愧的德性，奥利弗，真叫人讨厌。”

说实在的，我也想换个表情，可是我面部的肌肉都僵硬了。

“这不是哪一个人的过错，你这个不开窍的预科生，”她说，“请不要再责备自己了，好不好？”

我真想一直看着她，因为我怎么也不愿意让我的目光离开她，但我还是禁不住垂下了眼皮。我惭愧到了极点，因为直至此时此刻詹尼还能把我的心思看得这样一清二楚。

“听着，奥利，我求你的就这么屁事儿一桩。除此以外，我对你完全放心。”

我五脏里的那件东西又搅动起来了，因此我连一声 OK 也不敢说。我只是像个哑巴似的看着她。

“巴黎算得啥？”她忽然说。

“嗯？”

“巴黎算得啥？音乐算得啥？你以为我为你作出了许多牺牲，这些都算得了啥？我才不在乎呢，你这个狗崽子。你相信不？”

“不。”我老实回答。

“那就滚你的蛋，”她说。“我可不要你守在我临终的床边。”

她说的是真心话。詹尼什么时候说话算话，动了真情，我都听得出来。为了可以留在她身边，我只得撒了个谎：

“我相信你。”我说。

“那才像话，”她说，“现在你能为我做件事吗？”五内深处的那件东西向我发动了毁灭性的冲击，非要逼我哭出来不可。但我硬是顶住了。我坚决不哭。我只想向詹尼弗表示——正经点一点头向她表示——为了她，要我做什么事我都心甘情愿。

“请你紧紧抱着我，好吗？”她问道。

我伸出一只手按住她的前臂——天哪，都瘦成这样了！——还轻轻地捏了捏。

“不是这样，奥利弗，”她说，“得像像样样抱着我。跟我贴得紧紧的。”

生怕碰掉那些管子什么的，我战战兢兢爬上床去，紧挨在她身旁，把她搂在怀里。

“谢谢啦，奥利。”

这就是她最后的话了。

二十二

我从病房里出来，只见菲尔·卡维累里在日光浴室里，不知在抽第几支香烟了。

“菲尔？”我轻轻说。

“啊？”他抬头一看，心里大概就已经全明白了。

事情明摆着，给他一些言语的安慰是不管用的。我走过去，把手按在他的肩上。我担心他会哭出来。我拿得准自己不会哭。我哭不出。我是说，我心头的滋味已经不是这些所能表达的了。

他把手按在我的手上。

“只怪，”他喃喃道，“只怪我已经……”他说到这里顿住了，我就耐心等着。反正，现在还有什么需要着急的呢？

“只怪我已经答应了詹尼，要为了你坚强起来。”

为了履行自己的诺言，他十分体贴地轻轻抚了抚我的手。

但是我现在需要一人独处。得去吸几口新鲜空气。最好出去走走。

楼底下，医院的前厅里一片死寂。我所听到的唯一的声音，就是自己走在油地毡上卡嗒卡嗒的脚步声。

“奥利弗。”

我停下脚步。

那是我父亲。除了问讯处那个女人以外，此时此地就我们两个人。事实上，在这般时分，像我们这样还没睡下的人，全纽约也不多。

面对着他我受不了。我就径直向旋转门走去。但一转眼他也出来了，就在我身边站着。

“奥利弗，”他说，“你早就该告诉我了。”

外边冷得很，这样也好，因为我已经麻木不仁，需要有点知觉。父亲还在跟我说话，我还是一动不动地站在那里，听任寒风拍打我的脸。

“我一了解情况，就跳上汽车来了。”

我忘了穿外套；一阵阵彻骨的寒意刺得我都疼起来了。疼得好。疼得好。

“奥利弗，”父亲急着说，“我愿意帮忙。”

“詹尼已经死了。”我告诉他。

“哦，对不起。”他一惊之下，轻轻吐出了这么一声。

不知为什么，我却把刚刚去世的那位美丽姑娘早先对我说过的一句话搬了出来：

“爱，就是永远也用不着说对不起。”

接着我干了一件破天荒的事，这样的事我在他面前从来没有干过，更不必说在他的怀里了。我哭了。

译后记

一本只有薄薄一百多页的小书，写的是很难标新立异的爱情故事，连书名也平淡无奇(更像个副题)，作者又是名不见经传的新人。然而书一出版，却赢得千百万美国人争相传诵，其中颇有一些读者还为男女主人公生离死别一掬同情之泪，甚至当时在任的美国总统也感动得向社会各界大力推荐。这部在《纽约时报》畅销书单上连续七个多月雄踞榜首、至今累计印数已超过两千万册的小说，后来由派拉蒙公司改编摄制成电影(其实原著本身差不多就是一个现成的电影文学剧本)，从银幕上飘出的主题音乐又是那样荡气回肠，优美的旋律不胫而走，竟至被填词成为流行歌曲，风靡了全世界。——这便是中篇小说《爱情故事》所交上的如有神助的好运。

名门子弟奥利弗和糕点师之女詹尼，由言语冲突而交上朋友，进而冲破门第观念的阻挠结为伉俪，咬紧牙关自力更生，好不容易在社会上站住了脚。可是，小两口刚过上向往已久的安生日子，正当他们陶醉在如何生个大胖小子的美梦中时，医生告诉做丈夫的：他的妻子患有不治之症。未几，白血病便夺走了才二十五岁的詹尼的生命。在这样屡见不鲜的俗套情节基础上，居然能产生如此不俗的作品，不能说纯属偶然。作者不用很多笔墨着意细描，而是完全让感情来说话。他的文笔简洁、率直，但粗中有细、疏处见密。他的幽默带有清晰的现代标记，迥异于狄更斯或马克·吐温的风格。这些都已成为现代美国文学和语言的研究课题。

小说的背景是六十年代的美国。在彼时彼地，一些青年为了发泄对社会和现实的不满，故意追求颓废的生活方式，纷纷争当“嬉皮士”(蓄长发和奇装异服只是其最表层的特征)，甚至堕入吸毒的魔道。这种现象曾引起美国上层“正统派”人士的忧虑。本书男主人公奥利弗·巴雷特第四虽则同代表“正统”的父亲决裂，但他反抗的仅仅是父亲硬要给他套上的“笼头”（“强我所难”“做应该做的事情”），是巴雷特第三对他的婚姻的干涉。他还是抱着“凡事我总应该名列第一”的家庭传统观念，在考试名次、体育运动乃至拈花惹草各方面惯于无往而不利。显然，奥利弗和詹尼都不是“嬉皮士”，不属于美国社会的“不稳定因素”，也不赞成过于离经叛道的行为。奥利弗学成以后，延聘者纷至沓来，但是，面对太“野”的诱饵，这对年轻夫妇还是理智和冷静的。尽管巴雷特第四认为巴雷特第三是“石面人”“没有心肝”，不过，儿子的行为对社会来说完全无伤脾胃，他恐怕也算不得巴雷特家族的叛逆者，所以最后还是扑在他父亲的怀里哭了，说：“爱，就是永远也用不着说对不起。”作者这句画龙点睛的话，触动了许许多多处于寂寞和迷惘中的读者的心弦，恐怕也是很能使上层“正统派”放心和告慰的吧。

作者埃里奇·西格尔生于一九三七年，哈佛大学毕业，在校时曾是一位田径运动员。后在耶鲁大学教过古典文学和比较文学，为披头士乐队写过电影剧本《黄色潜艇》，还当过和平队全国顾问委员会的委员。除《爱情故事》（一九七〇）外，他的创作还有剧本《奥德赛》（一九七五）以及小说《奥利弗的故事》（一九七七）、《男人、女人和孩子》（一九八〇）、《级友》（一九八四）等。

舒心、鄂以迪

1996 年 9 月